LES UTOPISTES

DE LA MÊME AUTEURE

AIME LA GUERRE !, Fayard, 2013 ; Le Livre de Poche, 2015.
JE VOUS TIENDRAI LA MAIN, *Euthanasie, travaux pratiques*, Plein Jour, 2015.
LES HÉROÏQUES, Grasset, 2021.

PAULINA DALMAYER

LES UTOPISTES

roman

BERNARD GRASSET
PARIS

ISBN 978-2-246-82669-9

À Simone et Kajtek

« Chaque mariage, chaque communauté, est une utopie ratée. L'utopie n'est pas une sorte de lieu, mais une sorte de temps, ces instants trop brefs où l'on ne souhaite pas être ailleurs. »

Susan SONTAG

Gabriela

Les idées affreuses, je les adore. Ah, j'en raffole ! Plus tocardes et tartouses elles sont, plus tordues et fripées, mieux elles me plaisent. Plus elles donnent envie de cracher contre, plus vite je leur cours après. Et je les attrape, une par une, bordel et misère ! Qu'on ne me reproche pas de me tordre le cerveau par plaisir. Je m'applique, et tout entière. Je fonce ! Particulièrement aux moments où tout semble aller bien, quand tout roule. Dès que ça commence à rouler, je ne supporte plus. Alors, pour faire face, pour alléger, je dis que tout marche. La plupart du temps, je ne dis rien, je cale net. Avec ma longue pratique de l'idolâtrie du mal-être, reconnaître qu'on s'habitue à tout, y compris à ce qui s'apparente à la forme la plus bovine du bonheur, exige une hardiesse certaine, une bravoure peu commune. Souvent, j'en manque. L'exercice est déstabilisant. Mais mon état de bien-être se lit de loin. Désormais, il me précède.

Au réveil, avant même que ma main ne se ranime à la recherche d'une parcelle de Gaspard, d'un quartier de sa peau, d'un cheveu, je rayonne. Comme si je bourgeonnais dans le sommeil et, une fois que son épaule ou sa jambe stoppe la procession de ma main, je fleuris d'un seul coup, sauvagement : « Je pivoine de toi ! » Aussi mollasson qu'évaltonné à la sortie du sommeil, il susurre que cela n'existe pas, en français. Je me vexe un peu. Pff… Il ne se rendort pas, me demande de lui montrer. Et comment, que je lui montre ! Alors, d'un coup, il affirme que le Larousse manque cruellement du verbe *pivoiner*. Je proteste. Je me révolte. Je brevète. Je le réserve à notre usage privé, mon verbe hérétique, avec les autres déjà trouvés. Je ne lui souhaite aucune carrière académique ni même prolétarienne, je veux qu'il reste secret. Gaspard intègre enfin, s'attendrit et se trouble, se déclare prêt à vivre sous ma nomenclature. Non qu'il soit passif. Ah, non ! Pas du tout. Il ritualise beaucoup, il contingente pas mal non plus. « Gabriela, regarde, les figuiers ont encore poussé dans la nuit. » Chaque matin, je l'entends m'annoncer la couleur : tout marche, tout va bien, nous sommes heureux. Par chance, tempéré et prévoyant, il freine notre dégringolade dans la sérénité absolue, de celles qui abrutissent, qui deviennent une barbante donnée quotidienne et qui crèvent d'anémie, sans que quiconque s'en aperçoive. Il se tait. De toute la journée, il ne me raconte plus que des phénomènes mineurs, tels les retards de ses ouvriers, les dégâts causés par nos chiens dans le jardin ou encore mon entêtement à mettre le fromage dans le frigo plutôt que dans le cellier, ce qui lui enlève sa saveur. Le soir seulement, il revient à la charge, propose de m'accompagner en promenade avec nos chiens. Ce que nos deux vies ont en commun relève d'une perfection quasi intenable. Même si, aussi bien Gaspard que moi, et je ne crois pas me tromper là-dessus, nous nous doutons qu'une source vigoureuse, d'une intensité enfuie, folle, pas cartésienne pour deux sous, déferle sous notre sobriété. Nous n'en parlons jamais. Peut-être parce que nous ne savons pas trop quoi en faire. Peut-être parce que nous nous en méfions. Peut-être par perversion, car silencieux, c'est encore plus beau, plus dense, plus intrigant. Plus tout ! Mais voilà qu'en plein milieu de cette subtile idylle fuse une de mes idées affreuses. Ah, je ne résiste pas. Je lui saute dessus ! Je la harponne de toutes mes griffes. Sur-le-champ, je décide de passer trois jours à Paris. Gaspard prononce alors : « Ah, bon… »

*

Paris. Ah, Paris ! Mais quelle tarte ! Quelle supercherie, cette ville ! La plus repoussante de mes idées affreuses, championne de sa catégorie. De ce fait, elle demeure ma préférée. Si, de surcroît, je réussis à la marier avec celle de me fixer sur place quelques rendez-vous, avec mon galeriste, avec Melchior, avec mes faux amis, avec mes pas très vraies relations, voire à la muter en celle de s'aventurer à Strasbourg et à y déjeuner avec mon père, là alors, je tiens le trésor de dégueulasserie à exploiter. Je m'en enivre. Sans oublier le voyage en lui-même : un trimbalement de trois heures dans un tube métallique dont on ne peut ouvrir les fenêtres qu'avec un marteau. Je profite de ma torture, je m'en délecte. Parfois, ma perfidie m'entraîne au-delà d'un défi à relever, d'une mauvaise blague qu'on se fait à soi-même : je réserve dans un train en partance de Marseille qui marque son premier arrêt chez nous, à Aix. C'est à ce point homérique en première, que je n'ose imaginer à quoi cela ressemble dans les wagons reculés. Une fois Lyon dépassé, je dois me maîtriser par un effort constant : « À jeun, tu goberas ton idée affreuse ! Et si elle te reste en travers de la gorge, tu t'étrangleras avec, et puis basta ! » Pas de calmants ! Pas de tabac ! Pas même un carré de chocolat noir. Rien ! *Clean, you know what I mean*, comme dit la chanson de Depeche Mode. Les autres passagers, je les observe dans une monstrueuse clarté d'esprit. Nous nous tapons mutuellement sur le système. Ils m'agressent avec leur suffisance de parvenus, leur énergie d'authentiques provinciaux, leur empressement, leur efficacité. J'éructe leur parisianisme usurpé. Je dégueule leur élasticité, leur capacité d'adaptation, leurs ambitions. Regardez-moi ça, comment ils se mettent à trépigner d'impatience dans le couloir à l'approche de la gare, comment ils montent à l'assaut ! Tellement hâtés de réaliser leurs rêves grandioses qu'ils tournent leur ticket de métro entre le pouce et l'index. Et c'est là que je leur assène ma vengeance. Paf ! Lovée dans mon fauteuil, je croise les jambes, j'enroule une mèche de cheveux autour d'un doigt ou je balance paresseusement mon pied chaussé d'une luxueuse bottine en daim, l'air désabusé. Je m'ennuie de ce qui vous excite. Sachez-le. Paris m'assomme. Paris me fait pitié. La Polack que je suis ne veut plus de votre Ville lumière qui n'a de quoi éblouir que les aveugles. Ah oui, c'est indigne. D'accord. Reste que cela permet de compenser le désagrément du voyage. Et surtout, au fond, c'est vrai, sans que j'en tire une once de satisfaction. Quoi de plus douloureux qu'un amour déçu ?

Mes voyages à Paris ont en outre un objectif non déclaré : je m'entraîne. Personne n'est au courant. Pourtant, c'est un vrai programme. De visite en visite, je renforce ma résistance face à l'offensive des souvenirs, pour la plupart imaginaires, truqués malgré moi, et toujours plus intenses que tout ce que j'ai vécu en vrai. Cela me donne de ces vagues à l'âme à m'y noyer, des houles à l'âme même. À Cracovie, le phénomène s'amplifierait certainement du fait que j'y ai grandi à une époque rêveuse et colérique, et qu'en plus, à un jeune âge on se dispense volontiers de l'effort de séparer notre propre narration du récit objectif du monde. Depuis le temps que ça dure. Deux décennies à errer dans une galerie des glaces déformantes. Quand je réussirai à m'en sortir à Paris, à me contrefoutre de la tristesse de toutes ces heures passées sans prestige espéré, je n'échouerai pas non plus à m'en libérer à Cracovie. Je m'y promènerai comme dans une ville étrangère, j'aurai le cœur suffisamment racorni pour ça.

Le jour viendra. En patriote local, Gaspard m'a sorti cette phrase d'Henri Bosco, qui le prouve avec fermeté : « Il arrive que les grandes décisions ne se prennent pas, mais se forment d'elles-mêmes. » Voilà ! Quand je serai aguerrie, téméraire, invulnérable, cela viendra tout seul. Des surprises, j'en suis bien capable, et des spectaculaires. Je tomberai du firmament où siège notre pape polonais en plein centre de Cracovie et je sourirai à tout le monde. Je le ferai avec d'autant plus d'entrain que mon père ne me croit pas foutue de survoler deux frontières alors que ma mère ne l'espère plus. Ah, ma pauvre mère... Ma mère héroïque, qui se maintient à la lisière de la vie, à sa crête critique, entre une plaine verdissant des souvenirs et une vallée, comme prise dans une tempête de poussière, et qui balaiera bientôt notre monde, c'est-à-dire notre famille. Avant que ma mère meure, je me débrouillerai pour qu'elle me voie aller bien : parée de ma quiétude, avantagée par mon teint halé même en plein hiver, accoutrée d'un faux flegme que j'imite d'après Gaspard, chez qui il est naturel. Elle partira légère et rassurée, ma mère. Elle verra par elle-même de quoi je me suis affranchie, quittant Paris au profit du Sud. Main sur le cœur, je lui jurerai que je ne mords plus, que j'aboie à peine, que mon attitude générale face à la vie est devenue accommodante, sinon franchement coopérative. Sans être une mère courage fanatique, comme savent l'être les Polonaises, la mienne fait partie de celles dont l'obstination à seconder leur progéniture ne ternit pas au fil du temps. À quarante ans, enfin presque, je me sens plus responsable que jamais de sa confiance en mon avenir, de lui prouver l'authenticité de mon bien-être. Qu'elle comprenne que j'en suis aussi inséparable qu'Harpagon de sa cassette. Qu'elle se pince, qu'elle se frotte les yeux, mais qu'elle repose en paix, quand ce sera le moment.

*

Melchior, qui continue à donner du vibrato à son présent, allant d'une crise psychotique à un collapsus total, d'une overdose à une énième cure de désintoxication, d'heures de stupre lubrifié à la mortification des plus fastueuses, se méfie de ma nouvelle attitude. Il me renifle. Il sonde mon sérieux dans cette affaire de bien-être, et la part de provocation aussi. Il se méfie. Rien d'évident pour les cas confirmés comme lui et moi, génétiquement déterminés à dérailler, à se reconnaître à notre juste valeur dans une société qui psychiatrise le moindre bobo, la plus superficielle égratignure du cerveau. Il y a, maintenues sous antidépresseurs, des catégories de population avec lesquelles nous n'avons rien en commun : des endeuillés, des divorcés, des frustrés, des anxieux, des cadres moyens, des profs en zones d'éducation prioritaire, des éconduits et des larguées, sans oublier les hypersensibles. Alors oui, Melchior a raison de rester sur ses gardes. Mais tandis qu'il s'acharne à verser dans le spectaculaire, à déplacer trois camions de sapeurs-pompiers, suspendu à une antenne hors d'âge oubliée sur un toit, avec un public nombreux et ragoteur aux fenêtres, plusieurs têtes par étage, je me limite à faire trente kilomètres à pied et à tout balancer dans la nature, toute ma poubelle mentale ! Forcément, il me nargue : « Ah, Gabrielle, on dirait que tu es devenue résiliente. C'est mignon. Ça te va comme le rose saumon. » Quand il s'y met, il sait être vachard. Sauf que nos engueulades, nos chamailleries, nos coups de griffes terribles, tout cela tourne à vide, et ce depuis le premier jour où nous nous sommes croisés aux urgences à Sainte-Anne, le soir d'un réveillon de Noël, au début du siècle. Je lui ai dit qu'elle était très bien, sa peau de mouton *renversée*. Il m'a répondu qu'elle était à peine *retournée*. Au final, nous sommes sortis sans avoir consulté. Ah, Seigneur... Mieux vaut rire de nos misères.

Je le remarque de loin, posté à l'entrée du quai, avec le trousseau des clefs de l'appartement que j'ai loué pour mon séjour parisien. Sa barbe a poussé et pris une forme vaguement tyrolienne, son ventre a bombé, sous l'effet soit des psychotropes, soit du foie gras dérobé lors de banquets où personne ne le convie. Quant à sa veste en tweed bleu marine, on la dirait fatiguée par les émois charnels du printemps dans quelque ruelle obscure du 11e arrondissement. Ingénieusement, Melchior cache son col et ses poches déformés sous une somptueuse écharpe au motif chaîne d'ancre qui lui donne un air bourgeois-loser. Où a-t-il chopé une pareille écharpe ? Cadeau d'adieu de son Japonais. Pur cachemire. « Touche, Gabrielle, touche seulement ! Tu auras un orgasme ! » Il ne comprend pas. Je ne veux pas d'un orgasme en gare de Lyon. J'ai dépassé ce stade. Surtout, je déteste qu'il persiste à franciser mon prénom, ça fait louche, ça fait prétentieux. Je signale à Melchior qu'il a grossi, d'habitude ça le calme. Sauf cette fois-ci, où cela l'incite à accélérer son débit. Son léger embonpoint ? La faute incombe à André, celui de l'ambassade de Belgique, qui n'arrête pas de le gaver. En plus, le type est une sangsue, ce que Melchior déclare sur un ton las. Pourquoi se plaint-il ? D'habitude, il les aime bien comme ça. « Une sangsue belge, c'est très particulier, crois-moi, Gabrielle. » Il me jette un regard qui se veut communicatif, comme si j'avais passé ma vie dans les bras d'homosexuels wallons. Je note qu'il a les pupilles dilatées et me demande à quoi il est défoncé. À la parisienne, nous soufflons un taxi sous le nez d'un couple de touristes étrangers. « Ton Jap, alors ? » Je romps le silence dans la voiture, en me remémorant une silhouette à la Giacometti, glissée dans des costumes stricts obstinément ornés d'un camélia Chanel.

« Il avait le charisme d'un revenant. Je l'ai foutraillé à la mitraillette ! Fini !

— Cela veut dire quoi, *foutrailler* ?

— Ah, Gabrielle, parfois j'oublie que tu n'es pas reine de France et de Navarre… Cela veut dire *baiser vigoureusement.* Dans des œuvres anonymes du XVIIIe, il y a un petit poème que je te dédicace en ce jour maussade, tout au plus bon pour baiser… *Foutons tant que nous sommes, / Et laissons-nous foutrailler, / Le plus grand plaisir des hommes / Réside en ce seul métier !* »

J'applaudis énergiquement. Des petits poèmes de Melchior, de ses trésors littéraires, je raffole sans retenue.

*

Nous montons à l'étage de la maisonnette enfoncée dans une cour arborée de la rue de l'Armée d'Orient. Il m'en énumère les défauts et les insuffisances, comme si je ne les voyais pas. La seule fenêtre du studio, ombragée par un mimosa en fleur, laisse pénétrer une lumière terne. Les murs empestent la moisissure. Cela aurait pu me combler, cet exotisme. À cause de lui, je m'en ennuie déjà.

« Pourquoi t'entêtes-tu à louer des piaules minables à l'autre bout de la ville, alors que tu pourrais t'offrir quelque chose de plus chic ? »

Et pourquoi me refuserais-je un peu de minable de temps en temps ? Au nom de quoi n'aurais-je pas droit, moi aussi, « à l'autre bout de la ville » ? Quel enquiquineur !

Un collant, aussi. Ah oui, Melchior est un adhésif. Après avoir raté le barreau, il s'était reposé plusieurs semaines d'affilée à Sainte-Anne, en compagnie d'un célèbre écrivain foudroyé par une crise existentielle, puis avait envisagé le chantier de sa vie d'un œil neuf. À l'automne de la même année, il s'était inscrit en thèse de doctorat, avec l'ambition de travailler sur l'harmonisation de la législation des pays de l'Est au droit européen en vigueur. À cette occasion, je l'avais mis en contact avec mon père. Sous l'influence d'Edward Bartel, Melchior se projeta même dans le milieu de la pègre technocrate de Bruxelles, mais comprit vite qu'il lui manquait le culot, un certain sens de la mise en scène et surtout la maîtrise de soi. Ses recherches s'éternisaient, sa bourse ne fut pas renouvelée. Depuis, il cachetonne dans une de ces usines à chômeurs de la région parisienne, y enseigne des matières à cheval entre le droit et la sociologie et que l'on n'oserait qualifier d'académiques. Couche-t-il utile ? Peut-être. Peut-être pas. La question n'est pas là. Je m'en contrefiche. En revanche, j'aimerais comprendre, comment s'est-il débrouillé pour s'incruster chez nous ? Le problème avec Melchior réside, entre autres, dans le fait qu'il déteste tout ce qui – de près ou de loin – lui rappelle sa famille, ce qui englobe pas mal de monde, dans la mesure où il en veut aussi bien à son père, psychiquement déraillé, qu'à sa mère soixante-huitarde, et tout particulièrement à sa sœur qui lui insuffle une allergie pathologique aux gens polis et serviables, dont elle est. En même temps, il adore les familles des autres, rêve d'en fonder une, et vénère la mienne.

Alors que je prévois de faire un saut à Strasbourg après-demain pour voir mon père, je tremble à l'idée qu'il veuille se joindre à l'escapade. Avec sa manie de m'informer de ce qu'il se passe chez nous ! Je me tue à l'oublier, il me le remet sous le nez :

« J'ai vu ton père il y a un mois... Il attendait beaucoup d'une nouvelle chimiothérapie de ta mère. Comment va-t-elle ? »

Mais comment veut-il qu'elle aille ? Héroïquement. À croire qu'il ne connaît pas ma mère. Seigneur, comme c'est embarrassant, comme c'est impudique.

Je sais. Je me défile devant le mal qui ronge ma mère depuis bientôt trois ans, lequel selon les spécialistes ne tardera pas à l'emporter. Il en a déjà enlevé des bouts : un sein, ses cheveux, le teint laiteux de sa peau devenu jaunâtre. Toutefois, l'essentiel de ma mère résiste. À chacune de nos conversations par images, à l'aide d'une webcam, elle me salue de son sourire détaché, imperturbable, comme venu en résultat de quelque équation secrète, résolue une fois pour toutes. Elle ne se formalise pas de si peu, ma mère, de son cancer en phase terminale elle fait une brave abstraction, du moins en apparence. Je m'aligne. C'est donc elle qui me demande toujours la première : « Comment vas-tu ? » Du mieux possible, je lui réponds. Je vieillis aussi bien qu'un polaroïd oublié au fond d'un tiroir, mes couleurs s'adoucissent sans s'amalgamer dans une tache pastel, mes contours ne cèdent pas encore face au temps, je vais lentement. Elle s'en réjouit. Je ne lui parle pas de mes entraînements parisiens en prévision d'un voyage à Cracovie. Il me semble qu'elle devine tout de la surprise réservée en son honneur et veille à ne pas se trahir pour préserver le plaisir de jouer un vrai étonnement le jour où nous nous verrons sans écrans. Non, je ne me donne pas un satisfecit facile. Des lois très anciennes ainsi que des symptômes physiologiques qui ne trompent pas m'indiquent clairement la place à prendre : elle est au bord du lit de ma mère. Tétanisée, je m'obstine à transpirer d'angoisse à deux mille kilomètres de là. Elle le sait. Après tout, c'est elle qui a fait de moi une enfant éternelle, affolée de sa propre impuissance quand des torrents s'approchent trop près de ses petits pieds. Que ce soit l'amour ou la mort, je recule d'un pas, parce que j'ai trempé dans l'un comme dans l'autre, et chaque fois cela a failli me tuer pour de bon. Reste à savoir si la vie qui ne tue pas vaut la peine d'être vécue. De cela non plus, nous ne parlons pas, ma mère et moi. Je suis sa fille, donc je connais la réponse.

Dans le restaurant où nous dînons, Melchior n'a pas l'air de s'apercevoir de mon inattention et débite à la chaîne les derniers épisodes de sa vie érotique. Soudain, il sort un bout de monologue qui me capte, puis m'absorbe :

« Alors, comprends-tu, quand j'attendais quelqu'un d'autre à la sortie du métro, et qu'Alexandre m'a demandé si j'étais bien Philippe, je n'ai pas démenti. Je te jure, nous avons passé une nuit divine et depuis c'est un vertige en continu… Avoue, Gabrielle, qu'il est quand même troublant de savoir qu'un simple quiproquo puisse entraîner une forme de bonheur frugal mais intense. Et plus déconcertant encore… en définitive, ne serait-on pas capable d'être heureux avec n'importe qui ? Fondamentalement, il s'agit d'une prédisposition d'esprit, de rien d'autre. »

Je me fige avec un morceau de cannelloni dans la bouche. Melchior adore me prendre au dépourvu avec ses provocations. « Une prédisposition d'esprit »… Mais de quoi parle-t-il ? Fatalement, Gaspard est le seul à m'occasionner des éruptions d'émerveillement à ce point intenses que j'en pleure en cachette, ce qui rend, en principe, l'expérience du bonheur très limitée. L'expliquer à Melchior nécessiterait que nous consommions une bouteille de plus et je n'en ai pas envie. D'ailleurs, à quoi bon ? Lui et moi sommes de ces fous qui se frôlent en asymptotes, sans jamais se rejoindre. Paris engendre fréquemment ce genre de relations, des amitiés en trompe-l'œil. Je le laisse me raccompagner, au risque qu'il veuille partager des confidences et se fâche encore parce que je ne lui dirai rien.

En revanche, voudrait-il venir avec moi demain voir une exposition au musée d'Art moderne ? Il fait une grimace dubitative. Je lance un nom : Bahman Mohassess. Pas d'écho. Un peintre iranien, assez misanthrope et subversif. « De quelle manière ? » Fatiguée par le bruit et notre dîner, je prends les raccourcis : un de ces homos qui sortent uniquement avec des garçons *vrais*, c'est-à-dire des jeunes hommes fiancés. Melchior se décrispe. Quoi qu'il en soit, un artiste issu d'une dictature c'est toujours intéressant, toujours plus profond, que le plus profond des Suisses. Il ne m'en faut pas davantage pour convaincre Melchior qui aspire une grande bouffée de tabac à l'odeur de cuir mouillé. Nous convenons d'un rendez-vous dans l'après-midi.

*

Le lendemain, je comprends à mes dépens que marcher n'est plus praticable à Paris. D'abord je glisse sur une crotte ramollie par une pluie minable qui nous tombe dessus comme un crachat, puis je me heurte à des barbares amassés en hordes devant les grands magasins. À proximité des Galeries Lafayette, ils ne se contentent plus de consommer les *fantasmagories* exposées dans les vitrines, ah non. Ils dévorent carrément la ville. Ils se déversent de partout. Dans le Sud, il m'arrive de faire quinze kilomètres sans rencontrer personne. J'observe alors comment c'est organisé, le vaste monde. J'ai de ces vues. La vallée change de charte graphique à chaque saison, sauf qu'année après année, tout revient. Tout se répète, tout crève, tout revit. Curieusement, cela me rassure. Gaspard me considère d'un œil incrédule, à m'émotionner avec toujours autant de sincérité de ce phénomène, à l'ériger en autel de ma nouvelle vie. Je ne m'explique pas, je marche. Poliment, je décline ses suggestions à varier mon parcours, me permettant d'affirmer qu'il a *un sens.* Impressionné, il se tait.

Ma pratique ne m'est d'aucune aide à Paris. Il me faut jouer des coudes, gronder, éviter des bousculades sur les passages piétons. Tiens ! Profites-en de ton idée affreuse. Fraye-toi un chemin à travers cette foultitude de tes dissemblables jusqu'à la rue Saint-Roch, jusqu'à la galerie. Traîne-toi ! Et que rien ne te soulage. Pas même le fait que tes prévisions se confirment et que l'entreprise de destruction carbure à plein régime : de Paris il ne reste plus grand-chose, d'affreuses bites jaunes plantées le long de l'avenue de l'Opéra. Dire que j'ai appris cette ville dans le dur labeur de mes flâneries, armée d'un carnet à dessins. Que je me suis beaucoup investie à y suivre des anonymes, à les mimer, à déjeuner à midi et à traverser au rouge comme eux. Que je m'y suis assimilée au point de coller les quatre bises réglementaires à qui en voulait, alors que la coutume me paraît toujours aussi dégénérée que le premier jour. Mais à quoi me suis-je assimilée, au fait, si ce n'est à ce qu'on trouve partout ailleurs ? À un aéroport, voilà ! Et encore, il fallait supporter des rejets et des brimades, des micro-dégueulasseries de bienvenue qui auraient découragé les moins persévérants. Rien de grave. C'était à peine chatouilleux.

Par exemple, les derniers jours du siècle passé, dans cette boutique de dépôt-vente, j'avais voulu acheter un collier pour me faire sur-le-champ sermonner par la vendeuse : « Ce n'est pas un collier, mademoiselle, c'est un *sautoir.* » Ah, je m'en souviendrai de son *sautoir* ! Alors qu'à l'époque, j'aurais juré que le mot *sautoir* désignait une corde à sauter. Deux pas plus loin, en transit estival entre Marseille et Cracovie, probablement en 1995, j'avais dormi dans cet hôtel dont l'adresse a poussé mon chauffeur de taxi à prononcer un commentaire sibyllin : « En plein cimetière des éléphants… » Quelle belle expression, même si j'ai dû attendre quelques années avant qu'on ne m'explique qu'il s'agit d'un périmètre où tapinent les filles vieilles. Devant la Madeleine, sur ce banc, je me suis fait larguer par un homme très érudit et qui venait d'acheter un dictionnaire auquel il s'était accoudé, de façon à m'empêcher de l'approcher, détournant ensuite l'épais volume en allégorie de sa décision : « Il y a une barrière de langue entre nous. » Maintenant, alors que la langue de ce pays se perd, que fait-il ? Des sudoku dans *Le Monde* ? Que c'est triste de ne plus désirer un lieu qu'on a tant rêvé. Plus désolant que de se détacher de quelqu'un. À l'approche de la galerie, ma sérénité me dit adieu tout bas, traverse la rue, s'en va au diable.

*

Henri Saint-Sauveur a le don de désamorcer mon anxiété à grands coups de massue portés à la face souriante de notre société. Il aime détruire, mon galeriste. Pas n'importe quoi, seulement ce qui paraît indestructible. À commencer par l'autosatisfaction de ses concitoyens et ce quelque chose que Cocteau appelait le « conformisme anticonformiste » de la jeunesse et du milieu artistique. À tort, on jugerait son attitude infantile, alors qu'elle relève d'un désaccord profond avec un monde qui a cessé d'être une aventure. Or, Saint-Sauveur est un aventurier dans l'âme et un militaire de formation, une extravagance telle dans le cercle restreint des marchands d'art que, quand il se déclare en plus fasciste de conviction, on l'accuse de provocation gratuite. Il faut dire qu'avec un héritage et le pactole que Henri avait arraché à la terre rouge d'une ancienne colonie en trente ans de loyaux services à la tête d'une compagnie productrice de cacao, il s'était retrouvé dans l'enviable situation de n'avoir pas à se soucier de l'opinion d'autrui. Même la crise de l'après 11 Septembre ne l'avait pas dissuadé d'exposer des toiles *a priori* invendables. Certes, il a fallu se serrer la ceinture. Au plus dur de cette période, Henri avait le geste de mes ancêtres Sarmates, si bien que, chaque fois qu'il essayait de me raisonner sur mes dépenses inconsidérées en évoquant « la logique » ou « la prudence », je levais les yeux au plafond. D'ailleurs, je lui dois l'argent qu'il m'a prêté, au moment où je me noyais dans un mazout mental jusqu'à m'entrevoir quémander d'être piquée. Le fait qu'il ne me l'ait pas encore réclamé laisse à penser qu'il croit en mes démons.

« Vous êtes venue à pied ? J'ai repéré votre trench de loin », lance-t-il depuis le seuil de la galerie où il est posté avec un cigare coincé entre les dents. « Mais entrez, entrez… Je me suis exilé le temps de finir mon demi-londrès, sinon les dames feront des spasmes… »

Avant de serrer la main de Saint-Sauveur, je m'accroupis devant le fauteuil en palissandre réservé à l'usage exclusif de Peeperkorn, un bouledogue français qui accuse une ressemblance troublante avec son maître. Il se met debout sur le coussin en velours, daigne remuer les deux centimètres de sa queue tandis que sa gueule se fend en un large sourire. Je lui souris en retour et caresse du bout du doigt le creux formé à la base de son nez retroussé. Il pointe les oreilles en réponse et lâche un pet plus méphitique que la fumée d'une caisse entière de demi-londrès.

« Figurez-vous que je suis venu à pied moi aussi, parce que le chauffeur de taxi n'a pas accepté de prendre Peeperkorn. Ils acceptent les Arabes, mais pas les bouledogues ! »

Saint-Sauveur s'offusque avec l'innocence d'un Joseph Staline à l'époque où il fréquentait le séminaire. Il teste mes résistances depuis des années.

« Ne soyez pas choqué, Henri, mais ils acceptent aussi les Polacks et les pédés.

— Ce qui est extraordinaire avec vous, c'est qu'on n'arrive pas à vous traumatiser.

— Dites-moi que les Russes sont sympathiques et vous verrez le résultat. »

Comme pour répondre au mouvement de la main de son maître, Peeperkorn tourne la tête et examine les tableaux accrochés aux murs. Il s'agit de portraits surdimensionnés et hyperréalistes de militaires, de pompiers et de femmes mongoles en costume traditionnel. Peu convaincue, je siffle un faux : « Pas mal. » Les mains sur les hanches, Henri tonne :

« Pas mal ? C'est superbe ! Regardez la tête du général… C'est une tête de buffle, ma foi ! Laissez-moi vous dire, le général n'a pas apprécié. »

Devant la gueule peu amène du général, bouche crispée et sourcil levé en accent circonflexe comme si on l'avait surpris en train de fomenter un putsch, Peeperkorn émet un grognement. Saint-Sauveur reprend :

« Le souci c'est qu'on a affaire à des cons, qui ne savent pas regarder et qui ne cherchent qu'à investir. Des dentistes, des avocats, des assureurs… Tout ce qui les intéresse c'est de savoir si la cote de l'artiste grimpera avec le temps ! Gabriela, quand je réussis à vendre une toile, cela veut dire que j'ai vu cinq cents dentistes et que je leur ai longuement parlé parce que j'étais d'humeur assez avenante pour ne pas leur mettre un coup de pied aux fesses… Mais quelle heure est-il ?

— Midi trente.

— Déjà ! Alors j'ai droit à un petit whisky, et après je vous invite à déjeuner. »

Au mot « déjeuner », Peeperkorn saute de son précieux fauteuil et se met à trotter à travers la galerie. Il marque un arrêt devant le général-buffle, le dévisage un instant et pousse un soupir d'exaspération.

« Il a toujours des réactions aussi humaines ? », je demande à Henri qui enfile son imperméable.

« Plus humaines que la plupart des humains… Veux-tu que nous déjeunions chez le Japonais ? »

Le passage au tutoiement me perturbe un instant, le temps que je comprenne que Saint-Sauveur s'adresse à son chien.

*

Au restaurant, avant même de terminer son premier verre de vin, Henri largue la question essentielle, attendue et crainte, à savoir sur quoi je travaille. « Sur les armoires. » Ah, il tique, Saint-Sauveur, il sourcille. Le regard enfui dans l'omelette qu'on vient de me servir, je distille une kyrielle de « euh », « hum », « eh bien », on dirait la respiration d'un mourant. Par où attaquer ? Par mon épisode mazouteux, qui m'avait dépossédée de toute envie de peindre ? Ou par Gaspard, dont l'attraction fatale serait à blâmer si, en même temps que de me détourner de la peinture, elle ne m'avait asservie par un bercement des plus apaisants. Faut-il que je décrive à Henri tout le magnétisme d'un corps masculin à l'architecture impeccable ? Que je lui cite le grand poète de sa langue, le premier à avoir trouvé la formule inspirée pour exprimer une corrélation impossible entre productivité artistique et éros rayonnant ? L'art ou le foutre ! Est-il nécessaire de dire à Saint-Sauveur que j'en suis arrivée à souhaiter la fermeture des galeries, la mort des critiques d'art, l'interdiction du matériel artistique à la vente ? Ou, qu'à ce moment-là, Gaspard vidait la dernière partie de son mas, encombré de mobilier lourd comme le sommeil d'un paysan, mais en suffisamment bon état pour m'illuminer d'une idée de génie : le restaurer. J'ai employé mes deux mains, l'une à poncer les meubles, l'autre à peloter leur propriétaire. Ce n'étaient plus les saisons qui revenaient. Ah, non ! C'était le même jour, pris dans une transe lubrique et ouvrière, superbe. La vision ultime est tombée à pic, avant l'overdose. Alors que j'accostais au désespoir ferme de ne pas savoir comment prolonger notre enthousiasme, alors que, par les matinées blanchies de givre, il m'arrivait d'anticiper son épuisement, j'avais entrevu un nu de Bonnard projeté sur les portes d'une armoire. La veille, j'avais feuilleté un vieux catalogue de son exposition. Il a tout sauvé de son Arcadie, jusqu'au crissement des grillons. Moi, je n'y arrivais pas. Et de cette impuissance, devenue vite colérique, a percé Marthe en ballerines noires, flacon de parfum à la main, celle de *Cabinet de toilette au canapé rose*, de 1908. Ah, j'en ai bien ri, à la plaquer contre la porte d'une vieille armoire. Il faut reconnaître qu'elle m'a résisté. Je n'en dormais plus. Mais plus du tout ! Des dizaines de dessins au crayon, des reproductions collées partout dans l'atelier, du rouge en poudre, du blanc en poudre, broyés au pilon en verre, mon pilon fétiche, mélangés à de l'huile de lin, trop, pas assez, poubelle, rebelote, et… du rose, enfin ! Le rose qui m'a teint les doigts, les cheveux et l'iris des yeux. Seigneur, je faisais des cauchemars en rose ! Et puis, un matin, ce « bâtard du rouge triomphant », comme disait l'autre, est venu très naturellement, dans les nuances voulues, du rose églantine au rose bégonia. Je me suis alors enfermée dans le garage de Gaspard, chauffé par un unique radiateur électrique, et j'ai contrefait Bonnard avec un plaisir diabolique. Comme si, par mon travail obstiné de copiste, je voulais comprendre le mécanisme d'un transfert réussi des passions humaines à une palette de couleurs, la recette de Marthe et de Pierre. Ma première hypothèse de travail soutient que, sans une bonne lumière, les corps restent muets et les gestes illisibles. Dans la vie, à défaut d'autres choses, il faut savoir choisir son éclairage. Le meilleur de Bonnard serait mort en silence, s'il n'avait pas suivi Marthe au Cannet. Il aurait encore fallu que je sache comment exploiter ma découverte, quoi en faire. Avec l'intuition accommodante d'être sur la bonne voie, ou plutôt à l'endroit idéal, à la luminosité infuse, constante, manifeste même par mauvais temps, j'ai envoyé les photos de l'armoire à Marta. Ma sœur l'a vendue sur-le-champ à une galerie de meubles à Brooklyn. Gaspard priait pour que le meuble supporte le voyage. Et comment, qu'il l'avait supporté ! Aussitôt la livraison arrivée à destination, la galerie new-yorkaise a passé une commande auprès de ma sœur, qui a accepté de jouer les intermédiaires. Voilà notre entreprise. Voilà à quoi servent les six années passées à l'académie. Surpris, nous nous sommes mis à parcourir les vide-greniers, à fouiner, à racheter des meubles aux particuliers, à imaginer une collection qui répertorierait les peintres du Sud : Fragonard, Garibaldi, Monticelli, Cézanne, Ziem. Dans un livre d'entretiens avec Balthus qui autrefois copiait Piero Della Francesca, Gaspard est tombé sur la phrase devenue aussitôt le slogan commercial dont nous estampillons désormais notre production : « *La vraie modernité est dans la réinvention du passé.* » Ainsi, notre vie se déroule au niveau de l'anecdote. Gaspard pousse, répare, décape, change des charnières, moi, j'enduis chaque pièce d'un traitement hydrofuge, polis, peins. Ensuite, nous nous retrouvons avec une grosse somme d'argent sur le compte, et c'est tout. Si cela me pose un problème ? Pas le moins du monde.

« Je me fous de la peinture, Henri. Royalement. D'ailleurs, je ne saurais plus peindre un sujet autonome. Tout a déjà été peint. Tout ! Mille fois ! Et nous tournons en rond, encore et encore ! Il faut arrêter. Parce que, à part réinventer quelques chefs-d'œuvre connus de tous, nous ne sommes plus foutus de grandiose. Nous n'irons pas plus loin ni plus haut. Et sincèrement, je n'en ai rien à cirer. Fin de partie pour moi. »

Pompette mais vigilant, Saint-Sauveur proteste, jamais à court d'arguments quand l'alcool lui clarifie les idées.

« Mais non ! Allez en face, au Louvre. Allez voir tous ces petits Jésus gentiment pendus sur leur croix… C'est tout juste si on n'a pas l'impression qu'ils s'emmerdent un peu. Et puis, vous avez le Christ de Grünewald. Ah ! Ce Christ-là, il souffre le martyre. Mourir sur la croix, ce n'est pas de la rigolade. Regardez sa bouche ouverte, sa main percée par le clou, ses doigts crispés… Vous voyez ? Tout le monde a peint un Christ, comme tout le monde a peint des pommes et une jarre… Sauf que quelques-uns savent raconter une histoire poignante à travers un Christ mille fois peint, quand d'autres se contentent de faire de la déco pour presbytère. Il y aura toujours des artistes qui ont des choses à dire, le besoin, et aussi les moyens de le dire. Toujours ! N'allez pas demander à un enfant qu'il arrête de dessiner sous prétexte que le dessin ce serait du passé ! Conneries ! »

Il m'observe un moment, les baguettes coincées entre le pouce et l'index, avec un bout de saumon qui tremblote au gré de ses pensées, plus ou moins frénétiquement, puis il se remet à pérorer :

« Au fond, vous avez peur de réussir, d'aller au bout… Quand Robert était là, vous pouviez vous taper dessus à longueur de journées et vous aviez la force de faire des toiles superbes. Quelle mouche vous a piquée de chasser un homme sous prétexte qu'il était bagarreur ! C'est très rare, un homme bagarreur, de nos temps. Vous avez eu la chance d'en trouver un, et voilà que vous le foutez dehors. C'était votre moteur, il vous faisait vibrer. Où est-il ? Vous devez le retrouver. Il va vous soigner de vos armoires, croyez-moi !

— Si je devais me mettre à peindre des pommes qui auront la gueule du Christ de Grünewald, je le ferais sans Robert. D'ailleurs, la place est prise… »

À court d'arguments, Henri s'emporte, il fulmine. Excentrique à souhait, Saint-Sauveur a ceci de commun avec les alcooliques ordinaires qu'il croit à des solutions simples aux problèmes complexes.

L'hostilité ravageuse qui régentait ma relation avec Robert avait fini, elle aussi, dans une flaque de fatigue. Il m'a fallu de longs mois de silence avant de perdre l'habitude de ferrailler. Gaspard est apparu au bout du tunnel. Au fond d'une allée bordée de platanes, un jour de marché, à son heure aérée, avant l'afflux des acheteurs. De la façon dont nous avons croisé, et ensuite soutenu le regard, n'importe quel astrologue aurait auguré de la route de belles harmonies s'ouvrant devant nous. Saint-Sauveur ne me fera pas rater la suite de cette pastorale, au prétexte d'honorer mes talents et quelques expositions remarquées. Il tonne pourtant, avant de comprendre et de capituler :

« Réfléchissez à ce que je vous ai dit ! Allons, j'ai un chèque à vous remettre…

— Gardez-le pour l'instant. Je vous dois de l'argent. Au pire, vous me le donnerez quand je serai complètement à sec.

— Mais vous êtes toujours à sec. Et comme garantie, j'ai vos tableaux.

— Vous voyez, chaque fois que j'essaie d'être raisonnable, vous me poussez au vice ! »

Ah, le regard préoccupé de Peeperkorn quand je laisse son maître bien schlass retrouver seul le chemin de la galerie ! Braves bêtes, tous les deux.

*

Je longe la Seine, agitée, sale, haute. Même pas à mi-chemin du Palais de Tokyo, la fêlure m'absorbe. Je déroche du présent, chute deux siècles plus bas. À la place d'un couple de Chinois qui minaude devant l'objectif, la ferraille patinée de la tour Eiffel en toile de fond, je vois soudain cet homme en redingote et haut-de-forme qui court en sens inverse de la Seine, dans un poème de Mickiewicz. On finit par lui en demander la raison. Et le malheureux de bégayer d'émotion que sa femme vient de tomber à l'eau. Cornichon, il faut donc courir dans la direction opposée ! Mais non ! proteste-t-il. Pourquoi, noyée, suivrait-elle le cours d'un fleuve, alors que sa vie durant elle s'opposait à tout ? Ha, ha ! Vous grandissez dans cela. Romantiques polonais ! Soulèvements ! Patrie ! Exil ! Hôtel Lambert et tout le tralala ! Et puis, flûte de champagne à la main, quelqu'un vous fait une remarque dans une soirée mondaine, à l'ombre d'une étagère chargée de Pléiade : « Vous n'avez pas l'esprit cartésien, vous. » Et comment l'aurais-je, cet esprit cartésien, alors que je viens d'un pays où tout va de travers depuis la nuit des temps ? C'est même comme ça que l'on avance là-bas. De travers ! Arrimés aux grands rêves de Paris, cela s'entend.

Un rat me coupe la route, sous le pont Alexandre III. À en juger par son allure, il est au comble du désespoir et au point de commettre l'irréparable. Hop ! Voilà qu'il se jette dans le flot, lui aussi. Un présage ? Je n'en veux rien savoir. Chacun son bazar. La peste ou autre mairie socialiste. Mais les rats, c'est encore un des nôtres qui les avait le mieux traités, Andrzej Zaniewski. Dans un roman-phénomène, best-seller mondial, comme on ne sait pas en faire en Pologne, à cette exception près. Les Français l'ont commercialisé avec un grand succès sous diverses vignettes : fable tragique, traité philosophique, j'ignore quelle autre fiction allégorique et consorts. Le narrateur est un rat, donc cela est excusable. Pourtant, nous sommes à l'est de Kafka, en Pologne. On s'y passe de métaphores. Tout se vit en vrai, chez nous, au premier degré. Zaniewski a la biographie d'un rat : Résistant, son père finit fusillé à Auschwitz, sa mère en devient folle, ils survivent tapis dans des caves de Varsovie. Et la *fable* continue dans la même veine après la Libération, avec la Nouvelle Foi, l'allégeance de bon cœur, enthousiaste, en rien forcée. Zaniewski devient membre du Parti et il le reste jusqu'à sa dissolution, à supporter sans broncher la censure de ses propres livres. L'esprit cartésien doit se trouver vite dépassé par une accumulation d'adversités telle qu'elle se résume en un mot passé d'usage en France : *fatum*. Aucun doute là-dessus, Française, je serais de moitié moins frappée. Une névrosée ordinaire, comprise dans la foule de ceux qui consultent une fois par semaine. La belle affaire ! Alors autant me tenir dans l'amplitude d'origine et payer ce que je dois. Dire que ce n'est pas donné, c'est peu dire. Melchior en sait quelque chose parce qu'il m'avait vue, à Sainte-Anne et ailleurs, la bave au menton, la morve au nez, l'œil trouble, rivé sur quelque apocalypse secrète. Au moins, il a la décence de ne pas se formaliser de mes bas-fonds psychiques.

Le voilà qui sautille sous la colonnade du musée, agitant vigoureusement les bras, comme s'il était possible de le manquer dans sa veste en velours vert malachite assortie à un pantalon orange et un foulard fleuri, jaune et blanc. Une peinture gaie. Je salue son extravagance vestimentaire, sauf qu'il est tellement angoissé qu'il n'y prête guère attention.

« Zanzibar ! J'ai fini la soirée avec André, celui de l'ambassade de Belgique. Mais je l'ai planté pour m'évader avec un garçon très avenant, et maintenant il ne répond plus à mes appels. Ah, Gabrielle… Qu'est-ce que c'est, cette exposition ? Ne m'as-tu pas parlé d'un homo homophobe iranien ? », s'enquiert-il en pivotant sur ses courtes jambes, avant de s'arrêter face à la grande affiche « Art iranien 1960-2014 ». Il la scrute, puis crache un « Ah, d'accord… » peu rassurant. Devant les caisses, je lui laisse le temps de décider s'il veut m'accompagner ou rentrer se reposer. Il amorce sa réponse par un hoquet. Il syncope son désarroi. Il a trop peur de se retrouver seul. Bah, voyons ! Je ne fais plus aucun commentaire sur son affaire, lui cause de mon peintre iranien.

La tâche se révèle délicate, car le seul fait confirmé de sa biographie est sa disparition vers la fin des années 60. Fugue, retraite, trépas ? L'éclipse demeure totale. De temps à autre, des pièces uniquement connues par la documentation photographique font leur apparition lors de ventes aux enchères à travers le monde. Mohassess doit sa notoriété à ses personnages appelés « sans mains ni pieds », à l'aspect tantôt squelettique, tantôt extraterrestre, censés représenter une sorte de néant intrinsèque. Terrifiant. Familiers aussi, je cherche à savoir pourquoi. D'un tableau l'autre, les mêmes faces reviennent, elles sont soit privées de bouche, soit d'yeux. Les têtes ressemblent à des poings serrés. Désarticulés, disséqués, efflanqués, les corps revêtent une puissance aveugle, peut-être celle d'un pur instinct de survie. Avec une dose non négligeable de drogues dans le sang, Melchior risque de mal le prendre, tout cet excès, ce torrent de vomis. Je me fais pédagogue pour lui, polarise mon exposé sur les influences de Moore dont l'Iranien était un grand admirateur, sur les lignes organiques de ses sculptures, sur ses obsessions écologiques, ses sympathies politiques, montre du doigt un collage dédié à l'autodafé de Jan Palach. Si ça ne fait pas penser à Beckmann, non ? Melchior hoche la tête, absent.

La rogne me gagne. Une rancune vache. Un regret. Je serre la ceinture de mon trench et me sens d'un coup atrocement envieuse de tous ces artistes qui crèvent de faim et qui n'ont pas eu l'idée de contrefaire des tableaux de maîtres sur de vieux meubles. Au même moment, mon téléphone se met à vibrer. Gaspard : « Reviens-moi vite. On fait une sieste sur l'herbe tous les trois. *Sanctus ! Sanctus ! Sanctissimus !* » Comme s'il m'avait prise en flagrant délit de haute trahison, je voudrais disparaître.

De honte ! Là ! Sur place ! Ici même ! Dans la salle dédiée à la photographie documentaire, où les images de la guerre Iran-Irak montrent des corps criblés de balles, mêlés à la poussière, dispersés aux quatre coins du désert saisi en panoramique. Je n'aspire qu'à me retrouver de l'autre côté du cadre, loin de l'écran de mon téléphone. Injoignable. Retournée à l'état d'un ramassis d'atomes. Il y a une heure, je ne jurais que par les armoires et les siestes sur l'herbe, Mohassess m'a bien eue. Il en serait content. Il aimait foutre la pagaille. Pas vrai, vieux con ? Mais attends, que je laisse une oreille dans cette affaire. Et pour une brassée de tournesols, en plus ! Plus de peinture ! Plus de drames ! Sérénité et qualité de vie ! Au moins cela fait plaisir à ma mère. S'il ne fallait pas que je me traîne à Strasbourg demain, je rentrerais ce soir humer le jardin avec Gaspard.

C'est alors que, dans un accès de délire évangélique, Melchior surgit à mes côtés, braillant à tue-tête : « Ta mère ! Viens ! Mais vite ! Gabrielle ! Il y a la tête de ta mère sur une photo ! » Sans exagérer, il a l'air d'un de ces illuminés qui témoignent à la télé avoir vu la Vierge Marie apparaître sur une tache restée au plafond après un dégât des eaux. Nous traversons les salles au grand galop. Je libère de force ma main de celle de Melchior et freine net à l'entrée de la section où est exposée la photo de ma présumée mère. J'ai à peine le temps de lire son intitulé : « *L'espace contesté : la métapolitique du festival des Arts Shiraz-Persépolis.* » Extasié, Melchior photographie l'image en noir et blanc avec son téléphone. « Mais regarde-la ! T'as vu ? Elle ne porte pas de soutien-gorge ! Comment peux-tu ne pas connaître cette photo ? »

Gros malin ! Je me le demande moi aussi, plantée bouche bée en face d'un portrait de groupe dont la légende indique : « *Jerzy Grotowski, Ludwik Flaszen, Ryszard Cieslak lors du VI*e *festival des Arts, Shiraz-Persépolis, 1970.* » Hormis la femme en laquelle Melchior reconnaît ma mère, il y a deux autres personnes dont les noms ne sont pas mentionnés. Une créature à la beauté orientale, aux yeux cernés de khôl et aux longs cheveux noirs relâchés sur la poitrine – c'est elle qui tient le sosie de ma mère bras dessus bras dessous – et, à l'autre bout de la chaîne formée par tous les protagonistes, un homme d'une trentaine d'années, blanc, blond, torse nu, un collier indien autour du cou. On dirait la pochette d'un disque de musique psychédélique. Melchior n'arrête pas de tripoter mon bras, jusqu'à ce que je fasse un pas en arrière pour me dégager, sous prétexte d'examiner la planche à distance. Il radote, il fait claper sa langue :

« Alors ça, c'est la meilleure ! On aura tout vu !

— Explique-moi ce que ma mère aurait pu faire en Iran avec une troupe de théâtre ? Et un décolleté jusqu'au nombril… »

Je feins l'aplomb, surjoue l'indifférence. Sous la croûte, tout se lézarde, fiche le camp, à petite mais constante vitesse. Un doute assez pénible s'installe en moi et pousse de tous les côtés, il veut de la place. En silence, je me mets à compter les grains de beauté sur le bras dénudé de la femme. Il y en a cinq visibles, dont j'essaie de mémoriser les emplacements exacts, décidée à les comparer avec une photographie de ma mère. Ne pas en parler à mon père. Ni à Marta. Dare-dare, reléguer à sa place, celle d'une supposition saugrenue, la certitude de Melchior, alors même qu'il bourdonne :

« Si ce n'est pas ta mère, alors toi non plus, tu n'es pas toi. Et personne n'est plus personne. »

Emmerdeur, va ! Que veux-tu que je fasse d'une mère artiste, alors que j'en ai eu une bien carrée, solide, grave et crainte ! Jusqu'à l'heure de notre rendez-vous, le grand plasmateur de mes aspirations respectables ne fut autre que le tact de ma mère, sa retenue. Bordel ! Je ne m'étais pas brûlé la cervelle car on ne peut pas faire une chose pareille à une femme comme ma mère. Quand même pas ! Apparemment, je viens de perdre mon assurance-vie.

Melchior persiste : « Et ce Grotowski, alors ? » Une part de moi fermente et germe, l'autre bride et réprime. L'une s'embrase, l'autre réfrigère. Mon implosion n'est qu'une question de minutes, je le sais. M, le maudit ! Attends, que je t'explique ! Je hausse un sourcil, me donne un air expert, bidonne la biographie imaginaire d'un artiste total, engagé, sous surveillance policière, tour à tour mystique et catholique fervent, mort en exil, seul et pauvre, à quoi j'ajoute l'unique élément vrai : un des plus grands réformateurs du théâtre du XXe siècle, dont les cours au Collège de France sont disponibles en audio. *De facto*, j'ignore si mon client n'est plus de ce monde. Peut-être pas. Melchior lâche : « Tu m'étonnes ! » À quoi fait-il allusion, je le saisis seulement quand il ajoute que ma mère ne se serait pas aventurée avec n'importe qui. Ah, oui ! Parce que moi, je serais partie avec le premier cirque passé par le village !

« Gabrielle, je dis seulement qu'elle a une exigence envers elle-même, alors que nous avons une volonté ondoyante. »

Quel rapport ? Il ne s'agit pas de volonté, il s'agit de chimie et de génétique ! Nous sommes mal programmés, pas elle. Le gardien n'apprécie pas mon objection, me fait signe de baisser le volume. Viens me chercher, piteux ! Je lui lance un sourire de complaisance pour me laisser une petite chance d'achever Melchior :

« Crois-tu que ton père a manqué de volonté, quand il a perdu votre baraque au poker, ou qu'il a oublié de prendre son lithium ? »

Les joues de Melchior battent sous sa barbe, ses lèvres palpitent. Qu'on puisse se tuer à la tâche et ne jamais rien devenir, cela le dépasse. Et il recommence !

« Ta mère doit être fière alors, de savoir que votre patrimoine génétique trouve son expression ultime dans l'artisanat de luxe. Les armoires de *maîtres*... Autant de délicatesse pour envelopper ton vulgaire talent commerçant. C'est sublime ! »

Il jouit sans ostentation. Salope. Pas un signe extérieur de jubilation, mais il prend son pied. Je perds le mien. Je défaille de rage molle. Au juste, que sait-il faire ? Les mains dans les poches, Melchior me balance à la figure : « Je maîtrise l'art du *fellatio* comme personne. » Ah ! Nous y voilà, dans l'immanquable, dans le préconditionné ! À chacune de ses pénuries d'intelligence, j'ai droit à ce genre de coquetteries adolescentes. Et il ne lâche pas son os tant que je résiste, tant que je me cramponne à ma bouée de convenance. Déchaîné, Melchior peut se montrer surprenant. Mais que pense-t-il, que je ne me débrouille pas ? Il s'esclaffe à mon propos, pignouf. Un type de dos nous jette un regard par-dessus son épaule, puis un autre, plus franc et offensif. À part nous et le surveillant, il n'y a que lui dans la salle. Moyen en tout : taille, vêtements, coupe de cheveux. De nos beuglements, il en a assez. Une fois la rotation sur ses talons effectuée, l'homme se fige pourtant dans un face-à-face ébahi avec Melchior. Alors, là ! Comme foudroyés tous les deux. Je devine la suite, m'en lèche les babines, et remercie le hasard d'avoir pour une fois si bien organisé les choses.

D'emblée, Melchior cafouille : « C'est épatant, Paul, de te croiser ici. » Paul paraît peu disposé à se faire traiter en imbécile : « Si tu n'avais pas disparu sans jamais donner signe de vie, tu serais moins épaté. » Les voilà, qu'ils vivent leur minute de vérité. Ça s'annonce brut et ardent. Le décor se marie à merveille, nous sommes entourés de photos de martyrs. Avant même que Melchior ait le temps de prétendre vouloir me présenter Paul, celui-ci lui réclame déjà une somme prêtée jadis, très jadis. Soudain ma montre se rend utile, je l'exhibe en guise d'excuses et détale sur-le-champ. La volonté, tu parles ! À défaut d'obtenir une immunité parlementaire, j'ignore comment Melchior compte échapper à ses anciens amants, devenus simples créanciers. Embrouille sur embrouille, depuis que je le connais. Dettes, crédits, avances, facilités, dépannages en urgence ! Fric claqué avec art dans le superflu, dans le brimborion ! Il faut le lui reconnaître, Melchior n'a jamais dépensé un sou pour un objet utile ou un service indispensable. C'est tout à son honneur et, en vérité, je lui en voudrais d'y remédier, surtout de *solutionner* le problème. C'est odieux de *solutionner*, c'est infâme. Quand on ne sait pas résoudre, on *solutionne*, et ça foire à tous les coups. Mais il se cramponne à l'idée ! Avec un peu de volonté, croit-il, il sera moins marteau que son père et tout finira par s'arranger. Sauf qu'à ce degré de tracas, rien ne s'arrange. Jamais ! De crise en crise et hors contrôle, son père a réussi à tout bazarder, le reste a été saisi, jusqu'à la dernière pièce d'argenterie léguée à contrecœur par son avare de grand-mère. Quand on en arrive là, il ne reste plus qu'à aller à l'aventure. Et vécue sous contrainte, l'aventure éreinte. Je me procure le catalogue de l'exposition à la librairie du musée.

*

Un spleen plus doux que de la suie se répand avec le souffle feutré des arbres. J'allume une cigarette sur le perron. Le téléphone au fond de mon sac me rappelle le message de Gaspard auquel je n'ai pas répondu. D'un doigt, je tape : « Pas de sacre du printemps, ici. *Profanum vulgus.* Je rentre au plus vite. » Gaspard a des hobbys extrêmes que j'encourage et auxquels je tâche de participer : latin, cactus, géométrie… Par l'influence de sa mère latiniste, ou en son hommage, il se passionne pour les civilisations disparues, les mondes anciens. Ainsi, il me questionne sur la République populaire et n'en revient pas que mon père ait été membre du Parti. À la réflexion, je me dis que cela doit me vieillir, avoir un père communiste. Enfin, ex et très approximatif. Savait-il que ma mère se baladait, seins à l'air, sous l'œil despote et cultivé du dernier Shah d'Iran ? Et en quelles circonstances ! Prérévolutionnaires, orageuses. Face à une foule d'hirsutes religieux, prêts à décoller sur leurs tapis de prière pour remettre le monde à l'endroit. Qu'a-t-elle pu aller faire là-bas, ma mère ? Le plus simple serait de l'appeler et de lui poser la question. Cela reviendrait toutefois à enfreindre nos règles, notre ethos familial. Après la chute du Mur, nous sommes devenus libéraux, mon père en premier, même si, par habitude, il continue à représenter la gauche au Parlement. À la maison, nous respectons nos libertés individuelles, nos régimes alimentaires, nos inclinations innées, nos addictions et nos silences. Pas d'intrusion, pas de contraintes. Une fort louable attitude, mais qui, autrefois, n'a pas suffi à emmieller mon quotidien. Avoir un père post-communiste fut un double défi, dans la mesure où sa tête figurait parallèlement sur la liste des Polonais les plus fortunés, ce qui m'avait très tôt exposée à toutes sortes d'animosités. Qu'on vous haïsse par conviction ou par jalousie, il faut le supporter avec la même hauteur, celle qui paraît inatteignable. On en bave à bas bruit. J'ai dû accomplir trois fois plus de conneries que mes camarades pour me faire accepter, parfois en inventer des originales, des jamais vues. Par chance, mon père possède aussi une qualité qui m'avait valu un certain succès : il s'ivrogne. Je fournissais les soirées juvéniles en alcools de première qualité, chapardés dans son bureau. Ah, la belle époque ! Si la culture polonaise est faite d'influences étrangères, nous n'avons pas attendu les Anglo-Saxons pour nous adonner au *binge drinking* et passer notre éducation secondaire inconscients.

Quoi qu'il en soit, sans ma mère, la réputation de notre famille aurait été foutue. C'est elle qu'on respecte, dont on se prévaut de sympathie ou d'intérêt. Je pense que c'est elle qui fait gagner les concours de beauté en politique à mon père, ses élections. Il serait difficile de soutenir qu'un homme qui a réussi à épouser une femme pareille soit complètement inefficace. En revanche, il me paraît peu probable qu'ils aient trouvé ensemble un arrangement concernant cette tournée artistique en Iran. À supposer que la femme aux cinq grains de beauté sur le bras droit soit réellement ma mère, ce qui est difficile à contester, je parie qu'elle s'est arrogé seule la liberté de passer l'événement sous silence. Comment a-t-elle fait ? Les quarante dernières années de sa vie se sont déroulées entre l'hôpital où elle travaillait, l'Académie de médecine où elle enseignait, et la maison où elle faisait du bénévolat. Personne ne l'a jamais vue traîner ailleurs.

Et après tout, pourquoi m'en émotionner à ce point ? M'est-il nécessaire de mieux connaître ma mère ? Cela aurait-il changé quoi que ce soit dans ma propre vie ? Non. Il y a peu de chance que je ressemble un jour à ma mère, parce qu'il n'y en a aucune, non plus, pour que je ressemble à moi-même. Je ne me suis pas beaucoup rapprochée de moi depuis ce jour où, après une rencontre malheureuse dans la baignoire avec un rasoir de mon père, j'ai entendu ma mère, parfaite, redoutable, me demander : « Que sais-tu de toi, ma fille ? Que sais-tu de la personne contre laquelle tu t'acharnes jusqu'à vouloir causer sa mort ? » Le mystère scabreux qui porte mon nom et habite mon corps n'a eu de cesse de m'échapper. Qu'il coure ! Je fume trop pour l'attraper.

*

Marlboro ! Marlboro ! Marlboro ! Des poissards maures se concurrencent avec fureur sous les rails du métro qui balafrent le ciel à Barbès. D'autres les regardent gueuler, traînassent, reluquent les vitrines calfeutrées de valises à trois sous et de wax, mastiquent des marrons, crachotent, plastronnent et crânent tout au long du boulevard. Ils s'agglomèrent par grappes entre trimardeuses noires, fripons, marabouts désœuvrés, pipeurs divers et pickpockets. Quel superbe bazar ! C'est toujours aussi bluffant à mes yeux de provinciale. D'énormes matrones trimbalent une marmaille prolifique accrochée à leur boubou en basin, ça fait comme des petits trains. Tout ce peuple beuglard et vrombissant, de loin, me réjouit. C'est mirifique de pluralité. Plus divertissant qu'un safari, et sur place. Allez donc à la chasse au destin collectif, dans ce bordel. Du reste, ce n'est pas mon problème.

Sonner chez Lucien, voilà encore une de mes idées affreuses qui s'ébauche à contre-courant de mes projets vertueux. Je la laisse s'épanouir. Seul Gaspard pourrait me retenir, rien qu'en prononçant *s'il te plaît*, avec ce ton caressant qu'il prend au moindre risque d'un conflit et qui me désarme sur-le-champ. Consciente de *solutionner* mon découragement traître et souterrain, je pianote sur le digicode toutes les combinaisons probables avant de composer la bonne, par une grâce particulière. Lucien loge au sixième, autant dire dans l'au-delà, d'où s'étend une vue coulante comme un poème. À cette hauteur, les flics ne l'ont jamais emmerdé. Son commerce prospère, du moins, tel était le cas lors de ma dernière visite qui remonte à plusieurs mois. Lucien m'a fait alors l'impression d'un homme accompli et équilibré, hormis sa couleur irrémédiable : il est d'un blanc arctique, presque transparent, bien plus radical que celui de certains Scandinaves extrêmes, sans qu'on puisse pour autant l'inclure dans la minorité des albinos, ce qui lui vaudrait éventuellement quelques faveurs administratives. En a-t-il besoin ? Je n'ai jamais connu quelqu'un d'aussi entreprenant et imaginatif. Dès qu'on me l'a présenté à un vernissage, je savais qu'il irait loin, alors même qu'à l'époque, il terminait à peine Sciences Po. J'imaginais, comme beaucoup, qu'il tiendrait rapidement une chronique dans un grand titre de presse. Trop individualiste, il ne s'était jamais fatigué à l'obtenir, choisissant une voie indépendante et pionnière, puisqu'il avait ouvert une sorte de coffee shop clandestin, aussi cosy que select. Quelle honte, tout de même… Revenir chez Lucien, quand un royaume de sérénité pérenne m'attend dans une pinède située à une distance égale entre Avignon et Aix. Voilà de quoi saloper une existence douillette, quiète, légère. Gaspard. Les armoires. L'herbe, mais dans le jardin. Et puis merde ! Je frappe !

Lucien m'accueille à bras ouverts, silencieux, comme s'il lisait ma fatigue, ma confusion, une faiblesse défaitiste publiée en lettres capitales sur mon front :

« J'ai très soif, très cafard, très mal à l'âme et aux pieds. »

Il me garrotte dans une étreinte et me conduit jusqu'au canapé où je m'affale de tout le poids de mon affliction soudaine et louche.

« Moi non plus je n'ai ni rime ni raison. Mais que peut-on avoir en cette saison à Paris, mon amie… »

D'un geste ample et éloquent, je désigne l'étagère en face, étendue sur tout le mur, à effet de présenter décemment la variété infinie de l'offre commerciale de mon hôte. Enfermées dans des bocaux en verre scrupuleusement étiquetés, des boulettes d'un remède verdâtre à l'insatisfaction témoignent du sérieux de l'affaire. À peine ai-je le temps d'ôter mes chaussures que l'écran de mon téléphone affiche le numéro polonais de mon père.

Quel don que le sien, de me tyranniser ! Au moindre écart de conduite, à la moindre intention micro-criminelle, il fait irruption, une descente en règle, une algarade guerrière. Nul besoin d'être un fin politologue pour saisir qu'il y a une perversité singulière au communisme. La preuve en personne. Sa conversion ? Je n'y ai jamais cru ! Pas une seconde ! Un communiste, ça ne peut pas s'empêcher de réparer le monde, coûte que coûte ! Quitte à ce qu'on en crève tous, mais remis sur le droit chemin. Je décroche.

« Gabriela ? Où es-tu ? Ta mère a disparu ! »

Il tonne à m'en faire péter le tympan. Il fulmine. Tout juste si j'ai le courage de demander :

« Dans quel sens ?

— Quoi, dans quel sens ? Je ne te comprends pas !

— Dans quel sens a-t-elle disparu ?

— Nom d'un chien, mais que veut dire dans quel sens a disparu ta mère ? Je n'en sais rien ! Elle s'est volatilisée de l'hôpital ! »

Ah, c'est le festival ! Ne me font-ils pas payer, tous les deux, les années tendues et sombres de mon adolescence ? Ne se vengent-ils pas de la déception que j'incarne ? Ma foi, ils me font casquer pour leur effort éducatif, ils me balancent la note, ils me collent le solde de tout compte en pleine figure. Je ne me laisserai pas faire.

« Qu'en dit Marta ?

— Ta sœur est enceinte, je n'ai aucune envie de la troubler avec cette histoire.

— Quelle nouvelle… Marta est enceinte. Alors, pour ne pas troubler ta fille imperturbable, tu as préféré troubler ta fille perturbée.

— Mais on devient fou avec toi ! »

Il faudrait en appeler à témoins. À défaut d'être enceinte, on ne vous laisse pas allumer un joint dans cette famille, mais c'est moi qui suis folle. Je me mords la langue et reprends aussi posément que les circonstances le permettent :

« Elle a disparu, disais-tu… Et ?

— Il n'y a aucun *et* ! Ta mère a disparu, point ! Je ne sais pas quoi faire. Un signalement à la police peut-être… C'est insupportable ! »

Il s'étourdit de colère paralytique. Il s'écroule d'impotence, à l'autre bout. Je l'entends panteler à deux mille kilomètres de distance.

« Viens-tu à Strasbourg demain ?

— Pas question, tu te doutes bien ! Je dois rester ici. Il faut agir ! J'ai besoin de renfort. J'ai besoin que tu sois là… »

Et paf ! La cerise sur le gâteau. Pas question que je me fasse enrôler dans ce cabaret borgne. En aucun cas. Il en va de mes principes.

« Mais elle a le droit de disparaître, non ? Comme tout un chacun. C'est la règle. Maintenant, je dois te laisser. Je t'appellerai demain de la maison. »

Je coupe avant qu'il n'ait le temps de s'évanouir. Si j'avais été à la place de ma mère, j'aurais disparu depuis bien longtemps. Quel projet atroce que celui de l'empêcher de disparaître. Et encore, il compte sur mon aide dans sa traître entreprise… On a beau dire, mon père a un petit fond totalitaire. Lucien m'observe du coin de l'œil, pioche dans un bocal estampillé *Amnesia Haze* et bourre à ras bord une pipe qu'il me tend aussitôt. Il aurait bradé son intelligence, s'il était devenu ministre de la Santé plutôt que dealer. Subtilité, empathie, esprit : à y réfléchir, Lucien possède nombre de qualités qui l'écartent irrémédiablement de la fonction publique. Je pompe *Amnesia* à m'en éclater les poumons. Cela a un goût terreux et me rend amnésique de toute cette journée infâme, avant même que Lucien ne s'intéresse à mon sort.

« Aurais-tu des soucis, Gabriela ?

— Pourquoi ? Et toi, alors ? Aurais-tu des problèmes, Lucien ?

— Pas encore. »

Soudain, les yeux de Lucien me foudroient, quand il se tourne vers moi pour m'embrasser, ce qui s'avère être le moyen de me glisser sur la langue un petit rectangle. Je l'avale sous l'effet de la surprise. Il s'en aperçoit, rit, me souhaite « bon voyage ». On s'embourbe dans la marmelade chimique. Lui, étendu sur le tapis, la tête appuyée contre un coussin, moi, au-dessus de son corps lunaire, allongée sur le canapé. Une immense tranquillité retombe sur nous, laineuse. Les minutes se dissolvent dans l'acide sans laisser de trace, à croire que nous ne sortirons plus ni de nos mirages ni de nos mensonges. Et quand bien même, rien ne redeviendra sérieux à notre retour. Latitudinaire et mièvre, l'époque nous pardonnera nos enfantillages avec trop d'empressement. Elle sait si bien le faire. Toujours plus loin, toujours plus vite ! Comme si la paillasserie était devenue une discipline olympique et une vertu citoyenne. Quand, à mon âge, on persiste à reproduire un comportement d'adolescent, c'est parce qu'il est le plus adapté à l'environnement. Récompensé de moult façons. On s'esquinte le caractère à vouloir atteindre un semblant de gravité, le comique nous rattrape à chaque fois. Mais de quoi aurons-nous l'air dans une dizaine d'années ?

En lévitation, ma mère bat des cils de fée, tout à fait persuasive en génie narcotique. Je fais un pas dans le vide, jambe à la verticale, elle s'envole, plane, bloquée par le plafond. Il faut lui ouvrir la fenêtre. Et vite ! Elle s'était prise dans un mauvais trip. À mille lieues des miniatures perses et des palais *gajar*, elle étouffera à la seconde même, ma pauvre mère. À son secours, je romps ! Mollasse et souple, je sinue le long de la cheminée, m'étonne de mon reflet dans le miroir posé sur son rebord, plus flou qu'une aquarelle, en défaut de tout contour. Douteuse. Vilainement élastique. Je distingue Lucien mué en un caméléon géant, qui balaie le salon de sa queue, roule ses yeux globuleux, roucoule, marivaude sans vergogne, me galantise avec connaissance. C'est toute une parade ! Totalement désinhibé, il me pelote les mollets, puis une fesse. Ma mère en devient bleue et comme gonflée. Elle suffoque ! Confondue, je lutte de tout mon corps tendre, mais c'est fichu d'avance. Lucien m'embabouine à fond la combine, leurre de ses couleurs fulgurantes, ne sait plus par où me berner. C'en est trop pour ma mère, très indignée : *Votre Altesse ! Votre Altesse !* Elle appelle le Shah à l'aide. Cela vire au scandale ! Accaparé par mes parties fondantes et liquoreuses, Lucien s'en branle du haut en bas. Derrière la fenêtre, un bruit grandit et se répand, on entend des survoltés. Je me cramponne aux rideaux et attrape en un tournemain la poignée de la fenêtre, résolue à l'arracher s'il le faut. Lucien n'a plus de pudeur, me marmotte du charabia pornographique à l'oreille, me mordille de partout. Je lui croasse des injures à la figure, il en redemande. Ma mère ne tient plus, elle se désenfle à vue d'œil. De l'air ! De l'air ! Je crie et massacre les fougères qui débordent de leurs faïences. L'exubérance nous submerge : tiges, branches, rameaux, chlorophylle en ivresse ! Ça grimpe sur les murs, croît, progresse ! Dehors, les gyrophares attirent des curieux et des farfouilleurs. Je tourne la poignée à toute force, sous le regard rivé de ma mère amorphe, démoralisée. À travers la frondaison, Lucien reçoit une torgnole en pleine tronche ! Paf ! Il s'en contre-moque et fornique plus frénétiquement encore, entre les fougères mâles et femelles qui en font autant. *Anima damnata !* Gaspard hurle, perché sur un lampadaire, alors que la ramure enfonce la fenêtre et dégringole de six étages. Le quartier se révolte ! Ils affluent, impatients de voir de près. De toutes les races, de toutes les confessions, des barbus, des rasés, des coiffés de belle manière. Ma mère en profite pour s'échapper et survole la ville en mode zeppelin. Elle cherche son Shah ! Elle est toute passion, chair, aventure. Planté devant le marché Saint-Pierre, mégaphone à la main, mon père patronne le mouvement de masse et la rappelle à la raison : « Nom d'un chien, ce n'est pas le moment de folichonner, Wanda ! » Les fougères burinent, tringlent. Ça carambole, explose, emporte la précieuse résine dans la turpitude. La corruption se propage. La piétaille acclame Lucien. Ils l'élisent comme Président ! Il diffère. Ne veut rien entendre. Rien que la rapsodie de la petite mort. La rue l'applaudit : « Bravo ! Bravo, monsieur le Président ! » C'en est à dégoûter Gaspard. Il jette des fumigènes, manigance un soulèvement, menace Lucien d'un coup d'État. Il s'en tape, Lucien, encensé qu'il est. Il balance des pétards par la fenêtre, prêts et bien roulés. La capitale est en feu ! La foule déferle. Ils ne veulent pas mourir bêtes, les gens. Ils sont le peuple des Lumières ! Sur les barricades, ils s'amusent, ils se cament, ils s'encanaillent à gogo. Gaspard escalade la façade de l'immeuble, muscles en saillie. *S'il te plaît*, me souffle-t-il, scintillant de sueur. Je fléchis à l'amiable. Je m'évanouis de faste. Je suis tout à lui, à lui seul. Ah, c'est le paradis !

À l'instant où je me réveille, Lucien se tient debout dans l'encadrement de la porte-fenêtre et contemple le vide. Enveloppée dans un plaid et soucieuse des circonstances qui m'avaient amenée à dormir chez lui, je traverse la pièce. J'ignore l'heure, jusqu'à ce que Lucien me propose de déjeuner ensemble. Pitié ! J'accepte un café que nous prenons presque sans mot dire, à bout et un brin gênés. Je me rhabille à la hâte, chaloupe à vouloir enfiler mon jean deux jambes à la fois, remercie Lucien de sa prévenance, quand il m'attrape à point pour m'empêcher de tomber. Nous nous quittons sur une note de non-dit équivoque, qui ne regrette rien et ne promet pas davantage. J'affirme néanmoins l'appeler en cas d'un quelconque besoin. Il fait affreusement joyeux dehors.

*

Quelque chose cloche avec le ciel. Il y en a vraiment trop au sommet de la rue Paul-Albert. Cela donne l'impression d'un vide ontologique, ce qui est souvent le cas dans les grandes villes. Il arrive parfois que, dans la forêt de cèdres, je découvre une clairière un peu surprenante, un peu déplacée, tombée d'on ne sait où, comme exprès pour rompre l'harmonie. Je le supporte sans me fâcher, je relève le défi. Ici, c'est inacceptable ! Les villes ne sont pas destinées à accueillir le vide. Je rectifie la direction de cent quatre-vingts degrés, me retrouve de nouveau en plein dans l'exotisme, les cacahuètes, les fanfreluches, la viscose au kilomètre et le papier gras. Il me faut trouver un taxi avant de retomber dans le cirage. J'en arrête un sur le boulevard et lui demande de m'emmener au loin, au musée d'Orsay. Zou ! Là, je vais reprendre mes esprits, me requinquer, décider de la suite du programme, ne dérogeant pas à la règle de pardonner toujours d'avance l'irruption du hasard dans ma vie.

Cette comédie de la disparition de ma mère en est un cas d'école. Où qu'elle se trouve à présent, ma vie n'en est pas affectée. En quoi serait-ce différent de ces moments passés côte à côte – sur le canapé, les serviettes de plage, les hamacs sous les arbres chez Wladek – quand nous n'avions pas besoin de palabrer. En tenants fanatiques de la *via activa*, mon père et Marta s'épuisaient à pratiquer des sports avec le zèle des coureurs du dimanche, finissaient dans les choux la plupart du temps, contusionnés, chevilles luxées, tensions musculaires, alors que nous les observions depuis l'ombre, ma mère et moi, plongées dans un silence complice. Elle est quelque part. Pas plus loin qu'elle ne l'était quand je la dessinais en train de feuilleter son atlas botanique et que, de temps à autre, elle levait la tête, esquissait un sourire désorienté, et disparaissait de nouveau dans les sous-embranchements des plantes spermaphytes. Si elle avait voulu me dire quelque chose, avant de s'évaporer de l'hôpital, elle aurait trouvé le moyen de le faire. C'est comme ça, il faut s'y conformer. Une fois au musée, je réfléchirai et trouverai la parade pour en convaincre mon père. Il n'a qu'à se faire une raison et me lâcher la grappe.

Le chauffeur me dépose rue de Lille, au beau milieu d'un mouvement social. Musée fermé. Mais on se fait arnaquer dans les grandes largeurs ici ! Qu'ils aillent se promener, les syndiqués, et au loin ! Flemmards ! Bulleurs ! Je m'en vais, moulue et très vexée. Mon estomac exécute une fabuleuse polyphonie des lendemains de fête : ça gargouille, glougloute, groume et grognonne à l'intérieur, rempli de liquides ulcérogènes. Il suffit de me colmater avec un croissant et une tasse de thé à la menthe. Prise d'un vertige nauséeux, je me rabats sur la terrasse chauffée d'une grande brasserie et passe ma commande en cinquième vitesse. On me recale, forcément ! On en fait beau bruit de mon croissant ! À seize heures ? Extravagant. Sacrilège, même. Jamais, au grand jamais ! Ou la semaine des quatre jeudis. Sauf si servi avec un plateau de fruits de mer, n'est-ce pas ? « Haha ! Vous avez raison, madame. » J'écrase le coup. Je joue la courge doublée d'une imbécile, sourire aux lèvres. On m'apporte mon croissant en trois exemplaires, accompagné de mollusques et de crustacés claqués sur de la glace. C'est immonde à en dégobiller et pue le large, une fleur d'écume. Je repars à demi dans la vape. On aurait eu le temps de s'en apercevoir, si l'homme était fait pour gober de la nature morte flamande. Je me force à picorer mon croissant dans le seul but d'avoir la force de me lever et de déguerpir. Paris, j'en ai ma dose. Je ne songe qu'à ma cambrousse. Une fois rentrée, je ne bougerai plus de mon trou, qu'on me déloge à la dynamite !

La Pologne, et puis quoi encore ? Quand elle voudra, elle refera surface, ma mère. D'ailleurs, elle ne peut pas être bien loin de là où on l'avait laissée. Je ne vois pas où elle irait. Mon père aurait pu la repérer en deux coups de fil, s'il l'avait voulu vraiment. Cela ne tient pas, son conte bleu. Je vais la lui trouver, ma mère, sans bouger ma fesse d'un centimètre d'ici. Je parie qu'il ne s'était pas cassé un bras à appeler mon oncle. Bêtement, il prend Wladek pour le frappadingue de la famille, alors qu'en réalité ces honneurs reviennent à Adam. Mon père n'a rien compris. Le frère de ma mère est à peine siphonné. Certes, un grand zinzin d'animaux sauvages, de forêts, d'autarcie survivaliste, mais c'est bien plus sain que de payer un croissant au prix d'un plateau de fruits de mer. Comme cette ville est surcotée, comme elle est morne. En route ! Rien ne m'empêche d'appeler Wladek en marchant.

*

Nous ne nous sommes pas parlé depuis au moins trois mois, lui et moi. Si nous n'avions pas de lien de parenté, je dirais que Wladek est un homme des plus sereins. Taiseux de nature, il se fait qualifier par extension paresseuse de taciturne. À tort. Mon oncle intériorise une forme d'enchantement chronique. Son caractère le prédispose à se réjouir de peu, même d'infime, à condition que cet infime sente bon la forêt. Notre espèce l'ennuie et l'indispose. Je n'en ai jamais été le témoin oculaire, mais Wladek se montre capable de bourrasques sauvages, de tempêtes tropicales, de typhons. À l'Office nationale des forêts, il leur en aurait fait voir de toutes les couleurs. On veut tracer une route à travers sa partie des Sudètes, il se pointe dans les locaux avec son fusil de chasse, son sac de couchage, entame une grève de la faim, rédige une pétition par nuit, les use par sa présence même, jusqu'à ce qu'ils renoncent. Le reste du monde lui importe maigrement. Il s'anime aux paysages, aux pelages, à la nervure d'une feuille. J'en ai eu la preuve empirique lors de sa visite.

D'abord, il se braquait, refusait de venir par excès de conscience : laisser ses bêtes, il n'en était pas question. Enfin, la cause l'avait emporté. Il devait présenter un exposé en France sur l'habitat de la chouette de Tengmalm menacée par le déboisement, devant un parterre de zozos écolos réunis en je ne sais quel comité européen. Il est passé me voir, à bord de son combi bourré d'un bastringue dingue et tout le tremblement, sans oublier son chien et son corbeau qu'il trimbalait dans une cage surdimensionnée. La cuisine émotionnelle qu'il s'était appliqué à mijoter en mon honneur, tous les plats de mon enfance, tous ceux dont je raffolais et que ma mère ne m'a jamais appris à faire par manque de temps, d'intérêt, et surtout de talent culinaire, toute cette boustifaille nous a permis de remuer mollement l'histoire familiale. Rien d'inédit. Entre le bortsch et les pirojkis, nous avons évoqué mes grands-parents maternels que je n'ai pas connus, la Galicie orientale, les chevaux de mon grand-père et ses lettres à Staline, les colis alimentaires de l'UNRRA, envoyés par les Nations unies aux mioches polonais de l'après-guerre, pour qu'ils ne crèvent pas dans l'ignorance d'une invention aussi fondamentale du monde libre que le lait condensé : « Une cuillère à la fois en guise de goûter. » Puis, le miracle s'est produit.

J'avais emmené Wladek dans la forêt de cèdres. Ah, là ! Feu et splendeur sur toute la ligne. Le sentiment de dépaysement l'a quitté à l'instant même, comme si on avait recommencé à lui parler sa langue. J'ai compris que Wladek n'appartenait à aucune nation, aucun pays, aucune culture autre que celle de la forêt. À peine sorti de la voiture, il avait plongé dans son élément, s'était mis à gambiller, à sniffer les odeurs, à pister la faune. Sans Wladek, je n'aurais rien su de la toxicité de l'*euphorbe characia* ou de l'ingénieuse technique du vol stationnaire du faucon crécerelle, appelé à mon étonnement « vol du Saint-Esprit ». J'aurais survécu, certes, à cette lacune. Mais je n'aurais pas connu ce mouvement en *tempo andante* qui peut entraîner toute une vie d'enthousiasme colorié aux pastels doux, si l'on veut. Wladek ne cherche pas l'extase et voilà qu'il trouve une trêve durable avec les calamités en tout genre. C'est à prendre. C'est très généreux, en réalité. Gaspard soutient cet avis.

Diffusément, nous bâtissons donc un royaume en catimini, Gaspard et moi. Inspirés par Wladek, nous avançons à pas de chasseur, sur la pointe des pieds, genoux légèrement pliés, sans nous presser. Chut ! Motus. Au bout du chemin roupille une forme de félicité, il ne faut pas la faire fuir… J'avais prévenu Gaspard de mes inconvénients et limites. Il en a fait autant. Les défauts que nous avons tus se manifestent spontanément et de manière constante : la grande bonté de Gaspard, sa délicatesse, son sale esprit de tolérance, qui m'obligent et me disciplinent. C'est accablant d'exigence. De Gaspard, j'espère toute ma sagesse, toute ma vertu, tout mon courage de me prendre en dérision. Son *s'il te plaît, Gabriela*, fait que je sais m'empêcher. Pas toujours. C'est pourquoi il m'aurait été utile de savoir comment se débrouillent les autres. Quoi qu'on dise de l'infidélité pathologique de mon père, on parle de quarante ans d'un mariage qui ne me semble pas excessivement raté. Du reste, nous n'avons pas de visée aussi prétentieuse qu'un mariage. Aucun projet de développement durable clairement formulé. Il s'agit d'une simple envie, feuilletée de mille précautions, de prolonger notre entente.

Wladek n'a pas la clé, sauf qu'il peut disposer d'éléments d'explication concernant la réussite des aventures humaines. Il faut croire que c'est à l'écart des affres du cœur qu'on est le mieux disposé à les pénétrer. Je dois ainsi à mon oncle une brève mais substantielle analyse de la relation de ma mère avec Adam, son ami de fac, dont j'étais curieuse des ramifications depuis trente ans. Depuis ce soir où j'avais surpris ma mère, fort bouleversée, sur un banc au fond du jardin. Lors de mémorables étés, trois de suite, passés dans la maison de Wladek, elle s'y était réfugiée pour lire. Elle en avait fait son repaire probablement par goût démesuré du jasmin, qui s'y présentait alors en espalier fleuri, évanescent, voire un brin hystérique. À ses côtés, Adam, comme empenné d'affabilité et de douceurs, l'entourait de son bras, délicatement, à peine, tout juste à peine. Quand elle avait posé sa tête sur son épaule, j'avais été sûre que mes parents divorceraient et que mon père resterait seul à Cracovie. La joie ! Plus que tout, je voulais vivre dans la forêt. En outre, j'éprouvais à l'époque pour Adam une espèce de fascination qui frôlait l'hypnose. Non seulement il s'intéressait à ma vie, me posait des questions, m'écoutait, mais aussi, et contrairement à mon père, se souvenait de mes réponses. Où était-il, mon père, quand Adam était là, à faire du vélo avec nous et à modérer mes envies de robinsoniser : « Tes camarades de classe ne te manqueraient pas ? » Je doute que l'infinie patience qu'il me réservait alors était dictée par le désir de plaire à ma mère. Son don à supporter les humeurs des autres avait tout de l'authentique et du sans-limites, si bien que substituer Adam à mon père me paraissait une bonne affaire. À ma sœur qui refusait l'hypothèse et chialait à chaudes larmes dans son coussin, j'ai réservé un passage de beignes en bonne et due forme. Un enfant, pris dans une contrariété, c'est souvent cruel. Puis, mon père est venu nous chercher en voiture, à son habitude affairé, haletant, plus enthousiaste qu'un braque de Weimar. Il faisait des bonds et des acrobaties, portait un panama, paradait sur ses pattes de derrière devant ma mère et tapait amicalement Adam dans le dos. Ma mère a séché ses larmes. J'ai succombé de nouveau au charisme de mon père, à sa rareté et sa distance, infiniment plus attrayantes que la disponibilité et l'attention d'Adam. Qui sait s'il n'a pas payé le prix de sa bienveillance toute sa vie, même quand il est devenu, lui aussi, distrait et très occupé, au début des années 90. Chez Wladek, il s'est effacé sous la vigueur brute de mon père, de celles qui ne se posent pas de questions et ne questionnent pas les autres. Nous avons allumé le grand feu de fin des vacances, chanté en chœur la vieille rengaine de Zdzislawa Sosnicka *Adieu l'été pour toute l'année*, et sommes repartis d'où nous étions venus : Adam à Wroclaw, nous à Cracovie. Bien qu'*a posteriori* je sois reconnaissante à ma mère de ne pas m'avoir compliqué l'existence avec un beau-père psychiatre, la scène au jasmin m'avait fait découvrir une complicité entre elle et Adam qui continue à m'interroger. Tiré par la langue à ce sujet, Wladek avait reconnu à demi-mot son origine incertaine, faite d'affects avortés et de vapeurs de jeunesse, pour mieux insister sur son caractère intellectuel et chaste. Bref, un amour raté qui aurait tourné en amitié sans rancunes ni convoitises souterraines.

Je m'assois dans le square Boucicaut, entre les marmots tapageurs et les vieillards somnolents, j'allume une cigarette et me racle la gorge avant de passer ce coup de fil que mon père avait décidément négligé. Rien, mais alors rien de plus exaspérant que d'être obligé de fouiner dans les micmacs de ceux qui nous ont fait. Et cela commence en trombe : non seulement Wladek décroche sans me faire attendre, mais il s'impatiente, il veut me parler. Les mots se bousculent dans sa bouche, il baragouine, débite à s'en essouffler, son chien n'arrête pas de japper, son corbeau de crailler, il les sermonne en pédagogue et reprend une phrase qu'il n'a pas eu le temps de formuler. Je le suis en sueur. N'aurais-je pas reçu une lettre de ma mère ? Elle en a adressé une à Adam, une à lui-même, pas une ligne à mon père, qu'en est-il de moi ? Je tique. Quel genre de lettre ? Genre pied de nez, sacre Wladek, presque convulsionné. Il dévide son boniment comme on dévide les intrigues dans une tragédie élisabéthaine. Pas une lettre d'adieu. Pire ! Pire ? Avec une pneumonie qui lui a valu un séjour à l'hôpital, elle court des risques inconsidérés à prendre la tangente. Euh… sceptique, je fais remarquer à Wladek qu'un cancer en stade terminal protège efficacement de tout autre danger. Il s'étrangle de chagrin. Elle a donc vraiment fendu la brise, ma brave mère. J'en frémis quand même, sans savoir si je dois être triste ou contente pour elle. En clair, qui seconder dans cette affaire ? Elle ou mon père, résolu, d'après Wladek, à prendre l'embrouille à bras-le-corps ? Il a convoqué Adam à Cracovie, c'est dire. Ils réunissent leurs forces, fusionnent dans le secourisme. D'instinct, je rechigne. Wladek retombe dans ses onomatopées doloristes, si bien que je me crois obligée de le divertir. Si nous parlions de voyages, et notamment de ceux de ma mère ?

« Ta mère n'est pas une grande voyageuse… En effet, elle est allée en Iran, quelques années avant ta naissance, pourquoi ?

Adam t'en dirait davantage, bien qu'il ne soit pas parti avec elle, étant, à l'époque, déjà brouillé avec Grotowski. »

Ils se connaissaient donc ? « Et comment ! » Ah bon… Je sourcille malgré moi. Pour revenir à l'essentiel, ne serait-elle pas alors en train de faire un genre de voyage nostalgique sur un air funèbre ? Pas dans son état, me tance sèchement Wladek. Et si déjà, elle aurait choisi l'Inde plutôt que l'Iran ? De mieux en mieux ! Je me replie sur Grotowski, sujet à l'intermède. Alors là, Wladek s'écrie : « Mais, il y est, justement ! » Où ça ? En Inde ! Malmenée, je tiens à me rassurer. On s'en fiche gentiment, n'est-ce pas, elle ne serait pas partie avec Grotowski ? Apparemment, il ne bouge plus trop, Grotowski, mort en 1999. Je pousse un soupir de soulagement, comme si j'écartais l'hypothèse la plus démente. Mais comment se trouve-t-il en Inde, alors ? Quelle question ! En poudre, ses cendres dissipées au pied d'une montagne sacrée. Bah oui, évidemment, suis-je bête… Ma mère s'en est beaucoup émue, tient à préciser Wladek. Je marque un silence. Cela me confond et me trouble, ce tripotage. Quand quelqu'un déploie un paravent, il ne faut pas y toucher, sinon on se pince les doigts et on a mal. Voilà où j'en suis. Wladek s'égoutte au téléphone, un mot mouillé par les larmes après l'autre : « Elle m'a écrit qu'elle avait fini par trouver *sa forêt à elle*, comprends-tu ? » Non. « Quelque chose qui lui tient à cœur, ma petite Gabriela. »

Ah, très bien… La petite Gabriela en a sa claque. Je termine avec la promesse insensée de rejoindre le quartier général à Cracovie dans les plus brefs délais. Je coupe, abasourdie. Une mère, je ne sais plus ce que cela veut dire. Wanda Bartel, professeur émérite de l'Académie de médecine de Cracovie, s'est barrée sur un coup de tête du feu de Dieu. Elle nous a laissé un calambour en souvenir.

La cigarette me donne un haut-le-cœur, mais je me lève de mon banc pour m'en acheter un nouveau paquet. Au passage, je fais un croche-pied à un garçonnet à tête de chérubin qui s'écrase en pleurs contre le gravier. Ça lui apprendra à rigoler !

La vie est rude, chaotique et injuste. Plus tôt on l'intègre, mieux on se porte. Je tournique à la sortie du square, doublement sonnée, par la marchandise de Lucien autant que par la plaisanterie de ma mère. Nous allons en baver de dures, je le sens. Derrière le Lutetia, je repère l'enseigne lumineuse d'un bureau de tabac, m'y traîne en souffrance, reviens sur mes pas une fois ma course effectuée. Grillée dans le square à cause du gamin, je ne sais plus vers quelle direction me tourner. Il faudra peut-être que je rentre. Mais où ?

*

Mon père, je commence à lui être favorable. Notre esprit libertaire s'effondre face à l'épreuve. C'est tout de même une sacrée pâtisserie ! Si elle ne l'avait pas quitté, mon père aurait pu légitimement la licencier. Ma mère était censée mourir gentiment sous morphine en surdose, suite à son cancer. Entourée de ses proches et des plus lointains, avec hommages, couronnes, et tout le tralala. Il en était convenu ainsi. En tout cas, c'est ce que nous avions tous compris, il me semble. Impossible de faire autrement. Et vlan ! On se retrouve avec une fugitive en cavale. Je dirais que nous sommes plongés dans les ennuis. Mon père le cherchait un peu, voire beaucoup, il faut le reconnaître. De là à lui faire payer ses passades avec autant de panache et de férocité, cela confine à la vengeance. Elle s'est emportée, ma mère. Arrivée à son terme, elle s'est un peu égarée. J'en conclus avoir intérêt à trouver une autre source d'inspiration pour ma relation avec Gaspard, si tant est qu'avoir une relation quelconque vaille la peine. J'en doute, en fait. La fameuse *alchimie* n'est rien d'autre que le nom commercial d'une combinaison d'intérêts obscurs, d'hormones et de circonstances. Qu'est-ce que l'amour, sinon ce truc qui fait prospérer les salons de coiffure ? Il suffit de regarder. Dans un beau décor, bien cadré et éclairé, cela donne presque envie, mais il faut réfléchir d'avance à l'arrière-plan, à toutes les saloperies et trahisons retouchées avec soin, à la lassitude. Cela dure ce que cela dure : un, dix, ou quarante ans. Pour, au final, se contorsionner de douleur et de dépit, seul comme le Christ de Grünewald sur sa croix. Si mon père savait admettre son échec, je me demande pourquoi il se fatiguerait à chercher ma mère. Qu'elle cavale ! Zou !

Attifée avec panache, la caissière rit gracieusement de mon *zou !* quand je passe ma carte bleue, enclavée au milieu d'une montagne de sacs publicitaires du Bon Marché. C'est à se demander comment font les pauvres en plein accès psychotique ? Ils doivent taper sur les autres. Mais puisque je suis au premier étage d'un beau et grand magasin, et que j'ai dû commencer par le dernier, car il y a le manche d'une poêle qui dépasse d'un sac et qu'on vend les casseroles tout en haut, il me reste à descendre beaucoup de fric : l'étage des fringues, puis tout le rez-de-chaussée des accessoires, des broquilles et des amusoirs cosmétiques, enfin un sous-sol réservé aux hommes, où je trouverai de quoi me ruiner sous prétexte de gâter Gaspard. En avant ! Je ne comprends pas le mouvement… Comment en est-on arrivé là ? Ma mère est une mère polonaise. Et une mère polonaise, ça vous crève les yeux d'héroïsme, ça vous écrase de droiture ! C'est sans coquetterie, sans légèreté aucune. Par moments, c'est dur à subir, une mère polonaise. Ça ne rigole pas. Mais ça se saigne pour vous comme personne ne le fera jamais. La mienne semblait adhérer au stéréotype. C'était rassurant. Et qu'auraient d'autre à faire, les mères, sinon rassurer ? Je quitte les denims et passe aux cachemires. Une goutte de sueur tiède dévale ma nuque, trépasse dans l'encolure de mon pull, l'autre la suit, puis encore une, une bordée, un torrent… Je dois avoir l'air tropical. Allons, allons, ma petite Gabriela ! Tu ne t'es pas perdue dans une vallée des Larmes, non plus. Je déniche une splendeur d'écharpe qui consolera Gaspard de notre belle entente dont on ne verra pas le développement. Il y a de ces impossibilités fatales que l'on aimerait tant vaincre, torpiller avec la foi en nos forces et en notre singularité. Mais on se brise !

On se broie ! Les plus infaillibles lâchent ! Les plus dévoués fuient ! Les gens ne sont pas faits pour vivre ensemble ! Je paie le cadeau de Gaspard juste avant la fermeture du magasin et me glisse dehors. Le rideau métallique tombe derrière moi dans un bruit de guillotine rouillée.

*

Le moment de la journée, quand je me suis demandé où rentrer, me paraît très lointain et d'une grande beauté. À présent, je me demande comment rentrer, alors que je tremblote de froid et d'un larmoiement grossier, impossible à contenir. Piégée par mes courses, je rate trois taxis. Je suis encombrée comme une réfugiée, courbée sous les balluchons de toutes les marques, de tous les créateurs. Je m'effondre, griffée à mort. Il faut bien que je parvienne à me tirer de mon pétrin. J'envoie un message d'au secours à Lucien, qui me répond immédiatement : « Ne bouge pas, j'arrive ! » Si je pouvais bouger, je n'aurais pas besoin de lui. Ne l'avais-je pas surestimé, Lucien ? Il me fait poireauter vingt minutes, fend la rue de Babylone dans le vacarme intolérable de sa moto, très inadéquate pour la circonstance, écarquille les yeux devant mon bazar. « Pourquoi ne m'as-tu pas appelé plus tôt, alors que tu savais que ça n'allait pas ? » Il est fou ! Qu'est-ce qui ne va pas ? Je sanglote tellement que ça s'écoule dans le caniveau et forme des vagues en arrivant à la grille d'évacuation : « Je me porte fort bien, Lucien ! » Je le crie pour qu'il n'en doute plus. L'esprit d'initiative hissé en haut du mât, Lucien laisse sa machine dans un parking souterrain, commande une voiture, jette dans le coffre toute ma honte acheteuse, et claque la portière derrière. Je ne tergiverse plus, je tranche, j'exige même : je veux rentrer chez moi ! En plus, je sais où c'est. Reste que l'opération nécessite une logistique militaire, un gros déploiement d'intelligence. Par manque d'imagination, Lucien souffle un peu vite de soulagement dans mon cou. Il pense foncer directement à la gare de Lyon, m'expédier au diable avec tout mon barda, et rentrer avaler tranquillement trois fournées de sa pipe. Un idéaliste, dirais-je. D'abord il faut récupérer mes affaires dans le studio, le fermer, puis trouver un endroit où déposer la clé, Melchior étant injoignable. À moins que Lucien n'accepte de la garder et de la rendre demain lui-même à l'agence ? Là, il comprend enfin que nous ne sommes pas près d'arrêter de tourner en rond. Qu'il y a de la gigoterie dans l'air, de la course fastueuse. C'est dans le climat de cette ville. Il s'engage par crainte que je ne me remette à pleurer et file un billet au chauffeur en guise d'argument pour qu'il nous laisse allumer une cigarette. Je profite de cet instant de détente et envoie un message à Gaspard : « Attends-moi à la gare d'Aix. J'y serai vers minuit. » Il m'appelle trois fois de suite comme s'il y avait matière à discussion. On me harcèle sur tous les fronts ! On me tourmente ! Lucien tente de me charmer par désœuvrement. Je lui trouve vite un emploi. Arrivés rue de l'Armée d'Orient, nous entamons un nouveau tour de négociations car il est hors de question que je remette le pied dans la location. En vrai Gaulois, Lucien cède en rouspétant.

« Est-ce qu'on t'a déjà dit que tu te servais des gens, Gabriela ?

— Ce n'est pas exact, ce que tu viens de dire, Lucien. Je me sers uniquement des hommes. Connais-tu des femmes qui se laisseraient faire ? »

Bientôt je vois la lumière s'allumer dans l'appartement. Il en ressort avec mon sac, et le manège continue. Mes courses, alors ? Je refuse de me balader avec, les voir me suffoque, me cause comme une résurgence d'humeur fébrile, de dingue fumasse, une tremblote. Il suffirait de faire un crochet chez Lucien et de les y déposer. Le chauffeur ne comprend plus rien. À la gare ? Je re-chiale un coup. Les yeux de Lucien virent au rouge, se braquent sur moi et s'éteignent face à ma ténacité. On se remet à caracoler, par les buttes, par les combes, par les tertres et par les ravins, à travers tout le quartier fracassé en mille parcelles discordantes comme une mandoline cubiste. Le chauffeur en a marre, il veut se barrer dès qu'il s'arrête devant chez Lucien. Tout le monde veut se barrer ! C'est devenu tendance. Les mères se barrent ! Les cochers se barrent ! La soirée se barre aussi, et bientôt mon train ! Pourquoi n'aurais-je pas le droit d'en faire autant ? Barrons-nous tous ! Lucien s'attèle à sortir toute ma boutique du coffre, pièce après pièce, lesquelles, une fois entrées dans l'ascenseur, montent jusqu'au plafond. « Tu as une dette envers moi... », me dit-il en revenant, avant qu'on ne redémarre et que je ne me barre à ma façon, tête enfouie sous un pan de son blouson. Il me demande si je faisais *ça* quand j'étais petite. Quoi, *ça* ? Si j'essayais de disparaître ?

« Des milliers de fois, Lucien.

— Ma sœur racontait à l'école que je pouvais devenir transparent et passer au travers des murs.

— C'est dégueulasse ! », je m'indigne, acquise à son anomalie.

Les familles ! Où qu'on se tourne, on découvre la même marmite d'humiliations, de vexations, et de déficiences dont on excuse le goût infect avec une folle indulgence, elle-même excusable. Fatalement, ça nous tient toujours par les tripes, la famille. À l'instant où on pile devant la gare, je me dis qu'il faut sauver la mienne. Fixée sur cet idéal, je laisse Lucien me malmener à travers le hall, me ballotter des caisses aux quais, me secouer à souhait dans le wagon, me clouer à mon siège, enfin me rouler une pelle pour me faire avaler un calmant, dont je ne réussis à recracher qu'un flocon à moitié fondu. Que je dorme un peu. Que je me calme. Il me réveillera en me téléphonant avant mon arrivée. Bon voyage !

*

Pff... La queue entre les jambes, voilà comment je quitte Paris. Débraillée. Surmenée. Camée. Retournée comme un gant de ménage. À l'intérieur, je bouloche. Je pars en vrille d'usure. Cela n'a pas pris plus de quarante-huit heures pour que je me défasse. Mieux vaut ne pas songer à mon excursion à Cracovie, y renoncer séance tenante. Mais est-ce encore envisageable ? Non. Quoi qu'on veuille objecter, une famille permet au moins d'aller mal avec un peu de dignité et de confort. Pour que je puisse continuer à dysfonctionner en paix, j'ai besoin d'un cadre stable, j'ai besoin de la grande fiction familiale. Il faut qu'on se ressoude, il n'y a pas d'autre option. La fugue de ma mère ? Nous allons tous nous calmer avec du sensationnel ! Elle finira par se rendre compte. J'aimerais bien lui renvoyer la question qu'elle m'a posée autrefois, après ma première tentative de suicide : Que sais-tu de toi pour te croire capable de mourir loin de nous ? Qu'est-ce que ta vie sans nous, au fait ?

À plusieurs reprises, j'ai vu ma mère entourée de ses étudiants. C'était sa vie sans nous, sans mon père, sans Marta, sans moi. Elle les recevait parfois à la maison. Ils venaient pour fêter des sessions d'examens, des fins d'études, des stages, des spécialisations. Beaucoup de monde est passé par notre salon. Des jeunes gens comme il faut, rebelles dans les limites imposées par leur milieu qui était aussi le nôtre. Le Petit Cracovie, comme on disait, et comme on dit toujours. Des vieilles familles, l'intelligentsia établie depuis des générations, avec Gombrowicz dans le sang et *Gazeta Wyborcza* dans la poche. La belle Pologne. Celle qui plaît à l'étranger, cultivée et pleine d'humour noir qu'on apprécie tant chez nous autres pouilleux. Elle se plaisait à elle-même aussi, toute cette agréable société. Beaucoup même. On s'admirait. On se félicitait de la direction des choses, on favorisait le progrès, on commentait chaque sourire que la meilleure Europe voulait bien nous adresser, et ce, avec énormément d'espoir et de reconnaissance. On s'élevait vers l'idéal, on allait bientôt rejoindre le continent ! On ne lésinait pas sur les efforts pour nous civiliser en urgence. C'est en cette faveur que Marta et moi étions autorisées à traîner dans les pattes des invités de ma mère. Avec discrétion, cela s'entend. Nous assistions à ces causeries salubres. J'ai découvert à l'occasion qu'on écoutait ma mère sans la contredire ni ironiser, ce qui était d'usage entre nous, en famille.

« Ne vous plaignez pas de l'époque, ne perdez pas votre énergie à la critiquer, employez-la à exploiter la liberté dont vous disposez. Vous vous apercevrez que vous pouvez infiniment plus que vous ne le croyez. »

Voilà ce que déclarait ma mère en toute bonne conscience, alors que notre Parlement venait de voter l'interdiction de l'avortement, en 1993.

Après m'être tirée de la maison, j'exploitais ma liberté, ainsi que toutes celles que l'on ne m'a jamais accordées, dans un grenier-atelier à Kazimierz, ancien quartier juif de Cracovie. Je passais à la maison quand je n'avais plus un rond. À chaque fois, je m'étonnais de la quantité de beaux types qui étudiaient la médecine, alors qu'aux Beaux-Arts nous avions affaire à des mochards terribles doublés de lopettes. C'est toujours affreux, un jeune artiste. Pourquoi ma mère n'a-t-elle jamais profité de l'aubaine ? Pourquoi n'a-t-elle pas été curieuse de cette liberté dont mon père se gavait sous son nez ? Je l'ai entrevue un soir sortir seule du cinéma au *Palais sous les béliers*. C'était à fendre l'âme, on y jouait *Indochine*. Elle a traversé la Grande Place du Marché comme une mousson. Mais est-ce une raison de fuguer avec un cancer en phase terminale ? Il fallait cueillir un de ces regards langoureux que lui laissaient en offrande les apollons les plus courus de la place de Cracovie, au lieu de nous pourrir l'existence maintenant. Ça n'aurait pas dû être plus compliqué que de s'amuser en Iran ! Même si, au fond, elle n'avait pas l'air d'être très mécontente de mon père.

Ils se querellaient pour des broutilles, pour des salades fanées. Soit il s'agissait de politique, soit de ma santé mentale. Vu qu'ils avaient un pouvoir limité de s'influencer l'un et l'autre, ça se soldait par des loufoqueries mémorables. Il nous est arrivé, à Marta et moi, de les surprendre dans des postures incertaines. Comme la fois où ils se sont engueulés au sujet du général Jaruzelski : traître ou sauveur, et à quel degré. Le différend s'était terminé dans un cliquetis d'épées chez mes grands-parents paternels, en pleine réception de Noël. Le bruit nous avait attirées dans le bureau où ils s'échinaient à l'aide des glaives sacrés, ceux qui avaient servi à mon grand-père et à son frère pour égratigner les tanks allemands en 39, et auxquels nous n'avions pas le droit de toucher. Marta s'était sauvée, en hurlant que mon père voulait tuer notre mère. Mon grand-père est accouru en catastrophe, au bord de la catalepsie, tout écumeux. Sacrilège ! Crime de lèse-majesté ! Barbarie au trente-sixième degré ! Ma mère était le dernier de ses soucis, qu'on la découpe. Mais alors sa flamberge ! Il en a fait une syncope. Tout le monde est reparti vexé, sauf mes parents qui se tirebouchonnaient dans la voiture comme deux carpes beurrées. Rien de vraiment grave n'a encore jamais atteint cette famille. Le peu de sérieux que nous avons connu, c'est grâce à moi.

Mais si les disputes à mon sujet s'envenimaient au-delà d'un duel d'escrime, les portes n'en claquaient pas pour autant et, *in fine*, j'étais la seule à en payer les conséquences. Les camps de scoutes socialistes, c'est mon père qui a voulu me les éviter, par crainte justifiée qu'on ne m'y endoctrine. Ma mère les considérait pourtant comme un moyen efficace de m'assainir le système nerveux et de m'équilibrer le tempérament, après qu'elle l'eut reconnu mélancolique. Il fallait absolument me sociabiliser. Ah, ça se passait dans le sang et dans les larmes ! J'en ai bouffé, des gamelles de pâtes à la cuillère ! J'en ai rampé, des kilomètres, au moindre coup de sifflet ! Genoux écorchés jusqu'à l'os, j'en ai tiré de sacrées séries de ma carabine de compétition, made in Tchécoslovaquie ! Et comme cela ne donnait toujours pas de résultats probants, elle m'a envoyée passer deux étés de suite en RDA. Il faudrait Malaparte pour en décrire l'enfer. Ce fut teutonique dans l'esprit et wagnérien dans l'expression, avec un écho de trompettes prussiennes. Ce fut surréaliste et sombre.

Il y aurait aussi beaucoup à dire sur la pureté idéologique du socialisme est-allemand. On nous a botté le cul comme il se doit jusqu'à ce qu'on chante *l'Internationale* à l'unisson, alors ça, oui ! Sauf que nos journées de service dans un asile de fous résonnaient d'une tout autre mélodie. Il n'y avait que des cas séniles là-dedans, alors ils les faisaient marcher à la nostalgie. Dès qu'ils s'accroupissaient, dès qu'ils piquaient de la tête dans leur purée, les haut-parleurs leur envoyaient *Heili Heilo* à plein tube, on mettait une couche du *Panzerlied* par-dessus, et ils repartaient comme en 40. Ils n'étaient pas trop au courant de la victoire des Soviétiques. Tout roses d'émotion, ils se croyaient encore dans leurs beaux tanks. Nous avons eu du mal à les suivre, car il fallait danser avec ces chnoques. C'était même notre mission première en termes d'échange de la jeunesse entre deux pays amis du bloc de l'Est : amuser des nazis déments. Je l'ai fait pour ma mère. Alors apprendre qu'elle a filé à l'anglaise m'empoisonne.

Tolstoï n'a rien compris, par exemple, à l'histoire des familles. Qu'on laisse un Russe se prononcer au sujet du bonheur me révolte grandement. Toutefois, là n'est pas le sujet. Le fait est que s'il n'y a pas beaucoup de familles heureuses, elles le sont de mille façons différentes. Nous étions heureux de ce bonheur qui s'ignore, je le comprends à présent. Distraits, nous espérions être délivrés de ce qui nous accablait, du régime politique comme de mes crises, de la laideur, de la monotonie des dimanches, et la chose nous a filé entre les doigts, à peine ressentie. À y réfléchir, quoi de plus complet que le bonheur imparfait ? L'homme n'est pas fait pour supporter la plénitude. Du moins, c'est ce qu'on disait. Et en effet, il y avait une tension bienfaisante dans notre attente, une naïveté stimulante, que nous avons perdues quand tout s'est à peu près tassé. La conscience nous a foudroyés au même moment que l'aboutissement : la victoire des libéraux, qui au fond ravit mon père, les succès professionnels de Marta, ma nouvelle maison dans le Sud, à l'écart des turpitudes. Eh bien, une fois plongés dans ce bonheur absolu comme une poire dans de l'eau-de-vie, nous nous sommes demandé en secret : qu'allons-nous faire ? Le cancer de ma mère s'était déclaré plus ou moins en même temps. La densité nous a rattrapés, nous a guéris de notre anosmie, nous a fait ressentir l'odeur de la vieille bonne colère de manquer de chance. C'était pénible et rassurant à la fois, et tellement honteux. Décidément, ma mère demeure la seule à ne pas avoir saisi le mouvement en profondeur. Sinon, nous trois, nous avons parfaitement intégré que nous sommes notre *forêt*. Quand elle va le comprendre, elle aussi, il faudra que nous soyons à ses côtés. À défaut, elle mourra de chagrin et c'est infiniment plus douloureux que de mourir d'un cancer généralisé.

Lucien m'appelle. Je ne réponds pas, déjà en train de ramasser mes affaires. Il me plaît tant d'être attendue et vitupérée. J'en frémis. Sur le point d'arriver à la gare, Gaspard doit me maudire en termes des plus flatteurs, je parie, sans se demander pourquoi il fait trente kilomètres par des routes serpentines pour récupérer une femme invivable. Il n'a jamais été en vacances en RDA et n'a pas non plus connu le rêve de posséder un passeport, donc il doit se croire à plaindre. Des milliards de gens dans le monde seraient fous de joie d'occuper sa place, à parcourir la nuit dans une voiture confortable, libre de toute menace, à part celle de s'ennuyer vaguement le reste de ses jours. Il n'a pas vécu, Gaspard, donc il ne peut le savoir. On ne lui a pas montré Berlin-Ouest depuis Check Point Bravo, alors la vie lui paraît parfois injuste et même calamiteuse. C'est comme ça, dans un pays où on meurt exceptionnellement d'autre chose que de maladie ou de vieillesse, et cela depuis des générations. Je tâcherai de lui faire comprendre son bonheur d'avoir à aller chercher quelqu'un à la gare dans le seul but d'ouvrir la fenêtre le lendemain matin et de dire à cette personne : « Regarde, les figuiers ont encore poussé… » Au fond, j'apprécie quand Gaspard me raconte toute la grâce qui nous entoure. La beauté a besoin d'être dite, sinon on ne s'en rend pas forcément compte, on ne la voit pas. Sur le reste, il faut se taire et souffler, c'est tout. Mais alors souffler quotidiennement, et même plusieurs fois par jour, à chaque instant.

*

Cordieu, qu'il est croustillant ! Il en est du bonheur comme du bon Dieu chez les Juifs, il ne faut pas dire son nom, sinon il se vexe. Je n'en pense pas moins, quand j'aperçois Gaspard faire les cent pas sur le quai. Gaspard tel que je l'aime le plus, tout juste sorti du lit. Il absorbe l'espace, toute la gare vide et jusqu'aux lumières de la ville, au loin, au fond. Même s'il faisait jour, je manquerais la montagne Sainte-Victoire. Il y a lui, et puis, plus rien. Son col roulé lui donne l'air d'un intello d'un autre temps, à croire qu'il vient de s'échapper d'un de ces films de Zanussi dont ma mère raffole, *Camouflage* ou *Bilan trimestriel*. Je me demande ce qu'elle dirait de lui. Passé sa méfiance à l'égard des gens divorcés, elle lui trouverait probablement quelques qualités. Mais, avant, on en aurait entendu de belles ! À quel point il lui semble inutile de « gratifier l'institution du mariage d'une dimension passionnelle », laquelle ne peut déboucher que sur des mélodrames et patati et patata. Pour quelqu'un qui abhorre les *mélodrames*, elle se trouve à contre-emploi dans sa dernière aventure. Et moi, bien contente qu'il ait divorcé. Cela ne m'aurait pas dérangée s'il avait divorcé pour moi, pas plus que de le faire divorcer, mais puisqu'il s'était débrouillé seul et qu'il est tombé du ciel prêt à l'emploi, je ne m'en plaindrai pas. Je l'aurais volé à l'arraché, s'il l'avait fallu. Mais c'est derrière, tout ça… La porte pneumatique s'ouvre enfin et je saute hors du train, aussi pressée de retrouver ses bras que d'allumer une cigarette. « Je suis là ! Gaspard ! » En amont du train, il se tourne vers moi et s'approche de son pas mesuré qui me rend fiévreuse et moite, parfaitement étourdie.

« Quel changement agréable, savoir où tu es. Alors qu'hier je te croyais perdue… »

Pas de questions, pas plus futiles qu'essentielles, pas d'effusion, pas de reproches non plus, alors qu'il pourrait m'en faire. Tout lui. Je le remercie d'être venu, à m'en essouffler dans sa bouche, à être obligée de faire des pointes pour atteindre ses cils, puis ses sourcils fournis, noirs, sans la moindre courbe, comme tracés au charbon, enfin ses rides sur le front, disposées en portée de musique.

« Mais je t'en prie, ma douce migraine, me répond-il en retouchant le dernier baiser, je me suis justement demandé ce que j'allais faire de ma nuit, et voilà que tu te manifestes avec la solution toute trouvée. Un aller-retour à Aix, vers une heure du matin. Je n'aurais pu rêver mieux. »

Sur le parking, le vent apporte la senteur des pins, de la terre et du printemps. Je songe au premier café du matin, face à la forêt, et retombe aussitôt dans l'épopée de ma mère. Elle brouille mon plaisir. Elle s'interpose. Elle me rase, à la fin !

Gaspard démarre et allume la radio qui bave une dégoulinade sirupeuse, très pop et méchante, parfaite pour mon état d'esprit. Je lui offre aussitôt un paquet de macarons, acheté lors de ma crise matinale. Tout sourire, Gaspard bigle son cadeau :

« Si cette petite mélodie du bonheur continue, nous allons finir gâteux avant l'âge... Trop de bonheur rend bête, Gabriela, et je commence à avoir peur.

— C'est quoi trop de bonheur, Gaspard ? Crois-tu que nous en sommes là ? »

Il me pique la cigarette que je viens d'allumer et en tire une bouffée avant de piler au feu rouge sur un carrefour désert. Fumeuse, j'ai fini par oublier si la nicotine aide à penser. Gaspard mijote une réponse, rumine, grimace. Nous redémarrons. Une route étroite, tordue et poilue d'une broussaille phénoménale comme le boyau d'un animal préhistorique nous engloutit. Tout respire et pulse autour de nous. Tout est vie, et processus, et infini minéral.

« Non, Gabriela. Nous n'en sommes pas là. Nous sommes au seuil et c'est parfait. Je n'éprouve aucun besoin d'un quelconque changement dans ma vie.

— Peut-être que tu es trop paresseux pour imaginer un changement, un trop de bonheur… ou que tu n'oses pas ? »

Gaspard me jette un regard étonné, avec un soupçon de reproche embusqué au coin de l'œil.

« J'ai assez osé dans ma vie. Je ne souhaite rien d'autre que le statu quo. Pourquoi reviens-tu là-dessus ? J'ai cru que c'était réglé. »

Il a osé. Il a assez osé. Soit ! Il a osé tout larguer et ne ment pas à ce propos. Il n'a été que modérément paresseux, même selon des critères sévères, c'est vrai aussi. Reste qu'il n'a pas dévié d'un parcours emblématique de la moitié de la population occidentale dans sa tranche d'âge : enfance provinciale sur le cours Mirabeau, départ pour les études à Paris, début de carrière dans un cabinet d'architectes à Rotterdam, promotion et retour à Paris, mariage avec Marie-Paule (sic !), achat d'un appartement, crédits, merdouilles, lassitude, divorce entre corrida et rififi, excès d'inconduite, période de défoulement suivie d'une remise en question, héritage providentiel, corps de ferme du XVIIIe à rénover en entier, retour dans le giron provençal, lenteur et flemmardise, notre rencontre, notre entente, notre seuil du bonheur.

« Ne m'aurais-tu pas changée, moi, si tu avais eu la possibilité de le faire ? »

Gaspard me jette un cil, fixe de nouveau la route, parle dans la nuit devant.

« Ma Cariatide, je repose entièrement sur toi. Modifier le moindre détail menacerait mon équilibre.

— C'est curieux… à chaque fois que tu me mens, j'ai envie de te sucer. Et cela n'a rien à voir avec mes crises de nymphomanie. Crois-moi, Gaspard, c'est autre chose. »

Il sourit, mais d'un sourire cassé, mi-gêné mi-faux jeton. Il n'en mène pas large. Il ne sait pas quelle issue souhaiter.

« Pourquoi voudrais-je te changer, Gabriela ? Mais alors je ne cesserais plus de te mentir.

— Arrête-toi, Gaspard !

— J'adorerais, si c'est pour mettre à exécution tes pulsions nymphomanes, mais là, je ne peux vraiment pas. »

Nous sommes sur l'étroite route qui s'essouffle en zigzag vers Bonnieux, touche à certains endroits les cimes des chênes plantés en contrebas, s'enfonce dans les nuages à chaque virage comme une promesse de vie éternelle.

« J'imagine que cela ne te compromettrait pas de finir contre un arbre avec ton sexe coincé dans ma bouche. »

Non, dit-il posément. Puis, il capitule allégrement, laisse ma main déboutonner sa braguette, cabotine un peu, s'effarouche, capitule de nouveau. Faute d'accotement il ne s'arrête pas, mais ne ralentit pas non plus. La route se dresse brusquement, il l'imite. Une verticalité radicale nous mobilise. C'est acrobatique, serré, pointu. La radio crache par cascades les spasmes de Wallace Roney, qui étrangle sa trompette. Gaspard se joint en polyphonie, marmotte, ronronne. Ce qu'autrefois un Goncourt a appelé « l'appétence suceuse des lèvres », lui arrache quelques hennissements euphoriques, sans l'empêcher de me signaler, en murmurant, qu'il a horreur du mot *sexe* utilisé comme synonyme de membre viril. Je note et persévère. Il ne me décourage pas davantage. Etta James prend la place de Roney et gouale *It's a Man's Man's Man's World* ! Gaspard lâche le volant à la hauteur du col du Pointu, et boom ! Il manque la bifurcation de la D36. La voiture cale brusquement, il se rattrape de justesse, écrase la pédale à nous propulser dans l'éther et explose de jouissance en pleine marche arrière. Cocorico !

« Par quoi voudrais-tu alors que je remplace *sexe* ? »

Un brin groggy, Gaspard se reprend, me considère d'un œil mou et me répond être tombé sur un « braquemard écumant de fureur » dans *L'Histoire de Dom Bougre, portier des Chartreux*, une merveille comparée à *sexe*. Je concède, *braquemard écumant de fureur* a de quoi impressionner. Mais, enfant de mon temps, je ne méprise pas les appellations moins boursouflées et plus pratiques. Nous chipotons ainsi sur les options, *chouard* ou *priape*, repoussant au possible le sujet véritable : le bonheur. La conclusion jouissive de l'étude aérienne que nous venons de mener ne suffit-elle pas à prouver qu'il serait fâcheux de s'en tenir à son seuil ? D'ailleurs, ce n'est pas le bonheur absolu qu'il faut viser, c'est l'absolu lui-même ! Ce quelque chose qui ne change pas, qui ne se trouve pas en dehors mais en dedans, au fond de nous. Rien ne nous viendra des autres ni de nulle part ! Rien ne nous viendra jamais, parce que tout est là ! Je m'emporte, tant la révélation me paraît capitale. Il faut donner ! Et donner mieux ! Quand on n'en a plus, on en a encore ! Tout claquer ! Tout ressentir ! C'est de cette générosité que je parle. Celle que l'on noie dans la peur comme on noie les jeunes chats. Gaspard résiste :

« Sais-tu ce qu'a dit Flaubert à propos de la première exposition universelle à Paris ? *Cela est écrasant. Il y a des choses splendides et extra-curieuses. Mais l'homme n'est pas fait pour avaler l'infini.*

— Merde à Flaubert ! Et qu'a-t-il inventé de valable, Flaubert ? Une bécasse hystérique qui te rendrait dingue en moins d'une heure !

— Gabriela, s'il te plaît… »

Gaspard n'est pas le seul à vouloir éviter une dispute. Ce serait un gaspillage d'énergie, vu que les révélations s'éventent plus vite que le tabac. Demain il n'en restera qu'un vague arôme.

« Ma mère s'est enfuie de l'hôpital », dis-je platement.

*

Gaspard s'engage dans l'allée du jardin récemment aménagé sur l'emplacement de la cour, à grand renfort de pépiniéristes et de main-d'œuvre étrangère. Un jardin en esquisse, embryonnaire, et tellement fragile que nous inaugurons chaque journée par son examen depuis la fenêtre, comme si nous avions craint qu'il succomberait de mort subite dans la nuit. Les figuiers ont encore poussé, mais Gaspard ne me le dit pas. Il se saisit de mes bagages, ouvre la porte et libère les chiens. Précédé par un hurlement, Tonnerre me saute dessus sans ménagement, négligeant son maître. Fiodor tournique autour, le diable au corps. La maison sent le feu de cheminée et un parfum féminin violent, à mi-chemin entre bombasse et avocate, voire une alliance des deux dans un même corps. Oxyde de rose. Sur la table basse, des croquis de Gaspard dans un grand format s'étalent près de deux verres à vin vides. La bouteille qui les a remplis a disparu.

« Tu recevais ?

— Une gourde. Elle a aimé la maison de Frédéric, donc il lui a donné mes coordonnées. Elle s'est pointée ici avec son chéquier. Enfin, le chéquier de son mari.

— Et ? Vous avez conclu ?

— Pas encore. Je dois aller voir le terrain demain.

— Je risque de repartir dès demain. »

Gaspard marque un temps d'arrêt, lorgne vers la bouteille entamée qui trône sur la table de la cuisine, me propose du vin. Je remercie, décline, me dégonfle.

« Un bain et tu me racontes tout ?

— Une douche et je te raconte tout demain. »

Nos chiens font exactement ce que nous attendons d'eux : ils apportent un peu de joie, Tonnerre occupé à chasser des assaillants invisibles, Fiodor étalé par terre sur le dos, à s'agiter, les pattes en l'air. Gaspard s'éclipse dans la cuisine, envoyant au passage une balle de tennis au milieu du salon. Je monte dans la salle de bains aux bruits d'une mêlée canine.

Le miroir au-dessus du lavabo refuse de collaborer. J'ai la tête d'un supplicié. En comparaison, celle du Christ de Grünewald est une praline. Je ressemble à un rêve *grunge*. Avec une telle tête on meurt d'overdose à vingt-sept ans ou on se range, mais on ne traîne pas jusqu'à la quarantaine, parce que le ridicule nous précède d'un pas, où qu'on aille. De quoi ai-je l'air ? D'un enfant fatigué, comme déraillé de son âge. Il faudrait ajouter un mot sur mes effluves corporels, sans quoi l'ensemble manquerait d'essentiel. J'empeste la bête. J'ensauvage le lieu par tous mes pores, à croire que je marque mon territoire. On empale pour moins que ça ! Sentir la rose ce n'est pas bien. Je dirais que c'est impardonnable. C'est pompier. C'est lyrique. C'est guimauve. Mais c'est civilisé. Je pue la nature.

L'eau brûlante me sonne, le savon m'émousse, je me police, je m'élève dans les vapeurs. Il y a dans mon acharnement sublime le meilleur de la culture occidentale. Je me frotte ! Le savon produit l'effet d'un extincteur d'incendie pulvérisé, si bien que je manque l'accostage de Gaspard à mes côtés. Il tangue un peu dans la mousse, ou moi.

« Tu as des traces de morsure sur la fesse gauche, Gabriela, dit-il posément.

— Comme tu le sais, je suis de ces femmes qui, parfois, portent des traces de dents non conventionnées sur une fesse.

— Ce n'est pas parce que je le sais *a priori*, que cela ne me dépasse pas chaque fois. »

Nous n'allons pas pinailler, même si *chaque fois* c'est vite dit. Gaspard pousse un soupir digne des plus éloquents soupirs de mon père. Un *pff* vaincu comme la cadence de notre époque. Tout en soupirs, il est divin. Je n'ose toutefois rien entreprendre qui puisse être interprété comme une tentative de corruption. Qu'il mange son amertume, s'il estime que l'incident en vaut la peine. Qu'il lève sa pâte, qu'il nous cuise notre pain quotidien. Nous allons nous régaler ! Sainte Vierge, n'y a-t-il donc pas de moyens pour que les gens cessent de se maltraiter de la sorte ? De se préoccuper de broutilles et de vanités ? Allons voir… Je me tords dans la glace et tombe en rade. C'est criminel ! L'indulgence de Gaspard me paraît d'un coup plus intolérable que jamais. Mais il faut admirer cet ouvrage de près ! On dirait que j'ai passé une nuit assise sur une boîte de conserve ouverte. Ce n'est pas une morsure, c'est du vandalisme ! Comment un homme transparent peut-il causer autant de dégâts ? J'en tombe dans les vapes. Gaspard me tend mon peignoir, je m'accroche, je lui explique les circonstances par paraboles. Un dévalement, voilà comment qualifier mon séjour parisien. *Das Verfallen* ! Heidegger, travaux pratiques ! Pour une fois que la philosophie sert à quelque chose… Je prononce le « h » de Heidegger avec une rudesse harceleuse, je le martèle comme du fer fendu, j'en bourre les oreilles de Gaspard. Qu'il compatisse, qu'il s'apitoie ! Qu'il juge avec tout l'attendrissement requis ma glissade dans la *vie factitielle* sans aucune possibilité de retour à soi, autre que par le train. Qu'il s'en émeuve ! Qu'il me pardonne ! Grâce ! Grâce !

« Je suis fatigué, Gabriela. »

Il n'argumente pas. Il ne dit rien de plus, s'en va dans la chambre, me demande d'éteindre les lumières. Je me contourne de loin, je ne peux plus me supporter. J'applique une crème cicatrisante sur ma fesse gauche, consternée par mes débordements, mes penchants, mon inconsistance. Une solution médicamenteuse pour me remettre dans la probité me paraît soudain la seule envisageable, bien qu'elle n'y soit jamais parvenue jusqu'à présent, à aucune de mes tentatives. Je goberai tout. J'avalerai le dictionnaire de Vidal en entier et le pape tout cru, pourvu qu'il ne me quitte pas. Gaspard se couche sans m'attendre. Une cigarette allumée à la fenêtre de la mezzanine me donne un alibi, alors que je guette qu'il s'endorme. Surpiquée d'étoiles minuscules, la nuit foisonne à l'infini sans espoir, sans consolation. C'est toutefois du cousu main, cet univers, il y a une idée derrière, sombre… J'entends la respiration de Gaspard, appesantie et dense, si honnête. Aérée, je me glisse comme un souffle à son côté, veillant à ne pas le toucher. Je le hume, je l'inhale. Je le survole des lèvres, entre draps et chair. Il est satiné, poli, sent des intentions suaves. Il est une faveur. Une forme de pureté inespérée, imméritée. Je me fourre une poignée de ses cheveux éparpillés sur l'oreiller dans la bouche, je mâche, je savoure. Puis je me sauve.

*

Arraché à sa rêverie animale, Tonnerre ne comprend pas que je l'abandonne seul dans la cuisine de son maître. Sur la pointe des pieds, je boutonne à la hâte mon jean, enfile mon trench, attache Fiodor pour éviter qu'il ne retourne sur nos pas et je ferme précautionneusement la porte-fenêtre derrière moi. Tonnerre s'y dresse de toute sa hauteur. Hagard, il lèche la vitre, quémande ma charité. Je lui tourne le dos, allonge le pas, tire Fiodor, qui s'oppose à mes manœuvres. Il a pris ses habitudes dans ce lieu, il y a développé une vie frivole et résolue à la fois. À présent, il faut s'en défaire. Je vérifie ne pas avoir oublié mes cigarettes et un sachet d'herbe que Lucien a pensé à me glisser dans la poche. Je ne le paierai pas ! Il faut en finir une fois pour toutes avec les dealers diplômés ! Quand il n'y aura que la pègre armée pour vendre de la came, que la racaille de basse extraction, que des illettrés bourbeux, on verra bien par qui je me laisserai mordre les fesses !

La fraîcheur me lèche les mains que j'essaie de chauffer en tirant sur les manches de mon pull. Une fois le portail passé, nous avançons au bruit de nos pas sur le bitume, il ne fera pas plus clair avant une heure. Depuis les confins de Lacoste où demeure Gaspard, une route bien entretenue sinue le long de la broussaille, la pinède, les roches cendrées et un filet d'eau brune, sur une vingtaine de kilomètres. Au bout, à Fontvert, m'attend la maison. Son usage n'a pas été clairement défini après ma rencontre avec Gaspard, elle me sert de remise confortable où ranger ma garantie d'indépendance. J'ai toujours la clé sur moi. Le courrier qui m'est destiné arrive là-bas, ainsi que les factures et, quand j'oublie de les payer, les huissiers. Nous allons y revivre, Fiodor et moi, nous y réinstaller dans une déglingue douce, dans la mélancolie, toute mignonne, toute pompette de quiétude. Je peindrai des natures mortes. Et puis, il y aura du divertissement à Cracovie, des péripéties. C'est ainsi que ma vie s'épuisera.

Pour parvenir à ce bel avenir, je décide de faire un détour par la forêt, profiter de l'aube qui brûle les cimes. Si nous nous débrouillons bien, nous arriverons sur le belvédère du sentier botanique avant la levée du rideau. Nous y serons aux premières loges. Fiodor trouvera où se désaltérer. Il se met à aboyer en réponse au chien du médecin du village. Pourvu qu'on ne nous aperçoive pas, c'est déjà assez honteux en solitaire. Aurais-je dû laisser un mot à Gaspard ? Un bout de poème, un *pardon*, un *adieu* ou tout autre formule gorgée ? Il me semble qu'à la quarantaine, il est juste d'abandonner ces pratiques, se barrer sec. Qui, à cet âge, lit encore ces conneries que l'on ramasse et que l'on fabrique depuis vingt ans ? Fiodor émet une série de jappements, tire sur sa laisse, se démène, s'affole, gueule franchement dès qu'on entrevoit les contours de la forêt, comme découpés dans du carton. Avant de disparaître en trois bonds dans le sous-bois, il me traîne au galop sur une trentaine de mètres, me fait trébucher, puis culbuter élégamment, genoux en premier. Je me ramasse. Le cherche, le siffle. Nada ! Il faut croire que c'est de famille chez nous : à un moment, nous disparaissons, chien compris. Cela me donne envie de faire un pari. Si Fiodor se retrouve, ma mère se retrouvera aussi. Chiche !

Parfois, je me demande quelle vie ma mère me rêvait quand elle m'a tenue pour la première fois dans ses bras ? Quelles aspirations m'avait-elle réservées ? Si les gens avaient la possibilité de voir un seul jour de la vie de l'enfant qu'ils envisagent de concevoir, notre espèce s'éteindrait peut-être, nous laisserions la place à des animaux nobles. Que fait-elle, à quatre heures du matin, dans sa *forêt* à elle ? Y est-elle déjà ? Marche-t-elle ? Pense-t-elle à moi ? Depuis ma première tentative, elle a dû imaginer des scénarios alternatifs à mon attention, suivant lesquels je tirerais mon épingle du jeu. Mais j'ai hérité un monde qu'elle-même a fui après avoir contribué à le bâtir. Pas très fair-play. Et au final, nous ne mêlerons pas nos os en famille. Notre préserverons notre liberté individuelle jusque dans nos cercueils. À condition que ma mère en ait un, eu égard à l'excentricité de sa démarche.

*

La cédraie exhale une odeur terreuse et fraîche, avec des notes de résine relevées par le vent. Je suis paumée au diable Vauvert. Pétrie d'angoisse à cause de Fiodor, aussi. Sifflé, il ne répond toujours pas. Sous l'apparence d'un chien de chasse bien avisé, il se révèle peu dégourdi, fantasque, oublieux. Nos retrouvailles après chacun de ses vagabondages sont dues à la bienveillance du peuple. On m'appelle de partout pour le récupérer, grâce à mon numéro gravé sur sa médaille. Je cours, je le ramène, et l'odyssée recommence. Depuis toujours, je l'ai soupçonné d'être habité par des pulsions obscures. Il arrive à Fiodor de sombrer dans des lubies, de creuser un trou dans le jardin plusieurs heures d'affilée, au point de risquer s'y ensevelir. Un double de Dostoïevski, ce clebs ! Un possédé ! Un furieux ! Pour parfaire la misère, je n'ai pas de réseau téléphonique. Je me mets à hurler comme un putois après lui, sans effet. Je tournique. Je traîne. Je rôde, à cran, assoiffée. Le jour se décide. À deux cents mètres, je repère un panneau à moitié dissimulé sous un tas de ronces : BIENVENUE DANS LA FORÊT COMMUNALE DE BONNIEUX. Ouf ! Je ne suis pas loin de la route que nous empruntons habituellement pour rentrer à Fontvert. Pas loin, non plus, du sentier botanique, avec son panorama plongeant sur la vallée, son offre de spectacles et de variétés. J'aboie encore, deux-trois fois : Fiodor ! Fiodor ! Il s'en fiche. Je l'attendrai, pieds dans le vide, en contemplant l'explosion du Soleil. Quoi qu'il en soit, je suis esquintée.

Il y a une force rassurante qui émane de ces cèdres de l'Atlas, introduits ici au XIXe siècle et si bien intégrés dans le paysage qu'on les imagine mal ailleurs. On se trimbale tous d'un bout à l'autre, et on s'enracine, on fait l'effort. Les arbres seraient-ils moins nostalgiques que les hommes ? Bientôt, dès que le froid nocturne diminuera, les orchis éclateront de leurs épis en fleurs pourpres, suivis, une ou deux semaines plus tard, par les iris des garrigues ornés de grappes multicolores. De la haute joaillerie ! Au printemps dernier, nous avons cueilli des orchidées sauvages dans le coin. Il aurait fallu le peindre. Il aurait fallu faire un portrait de Gaspard ! Il aurait fallu m'apporter la preuve d'avoir côtoyé tant de délicatesse et d'harmonie, une telle sublimité de langage. L'univers s'exprime ici à travers la définition même de la perfection, il y est à l'état de plénitude et d'achèvement. D'autres échantillons existent sans doute, éparpillés par-ci par-là à travers le monde, mais c'est le visage de Gaspard et ce paysage qui agissent sur moi comme un collier de charme. Nulle prétention ne m'anime. Le monde n'attend pas mes réalisations, j'en suis consciente. Il est déjà trop plein, il est encombré. Aucune nouvelle peinture, aucune expression supplémentaire de la finesse du regard, aucune originalité prétendue ne lui sont nécessaires. Tout ce que j'aurais pu produire aurait été superfétatoire, compterait pour de la camelote dans l'histoire de l'humanité et même de la région. Mais justement ! N'est-il pas héroïque, face à tant d'excellence, après des siècles de sublime, de s'acharner contre la matière, d'avaler sa honte, et de prétendre, en toute connaissance de cause, avoir quelque chose à ajouter ? Or, je suis de la race des héroïques, de ceux qui empiètent dans le bancal, dans l'imparfait, mais ne se découragent pas à reproduire quelque geste de beauté, quelque sensation de rare et de précieux, quelque élégance mal assurée. Nous fabriquons du déjà-vu indispensable. Nous sommes des copistes, c'est ce qui est le plus noble en nous, le plus honnête. Car c'est quand on succombe au monstre de l'inédit, que les catastrophes se déclenchent. La preuve.

Aussi longtemps que ma mère supportait les infidélités de mon père, mes crises, mes abominations noires, l'idéal du dévouement trouvait son prolongement dans le monde, et il me semble que le monde en a besoin, malgré tant de modèles illustres. Sa fuite indigne nous prive de l'expérience de l'idéal. Elle nous jette dans la benne de l'ordinaire, elle nous mêle à du contemporain. Cela a ses conséquences. Bâtardisée, je suis partie sans dire à Gaspard qu'il m'a emmenée, par moments, loin au-delà du seuil. Il aurait été impardonnable de l'oublier, en se crachant dessus des vérités à cause d'une morsure à la fesse. Comme il aurait été héroïque de le lui expliquer, sachant précisément que mes explications auraient été de trop, de mauvais goût. L'héroïsme a un trait hystérique dans sa fureur à tout vouloir rehausser.

*

Fiodor. Ne t'approche pas ! Fiche le camp ! D'excellentes nouvelles arrivent parfois à des moments très inappropriés, comme un ricanement du destin. J'entends mon chien aboyer pas très loin, dans mon dos. Mais sans le faire exprès, j'ai très mal choisi mon lieu de repos. Et voilà ce qui risque de se produire : soit il me loupe, en me sautant dessus suivant ses habitudes, et en ce cas il finira seul dans le cratère de dix étages qui s'ouvre sous mes pieds, soit il ne me loupe pas, et nous y finirons tous les deux. Je suis assise sur un strapontin rocheux accroché au monde. Devant moi s'écarquille un vacuum, une entrée terrestre dans l'au-delà. Derrière moi s'étend la vie, la *forêt*, la galanterie de Gaspard, ses cheveux, ses épaules, ses longues jambes. Oh, comme je respire ! L'univers en résonne. Dong ! Dong ! Dong ! Pour qui sonne le glas ? Les pattes de Fiodor retentissent de plus en plus près. Ankylosées, mes jambes se balancent au vent telles d'un pendu. Je m'incline de dix degrés pour voir contre quoi je me fracasserai le crâne. Il y a de tout, un vaste choix. Fiodor pousse une mélopée canine, faite d'abois et de piaulements. Dans le cou, je ressens un nuage chaud de son halètement. Et une envie violente que le temps s'arrête me saisit. Peut-être bien que je clamserai en plein dans une farce. Séance tenante. Certainement, ils penseront tous qu'au bout du compte j'ai réussi à me suicider. Grand bien leur fasse ! Laissez-moi juste une minute, s'il vous plaît... Il y a ce goût sur ma langue, le dernier de ma vie, apparemment. Le goût de Gaspard. Ciel ! Je me le passe sur les lèvres, lentement. Je me lèche. Je me tète avec délicatesse. Je me suce. Je me bois. Je m'avale. Je me dis que je suis perdante dans tous les procès, indéfendable. Mais je ne me suis pas trompée sur la question du goût. Il me fallait donc passer par tant de labyrinthes, tant d'insipidités, tant de petitesses, pour le reconnaître, le goût de l'absolu. Seigneur, je raffole des mélodrames...

« Gabriela, je t'en supplie, ne fais pas ça. » Bah, voilà ! Avant de tomber dans le vide, je ferai un crochet par le vaudeville. Rien ne me sera épargné ! Rien ! « Gaspard, ne t'approche pas, le monde s'arrête ici ! » Il n'écoute pas, il n'entend pas. Il se dévoue, il s'oublie. Il *solutionne* ! Et le chien ? Attaché.

« Alors, note ! Ce qui restera de moi, j'aimerais bien que tu l'enterres au cimetière de Fontvert, avec vue sur les collines, côté pré plutôt que côté vignes. Je ne veux pas qu'on me pulvérise. Et tu diras à mon père, que j'ai eu un empêchement. Merci. »

Gaspard ne relève pas. Enfin si, susurre que personne ne mourra, au grand dam de mes extravagances romantiques. Il a un plan de sauvetage. Il est sang-froid et action, il est cerveau et force. Il est l'homme ! Si j'essayais de m'allonger et d'étirer les bras derrière ma tête, il me ferait repasser la frontière vers les vivants. Sauf que le moindre de mes mouvements provoque l'effondrement d'une partie de mon siège. Je soulève une cuisse et entends la caillasse bruiner contre la roche, un grain de pierres, une symphonie rauque. Il est à envisager que si je la repose, la matière ne le supportera pas, s'y refusera net. Combien de temps réussirai-je à la maintenir en suspens ? Le temps de fumer une cigarette de condamné. Ô bonté ! « Non, ne le fais pas ! », Gaspard gémit, un rien préoccupé, farde sa peur de fermeté pour éviter de m'effrayer davantage : « Donne-moi ta main... » Ah, j'adore cette tension. Il se frotte contre la garrigue, près de mon oreille. Murmure, une fois encore : « Donne-moi ta main. » S'il s'avance d'un doigt, l'affaire sera classée « drame passionnel ». Nous chuterons en réunion. Je lève la main, le bras. Je l'agite. Je chasse Gaspard. Stop ! Stop ! Stop ! Et baf !

Un silence cireux me bloque. J'ai la mâchoire comme disloquée entre la balayure de ciel et mon pouls impétueux, qui se met à freiner en douceur, s'équilibre, se fixe. Je respire. Au-dessus de moi, à une hauteur respectable, en pleine tragédie, Gaspard hurle à mort. C'est moi, qu'il hurle : Gabriela ! Là. Là. Je me signale, étonnée d'être capable de produire un son aussi complexe. Il s'époumone à brailler sa peine, à ce point appliqué qu'il étouffe mon piaulement de poulet flapi. Là ! Enfin, il s'interrompt, laisse l'écho retomber. Là, je couine encore. Ah, le geyser que je fais soudain jaillir ! Gaspard entre en irruption d'affects primaires, violents, ivres. « Tu n'as rien ? ! » Je louche à droite et à gauche, essayant de me situer. Ma position n'a pas de quoi éblouir. Je dirais même que c'est pire qu'avant la chute. « Gabriela, je cours appeler les secours ! » Il y croit. Sauf qu'il ne dispose pas de tous les éléments. Il ignore que je suis couchée sur une étagère taillée sur mesure, sans plus de vingt centimètres de marge, au-dessous de laquelle plongent les échelons de mon trépas. Je crèverai par étapes. Ce sera long et douloureux. Une euthanasie, il n'y a que les gens nets qui la méritent, merde ! Il me faudra beaucoup souffrir ou me résoudre à descendre par un raidillon de chèvres sauvages. C'est tout décidé. Chapelée de gravillon, poudrée, blanchie, je me dépoussière par petites secousses. Je me sonde, je m'analyse. Apte, je me remets prudemment à quatre pattes. À l'endroit, le monde me paraît diablement attrayant, et plus dangereux encore. « J'arrive, Gaspard ! » Il refuse de l'admettre, me déroule une tartine de son plan d'action, cartésien. Je la réglerai à la polonaise, cette affaire, ou je périrai ! Gaspard me sermonne, implore de ne pas bravacher, ce qui me cause un hoquet de rire jaune. Je n'ai tout de même pas bavé plusieurs étés de suite dans des camps de scoutes communistes pour succomber à présent à une promenade de santé. Je lui donne rendez-vous au parking, à l'entrée de la forêt, dont je me débrouillerai de retrouver le chemin. Quoi qu'il en soit, nos téléphones ne captent pas ici.

Savoir Gaspard parti libère tout mon génie, désenchaîne mes audaces bestiales et ineffables. Si je tombe, je tomberai la tête haute ! Une odeur bizarre m'obstrue les narines dès que je me redresse entièrement et me retrouve nez à nez avec de la mousse, l'humidité glissante et guaneuse, trop peu adhésive. La pestilence est celle de ma peur. Une sueur putride me submerge. Quelque chose pourrit déjà en moi alors que je n'ai avancé que de quelques mètres, les plus faciles. Ma volonté se décompose. En définitive, qu'est-ce qui me bloque à me décaper de la vie ? Il suffit d'un pas. D'où vient la motivation à me casser les ongles dans cette joute imbécile ? Volonté ou pas, je twiste ! Ne coule en moi pas une goutte de bile noire. Pas un millilitre d'asthénie. Ne circule aucun cafard endormi. Mes liquides m'attisent et m'aiguillonnent au mépris de mes antécédents. Ils m'ont mal auscultée. Ils n'ont pas su s'y prendre. Je me transporte ! Je me transite tout droit et de travers ! Je broute la bordure ! Je croque les brindilles ! Je me tape un tronc ! Je ripe et me rattrape ! Je patine ! Je piétine. Je clodoche. Pierre par pierre, j'arrache la roche, quartz, silice. À mon passage tout se barre en confettis, valdingue, remonte en poussière. Je dévaste ! Je démolis ! Je passe dessus ! C'est moi ou la mort ! C'est moi ! Moi ! Moi ! Moi ! Je pose le pied sur la terre ferme et hurle ma victoire ! Hosanna !

Au rez-de-chaussée de l'aventure, je m'octroie une pause. Sans m'asseoir, sinon je ne me relèverai plus. Sur les hauteurs d'où je descends, la forêt vire au rose Mountbatten et baie, à peine réveillée. Je me débats contre mon briquet que je n'arrive pas à actionner avec la main droite, bleuâtre et cabossée. Je change alors de main et observe l'invalide, celle qui m'a tant servie, enfler de fierté. Je m'allume une cigarette, absorbe la fumée, m'en délecte. Soudain, me revient le souvenir de ma première, fumée sur un banc à Planty, le jour d'une grande manifestation devant le consulat soviétique, en 1989. J'en avais piqué un paquet à ma mère. Il y avait tellement de gaz lacrymogène en ville, qu'elle n'a rien senti sur moi. À tout jamais, une cigarette demeurera pour moi l'accessoire des victoires. Les Russes sont partis de chez nous. Ma mère se retrouvera. On m'enterrera avec une cartouche de superlongues, à tout hasard. Pas de sitôt toutefois, je suis vivante jusqu'au bout des ongles. Je suis un puits sans fond de vitalité. Enfin… Il me reste à parcourir deux ou trois kilomètres avant de rejoindre le parking. En ligne droite. Suivant le creux d'un ravin un peu glauque, un peu moisi, ravissant d'immobilité.

*

L'histoire de la fesse gauche, Gaspard la laissera passer dans l'immédiat, mais y reviendra. Les affronts de cette nature restent accrochés au cœur des hommes, ressortent des semaines ou des mois plus tard, et alors là, ils ravagent l'ouvrage. Les tendresses, les adorations, les promesses, les prodigalités, les profondeurs, tout se casse les os d'un coup. Affreux ! J'aurais dégringolé en bon état général de mon rocher, pour mieux me faire écrabouiller à l'avenir. À force d'y penser, je défouraille de toutes mes dents, à me les faire péter une par une. Tout à coup, la broussaille se met à craquer. Des pas. « Gabriela ! » C'est Gaspard qui crie. Il me cherche. Prise au dépourvu, brusquée, je me racornis, je me cuirasse d'urgence. De grâce, qu'il m'épargne une rupture à retardement. J'aurais mieux fait de dérocher, au moins cela aurait laissé de beaux souvenirs tragiques et denses. D'un seul mouvement, mes atrocités génétiques, mes torticolis des nerfs, mes travers, me grippent les tripes. Je me romps. Les tremblements de tout à l'heure se travestissent en torrents et courent la forêt. À quelques pas de distance, Gaspard m'apparaît comme au milieu d'une rivière. Il rame vers moi. Je déborde par tous les orifices, je me liquéfie sur place, effondrée, à quatre pattes sur la pierraille. Gaspard se précipite sur moi, m'emmaillote dans ses susurrements : « Tu es blessée ? Tu as mal ? » Un non s'écoule de ma bouche et lui trempe le visage quand il me serre contre lui, agenouillé et rendu lui aussi.

« C'est fini, ma Chimère. C'est fini… Allez, on s'en va. Chut. Chut. Chut… S'il te plaît, Gabriela… »

Pour rejoindre le parking, il nous faut marcher encore une demi-heure, pendant laquelle je ne dis rien, tandis que Gaspard prononce une seule bonne parole : « Tu as toujours cet air d'un enfant sous la torture quand tu pleures, je ne réussirai jamais à m'y faire, ça me crève le cœur chaque fois. »

*

Je m'étonne de découvrir sa voiture garée au milieu de la place, par ailleurs vide. Comment a-t-il fait ? Et Fiodor ? Gaspard m'ouvre la portière. À peine dedans, je me jette sur une bouteille d'eau minérale, dont je n'arrive pas à dévisser le bouchon. Il s'en charge, puis programme le GPS sur Aix et nous démarrons. En fait, je ne bronche pas vraiment, absorbée par une délicatesse à régler au plus vite.

« Gaspard, je te demande pardon pour cette fesse mordue.

— Alors c'est toi qui m'excuseras, ma belle fantaisie, mais ça fait un moment que j'ai oublié ta fesse, vu que dans la nuit tu sautais dans un précipice et qu'à présent il faut s'occuper de ta main. Elle est cassée, Gabriela. »

Il ne me laisse pas le temps de rebondir avant de choisir un numéro sur son téléphone, fixé contre le tableau de bord. En attendant la communication, j'ai un mot d'explication au sujet de sa miraculeuse apparition au milieu de la nuit, due au flair de Fiodor qui avait rebroussé chemin vers la maison, puis amené Gaspard vers moi. Il accentue le mot « maison », répond « C'est moi » à une voix vieille et lointaine, brouillée par le bruit de la mer. Sans façon, il la coupe dans son élan au milieu d'une phrase et demande le nom d'un bon chirurgien à Aix. « C'est pour toi, mon fils ? » Gaspard se racle la gorge, largue un « Non » féroce, puis demande à son père d'épeler « Chalait ». Le vieux Desroches s'y prend avec application depuis sa rive de la Méditerranée, s'ingénie à prolonger la conversation. Je grimace en signe de protestation. À supposer que ma main nécessite réellement des soins, elle se contentera des services de l'hôpital le plus proche. Entendre Gaspard clabauder me met mal à l'aise. Desroches père revient à la charge, minaude comme tout père en plein repentir, Gaspard se braque comme tout fils mortifié, et lui raccroche presque au nez. La joyeuseté dure depuis un quart de siècle et, à moins d'un miracle, s'arrêtera avec la mort de l'un des deux, Gaspard ou son père. Savoir que Gaspard s'est fait violence pour rien, sinon une main qui n'est pas celle du Caravage, ajoute aux charmes de la situation. Il me demande « une minute », l'index en l'air, rappelle le même numéro :

« Pourrais-tu l'appeler, ce Chalait, et le prévenir que j'arrive ? C'est urgent. »

Alors, c'est la minute de jouissance, que François Desroches n'attendait plus. Sorte d'avant-goût du banquet des félicités éternelles. À ma connaissance, Gaspard ne lui a jamais rien demandé depuis l'enterrement de sa mère, quand il lui a enjoint de ne pas y assister. Il faut reconnaître que le vieux Desroches s'était donné beaucoup de mal pour rebuter son monde. S'il s'était contenté d'être un alcoolique ordinaire, il aurait pu probablement bénéficier d'une certaine clémence de son fils, mais il a tapé dans le fantasque, dans l'extraordinairement culotté. Un Polonais n'aurait su mieux faire. J'entends dans un contexte professionnel comparable, car ma mère racontait parfois les bavures causées par l'abus de boisson, en principe prohibée en milieu hospitalier, mais alors rien de comparable. Haleine chargée, regard aviné, François Desroches a raté la couronne de sa patiente à ce point, qu'il lui a perforé la joue. Franchement, si ce n'est pas cosaque ! Il a été radié sur-le-champ et a dû se résoudre à partir soigner les problèmes dentaires au Maroc, où il a pris sa retraite. Au soleil, à soixante-quinze ans, il a fini par s'assécher un peu, ce qui indiffère Gaspard. Quoi qu'il en soit, impossible désormais de refuser d'aller voir ce Chalait, alors qu'au fond, il n'y a pas de raison. Gaspard s'enquiert à nouveau de mon état et je suis gênée de lui dire que je n'ai pas mal.

« D'abord pourquoi es-tu partie ce matin ? Je n'ai pas compris !

— Parce que j'ai pensé que tu avais atteint le point de rupture, sous la douche...

— Ah, donc tu m'avais quitté, en fait ? Excuse-moi, je n'avais pas saisi. »

Je m'attends à ce qu'il pousse un soupir d'exaspération, qu'il me siffle la fin du trajet, me jette dehors. C'est mon père qui casse le suspense avec son appel tombé à point pour une fois. Le téléphone m'échappe quand j'essaie de glisser un doigt sur l'écran, Gaspard l'attrape, distrait ou furax, décroche à ma place.

« Gabriela, m'entends-tu ? À quelle heure faut-il t'envoyer une voiture à l'aéroport ? J'espère que tu as ton billet ! »

À choisir entre la peste et le choléra, j'hésite à balancer le téléphone par la fenêtre ou à descendre en marche de mon plein gré. Il fait un temps splendide. Gaspard allume une cigarette, je la lui prends et expédie mon père en quelques mots d'excuses, complétés par une promesse précipitée de m'occuper de mon avion au plus vite. Il soupire, mais alors comme un phoque. Je lui cause un jet d'agacement à soulever le ciel. Un *pff* en fusée, auquel Gaspard envoie des renforts, pouffant de son côté contre les bouchons à l'entrée d'Aix. Cela donne une matinée pouffiasse, en sus des plus insistantes, de celles qui gâchent l'infini. À peine libérée du contretemps familial, il me faut rattraper l'histoire de la fesse. Cela n'arrête pas.

« Alors non, je ne t'ai pas quitté ! Je suis juste sortie marcher...

— Gabriela, s'il te plaît... cela vaut-il la peine que tu te casses un bras pour te sauver la mise ? Tu ne crois tout de même pas qu'une morsure sur ta fesse va m'offenser, non ? Mon point de rupture ? Je n'en ai pas, et dans un sens cela me réconforte de savoir que tu ne t'en es pas aperçue. J'avais tort, toutes ces fois où je me suis demandé si tu abusais, si tu manipulais… Absolument pas. Tu es la fêlée la plus nette et constante au monde. Penses-tu, ma furie, que je ne vois pas ton combat, ton entêtement à te montrer un peu moins cinglée que tu ne l'es ? C'est même ce que je vois en premier, Gabriela, ce qui m'émeut le plus, ce qui abolit précisément mon point de rupture, ce qui me rend plus fou que tu n'es folle… De tes histoires de fesses, je m'en ficherais allégrement si je n'avais pas peur qu'un jour tu tombes sur une pourriture qui te fracassera le crâne contre un radiateur. J'en suis là… Alors, le problème, il est principalement le mien, et il est autre que de sauver la mise. »

Dans une synchronicité déconcertante, Gaspard termine son monologue au moment même où il coupe le moteur. Nous sommes garés sur le parking de l'hôpital. Je n'ose pas lever les yeux. Comment devrais-je le regarder, alors qu'au lieu d'enrager et de regretter les convenances, il s'inquiète qu'on me massacre un jour ? Un jaloux serait mille fois plus facile à affronter. La confession de Gaspard trouve ainsi un prolongement dans un silence soudé de nos premières usures, mais aussi de notre vigueur, et d'un calme étonnant, comme si tout était déjà décidé quelque part et que nous n'avions aucun moyen d'y échapper, sans nous en effrayer.

« Viendrais-tu avec moi en Pologne ? »

Gaspard hoche les sourcils avant de sortir de la voiture pour m'ouvrir la portière, lançant au passage un « pourquoi pas » satisfait.

*

Mocheté sur pattes, fort agile, Chalait me prend rapidement en charge et se montre diablement efficace. D'emblée, il réussit à se rendre antipathique aux yeux de Gaspard, en lui disant à quel point il ressemble à son père, que même s'il ne savait pas qu'il était le fils de François Desroches, il l'aurait deviné, il aurait parié sa main de chirurgien là-dessus. Les filles, c'est toujours François qui les emmenait, et à ce qu'il voit, la tradition se perpétue. Haha ! Il se marre à en bavocher, Chalait. La radiographie qu'il m'envoie faire confirme son auscultation : j'ai une fracture simple au poignet, réparable sans chirurgie. On me plâtre avant le déjeuner. Quant à mon insensibilité à la douleur, il faut l'expliquer par une poussée d'adrénaline, laquelle disparaîtra sous peu. Chalait reste formel à ce sujet : « Ne vous inquiétez pas, ça va vous faire très mal dans la nuit. Et la prochaine fois, cassez-vous plutôt une jambe. J'adore manipuler les jambes, haha ! »

Enquiquiné au possible, Gaspard bouillonne dans son coin, posté à la porte avec mon trench à la main. Chalait semble à mille lieues de s'en apercevoir, enchaîne les familiarités, se paie une marrade au final :

« Ça m'a fait plaisir de vous rencontrer, Gaspard. À l'occasion on passera chez votre père. Qu'est-ce qu'on a pu picoler à l'époque, haha ! Allez, je vous souhaite du courage dans la sobriété et dans la convalescence. »

En regagnant le parking, Gaspard l'adjective dans un emportement dont je ne l'aurais pas cru capable. Il se lâche. Espèce de *galapiat* ! Le mot me plaît à sa sonorité, assez pour que je le note plus tard dans mon petit calepin où je consigne nouveautés et trouvailles en français. J'en demande néanmoins la signification à Gaspard à deux doigts d'accrocher une petite citadine à la sortie du parking.

« Cela veut dire un enfoiré de vieux chnoque qui fait du charme à ma femme sous mes yeux et pense que cela m'amuse. »

J'aurais plutôt tablé sur bouffon. Gaspard convient qu'il y a un fond de bouffon lamentable dans chaque *galapiat*, mais que l'arrogance et la lubricité l'emportent. Nous décidons de nous arrêter dans un salon de thé, avenue des Thermes, où l'air embaume cet arôme typiquement provençal de fruit pourri. Ah, que j'aime ! Les opiacés que l'on m'a administrés pour calmer la douleur me sonnent plaisamment. Je m'attarde sur le profil de Gaspard, sa latinité, son architecture de temple romain, ses traits qui tombent en lignes droites et affirment l'harmonie parfaite de l'ensemble. Je me rends soudain compte que c'est cette harmonie qui me drogue depuis le début, qui me suspend dans l'absolu. J'y suis à l'abri du chaos. J'y suis jointoyée à la manifestation la plus aboutie d'un canon, de ce quelque chose qui, souverainement, résiste aux modes et aux manières, qui se fige dans le conservatisme intraitable du beau. Il se pourrait que le seul ordre auquel je consentirai jamais à me soumettre soit celui du visage de Gaspard. Flashé par un rayon de soleil, il se tourne brusquement vers moi, s'estompe dans l'ombre. J'en meurs en silence.

« Qu'est-ce donc que ce voyage en Pologne ? Quand veux-tu y aller ? »

La question de Gaspard me donne enfin une occasion de placer un *pff* à moi, par anticipation. Quand il comprendra qu'il s'agit d'une facétie confuse, inénarrable, d'une blague bien plus que d'un drame, son esprit cartésien en tirera des conclusions préjudiciables à l'endroit des Polonais en général, et des Polonaises en particulier. Ma tête flanche sous les antalgiques et refuse tout effort d'enjolivement, de nuance, d'hypothèses. Je dis donc à Gaspard que j'ignore ce qui nous attend, mais qu'une semaine passée sur place sera certainement suffisante pour constater que tout est rentré dans l'ordre. Je tais l'espoir d'apprendre au cours de la journée que ma mère est déjà rentrée, ce qui m'éviterait de prendre l'avion. Je garde mon portable en vue, au cas où mon père m'aurait envoyé un message de rectification. J'agis par télépathie en ce sens. Je maraboute en secret. Remontée de mes vapeurs narcotiques grâce à un double expresso, j'ajoute que l'éventualité que ma mère soit partie en Inde me semble absurde. En réponse, Gaspard charibote en douce :

« Ah, Gabriela… tout cela n'a rien de sérieux, en effet. Pour retrouver une Polonaise dans des circonstances troubles, je serai un fort précieux allié de ton père, expérimenté et solidaire. »

Là, il rigole carrément. Solidaire ? Je relève, sourcil en accent circonflexe, car Gaspard se lâche d'un cran de trop. Qui lui demande d'être solidaire ?

« Alors que je n'ai aucune idée de ce qui se passe avec ta mère, j'imagine l'état de ton père. Surtout depuis la nuit dernière, vois-tu... Seulement, j'ai pensé que c'était un examen d'entrée, hier, une forme de bizutage. Apparemment, non. Vous vous évanouissez dans la nature, même au bout de quarante ans. Tu sais, il m'est arrivé de me dire que tout aurait été plus facile si tu avais une sclérose en plaques. Je n'aurais alors qu'à pousser ta chaise roulante, au lieu de courir après toi à quatre heures du matin. À la limite, ça m'intéresse de savoir comment fait ton père pour tenir le marathon depuis tant d'années. »

On nous apporte notre note. Gaspard la règle, parce que je suis partie sans un rond. Il se dépense avec moi. En réalité, je le ruine. Je le saigne à blanc. Il faudrait arrêter les frais, mais c'est précisément ce que nous n'avons plus les moyens de faire, ni lui ni moi. Il y a ceux qui se choisissent, qui se sélectionnent, et puis ceux, dont nous sommes, qui, tôt ou tard, doivent reconnaître que la décision les concernant a été prise plus haut, quelque part au sommet, qu'il ne leur reste qu'à la respecter, qu'ils n'ont aucun choix. Sinon, j'aurais choisi d'user quelqu'un d'autre que Gaspard, j'aurais choisi de l'épargner. Il se lève. Au dernier instant, je lui embrasse la main, avant qu'elle ne s'envole de la table. Il me braque avec une exaspération désarmée dans le regard, pousse un soupir comme s'il venait de croiser son destin. Au moins, que je lui dise qu'il ne faut pas partir demain. Si, au contraire. Franchement, c'est à désespérer avec moi ! Il s'effarouche, presse le pas, me tire par la main saine et sauve, manque de la casser en claquant la portière derrière moi, démarre en trombe.

« Réfléchis, Gabriela... Il y a deux maisons à fermer. Je serai obligé de décaler les rendez-vous avec l'électricien et le jardinier. Et les chiens, y as-tu pensé ? »

Non, je n'y ai pas pensé. Pourquoi l'aurais-je fait ? Dès qu'on laisse à Gaspard une petite occasion d'ordonner les choses, il s'y jette à corps perdu. En ces moments, il me fait toujours l'impression d'un homme qui croit qu'un monde meilleur est possible. Il n'y a qu'à le construire. Et construire, il sait faire !

*

Au rond-point de Lourmarin, nous tombons sur une procession funéraire, fanatiquement archaïque, admirable. Une poignée de vieux suit l'un des leurs, dans la dignité qui exige la lenteur et qu'on s'écarte sur sa route. *Ô Luberon, au fond de ton quartier le plus sauvage, je dormirai…* Pressé d'organiser le monde, Gaspard rouscaille, furibard, un bout de Bosco qu'il me lit parfois dans le bain. Chacun a son mort au cimetière de Lourmarin. Gaspard a son Bosco, moi j'ai mon Camus. C'est ainsi. Plongée dans la mousse, un de ces beaux soirs quand on ouvre grand la fenêtre de la salle de bains et que l'odeur noire des lauriers nous étourdit d'un coup, Bosco a de quoi séduire. Comme souvent les gens du Sud, il sait voir les ombres insoupçonnables. Mais Camus est de ma famille, une sorte de parent lointain sur lequel on peut compter en toute circonstance, un Héroïque, une inespérée providence pour les nôtres, ceux qui sont partis de chez nous une valise en carton à la main, sans rien d'autre que quelques observations consignées sur la marche des choses dans l'Empire du bien. Gaspard ne peut pas l'ignorer, enfin ! On dépasse, dans cette affaire, et de loin, notre sentimentalisme de provinciaux fangeux qui peuplent les confins de l'Europe. Milosz n'aurait jamais percé avec *La Pensée captive* sans Camus, et cela, il faut qu'il le sache. Cela le concerne, Gaspard, cela concerne son monde. Quand il s'est barré de chez nous, lui aussi, en 1951, Milosz a atterri en France qui était alors le Royaume des Aveugles. Que des taupes, que des borgnes. Avec pour seul guide le globuleux, le tordu de l'œil, flanqué de sa grognasse enturbannée. Voilà ce que fut la France ! Le lui a-t-on enseigné à l'école ? Alors Bosco, il a bien fait de chanter la douce Provence, mais quand même les préoccupations essentielles de l'époque n'étaient pas d'ordre métaphorique. Les mystères de la broussaille, les mirages homériques, l'orphisme et les fresques de Prima Porta, il fallait avoir la paix pour y penser. Or cette paix, nous ne l'avons pas eue, à l'Est. La Nouvelle Foi nous a rendus sportifs, à force de nous faire cavaler après ses lumières. Les Russes ont paumé les cale-pieds, il faut bien le rappeler. Ils auraient volontiers poussé jusqu'à ce charmant corps de ferme à plus d'un million que nous restaurons entièrement, Gaspard et moi, à l'abri de l'infortune. Ils ne se seraient pas gênés. Nous serions les résidents d'un kolkhoze sous la belle faucille, sans Milosz, sans Camus ! Et ça, mon père le reconnaît. Et mieux que quiconque d'ailleurs, parce que c'est lui qui nous a élevées, Marta et moi, au catéchisme de *La Pensée captive* :

« Mes filles, n'oubliez jamais ceci… L'homme est une créature si élastique que l'on peut parfaitement concevoir qu'un jour tout citoyen respectable trouvera normal de se promener à quatre pattes en arborant une queue de plumes bariolées pour marquer son allégeance à l'ordre établi. »

Voilà ce que nous transmettait mon père de la part de Milosz, quand il avait le temps de prendre son rôle de père au sérieux. Gaspard devrait apprécier le caractère universel du propos, adaptable à toutes les époques, sous toutes les latitudes et tous les régimes. À mon sens, on n'a pas besoin d'aller plus loin dans la connaissance des sciences sociales. Et, une fois encore, récité par mon père qui n'a jamais voulu d'autres évangiles que celui-là, alors que Milosz lui tapait sur le système, à titre personnel et par jalousie.

C'est un autre aspect de cette affaire de famille entre Milosz, Camus, mes parents, et moi. Ma mère était à ce point infatuée de Milosz qu'à la fin mon père ne pouvait plus le saquer. Cela tombait très mal, vu que Milosz venait de débarquer de Berkeley droit dans ses pattes, en plein centre de Cracovie. De ce retour d'un Nobel polonais parmi nous, il a failli devenir schizophrène. Il en était fier à plus d'un titre, certes, mais en tant qu'époux de Wanda Bartel, il aurait poussé Milosz sous le tramway. Une fumisterie terrible et qui a duré un temps. À l'enterrement de Milosz, en 2004, nous l'avons pleuré en famille, réunis par l'accident à Cracovie. Ma mère plus que nous, bouleversée par les circonstances, une foule de vieilles croûtes, de pécores armées de râteaux, de bigots emmitouflés dans des vapeurs de soufre en plein mois d'août, fielleux, dents à l'air, résolus à disperser notre caravane d'encrêpés qui traversait la ville en dernier hommage. Notre mort n'était pas le leur. Il était leur déshonneur. Pas assez polonais dans sa vision polyglotte de l'éternel, pas assez catholique dans son effort de traduire de l'hébreu et du grec en notre langue humaine les sublimités des mystères essentiels, auxquels il avait accès. Elle en a souffert, ma mère. Elle aurait aimé que le peuple soit distingué. *A minima*, qu'il sache se tenir. Fatalement, notre peuple n'est pas moins ganache que ne l'étaient les intellectuels français de l'après-guerre, à l'exception éminente de Camus, que nous avons évoqué le soir de ce jour, devant une vodka d'adieu au Poète. D'aussi loin que je me souvienne, mes parents n'ont jamais été si bien rassurés quant à mon avenir que quand je leur ai annoncé ma décision de m'installer à Fontvert, à un jet de pierre du cimetière où repose Camus. Ouf ! Lui qui a su voir, qui a compris ce qui se tramait sur nos terres du progrès à marche forcée, ne se serait tout de même pas trompé sur un village. Elle est sous une bonne tutelle, notre Gabriela. Elle espacera ses bougreries et ses arias. Elle finira par se stabiliser.

Gaspard s'arrête à l'entrée de Fontvert et rouspète un bon coup contre un camion-poubelle qui bloque la route, le mettant encore plus en retard à son rendez-vous avec la porteuse de chéquier, riche d'un terrain constructible. Il me dépose près de la supérette et file. Je traverse le village comme une lente érosion, l'air torve et évasif. Devant la Mairie, je m'arrête et dessine maladroitement, de ma main gauche, une espèce de colombe qui s'envole, dans le registre à condoléances disposé en hommage à

Henriette, quatre-vingt-huit ans, dont nous venons, selon toute vraisemblance, de croiser les funérailles. Pourvu que Henriette ne fasse pas partie du triptyque de vieilles grâces qui s'impérialisent chaque jour, comme aux temps de la gloire paysanne, sur un banc devant le temple protestant. Elle aurait laissé une place vide, et une articulation embarrassante de memento mori, difficile à contourner. Henriette, foutre Dieu ! Qui s'appelle encore Henriette, dans ce pays ?

*

Ma boîte aux lettres déborde. Je ne racle jamais le fond où moisissent de vieilles factures et les prospectus de Christie's qui sévit dans la région, à l'affût du pittoresque et du raisonnablement authentique. Je cueille la fleur fraîche. Un pli de deux semaines environ, dans lequel je scrute la lettre de ma mère. Je la manque au premier tri, une enveloppe ayant échappé à mon attention à cause de son aspect trivial. Ma mère choisit sa papeterie avec soin. Sauf cette fois-ci, où elle se lâche décidément sur tous les fronts, y compris l'esthétique : où a-t-elle trouvé une enveloppe à ce point ordinaire, un papier si quelconque ? Pour un peu, j'en aurais dégringolé l'escalier, dont la pierre tombe en chapelure et fait glisser les semelles. Un des périls dont cette maison est truffée et qui font que je ne m'y ennuie jamais. Selon l'œil expert de Gaspard, si je n'entreprends pas les travaux de la toiture avant l'hiver prochain, l'eau coulera à travers, si je ne change pas les fenêtres, le mistral les défoncera une par une, et ainsi de suite jusqu'à la cave. Le charme ne suffit pas ! Le cachet ne compense pas le mauvais agencement ! *Venustas, firmitas, utilitas !* Il me le répète à l'envi. Je me débarbouille en vitesse dans la salle de bains, envoie mon trench sur une pile de vêtements destinés à la teinturerie, et me rappelle soudain le sachet d'herbe resté dans une poche. Un cadeau salutaire eu égard à la lecture qui m'attend. Comment me rouler un joint avec une main plâtrée ?

Le grenier, extravagant par sa hauteur de presque quatre mètres, me paraît le plus approprié pour m'acquitter de tout ce que j'ai à faire : le joint, la lettre, les coups de fil à mon père et à Marta, les billets d'avion. J'y respire la térébenthine avec l'assiduité d'une toxicomane incurable. J'y sniffe les odeurs de mon métier, si tant est qu'il en soit un. Même résignée devant mes insuffisances, incapable de peindre depuis des mois, j'aime m'y accroupir. Minuscule. Parfois, je reste des heures ainsi, dans le refoulement de l'enfance et de l'inassouvissement. Pas aujourd'hui. À peine ai-je réussi à me rouler mon calmant conique, que mon téléphone se met à carillonner. Bordel ! Il est doté d'un sens surnaturel, mon père ! Cela confine au paraphénomène le plus tape-à-l'œil qu'on puisse concevoir ! Dès que je touche à la résine, il se manifeste ! Voilà qu'il m'astique avant que je n'aie le temps d'expulser un bonjour.

« Enfin ! Gabriela j'ai cherché à te joindre toute la sainte journée. Aurais-tu l'amabilité de m'expliquer ce qui t'empêche de répondre alors que tu sais où nous en sommes ?

— Et où en sommes-nous ? J'ai dû aller à l'hôpital avec une main cassée…

— C'est à peine croyable ! Tu trouves toujours le moment le plus approprié pour te mettre dans le pétrin ! Qu'est-ce que c'est encore cette histoire de main cassée alors que j'ai besoin de ton aide, ici et maintenant ! Tu noteras que je ne te submerge pas de demandes d'assistance ! »

Il me sonne comme un champ de pavot afghan. Il me fait valser dans sa transe. Je voltige dans ses circonlocutions. Pourquoi me gênerais-je, alors ? J'allume mon joint et pose le téléphone sur un tréteau, en mode haut-parleur. Ma mère est en Inde ! Ce n'est pas le moment de m'expliquer les circonstances qui ont mené à cette information, mais elle est sûre. Il n'y a aucune erreur possible ! Aucun doute ! C'est clair ! C'est catalogué ! Un de ses anciens étudiants l'aurait confirmé. Qui ? Qu'est-ce que cela peut me faire, vu que je n'en connais pas un seul. Un certain Konrad Warski, fraîchement rentré d'un exil de trente ans aux

États-Unis. Il sera temps d'en parler à Cracovie. Alors, quand serai-je enfin sur place ?

« Il n'y a pas de vol direct depuis Marseille. Il faut que je remonte à Paris, que je trouve des places…

— Des places ? Pourquoi des places ?

— Je ne viendrai pas seule.

— Précise, bon sang ! »

Je cale honteusement, il faut le reconnaître. Je me décontenance. J'abîme ! Comment qualifier Gaspard ? Je n'y ai jamais pensé et voilà qu'il faut dégoter une adéquation sur le tas. Un mec ! Le mien. Mon mec.

« Ton *mec*… Mais qu'est-ce que c'est cette abomination de *mec*… ? Pardonne-moi l'indélicatesse mais passé un certain âge, les femmes n'ont pas de mecs, Gabriela ! Elles ont des conjoints, des maris, des compagnons, des amants, mais pas des mecs. Éclaire-moi sur ce que tu entends par *mec*, pour que je puisse comprendre quel besoin tu as d'impliquer un *mec* dans les problèmes de notre famille ! »

À cet instant de notre conversation, je deviens aboyeuse. Plus méchante que la gale, je suggère à mon père d'aller se défouler dans la glace. Désormais, je ne suis pas la seule chose qu'il a ratée dans sa riche vie. Et parce qu'il proteste, je poursuis :

« Un *mec* est une créature sans point de rupture, voilà ! Tellement résistante, tellement fidèle, tellement solide et généreuse, qu'on n'a aucune envie de le fuir, ni en Inde ni nulle part ailleurs. C'est clair, maintenant ? »

Il soupire, mon père. En interprète subtile de son langage, je comprends une certaine fatigue plus qu'une offense, une forme de lassitude enflammée, comme s'il me faisait remarquer que nous n'avons pas besoin de *ça* maintenant. Je rétropédale et lui accorde que c'est très moche, un *mec*. Ce qui ne change rien au fait que le mien est un héroïque pure race !

« Bon, bon… Quand venez-vous ? »

Il est irréformable, mon père, plus tenace qu'un huissier. Pas étonnant qu'il ait fait fortune. Je lui jure d'être à Cracovie pour le dîner du lendemain. Comment m'y prendre ? Soudain, je songe à une salle du musée de Colmar, celle du Christ de Grünewald. J'aimerais m'asseoir en face et rester longtemps à le contempler. Nous nous serions compris, ce Christ et moi. Ma main cassée se rappelle à ma mémoire, m'irradie d'une douleur résolue à percer le bouclier des antalgiques, d'une douleur encore basse mais qui montera vite soprano, je le crains. Je descends dans la cuisine gober mes antidouleurs et lire la lettre de ma mère, dont j'ai oublié de faire mention à mon père.

« *Ma Petite Rakshasha* », en tête de l'épître me met knock-out d'entrée de jeu. Je me rappelle vaguement les Rakshasha, une espèce de divinités, des esprits maléfiques, des génies féminins peut-être. Je nous vois toutes les deux dans ma chambre d'enfant. Ma mère lit à haute voix un livre de mythologie hindoue, je l'interromps pour qu'elle me montre les images. Je suis agitée, curieuse, insatiable d'explications, aujourd'hui on dirait « enfant hyperactif ». Une peste, quoi. Ma mère essaye de m'épuiser avec des lectures, passe aux mythologies grecque et romaine de Parandowski. Plus tard, déjà aux Beaux-Arts, je retrouve cette première édition que ma mère avait acquise avant de devenir ma mère. Je la feuillette et lis : « L'hellénisme, qui est avant tout le principe de la lumière, a influencé en premier lieu ceux qui l'ont rejoint en venant d'un monde obscur, où prédominaient les éléments ténébreux. » Je suis furieuse et lui fais toute une scène dans la cuisine. Pourquoi ne pas m'avoir expliqué cette phrase quand j'étais gosse ? Debout près de l'évier, embarrassée, ma mère me propose un thé au sirop de framboise. Nos disputes d'antan tournaient autour de ce genre de subtilités. Elle avait sauté des passages entiers de *Lassie, chien fidèle* et de *L'Appel de la forêt*, anticipant mes crises de larmes à la moindre évocation de la souffrance animale. Mais elle ne s'était jamais méfiée des récits mythologiques. À tort. Kali fut une sombre obsession de mon enfance pastel. Une déesse à plusieurs bras, un collier de têtes autour du cou, dotée du pouvoir surnaturel d'empêcher un démon terrifiant de se reproduire. Une goutte du sang de ce démon, une fois tombée au sol, donnait naissance à un autre démon, c'était donc simple à vérifier. Je m'étais coupé le bout du pouce avec le couteau à pain, déterminée à vérifier si je n'étais pas d'ascendance démoniaque. L'expérimentation avait sonné le glas de mon apprentissage des cultures extra-européennes. Je ne suis pas étonnée que ma mère ait conservé la mémoire de cet épisode.

Elle n'y va pas de main morte, dans la suite de son épître. Elle verse dans le solennel : « *Ton père, un homme remarquable…* » Allons ! C'est sans doute parce qu'il est si remarquable qu'elle s'est tirée. Sans scrupule, sans mesure, elle en remet une couche deux phrases plus loin : « *Je l'accuse seulement de trop de bienveillance à mon égard.* » En proie à un doute intolérable, je m'allume une cigarette, puis une autre. Il se cache, dans ses gondoles de superlatifs à l'adresse de mon père, bien plus qu'une maladroite tentative de me rapprocher de lui. Comme une passion blasonnée, noble dans sa constance, admirable dans ses certitudes. Dieu ! Ils s'aiment, ces deux-là ! Quoi en conclure d'autre ? Mais que fait-elle en Inde, alors ? L'attitude de mon père apparaît dans cette énigme, au contraire, d'un déterminisme élémentaire et parfaitement compréhensible. Il cherche la femme qu'il aime depuis bientôt un demi-siècle, pour cela il ira en Inde et sur la Lune, s'il le faut. Sans moi ! Il m'a forcé la main, donc je dînerai avec lui à Cracovie. J'ai promis. Mais il est hors de question que j'aille plus loin ! Basta ! Qu'ils se coursent à leur gré.

À la fin, ma mère me réserve une petite plaisanterie testamentaire : « *Je t'avoue que je partirais plus légère, apprenant qu'il y a quelqu'un dans ta vie…* » Quand on se tire à l'autre bout du monde sans préavis, il vaut mieux savoir s'accommoder de quelques intranquillités, il me semble. D'autant plus que, précisément, ma mère ne se contenterait pas de *quelqu'un.* D'un *mec,* elle n'en veut pas, elle non plus. Elle me recommande de trouver *un roc.* À peine croyable, ce qu'un cancer généralisé cause comme dégâts. Elle, qui demeurait d'une parfaite discrétion sur la question, d'une pudeur d'autruche plus qu'appréciable, qui se refusait exemplairement à commenter mes passades, entreprend *in fine* d'y fourrer son nez. Horrible ! Comment se fait-il qu'une mère, ça ne tienne jamais trop longtemps sans vouloir du bien à sa progéniture ? Que ça *solutionne* dans l'ombre ! Dans l'idée !

*

Quelqu'un frappe à la porte d'entrée, puis l'ouvre. « C'est insensé ! » Gaspard monte à l'étage, tout en remontrances à mon adresse, à en dégager une petite fumée blanche. « Insensé et effarant ! » Quand apprendrai-je enfin à fermer à clé ? Si j'étais au grenier, je ne l'aurais même pas entendu, et voilà qu'on aurait pu déménager toute la maison à mon insu ! Me tuer ! Je ne vois pas quel plaisir on pourrait trouver dans mon assassinat, et fais taire Gaspard avec un baiser grommeleur. L'appel de Marta nous surprend. Elle nous dévisage depuis l'écran de mon téléphone. Gaspard lui lance un hello charmeur et s'en va préparer du café, m'en laissant une tasse sur la table de cuisine avant de grimper au grenier. Ma sœur est cadrée dans son bureau, avec un de mes tableaux en toile de fond, celui-là même qui m'a valu quelques critiques enthousiastes et une discrète percée outre-Atlantique, rapidement classée sans suite. Elle discipline son impeccable carré plongeant du bout d'un doigt bagué. Je lui offre, non sans satisfaction, un moment pour débiter ses appréciations emballées sur l'apparence de Gaspard.

Je l'observe en silence. Je la scrute. J'aimerais comprendre en quoi consiste cet état de grossesse qui la dédouanerait de toute implication dans le fourbi familial. Marta a l'air d'une lionne. Pour l'instant, elle est donc restée elle-même. Cannibale et stylée. À l'aide d'une serviette en papier, elle tamponne, à la commissure de ses lèvres, une petite tache rouge sang, peut-être du milk-shake à la framboise ? Dans son monde, le distinguo n'a pas d'importance. Il faut être smart et superfin. Marta l'est dans des proportions effrayantes. Toutefois, le succès de ma sœur repose aussi sur sa capacité à présenter un échec comme une opportunité rare. Là où je vois une catastrophe, un obstacle infranchissable, un fiasco irrémédiable, elle voit un tremplin, le début d'une nouvelle aventure. C'est ainsi depuis toujours. Une occasion phénoménale ! Un heur inespéré ! Elle n'a pas arrêté de m'en rebattre les oreilles quand Sotheby's ne lui a pas proposé de poste après son stage chez eux. En un rien de temps, elle s'était improvisée *art advisor*. Un métier de rêve ! Le sacre ! Sans me prononcer sur l'indécence de sa profession, j'ai reconnu qu'il est probablement impossible de trouver une occupation plus lucrative. J'ai beau trembler rien que d'y penser : Marta gère un *portefeuille* d'investisseurs privés, blindés aux as et incapables de mettre un dollar sur la table sans sa bénédiction. Elle s'en amuse beaucoup. Elle en fait son gibier de guillotine. Ils sont ravis et restent fidèles. Tribale au dernier degré, ma sœur les tarabuste avec ma peinture et parvient même à conclure une vente de temps à autre. Mon je-m'en-foutisme l'empêche de faire davantage. Communique ! Montre-toi un peu ! Épanche-toi ! Elle me bouscule vers la gloire. Je blackboule. Tant que j'ai de quoi payer mes factures et acheter une paire de beaux souliers, je snobe New York. Huit heures de vol pour qu'on m'abatte sans sommation à la première cigarette allumée dans la rue ? Merci !

« Dis-moi ce qui se passe. Papa me paraît bizarre… Et j'ai reçu un message de maman mais dans un format que je n'arrive pas à ouvrir. »

Elle m'ébouillante avec ses *papa* et *maman*. Il y a en Marta un ligament affectueux un peu kitsch, un peu biquette. En privé, ma sœur articule tout en douceur et en mamours. Impossible de lui résister. Ma brave ! Incorruptible et droite à sa façon. Du lustre du Moloch, elle n'a prélevé que la manière, je le sais. Son ciel a ses racines dans les quatrains d'amour de Maria Pawlikowska-Jasnorzewska, dans les confins de la nostalgie et dans la couleur de notre blé polonais. Marta a des soubassements romantiques.

« Ne t'inquiète pas. *Maman* est à l'hôpital avec une pneumonie. Nous y allons demain, histoire de rassurer un peu *papa.* »

C'est en polonais et en niaise, que je lui mens, pour qu'elle me croie et couve en paix. Mais voilà que je lui ouvre l'appétit ! Vous officialisez, alors ? Elle piaffe ! C'est vrai qu'il est très *mignon.* Elle en remet une couche, de son vocable de gonzesse. Elle m'extorque la confirmation. Elle m'éreinte. Je lui montre ma main plâtrée.

Mais comment ? En plus, ma main droite ! Alors qu'il y a des commandes pour mes armoires ! « Gabriela, apprendras-tu enfin à faire attention à toi ? » Il faudra temporiser avec la galerie, lui accorder une petite marge supplémentaire sur les bénéfices ou prendre en charge les frais de la livraison. Allons-nous encore nous retrouver dans les comptes ? Je double sa commission, à Marta, pourvu qu'elle arrête de me causer d'affaires. Elle ne veut pas en entendre parler, il ne s'agit pas d'argent mais de sa crédibilité. Le retard d'un mois salopera notre réputation. Elle en est préoccupée, son passeport américain ne la protégeant pas entièrement contre la précarité identitaire : une Polack anarchique à peine fardée de sérieux !

« T'en sors-tu toute seule là-bas ? »

Je la prends au dépourvu. Là-bas est devenu sa nouvelle patrie. Elle s'en sort mieux seule qu'elle ne s'en sortirait liée par un contrat de mariage à l'un de ces hommes de son *portefeuille* qui lui courent après. Le commerce matrimonial la rebute, n'en parlons pas. De toutes les formules de relations intimes d'usage dans son quartier, aucune ne lui convient. Négocier est son art, mais en faire montre en amour, elle s'y refuse. Pas de cela ! Marta esquisse une grimace de mépris et de supériorité slave envers tout ce qui touche aux sentiments. Elle finit par m'attendrir. Sa fierté me muscle, me redresse tout entière. Je fais à ma sœur les promesses solennelles les plus intenables : l'appeler depuis Cracovie, embrasser *maman*, veiller sur *papa.* Cucul la praline, je m'exécute même de bisous.

*

Au grenier, enfoncé dans le canapé, Gaspard affiche la tête d'une mauvaise nouvelle. Je le surprends sombre, en train de feuilleter un vieux carnet à dessins. Ne seraient-ce pas mes croquis, les études d'un tableau ? Je l'ai cherché partout. Quelle drôle de coïncidence. La toile accrochée dans le bureau de Marta vient de la même série, *The Capitalism.* Tout a été vendu, à l'exception de ce grand format que j'ai offert à ma sœur et dont elle n'a jamais voulu se séparer. De toute façon, il lui aurait été difficile de trouver un acquéreur pour un tableau intitulé *La Maison du pendu.* Nous avons pourtant tenu, toutes les deux, à garder son titre. Le pendu était un ami de la famille. Au lancement de la bourse en Pologne, il a amassé une fortune, puis a tout perdu en l'espace de quelques jours, y compris sa délirante villa. Je me souviens très bien de cette maison aux vitres blindées, agrémentée d'une piscine intérieure et d'un sauna. Marta et moi étions souvent invitées par sa fille, camarade de classe de ma sœur. J'ignore ce qu'il s'est passé avec elle et sa mère, après ce que mon père appelait pudiquement un *accident.* Elles ont dû quitter Cracovie. C'était le climat de ces années-là. Ruinés, les hommes se pendaient, condamnant à une vie héroïque femmes et enfants. Notre retour polonais à la civilisation était balisé par des *accidents* domestiques de nature très violente. À une fréquence soutenue, notre rage de rejoindre le club des vainqueurs débordait. On nous informait alors, au journal de vingt heures, de fusillades qui éclaboussaient de sang les belles vitrines et les boules à facettes de certains clubs privés de Varsovie. Gaspard n'a pas idée de ce que ça impliquait au quotidien, la façon dont ça nous habitait, toute cette violence que nous consentions à subir au nom d'une vie meilleure. Étrange. Comme si, à l'échelle d'un pays, nous étions liés par un affreux secret de famille.

Appuyé d'un coude contre le dossier du canapé, la tête posée sur le plat de la main et une jambe repliée sous ses fesses, Gaspard pontifie dans une pose d'une nonchalance étudiée, adroite.

« Je ne crois pas qu'il y ait de sens à continuer de cette façon… C'est trop épuisant, Gabriela. »

Et boom ! Il me pulvérise, exempt du plus discret signe d'hésitation. Je ne suis plus qu'un petit nuage de poussière, suspendue dans l'air par le souvenir de ma forme d'antan. Je me maintiens ainsi, disloquée en atomes isolés qui refusent de s'associer. À quoi bon, de toute manière… Je me surprends soudain à comprendre que tout ce qui me tenait en un ensemble depuis plusieurs mois venait autant de Gaspard lui-même, que, plus fondamentalement, d'une confirmation discrète, circonscrite mais suffisante, de l'idée que le dialogue est encore possible entre deux prochains, et les baignades dans le silence, comme noués de mêmes lumières, de mêmes couleurs. Face au monde, à sa déraison critique, peut-on survivre sans cela ? De ma misère humaine, je parlais à sa misère humaine, il me répondait, nous nous sommes entendus dans nos désespoirs respectifs, dans la peur partagée de mourir vivant et de traîner ainsi morts, jusqu'à la mort. Enfin, il me semblait que nous nous étions entendus sur l'essentiel. C'était, à la limite, plus indispensable que la poésie de ses doigts effilés, la ligne de ses épaules, ou le profil de ses fesses. Il m'est inutile de savoir pourquoi il n'y a plus de sens à continuer. Que dorénavant il me faudra communiquer uniquement avec l'écho de mon monologue, est la seule chose à retenir. Si la perspective me neutralise à ce point, c'est parce que je suis invivable, plus irrespirable que l'atmosphère des géantes gazeuses. Les poumons d'un homme ne peuvent résister à tant de miasmes.

« Qu'y a-t-il ? Ne fais pas cette mine d'animal effrayé, Gabriela. Je ne te demande pas de vendre Fontvert. Je te demande d'en finir avec ce régime absurde de deux maisons ! Quoi qu'il en soit, il faudra faire des travaux ici. Et puis… »

Sur sa lancée, Gaspard ne s'aperçoit même pas que je viens de faire trois tours complets dans une machine à laver qui tourbillonne encore. Il me parle depuis la terre ferme. Je ralentis ma rotation, lui demande de répéter et de m'allumer une cigarette.

« Serait-ce si compliqué à entendre, de t'installer pour de bon à Lacoste ? Ce voyage en Pologne implique quelque chose, non ? Tu me harcelais, hier, avec ton enquête de satisfaction et l'idée de changement, alors… Je serais beaucoup plus satisfait de ma vie, si je me réveillais à côté de toi, c'est tout. Maintenant, j'aimerais que tu m'aides avec tes tableaux. Il faut les charger, le coffre est vide. Imagine le mistral en notre absence ! Ce toit… »

Et il organise son monde ! Et le mien par là même. Le voilà qui s'attaque à un rouleau de film à bulles, le sectionne d'un coup net de son Opinel, tout juste s'il ne me déplace pas en même temps que le tabouret. Mais qu'attend-il au fait de moi, que je devienne adulte ? Scintillante de santé ? Volontaire ? Olympienne à faire pâlir l'église du village ? Que je cesse de vouloir tout et son contraire ? Ou que mon cou dessine une note de musique sur l'oreiller chaque matin ? Gaspard se démène avec un format qui fait presque sa taille, dans un emportement tel qu'il ferait croire à un cambriolage plutôt qu'à une tentative de déménagement. Je ne sais plus s'il faut l'en dissuader ou lui arracher ce qu'il tient dans ses mains et le traîner bien plus loin que Lacoste, à travers une crevasse dans le ciel, une fissure secrète, un rai de lumière, dans une forêt qui doit exister quelque part, rien que pour nous. Il y a sans doute une issue à l'impasse du réel.

Arrête, s'il te plaît ! Arrête, Gaspard ! Avant que tu ne me connaisses dans mes immensités opaques, dans mes typhons, et que tu ne t'en décourages, arrête ! J'aimerais mieux ne pas la voir, ta débandade programmée. Autant que je reste ici, et toi aussi, d'une certaine façon, droit et entier, admirable. Gaspard se fige à mon soliloque. Sonné, il dépose le couteau, s'adosse contre le rebord de la fenêtre, me demande une cigarette. « De quoi as-tu peur, Gabriela ? » Imbécile. De te déplaire, j'ai peur ! Et de te faire peur, aussi. Il se passe la main dans les cheveux, sa façon de manifester un énervement. Je lui détaille mon dossier, dès la toute première tentative à Cracovie, dans la baignoire, jusqu'à mes souterrains parisiens qui m'ont menée ici, quand j'ai compris qu'il y avait une clémence dans l'air, un large choix de topiques à mes états d'âme. Je lui parle de la philanthropie à laquelle s'y livrent les paysages, de l'infini dévouement du Sud à mon égard, dont il ne faut pas qu'il prenne les heureux effets pour acquis, qu'il les confonde avec une guérison. D'une largesse effroyable, paralysante, Gaspard me répond dans un sourire trublion.

« Viens donc, mon orage, viens te défouler sur mon jardin… Viens me pourrir la vie avec tes poètes polonais. Empêche-moi de finir content, si tu veux. Mais ne me plante pas avec tes figuiers devant mes fenêtres. Ne présume de rien. Et ne me suce plus jamais dans la bagnole pour me prouver que l'infini existe, alors que tu n'es pas prête à y déménager. De savoir qu'il existe, je m'en fous. »

Soudain, il me paraît clair que Gaspard est la plus parfaite incarnation de la volonté testamentaire de ma mère. Que des équations supérieures, mystérieuses, veillent sur un équilibre précoce de forces qui me sont favorables. Sûr de lui, il ouvre grands ses bras, assis dans la fenêtre, elle aussi grande ouverte sur les nuages beiges du soir. Je m'approche, il me serre contre lui. L'un contre l'autre, nous observons les hirondelles barbouiller le ciel de calligraphies incompréhensibles. Comme tout cela est étrange.

*

Après avoir chargé le pick-up de mes trésors invendus, d'un sac de vêtements et de pots de plantes dont Gaspard déplore l'état, nous arrivons à la maison à la nuit tombée. À ma maison désormais principale. Fiodor me gourmande, renifle mon plâtre avec curiosité, à croire qu'il s'étonne que je m'en sois sortie à si peu de frais. Gaspard s'agite dans la cuisine. J'achète nos billets de train et réserve nos places dans l'avion. Nous dînons à la table du salon, cheminée brasillant de bois fraîchement coupé, fort parfumé. Ma main estropiée me relance. Bain ou douche ? Bain.

Exceptionnellement, nous le prenons sans Bosco. Gaspard me roule un joint, puis m'apprend le verbe *gamahucher* que je note plus tard dans mon calepin, au-dessous de *galapiat*. Après me l'avoir épelé, il s'effondre de fatigue. Je m'étonne de la présence de ce « h », si laid, si coupant et boche, au plein milieu d'un verbe tellement délicat. Dans un sursaut éclair, Gaspard arrache à son sommeil une toute dernière parole consciente avant de sombrer complètement : « Ne sors pas cette nuit, *s'il te plaît.* »

Quand l'horloge du réveil affiche trois heures, je ne tiens plus, je capitule, descends dans la cuisine, avale mes antidouleurs en légère surdose. Mon entrain nocturne me déplaît. Je le reconnais. Il est de la famille de ces fausses vigueurs qui précèdent mes envols incontrôlables, quelquefois dévastateurs. Si le phénomène prenait de l'ampleur, notre voyage risquerait de connaître des perturbations. Je ne panique pas, mes années provençales se sont déroulées jusqu'à présent sans éruptions. Je m'explique mon état par une aversion insurmontable pour les avions et mon appréhension de me retrouver à Cracovie sans que ma mère y soit. Inconcevable. Du jamais vu, du jamais vécu. En sus, je me rends compte avoir laissé le catalogue de l'exposition d'art iranien avec tout mon bazar chez Lucien. Je lui envoie un message auquel il répond séance tenante. Avant le premier chant du coq, je réussis à le mettre en relation avec Melchior, réveillé lui aussi et disposé à se déplacer au Sacré-Cœur pour me rendre service. Je ne suis pas dupe. Curieux comme un concierge, il s'offre une occasion rêvée de mettre son nez dans mes affaires. Nous fixons un rendez-vous au bar du Train Bleu, des plus pratique, notre escale parisienne ne durant pas plus de deux heures. Gaspard nous a déjà commandé un taxi qui nous mènera de la gare de Lyon à l'aéroport. Rien qu'à imaginer ce qui m'attend dans la journée, j'ai une montée de tremblote. Même emmitouflée dans des lainages antalgiques et les inhalations illicites, j'en bats la breloque. Escortée de Tonnerre et de Fiodor, je m'aventure dehors, dans le froid du petit matin. Je mords l'air comme si je me noyais, et remonte me coucher plus glacée que la politesse de mon banquier.

Chaud, éparpillé avec confiance sur toute la surface du lit, jambes écartées, bras étalés, Gaspard dort d'un sommeil que je n'ai jamais connu. Comment fait-il ? D'où lui vient toute cette paix ? Que donne-t-il à manger à sa simplicité, en rien assimilable à de la naïveté ou à de l'ignorance ? Je pose ma tête sur son cœur. Il bat avec la régularité d'un métronome. En *tempo lento.* J'écoute sa savante musique. Tout me semble alors à sa place, idéalement situé dans un ordre indéchiffrable du cosmos : lui, moi, la pierre de notre maison, les cyprès sur la route, le reste inquiet du monde, la mort certaine. Les distances qui nous séparent des malheurs me paraissent infranchissables, la douce agonie de notre civilisation se déroule à des milliers d'années-lumière d'ici, trop éloignée, l'épuisement de l'Occident ne nous concerne pas. Si tout devait disparaître, comme ont disparu, il n'y a pas si longtemps, des pays entiers, des frontières, des constitutions et des noms de rues là d'où je viens, je ne serais pas perdue. Je m'endors sur un capital sans fond. Dans un apaisement inédit, indécent.

*

Mon réveil tardif met notre modeste foyer d'humeur gaillarde. Tout frais et rasé de près, Gaspard s'en moque admirablement, me proposant de me pousser de la falaise à chaque crise d'insomnie, en considération des bénéfices que l'exercice apporte à mon sommeil. Nos chiens se mettent à batifoler, impatients de sauter dans la voiture garée devant l'entrée. Sonnée par les médicaments, je me saisis de la cafetière, mais c'est le visage de Gaspard qui me ranime. Il y a tout de même de ces illuminations qui ressuscitent les morts ! Je le regarde, et le besoin de le dessiner me brûle la main. Rester ! Annuler ce voyage absurde. Se remettre au travail. Même de la main gauche ! Les dernières minutes de Pompéi regorgeaient peut-être de joies pauvres et belles, tout à fait semblables à la nôtre, en cette journée de départ. Bientôt, demain, les cendres et le feu s'abattront sur nous, la fatigue, les maladies, la vieillesse. Alors, en cruche ensorcelée, je me gave de la beauté de Gaspard, comme issue des interlignes de *De Officiis*, ou des passages jamais écrits des *Bucoliques*.

« As-tu besoin de mon aide, Gabriela ? »

Gaspard me fixe, plantée avec la cafetière devant la gazinière. Une mèche lui tombe sur le front, il la ramasse dans ce geste qui me fait toujours palpiter, se lève.

« Ne bouge pas ! Reste… Parfois je te regarde sans te voir. Mais quand je te vois, tout me bouleverse dans ton visage. Tout ! À chaque fois que je te vois vraiment, c'est comme si je me promenais sur les Alyscamps d'Arles, entre les sarcophages et les cyprès et les ombres en toges… La ligne de tes sourcils et ton nez forme un T parfait. Tu le sais, n'est-ce pas ? Il y a une régularité tellement… Je ne sais pas, intimidante. Je me dis que je devrais revenir au dessin, à la peinture. Juste pour faire ton portrait. »

Un rien déferré, il finit par se lever de son tabouret, s'approche de moi et s'empare de la cafetière que je n'arrive pas à ouvrir. Portrait ou pas, à la peinture je devrais revenir quoi qu'il en soit. Impérativement, ajoute-t-il. Et je lui inspire, quant à moi, une envie folle de bâtir des cathédrales, mais si nous pouvions commencer par décider où installer mon atelier et quoi faire de l'étable, cela l'arrangerait.

« Pourquoi ne pas transformer l'étable en écurie ?

— Parce que nous n'avons pas de chevaux, mon écuyère. »

De ma grimace, Gaspard déduit avec pertinence que nous devrions en avoir, que c'est limite compromettant d'en douter une seconde. Il pousse un soupir, lève les yeux au plafond et me dit que, en effet, il nous faut absolument un cheval, qu'il se sent tout idiot de ne pas y avoir pensé plus tôt. « Tu sais bien que je n'ai jamais monté de ma vie, Gabriela ? » Je sais même qu'il a peur des chevaux. « Mais un seul, Gabriela, soyons clairs là-dessus ! Un cheval pas un haras ! » D'accord, d'accord. Bientôt

Gaspard comprendra qu'un cheval est un animal grégaire et que la compagnie de ses congénères lui est nécessaire. Ah, qu'on boucle ce voyage au plus vite !

L'esprit cartésien de Gaspard rumine en silence, et regrette peut-être d'avoir cédé si facilement, alors que je le défie déjà avec une autre aventure en perspective, non moins périlleuse : le prolongement possible de notre périple jusqu'à un comptoir de l'Inde où ma mère casanière aurait eu le caprice de se hasarder. Serait-ce une plaisanterie ? Oui et non.

« Gabriela, l'idée initiale n'était-elle pas celle d'un *saut* à Cracovie ? Comment se fait-il alors qu'on discute d'une odyssée, à l'instant même de s'embarquer ? Tu abuses ! Tu dépasses la mesure ! Comprends-tu qu'on ne part pas en voyage d'un mois du jour au lendemain ? »

Il s'en va en trombe pour aller déposer nos chiens chez son ami Frédéric à Saignon, me somme de me dépêcher. Ils disparaissent dans un tourbillon de poussière et le crissement des pneus sur le gravier avant que je ne rassasie ma main de caresses et de bourrades. Dans la chambre, la valise à moitié remplie des affaires de Gaspard obstrue la porte de la penderie. « Sois raisonnable dans tes choix », m'enjoint le post-it collé sur la poignée. J'obtempère et file dans la cuisine chercher du film alimentaire avec lequel j'enveloppe un bout du cannabis, ancien cadeau de Lucien précieusement gardé en prévision d'un coup dur, lequel j'estime être advenu. Je le glisse dans un flacon de shampooing, espérant que l'audace soit une qualité payante. Bourrée de médicaments, ma trousse de toilette représente une valeur inestimable comparée aux vêtements chauds que j'ajoute à notre bagage principal. De retour, Gaspard me motive par une fessade, se jette avec la valise du haut de l'escalier comme s'il me fuyait et la boucle dans l'entrée, genou en renfort. Vite, une dernière tasse de café avant l'arrivée du taxi ! Le chauffeur nous parle de la propagation d'une bactérie tueuse d'oliviers venue d'Italie. Nous nous serrons plus fort la main à apprendre cette horreur.

*

Dans le train, au moment de dépasser Lyon, je croise le visage de Gaspard, légèrement incliné sur *Souvenirs de Pologne* de Gombrowicz. C'est une rencontre mystique. Une épiphanie. Alors que j'imprime en moi l'aridité pierreuse que nous venons de quitter, une palette complète d'ocres, violemment rouges dans les recoins du paysage et d'un jaune sableux sous les pieds des pineraies, les robes pailletées des couleuvres, les lueurs fauves de la forêt, je me rends compte que le visage de Gaspard me tient lieu de toute la nature ravissante, celle qui, chez Stendhal, cherchait à s'emparer du cœur de Madame de Chasteller. Terrifiant ! Comment de telles rencontres se produisent-elles et comment supporter l'infinie ascension qu'elles sont en réalité ? Parce que je ne cesse de m'élever pieusement vers lui, de m'échiner pour me hisser à la hauteur de son mystère, jamais atteignable. À distance d'un souffle de moi, il demeure à part, à peine entrouvert sur mon insatiabilité de le respirer. Je pose le doigt sur son sourcil et en suis la ligne droite.

« Tu te promènes, ma douce utopie ?

— Pourquoi m'appelles-tu “utopie” ? »

Gaspard corne la page de son livre, me regarde, fort étonné, avant d'écarter mes cheveux et de me chuchoter à l'oreille : « Parce qu'une utopie c'est quelque chose en quoi on croit et qu'on n'a pas envie de quitter. » Je m'évanouis dans un *ah* béant.

*

Sous la charpente ferrée de la gare, Melchior nous guette, trempé de la tête aux pieds. Le ciel dégueule, lâche fusée sur fusée, en rafales, à en faire trembler la verrière. La flotte s'accumule sous les poutres, tombe goutte à goutte ou dégouline le long des piliers, forme des mares noires. Laideur parisienne comme j'aime. Melchior grelotte dans son gilet transformé en serpillière, se glace à la vue de Gaspard qu'il ne connaît pas.

« Je vous jure que je vous aurais parlé autrement au téléphone, si je vous avais vu avant ! Gabriela ne m'a pas prévenu… »

De sa hauteur, Gaspard le regarde, amusé, se dérobe de son accolade et demande s'il doit en déduire qu'il a la voix d'un imbécile. Empourpré, Melchior s'embrouille dans une tentative de désamorcer sa bourde, se tourneboule le cerveau pour rattraper le coup, foire misérablement. Mais qu'est-ce que c'est que cette attelle, Gabriela ? Je me garde de lui donner la version conforme aux faits, invente un accident domestique des plus triviaux. Gaspard nous laisse le temps de fumer une cigarette dehors. Dès qu'il bifurque pour rejoindre le restaurant à l'étage, Melchior perd toute contenance.

« Tu aurais pu me montrer sa photo, j'aurais mis autre chose ! Tu es irresponsable, Gabrielle ! En plus, il a un cul d'enfer ! »

Il se signe d'émotion, en appelle à la justice qui n'est pas de ce monde. Je le laisse psalmodier.

« Explique-moi ce que tu fabriquais avec le martien de Montmartre ? Il m'a fichu la trouille de ma vie ! Je me pointe chez lui et je tombe sur un fantôme ! Alors que tu as un chef-d'œuvre sous le nez. C'est franchement immérité. À plus forte raison puisque tu n'es pas folle de lui.

— J'ai changé d'avis.

— Fallait pas ! »

Il débraille à me faire peur. Un de ces jours, il explosera dans une crise irrépressible, alors que je ne serai pas là pour lui tendre un filet de sécurité. D'ailleurs, ce secourisme, je m'en rends compte, m'éreinte. J'en ai marre de ses malheurs, de ses jérémiades, de son tribunal. De l'enfer des autres, je ne veux plus rien savoir jusqu'à mon retour de Cracovie.

« Tu aurais pu me proposer de venir ! »

Je me justifie à contrecœur : c'est une affaire de famille. Il pensait en faire partie. Allons, allons ! Tout Melchior. Sa manière de s'incruster partout où la vie lui semble plus facile, aisée, chaleureuse, a ceci de curieux qu'elle ne prévoit aucune contrepartie de sa part, ne supporte aucune contrainte. Il entre, il sort, à sa guise. Il réclame sa carte de membre, sans que cela lui coûte. Sinon, il chiale. Il bave dans sa barbe. Puis, il daube sur le système, les castes, les privilèges… C'est tout un processus. J'en ai par-dessus la tête, l'invite à prendre un verre. Il se décrispe devant Gaspard. Minaude à perte. S'échauffe tout seul au point de devoir s'éventer avec *Madame Figaro* qu'il ramasse sur le comptoir. En compensation de tout préjudice subi depuis sa naissance, il noie le baba qu'on lui sert dans le rhum, il en fait une île flottante.

« Quand rentrez-vous ?

— Dans une semaine, une dizaine de jours au maximum. »

Gaspard sourit à mon affirmation, invite Melchior à passer nous voir dans le Sud à notre retour, avant de s'excuser et sortir faire une course.

« Vous vivez ensemble ? Je ne me trompe pas… Depuis quand ? Comptais-tu me le dire un jour ? Zanzibar, ton amoureux de mes deux, m'invite chez vous ! Comment as-tu réussi ce tour de magie ? Parce que je ne me souviens pas de toi, transportée d'amour pour lui ! La preuve ! Il y a quarante-huit heures tu t'es tapé le martien ! Dis-moi alors, comment c'est arrivé ? Tu as vu un signe dans le ciel limpide ? Tu as vécu la révélation de saint Paul ? Les écailles te sont tombées des yeux ?

— En fait, oui. C'est à peu près comme ça que ça s'est passé. »

Mon calme agit sur lui comme un défibrillateur sur un comateux. Il se lance dans une cosaquerie atroce. Il se déchaîne à me postillonner dans la figure. Une averse de vacheries crasses, de charogneries des plus pourries : « Comme par hasard, comme par enchantement, comme par magie, tu t'es entichée d'un bourgeois gentilhomme, d'un monsieur Jourdain ! Que te dit-il quand il a envie de baiser ? Belle marquise, vos yeux me font mourir d'amour ? Mais il n'y a pas plus hypocrite que toi, pas plus caissière ! Bel investissement ! »

Ah, il s'agit donc de cela ! Le blé ! Mais pour quelle raison obscure n'est-il pas capable de me demander tout simplement de l'argent ? Pourquoi cela dérive-t-il sur toute une liturgie d'insultes à chaque fois, à croire qu'il se prive d'une saveur particulière à envisager que je lui file le fric sans qu'il me ravale en sus. Qu'il ignore à quel point c'est simple. Qu'il débute dans la discipline.

« Combien ? »

Il crache le morceau. Je suffoque à l'annonce. Seigneur ! Je pique une crise de toux sèche. Il revient à la charge, s'obstine dans sa rage. Que je ne lui fasse pas croire que c'est une somme. Quinze mille ? Avec ce que je ramasse à droite à gauche, entre armoires, badigeonnages, et fric de papa. C'est une injustice qu'il répare.

« Autant que j'achète la Colombie ! Avec toute l'infrastructure, casseroles et mitrailleuses ! Quand tu passeras à l'autosuffisance, je serai la première à me féliciter du bel investissement. Mais dans quoi t'es-tu fourré, Melchior ? Prends la clé de Fontvert, tu peux t'y planquer. Nous réglerons le reste à mon retour. Maintenant, sors. Laisse-moi. »

Il ne ramasse pas la clé qui glisse de la table et atterrit avec un bruit mat sur la moquette. À la sortie, il terrasse presque Gaspard qui revient chargé et lui lance « à bientôt » dans le dos. Il se retourne, jette une grenade invisible dans ma direction, disparaît.

« Quel louftingue, ta meilleure amie… »

J'apporte une nuance au propos de Gaspard : une folle qui a volé un vélo pour moi, quand je me suis fait voler le mien. Cela change pas mal de choses, situe et restitue le bonhomme. Gaspard le reconnaît, sans se dédire entièrement, en évoquant l'effet de fatigue que provoque Melchior. Je ne commente pas, le taxi pour l'aéroport nous attend.

*

Nous nous posons dans un hiver en loques, usé jusqu'à la corde, tacheté de plaques d'une neige grisâtre qui durcissent ici et là. Mois de mars maudit, haï, abominé de tous. Sinistre au carré. Avec son teint halé et ses traits mythologiques, Gaspard paraît d'un exotisme suspect au milieu de mes concitoyens très paille sèche, œil blond. On dirait un totem apporté d'un lointain voyage. Rallumé, mon téléphone affiche un message en polonais, d'un numéro inconnu : « Bonsoir, la voiture vous attend à la sortie Est. » Gaspard considère l'aéroport flambant neuf d'un œil expert et étonné, à croire qu'il s'attendait à ce que nous atterrissions dans un champ de betteraves. Je le rassure. Nous avons même l'eau courante et des toilettes. Il s'offusque. Alors là, j'insinue, j'exagère ! Reste qu'il cède devant une envie pressante et me laisse attendre nos bagages qui n'arrivent pas. Quand il revient, je suis toujours plantée au même endroit, à dévisager le tapis qui zigzague dans le hall désormais vide. Un type des douanes fonce vers nous au pas de charge. Il me demande si je parle la langue, si nous venons de Paris, si nous pouvons le suivre. À l'instant où il me réclame nos passeports, je me rappelle le produit illicite dissimulé dans le flacon de shampooing. Gaspard voudrait savoir ce qu'il se passe : « Ne t'énerve pas. J'ai un bout de résine dans la valise. » Il se décompose, soupire, lâche : « Dis-moi que tu blagues. » Je ne réponds rien. Je m'interroge sur le réel pouvoir de mon père dans ce pays, sa notoriété, ses relations, ses amis et ses ennemis. Sur ce qu'il pourrait et voudrait bien faire, pour nous éviter de passer trois années dans une prison pas tout à fait aux normes européennes.

La salle où nous sommes emmenés dégage une atmosphère d'interrogatoires musclés sous une lumière crue, les traces de sang en moins, alors même que le carrelage dont elle est revêtue incite à arracher des dents. Une odeur d'alcool l'encense. Notre valise trône sur une table, encerclée par une demi-douzaine de gaillards peu avenants, crânes rasés et bras d'athlètes. À côté, s'affole un berger allemand. Sale race ! Et le mesquin petit fonctionnaire qui me scrute comme une criminelle et me mitraille des questions rituelles : Transportez-vous des armes ? Non. Des explosifs ? Non. Des produits inflammables ? Non. Des produits stupéfiants ? Non.

Le chien semble content de mes réponses, tandis que Gaspard vire blanc quand je lui traduis l'ordre d'ouvrir notre bagage. Néanmoins, il s'exécute avec assurance. Quand enfin la serrure cède, la puanteur acidulée du vin, mêlée à celle d'une bonne fromagerie parisienne, étourdit notre assemblée. Seul Gaspard y semble insensible. Un liquide brunâtre souille nos jeans dûment repassés.

« Ah non, le pauillac pour ton père... »

Oublieux du problème principal, Gaspard se désole sincèrement d'une bouteille cassée, la retire avec précaution de son emballage, vérifie la deuxième, qui paraît intacte. Je feins l'irritation, joue une microscène de ménage, pressée de rassurer nos gardiens de mon adhésion à leurs valeurs. Ces Français, alors ! Ça se traîne partout avec sa petite épicerie ! Comme si le reste du monde n'attendait qu'à découvrir leurs dégueulasseries à pâte molle. Je me joins toutefois à la lamentation générale face au pinard de première qualité, foutu dans le coton.

« Seriez-vous apparentée à Edward Bartel ?

— Très apparentée. C'est mon père. Les bouteilles lui étaient destinées. »

Quel dommage, en effet. Le moustachu qui m'a interrogée m'ouvre la porte et la tient avec révérence, quand nous quittons la pièce. J'ai beau la détester, en réalité je l'adore, cette aura de princesse tribale qui m'entoure ici.

*

Un blindé aux vitres teintées et qui sent fort le cuir neuf nous attend à la sortie de l'aéroport. « Ah, quand même ! » Gaspard siffle entre ses dents, allume ma cigarette. La finesse de mon père s'arrête à sa capacité de différencier une bonne d'une médiocre interprétation de *Return to Forever*. Quant au reste, il ne fait pas dans la dentelle, ne se distingue en rien de tous les grands oligarques du petit pays qui est le nôtre. Je pense qu'il n'a pas tellement le choix. Tout cet étalage ne choque personne ici, au contraire. Il n'y a pas de honte à montrer ce qu'on a fait de beau du dernier quart de siècle, celui de la liberté retrouvée. Derrière la vitre défilent les faubourgs de Cracovie, campagnards, lénifiants, bichonnés avec soin. Leur succèdent des terrains boisés, une allée bordée de marronniers, une vaste zone résidentielle sous la surveillance de caméras, comme tirée d'un catalogue de ventes immobilières sur papier glacé, puis une longue série d'imposants portails en fer forgé, encastrés dans des haies de végétation taillée au carré et tellement épaisse qu'une araignée ne passerait pas au travers. C'est criant de discrétion.

Gaspard recommence à peine à respirer, pour aussitôt m'interdire de toucher à nos bagages avant le prochain décollage : « Enfin, te rends-tu compte, Gabriela ! » Les bouts violacés de mes doigts dépassent de sous le plâtre. Gaspard rouspète en continu, je le freine, me propose de nous concocter un joint à la maison.

« Gabriela, *s'il te plaît* ! Je ne vais tout de même pas affronter Edward Bartel complètement dans les vapes ! »

Une confrontation lui paraît donc inévitable. Il n'est pas à exclure que j'aie un peu forcé le trait, en lui parlant de mon père. À moins que Gaspard n'ait un flair aiguisé pour ce genre d'affaires. Le chauffeur ouvre le portail automatique et aussitôt la vue du jardin éclairé au ras du sol me plonge dans un état d'étrange embarras. À quoi sert-il sans ma mère ? Nous arrivons dans une maison plus illuminée qu'un sapin de Noël, mais apparemment vide. Dans la porte d'entrée apparaît une jeune femme au tablier noué autour de la taille, qu'elle s'empresse d'enlever venant à notre rencontre. Je ne la connais pas. Gaspard cache mal sa consternation devant l'imposante façade, avec son portique et les quatre colonnes qui s'élèvent jusqu'au fronton du deuxième étage.

« Je ne m'attendais pas à passer la nuit à la Maison Blanche…

— Je t'en prie ! Tu découvriras demain le Buckingham Palace de Malinowski et trouveras la Maison Blanche d'une modestie touchante ! »

Je me promets de lui prodiguer au plus vite un bref cours sur la sociologie de l'architecture en Pologne, de la chute du communisme à nos jours. Amusé de nos réalisations, il s'entête à savoir qui est Malinowski et ce qu'il a fait pour mériter un Buckingham Palace.

« Il a été le roi du ciment. Son fils a pris sa succession et acheté la maison de l'autre côté de la nôtre, ce qui fait que nous sommes pris entre le père à droite et junior à gauche. »

Vue de près, la jeune femme paraît moins jeune mais plus jolie, et m'informe aimablement que mon père ne tardera pas. Elle est d'une petite trentaine appétissante, saine et pulpeuse, dans le style rustique-bucolique, sans qu'on puisse *a priori* exclure qu'elle passera avec l'âge dans la catégorie rustique-despotique.

« Auriez-vous par hasard un prénom ? »

Elle s'appelle Gosia et nous escorte à l'intérieur, où le seul être vivant que je connaisse m'accueille par un miaulement plaintif. Mushika ! Le vieux chat de ma mère. Elle t'a donc largué, toi aussi ? Quelle vacherie, il faut le dire. Mushika s'aventure dans le vestibule, se frotte contre ma jambe, renifle prudemment celles de Gaspard. Amène et appliquée, Gosia nous chaperonne dans nos moindres mouvements, tout juste si elle ne propose pas de m'enlever mon gant, que Gaspard retire avec ses dents, ce qui la fait rougir, puis pouffer de rire.

Au premier coup d'œil, je ne saurais dire si quelque chose a changé dans le grand salon, qui communique avec la salle à manger où trône une table ovale de douze places, déjà dressée et prête à recevoir cinq personnes. Une odeur de gibier rôti filtre depuis la cuisine et étouffe celle de la myrrhe que ma mère avait l'habitude de jeter dans le feu, tant et si bien que la maison entière a fini par s'en imprégner. Dépaysé au point de frôler la décontraction, Gaspard visite, les mains dans les poches. Tantôt il s'arrête devant les scènes équines de

Kossak père, tantôt devant le samovar en argent déniché par ma mère chez un antiquaire. À ce qu'il paraît, il ressemblerait à s'y méprendre à celui que les Soviétiques avaient réquisitionné à Lvov. Les deux épées sacrées, lesquelles, en dépit de la détermination de leurs propriétaires, n'ont pas empêché la percée vers l'Est des blindés allemands en 1939, se croisent au-dessus de la cheminée dans une expression statique de notre héroïsme suicidaire, bien polonais. Mon père les a religieusement recueillies après la mort de ses parents, et ainsi transformé une partie de la demeure en mausolée. Il aime y recevoir. Il s'y plaît d'autant plus qu'il n'a jamais participé à aucune guerre, à aucune bataille, à aucune insurrection, pas même à une bagarre de rue.

J'aimerais tenter une politesse, dire à Gaspard de se sentir chez lui, mais ce serait parfaitement déplacé, compte tenu du décor. Une nature morte aux œufs et un paysage hivernal de Wladyslaw Slewinski, achetés en lot aux enchères à Drouot par un heureux accident, la fois où mes parents sont venus à Paris, me fournissent tout au plus une excuse pour mentionner la grande tradition de vagabondage chez les artistes polonais, leur soif de reconnaissance, leur léger complexe d'infériorité dont je ne suis pas exempte.

« Comment se fait-il que nous nous soyons rencontrés ? »

Absorbé par l'état des lieux, Gaspard me jette sa question avec un rien d'étonnement dans la voix. Je m'affale sur le canapé où Mushika me rejoint d'un bond. J'esquive. Du reste, Gaspard n'attend pas de réponse. Il passe en revue les aquarelles de batailles de Kossak fils, avec des hussards qui se fondent dans la neige, des carabiniers qui chargent, des filles du peuple qui apportent de l'eau aux lanciers. À la même époque, les Français exaltaient les jupons des danseuses du cancan. Soudain, ma décision de quitter la Pologne me semble avoir été la plus intelligente que j'aie jamais prise.

« C'est quoi ces insignes ? »

Il en bat pour nos babioles ! Je tourne la tête et découvre Gaspard devant un tableau sous verre fixé au-dessus du bar. Ah là ! Que va-t-il y comprendre ? En principe, ce sont les insignes du 8e régiment de uhlans du prince Poniatowski, dans lequel s'étaient engagés mon arrière-arrière-arrière-grand-père et mon arrière-arrière-grand-père et ainsi de suite du côté paternel. Mais il y a aussi des insignes autrichiens, vu que Poniatowski s'est fait piquer par François-Joseph une partie de son royaume, et ses uhlans avec. Il faudrait démêler les pinceaux, pièce par pièce. C'est du boulot. Il n'en a pas la moindre idée, Gaspard. Pendant les partages de la Pologne, c'est un régiment autrichien, redevenu polonais en 1918. Deux ans plus tard, rebelote ! Après la grande bataille contre la cavalerie rouge du maréchal Boudienny, il est de nouveau rebaptisé et redevient le régiment de uhlans de Poniatowski. Dans les grandes lignes. Est-ce clair ? Il faut le reconnaître, ce fut une époque trouble, un bouillon polonais. Après 1939, les choses se simplifient admirablement.

« La vente de la maison dans laquelle ont vécu tous ces braves cavaliers a servi à financer l'achat de Fontvert. Je l'ai reçue en héritage, parce que j'étais la dernière de la famille à savoir monter. Et c'est comme ça que nous nous sommes rencontrés. »

Gaspard s'assoit près de moi, prend Mushika sur ses genoux, ne dit rien un moment.

« Elle existe toujours, cette maison ? Tu me la montreras ?

— Ce n'est plus une maison. C'est une agence bancaire. »

Je me cale contre Gaspard, me love dans sa chaleur, caresse Mushika entre les oreilles et, alors qu'il se met à ronronner, je me dis que nous avons au moins un allié dans tout ce bazar. Le répit est de courte durée. Un crissement de pneus dans l'allée annonce l'arrivée de mon père. Il me vient à l'esprit que la confrontation redoutée par Gaspard risque de ne même pas être drôle. N'allons-nous pas tous perdre en humour et sarcasmes quand il faudra débiter en anglais, la seule langue que nous partageons ?

*

Mon père entre et, depuis le vestibule, demande où nous sommes. Gabriela ? Nous venons nous présenter à lui au moment exact où Gosia le débarrasse de son chapeau et de son manteau. À ce que je vois, le chagrin ne l'a pas terrassé. Il réussit à se tenir droit et digne, parfaitement présentable, limite trop. *Bonjour ! Bonsoir !* Il se lance en français, puis me fait une de ces bises qui claquent dans le vide. Quand il se tourne vers Gaspard pour lui serrer la main, il passe à l'anglais, sans que j'aie le temps de procéder à une présentation plus cérémonieuse.

« Vous devez être le nouveau copain de ma fille », dit-il en mettant l'accent sur *boy* dans *boy-friend.* C'est parti ! Il annonce la couleur ! Gaspard tient bon, acquiesce, charge :

« Gaspard Desroches, le *dernier* copain de votre fille. »

Voilà qui est dit. Mon père nous emmène dans le salon, demande à Gosia de nous apporter des amuse-gueule, comme si nous risquions de nous ennuyer. Il s'assoit dans un fauteuil en face de nous. Avant que le tic-tac de l'horloge qui se dresse fièrement sur ses deux mètres ne retentisse dans toute la pièce, il largue la première bombe. Qu'on lui refuse un sens de la mise en scène !

« Ah, *le dernier, le dernier*… seul le temps nous le dira. »

Quel vachard, quand même ! Sur ce coup, il ne nous a pas loupés. C'est à se demander pourquoi il m'a fait venir, vu sa grande forme. Je le fusille du regard, il pense que je le chatouille. Dans un sourire parfaitement maîtrisé, des plus mordants, il nous déroule poliment la suite du programme :

« Bien ! Nous attendons un ami de la famille qui est en rendez-vous en ville, et ma secrétaire. Nous dînerons dès qu'ils seront arrivés. En attendant, je vous propose de boire un verre. Excusez-moi d'être en retard mais je suis débordé. On vous a montré votre chambre ?

— Comment ça, notre chambre ? Nous ne pouvons pas rester dans la mienne ?

— Je vous ai mis au dernier étage, vous y serez plus à l'aise. »

Là, il déraille. À ma connaissance, personne n'a jamais occupé le dernier étage, bâti par caprice, vanité, ou quelque aspiration secrète de mon père à fonder une dynastie. Quand il s'est rendu compte qu'il ne serait pas patriarche, l'étage était déjà là, rempli de poussière et de mobilier sous housses. Moins accueillant qu'un caveau de famille. Carrément décadent. Tout part en vrille sans ma mère. Finished ! Nous ne nous ramasserons pas, cette fois-ci.

« Et il n'y a plus de cendriers dans cette maison ?

— Je les ai tous jetés après le départ de ta mère. Gosia te trouvera quelque chose. Vous, fumez-vous ?

— Non, pas vraiment, répond Gaspard, un rien crispé.

— Mais vous buvez... ? », s'enquiert mon père en s'agitant devant le bar, tandis que Gosia arrive avec un vieux vide-poche qui m'est destiné.

« Occasionnellement.

— Alors vous devez beaucoup vous ennuyer dans la vie !

— Pas depuis que je vis avec votre fille. »

Gaspard marque un grand point. Un but splendide ! Nous terminons le premier round à égalité. Du moins, j'ai pu l'espérer un instant, oubliant que Edward Bartel aime avoir le dernier mot :

« Alors ça, je veux bien vous croire ! »

Il le dit dans un grand soupir, sans laisser à Gaspard le choix de refuser le verre de whisky qui contribuera à le mettre knock-out, vu qu'il n'a pas l'habitude des alcools forts. Suit une séquence-surprise. Des plus inattendues. Des plus improbables. Des plus traîtres. Ils lèvent leurs verres, et s'autorisent un rire communicatif de courte durée. Ils se paient ma tête ! Je m'excuse et m'éclipse, dans l'idée de charger Gosia du nettoyage de nos affaires maculées de rouge. Un prétexte commode pour offrir aux deux hommes une opportunité de se défouler sur mon dos. Qu'importe la raison, qu'ils pactisent.

Sarah Vaughan goualе une ballade ronde et ample, quand je regagne le salon. Je parie que le choix de mon père vise un objectif précis. Il nous fabrique une petite atmosphère de détente, anesthésiante, un cessez-le-feu qui lui servira à éventrer Gaspard. Le « je vis avec votre fille » n'a pas dû lui échapper. Au contraire. Il a beau refuser de s'y accrocher, il s'accroche quand même. Un tout petit peu. Comme ça, d'un doigt, de l'auriculaire. D'une part, il s'interdit d'y croire, et n'y croit pas, si bien que poser la question de savoir où nous vivons, comment et de quoi, lui paraît superfétatoire, car à l'instar de tant d'histoires précédentes, celle-ci ne durera pas. D'autre part, il est physiologiquement conditionné pour rester positif, en dépit de données rationnelles qui l'incitent au plus grand scepticisme quant à ma capacité à me caser. Il avance sur la pointe des pieds et se saisit habilement de l'intérêt de Gaspard pour les Kossak accrochés aux murs.

« Vous y connaissez-vous, en portrait équestre ? »

Un presque gendre de passage n'a pas besoin d'avoir une position, un capital, ou un carnet de vaccinations à jour, pourvu qu'il ait un soupçon d'intelligence qui lui permette de saisir que, dans la famille, on ne plaisante pas avec la tradition équestre. L'heure du grand test vient de sonner.

« Pardonnez-moi, c'est comme si je vous demandais si vous vous y connaissez en vin ou en huile d'olive... Certainement, mais le vin ne signifie pas la même chose pour vous que pour moi. Quand vous buvez un verre de vin, vous buvez un verre de vin, tandis que moi je bois un peu de mon passé, un peu de ma famille, un peu de mon pays. En général, la peinture animalière m'ennuie beaucoup. Les Anglais surtout. Stubbs ne me touche absolument pas. Mais il y a des exceptions. Ce cheval mélancolique de Mantegna dans *Chambre des époux*... Et le cheval de Géricault au regard triste, celui du Louvre. Ça s'arrête là. Je n'ai vécu aucune histoire passionnelle avec les chevaux. »

Gaspard nous prend au dépourvu. Quelle habileté ! Quel chic ! Il nous souffle par le stratagème le plus risqué, mais des plus payant quand il aboutit : un cocktail de discrète nonchalance, de franchise et de simplicité. Mon père se racle la gorge, Gaspard enchaîne :

« Peut-être cela changera-t-il, j'ai promis un cheval à Gabriela.

— Alors vous allez acheter un cheval ! Où ça ? Si vous n'êtes pas pressé, venez en août. Il y a la *Pride of Poland*, une grande vente aux enchères, à Sopot. Vous savez, au bord de la Baltique… Très réputée ! »

Il ne peut pas s'empêcher d'être lui-même. Pas plus de cinq minutes, en tous les cas.

« Je t'en prie, papa… on veut juste un cheval avec quatre jambes et un peu d'humour.

— Bah justement, ça ne se trouve pas n'importe où ! Tu le sais bien.

— Gabriela ne m'a jamais dit qu'il y avait des chevaux avec humour et d'autres sans. »

Au propos de Gaspard, nous nous regardons, mon père et moi, choqués ! Une évidence a-t-elle besoin d'être dite ? Émoustillé par le whisky, Gaspard se rend toutefois compte d'avoir balancé une énormité, ne sait plus où se cacher, faute de mieux, fait l'autruche dans son verre. Mon père le recadre aussi poliment que possible, eu égard à la cuistrerie que nous venons d'entendre. Mais si ! Il y a des chevaux farceurs. Des chevaux bouffons. Des chevaux mauvais plaisantins. Tiens, celui de Lvov ! Je prends le relais, parce que le cheval de mon grand-père maternel mérite quand même une mention spéciale, un hommage. Attelé à une calèche, il n'attendait son maître attablé dans une taverne que jusqu'à minuit. Passé cette heure, il se mettait à hennir, c'était son premier avertissement. Si mon grand-père n'arrivait toujours pas, il se défaisait de son harnachement et rentrait seul à la maison. Véridique ! Mon père se désopile par petites secousses. Gaspard nous observe, incrédule et paumé.

« Je t'assure que c'est vrai ! Papa, mais dis-lui ! D'ailleurs, maman avait quelque part les photos de Professeur dans son box, à l'écurie de Lvov. »

Professeur ? Gaspard m'interroge. Bah oui, que veux-tu. Il était le plus sérieux de toute la famille. La séquence se termine dans une rigolade générale, même si je soupçonne Gaspard de douter de la véracité de ce qui lui est conté. Une fois que le minuscule grain de folie s'assèche et que nous sommes à nouveau sur la défensive, mon père me demande d'aller voir ce que ma mère a trouvé dans des cartons. C'est sur la mezzanine.

« Dis-moi donc ce que c'est…

— Tes premières bottes. Les toutes premières. Tu devais avoir six ou sept ans… et ta selle. Maintenant que vous envisagez d'acheter un cheval, tu peux la prendre. Mais les bottes, je les garde parce que c'est le grigri de ta mère et je ne voudrais pas qu'elle me fasse des reproches à son retour. »

Je le coupe, sonnée : « Merci. » Il est frit, mon père. Partir à la recherche de ma mère relève d'un désarroi compréhensible. Nous y allons, parce qu'il faut y aller. Parce que *ça ne se fait pas*, de rester les bras croisés alors qu'elle a dû avoir un sursaut d'humeur et se retrouve sans doute plongée dans une sauce piquante immangeable. De là à croire que nous puissions la retrouver… Quand va-t-il admettre que c'en est fini ? Qu'il ne la reverra plus ? Qu'un jour, il s'endormira ici, son verre de whisky à la main, seul comme le Parrain dans son jardin, et qu'il ne se réveillera plus. Ainsi meurent les hommes. Sur le coup, son espérance me touche, m'inquiète même. Enfin. Je n'ai jamais eu à m'inquiéter pour mon père, je ne suis donc pas certaine de ce que je ressens.

« Allez vous installer, dit-il en sortant de sa veste son téléphone qui se met à vibrer. C'est Adam. Il doit être sur le point d'arriver. »

*

Gosia nous précède dans l'escalier avec un plateau chargé d'un service à thé, d'une Thermos et d'une bouteille d'eau minérale. Son omniprésence m'agace au possible, bien que rien en elle ne soit particulièrement dérangeant. Allons, ma petite Gabriela, elle n'est pas nerveusement insurmontable. Même pour toi. Elle sourit trop. C'est tout. Accroupi devant mes cavalières d'enfant, luisantes, parfaitement entretenues, avec les poignées des embauchoirs qui dépassent, Gaspard demande : « Alors c'est ça, tes premières bottes ? »

Ding dong ! Soudain, je reçois tout en pleine figure, l'histoire complète de mes bottes, en couleur et en musique. Ding dong ! Ding dong ! Une clochette qui tinte chez un bottier de la rue Florianska, celui en face du café Michalik. On me pousse à l'intérieur. Et on me plante, bouche bée, devant un géant comme échappé d'un conte cruel. Il porte des moustaches noires, un tablier en caoutchouc, des lunettes carrées, me fait asseoir sur une chaise trop haute pour moi et saisit au vol mon mollet que je balance avec vigueur, au grand désespoir de mon père. Il dit à mes parents qu'il les fera un peu trop grandes, mes bottes, qu'ils n'auront qu'à mettre une semelle supplémentaire. La boutique empeste la colle, la sueur et les pièces métalliques qui débordent d'un vieux meuble à tiroirs. Dans sa poussette, Marta éternue et s'impatiente. Mes parents partagent l'avis du cordonnier. Nous sommes en *état de guerre* et personne ne se risque à conjecturer quand il sera possible de commander une nouvelle paire, pas plus que de téléphoner ou d'aller d'une ville à l'autre. Cet *état de guerre*, je l'adore ! Tout comme le général Jaruzelski qui l'a ordonné. Mon père me corrige : « C'est un *état de siège.* » Je ne comprends pas ce que ça veut dire, alors je continue à dire *état de guerre* ou tout simplement *la guerre*, suivant l'outrance de notre voisine. L'école est fermée. Mon père sort travailler mais rentre tôt. Et tous les soirs. Pendant plusieurs mois d'affilée, nous dînons en famille, regardons des pièces de théâtre à la télé les lundis, et *Columbo* les jeudis.

Trois fois par semaine, mon père me dépose en voiture rue Kobierzynska, à mon club hippique, le plus ancien du pays, où nous commençons notre apprentissage en nettoyant les boxes, armés de fourches et de balais-brosses. L'hiver est rigoureux. De tempérament russe, à crisser sous la botte. L'eau dans les seaux gèle en un rien de temps. On se fait engueuler, la chambrière siffle au-dessus de nos têtes, à peine au-dessus. « Le cheval, c'est de la discipline ! », rabâche notre instructeur. Nous avons les joues rouges, les mains gercées, crevons de soif à cause du froid, bouffons de la neige par poignées entières et sommes plus heureux que des diables. Une douzaine d'années plus tard, quand je serai en première année aux Beaux-Arts, mes parents me déposeront dans la même rue Kobierzynska, près du club, à la clinique psychiatrique où je passerai presque un mois, après une deuxième tentative. Bordel, il ne faudrait jamais grandir ! Jamais ! Si ce sont mes bottes ? Non. Ce ne sont pas mes bottes. Ce sont mes heures belles et joyeuses, vécues sans efforts.

« Ça se transmet, des bottes cavalières, comme une bague de fiançailles, de mère en fille ?

— La question ne se pose pas vraiment, Gaspard. »

Quand Gosia nous introduit enfin dans notre chambre qui a tout d'une suite d'hôtel, grand confort et ennui, je prie Gaspard de m'excuser. Il n'a pas à payer mes remontées nostalgiques. Sauf que, de nouveau : paf ! En plein nez ! Un bouquet d'hortensias couleur vanille disposé dans un vase m'obstrue la vue sur tout le reste. C'était ma mère, qui d'habitude s'en occupait. Elle avait sa petite manie des fleurs coupées, toujours de saison, jamais de roses ni d'œillets, discrédités par leur règne sans partage pendant l'époque communiste. D'œillets, il ne fallait même pas lui parler ! Et des roses qu'elle recevait de ses patients, nous avons rarement vu la couleur. Comment mon père s'y est-il pris pour l'expliquer à Gosia, que madame a les roses en horreur ?

« Viens », dit Gaspard avec calme. Je m'avance mollement vers lui, ignore s'il est vexé ou pas. Il me tire à lui par le bout de mon pull, m'encastre entre ses bras, fait de moi ce que j'aime être : sa force et sa faiblesse.

« Je ne sais pas, moi non plus, quoi faire de tes petites bottes, de tes uhlans, de ton père, de ta mère, de ton histoire… Je ne sais pas comment on gère un destin. Pas plus que je ne sais comment on en accomplit un, Gabriela. Pendant que nous montions ici, je pensais te demander si tu ne regrettais pas d'avoir laissé tout ça. Mais tu le dis toi-même, la question ne se pose pas vraiment... Que tu le regrettes ou pas, le choix est fait, et depuis longtemps, ma petite musique. Alors maintenant, tu peux te rouler le joint qui a failli nous coûter dix ans de goulag et me dire comment me tenir à table si on continue à picoler. Je n'en peux plus, je suis déjà à moitié ivre. Et après... bon, on ira chercher ton cheval avec beaucoup d'humour. »

Un destin ? Il se laisse séduire par notre emphase slave, Gaspard. C'est un bien grand mot, *destin*, au regard d'une vie comme la mienne. Toutefois suffisamment riche pour que je sache comment tricher à table.

« Tu dois manger, si tu veux tenir. Et tout ce qu'il y a de plus gras. Puisque tu as commencé par un whisky, ne bois pas de vin ce soir. Les mélanges sont fatals. Quoi qu'il en soit, tu vas être fin soûl à la fin du repas et tu auras une gueule de bois monstrueuse demain matin.

— C'est la tradition, non ? Alors je prendrai une cuite comme tout le monde, concède Gaspard avec un grand sens du sacrifice.

— Mais non... Tu seras le seul à prendre une cuite, parce que tu es le seul à ne pas savoir boire.

— Mais en fait pourquoi tu ne bois jamais, toi ?

— J'ai atteint le quota quand j'étais au lycée. »

Gaspard ne me lâche plus. De mes petites histoires déraillées, il raffole. Plus elles sont dingues et sentent le moisi de l'ancien Empire, plus elles lui sont savoureuses. Je l'attelle à me rouler un joint, et depuis la salle de bains où j'ai vidé le flacon du shampooing, lui raconte ma dernière classe verte à Zakopane, quand une bouteille de gin volée à mon père m'a fait dévaler une pente raide jusqu'au pied des sapins, où mes camarades m'ont retrouvée le lendemain matin, trop ivres eux-mêmes pour me chercher la veille. Il dit : « Seigneur ! » Je dis : « Ce n'est pas tout. »

J'insiste sur le fait que tous ces lycéens sont devenus l'élite de la nation, son cœur battant, sa conscience. Je lui détaille ensuite les cuites massives, les cuites de désespoir collectif, inconnues en Occident mais qui, à l'Est, nous ont permis de nous maintenir à la surface, ou de couler, si l'on observe le phénomène de l'extérieur. Je précise qu'à présent, nous buvons par ennui et besoin de noyer le vide, comme de vrais Européens, mais aussi par nostalgie de ces phénoménales cuites d'autrefois, pleines de courage éthylique et de colères impuissantes. Belles à en crever ! Ah, Madone ! Parfois, il nous arrive encore de canonner dans les cuisines, près des gazinières, véritables machines eschatologiques, toujours prêtes à recevoir une tête assez embrumée par l'alcool pour que la mort ne lui fasse pas peur. Je déplore les statistiques qui montrent que les Polonais boivent de moins en moins, désormais évincés du podium par les Belges et les Irlandais, même si notre partie de l'Europe préserve jalousement sa réputation en matière de beuveries robustes et jusqu'au-boutistes. Ce qui ne nous empêche pas de nous rapprocher chaque jour des pays civilisés, à la consommation modérée et circonstancielle, mais qui ne conduira sûrement pas à résoudre l'énigmatique question du destin, ce destin plus élevé, collectif, universel. Une telle question, afin d'être éclaircie, nécessite une longue formation et une pratique quotidienne, assidue, désintéressée, de l'usage de la bouteille. Qui peut encore se le permettre, dans une réalité aussi belle qu'une utopie ? Alors ça, non ! Non et non ! Gaspard proteste, outré que je blasphème ainsi les utopies. Même si elles sont globalement discréditées, dit-il, elles ne se valent pas toutes, et il y en a de superbes. Émue et allumée, j'ai soudain très envie de régler une fois pour toutes ce différend linguistique qui oppose *sexe* et *braquemard*, sans que Gaspard s'en défende. Mais voilà que Gosia apparaît dans la porte entrebâillée. Hi hi ! D'une voix étouffée, elle nous annonce que le dîner sera servi et s'enfuit en courant. Gaspard sort de la valise le pauillac rescapé.

« Tu aggraves ton cas. Rien de pire que les mélanges, je te le répète. »

*

Sur les deux autres invités, je ne lui dis que l'essentiel. Adam ? D'aussi loin que je me souvienne, Adam a tenu une place particulière au sein de la famille. Présent sur chaque photo, mais jamais au centre. Il semble prouver le contraire de la théorie freudienne selon laquelle l'amitié entre une femme et un homme n'existe pas. Celle d'Adam et de ma mère existe, résiste même à l'épreuve du temps et de l'éloignement, s'épanouit, dans la mesure où chaque fois que j'ai ma mère au téléphone, Adam se glisse dans la conversation. À moins qu'il ne faille creuser du côté de cette idée, fort répandue, selon laquelle l'amitié entre une femme et un homme naît d'un amour déçu, ce que le propos de Wladek confirmerait, et auquel cas je me fiche de savoir lequel des deux a déçu l'autre. L'important, c'est que ça marche. Qu'ils continuent à s'écrire des lettres à la main, à s'envoyer des livres par la poste, à s'engueuler sur des sujets aussi futiles que le prix Nobel de médecine de James Rothman. Je crois qu'ils s'entretiennent en termes scientifiques de l'avancée de la maladie de ma mère, ce qui fait d'Adam la personne la mieux informée sur la question et, de ce fait, la plus à même de nous dire sans ambages quelles sont ses chances de survivre à son expédition. Est-il bon ? Je réfléchis à la question de Gaspard, hésite sur ce qu'est un bon psychiatre. Je finis par répondre *assez*. La prudence et la patience d'Adam m'ont épargné quelques années de thérapie chimique, quand des charlatans galonnés envisageaient de tester sur moi toute la production pharmaceutique. Et en tant que personne ?

« Oui, très différent de mon père. »

Excédé, Gaspard remarque que je fais de mon père *horresco referens*. Je ne suis pas têtue au point de le contredire.

« Disons que leurs utopies sont différentes. Pas opposées mais parallèles. Mon père s'est pris les pieds dans le tapis du libéralisme pur et dur alors que, plus jeune, il avait songé, avec un tas de gars de son tonneau, à une forme de libéralisme social, à l'autodétermination, à l'autogestion et cetera, comme toute l'aile intello du Parti des années 60. Il y a une bibliothèque entière là-dessus dans son bureau. Au final, il a soutenu en douce la thérapie du choc économique au début des années 90, quand d'autres avaient compris ce que ça donnerait. La maison du pendu… Tu me suis ? Adam a été plus méfiant, plus perspicace, au moment du lancement de ce grand bordel. Il travaillait toujours avec ses toxicos, enseignait un peu. Puis il s'est mis à croire qu'il pouvait concilier les deux, que le fric ne nuirait pas gravement à sa finesse. Et ce dans la veine de ces connards du développement personnel, de ces "aimez-vous, les autres vous aimeront", de la Gestalt thérapie et autres fumisteries du genre. Désormais, son boulot consiste à apprendre aux hommes d'affaires comment être gentils pour tirer plus de profit de leurs employés. Il soulage leurs *burn out*, les tire de leur surmenage et de leurs addictions. Mais il a encore des idéaux, essaye de faire bouger les choses concernant le cannabis thérapeutique.

— Et la secrétaire de ton père ? »

Je souris. Une catholique *ouverte*, comme on les appelle par ici, littéralement. Une de ceux qui disent *pas en mon nom*, quand les fanatiques de l'amour du prochain exigent d'ériger un mur au parlement pour séparer les députés homosexuels. Ma douce Maria, sage et discrète, bien moins gnangnan qu'elle ne paraît de prime abord. Une excellente cuisinière de surcroît. De deux ou trois années mon aînée, elle gère d'une main de fer une maison, deux ados presque adultes, une carrière, une activité associative et m'informe en catimini de l'humeur de mon père quand j'ai besoin de lui demander du fric. Aucune ambiguïté dans leurs relations, sinon elle ne serait pas autorisée à donner son avis sur tout. Souvent très perspicace. Probablement assez proche de ma mère, sans que j'en sache davantage. J'imagine que c'est la fille que ma mère méritait d'avoir.

« J'aurais pu fumer ce pétard avec toi, conclut Gaspard.

— Je ne te cache pas que nous ne sommes plus à l'heure de Tourgueniev par ici. Parfois les dîners sont très animés. »

*

Et paf ! En bas de l'escalier nous tombons direct sur Adam, sourire éclatant et dégaine très *arty*, avec ses bracelets de l'amitié noués autour du poignet. Il me prend dans ses bras, me frotte doucement le dos en signe de bienveillance, de protection et de non-violence, qu'il espère mutuelles. Il m'aime aussi fort qu'il s'aime lui-même. À Gaspard, il réserve la phrase canonique, « Vous devez être le nouveau *boy-friend* de Gabriela », puis ajoute un *bienvenue* et une tape cordiale. Futé, Gaspard saisit au vol que, par principe, Adam est toujours dans le camp de mes nouveaux *boy-friends*. Que globalement, l'amour dans toutes ses déclinaisons est la grande cause d'Adam. Je fais la bise à Maria, qui ne peut s'empêcher de me caresser les cheveux, comme si j'étais sa gosse. Elle gronde mon père qui brusque Gosia dans la cuisine, ce dont profite Gaspard pour me chuchoter : « Si quelqu'un me traite encore de *boy-friend*, je te demande en mariage sur-le-champ. » Je n'ai pas le temps d'ouvrir la bouche, que Maria se tourne vers Gaspard et lui lance : « Vous devez être le nouveau *boy-friend* de Gabriela. » Je pique un fou rire, Maria me demande en polonais si elle a commis un impair, alors que Gaspard me jette en français : « C'est quand tu veux, ma douce utopie. » Dire qu'à ce moment, nous n'avons encore rien bu. Mon père nous conduit dans la salle à manger, distribue les places en me désignant une chaise en face de Gaspard, entre Maria et Adam, alors qu'il se réserve celle du milieu, dans le voisinage immédiat de mon nouveau *boy-friend*. Ah, le vieux renard ! Il envisage de le démonter d'une manière aussi peu raffinée qu'efficace, en veillant à ce que son verre soit toujours rempli.

Gosia nous apporte la soupière avec le *zurek*, qui sent bon mon enfance et le céleri séché. J'explique à Gaspard qu'il s'agit d'une soupe aigre au levain, frugale et peu riche, selon les critères polonais. Maria entre dans les détails de sa préparation, présente les variantes régionales, avec ou sans croûtons de pain, avec ou sans rondelles de saucisson, mais obligatoirement avec de l'œuf. Adam s'enquiert de notre voyage et de mon attelle, moi de ce qu'il sait concernant la disparition de ma mère. Voudrait-il bien m'éclairer sur cette évasion ? Il tresse ses doigts au-dessus de son assiette, s'adresse au vide devant lui, évoque une démarche philosophique et délibérée. Fondée. J'avale une cuillerée de travers. Mon père entraîne joyeusement Gaspard sur une pente glissante, lui cause de l'opposition française à la libéralisation des droits de plantations viticoles en discussion à Bruxelles, puis, par je ne sais quel détour, aborde la visite annoncée de Barack Obama en Pologne à l'occasion du vingt-cinquième anniversaire des premières élections libres. Gosia réapparaît avec une bouteille de Chopin, nous passons au propre de l'affaire. La vodka circule, mon père lève son verre en nous remerciant d'être là, en un moment si particulier, si difficile. Gaspard me propose sa dose. Je comprends qu'il est aux abois et je l'avale cul sec, en lui sifflant qu'à la différence d'un pauillac, la Chopin ne se goûte pas, elle se gobe. Et hop ! C'est une bonne vodka, plus froide que notre dernière guerre. Alors qu'elle me fait bouillir l'estomac, je remarque que le petit verre en cristal de Gaspard est de nouveau rempli, tandis qu'il dit : « C'est un libéral ! » à propos d'Obama, et que mon père dit : « C'est un libéral ! », sans que, décidément, ils puissent s'accorder sur la définition du libéralisme. Préoccupé de la tournure que prend leur discussion, Adam déclare que l'élection d'un président noir à la tête des États-Unis est un progrès incontestable à l'échelle planétaire, ce à quoi mon père répond : « Toi, tu vois le progrès partout ! » Puis, il se remet à cuisiner Gaspard, cette fois-ci au sujet de Manuel Valls. Maria s'alarme tardivement de ma main aux doigts enflés, en alerte Adam qui l'examine en ajustant ses lunettes et statue sur mon avenir proche : il faut enlever le plâtre. « Mais Gabriela est beaucoup plus à droite que moi ! », s'enflamme Gaspard face à mon père, tandis que je demande à Adam s'il ne voudrait pas me débarrasser du plâtre dans la cuisine. Ça devrait céder sous un ciseau à volaille, non ? Adam voit rouge. « Seulement en France », je précise à l'adresse de Gaspard, à l'instant où, les yeux révulsés, il ingurgite son deuxième verre. *Next to impossible*, tranche Adam, à quoi Gaspard rétorque, *But true !* Apparemment, ils ignorent qu'ils ne parlent pas de la même chose. Gosia ramasse nos assiettes creuses. « Ce n'est pas toi qui m'avais dit que le PS est un parti de riches affligés de mauvaise conscience, contrairement à la droite conventionnelle ? » Gaspard m'écoute, embrumé, puis me rétorque bonnement que la politique n'est pas mon fort. On verra son fort, quand il faudra attaquer la deuxième bouteille.

Bonté du ciel ! Un plateau de tranches de chevreuil rôti arrive sur la table.

« Tu le fais exprès ou quoi ? Chaque fois que je suis là, tu sers du gibier, alors que tu sais que je déteste la chasse. À ma dernière visite, c'était un lièvre au four, qui ressemblait à un bébé somalien, vous vous souvenez ? »

Je prends à témoin Maria et Adam. Mon père s'offusque.

« Un lièvre ? Je n'ai jamais servi de lièvre. C'était un lapin et il ne ressemblait pas à un bébé somalien, tout au plus à un chat ! »

Agacé, il se lève de table jugeant que la Chopin n'est pas assez froide, alors que Maria demande à Gaspard s'il habite, lui aussi, ce beau village de Fontvert. Si près de Camus, pour ainsi dire. Quel privilège ! Gaspard répond que désormais nous habitons ensemble le tout aussi beau village de Lacoste, dans le voisinage immédiat du marquis de Sade. Maria s'en marre. Je me garde d'affirmer que Gaspard dit vrai. Debout, mon père se racle la gorge et lui demande de l'accompagner dans la cuisine pour chercher la bouteille de pauillac. Je sens la catastrophe venir. J'en ai la tremblote. Aussi, j'en veux à Maria qui, dans un enthousiasme contagieux puisqu'il contamine Adam, me félicite de cette « bonne nouvelle », comme si elle venait d'apprendre que Jésus avait ressuscité une seconde fois. Adam y met du sien, me prend la main et diagnostique un grand pas en avant, en d'autres termes un progrès. Bravo, ma petite puce ! Bravo ! *All you need is love…* Je lui cogne la cheville sous la table, m'en excuse et demande s'il ne pourrait pas me rédiger une ordonnance, vu que je suis à sec de Lexomil. Ah, non ! De ce poison il faut me libérer. En revanche, il sera toujours disposé à me montrer des exercices de respiration. Rien que de l'oxygène ! Rien que du naturel ! Je le remercie chaleureusement et finis le petit verre de vodka laissé par Gaspard. Son absence prolongée commence à m'intriguer. Il se pourrait qu'il soit déjà en train de regagner l'aéroport et de boucler son retour en France. Ouf ! Il revient, bouteille à la main, très complice de mon père. On le croirait domestiqué. « C'est formidable ! », lâche Adam, suscitant de l'étonnement chez mon père qui s'autorise à enlever sa veste et demande : « Quoi donc ? Qu'y a-t-il de formidable ? » Ce qui est formidable, assure Adam, c'est d'habiter le sud de la France. Là-dessus, nous sommes tous d'accord. Enthousiastes, nous buvons à la Provence, alors que Maria souhaite savoir si nous sommes allés au festival d'Avignon. Gaspard répond que je l'ai emmené voir Keersmaeker et *Cabaret Varsovie* de Warlikowski, dont il peine à prononcer le nom. Mon père soupire, Warlikowski… À croire que Warlikowski lui a marché sur les pieds. Au contraire, Adam le trouve admirablement progressiste, Warlikowski. Quand mon père braque sur lui un regard insistant, il se reprend et ajoute, « syncrétique ». Progressiste et syncrétique. Gaspard fait son malin et louange la scénographie, hypnotique. Mon père s'offusque : surtout onéreuse ! Il maugrée, s'enfièvre, verse de la vodka dans le verre de mon *boy-friend* qui l'absorbe sur-le-champ, désormais au fait des règles du jeu. Un instant tranquille dans son coin, Adam se retrouve de nouveau visé par mon père :

« Et d'abord, cela veut dire quoi, *syncrétique* ? Quand tu dis *putain de merde*, c'est également syncrétique parce que, après tout, *putain* et *merde* appartiennent à deux univers très différents. Warlikowski n'est pas syncrétique mais confus. Et sa scénographie n'est pas hypnotique, mais racoleuse. En tout cas, je n'ai pas été hypnotisé, moi. »

« Ce qui est grave, Edward, c'est que tu m'attribues la perception syncrétique d'un enfant de six ans, reposant sur l'enchevêtrement d'éléments disparates, alors que je parle d'un vrai travail d'abstraction qui implique, du moins chez Warlikowski, une analyse assez subtile de la nature des choses. En plus, *putain* et *merde* sont peut-être moins éloignées l'une de l'autre que tu ne le penses. »

Et c'est parti ! Le propos d'Adam provoque une ruée générale sur la nouvelle bouteille de Chopin, givrée au point qu'elle colle aux doigts. C'est alors que Maria, qui a un coup dans le nez elle aussi, monte en renfort d'une probable alliance entre Adam et Gaspard, se désolidarisant ainsi de son patron, moyennant un aveu fomentateur, sous l'apparence d'une remarque subjective, donc partiale et *a priori* disqualifiée :

« Je dois vous avouer que je me suis laissé emporter par ce quelque chose de crépusculaire chez lui et qui devient héroïque de nos jours. C'est comme s'il réhabilitait tous ces gens dont ni notre droite patriotique ni notre Église ne veulent, parce qu'elles les jugent indignes de leur vision étriquée de la nation. Cela m'inquiète. Pas vous ? Je ne voudrais pas que mes enfants aient à grandir dans ce climat... Mais pas non plus qu'ils trempent dans le monde de Warlikowski... Dans la décadence, dans le désespoir, dans la sexualité débridée. C'est très éloigné des valeurs que je leur inculque. Sans vouloir offenser quiconque. Moi, je m'en tiens à l'enseignement de Mère Teresa, et je dis que si tu juges les gens, tu n'as pas le temps de les aimer. »

Mon père observe Maria d'un œil las et presque condescendant qu'Adam intercepte et condamne :

« Oh, tu n'as pas le droit, Edward ! C'est franchement indécent !

— Ce qui est indécent, c'est que votre génie de Warlikowski s'en prend aux technocrates européens, qui se rempliraient les poches, alors qu'il devrait se souvenir que sans ces mêmes technocrates, il n'y aurait ni Avignon, ni opéra de Paris ou de Madrid où il aime se montrer, ni tout un tas de théâtres européens que nous subventionnons !

— Ah voilà ! Nous y sommes ! En réalité, tu as une dent contre lui, alors que Maria évoque le besoin d'une nouvelle utopie qui se ressent chez Warlikowski. Je vous ai bien compris, chère Maria ?

— Je ne sais pas », répond Maria, en soudaine baisse de courant, et qui pourchasse un champignon de sa fourchette à travers son assiette. Dès qu'il entend *utopie*, Gaspard se ranime. Il ouvre l'œil, nous ressert du vin et détourne son regard repu du plat de pirojki qu'apporte Gosia. Puis, il se passe la main dans les cheveux et se lance :

« Ça ne prend plus, les utopies. À l'exception de quelques États islamiques. Regardez, même l'écologie ça n'a pas vraiment pris, n'est-ce pas ? On s'y fait sous la contrainte. Vous êtes d'accord ? On trie, on triche, on s'en fout, alors qu'il devrait être facile de fédérer les gens autour. Mais on y va à reculons. D'ailleurs, on fait tout à reculons, du moins en France. Alors, les utopies… ça ne peut fonctionner qu'à une toute petite échelle, individuelle. Franchement, ça me suffit. En fait, votre cabaret de Varsovie n'a de cabaret que le nom. Je me trompe ? Votre type essaie de me faire croire que toute envie d'ordre, de hiérarchisation, de conventions, est une envie fasciste. C'est ça, non ? C'est ça, cette pièce. On se laisse faire parce que c'est beau. C'est envoûtant. Sauf que l'idée principale est de me faire culpabiliser. Or, j'en ai un peu marre qu'on me regarde comme un criminel de guerre parce que je ne sais aimer que les femmes, et même qu'une seule femme à la fois, et que je suis par principe fidèle. Je n'y peux rien. »

Doux Jésus ! Décrire le silence qui s'abat sur notre assemblée après le *coming out* de Gaspard relèverait du même défi que de décrire l'infini. Personne ne pipe mot, tout le monde me regarde, alors que, depuis un moment, j'ai un pied plaqué dans l'entrejambe de Gaspard et que j'y déploie une activité aussi soutenue qu'efficace. Il me fait un clin d'œil, bien jupé. Je hausse les épaules, me redresse doctement sur ma chaise. C'est sans effet. Ils attendent que je fasse une déclaration.

« Mais que voulez-vous que je vous dise ? Je n'ai aucune morale, j'ai du goût. Grâce à mon goût, j'ai Gaspard, qui, lui, a de la morale. Vous me suivez ? Bon. Alors j'ai beaucoup aimé ce cabaret de Warlikowski.

— Et voilà, c'est ma fille ! »

Mon père soupire, repose son menton dans la paume de sa main, comme si j'avais ajouté une charge supplémentaire au poids de sa tête. « Et qu'as-tu aimé chez Warlikowski ? » Il me cherche des poux ! Alors, il les trouvera ! Le cul de Magda Cielecka ! Voilà ce que j'ai aimé ! Il ne se formalise pas de si peu, mon père, il m'ignore. En face, Gaspard m'interroge : « C'était laquelle, cette Magda ? » La petite blonde dans le rôle principal. Gaspard pousse un *pff* désabusé. Depuis son divorce, il n'aime plus les blondes. Adam revient à la charge, qualifie Gaspard de sacré conservateur, toutefois de manière à ne pas le blesser ou l'exclure. En plaisantant sans plaisanter, gentiment.

« Oh, Adam, je t'en prie ! Ce que tu peux être con parfois… »

Mon père emploie très précisément le terme *prize idiot*, qui réveille Maria et la fait pouffer de rire, ce dont elle s'excuse immédiatement. Solennel, Adam ne se dégonfle pas :

« Tu trouves ? Il y a chez nous des transgenres qui se font assassiner, des homosexuels qu'on tabasse, des femmes qu'on maltraite, alors si le théâtre peut désarmer les réacs de tout poil, les obscurantistes, les obtus, je l'appuie, ce théâtre ! Je le soutiens ! Et de tout cœur !

— Et nos homosexuels qui se marient, vous les taxez de conservateurs ? Non pas que ça me dérange, qu'ils se marient. Mais ce n'est pas très progressiste, le mariage…

— Exact ! s'enfièvre mon père en pointant Gaspard de l'index, et tu parles de théâtre ! Warlikowski ne fait pas de théâtre, il fait du spectacle ! »

J'en ai soupé de leurs palabres. Et ma mère, au fait ? Allons-nous faire encore longtemps semblant d'être réunis ici par la seule passion du théâtre ? Si oui, qu'ils m'expliquent alors Grotowski, l'Iran, sa vie d'artiste. Que je fasse connaissance plus ample de Wanda Bartel, enfin :

« Pourquoi ne m'avez-vous jamais dit que maman avait fait du théâtre ? »

Mon père et Adam se regardent, haussent les sourcils, indifférents.

« Ma fille… tout le monde a fait du théâtre dans ce pays. Même le pape. Madame Kwiatkowska, tu te souviens d'elle ? La prof de piano de Marta ? Eh bien, elle a fait du théâtre avec Wojtyla, à l'université. Adam a fait du théâtre aussi. Qui n'a pas fait de théâtre en Pologne ? »

Le moment est mal choisi. Nous nous enlisons dans ce passage à vide, un cul-de-sac des soirées arrosées, qui s'ouvrent avant un bref sursaut final. À minuit passé, on ralentit, on freine. On flanche en assemblée. Mon père vide un fond de bouteille dans le verre de Gaspard, cuit et résigné. Gosia débarrasse, nous propose un café ou une tisane. Maria m'entraîne fumer sur le perron.

*

Je me regarde en Maria comme dans un miroir, examine les pattes d'oie au coin de ses yeux en amande, repère une minuscule veinule rouge apparue sur son nez, probable souvenir de vacances au soleil, les commissures de ses lèvres qui commencent à tirer vers le bas. C'est à se faire exploser la tête avec un cocktail de barbituriques. Que nous arrive-t-il ? Dans cinq ans, ce sera fini. Classées aux archives. Poussées du haut de l'escalier tout en bas, dans le sous-sol de la vie dont on ne ressort plus. Maria n'a pas à s'en préoccuper. Avec des assises affectives et sociales très solides, sa caisse de retraite sera remplie à ras bord : obligations familiales, baptêmes de petits-enfants à venir, marches pour la tolérance, pique-niques de charité. Ah, que j'aimerais avoir ta vie, Maria ! Que j'aimerais avoir, moi aussi, un dieu, un mari, deux enfants, la foi du charbonnier et une générosité sans bornes. Que j'aimerais marcher en ligne droite, poursuivre une évidence ! Elle rit de mes balivernes : « Mais qu'est-ce que tu racontes, Gabriela ? » Plumeuse et tiède, de la neige tombe à nos pieds, comme s'il fallait que nous laissions des traces. Maria m'embrasse sur le front. Je m'enquiers de ses fils : « Comment vont tes garçons ? » Bien, me dit-elle. Ils préparent Polytechnique, communiquent par monosyllabes, claquent la porte, ne rabaissent jamais le couvercle de la cuvette des toilettes. Je suis contente de l'entendre.

« Et mon père ? Comment se porte-t-il, en vrai ? »

Maria absorbe la fumée, fait une moue entendue. Il est heureux que nous soyons venus. La présence d'Adam l'excède au point qu'il n'a plus le temps de ruminer, si tant est que ce soit dans les capacités d'Edward Bartel. Le départ et les formalités qu'il nécessite, les dossiers en souffrance, ses rendez-vous, réunions, comités, tiennent à l'écart son infarctus et lui procurent une forme olympique. Il lui serait fatal de ralentir. Maria me conseille de veiller à ce que mon père ne manque jamais d'occupations, à ce qu'il soit débordé. Un repos causerait sa ruine certaine. À ce propos, elle a besoin de nos passeports, qui partiront par coursier à Varsovie, et que nous récupérerons sur place avec nos visas indiens, le jour où nous prendrons l'avion. Le reste de l'équipe, Warski compris, est déjà dûment estampillé, parfaitement en règle.

« Warski ? Qui est-ce et pourquoi part-il avec nous ? »

Je lis sur le fin visage de Maria que j'ai sauté un chapitre de l'odyssée. Elle rechigne à me le résumer. Selon la version officielle, il s'agit du médecin de ma mère. Sauf qu'il est pédiatre, un ancien de ses étudiants. Ah oui, en effet, cela me revient. Le génie rentré des États-Unis, dont mon père n'a pas voulu me parler au téléphone. Alors ? Qu'attend Maria pour me donner la version officieuse ? Psst ! Elle ne m'a jamais rien dit, que ce soit clair… Je le jure. En pleine conspiration, Maria croise les bras et se met à faire les cent pas. Warski essaie d'obtenir un poste à l'Académie et, d'après ce qu'il dit, ma mère avait promis de le pistonner, en contrepartie de son aide. C'est lui qui a préparé son voyage. Ha ! ha ! J'éclate de rire. Au sein de cette famille, on ne peut jamais être sûr de remporter le championnat de loufoquerie, quoi qu'on fasse on finit dépassé. Comment mon père peut-il croire ma mère capable de pratiquer un chantage ? Maria hausse les épaules, confuse et sceptique. Tout le monde se le demande. Tout le monde ?

« À ton avis, Gabriela ? Ça commence à jaser, on n'est pas à Paris. »

Je regrette d'avoir mêlé Gaspard à cette histoire. Au contraire, me rassure Maria, son rôle de tiers séparateur nous évite des brusqueries. Il est solide, il s'adapte vite, il tiendra le choc. J'en frissonne.

*

Solide, Gaspard ne le paraît guère à notre retour dans le salon. Avachi dans un fauteuil en face d'une batterie de liqueurs alignées sur la table basse, on dirait qu'il fait front à un peloton d'exécution. Sa tête branle dans un combat solitaire, se redresse laborieusement, retombe. Son teint a viré couleur taupe et se distingue à peine des murs. Oh ! là ! là !… Il faudra lui donner des œufs crus à boire demain matin et un grand verre de jus de choucroute. Sans pitié, mon père l'achève aux cerises à l'eau-de-vie. Cravate resserrée, verre à la main, regard clair, il dégage quelque chose de seigneurial dans la pure tradition du sarmatisme polonais, avec un zeste de contestation de principe, de vaillance et d'entêtement. Il ne lui manque qu'une paire de moustaches et on le verrait encore battre le Turc, le Russe et le Tatar. Le catalogue de l'exposition d'art iranien entre les mains, Adam pérore sur le caractère sacré du théâtre, mais s'essouffle vite avec les drames mystiques des romantiques polonais :

« Il faut bien rappeler comment Mickiewicz nous a présentés au Collège de France, en 1840 ! Tu vois quand même que ça circule depuis le temps ! La renaissance de l'Occident reposait tout entière sur notre spiritualité slave. Il ne comptait les Français que pour leurs habitudes révolutionnaires, pour leur Napoléon, bref, pour la logistique. Mais en vérité, c'étaient des philistins à ses yeux. Lisez le *Livre des pèlerins polonais*... C'est formidable ! Formidable ! *Et dans vos combats, dans vos prisons, dans vos misères, est-ce qu'une prière ne vous a pas plus nourris que la science de Voltaire et de Hegel, qui sont comme du poison*... ? 1842 ! Qu'est-ce que la Pologne sans *Konrad Wallenrod*, sans *Les Aïeux*... »

Malmené sur tous les fronts, Gaspard prononce très lentement : « Connais pas. » Mon père le rassure quant à l'esprit abscons du romantisme polonais, mégalomane et grandiloquent, très au goût des Polonais et des seuls Polonais : « Nous nous sommes vus comme le Christ des nations. » Il l'avoue, désabusé, comme s'il s'excusait de la cleptomanie d'une vieille cousine de province. Adam s'étrangle de l'offense, frotte ses bracelets d'amitié. Il refuse que l'on réduise le romantisme polonais à de tels clichés. *Le Rêve d'argent de Salomé* est un drame sublime sur le sens de la souffrance, il le cite souvent à ses patients, et patati et patata...

Je raccompagne Maria jusqu'au portail où son taxi l'attend, déterminée à lui extorquer quelques informations supplémentaires sur Warski.

Quand je regagne le salon, Adam disserte toujours, en un flot ininterrompu, agitant les mains. Quoi qu'il puisse reprocher personnellement à Grotowski, il est issu de notre grande tradition romantique, qu'il n'a jamais reniée. Alors même qu'ils se sont quittés en mauvais terme, Adam reconnaît en Grotowski un des derniers grands mystiques, de ceux qui songent à changer le monde :

« Cette expérience a eu ses limites, Edward, j'en conviens. Mais c'était une expérience extraordinaire. Il faut en tirer, comme de chaque événement, seulement ce qui nous rend meilleur.

— C'est tout à fait cela ! Vous avez raison ! Je le savais... »

Tête renversée sur le dossier du fauteuil, Gaspard se ranime. Il faut l'évacuer ! Et en vitesse ! Mon appel ne trouve pas d'échos. Le voilà, le moment tant attendu de la libération de la parole ! Adam se tient prêt à la cueillir, tout juste s'il ne sort pas un calepin de sa poche. Mon père se lèche les babines. Gaspard agite ses breloques, nous sonne de son expérience mystique :

« Un arbre, je ne le vois pas, elle passe, je le vois... Alors que cet arbre était là bien avant elle... C'est banal. Mais moi, ça me rend meilleur. . Ce qu'elle fait à Paris... Pff... M'en fous. À chaque fois je me dis que ça n'a aucune espèce d'importance. La vraie question, monsieur Bartel, c'est l'Inde, n'est-ce pas ? L'Inde. Pas Paris. Est-ce qu'elle irait me chercher en Inde, moi ? Vous me comprenez ? Je sais que vous me comprenez... D'ailleurs, je me demande ce qu'on fout encore ici. Votre femme ? On y va quand, en fait ? »

Adam ne tient plus en place. Formidable ! Formidable ! Il sautille. Il se balance. Il se pavane déjà en chaman de la nouvelle religion de l'amour à travers le salon. Défait, mon père se lève lui aussi de son fauteuil : « Ne vous inquiétez pas, mon ami, on va y aller, en Inde. » Gaspard s'en réjouit plus que de raison, esquisse un bond, loupe son essai. « On le monte ? », demande aimablement Adam. Alors là, je ne tiens plus :

« Bande de vieux chnoques ! Fallait pas le démonter, vous n'auriez pas à le monter maintenant ! »

Mon père passe outre, examine Gaspard d'un œil expert, lance : « Oh, il se débrouillera bien tout seul... » Je pétarde. Alors qu'il cherche à se mettre debout, un pied dans un accès d'hilarité éthylique, j'attrape Gaspard par les bras. Il se marre, embrasse la pièce d'un regard fier et radieux :

« Veuillez m'excuser, monsieur le père, je crois que je suis très ivre.

— Ce n'est rien... Vous savez ce que disait le maréchal Pilsudski, après chaque bringue avec ses soldats ? »

De toute évidence, Gaspard n'en sait rien, mais veut tout en savoir. Par avance, il en rit à se rompre les côtes. Mon père le considère avec sympathie et compassion :

« Eh bien, il disait, *Finie la rigolade, commence l'escalier !* parce que lui aussi avait à monter dans sa chambre. »

L'influence de mon père sur Gaspard se révèle néfaste. Entre deux étages, il exige que je lui chante une chanson de uhlans. « Allez, Gabriela ! S'il te plaît… » Pour le tester, je me mets à fredonner *l'Internationale.* Il se crispe, se dégage de mes grêles épaules qui le portent pourtant : « Tu te fous de ma gueule ! » Il rouspète ! Il se révolte ! À un pas près, il manque de passer par-dessus la balustrade. Je le rattrape, me re-casse la main, hurle de douleur. Mais la dernière marche, c'est avec *la Marseillaise* sur les lèvres que nous l'atteignons. Il me faut alors gérer la panique devant la porte de notre chambre. « Où sommes-nous, Gabriela ? » À Rome ! Qu'il s'écroule, je n'en peux plus ! Sauf que pour sa première cuite polonaise, Gaspard a droit au programme complet. Au lieu de s'effondrer, il se précipite. Il court à la salle de bains, dégobille tout. Le menu entier, point par point. Et là, il tombe. Paf ! « Plus jamais ça », qu'il marmonne encore. Puis il s'endort, pas très loin du lit. Je respire un petit coup. Il n'y a pas de femme polonaise qui ne sache quoi faire d'un soûlard. D'habitude, ma mère laissait mon père roupiller là où il succombait. Pas n'importe comment non plus. J'ôte à Gaspard ses chaussures, lui défais sa ceinture, mets un oreiller sous sa tête et le couvre d'un plaid. Il semble apprécier, se détend, sourit en dormant. Après un jet de douche, je m'allonge à son côté, bien collée, exemplairement solidaire.

*

L'odeur du café fraîchement moulu me sauve la vie. Inerte, le bras de Gaspard m'aurait étouffée. Je me défais de son étreinte, me prépare un bain, trempe mon plâtre sans appréhension, vu qu'il faut le retirer avant que mes doigts ne se détachent du reste de ma main. Une neige éparse et mate tombe comme le fond d'un sac de farine. Pourquoi la révélation de Maria concernant Warski me semble-t-elle si peu crédible ? Et comment expliquer qu'il embarque avec nous ? Bizarre. Louche et lâche. Je rassemble les glanures de la biographie de Warski, ramassées la veille auprès de Maria, rien ne colle. Qui rentre en Pologne après trente ans d'un exil californien, paraît-il jalonné de succès ? Mon œil ! Sans évoquer l'affaire qui nous concerne directement : quand bien même ma mère aurait proposé de lui obtenir un poste, elle n'est pas la seule à en décider. Et personne ne creuse. Personne ne cherche à comprendre. Pas plus mon père que Adam. À croire que cet imbroglio les arrange. Avant d'avoir fumé, je n'y verrai pas plus clair. Va ! Sors de ton bain délicieux et cherche ton briquet, esclave ! Traîne-toi jusqu'au rez-de-chaussée où tu as dû le laisser hier soir. Tu allumeras ta cigarette et par là même ton cerveau, ce qui te fera penser à remonter avec du café. Zou ! Un aller-retour en trois sauts d'antilope, ni vu ni connu.

Enfin, pas tout à fait. Deux étages plus bas, Gosia part en courant dès qu'elle m'aperçoit, en hi hi ha ha, bien plus qu'à son habitude. Envolée au diable, dans un piaillement à ce point pénible, qu'on parierait habiter une oisellerie. Et mon café, alors ? Je jette un coup d'œil dans le salon et dans la salle à manger. Soudain, une tache rousse attire mon regard de l'autre côté de la fenêtre. Mushika décanille à toute vitesse, coupe la pelouse de biais, à trois bonds de s'enfoncer dans la haie qui nous sépare de la propriété de Malinowski junior. Le psychopathe du quartier ! De toute ma vie, je ne lui ai jamais vu une autre occupation que celle de flirter avec ses dobermans. À les gratouiller derrière les oreilles. À les affrioler avec de la viande rouge. Assassins ! Je bondis en balle de tennis, je me décoche en flèche. Sur le perron, je carambole Adam en plein dans sa gymnastique, accoutré d'une grenouillère aux couleurs à faire péter l'œil. À quoi ressemble-t-il ? Miséricorde !

« Gabriela, cela me fait de la peine de te voir ainsi. Et tu vas t'enrhumer, ma puce. »

Il me croit en pleine crise psychotique, cela transperce dans son regard. Il me juge à point pour écoper de quelques semaines d'un repos forcé. Il m'accable de sa bienveillance. Il m'assaille de son affection. Godichon ! Gniole ! Niquedouille ! Au lieu de palabrer, il ferait mieux de se grouiller pour rattraper le chat ! Mushika ! C'est à deux doigts de claquer, cœur en turbine, gorge en feu, que je le chope par la queue. Il me griffe en retour, une, deux, trois fois ! Te calmeras-tu, canaille ? Je happe l'air comme s'il était prohibé. Mushika se débat dans mes bras, en furie, à me cracher dessus sa colère. Mais moi aussi elle m'a laissée ! Nous tous ! Cela n'a rien de personnel, crois-moi !

Et je m'effarouche encore, face à Adam, les bras écartés en grand pour m'inciter à adopter une conduite sensée, laquelle proscrit de s'exposer nu dans un jardin. Il faut voir cette expression d'embarras et de préoccupation qui lui irrite la paupière. Ça le démange de m'expertiser. Il se tortille du cerveau, effaré par mon écart de la santé mentale de saison ! Si je me tenais ici, aussi défeuillée que les arbres alentour, dans l'objectif de sauver l'humanité, ou *a minima* la Pologne libérale, il n'aurait pas trouvé à y redire. Mon tort est de ne vouloir sauver qu'un chat. En réalité, j'ai l'esprit trop étriqué, trop prosaïque. En carence d'ambition messianique. En plus, j'ai froid. Et les pieds tout violets à force de stagner dans la neige. Oh, Gaspard qui accourt ! Qui, en trois enjambées prodigieuses, déferle sur moi avec une couverture.

« Tu fêtes ta journée des femmes, ma folle grâce ? Viens, sinon nous finirons avec une grippe. Et puis, ça fait vraiment Femen. »

Le problème apparaît clairement. Pour l'Ouest, je suis trop folle, pour l'Est, folle pas comme il faut. Je remarque que Gaspard est pieds nus lui aussi, jean trempé jusqu'aux genoux, mal essuyé sous son pull. Adam tend les mains, affable au point de vouloir me débarrasser de Mushika. La passation du chat s'accomplit sans entraves au grand soulagement de tous. Nous rentrons. Adam avec quelques pas d'avance sur nous, pressé de se libérer de son obligation. « Laisse-le s'échapper, et je te jure que j'empoisonnerai ta tisane ! » Adam réagit en secouant la tête, acquiesce, me tend la joue.

Gaspard ne comprend pas un traître mot de ma menace, que je profère en polonais. Je me demande toutefois s'il lui arrive d'avoir peur, non pas pour moi, mais de moi. Ah, qu'il sent bon l'eau de toilette… sans un soupçon de sauvagerie. L'essence même de la délicatesse. À l'instant, la mécanique se met en œuvre toute seule. Le rotor s'embraye, remonte le ressort, et notre planète commence à tourner de nouveau autour de son axe. Je me hisse sur la pointe des pieds, lui écarte les cheveux derrière l'oreille et assène un coup de langue, puis poursuis son parfum boisé, légèrement épicé, chaud, dont se détache une note de sycomore à la hauteur du cou, et du vétiver, là où il a la peau encore humide sous son pull. Quand je le mords, c'est comme si j'avais marché sur des branches dans un sous-bois en été. Il émet un bruit mat, une espèce de chuintement, le petit animal nocturne en lui s'affole.

« Arrête de me tester, Gabriela, s'il te plaît. Même quand c'est agréable. »

Gaspard remonte le plaid sur nos têtes, nous guide à l'intérieur presque à l'aveuglette. À notre passage, j'entends mon père râler.

« Quelqu'un pourrait-il m'éclairer enfin sur cette nouvelle manie de marcher pieds nus dans la neige ? D'abord ma femme, ensuite ma fille, mes invités… Nom d'un chien, si pour une fois nous pouvions passer une matinée ennuyeuse, je ne m'en plaindrais pas ! »

Séance tenante, Adam nous offre son aide, dont Gaspard le remercie. Il monte derrière moi dans l'escalier, nous jette sous la douche bouillante.

*

À notre retour dans la cuisine, Adam nous met en joue avec sa parole thérapeutique : « Nous allons tous nous calmer. » D'accord. Pourquoi alors veut-il me flinguer en ajoutant : « Prends-tu quelque chose en ce moment ? »

Tartine beurrée à la main, je l'avertis du sort qui l'attend, au cas où il n'arrêterait pas immédiatement sa consultation. Gaspard me la prend, la dépose sur l'assiette, me serre dans ses bras, imprime un léger mouvement de balançoire. Ah, nous y sommes donc ! Me voilà redevenue un *cas.* Depuis toujours, et à chaque fois, c'est très brusque. Paf ! D'un coup je me retrouve dans la catégorie des insortables, des Iroquois, ou des fantasques, comme disaient les courtois. Adam persiste : « Nous trouverons une solution. Ne t'inquiète pas, ma puce. »

Bonté du ciel ! On se surmène à me soutenir et à m'aimer. Je ne sais plus où me terrer. À point nommé, Maria, dont nous manquons l'arrivée, sort un gros agenda de son sac, l'ouvre, et nous détaille le programme de la journée, sans aucun commentaire me concernant. Je l'en remercierai plus tard.

Elle se propose de nous déposer à la clinique pour qu'on s'occupe de ma main fracturée, avant qu'elle ne parte remettre nos passeports au coursier. Mon père s'entretiendra en tête-à-tête avec Adam dans la journée. Gaspard et moi profiterons d'un quartier libre jusqu'à dix-neuf heures. Nous dînerons en compagnie de mon père, d'Adam et de Warski, au restaurant Pod Aniolami.

Des questions ? Non. En finissant sa tasse, Maria nous conseille vivement de vérifier si nous avons tout le nécessaire pour le voyage en Inde. Il fait trente-cinq degrés à Bénarès, le temps est ensoleillé et sec.

*

Nous démarrons dans la précipitation, sans que j'en comprenne la raison. Gaspard guette la demeure de Malinowski. En apercevant sa façade, il pousse un *Mon Dieu !* Je prends le temps de lui expliquer la genèse des manoirs qui pullulent dans le périmètre, avec leur structure en rectangle et leur sacro-saint portique à colonnes, devenu une sorte de *pars pro toto* du manoir lui-même. Je remonte jusqu'aux Lumières qui ont brillé en Pologne aussi, qu'il ne pense pas. La perte de l'esprit chevaleresque dans la nation et l'abandon progressif de toute ambition à la grande architecture, celle des résidences féodales, datent de cette époque. En vitesse, je passe au XIXe, un siècle fort de nos poètes mystiques et romantiques, et qui nous a légué le goût indépassable des demeures nobiliaires dépourvues d'attributs et de fonctions défensives. Coupés du monde, nous y passions les nuits entières à manigancer des conspirations contre le tsar, les empereurs, les gouverneurs, les généraux, tout ce qui nous tombait sous la main. N'étant jamais à court d'ennemis par ici, la conspiration est devenue notre sport favori avec une possibilité infinie de variantes. Par conséquent, le manoir symbolise un bras d'honneur à tous ceux qui nous ont voulu du mal par le passé et qui nous en veulent encore à ce jour. Plus le manoir est grand, plus nous le croyons offensant à l'égard de nos ennemis. Ce qui fait que, au final, Malinowski serait moins à blâmer à cause de Buckingham Palace, qu'à cause de Junior qu'il aurait pu, par courtoisie, omettre de donner à ce monde. Attentif, Gaspard demande, avec l'innocence d'un vrai Occidental, comment un ancien membre du Parti, de l'acabit de mon père, peut être attaché à la polonité à ce point. Je le renvoie à Gombrowicz, à Kolakowski et à Milosz, qui seraient les mieux placés pour l'éclairer sur les divers gauchissements de la forme polonaise.

« Bien subtil celui qui saurait saisir la différence, mais nous avions communistes et communistes, dans ce pays. »

Ma réponse ne satisfait pas entièrement Gaspard, qui cherche alors à savoir quel type de communiste était mon père. Le plus commun, voyons ! Un communiste polonais, c'est-à-dire un anticommuniste. La preuve en est que les vrais communistes, les croyants, je ne les ai connus qu'en m'installant en France, alors même que j'aurais juré qu'ils n'avaient jamais existé, nulle part dans le monde. Contente de mon exposé, je prends la liberté de demander au chauffeur de faire un détour par la rue Kosciuszki, d'où Gaspard pourra voir le château de Wawel et les boulevards qui longent la Vistule. Il trouve la perspective pittoresque mais, une fois sa curiosité touristique assouvie, me demande si la veille il ne s'est pas ridiculisé, s'il n'a pas raconté des conneries. Je lui assure que non. En aucun cas.

Après la traversée du centre coupé par les lignes de tramways, aussi bouchonné que Paris, mais anarchique à l'orientale, ma température mentale augmente à nouveau de quelques degrés au-dessus de la normale. Je me déride. Je jubile. Je me flatte de la beauté de Cracovie comme si je l'avais bâtie. La perspective de me libérer du plâtre ajoute à mon état d'imprévu ravissement. Quoi qu'il en soit, je sens qu'une journée époustouflante nous attend. Je l'entends murmurer : « Venez, dépêchez-vous de me vivre ! » Je n'ai pas l'intention d'en perdre une minute. Le médecin recommandé par un certain professeur Bielaszka, qui soignait ma mère, me reçoit séance tenante, m'enjoint de ménager ma main et m'expédie avec une simple écharpe. Je respire.

*

La partie rénovée de la clinique sent encore la peinture fraîche, qui absorbe les émanations de viennoiseries et de soupes instantanées. À la cafétéria où ils m'attendent, Gaspard et Adam partagent leur table avec un médecin. Il finit une barre chocolatée, dont il enroule l'emballage autour de son index et, quand il lève la tête, je m'efforce de ne pas tomber à genoux. Dieu ! Impossible de résister. Le Christ de Grünewald incarné ! La souffrance la plus séduisante que j'aie jamais vue. Un mysticisme chimiquement pur. La noblesse de tous nos vains soulèvements. La prophétie la plus sibylline de nos poètes incompris. Je ne m'appartiens plus. C'est fatal ! Irrévocable ! Que faire ? Je m'approche. Tandis que Gaspard s'éclipse pour chercher une chaise supplémentaire, Adam me présente Konrad Warski. Il se lève. J'ose à peine le regarder… Mais c'est à croire que la médecine est devenue une discipline olympique. Un colosse ! Je lui tends la main gauche qu'il ne saisit pas de suite, comme bloqué par quelque vision cachée. Plus perspicace que je n'aurais pensé, Adam discerne le malaise et intervient avec une proposition moins absurde que dangereuse :

« J'ai tenu à rencontrer Konrad avant notre rendez-vous de ce soir et me suis dit qu'il pourrait nous aider d'une autre façon encore. Une séance d'acupuncture te ferait du bien. J'insiste même pour que tu la fasses. Quoi qu'il en soit… »

Perspicace, Adam ? Mais c'est le plus abouti des imbéciles ! Ne voit-il donc pas qu'il ne faut pas me laisser seule avec Warski ? Sous aucun prétexte ! Aucun motif ! Qu'il n'y a pas d'excuses possibles. Que les cent kilos de muscles de Warski, à vue de nez, passeraient à la casserole avant que Warski lui-même n'ait le temps de comprendre ce qui lui arrive. Alors, non ! Il n'y aura pas de séance d'acupuncture, parce qu'il est midi passé et que nous avons un programme très chargé, Gaspard et moi.

« Il ne faut pas vous forcer, répond Warski à mon esquive, comme soulagé.

— Soyez-en rassuré, je n'envisage pas de me forcer. Ce fut un plaisir, monsieur Warski. À ce soir. »

Olé ! Fini ! Je pose mon regard sur Gaspard, évasif, muet, immobile. Pourquoi ne décolle-t-il pas de sa chaise ? Découvrir les joyaux de la cité millénaire devrait le ravir. La *Venus Victrix* n'attend que lui, au musée Czartoryski. Il verra des merveilles à faire pâlir ses rêves florentins ! L'Italie plus belle que quand elle est chez elle. Cette nuit, nous dormirons soûls de beauté et soudés. Déterminé à corrompre ma fortune, Adam radote :

« Reprenons dans le calme. Je ne dis pas qu'une séance d'acupuncture résoudra le problème, mais c'est une option à prendre en considération. Il nous faudra gérer ta tension pendant plusieurs jours de suite, en plus dans les conditions d'un voyage difficile. »

Le voilà qui se ramène avec sa partition ! Je ne peux plus l'entendre. Qu'on me prive de sa présence une fois pour toutes ! Qu'on l'ôte de ma vue ! Ma tension ? Quelle obscénité ! De ma tension, il est la cause principale ! S'il se doutait une seconde de ce qu'il m'en coûte de le supporter, il nuancerait son diagnostic. Quelles que soient les circonstances, j'affiche le calme de cent bonzes et un sourire des plus aimables. Tout en charme, je prononce :

« Continue à me vouloir du bien et je t'assure que je te tuerai dans ton sommeil. »

Il blêmit, pauvre branque. Warski se redresse sur sa chaise. Gaspard perd sa main dans ses cheveux, me regarde enfin de face, esquive un geste incertain avant de me souffler en français qu'il s'agit juste d'une stupide séance d'acupuncture. Comment a-t-il pu ? Traître ! Cinquième colonne ! Il n'y a rien à faire ! Je lui réponds avec une sorte d'accablement passager dans la voix, avec laquelle je pourrais aussi bien lui dire de rentrer en France :

« Ne décide jamais à ma place de ce qui est bon pour moi. »

Les gens nous regardent, ce dont je me rends compte quand je demande à Warski où ça se passe. Qu'ils soient tous contents de m'avoir sauvée ! « Ah bon ? » À peine surpris, Warski ajoute qu'il faut compter une demi-heure, termine par « Messieurs » et m'indique la sortie de la cafétéria.

*

Dans l'ascenseur, le silence de Warski pèse le triple de ses muscles. Quels beaux cadavres cache son armoire, je préfère ne pas le savoir. Pas d'alliance. Pas de femme donc, ni de foyer, nous sommes quand même en Pologne. Oh, que c'est étrange, que c'est à craindre. Aucune n'aurait donc réussi à mettre le grappin sur un type réputé brillant, avec ce qu'on appelle une situation, sans oublier ses triceps et sa carrure ? Il faudrait me forcer à le croire. Warski semble pourtant n'appartenir à personne, pas même à un courant d'idées. Libre, mais renfermé. Avec quelque chose en lui qui flanche dans une slavité extrême, plus russe que polonaise, façonnée par une soumission à la fatalité et une exaltation du malheur. Son regard m'évite aussi bien que son souffle. Warski regarde en lui-même et ne respire pas, tout entier voué à l'entretien de sa propre souffrance. Je lui aurais souri, sinon. Incongru. Il se torture à plaisir, à en perdre la tête, et à ne plus pouvoir s'en servir pour persifler, moquer son malheur, le réduire à une pièce de cet humour noir que l'on apprécie tant par ici. Ainsi aurait procédé tout Polonais qui se respecte. Warski, non. Lui marche les mains dans le dos. Cela donne au condamné qu'il est une allure de péteux. Et quel diable me jette sur sa route, quel démon, alors que j'ai fui vers les lumières de l'Occident où on soigne ceux qui, comme lui, s'amusent à faire un procès à leur âme ? Il faut croire qu'il y a des sous-sols qu'on ne quitte jamais vraiment. Voilà que Warski me remet dans la bouche le goût de l'inapaisé. Voilà qu'il me fait régresser jusqu'à ma nostalgie du grave et de l'incurable. Pour peu, je m'écroulerais par compassion à ses pieds, à l'image de ces pauvres femmes devant les détenus des îles Solovki. Seigneur, que suis-je soudain bête de Warski. Toute bête et remuée.

« Ne vous fatiguez pas. Il est hors de question que vous plantiez une seule de vos aiguilles en moi. »

Déjà à l'œuvre, en train de dérouler un drap jetable, Warski me fixe soudain droit dans les yeux :

« Si vous espérez une conversation au sujet de votre mère, il vaut mieux que vous vous en alliez. »

Aucune accroche possible. Warski est un iceberg imprenable. Un frigo sans poignée. Un rude trimard à travers la Sibérie. Il ne me tendra pas la perche. Il ne faut pas rêver. Rien ! Que dalle ! Inutile de le vamper, il faut sauter ! Me jeter à corps perdu ! Assez tergiversé !

« Piquez-moi, donc. Par où commencez-vous ? »

Warski se décongèle de trois degrés et se ramène jusqu'au lavabo où il passe ses mains sous l'eau. Par mon nombril, il commence. Mais c'est du dernier affreux ! Qu'est-ce qui l'empêche d'exercer l'hypnose ? J'abhorre sa pratique ! Une chinoiserie torve, atroce ! Et depuis quand, épingler les tripes serait un remède pour pondérer le cerveau ? « Ne pourriez-vous pas commencer par les bras ? » Il vient près de moi, tire la chaise, s'y abat comme le blizzard. « Pourquoi ? » Quelle question. Je ne vais tout de même pas lui dire la vérité. Que cela me semble moins barbare que de m'étriper d'entrée de jeu : « Parce que je préfère. » Je hausse le sourcil sans hausser la voix. Sur un ton pensif, Warski m'informe que la séance ne servira à rien, si je suis terrorisée à ce point. Moi ? Il sur-interprète ! Avec un grand sens de l'effet, il agite alors un boîtier métallique tiré de la poche de sa blouse et qui émet le grincement de mille lances en acier. Je me ratatine. Je me retire avec toutes mes prétentions. Par quel bout le prendre, Warski, je ne le saurai jamais. Tant pis. Et c'est là que survient la surprise. Un coup de théâtre épatant !

Warski me saisit par le poignet, retourne ma main. Aussi appliqué que le soigneur d'Énée sur la fresque romaine, il la sonde comme s'il s'attendait à en tirer des oracles. Je riposte par un mouvement adroit, compétent, parfaitement maîtrisé : le chope par le col, glisse à califourchon sur ses genoux et le contrains à se tenir gentiment sage. Chut ! L'index gauche sur les lèvres. Une précaution superflue, vu que Warski n'a pas l'air d'envisager un mouvement de révolte. Sans collaborer effectivement, il se laisse faire. Je le renifle. Je le flaire. D'abord ses cheveux, couleur d'un demi-siècle, mi-coiffé mi-décoiffé, dans le registre rétro strict, à croire que Warski vient de s'échapper de quelque souterrain après y avoir combattu pour notre liberté et pour la vôtre. Cela ajoute indéniablement à son charme, mais ne sent rien. Sa peau non plus. Ni sur les joues, ni plus haut, sous ses yeux accablés de deux poches d'insomnie soutenue, ni tout en bas, sur le menton, dans le creux où il s'est mal rasé. Enfin, à la hauteur de ses lèvres, un soupçon anémique d'un parfum rôde, désespéré. Du sucre ! « Pourquoi sentez-vous le sucre ? » Pas plus à l'aise que mal à l'aise, il murmure son désaccord : « Je ne sens pas le sucre. » Quand il prononce *sucre* en polonais, j'ai l'impression qu'il en croque un morceau en même temps. C'est à me faire frémir. À peine pressée, j'ouvre, bouton après bouton, sa blouse raide, imprégnée d'amidon à tenir debout sans support. « Pourquoi mentez-vous ? » De nouveau impassible, presque las, il conteste d'une voix basse, mais ne me demande pas d'arrêter, alors que je défais la boucle de sa ceinture. Et puis, il ajoute en un souffle : « Je ne peux pas. » L'âme de Warski, que je sens sous mon poids, le contredit durement. Mais je suis de ces hommes qui comprennent que *non* veut dire *non*, je le prie donc de m'excuser. Il baisse la tête, l'enfouit dans mon épaule et là, inspire un coup, prêt à dire quelque chose, quand on frappe à la porte. Un pardon contrarié accompagne son réflexe de me remonter sur la table en un mouvement, comme une môme. Warski s'avance de deux pas vers la porte, s'arrête, ferme mal sa ceinture. Gaspard rentre.

*

Voilà où mène la volonté farouche de vouloir du bien à son prochain : ils se dévisagent un moment en silence, avant que Gaspard ne baffe Warski, mais alors magistralement. Paf ! Et paf ! Une très vigoureuse paire de soufflets qui retentit sourdement dans le blanc du cabinet. Oh ! là ! là ! Si au moins elle était méritée… Imperturbable, Warski l'encaisse avec dignité. Je note qu'il a un visage auquel une gifle va fort bien. Non qu'il ait une tête à claques, mais son air de jadis ne se prête pas à recevoir de vulgaires coups de poing, alors qu'une gifle est d'élégance obsolète. Il s'écarte. Gaspard ramasse mon manteau et mon sac, m'attrape par la main et me traîne dehors.

Nous traversons la pédiatrie en trombe, à en perdre le souffle. Je fuis ma honte, Gaspard suit sa colère. Dans la précipitation, nous nous perdons, tournons à droite au lieu de tourner à gauche, à moins que ce ne soit l'inverse, prenons un escalier, dévalons un étage pour nous retrouver en gériatrie, selon toute vraisemblance. Absent du présent autant que de son corps, Gaspard manque de piétiner des débris d'êtres humains qui traînaillent le long des murs, tant bien que mal rafistolés, arcboutés sur leurs déambulateurs, acharnés à durer. J'ai l'impression étrange que nous venons de traverser une vie ensemble en un étage. Nous freinons de crainte d'effrayer les locataires. J'en heurte un en chaise roulante, lui présente mes excuses, qu'il me demande de répéter, main portée à l'oreille. Soudain, Gaspard s'arrête ferme, fait un pas en arrière, lorgne vers une porte d'où vient de sortir une femme de ménage : « Tu me baises ou je te baise ? » Il me semble que là n'est pas la question, mais Gaspard paraît à cran, pas d'humeur à argumenter. Je capitule : « Tu me baises. » Il nous enferme dans un cagibi à balais et produits désinfectants. En pétard, Gaspard est renversant. Au sens propre comme au figuré, car il cause des dégâts considérables. Une étagère en métal dégringole en premier, puis un escabeau. Il saccage ! Il ravage ! Quand il défonce le couvercle d'une grande poubelle en plastique qui nous sert de support, je panique qu'on ne se fasse prendre. Injoignable, en exil interne, Gaspard s'en surfiche. Il combine ses plans, et, dans un mouvement étonnamment fluide, nous déplace au sol. À ce niveau, il faut tout pardonner, tout oublier, et faire solidairement face à l'adversité, à la pestilence d'une purée de carotte qui filtre de derrière la porte, à la vieillesse qui nous guette de l'autre côté, dentier à l'air. Je me demande si la fragrance que nous dégageons, celle de la rage et d'une essence de vie la plus pure, n'aurait pas un effet bénéfique, en se propageant dans le service. Peut-être bien. Quand Gaspard nous libère, le petit vieux dans son fauteuil roulant se tient devant la porte, nous gratifie d'un sourire et me dit : « Ce n'est pas grave. »

*

Dehors, Gaspard me serre contre lui, pris de remords incompréhensibles. Il se contorsionne la conscience, fait amende honorable pour des fautes que je ne lui reconnais pas : « Tu as très bien agi, et maintenant on va où ? » D'évidence, je m'abstiens d'ajouter qu'il s'est laissé emporter face à Warski, en rien coupable. Gaspard me demande si je veux rentrer et prendre une douche. Absolument pas ! Au contraire, je tiens à le sentir, à garder sur moi toutes les notes de cette journée fourvoyée. Et j'ai envie de marcher. Gaspard aussi. Cherche-t-il une scénographie particulière, un climat, un bruit ? Oui, une église. Il me surprend, mais ce n'est pas ce qui manque, les églises, à Cracovie. Une église d'un style défini ? Gothique ? Renaissance ? Baroque ? Qu'importe, pourvu qu'elle soit ancienne, silencieuse et peu éclairée.

Je me demande ce qui le travaille, et écarte sur-le-champ la basilique Mariacki de notre trajet, avec ses hordes de visiteurs et le brouhaha des guides touristiques. Je l'emmène via un passage tout en pierres calamistrées depuis des siècles par les mains des clercs, pavé de pudeurs frustes, puis au travers de la petite place du marché jusqu'à l'église des Dominicains, sobre et hospitalière. C'est celle de Maria, de son cercle charitable. Il y a là une collection de peintures assez prodigieuses de Tommaso Dolabella, égaré sur nos terres grasses et noires après avoir empanaché le Palais des Doges. Gaspard ne résiste pas à la Renaissance italienne. Il se déride comme dans un rayon de soleil, alors qu'il fait gris avec un risque réel qu'il fasse blanc de neige tout à l'heure. Je lui présente saint Raymond de Penafort, un personnage sans relief, sorte de fonctionnaire ecclésiastique en costume gris version mille cent et quelques, mais curieusement représenté par ledit Dolabella au milieu des eaux, poursuivi par trois monstres marins, une mystérieuse clé à la main, le visage illuminé, on dirait un bipolaire en plein envol. Gaspard apprécie mais ne s'attarde pas. Une réunion qui se tient devant l'autel et résonne dans toute la nef le fait fuir. Que je réfléchisse où satisfaire ses besoins de laïcard français doublé d'un esthète : une église sans fidèles et sans touristes... Ah, tiens ! Je le prends par la main et le traîne chez les Franciscains.

Cela te convient-il ? Gaspard lève la tête vers la voûte céleste en polychromie bleu pétrole parsemée d'étoiles d'or. Voilà son église. Il s'y trouve bien, cela se voit. Nous y sommes seuls parmi des anges en bois, longilignes. Je souffle, m'en vais m'asseoir et le laisse en tête-à-tête avec les éléments déchaînés, qui le menacent depuis les vitraux. Je n'ai jamais su déterminer si je les aime pour leur réelle valeur artistique ou parce qu'ils ont été dessinés par un syphilitique. Que vaut l'art, depuis que les artistes ne crèvent plus de la syphilis ? C'est triste. Enfin... Gaspard revient et s'assoit près de moi, tout retourné. « Je crois qu'il faut que je prie. » Je ne relève pas son propos, le mettant sur le compte d'une émotion d'ordre esthétique. Je me plante, et lourdement ! « Cela ne t'arrive jamais d'avoir envie de prier, Gabriela ? » Il persiste dans son humeur trouble. Il chipote. Il me remue à la fin.

« Si, absolument. À chaque fois quand je marche à travers les vignes avec Fiodor, je prie. Je te l'avais dit, il ne faut rien y changer. C'est ma petite liturgie. Puis, plein de fois en Italie. Alors là, n'importe où, au beau milieu d'un paysage, dans un tas d'églises pouilleuses, dans la villa d'Hadrien, partout ailleurs.

— Mais avec des mots, en formulant une prière... ? »

Il semble tout à fait sérieux, Gaspard.

« C'est comme si tu me demandais si j'embrasse avec la langue ! Non, uniquement avec les yeux. Je ne demande jamais rien. Après tout, à qui ? Et quoi ? »

C'est une autre question, me répond Gaspard, avant de s'appuyer des coudes sur le dossier de la chaise de devant et d'enfermer sa tête entre ses bras, la faire disparaître. Je bats en retraite. Il m'interpelle de nouveau : « J'ai pensé que tu allais rester avec moi. » Ciel ! Il est devenu fou ! Et depuis quand cela se partage, une prière ? Qu'il me dégueule dessus trois repas de famille, mais ne me demande pas de prier avec lui ! Ses relations avec les instances supérieures, c'est son affaire. Il y a dans toute tentative d'une intimité extrême, quelque chose de terriblement indécent. Je m'y refuse. Même si, par curiosité très mal placée, je verrais volontiers à quoi ressemble Gaspard en train de prier, alors qu'à ma connaissance, il n'a aucune expérience en la matière, je m'obstrue toutes les sorties, je me bloque. Je me stoppe. Je me réprime. Je m'en vais l'attendre dehors.

*

Quand Gaspard sort, immédiatement, je reconnais en lui un homme nouveau. Il prend place près de moi sur un banc, m'embrasse dans le cou, secoue la neige de mes cheveux, de mes cils, de ma bouche, et une fois le ménage fait, m'annonce que nous allons nous marier. Boom ! La voilà, la puissance de l'Église polonaise ! Un esprit cartésien réduit en charpie en moins de deux. En purée ! En velouté ! En bouillie ! Nul besoin de se lancer dans le nucléaire dès lors qu'on dispose d'une telle arme. Il fallait m'en méfier. J'en suis bluffée, coite et tourneboulée. Une cigarette ? Par chance, il fume encore. Après la première bouffée, je lui demande s'il a entendu des voix. Non, Dieu et lui ne se sont pas croisés. Ah, j'insiste ! J'aimerais savoir d'où lui est venue une si haute idée. De quels sortilèges des cierges et des courants d'air ! En herméneute débutant, il déverse le trop-plein de son surmenage sur Warski, le charge, l'étrangle, l'essore, le cueille en la goutte qui a fait déborder le vase, et me l'étale sous le nez. Cela ne sent pas bon. Gaspard panique et *solutionne*. Je souffle, enferme sa main dans la mienne sans ôter nos gants.

« Regarde donc, regarde Warski ! De la neige qui tombe. Tout Warski, de la neige qui tombe… Avant qu'on ne se lève de ce banc, il n'en restera rien. »

Au contraire, Gaspard craint qu'elle tienne foutrement bien, la neige, cette saison. Qu'il y ait sur quoi glisser. Or il n'a pas d'autres envies que celle d'un équilibre qu'il a cru que nous avions fini par trouver. Ah, si ! Enfin, si ! Il a une envie supplémentaire, une mineure :

« Cela me ferait du bien d'avoir un semblant de pouvoir sur toi. Une illusion, tu comprends... Même pas une sorte de pouvoir symbolique... Non. Quelque chose d'infiniment plus simple. Je veux le pouvoir d'un primate ! Je veux dire, *ma femme*, comme on dit, *ma bagnole* ! C'est tout ! Tu saisis ? Pas très compliqué. Maintenant, dis-moi oui, s'il te plaît.

— Mais tu t'es époumoné pour rien, Gaspard. Je t'aurais tout de suite dit oui, si tu avais présenté la chose de cette manière dès le début. Je comprends mieux, même parfaitement. Oui, bien sûr. Il suffit de trouver une formule. »

Gaspard tique sur le mot *formule.* Les lampadaires s'allument, nous embellissent de tonalités chaudes, font de nous une vieille photo instantanée. Nous n'allons tout de même pas nous marier dans une mairie, dans un bureau, si ? Dans une église peut-être ? Je doute qu'on y veuille de nous. Nous sommes donc clairement en déficit d'institutions. Sans oublier le sacrement. La formule proprement dite, la déclaration et la parole. Même si, pour quelque raison obscure, sous un coup de colère, il éprouverait du plaisir à me réduire d'utopie en épouse, à faire de moi une Marie-Paule II, ce qui serait une vacherie disproportionnée, il paraîtrait quand même utile de dégonfler un peu les solennités. S'offrir du sur mesure, quitte à s'éreinter le cerveau et à reformer le vocabulaire, voire à en fabriquer un, de ceux qui ne se déclament pas devant une administration mais qui se grommellent. Qu'en pense-t-il ? Parce que, par trop se presser, nous risquons de nous retrouver à débiter un tas de bougreries devant un branque en Pierre Cardin de déstockage massif. Alors ? Gaspard me détaille comme s'il cherchait à déceler en moi une pièce défectueuse qui ferait défaillir l'ensemble. Il lorgne. Il reluque. Il me gratterait de ses cils, si cela l'aidait à voir plus clair. Reste qu'au fond, il sait que j'ai raison. Ce n'est pas envisageable, pas recevable ! Que les paresseux, les indifférents et les étriqués se régalent avec du prêt-à-l'emploi des cérémonies officielles. On s'en contrefiche. Il ne s'agit pas de trouver une formule universelle, mais la nôtre. Rien de plus.

« Alors, que veux-tu qu'on fasse, Gabriela ? Qu'on demande une réforme du code civil pour nous ? »

Ah ! Mais décode-le de ta tête, ce code, aère-toi l'esprit ! Tout de suite, il voit les choses en Napoléon ! Les codes, les réformes, les campagnes ! Occupons-nous de nous seuls, veux-tu ? C'était ton idée, poursuis-la, exploite-la, suinte, invente, édifie ! Mais n'essaie pas de me baguer comme une pigeonne, parce que Warski t'a fichu la trouille. Là, il commence à capter. Il saisit et s'immobilise. « Et toi, alors ? » Moi, quoi ? Je suis sous la neige avec toi, moi. Je te suis. Je te suivrai partout. Voudrais-tu que je te devance, que je prenne l'initiative ? Allons donc prendre un thé ! Je m'ébroue en silence. Dire qu'il y a deux jours, il était très satisfait de sa vie. Au bout de quelques pas, j'ai droit à un miracle. Un merveilleux ! De ceux qui me font croire que la vie est un mouvement, qu'il suffit de marcher pour que les choses s'arrangent.

« Où m'emmènes-tu, mon *utopie* ? »

Ouf ! La joie ! Le soulagement ! Il se désenivre de sa frasque maritale. Il se réintègre. Vers de nouveaux horizons, je t'emmène ! Où ailleurs peut conduire une utopie.

Pourtant, impossible de me mentir. Dès que les cloches de Sainte-Anne sonnent six heures, je m'avance vers Warski. À grands pas camouflés, cœur en ivresse. En faisant un détour par la rue Saint-Thomas, préservée des cochonneries publicitaires, droit à la Halle aux Draps, pour que j'entende Gaspard siffloter de ravissement. Ah, il reconnaît : Grandiose ! Je confirme, une splendeur. On se croirait en quelque république italienne, à peine bâtardisée par notre goût pour les couleurs naïves dont nous barbouillons les façades d'immeubles. Rue Poselska, où c'est moins fanfaron, moins gueulard, où on a donné au rose le temps de virer poudré, Gaspard rapte ma main libre et la séquestre dans la sienne, qu'il enfouit au fond de la poche de son manteau.

« Craindrais-tu de le revoir ? »

À ma question, il se fige, fort surpris :

« Je crois que nous nous sommes très bien compris, Warski et moi. Je n'ai pas de raison de le craindre. C'est toi, que je crains. »

*

À l'entrée du restaurant où nous terminons une cigarette à deux, s'approchant de nous, Warski incline la tête sans mot dire, nous laisse entrer les premiers et s'attarde devant le vestiaire, absorbé par un texto, réel ou fictif. Mon père nous accueille dans la salle du sous-sol, illuminée de mille bougies. Quelle broderie ! Quelle garniture ! D'instinct, Gaspard prend l'initiative de me séparer de Warski, en me coinçant entre lui et mon père, qui lui serre la main. Tout en sourire et espérance, Adam déborde de bienveillance à l'attention de notre trio : « Comment s'est passée la séance d'acupuncture ? » Très bien ! Nous l'affirmons de concert, tous les trois comme un seul homme. Depuis le dernier congrès du Parti ouvrier, personne n'a vu une telle unanimité dans ce pays. Adam s'étale sur les bienfaits de la pratique, embarque Warski dans un radotage savant. Mon père passe la carte des vins à Gaspard et nous presse de consulter le menu.

« Vous a-t-elle emmené déjeuner au Camelot ? C'est un endroit que nous affectionnons particulièrement, ma femme et moi, avec une cuisine traditionnelle plutôt saine, ce que ma femme a à cœur. Moi je suis peu regardant, du moment que c'est savoureux. »

Il mouline à l'adresse de Gaspard, qui fayotte, lui répond en plaisantant que nous nous sommes contentés de nourriture spirituelle. Pendant ce temps-là, Warski s'étrangle dans son coin, sans que quiconque s'en émeuve. Chaque mot prononcé par mon père lui cause un supplice supplémentaire, ajoute un trait à sa physionomie de martyr. Il en faudrait plus à mon père pour s'arrêter.

« Nous allons tous prendre un bouillon en entrée, vous en dites quoi ? Je ne veux pas d'hommes sous-alimentés dans l'équipe, et un bouillon, ça donne des forces ! »

Son bouillon, Warski le lui enverrait bien à la figure, mais dit simplement qu'il se contentera d'un plat principal. Je m'aligne. Adam sermonne mon père sur son régime qu'il estime trop riche en protéines animales, à quoi mon père rétorque que la seule personne qu'il autorise à contrôler son assiette n'est pas là. Nous nous taisons. Ce dîner sera un désastre, il l'est déjà, alors autant précipiter sa fin.

« Quelles sont les chances de retrouver ma mère vivante ? »

Je questionne d'abord Adam, ensuite Warski. Je le fixe franchement, de manière grossière, provocatrice. Il se réfugie dans les plis de la serviette posée sur son assiette, souffre. Ah, mon Christ... Coutumier de mes méfaits, mon père soupire, passe la commande sans attendre mon choix.

« Dans des conditions optimales, votre mère serait hors de danger. Mais nous ignorons comment elle a supporté le voyage et quelle est sa réserve de morphine. Cela justifie, à mon sens, de commencer par les hôpitaux, les dispensaires, les antennes locales de Médecins du Monde et de la Croix-Rouge. »

Warski débite comme s'il récitait, me regarde et ne me voit pas, ou voit un problème qu'il pensait résolu. « Il nous faudra leur liste, chers amis ! » Avec enthousiasme, Adam apporte sa contribution, sa petite pierre, suggérant que Maria se charge de la préparer, la liste, avant notre départ. Mon père consulte l'agenda de son téléphone et nous informe que nous avons déjà une liste de tous les hôtels, maisons d'hôtes et ashrams. On le dirait en pleine réunion de son comité électoral, à nous distribuer les tâches, pour que l'équipe gagne et l'ordre règne, pour qu'il récupère la personne qui a le droit de contrôler son assiette. Gaspard et moi sommes ainsi chargés de ratisser les ghâts, les temples, les congrégations religieuses, les sanctuaires et les lieux de pèlerinage. Adam et Warski iront, chacun de leur côté, fouiller dans les hôpitaux. Lui-même s'occupera de coller des affiches qu'il fera imprimer sur place, dès notre arrivée. À l'occasion, il vérifiera les hôtels. Soudain, je me dis qu'en définitive ce n'est pas une rocambole, pas une bouffonnerie, pas une turlupinade. Qu'on s'y jette donc, dans cette fantasmagorie. Qu'on y barbote déjà. Tout est vrai, même s'il ne paraît pas tel. Je demande :

« C'est grand comment, Bénarès ? »

Pas plus grand que Cracovie, mais deux fois plus dense.

Adam insiste sur le caractère particulier de la ville, qui compte parmi les sept lieux sacrés de l'hindouisme, tient à son apostille. Pas de photos. Pas de téléphones portables sur les ghâts.

« Gabriela, tu éviteras les shorts. Et vous éviterez tous les deux, toi et Gaspard, la manifestation de vos sentiments en public. J'y inclus le fait de se tenir par la main. »

Gaspard interroge mon père au sujet des avis de recherche à publier sur les forums de voyages et les sites web touristiques. En effet, il n'y a pas pensé, mon père. Question de génération, se justifie-t-il.

« Cela vous ennuierait d'aider Maria à le faire demain dans la matinée ? Je vous préviens, je suis un couche-tard et un lève-tôt. Vous aurez tout votre temps pour embrasser ma fille avant et après. Nous prendrons le train de seize heures. »

Affable, Gaspard se met à sa disposition, ajoute qu'il a pris l'habitude des nuits courtes, avec moi. Adam saisit la balle au bond. Il m'offre amicalement une poignée de conseils sur les méthodes naturelles de relaxation. De nouveau, il entend veiller sur moi et me souhaite le meilleur. Je rage et lance :

« On baise beaucoup ! Tu conviendras que c'est une excellente méthode de relaxation. »

Mon père soupire, hausse les épaules, lève les yeux au ciel, sans interrompre la dégustation de son bouillon.

« De provocation en provocation. Je vous ai dit… mais vous connaissez ma fille. »

Pour conclure au plus vite, je leur demande la permission de me lever et de sortir fumer.

À mon retour, Gaspard divulgue avec le même naturel avec lequel Warski trame et tait : « Gabriela se nourrit essentiellement de légumes et de pâtisseries. » Je me retrouve face à un *Vitaminium Poloniae*, un plat de légumes à la vapeur accommodé d'une sauce à l'huile d'olive, que quelqu'un m'a commandé. La discussion tourne autour des finances. Mon père insiste pour remettre à chacun une enveloppe de petites coupures en prévision des bakchichs et nous fait savoir que les affiches qu'il placardera en ville mentionneront une récompense en échange de chaque information utile, mais sans préciser son montant :

« Si je propose trop, nous nous retrouverons avec une queue de désespérés à la porte de l'hôtel. Si je propose trop peu, personne ne se présentera. Une récompense, en revanche, a l'avantage de rester vague et négociable. »

« Pas de signes extérieurs de richesse ! », nous avertit Adam, touchant instinctivement sa montre, tandis que Gaspard me chuchote à l'oreille que demain nous ferions bien d'acheter quelques t-shirts basiques. Et des espadrilles ! j'ajoute. Résolue à garder un semblant de présence d'esprit, je me surpasse. Dans le même élan, je demande l'essentiel, à savoir combien de temps nous resterons sur place. C'est sur mesure. Sans limites pour mon père. Deux semaines pour Adam. Un mois pour Warski, qui pourra modifier la date de son retour à n'importe quel moment.

« Je serai à l'hôpital universitaire, comme je vous l'ai dit, ce qui vous donne la liberté de bouger au cas où cela serait nécessaire. »

Mon père le remercie. Warski lui répond : « Allons, je vous en prie. » Adam ne cache pas sa curiosité et espère des précisions. Sans se laisser prier, Warski décrit un établissement de référence en matière de médecine ayurvédique où, recommandé, il pense faire un stage qu'il qualifie d'initiatique.

« Et où se trouve-t-il, votre hôpital ? », demande poliment Gaspard, à quoi tout aussi poliment Warski répond : « À Bénarès même. »

Nous étouffons de courtoisie. Nous cuisons à la vapeur dans les civilités. Je me fais le plaisir de m'en affranchir, sacrifiant Warski plus par frustration que par curiosité :

« Vous voyez-vous comme une victime ou comme un coupable dans cette affaire ?

— Faites abstraction de ma fille. C'est plus simple que de demander à chaque fois de l'excuser. »

Mon père appelle la serveuse à laquelle il commande quatre cafés et un thé vert.

« La question se justifie. Je me vois comme quelqu'un qui peut se rendre utile. »

J'aimerais savoir pourquoi il éprouve le besoin de se sentir utile alors que n'importe qui à sa place chercherait à se terrer. Quelque chose me pousse à croire que nous aurons, lui et moi, l'occasion d'en parler sans politesse ni courtoisie. Puis, ce qui me déroute, c'est l'embarras de Gaspard qui fixe une boîte posée par Adam sur la table. Saloperie de demeuré ! Il n'oserait pas ! Mais si ! Il ose ! Il me sauve ! Et devant témoins !

« Voilà ce que j'ai réussi à me procurer. Cela nous permettrait, avec un peu de chance, d'éviter une prochaine crise. C'est une nouvelle génération de tymo…

— Sais-tu ce qui nous éviterait ma crise ? Que je te tue sur place ! Que je commette un massacre ! Voilà ce qui nous écarterait de tout risque que je pique une crise. Une fois que je t'aurai tranché la gorge, je me porterai à merveille. Adam, tu tiens ton destin entre tes mains, crois-moi ! »

Je leur souhaite une bonne soirée à tous, me sauve en cinquième vitesse, à tire-d'aile. Sauf que ma sortie, je la loupe.

Gaspard démarre derrière moi en trombe, Warski le serre en escorte, ça fait une sacrée sarabande. Restés à table, mon père et Adam ont à peine le temps d'enregistrer le mouvement, devant la serveuse qui leur apporte la note. Encore un dîner et je crève ! Que de mélodrames ! Que de névroses ! Que de psychotropes ! Et de la neige par-dessus pour faire joli ! Voilà la Pologne ! Mais sous la neige, c'est la glace. Un sorbet. Une tranche napolitaine. En plein mois de mars, je manque de me casser les os sur ce marasme. Gaspard s'époumone : « Gabriela, ton manteau ! Attends, s'il te plaît ! » Ah, si tu savais à quel point tout cela ne me plaît pas, justement. Pourtant, je me tais, je l'attends. Il a tout son esprit cartésien à vif, Gaspard, il agit en pleine possession de ses moyens. Il me ramène vers chez lui, où c'est équilibré d'étrange manière, ultrarésistant, héroïque, il faut le dire. Avant de me mettre mon manteau, il me dit qu'il serait extravagant de rajouter au désastre, alors que dans moins de trente minutes nous pourrons nous tremper dans un bain moussant. C'est sans doute à ce génie qui sait forcer son succès que songeait Mickiewicz, quand il espérait l'aide des Français à l'ère romantique. Je me désengage de ma colère, je me laisse enrouler. Gentiment, je trotte à côté de Gaspard jusqu'à la sortie du restaurant.

Notre voiture nous attend devant. Mon père s'impatiente, propose à Warski de le déposer. Comme c'est aimable. Il habite rue Saint-Marc, il y sera donc plus vite à pied. « Vous habitez rue Saint-Marc ? Ah, c'est formidable ! » Adam retombe dans sa nigauderie. Qu'on le mette dans le coffre ! Je monte et entends mon père dire qu'on ferme le cirque pour aujourd'hui, alors si je veux reprendre le spectacle, il me faudra attendre demain.

*

Il y a ce moment dans la nuit, que j'attends toujours, quand la main de Gaspard devient lourde, quand elle glisse de ma taille, quand elle me libère pour ma vie nocturne. D'ordinaire ma veille est faite d'errance et de lecture. Je dérive exceptionnellement. Cette fois-ci,

Warski se repose dans un souffle sur ma nuque, m'accompagne, me traque, me course. D'abord il me chasse de la cuisine où j'ai à peine le temps de partager un verre de lait avec Mushika, ensuite du salon, peu après que je m'y suis installée avec de vieux numéros de *Polityka.* Je le déhotte, il revient plus vite encore, me répète : « Cela n'a rien de sérieux, vous le savez. » Rentrez chez vous, Warski ! Allez torturer ailleurs ! Dégagez ! De vertigo, j'ai marre ! Des amourettes, et quoi encore ? Le problème c'est que ce n'en est pas une. J'inspire. J'expire. Je répète l'opération. Et soudain, je me rappelle l'histoire de nos photos de famille dont parlait ma mère dans sa lettre.

Je monte au premier, cherche dans son dressing la boîte à chapeau que je découvre à moitié dissimulée par un long manteau de fourrure. Fichtre ! Il avait dû fauter grave, mon père, pour lui marchander sa miséricorde avec une zibeline italienne. Je n'ai jamais vu ma mère la porter. Tout sent son parfum. On a l'impression qu'elle rentrera au matin. Qu'elle choisira ses souliers, ses gants, son foulard, sa robe. Qu'elle prendra sa tardive revanche sur toutes ces années à supporter les matières rêches et les godasses collées de Tchécoslovaquie. De nos chemises à carreaux, de nos flanelles molles, des ourlets ratés par les manufactures qui rendaient les ouvriers heureux, il ne reste qu'un vague souvenir de honte et de colère. L'Histoire a bien tourné, nous vivons dans le raffinement. J'essaie une robe, puis une autre. Une mise en bouche qui m'ouvre l'appétit, me fait enfiler sa pelisse de femme mariée à un homme riche et coupable. Ciel étincelant ! De toute ma vie, je n'ai rien porté d'aussi indécent, ni d'aussi radicalement victorieux. Il y a son mouchoir dans la poche. Usé. Reviens ! Reviens d'où tu es partie ! Regarde seulement dans quelle situation ta fugue nous a tous mis. Plus personne ne tient ! Ne vois-tu donc pas à quel point nous sommes égarés ? Tout flotte ! Tout tangue ! Et nous avons, chacun, une doublure de peur sous la peau. Que veux-tu que je fasse de tes photos, alors que nous sommes perdus ? De quoi parlent-elles, tes photos ? De quel monde, lui aussi dépassé ?

Il y a de vieilles photographies de Lvov en sépia. Emmitouflée dans la fourrure, je me mouche dans le mouchoir de ma mère et mets de côté la photo de l'écurie pour la montrer à Gaspard. Entre les doigts, me filent quelques tentatives de capturer les fantômes de mes grands-parents maternels, après leur arrivée en Pologne en 45. Puis, Wladek en culotte courte à bretelles, fier propriétaire d'une chèvre tenue par un bout de ficelle. Ma mère avec une épaisse natte ramenée sur l'épaule, son diplôme du bac tenu à hauteur de poitrine. Même pas une esquisse de sourire, pas la moindre trace d'insouciance, tout au plus une certaine satisfaction, mise sous réserve de ses futurs accomplissements : « J'en suis là, mais j'irai plus loin ! » Elle encore, renversante, assise sur une pierre au milieu d'une rivière, les genoux ramassés dans ses bras frêles, les yeux clos, le visage tendu vers le soleil, en maillot de bain une pièce entièrement blanc qui ajoute une note d'innocence supplémentaire à sa pureté de jeune fille en fleur. Quelles hauteurs, Dieu ! Comment mon père a-t-il réussi à la séduire avec ses manières de uhlan ? Voilà, mes parents à leurs maladroits débuts, devant le Palais de la culture et de la science, à Varsovie. Mon père, avec une coupe à la Redford dans *Les Trois Jours du Condor*, le col du manteau remonté, simule la nonchalance. En réalité, c'est à peine s'il ose regarder ma mère. Il faut dire qu'avec son sac tenu à deux mains, elle ne lui facilite pas la tâche, tandis qu'il tente tant bien que mal de l'entourer de son bras. De la même série, ma mère prise de trois quarts devant l'hôtel Saski, manteau entrouvert, poitrine emprisonnée dans un de ces soutiens-gorge pigeonnants de l'époque, qui continuent à émoustiller les nostalgiques. Soudain, plus de soutien-gorge ! Emporté par les couleurs délavées des années 70. Ma mère avec Adam, bras dessus, bras dessous sous d'épaisses ramures, elle dans une chemise d'homme, lui torse nu et une écharpe autour du cou. Signé : Brzezinka. Sur la photo suivante, elle pose avec un barbu à la physionomie de pieux anarchiste façon Tolstoï. Son visage me dit quelque chose. Quoi ? Succède un portrait de lui, tout seul, assis sur un muret en briques, les jambes enfoncées jusqu'à mi-mollet dans une touffe d'orties, cigarette à la main et un soupçon de sourire au coin de la bouche. « Le Maître, dernier été. » Le dernier été de quoi ? Le dernier été où ? Et qui est Le Maître ? Mais c'est encore qu'elle va me forcer à consulter Adam ! Seule, je n'arriverai jamais à démêler le passé. Et Adam aimerait peut-être récupérer quelques photos de lui en moins imbécile.

De toute façon, que faire de cette succession ? Qui, au-delà des frontières de l'ancien Empire, serait capable de comprendre ce que signifie l'épinglette *Coca-Cola* accrochée à la poche du veston en jean de mon père ? D'ailleurs, on n'en fabriquait pas chez nous, de vestes en jean. Il avait dû l'acheter aux puces ou chez quelqu'un revenu de Londres ou de Berlin. Qui se douterait que son épinglette montre un goût immodéré non pas pour une boisson sucrée, mais pour un monde où l'on peut choisir de la boire ou de ne pas la boire ? L'enfant de Marta considérera que son grand-père était un péquenot. Un plouc. Un raté. Il ne saisira rien des explications de sa mère, quand elle lui parlera de cet homme né très loin, il y a longtemps, et qui avait essayé de reformer de l'intérieur un monstre, dont nous avions un peu peur parce que le monstre se montrait irréformable. C'est d'ailleurs ce dont il est mort, de sa sclérose. Bientôt cette histoire deviendra incompréhensible. Alors, tout ce qui l'illustre, devrait rester ici. Comme ma mère aurait dû rester ici, et mourir ici, bien qu'elle ait la liberté de le faire ailleurs. Amen.

*

Mais qu'a-t-il, à errer dans la pénombre ? Un bruissement m'attire dans le couloir, où je surprends mon père en pyjama en train de monter l'escalier. Il se fige sur l'avant-dernière marche, se glace, se raidit.

« Tu es rentrée ! Tu es rentrée, Wanda ! »

Je manque de m'évanouir. Il fait un pas de plus vers moi, me dévisage, s'immobilise de nouveau. Dans un silence de poussière, de courant électrique qui fait grésiller les voyants des interrupteurs, il tourne sur ses talons, s'assoit sur une marche, et se met à sangloter. Mais alors comme une montagne. Je sais que je devrais, à ce moment, devenir la mère de mon père, le prendre dans mes bras, lui dire que ça ira. Pétrifiée et vide, je reste à ma place, me contente de lui dire que c'est moi. « Oui, évidemment, c'est toi, qui d'autre, sinon ! » Il s'offusque de sa confusion, me la fait payer. Qu'il se soulage. Je lui demande de me pardonner d'avoir pris le manteau de ma mère. Je me cale à côté de lui. Il se ressaisit, me réclame une cigarette que je n'ai pas sur moi.

« Veux-tu fumer avec moi dans la cuisine ?

— Je ne fume pas, Gabriela ! »

Je ne dis plus rien. Enfin, je craque, je m'emporte, je réclame ma part : « Pourquoi n'avons-nous pas été plus proches l'un de l'autre ? » Il se tourne vers moi, me regarde avec curiosité, dit : « Je ne sais pas. » Il ne le sait pas, moi non plus, mais il accepte de descendre fumer une cigarette avec moi.

« Garde le manteau. Ta mère ne l'aimait pas. Elle le mettait de temps à autre pour me faire plaisir. C'est un cadeau que je lui ai fait la dernière fois que nous sommes allés en Italie. Je voulais me faire pardonner, à cause de toutes ces absences, tu comprends… Elle n'a pas osé me dire… »

Je ne proteste pas, ne m'en explique pas non plus. Que lui dire ? Que je n'ai pas envie de me retrouver en face de lui dans une nuisette qui me couvre à peine les fesses.

Je reviens sur le sujet une fois dans la cuisine, quand il me propose un café et se met à le préparer avant que je dise en vouloir en effet une tasse.

« Tu as des idées, franchement… Je n'ai pas besoin d'une fourrure à la campagne. Je la remettrai à sa place. Comment veux-tu que je pique une affaire à maman, en plus un cadeau raté… C'est toujours ce qui se conserve le mieux, non, les cadeaux ratés. »

Mon père allume une cigarette, se met à tousser, l'éteint sous l'eau du robinet, et me répond en la jetant à la poubelle.

« Comment, comment… simplement. Parce que tu es ma fille. Sais-tu ce que cela veut dire ? »

Je réponds que oui et non. En grande difficulté vestimentaire, je tire sur le bas de la nuisette, la rectifie, par précaution m'enveloppe du manteau et me lève pour sortir deux tasses de l'armoire.

« Alors je vais t'expliquer ce que ça veut dire. Cela veut dire que nous sommes plus proches que tu ne l'imagines. Cela veut dire que quand je t'appelle en te demandant de venir, tu viens, et plus vite que je ne l'espérais. Et que tu es prête à supporter encore quinze heures de vol, alors que je le sais, tu as peur de prendre l'avion. Pourquoi ils n'arrivent pas à soigner ça, je ne comprends pas… Et cela veut encore dire, que tu auras toujours ta chambre dans cette maison. Ou une autre, si tu devais venir avec un *mec*. À dire vrai, j'aimerais que tu t'arrêtes sur celui-là. Je te le souhaite. Mais tu feras ce que tu voudras et je ne te poserai pas de questions. Cela veut dire que quoi que tu fasses, tu as toujours ta place ici. Avec ta mère ou sans ta mère, cela reste ta maison et nous restons une famille. Voilà, ce que cela veut dire. »

Vlan ! Il s'est déclaré père, enfin. Inconditionnellement. Celui que j'ai voulu toutes ces années et que je n'ai pas eu. Parce que ma bizarrerie, la curiosité que je suis, il ne les a jamais reconnues. C'est avec une partie bâtarde qu'il a fallu que je me fasse, et seule. Alors cette affaire de la famille, je ne la comprends pas vraiment. Je la sens juste, un peu comme je sens les accords de couleurs. Il me semble pourtant que c'est le moment de parler.

« Je me débrouille mal… tu le sais, n'est-ce pas ? Tout me file entre les doigts. Tu dois t'en apercevoir. Je ne deviendrai pas un grand peintre. Ni la femme, ni la mère de quelqu'un. Il ne faut pas que tu t'y attendes. L'avion, j'y ai réussi de justesse. Je suis désolée qu'une partie de notre histoire s'arrête sur quelqu'un d'aussi peu… à la hauteur. Même pas à la hauteur du tout. »

Mon père dévisage la machine à café, se lève, remplit nos tasses, et me répond, le dos tourné :

« De notre hauteur, nous ne savons pas grand-chose, tant qu'on n'a pas eu à se mesurer à de vraies épreuves. Je dirais que jusqu'à présent tu t'en sors. Concernant la peinture... J'ai voulu devenir un grand reporter. J'ai regretté de ne pas en être devenu un. Et au final, je me demande à quoi ça sert un grand reporter dans une petite époque ? Tandis que savoir faire de l'argent, ça sert toujours à quelque chose. Ça me sert à être tranquille, parce que vous ne manquerez de rien, ni toi, ni Marta. En plus, j'aurai toujours de quoi faire un cadeau raté à ta mère. C'est tout. »

Nous voilà plongés dans la soupe aux tripes. Au fond de l'assiette de l'amour. Très exactement dans sa déclinaison spécifique qui se substitue à l'altruisme, celui qu'on se donne la peine de préserver en nous parce que, en retour, il nous préserve des assauts du monde, de sa cruauté, de sa violence. C'est pourquoi mon père me console. C'est pourquoi je feins de le croire. C'est pourquoi notre fiction fonctionne, fait son effet, nous apaise. Il n'y a pas lieu d'en faire plus de commentaires. Je parle à mon père de nos vieilles photos, lui dis qu'il serait préférable qu'elles restent ici, à la maison, jusqu'au jour où il les donnera à l'enfant de Marta.

« Ah, Gabriela... Le problème, avec les Américains, c'est qu'ils s'en fichent de nos photos de famille. Nous avons toujours pu compter sur eux, mais nos histoires ne les intéressent pas vraiment. Alors, tu donneras les photos à l'enfant de Marta toi-même. »

Qu'on en finisse pour aujourd'hui ! En une seule dose, et si dense, la caféine familiale me cause comme un étourdissement. Comme un affolement. Un sifflement dans tout le système nerveux. À deux conditions, je m'occuperai des photos. Premièrement, qu'après notre retour, il m'explique tout, qu'il me raconte... les visages, les noms, les liens. Deuxièmement, qu'il dise la vérité à Marta, alors qu'elle n'arrête pas d'appeler ma mère et ne sait rien de notre départ pour l'Inde.

« Je m'occuperai de nos photos, si tu t'occupes de ma sœur.

— Bon sang, on dirait ta mère ! »

Je tique. Je dresse l'oreille. Qu'est-ce encore que cette révélation, voudrait-il bien me l'expliquer ? Cette fulguration matinale issue d'une cafetière.

« Nom d'un chien, je viens de dire simplement que tu ressembles à ta mère ! Tu m'accorderas qu'on trouve plus étrange dans le monde, qu'une fille qui ressemble à sa mère, non ? Sur certains points, j'entends. Mais vos conditions, vos bouderies de trois jours, cette façon que vous avez de faire du charme ou de faire la moue... comment vous y arrivez, j'aimerais le comprendre ! On cède toujours et on se demande pourquoi ! »

J'écoute mon père et je ne l'écoute pas. Je le regarde et je vois Warski. Je vois Warski et derrière Warski, j'aperçois ma mère. Et j'en tremble ! D'un secret qui crève soudain sous vos yeux, on tremble toujours. Mon père ne se doute de rien, n'a jamais dû se douter de rien. Et c'est encore heureux. Très ! Je me ressaisis, lui dis que je n'obtiens pas toujours ce que je veux.

« Parce que tu as tort de crier, de te mettre en colère, de trépigner. Je sais, c'est cette maladie... Ta mère garde son calme, s'impose avec évidence, et tout le monde fait ce qu'elle veut. Voilà la clé du succès. Et la seule différence entre vous. Sinon, j'aimerais que tu ne dises rien à Adam à propos de tout à l'heure. Il faisait noir... ce n'était pas éclairé et je suis un peu sur les nerfs ces derniers temps, alors quand elle est sortie... je veux dire toi... »

Basta ! Combien de temps me faudra-t-il pour retrouver le nom de Warski sur la sonnette d'un des immeubles de la rue Saint-Marc ? Y aller tout de suite ! Je tape, je tripote, je me commande un taxi dans l'immédiat. Mon père ne percute pas vraiment quand je lui dis que je sors. « Comment ça, tu sors ?

— Nous manquons de vêtements légers, Gaspard et moi.

— Tu comptes faire tes courses à six heures du matin ? »

Je pose Mushika sur ses genoux, de crainte qu'il ne cherche à me retenir. Il se contente de pousser un soupir et de regarder le chat de ma mère, sans savoir quoi en faire.

*

« Par l'allée du Maréchal Koniev, s'il vous plaît ! » Le chauffeur n'a pas vingt ans, et pas la moindre idée d'où se trouve l'allée du Maréchal Koniev, à Cracovie. Son GPS lui indique qu'elle n'existe pas. Bordel, mais comment ? Comment une allée célèbre pour avoir fourni l'adresse d'une des meilleures caves punks de la ville peut-elle ne plus exister ? Qu'il regarde *Siekiera*. Il ne sait pas ce que c'est. Une *hache* ! Voilà ce que c'est ! Qui s'occupe de l'éducation de la jeunesse dans ce pays ? Ça n'a ni curiosité ni respect. Nous finirons déracinés. Essouchés comme les Chinois après Tian'anmen. À raconter que le pape a sauvé ce pays. Non ! Ce n'est pas le pape ! C'est *Siekiera* ! C'est *KSU* ! C'est *Armia* ! C'est *Kult* ! Le pape, nous ne l'avons pas beaucoup vu, par ici. Ce sont de braves jeunes gens maigres, à la chevelure bizarrement taillée, dans des perfectos de cinquième main, drogués à la colle pour certains, qui ont sauvé la Pologne. Il aura la gentillesse de s'en souvenir, le loupiot.

« Alors, madame, par où voulez-vous aller à la place Szczepanski ? »

Par Blonia, s'il vous plaît. Madame éclate en sanglots. À la hauteur du Musée national, elle verse dans le théâtral, dans l'extrême et dans le surfait. Où toutes ces années sont-elles passées ? Qui les a effacées ? Et notre beauté farouche d'hirsutes, de révoltés du service militaire, de lanceurs de pavés, de chineurs de Levi's 501 d'occasion, à quinze dollars la pièce aux alentours de 1989 ? Qu'est-ce qui justifie cette cruauté, ce temps qui fout le camp ? J'en chiale tellement, que j'hésite à demander de faire demi-tour. Pourquoi je pleure, alors que nous les avons eus, nos Levi's 501, en sur-quantité même, à ne plus pouvoir les supporter. La foudroyante, la brutale, l'inguérissable emprise de Warski n'a d'autre véritable fondement que de partager avec moi une vie dont il ne reste aucune trace sur les GPS. Qu'il parle ma langue d'alors, et ma langue tout court. Que, de l'un à l'autre, de lui à moi, de moi à lui, nous n'avons pas besoin de nous traduire.

Gaspard aurait tort de penser que Warski le concurrence. En rien. Même si je suis coupable d'avoir mal interprété les signes, d'avoir cru un instant, hier soir encore, qu'il y avait eu une erreur quelque part dans les sphères incontrôlables, pour que les deux, lui et Warski, deviennent ma prière. Ça coule tellement que j'en ai les cuisses trempées. Je jette la tête en arrière, sur le dossier, espérant que ça tombera à l'intérieur de mon crâne, que ça cessera de m'inonder. Juste un moment. Le temps que Warski comprenne que je ne suis pas ma mère.

Le freluquet me dépose du côté du théâtre Stary. J'attaque par ce bout et envisage de parcourir la rue Saint-Marc jusqu'à son croisement avec la rue Mikolajska, où elle se termine. Ce n'est pas la rue la plus longue du centre, pas la plus fréquentée non plus. La première partie ne mène à rien, celle que je n'ai jamais aimée, avec un immeuble des années 70, planté ici par pure aberration, comme un inutile implant dentaire dans la solide mâchoire de la Vieille Ville. Au numéro quatorze, la porte d'entrée est trop ancienne et manque de sonnettes étiquetées. Pas de noms, uniquement des numéros. Je la vérifierai plus tard. Warski, quoi qu'il en soit, je le retrouverai, même si c'est encore une de ces idées affreuses qui me nuisent de temps en temps, qui me dévastent. Qu'elle me bousille ! Après quoi, je demanderai pardon à Gaspard. Je le ferai à genoux et en lui baisant les pieds. Voilà à quoi je consacrerai la matinée. Rarement mes projets d'avenir auront été aussi précis. Sans parler du fait que je n'ai jamais eu l'occasion d'en réaliser un seul avec autant de méticulosité et d'acharnement.

*

Boom ! Je n'ai pas même le temps de m'acharner. Je tombe sur le nom de Warski au seize, à l'angle avec la rue Saint-Jean. Il peut voir Le Camelot depuis ses fenêtres. J'appuie sur le bouton, attends une éternité, pas de réponse. J'insiste. J'enfonce. Je m'obstine. Dès qu'un bruit indistinct se fait entendre, je demande l'étage. Il ne pose pas de questions, m'ouvre, troisième à gauche. Un ascenseur à se faire pincer les doigts avec une antique porte en ferraille. J'évite, monte deux par deux. L'escalier sent le savon noir et l'étude notariale. Je frappe contre la porte entrebâillée de son appartement, entre sans attendre. Je m'annonce à Warski : « Ne craignez rien. Je ne vous violerai pas ! » Invisible depuis le couloir, il apparaît enfin, en short et en t-shirt à l'emblème d'une équipe américaine de base-ball. Nous sommes parés.

« Cela vous dérange-t-il, si je reste comme ça ? »

Absolument pas. Enlevez le haut, je serai plus à l'aise. Saint Sébastien ! C'est quand même pas banal, la façon dont les hommes savent émoustiller quand ils se font chastes. Ils sont de loin bien meilleurs que les femmes à ce jeu. Je lui dis de rester comme il est. Et nous avançons à grands pas, maintenant c'est lui qui bloque.

« C'est le manteau ? Oui, c'est celui de ma mère. Vous le connaissez peut-être ? »

Il me regarde. Je me regarde. Je me vois dans le grand miroir accroché face à la porte d'entrée et me dis : Fonce, c'est toi, la reine !

« Voulez-vous un café ? »

Et paf ! Au diable, la reine. Je l'entends prononcer *kawa* en polonais et tombe en berne de panache. Soudain, j'ai très chaud. J'étouffe ! Warski restitue le climat de la *Sun Belt* chez lui. Il m'indique le salon et disparaît dans la cuisine, je passe en travers et en enfilade, le rejoins devant la gazinière. Et depuis quand mène-t-on les discussions sérieuses dans les salons, en Pologne ? Il me prend pour une bécassine. Sauf qu'à y réfléchir, nous n'avons pas vraiment de quoi discuter.

« Voyons, je ne viens pas chez vous à six heures du matin pour que vous me prépariez un café. Ma ressemblance avec ma mère vous perturbe, parce que vous avez eu une aventure avec elle, n'est-ce pas ? »

De dos, la boîte de café à la main, Warski marque une pause, puis pivote et me dit droit dans les yeux que je dois connaître la réponse, si je la lui demande. Affreuse, affreuse idée que celle de venir ici ! Mais arrangeable. Courage, ma petite Gabriela ! Refais la route jusqu'à la porte, tant que tu le peux encore. Rampe ! De quoi je souffre, de quoi je me saigne, là, sur les belles planches de Warski, je ne le sais même pas. Je me vide, c'est tout. Warski anticipe : « Restez, je vous prie. » Et hop ! Il me sort sa bouteille de Chopin du frigo. Il vaudrait mieux qu'il n'espère pas m'impressionner. Je lui demande si on peut fumer chez lui. Il m'allume ma cigarette.

« Qu'attendez-vous que je vous dise ? »

Il sait qu'il suffit d'un mot pour que l'un ou l'autre s'effarouche ou s'effondre ou se choque ou se blesse, donc il s'agrippe à la balustrade. Des finasseries, des préludes, histoire de gagner trois minutes. Allons-nous nous éterniser dans ces préliminaires ou chercher héroïquement la lumière, j'aimerais qu'on me rassure ! J'attaque : « Vous envisagez de boire debout ? » Warski s'excuse, me demande s'il peut prendre mon manteau. Non ! Merci. J'ai fini par l'oublier, alors qu'il faut surveiller cette affaire de près. Soit je crève de chaud avant le deuxième verre, soit je passe pour une frôleuse, même en prenant en compte le short de Warski. Je garde la fourrure, les frivolités ne sont plus d'actualité. C'est vraiment trop court en dessous pour une discussion sur la mort, et même sur l'amour.

« Dites-moi l'essentiel. Êtiez-vous heureux ? »

Il réagit par une étrange grimace, ni sourire ni étonnement, remplit mon verre et me demande si je mangerais quelque chose, à défaut de quoi nous allons finir ivres. Je lève le verre : « À ma mère ! » À votre mère, se joint Warski.

« J'imagine que j'étais aussi heureux qu'on peut l'être dans ce genre d'histoire. »

Il me prend au dépourvu, alors que je n'ai pas eu le temps de laisser passer la balle à fragmentation qui me ravage l'œsophage et met en charpie mon estomac. « Une histoire sans lendemain, vous voulez dire ? » Oui. « Vous l'avez quittée ou c'est elle qui vous a laissé ? » C'est elle. « Pour quelqu'un d'autre ? » Pour vous. « Je suis désolée. » Warski me demande de répéter ce que je viens de dire. Je lui réponds que je suis désolée que ma mère l'ait quitté pour moi, parce qu'il est probable qu'elle était infiniment plus heureuse avec lui qu'elle ne l'avait jamais été avec sa famille, vu qu'il avait été dans la confidence du dernier voyage. Sa cafetière déborde sur le feu. Warski se lève de la banquette où il est assis face à moi et s'en occupe, puis affirme ne pas avoir le moindre don pour rendre les gens heureux. Je l'observe se mouvoir, prendre deux bols, les poser sur la table, les remplir, me proposer du sucre d'un geste, en soulevant un sucrier en verre. Comment, l'imbécile, imagine-t-il avoir pu ne pas rendre une femme heureuse avec cette machinerie qui lui sert de corps, et alors même qu'il n'avait pas trente ans ? Je hausse les épaules malgré moi, peut-être que je vire blême. « Vous l'aimiez ? » Oui, dit-il. Je souris, soulagée, et là encore, malgré moi.

Soudain, Warski m'apparaît comme un homme avec qui ma mère a choisi de s'arracher du réel, de cette rageuse décennie de transition, des querelles politiques de mon père, de mes barbantes dépressions. Ciel clément, elle l'a mérité, ce cadeau. « Vous n'aviez pas peur ? » Warski s'étonne de ma question. Elle, non. Lui si, pour elle. Si le scandale avait éclaté, elle aurait perdu son poste. C'est vrai. Je n'y avais pas pensé, alors qu'en principe cela s'ajoute à la valeur brute de Warski. Où se voyaient-ils ? Ici. À quand remonte leur relation ? Il hésite entre 89 et 90, tranche en faveur de 90, se souvenant que Vaclav Havel avait déjà été élu président de la Tchécoslovaquie et qu'ils avaient regardé à la télé son discours devant le Congrès américain. Je repense à ce printemps de 90, quand j'ai marqué mon premier désaccord radical avec la vie. J'avais quatorze ans. À ma mère, qui venait me voir chaque jour à l'hôpital en traversant la haie de ses collègues curieux du drame, je reprochais de me sacrifier au profit de sa carrière. Je n'ose demander à Warski si elle lui a parlé de moi, de nous. « Et mon père, ne l'avez-vous pas craint ? » Non. Warski est ferme là-dessus. « Pourtant, il vous aurait écrasé comme une punaise, s'il l'avait appris. » Très calme, pour peu indifférent, Warski me pose une question qui me sonne plus efficacement que son verre de vodka : « Allez-vous le lui dire ? » Mille tonnerres ! Si je n'étais pas paf au point de risquer de louper mon coup, je lui aurais envoyé le fond de ma Chopin à la figure.

« Enfin, mais pour qui me prenez-vous ? J'exige seulement que vous m'expliquiez ce que c'est que cette histoire de prétendu chantage que ma mère vous aurait fait. »

Exiger quoi que ce soit en ce moment, je n'en ai plus vraiment les moyens. Warski s'en aperçoit sans doute. Mollifiée, moite sous ce manteau italien, lessivée à ne plus tenir debout ni même savoir comment me lever, je m'emporte dans un dernier sursaut de combattant. Le tout dernier. Je m'offusque. Et aussitôt, je glisse au fond d'une flaccidité sublime. Indemne, à croire qu'il vient d'avaler du lait, Warski garde un œil en alerte sur moi.

« Vous auriez préféré que je dise à votre père qu'elle avait décidé de partir avec moi, à quelques semaines de sa mort ? En fait, c'est moi qui ai insisté pour l'accompagner. »

Il termine son verre cul sec. « Pourquoi ? » Warski me fixe comme s'il me demandait de réfléchir une seconde. Mais il commence à être flou lui aussi, et donc moins exigeant, moins impassible. « À cause de son état », dit-il, d'une voix cassée. Les médicaments de ma mère sont restés dans le bagage de Warski qui a été retenu en même temps que lui-même, à cause d'une erreur de date de validation de son visa indien. Je réprime un hoquet nerveux : « Que risque-t-elle ? » Comme s'il signait une ordonnance pour un placebo, Warski me dit que *nous* perdons l'équilibre de tous les *marqueurs*, et que cela précipite les *choses*. Par chance, elle a ses patchs de morphine avec elle.

« Il est sept heures et demie, restez avec nous sur *Radio Zet*. » Le radioréveil se met à beugler à l'autre bout de l'appartement. Je saute sur l'occasion, alors que Warski s'en va pour l'éteindre, et m'éjecte en l'air. Hop ! Une fois debout, je reste concentrée, déterminée à atteindre la porte d'entrée, intransigeante même. Agencé en enfilade, l'appartement me donne à entrevoir, derrière le salon épuré, un coin de lit et un ample fauteuil en velours bleu nuit qui meublent la chambre où ma mère a été heureuse en 1990. Je rase de près une espèce d'étagère fixée au plafond, sophistiquée à la folie. À Warski, je n'ai plus qu'une question à poser :

« En fait, au cabinet, hier, c'est le respect pour elle ou pour moi, qui vous a retenu ? »

Pam ! Il reçoit la balle en pleine poitrine. Ça le raidit tout d'abord. Ça le contracte. De ce fait, il oublie la radio qui nous canarde avec un morceau historique de Republika, comme par quelque arrangement surnaturel, comme par un ricanement du sort, comme par plaisanterie : « *Baisse tes gardes ! Rome brûle ! Madrid s'effondre ! Je te désire comme le froid de Moscou !* » Warski hurle :

« Pour vous ou pour elle ? Êtes-vous sûre de n'avoir oublié personne ?

— Et merde ! »

Je hurle moi aussi, me rue dans le couloir. Nous y sommes, dans cet appartement, lui et moi, comme dans la débâcle de 39 ! Le plafond s'effrite ! Les murs tremblent ! Il n'y a rien à faire ! Rien d'autre que de fuir ! Je m'acharne contre la serrure anti-effraction qui refuse de céder, quand Warski fond sur moi tel un Messerschmitt. Il m'annexe sur-le-champ ! Il m'étreint à me briser les os ! Il m'écrase, l'espèce de Panzer !

« Vous êtes fou, ma foi ! Où allez-vous nous entraîner comme ça ? Sur le front de l'Est ? Vous voulez Stalingrad ? Vous tenez tant que ça qu'on termine dans un roman russe ? Vous rendez-vous compte ! Ce n'est pas possible ! Et je n'ai oublié personne ! Cette personne, je ne l'oublie jamais ! »

Warski m'écoute, en soufflant dans ma nuque. Ses moteurs s'éteignent, ses turbines ralentissent, tout son kérosène part dans la fourrure de ma mère. Et quand je pense qu'il est prêt à signer la capitulation, à m'ouvrir et à me laisser partir, il me soulève, comme ça, en un tour de main et en bloc, me dépose un pas plus loin à gauche, devant le grand miroir du couloir, et rage encore :

« Mais regardez, vous êtes toute déduite d'un roman russe ! J'aimerais savoir alors ce qui vous fait peur ! »

Et là seulement, je vois son reflet se rendre, sa tête fléchir derrière la mienne, ses mains glisser sur mon bras gauche et mon demi-bras droit. Il cède. Il tombe. Il meurt comme un enfant. Se tient debout derrière moi, sans un soupçon de forces vitales en lui. *Kaputt*. Dans une espèce de murmure, il me demande encore si j'accepte qu'il vienne. En retour, je lui murmure près de l'oreille, en me tournant légèrement, sur la pointe de pieds, mal assurée, ébranlée au fond, que je m'en fous. Il inspire, me retient dans ses bras, expire, me dit de m'asseoir le temps qu'il me commande un taxi et que celui-ci arrive. Je réattaque la serrure.

« Ne soyez pas ridicule ! Je ne vous laisserai pas partir dans cet état. »

Là, je craque ! À l'instant, il me vient à l'esprit l'idée d'employer la méthode de Gaspard et j'envoie à Warski, en dernière ressource, une gifle moi aussi. Mais en rien comparable à la merveille de précision que j'ai pu voir la veille. N'étant pas gauchère mais gauchement inexpérimentée, et de surcroît ivre, je rate Warski magistralement. Une catastrophe ! Ma main s'élève trop haut, fauche à côté, lui coupe la lèvre supérieure avec le bracelet de ma montre. Et nous voilà à Montecassino ! Dans le sang ! Dieu, il ne faut pas m'envoyer faire la guerre ! Je suis inapte. J'ai honte. Pitié ! Mon cœur se serre à la vue de Warski qui saigne dans son pouce et me regarde avec une exaspération telle, que j'ai envie de lui répondre : Je sais, c'est du mauvais Dostoïevski. Mais je ne dis rien. La serrure cède, je me jette dehors, à peine que je marque une marche pour partir avec une photographie de lui dans l'encadrement de la porte, la main sur le front et la moitié du visage, comme s'il était pris d'un accès de migraine. Le savon noir de la cage d'escalier me glisse sous les pieds, je dégringole.

*

Je le sais avant de lâcher la porte de l'immeuble derrière moi. Que je tourne à droite ou à gauche, Warski me poursuivra. Plus vite je courrai, plus vite il me rattrapera. Parce que c'est toute la

Pologne qui me court après ! Tout le pays ! Avec ses contorsions, son hystérie, ses malheurs, ses sacrifices, ses arrière-fonds bourrés de superstitions, ses scrupules et ses vertus fourbes. Et sa langue pour finir ! Pour m'étrangler de menaces, pour me rappeler que dans aucune autre je ne saurai dire les noms de toutes les couleurs et que si je l'oublie, il ne me restera qu'à baragouiner ma bâtardise jusqu'à la fin de mes jours. C'est comme si je voulais fuir mon accent en français. Passé un certain cap, impossible d'avancer. On ne va pas plus loin. J'aurai toujours à répondre aux : « D'où vient-il, ce petit accent ? » Quand vous êtes propre, ils vous pardonnent la réponse, quelle qu'elle soit. Le problème n'est pas là. Mais bordel, quoi leur dire, alors qu'on ne sait plus soi-même d'où l'on vient ou que l'endroit exact n'existe plus.

Arrivée à l'angle de la rue Saint-Thomas, je prends le virage à gauche, ajuste la bandoulière de mon sac et cavale tête baissée, aveuglée par les larmes, et c'est comme ça que je tombe dans les bras de l'église des Piastres, plantée là, au fond du cul-de-sac, exprès pour m'arrêter. Alors non, je me révolte ! Je tremble d'impuissance et de colère cotonneuse, prête à m'effondrer. Jamais je n'ai encore autant souhaité que Dieu existe. Jamais je n'ai eu à ce point la rage au cœur et les blasphèmes plein la bouche. Jamais il ne m'a urgé à ce point de brailler « merde » aux sphères célestes et à tous leurs habitants. Warski, fallait pas s'amuser à me l'envoyer comme épreuve ! Je ne la passerai pas. Je la raterai. C'est déjà fait. Alors, tout le monde est content ? On rigole bien, là-haut ? À nous regarder embourbés dans cette farce à la Karamazov, avec Warski en Grouchenka, dont je n'espère qu'une chose : qu'il ne me laisse plus m'échapper, et sous aucun prétexte, de son ivre étreinte. Même si, fatalement, cela *ne se fait pas*, de rester dans des bras qui ne nous sont pas destinés, et qui ne le seront pas, quoi qu'il arrive. Dans le dernier Kleenex propre, je crache l'amertume de la vodka et du café, et marche comme ça, bouche collée d'inexprimables tendresses et ardeurs. À la droguerie en face du marché de Stary Kleparz, j'achète des mouchoirs en papier et un tube de dentifrice à la menthe poivrée. J'en avale le contenu presque en entier sur un arrêt de taxis à côté, et dès que la première voiture se présente, je me fourre dedans, les yeux écarquillés de fraîcheur. Le chauffeur n'a pas besoin de satellite pour m'emmener dans un centre commercial que je souhaite le plus cher, le plus grand, le plus tape-à-l'œil, le plus insupportable de toute la ville. Depuis le pont Kotlarski, où il me dépose devant un édifice grandiloquent, j'envoie un message à Gaspard, en lui donnant rendez-vous au café Noworolski, à dix heures trente. Une fois le seuil du cauchemar marchand franchi, je ravage tout. Rayon par rayon. Étagère après étagère. Cintre sur cintre. Ostentatoire ou pas, j'en ai rien à foutre ! Ils n'ont qu'à regarder ailleurs, les misérables. Bordel, si ce n'est pas la plus désespérée des prières ! La plus dégradante aussi. L'étripage de l'espace Voyage&Aventure couronne mon œuvre. Éreintée, je me traîne au service des livraisons, expédie le container à la maison et sors fumer. Il fait limpide. Il fait net. Le ciel est tout beau, tout amical.

*

Gaspard, je ne sais plus comment l'aborder. Dieu, qu'il m'absorbe ! Qu'il m'assimile à m'annihiler ! Qu'il fasse de moi ce qu'il veut, même sa femme, si vraiment je ne mérite pas mieux. J'arrive sous les arcades de la Halle aux Draps en carence flagrante de fierté, sans la moindre trace de résistance de principe ni de convenance. C'est entièrement 1910, chez Noworolski, avec d'immenses baies vitrées à travers lesquelles je scrute les silhouettes assises à l'intérieur, jusqu'à ce que mon regard repère Gaspard. En cachemire anthracite sous un poil de chameau, il se tient sur une banquette rouge, dont le velours renvoie les reflets des lustres en bronze doré. Quelle chance qu'il se présente ainsi, comme un boulevard haussmannien sur un tableau de Pissarro, un brin froid, un brin intimidant. Je n'ai qu'à me hisser à sa hauteur proustienne, qu'il ait encore le goût de l'effort, Gaspard. Cela cimente.

Quand je m'assois près de lui, à la place qu'il m'indique, j'ose à peine poser ma main gantée sur la table, et serre plus fort mon gant gauche, celui que je ne peux plus mettre et que je porte en bagage superflu. Gaspard se tourne vers moi de trois quarts, incline la tête, chuchote :

« Dis-moi que tu ne l'as pas piqué, ce manteau. Je ne suis pas certain de pouvoir le payer. »

Je le rassure, il n'a pas à s'en faire. Au serveur, il commande deux autres expressos. Dès que le tablier noir de celui-ci disparaît, je vise Gaspard, l'immobilise du regard : « Le veux-tu toujours, ce pouvoir d'un primate ? » Il sourcille, puis hoche la tête pour le confirmer. « Prends-le, alors. » Soudain, il se fait grave, presque tragique. Et alors que, déroutée par son expression, je ne sais à quoi m'attendre, il se saisit de ma main habillée, la soulève légèrement dans un mouvement pensif, étudié, conçu pour produire un effet définitif, la dénude complètement et aussitôt la dissimule dans les siennes, penche la tête et l'embrasse. Le long de la partie inférieure de mon avant-bras, le long de cet axe le plus délicat de l'âme, que l'humanité libérée de toute contrainte avait oublié. Lentement. De mon poignet, suivant la veine bleusaille, jusqu'à la limite de la manche, où il se répand dans un souffle ample et tiède. Et ses cheveux noirs qui tombent sur ma main blanche, qui tombent, qui tombent… Et ses cheveux argentés aussi, comme des grains dans une sablière, et que je ne saurais arrêter, alors que je vaincrais cent armées pour lui. Et j'en pleure, bordel ! Parce qu'il fait si tard pour tout ce que nous avons à vivre ensemble.

Dehors, une fois la cérémonie terminée et la note réglée, Gaspard tient à s'expliquer des lacunes, de l'absence de toute parole et promesse solennelles, lors de sa prise de pouvoir. Je m'en étonne, et pas qu'un peu, car les minutes que nous venons de passer sont certainement les plus complètes que j'aie jamais vécues. Qu'aurait-il pu y ajouter, je ne vois pas. Entre le café Noworolski et la rue Sainte-Anne, d'un grand calme, il me dit que son geste lui est venu naturellement, il n'avait pas à le chercher, mais alors qu'il pensait que quelque formule s'impose avec la même clarté, rien de cet ordre ne s'est produit. Que je sois rassurée, ce n'est pas de la négligence, pas un oubli non plus, mais plutôt la preuve de son sérieux dans cette affaire. Il n'allait tout de même pas me dire qu'il m'aime et qu'il m'aimera toujours : « Tu ne veux plus de tout cela, n'est-ce pas ? Et tu as raison, mon utopie. » Nous nous entendons en un clin d'œil sur le sujet. Au commencement était le Verbe, et voilà que notre monde s'épuise dans le verbiage, mais qui, à part la nostalgie de quelque chose de très vague, ne produit rien d'entraînant, rien de crédible. Alors, il ne nous reste qu'à bâtir notre utopie à partir d'un geste et d'un silence fusionnel. Même si, dans un tout autre registre, Gaspard se réserve le loisir de grommeler toujours à mon oreille les strophes de poètes morts : « Quand tu frémis sous *Guirlande terrestre*, et tout entière, et jusqu'au dernier atome, il m'arrive de penser que la France n'est pas encore totalement foutue. » La certitude qui imprègne le propos de Gaspard renferme un tel fond de désespoir, que je me garde de le nuancer. Par empathie, je tais le rectificatif : « De toi, que je frémisse, imbécile, que je geigne dans tes draps lourds ou dans ton épaule, et tous les mots que tu halètes alors n'ont de sens et de beauté que parce qu'ils me viennent par toi. » Ainsi, la France est foutue. Reste que le grand sommeil de ce beau pays m'abrite de mes intensités slaves, et pour cette raison, Gaspard devrait souhaiter qu'il dure et qu'il s'approfondisse.

*

Nous faisons notre apparition à la maison vers treize heures, en pleine effervescence du départ. Mon père lève les yeux au plafond dès qu'il me voit, soupire, et va s'enfermer dans son bureau avec un journaliste du quotidien local, venu le questionner sur les manifestations qui se tiennent en ville. Depuis le seuil, il me gendarme : « Nom d'un chien, range tes affaires, Gabriela !

Ta livraison est arrivée ! » Je remarque d'abord ses valises, déjà prêtes, et qui attendent dans le vestibule. À côté, une construction fragile, faite de sacs et de paquets désarçonne Gaspard. Au préalable, il se refuse à les monter dans la chambre. Puis jette un coup d'œil vers le salon où Maria et Adam répartissent nos documents de voyage dans des dossiers. Il lève les yeux au plafond lui aussi, et soupire lui aussi.

« Tu n'étais pas obligée d'acheter un supermarché pour me faire croire que vous ne vous êtes pas vus tout à l'heure, Warski et toi. C'est ce qui est insupportable, Gabriela. »

Je me ratatine en une boule de fourrure doublée d'un chaton tyrannique, je minaude mon désarroi jusqu'à ce qu'il ramène ma tête sur sa poitrine. Je lui promets que je ne le ferai plus. Il me dit qu'on s'en fout, que c'est dans le contrat : « Seulement évite les retouches et le maquillage. N'arrange pas ! » Il s'enfièvre à son tour, s'empare avec énergie des achats, jure, grimpe l'escalier, jure une fois encore, me vire de la salle de bains avant que je m'y installe.

Désormais tout n'est plus que précipitation. Je remarque qu'on a changé les fleurs dans le vase et que Gosia a déposé nos jeans sauvés grâce à quelque méthode traditionnelle. Contrairement à ce que nous avons connu quand ma mère se chargeait du sale boulot, la maison est impeccable. Terriblement propre et rangée, invivable. J'appelle mon oncle, comme je le lui ai promis, mais m'adresse d'abord à sa sagesse de fol ermite : « Wladek, pourquoi es-tu resté seul ? » Il n'est pas surpris par ma question, se donnant toutefois le temps de répondre : « Ah, tu sais, je ne brille pas dans ce genre de relations. » À croire qu'il se débrouille mieux en amitié. Essoufflé par la première phrase, il poursuit avec peine et détermination. Cela n'a jamais marché avec les femmes qui avaient l'humeur plus équilibrée que la sienne, et ça se révélait franchement catastrophique avec celles qui lui ressemblaient un peu. « Edward m'a dit que tu es venue avec ton amoureux. C'est pour ça que tu me le demandes ? » Sans doute, même si je ne parviens pas à faire un lien direct. Je change de sujet et annonce à Wladek ce qui me semble être une évidence, à savoir que nous risquons de ne jamais retrouver ma mère. « Ah, ça ne fait rien ! » Il me sonne sans préavis. Comment *ça ne fait rien ?*

« Wanda a toujours été certaine de ses choix et de ses décisions. Je pense qu'elle n'a pas besoin que vous la retrouviez. Peut-être bien qu'elle préférerait savoir que nous nous retrouvons grâce à elle, tu comprends. C'est pourquoi il faut aller dans ce pays et voir… »

Je m'étrangle de son mysticisme forestier. J'en défaille ! Dans *ce pays*, mais pourquoi dans celui-ci, au fait ? Qu'allons-nous y apprendre de nous, à défaut d'apprendre où est ma mère ? Nous y retrouver ? Mais nous ne serions pas perdus si ma mère s'en était tenue au contrat initial, tacite, et si elle terminait sa vie ici. Je n'aurais rien su de sa liaison avec Warski et je ne m'en porterais que mieux, vierge d'une jalousie absurde, et libre de tout interdit non moins saugrenu. Et pour terminer, j'aurais moins fumé. Gaspard fait irruption avec une serviette nouée autour des hanches et soudain je panique à l'idée qu'il s'en aille, qu'il passe la porte, sorte de la maison, ne s'arrête pas, ne se retourne pas, qu'il marche comme ça jusqu'à Lacoste, me laisse. Je salue Wladek en trois mots, et m'écroule aux pieds de Gaspard. Paf ! Il en perd presque l'équilibre, me rattrape au ras du sol, à un doigt de l'épaisse moquette de couleur crème. Je ne veux pas y aller, dans *ce pays* ! Il nous faut une bonne quinzaine de minutes et un joint pour que je me résigne à nouveau. Mais mon angoisse, toute petite, comme la morsure d'un serpent, ne s'est pas refermée, et je sais qu'elle m'empoisonnera complètement plus tard, dans l'avion ou sur place. En homme qui a un pouvoir sur moi, et quasi illimité, Gaspard me presse de prendre mon bain, m'interdit de rester dans la chambre le temps qu'il boucle notre bagage, puis me demande de verser le contenu de mon sac à main et de ma trousse de toilette sur le lit. « Tu plaisantes ? » Non, il ne plaisante pas du tout. Il exige ! Curieusement, je m'en contrefiche. Je m'en tape, je m'en fous, et j'obtempère, puis m'en vais dans la salle de bains. Peu après, alors que l'eau coule en torrent et trempe toutes les idées affreuses qui pâturent sur mes terres fertiles, il frappe et entre, s'en prend sans un mot à mes produits de maquillage, les fesses posées sur la cuvette des toilettes.

« Tu es bizarre aujourd'hui. Tu es ambivalent. »

Mon bâton de mascara dévissé à la main, il me regarde de loin, d'un ailleurs en lui, et me demande si je suis certaine que le mot *ambivalent* convienne, qu'il est bien celui que je veux employer. Je me noie. Gaspard m'enfonce la tête sous l'eau, en ajoutant que tout ce qui m'échappe n'est pas forcément *ambivalent.*

« C'est étrange, mon utopie… Depuis hier, je me suis mis à croire que Warski est la seule personne au monde capable de me comprendre.

— Pourquoi Warski ?

— Parce qu'il est *ambivalent*, lui aussi, et de la même façon que moi. »

Ils deviennent tous mystiques, inspirés, pensifs ! Tous comme un seul homme ! Je n'arrive plus à les interpréter. Il ne manque plus que l'épidémie frappe aussi mon père, à supposer qu'il n'ait pas été le premier touché, et que toute cette odyssée dans laquelle il nous embarque soit issue de quelque espoir fondé et non d'une vision fantomatique. Gosia annonce fièrement depuis le couloir que nous sommes attendus pour le déjeuner. J'envoie Gaspard en délégation, m'habille à la hâte, garde dans la poche de mon jean de quoi me rouler trois joints et planque le reste de l'herbe dans ma botte cavalière d'enfant.

Le déjeuner relève d'une séquence d'un film de Fellini : un cirque animé par des monstres grands et petits, féeriques de bonté comme Maria ou effrayants de connerie comme Adam, sans omettre l'hystérie du chat de ma mère, qui finit par comprendre ce qui se trame. Dès lors il s'accroche de ses griffes à la valise de mon père et ne se laisse pas déloger jusqu'à ce que Gosia le corrompe avec une boîte entière de sardines. « Gabriela, dépêche-toi, nom d'un chien ! » Nous partons en trombe, suivant la voiture de Maria dans laquelle s'est engouffré Adam, à mon grand soulagement.

*

Pendant le trajet, la main de mon père, appuyée sur l'accoudoir, ne cesse de s'agiter dans un frottement nerveux de l'index et du majeur. Pour tenter de le divertir, je lui dis que nous avons vu le début de la manifestation des nationalistes, depuis les fenêtres du café Noworolski. « Je me retire de la politique. » Absorbé par la surface satinée de la Vistule qu'il fixe obstinément à travers la vitre, il lance sa déclaration sur un ton las. Impossible de douter qu'il n'en a plus rien à battre. Après un moment de silence, il fait un cours magistral à Gaspard sur la nouvelle figure de la gauche polonaise, et un certain Adrian Zandberg, « orateur éloquent » et « idéaliste pragmatique », dont on peut beaucoup espérer. « Comme quoi ? », je demande. Mon père me jette un coup d'œil exacerbé par-dessus son épaule :

« À ton avis, Gabriela ? Faire barrage à nos Erdogan domestiques !

— Crois-tu sincèrement qu'en Pologne, un type qui s'appelle Zandberg puisse faire carrière en politique ?

— Il ne veut pas faire une carrière politique. Il veut faire de la politique. Comme nous autrefois, quand nous étions jeunes. »

Il termine d'une voix cassée, précisant que c'est l'extrême droite catholique qui gagnera les prochaines élections et qu'elle nous en fera voir de toutes les couleurs : « Tant mieux si vous êtes en France, à l'abri. » Je pose ma main sur son épaule, il regimbe sous mon toucher, se secoue presque, cède enfin, pose sa main sur la mienne. Gaspard nous regarde, plus ému qu'un premier communiant. Nous arrivons à la gare centrale sans d'autres mots. Et soudain, l'affolement que Warski ne se présente pas me gagne, partant de l'abdomen, comme une crampe d'estomac, pour rendre les paumes de mes mains moites et tristes. Effondrées au fond des poches de mon manteau, mes mains transpirent à chaudes larmes, inconsolables. Warski n'est pas là.

Alerte, Maria nous précède dans le hall, balaye la foule du regard, elle aussi à sa recherche. Inutile. Il dépasse notre moyenne nationale d'une tête, nous ne pouvons donc pas le manquer. Je défaille. Je suffoque sous le sourire que j'offre à Gaspard, en train d'ajuster la bandoulière de son sac, et qui s'écrie d'un coup : « Konrad, *here* ! » Ciel ! Warski traverse l'espace en bulldozer, masqué derrière ses lunettes de soleil. L'homme de marbre ! L'homme de fer ! L'homme que je désire comme le froid de Moscou, celui que je n'ai pourtant jamais désiré. Son téléphone sonne. Impassible, il l'éteint et salue mon père, Maria, moi, Adam, enfin Gaspard. J'observe discrètement Gaspard tendre la main à Warski, déconcerté dans un premier temps puis vite ressaisi. Il lui répond par une poignée de main brève mais vigoureuse. Adam nous invite à rejoindre le quai, mon père lui lance : « Tiens, tu ferais un bon animateur de vacances. » Ils s'en vont les premiers, en se chamaillant. Maria et moi les suivons, laissant derrière nous Gaspard et Warski. Entre hommes ambivalents, ils semblent avoir trouvé un sujet de conversation, éclatent même d'un rire complice qui me fait jubiler sans raison, alors qu'il devrait peut-être m'inquiéter. Maria serre mon bras et, les yeux embués, me chuchote d'une voix désespérée : « Revenez tous. » Il faut que tu pries pour nous. Prie, Maria, je t'en supplie ! D'abord chez les Dominicains, où tu as tes habitudes et où tu demanderas que nous nous retrouvions tous ensemble et chacun de son côté. Puis, traverse la place et va chez les Franciscains, confie-nous à quelqu'un de compétent, rien que nous trois : Gaspard, Warski et moi. Allume des cierges, fais ce qu'il faut, selon le protocole le plus rigoureux. Me le promets-tu ? Maria me dévisage avec compassion, attendrissement, et un brin d'embarras. Devant la porte pneumatique de notre wagon, elle m'embrasse sur les joues et le front, obéissant à son inépuisable instinct maternel, tremblote légèrement, me jure qu'elle le fera, qu'elle priera. Avant que le train ne se mette en marche, et tandis que mon père lui donne les toutes dernières instructions concernant ses affaires en cours, elle nous rassemble tous dans son exaltation, coupe mon père et lance :

« Ce n'est pas important, monsieur Bartel ! N'oubliez pas Mère Teresa ! Ne l'oubliez pas ! Si vous voulez changer le monde, rentrez chez vous et aimez votre famille ! »

Mon père soupire, lâche un désespéré « Nom d'un chien, Maria, reprenez-vous… », puis disparaît. Je prends sa place et gueule sur tout le quai : « Vit-elle encore, ta Mère Teresa ? Va chez elle ! Demande un miracle ! Un miracle, Maria ! » Elle lève les deux pouces en l'air, bouleversée.

*

Je commence à me droguer dans le train, à une heure de Varsovie, avec un comprimé cassé en deux de Lexomil, dont j'espère qu'il m'empêchera de défaillir face à la laideur de la capitale. Pourtant, à la voir plus tard défiler derrière les vitres fumées de notre van, je m'abandonne sans résister à une étrange énergie, jeune et décomplexée, rapace, qui anime les interminables allées bordées de gratte-ciel et de façades rénovées d'immeubles de l'époque stalinienne. C'est furieux ! C'est revigorant ! Depuis quand n'a-t-on pas ressenti une atmosphère si *véritablement* dynamique à Paris ? Gaspard siffle, impressionné. À l'aéroport, il me laisse fumer ma cigarette dehors et accompagne notre chauffeur, mon père et Warski, pour enregistrer nos bagages. Adam s'en va à la recherche d'une pharmacie. Je me planque dans une niche pisseuse, le dos appuyé contre un pilastre en béton, et allume le premier des trois joints susceptibles de me sonner jusqu'à Bombay. La peur m'emporte, me coince dans une espèce de frémissement, ou d'un imprécis pressentiment sorti de nulle part.

Au deuxième joint, mon téléphone se met à carillonner et affiche un numéro parisien que je ne connais pas. Quelqu'un du commissariat du 5ᵉ me demande si je porte bien le nom que je porte. Je sursaute ! Comment est-ce possible qu'ils soient si efficaces ? Je m'étrangle, considère mon joint d'un œil de condamnée et réponds par l'affirmative avant qu'on ne m'interroge sur la nature de mes relations avec monsieur Melchior Lavergne. Je soupire de soulagement. Sans vergogne. Sans pudeur. Droit dans le microphone. Attrape-moi si tu peux ! Allô, madame ? Oui ! Je braille de plaisir alors qu'on m'annonce la mort de Melchior. Êtes-vous là ? Je suis à Varsovie. Paris est donc mort… J'avais compris. Et je m'en contrefous ! Enfin, comment est-il mort ? Il s'est défenestré hier. Ah, Paris s'est suicidé. Sur le moment, j'ai envie de ferrailler de nouveau du fait qu'ils m'appellent si tard, mais je me tais. Au final, cela ne change pas grand-chose. Je pose toutefois la question. On me dit que mon nom et mon numéro de téléphone figurent sur la liste des personnes à prévenir, et qu'elle est longue. Est-elle alphabétique ? Non madame, et vous étiez à la fin. Je coupe la communication. Soudain, je ne ressens plus rien. Je n'en ai rien à cirer, de son saut d'acrobate. Rien ! Il ne faut tout de même pas à ce point déraisonner. Compter toujours sur quelqu'un pour nous rattraper au dernier moment. Alors, non ! On marche seul, on tombe seul, on s'écrase et on crève seul ! À moins d'un miracle. Mais cela n'existe pas vraiment, les miracles. Ou peut-être là-bas, dans *ce pays*, en Inde, allons voir… Et que ça scintille de joie ! Que ça brille de mille feux !

« J'ai eu le temps de goûter assez sérieusement à la sainte science de l'Inde. Et, en un sens, comme je n'ai pas une grande disposition mystique ni une grande faculté métaphysique, il vaut mieux pour moi partir au moment où je suis, de par les circonstances, au plus haut de l'enchantement. »

Pierre Drieu La Rochelle

« Tu ne pourrais pas être née à une meilleure époque que celle-ci où on a tout perdu. »

Simone Weil

India

Un miracle ne vient jamais seul. Ah non, jamais ! Mieux vaut ne pas compter là-dessus. Un premier en provoque un autre lequel en entraîne un suivant, et ainsi de suite, à déclencher une telle dégelée qu'il devient impossible de s'en défendre. Vite, on s'avoue bousculée, sonnée, sans moyens, sous un foisonnement à proprement parler ingérable. Des miracles par flottes entières, par bottes, par masses, par brassées, par constellations et par assemblées ! À peine respire-t-on sous l'avalanche. Si je l'avais su, j'aurais formulé autrement ma demande à Maria. Peut-être me serais-je limitée à tremper mon petit oreiller de larmes et à bêler mes romances à la Lune. Le pire c'est que Maria, interrogée à ce sujet bien plus tard, à notre retour, ne saura me dire à qui elle s'était adressée en particulier, priant pour la réussite de notre entreprise. Déconcertée par mon ardeur, et plus encore par le désarroi qu'elle jurera avoir vu poindre au coin de mon œil, alors que notre train s'éloignait de la gare de Cracovie, elle aura allumé des cierges à droite et à gauche, dérangé tous les saints patrons, couvert de fleurs les autels les plus insignifiants. Le résultat ? Prévisible : pas de responsables, à moins de désigner l'ensemble de la population céleste. Voilà ! En plus, un miracle vous prend parfois par surprise, la plupart du temps même. Il est là sans qu'on le sache, et on mésinterprète notre situation au point de croire vivre un enfer. C'est pourquoi je cataloguerai longtemps parmi les grandes épreuves de ma vie le miracle à l'origine de tous les autres : l'Inde. Ailleurs, notre aventure aurait connu un déroulement très différent, moins improbable, et se serait certainement terminée un jour. Or, elle se poursuivra des années durant, riches en merveilles, m'ôtera le moindre prétexte de me plaindre, me réconciliera avec l'idée d'un bonheur absolu. Bref, nous trouverons dans *ce pays* bien plus que nous n'avions jamais eu l'audace d'espérer.

Dans l'avion, je suis certaine de suffoquer dans un cauchemar. Sur les vingt et une places en première où nous parque mon père, treize sont occupées par la famille hindoue d'un employé d'ambassade de l'Inde à Varsovie. Nos voisins semblent proliférer dans les airs, se multiplier comme les bras de leurs divinités. Ils grouillent. Ils bourdonnent. Ils s'empiffrent de popcorn. Outrageusement décontractés, ils me titillent avec une tentative de convivialité à laquelle je me soustrais. Je dégringole dans une narcose pour en émerger à l'instant où Gaspard se fait tirer les paupières par une môme aux yeux de Krishna et aux doigts poisseux de guimauve, assise sur ses genoux. Il en jubile. J'en prends peur et un comprimé supplémentaire de Lexomil. « Ce n'est qu'une enfant, Gabriela. » Justement ! Offrir l'hospitalité à l'instinct biologique inscrit au plus profond du vivant depuis la nuit des temps, et que Gaspard laisse parler en lui, m'est de loin impossible parce que j'en suis dépourvue. Il ne l'ignore pas. Il s'agit du non-dit le plus explicite et définitif de tous ceux qui nous engagent, lui et moi. Éperdu dans ce qui a l'air d'un jeu mais n'est en réalité que l'expression irréfragable d'une aspiration souterraine à la paternité, Gaspard ne se refrène pas. Il n'inhibe pas. Il déborde, et tout naturellement. Pourvu que cela ne dure pas davantage que son incartade martiale à Cracovie.

Le cratère chimique tarde à m'aspirer. Je barbote dans des bruits, dans un environnement sonore adverse en tout à mon impératif de subterfuge. Glutineuse et bovine, j'ajoute au masque de sommeil rabattu sur mes yeux une paire d'écouteurs qui ronronnent le meilleur de la négritude berçante de Muddy Waters. Et d'un coup, je m'ébranle à l'idée d'être à ce point imprégnée des préférences de mon père, esthétiques en premier lieu, mais à y réfléchir, de tout genre, à commencer par celle du confort. Reconnaître mon père disposé à s'en affranchir me rassure. Son argent ne nous a pas corrompus outre mesure. Nous sommes encore des rêveurs vigoureux, des romantiques coriaces, avec ce qu'il faut de sentimentalisme, de foi et d'élans de l'âme nécessaires à sublimer l'égarement de ma mère. Car au fur et à mesure que nous nous éloignons de notre monde, nous nous rapprochons de l'éventualité que celui qui nous accueillera n'est en rien meilleur. J'y songe. Elle a dû y penser, elle aussi. Concevoir qu'elle ait pu se tromper, sans l'option de rectifier le tir, m'expulse de mon pré d'anxiolytique et me fait bondir sur mon siège. Quand j'arrache mon masque, je découvre qu'ils sont tous morts. Tous ! Même les enfants hindous, tellement paisibles, comme gazés, avec leurs mollets lisses qui dépassent de dessous les couvertures et pendent des fauteuils, parfaitement inertes. Gaspard gît, la tête renversée sur le coussin, les longs doigts de ses deux mains tressés sur la poitrine. Je m'accroupis sur le fauteuil, me penche sur lui, retiens mon souffle, n'entends que les moteurs. Réveille-toi ! J'ai l'impression de crier, mais je n'émets aucun son, et comprends alors que j'endure une forme de décalage interne. Les médicaments doivent interférer avec l'altitude et produire uniquement les effets secondaires : je suis coincée entre les deux, entre sommeil et éveil, dans un ralentissement muet. Gaspard ouvre la bouche, je respire. Il n'a rien, il dort, il est en vie. Je sors pour fumer. Qu'il y ait dans un si grand avion un petit trou quelque part par où évacuer la fumée me paraît évident.

« Ne faites pas ça, vous allez déclencher l'alarme. » À mon passage entre les rangées, la main de Warski intercepte la mienne, la retient et réquisitionne mon paquet de cigarettes. Il me faut un moment avant de comprendre ce qu'il est en train de faire. Et que, de nouveau, je suis plantée devant lui en sinusoïde, en phénomène ondulant, flexueuse et confuse. À l'entrée d'un nuage, je manque de chuter sur l'accoudoir du fauteuil en face du sien. En un mouvement agile, Warski change de place, s'assoit près du hublot et me cale sur son siège. J'essaie de lui réclamer mes cigarettes, quémander un comprimé de n'importe quel alcaloïde de force à m'anesthésier, ou qu'il fasse usage de son savoir, soit pour me sortir de mes miasmes soit pour m'y enfoncer, mais le résultat s'avère maigre : je lui présente la paume de ma main, dans la manifestation la plus intempestive de la mendicité. Il formule très clairement son refus, articule soigneusement et parle lentement. Non, il est désolé. Nous atterrissons dans moins de trois heures, il serait embarrassant que je ne sois pas en état de descendre de l'avion. Il vaut mieux taire ma peine à marmonner : « Je vais hurler. » Warski sourit. Perspicace, il me répond qu'il en serait étonné, étant donné mes troubles locuteurs, puis pose ma main sur l'appui-bras qui nous sépare. Sous l'effet de divers comprimés, je me laisse faire. De surcroît, au lieu d'exprimer ma consternation du fait que ma mère ait choisi l'Inde comme ultime destination, je constate : « C'est d'un ridicule… » Warski m'interroge du regard. Je continue à lutter, lève l'index et termine : « L'Inde. Ne croyez-vous pas ? » Ah, dit-il dans un lent soupir, puis ajoute tout près de mon oreille : « Arrêtez de vous détruire. » Cette fois, c'est moi qui soupire en préambule d'une réponse que je m'éreinte à prononcer : « Vous avez toujours le mot pour rire. » Je ne lui laisse pas le temps de riposter. J'enchaîne. Je vais droit au but, à mon rythme perturbé. Qu'il m'explique, en intime, ce qui a incité ma mère à s'orienter vers l'Inde précisément, à faire des milliers de kilomètres à la rencontre d'une chimère surannée. Ils ont dû en parler. Involontairement, je m'intéresse aux mains de Warski. Je les observe comme si je les découvrais, robustes et grandes, plus adaptées à étrangler des enfants qu'à les soigner, si différentes des mains racées de Gaspard. Une lumière bleue électrique aggrave le saugrenu de notre posture un brin gourmée et précautionneuse. Raide, Warski me surveille d'un coin de l'œil, prêt à intervenir au cas où je chercherais à quitter l'avion en plein vol.

« Avez-vous vu votre mère ces derniers temps, à l'hôpital ? Une unité de soins palliatifs, vous connaissez ? Un cancer généralisé en stade terminal, à quoi pensez-vous que cela ressemble ? Évitez donc d'être présomptueuse. Ce n'est pas vers quoi elle a fui qu'il faut regarder, mais ce qu'elle a fui. Quand vous serez en état de le faire, réfléchissez-y. »

Intérieurement, je jaillis de mon siège. En réalité, je me lève paresseusement, plus veule qu'une limace. Warski n'a pas à se dépenser pour me retenir et me faire retomber sur mes fesses. C'est à se demander si un jour nous parviendrons à avoir une conversation ordinaire. Je lui inspire une expression enragée. Il fulmine *pianissimo*. L'accoutumance est très difficile à combattre et je n'y arriverai pas seule, personne n'y arrive. Je sourcille : « Qu'en savez-vous ? » Il me dit que sortir de sa dépendance aux somnifères lui a pris un an, alors il en sait assez :

« Je vous en parlerais volontiers, sauf que vous êtes trop défoncée pour que vous puissiez vous en souvenir. J'attendrai donc demain, voire après-demain, et je vous dirai d'arrêter de prendre cette merde. »

Il faut reconnaître que l'alerte de Warski produit sur moi un effet notable, j'ai peur. Drôlement peur. Comme seulement on peut avoir peur d'un médecin doublé d'un toxico qui aurait réussi son sevrage, et dont on est épris étant soi-même un camé. C'est de peur que je lui souris, parce que j'ignore comment réagir autrement à sa condamnation à mort. Opportunément, une fois émergée de mes vapeurs, je ne me rappellerai rien, suivant sa prédiction. À l'instant même, je lui demande : « Est-ce la pire façon de mourir ? » Il me dit qu'on n'en meurt pas vraiment, et que c'est d'autant plus désagréable. Je rectifie, j'ai pensé au cancer de ma mère. « Il faut vous suivre… » Si c'est la pire façon de mourir ? Pas forcément. Pour commencer, deux cancers ne se ressemblent pas. Et puis, il y a la démence sénile, un tas de maladies neurodégénératives, alors les cancers, cela dépend, sinon *chez lui*, en oncologie pédiatrique, il n'y a pas pire que *chez lui*, même pas en néonatologie.

« Ah bon ? Pourtant, il paraît que c'est mignon, un bébé… »

Déphasée, j'écoute calmement Warski m'expliquer qu'il y a beaucoup d'abandons en néonatologie, que les parents ne s'attachent pas aux nouveau-nés impossibles à sauver, ce qui enlève la pénibilité qu'il y a à les gérer. Et puis, par définition, cela ne dure pas très longtemps, alors qu'en pédiatrie, c'est une autre affaire. Je tente de conclure : « De quoi voudriez-vous mourir ? » Warski tranche avec certitude, mise sur un infarctus. Il trouve qu'ils se présentent pas mal, les cardiaques trépassés, qu'il y a un côté blasonné à mourir d'un cœur rompu. Puis, c'est relativement rapide. J'acquiesce, c'est vrai. « Et vous ? », me demande-t-il par politesse. « D'une overdose, depuis ma plus tendre enfance. » Alors là, il explose !

« J'aurais adoré que vous me surpreniez ! J'aurais tant voulu que vous me traitiez de type sinistre ou de ce que vous trouveriez de mieux, pourvu que votre problème de drogues ne nous concerne pas ! Mais je crois aux miracles, alors cela viendra… En attendant, ne comptez pas sur moi pour vous enfoncer. Surtout, parce que vous êtes bien plus forte que moi et que vous n'aurez pas besoin d'un an avant de vous en débarrasser. »

Je tombe dans les vapes. Littéralement. Je m'effondre. Soudain, par quelque alchimie insondable, tout ce que j'ai avalé depuis Cracovie fusionne et me fond le cerveau d'un coup de matraque. Bam ! Qui d'autre, sinon Warski, déjà expérimenté, qui m'attrape, même si je ne garde aucune trace de cet incident en mémoire. Droit devant que je m'écroule, ou de côté ? Pas de précision là-dessus non plus. En l'occurrence, je manque de signaler à Warski que mon problème de drogues ne le concerne aucunement et que, par ailleurs, il m'aurait plu, à moi aussi, de bavasser de peinture plutôt que de ce qu'il se passe *chez lui*, en oncologie pédiatrique. Par quels moyens je parviens à réintégrer mon siège demeure un mystère entier. Gaspard me réveille à Bombay. Nous passons les contrôles bras dessus, bras dessous, en incarnation la plus déraisonnée donc la plus parfaite du miracle de l'amour, parce que mon engourdissement flagrant n'échappe à personne et que Gaspard n'en a pas honte.

*

Bénarès pulvérise tout. Par la chaleur, par l'odeur, par la surpopulation, par la misère, par la lumière, par le vacarme, par son folklore spirituel. Que du bizarre à la ronde ! Que du farfelu ! Un bazar indescriptible, et qui m'absorbe aussitôt. Je deviens triviale dès notre sortie de l'avion. Malgré ma lenteur, malgré mon air de mirage prêt à disparaître sous un coup de vent. Le plus suspect, et de loin, paraît être mon père. Dans son costume en lin écru à peine froissé, il aurait fait les riches heures de l'Empire colonial britannique. On le regarde. On le reluque. Limite, on le surveille. On m'ignore, au contraire. Je me traîne, indiscernable, dissimulée sous le bras de Gaspard, dont la chemise commence à coller à la peau moite de son dos. Notre premier défi, le voilà ! La transpiration ! À l'exception inexplicable de mon père, nous luttons contre la liquéfaction, tous les quatre que nous sommes. La détresse nous frappe à des degrés différents. Tant bien que mal, Adam réussit à stopper sa solubilisation à l'aide d'un chèche en coton ultrafin. Il se tamponne, comme s'il essayait de contenir une hémorragie. Prédisposé à supporter les fortes chaleurs, Gaspard résiste, même si les taches de sueur sur sa chemise s'élargissent. Warski coule et se noie. Je perle.

Quelques minutes plus tard, dans le minibus réservé par Maria, je frissonne, sans que la climatisation réglée à fond en soit la cause. Ah, non ! C'est de Warski que je frémis. De ce geste qu'il brouillonne, ramenant répétitivement ses cheveux en arrière. Gaspard badine sur ma chair de poule, frictionne mon bras, me propose sa veste. Je courbe mes épaules coupables, refuse qu'il me couvre. Il ralentit le mouvement de sa main, qui devient caressant, chamanique, guérisseur en un rien de temps. Comment justifier qu'il n'y ait qu'un seul mot pour décrire toute une palette chromatique de sentiments, d'affects, d'ardeurs, d'adorations ? Pourquoi ne regardais-je pas Gaspard droit dans les yeux, alors que je ne lui vole rien ? Absolument rien. Warski a ouvert un tout autre réservoir en moi. La main de Gaspard se ferme sur la mienne. Je lorgne ses doigts, son bras, son menton, ses sourcils, je descends d'un cran, sur ses yeux qui examinent une voiture à notre gauche, freinée comme la nôtre par la circulation apocalyptique. Et c'est seulement là que j'aperçois les pieds d'un cadavre, tant bien que mal fixé à la place d'un coffre de toit. Je m'en esclaffe. C'est quand même drôle, non ? Gaspard tressaille à mon rire. Adam me sourit nerveusement et hausse les épaules. En grand explorateur de l'Inde, on le croirait s'excuser de m'avoir accueillie chez lui avant le passage de la femme de ménage, au lendemain d'une grosse bringue. Warski se préoccupe, bien qu'il me soit impossible de deviner de quoi. Il se tracasse, c'est tout. Il se tourmente.

Je me rends compte que les hommes qui m'entourent, à l'exception de Gaspard, sont tous fous d'une femme qui a décidé de mourir dans une décharge. Le corbillard improvisé nous devance, les pieds du trépassé se présentent alors à nos yeux dans la plus parfaite reproduction de la perspective de *Lamentation sur le Christ mort* de Mantegna. Un brin macabre, fort surprenant, mais surtout archi-hilarant. Je continue à me marrer. Le bord de la route projette encore une autre image qu'on censurerait chez nous, celle d'un chien en putréfaction. Un vieux défèque près de sa carcasse. Je le remarque au dernier moment, avant qu'un bus cabossé de tous les côtés ne le dissimule. Gaspard m'ouvre une bouteille d'eau. J'en prends deux gorgées, même si je n'ai pas soif. Rien que pour le rassurer qu'il est indispensable, autant à ma survie qu'à mon bonheur. Parce qu'il l'est. Parce qu'il n'y a aucune raison qu'il en doute.

Parce que cela lui fait plaisir de le savoir. Et parce que je décide sur-le-champ de débloquer en sa faveur un fond secret de générosité sans bornes qu'il faudra que je me débrouille d'alimenter au jour le jour. Que reste-t-il à faire, sinon ? Vu comment ça se termine, pieds devant ou derrière, sur le toit d'une vieille Toyota, il n'y a pas à radiner. Un petit coup d'œil sur cette route et tout s'éclaircit : on a chacun son destin et on ne lui échappe pas. Voilà comment tout cela tient. Voilà la réponse à la question que je me pose depuis quelques minutes, à savoir : qu'est-ce qui fait que ces gens qui se déversent de partout et manœuvrent dans un foutoir monstre n'y laissent pas leur peau ? En tous les cas, pas dans des proportions qui seraient justifiables. Ils traversent sains et saufs la route sur laquelle on ménage plus les bêtes qui s'y égarent que les êtres humains. Ils survivent à leur misère, ils la supportent jusqu'au dernier jour. Cette piétaille incernable, agitée, surmenée par chaque minute de son existence, ignorante de nos fabuleux accomplissements en matière d'art, de nos plus stupéfiantes avancées scientifiques, de nos subtilités exposées dans les musées et les traités de philosophie, ne trouve nulle part de récompense immédiate, d'un semblant de soulagement. Enfin si, justement. Ça carbure à la foi ! Ça se démène à accomplir le prodige d'héroïsme qu'il y a à vivre sa vie, aussi insupportable soit-elle, sans trop se lamenter, car *c'est ainsi*. Bordel ! Il n'y a qu'une seule façon de se tirer de cette interlope affaire qu'est Bénarès, et peut-être tout le reste : admettre qu'il y règne un ordre parfait. Que sous l'apparence d'un chaos dément, d'injustice et de violence, se manifeste une organisation du monde suprême. Nous y sommes, dans cette minute improbable de notre vie, mon père, Gaspard, Warski, Adam, moi, parce que c'est dans le scénario. La preuve : le moins probable vient de se produire. Et il n'y a pas moyen de le contester, pas plus que de s'en échapper. Alors, chercher à comprendre pourquoi ma mère s'est enfuie dans *ce pays* n'a d'un coup que peu d'intérêt au regard de l'évidence qu'elle *a dû* s'y enfuir.

*

Ce qui s'apparente à une procession religieuse menée par un groupe d'hommes plutôt âgés, nus, et couverts de cendres, nous coupe la route. Il y a un aspect troglodytique dans leur allure, très impressionnant. À demi plongés dans une transe, ils semblent obéir à quelque appel cosmique, ne se laissent impressionner ni par les klaxons ni par les brusqueries des flics équipés de longs bâtons. La menace d'une bastonnade plane, mais ne se matérialise pas. Allez savoir comment, tout se tasse. Au bout de quelques minutes, le chauffeur nous suggère de descendre et de parcourir à pied les trois cents mètres qui nous séparent de l'hôtel. Il ira y déposer nos bagages dès la reprise de la circulation. Dehors, le vacarme cogne plus durement que la fournaise et l'odeur de la viande grillée. L'air est grisâtre, malgré une luminosité infuse. Je ferme la portière derrière moi et manque de me faire percuter par un scooter lancé à contresens. Vlan ! À un doigt ! Gaspard se met à gueuler après le conducteur, jusqu'à ce que Adam l'en dissuade. Il n'a pas encore compris, Gaspard. Qu'on gueule ou pas, les choses se produisent quand elles doivent se produire ou ne se produisent pas quand ce n'est pas le moment. Emporté, tout en éruption colérique, il m'empoigne l'avant-bras : « Tu ne me quittes plus d'une semelle, compris ? » Warski en rajoute, nous sermonne de ne pas nous approcher des chiens et encore moins de les toucher. Je soupire, il riposte : « La gale c'est disgracieux et long à soigner. » Lui non plus ne se doute pas que cela ne fonctionne pas comme ça. Qu'ici, le nombre de précautions à prendre pour survivre raccourcit la vie au moins autant que les dangers qui la guettent. Il faut s'y jeter, c'est tout. Cela étant, je ne conteste pas. Alors, vraiment pas. J'obéis, cela plaît à tous. Nous avançons en procession, nous aussi, à croire qu'il n'y a pas d'autre façon de se déplacer dans *ce pays*. Son panama enfoncé sur le front, mon père ouvre le cortège, suivi d'Adam, de Gaspard, de moi-même et enfin de Warski. Entre des déments qu'il nous faut nous frayer un chemin, parmi les curieux, les marchands, les rickshaws à l'arrêt, les escadrons de bicyclettes déglinguées, les chiens endormis n'importe où, et le bétail, sous les cris stridents des gosses qui courent après un coq pris au piège d'un caniveau gluant. J'enregistre, sans sourciller.

Pourtant, il faut voir notre hôtel. Seigneur ! Il y a de quoi s'énerver. C'est encore du romanesque. Tandis que je m'attends de la part de mon père à un rassurant Marriott, il me surprend avec une imposante bâtisse d'une blancheur immaculée, comme portée en caution supplémentaire à son prestige architectural, à sa façade austère qui permet d'imaginer un ancien usage militaire ou administratif. En marbre opalin veiné de jaune pâle, le vaste hall donne sur un grand patio avec un jardin et une fontaine. Soudain on s'y immobilise dans un silence, peu s'en faut, inquiétant. Le maître d'hôtel l'interrompt, en nous souhaitant la bienvenue et tout le tralala en extension du traditionnel *namaste*. Dès qu'il s'éloigne, élancé et élégant dans son *sherwani* bleu, invitant mon père à le suivre pour régler les formalités à la réception, un bavardage dans l'escalier ramène un désagréable écho de drames scandinaves. Une dizaine de Suédois apparaît, se dirige vers la sortie, sans doute des néo-quelque-chose, mais quoi ? Minimalistes et sophistiqués en diable, tout maigres, ils nous ignorent avec superbe. Mon père nous appelle. Nous sommes logés au troisième étage, où un ascenseur de l'époque coloniale est prêt à nous lifter en deux fournées, faute de place pour accueillir tout le monde. Gaspard et Warski décident de monter à pied et arrivent premiers. Commence alors la chamaillerie autour de l'attribution de nos chambres, dont toutes sauf une donnent sur le Gange. Adam se prévaut de sa connaissance du pays et insiste pour se priver de la vue au profit de Warski. Ah, le Gange, il le contemplait à souhait et même au-delà ! Je m'impatiente, qu'ils en finissent avec leurs civilités, pressée de prendre une douche. Nous nous dispersons enfin, Adam relégué au fond du couloir, mon père à trois portes de distance, et Warski en voisin d'à côté.

*

Je m'étonne que ce soit lui qui frappe quelques minutes plus tard, alors qu'à peine le seuil franchi, Gaspard et moi tombons dans une hébétude niaisement enchantée, badaude, bas de gamme, devant la lumière qui submerge la pièce depuis le fleuve et une vaste plaine sur la berge opposée. Il y a quelque chose d'à la fois infiniment douloureux et apaisant dans sa lenteur à touiller les atomes de poussière en larges cercles féeriques. Tandis que je cherche une référence, car l'atmosphère de cette lumière m'obsède depuis longtemps, Gaspard récite les scènes de résurrection des morts qui lui viennent à l'esprit : celle de Victor Mottez, ou cette autre, vaguement préraphaélite, de Louis Janmot, et surtout celle, très rococo, de Sebastiano Ricci. Impressionnée, je lui demande s'il entend, lui aussi, les coups à la porte. Gaspard ouvre à Warski comme s'il l'attendait, l'invite à s'asseoir, nous sert des verres d'eau pétillante qu'il sort du minibar. Un mauvais pressentiment me retient debout, près de la porte-fenêtre de la terrasse. Il s'y trame quelque intrigue trouble. Allons, qu'on en finisse avec ces balivernes, et vite ! Précautionneux et excessivement poli, Warski me propose un marché : en échange de ma pharmacie que je lui confierai, il s'engage à me fournir un calmant qui ne soit ni abrutissant ni addictif, ainsi qu'à tenir Adam à l'écart, ce qui nous évitera un tas de tracasseries. Pff… Placide, je demande à qui revient l'initiative du projet. Gaspard rechigne à se dénoncer, à croire qu'en sus, ils se sont entendus pour rester solidaires face à ma prévisible réaction de refus. Au final, il craque et se justifie au mieux :

« Je n'y aurais pas pensé… sauf que je n'ai pas été le seul à m'apercevoir que tu partais en vrille, Gabriela. Konrad a su anticiper. Il en a les moyens et c'est tant mieux. Tu ne tiens plus debout, il faut trouver une solution, alors… »

Alors ? Je suffoque. Alors, nous l'avons eue la solution. Rester à la maison, c'en était une, et merveilleuse. M'éviter de passer deux jours dans des avions, aussi. Tout comme persuader ma mère de mourir de manière plus conventionnelle, et Melchior de décaler son suicide. Debout, en effet, je ne tiens plus. Pam ! Je m'effondre dans le fauteuil et me mets à déverser des hectolitres de larmes qui imprègnent mon jean, puis coulent sous le pansement de ma main à mesure que j'essaye de m'essuyer le visage. Warski me parle. Gaspard me parle. Tous les deux me rassurent, comme s'ils s'étaient lancé un défi. C'est éprouvant pour chacun, je n'ai pas à m'en faire parce que je m'en sors fort bien. Bravo, Gabriela ! Reste que je suis la seule à m'en sortir camée, ce que je reconnais en toute indépendance d'esprit, même s'ils s'outrepassent à me le faire comprendre. Gaspard trouve la parade : rien ne nous empêche de rentrer par le premier vol. Warski approuve, prêt à applaudir. Je les remercie tous les deux, leur propose de garder ce qui leur ferait plaisir de ma trousse de toilette dès que nous récupérerions nos bagages, sans aucun échange. Je ne veux pas de leurs calmants, pas plus que de leur tutelle. Merci. C'est là que Warski me tire dessus à bout portant :

« Il serait idéal que nous nous fassions confiance dans cette histoire, mais vous savez mieux que moi comment ça marche. Je garderai donc votre arsenal et vous pourrez toujours me réclamer votre calmant. Si cela suffit, Adam ne saura rien.

— Pourquoi vous a-t-il fallu ma permission, puisque vous vous en passez ? »

Sur ce, je me débine dans la salle de bains, claque la porte, ouvre le robinet de la douche et entend Warski beugler que mon accord simplifierait grandement quelque chose, je n'entends plus quoi. Et je m'en mousse ! Je m'en contrefous ! Depuis quand me simplifie-t-on la vie, à moi ? L'espèce de capon ! Soudain, je prends peur qu'à deux, ils deviennent ingérables. Réunis, Gaspard et Warski s'avèrent de loin plus redoutables que ma mère, dépourvus de sa naïveté à mon égard. Ma mère a sagement cessé d'être trop regardante. Eux sont au début du parcours, bourrés d'énergie, curieusement coopératifs, *déterminés* serait le mot. Ils œuvrent de concert pour améliorer ma qualité de vie, ce qui lance tous mes voyants au rouge. Qui aurait prévu une telle tournure de cette coalition d'hommes ambivalents ? Sincèrement ! Je m'emmaillote dans le peignoir et mets la tête dehors. Gaspard est seul et fume une de mes cigarettes devant nos bagages défaits, ma trousse de toilette éventrée droit dans son viseur. Il me considère d'un coup d'œil coupable, mais qui se croit légitime :

« Je suis dépassé, Gabriela. Tu aurais fait quoi à ma place ?

— J'irais prendre une douche. »

Piqué, il se lève, se déshabille à toute vitesse, jette ses affaires dans le sac à linge sale, puis s'enferme dans la salle de bains d'où il crie : « Tu m'en veux ? » Je ne sais pas lui en vouloir, même quand il me complique l'existence. « Non ! » Je le rassure, tire trois fringues propres de notre valise, les enfile et sors en lui laissant un mot gribouillé sur le bloc-notes avec l'entête de l'hôtel : « Je rentre tout de suite. » L'angoisse de me retrouver avec trois misérables comprimés de-je-ne-sais-plus-quoi, qui traînent au fond de mon sac à main et qu'ils n'ont pas ramassés, m'emporte à la diable. Je déboule de l'escalier, fends le hall opalescent et silencieux jusqu'à l'irréel, ramasse une carte de Bénarès sur le comptoir de la réception et fuse dehors. En trois enjambées ! Plus éveillée qu'au premier instant de ma vie.

*

Dans le taxi que j'arrête, réfractaire à l'idée de monter dans un rickshaw, pourtant plus rapide, je respire par saccades. Je halète non pas d'effort mais d'épouvante : Imagine que tu ne réussisses pas à acheter un peu d'herbe pour ce soir. Imagine la nuit qui s'ensuivra. Imagine que tu ratisses cette cité à la recherche de ta mère, dès demain matin, à jeun, tout au plus avec un demi-paquet de tes superlongues dans le cerveau et une tasse de café noir. Imagine la misère de tout près, sens son odeur. Imagine qu'ils t'approchent, qu'ils te touchent, qu'ils t'effleurent, tous ces gens qui se finissent à même le sol, et ceux qui grouillent autour, et ceux qui prient, et ceux qui quémandent, et ceux qui crachent, et ceux qui éructent, et ceux qui crèvent de faim. Imagine qu'il faille désormais te considérer privilégiée, que tu n'as plus le droit d'ouvrir ta petite gueule pour pleurnicher, parce que ta place confortable dans l'ordre suprême du monde relève d'un miracle. Imagine que ta vie est un miracle. Oh, Seigneur, je manque d'air ! Je m'étrangle sur un rond-point bloqué de toute part par un bouchon monstre. J'étouffe. Et quand je baisse la vitre, sachant que cela fera entrer la chaleur et le bruit, je repère Warski dans un taxi qui se fraie le chemin à trois voitures de la nôtre.

Qu'est-ce qu'il me prend ? J'explique au chauffeur le changement de trajet. Désormais, nous suivrons le taxi blanc devant nous, de la même compagnie, et qui s'apprête à bifurquer dans une ruelle parallèle. Il en jubile. D'abord, il ne savait pas où nous allions, parce que j'avais oublié de le lui dire, alors que maintenant, c'est clair. Il ne roule plus pour rien. Ensuite, il trouve ma demande très amusante, lève le pouce vers le haut et termine dans une marrade : « *Like in a movie !* » Exactement comme dans un film. En avant la musique ! Si ma vie n'est pas un miracle ! J'aurais pu tomber sur un conducteur moins intelligent et réactif. Il écrabouille une douzaine de bagnoles, manque de percuter un cycliste, renverse un scooter garé aux abords du rond-point et rattrape la voiture de Warski. Nous roulons alors le long d'une importante rue commerciale, puis suivons une avenue où le trafic est presque fluide et se déverse aussitôt dans une voie rapide. Hou, Warski ! Avec son goût du secret, ses mensonges, ses arrangements, il aurait peiné à me convaincre de filer à un rendez-vous professionnel, le soir de son arrivée. Le début d'une migraine me serre la mâchoire, je me lime les dents de douleur. Il y a, outre la surdose d'anxiolytiques de la veille, l'appréhension de revoir ma mère dans quelques minutes. Parce qu'il est peu probable que Warski se presse d'aller ailleurs qu'à sa rencontre. Le demi-tour que fait sa voiture pour le déposer devant un Radisson illuminé de tous ses feux ne m'incite pas à changer d'avis sur la question. Je descends à l'écart, prie mon chauffeur de m'attendre, et m'approche de l'hôtel à pas de chasseur. Je sais faire. Warski s'investit dans une discussion avec le réceptionniste, lequel finit par lui montrer une carte et indiquer une direction. Je m'avoue perdue. Je l'attends dehors en allumant une cigarette. Quand il tombe sur moi, pensif et renfrogné, nous sommes trop abattus, l'un comme l'autre, pour une explication animée. Je lâche mollement :

« Comment avez-vous déjà formulé la chose ? Il serait heureux que nous nous fassions confiance... Enfin, elle n'est plus là, c'est cela ? »

Même si, à me regarder, on ne peut se douter que j'ai grandi dans un pays totalitaire, j'en garde l'esprit et les méthodes. Warski le constate sur un ton résigné, avant d'allumer sa cigarette et de poursuivre :

« Non, elle a pris un bateau et descend le Gange. Sa cabine a été réservée jusqu'à Calcutta.

— Nous n'avons donc aucune raison de la chercher à Bénarès. Et comment pensez-vous l'expliquer à mon père, sans quoi nous perdrons une semaine ici ? »

C'est apparemment la cause principale du découragement de Warski. Il en fait une grimace terrible. Un verre, nous en parlons, et rentrons ensemble avant que tout le monde ne soit alarmé de notre absence ? Sa proposition me tente, mais j'ai une autre urgence à régler.

« Au fait, j'ai droit à mes antidouleurs, n'est-ce pas ? Vous me les avez pourtant confisqués.

— J'aimerais savoir quel génie vous a prescrit des antidouleurs à base de morphine pour un poignet cassé. Savez-vous ce que vous avalez comme des bonbons depuis quelques jours ?

— J'ai appris à lire avec le Vidal de ma mère. Et je déteste les bonbons. »

Warski écume en silence. Ne réagit qu'au moment où je le plante et retourne retrouver mon chauffeur : « Attendez, vous n'allez quand même pas rentrer seule ! » Je traverse la rue en courant, car je doute qu'il puisse me donner une bonne raison de ne pas rentrer seule. Retenu par le passage des autocars Warski me perd de vue. J'en profite. Je regagne le taxi et lance au chauffeur : « *Ganja !* » Il s'esclaffe. De tous les touristes de la journée, je suis sa préférée. Cela me vaut un hit-parade de la plus récente production *Made in Bollywood* dont il fait résonner la voiture à m'en éclater la tête.

Je réserve une pensée attendrie au génie de Chalait, médecin de son état, que cela plaise ou pas à Warski. Il fallait mieux cacher ses bonbons. Que j'en aie le début d'une tremblote, une bouche sèche comme si je traversais le désert à quatre pattes, et la sensation qu'on m'écrase le crâne dans un étau, me paraît parfaitement secondaire. J'interroge mon chauffeur : « À quelle distance se trouve Calcutta de Bénarès ? » À une journée de voiture, si Dieu le veut. À supposer que Dieu ne le veuille pas ou qu'on décide de se déplacer en bateau ? Ah, cela peut prendre une semaine. Me voilà renseignée. Sans un chauffeur de confiance dans une ville étrangère on n'est rien, voire moins que rien. Dans le centre où le mien s'arrête, je retire un paquet de fric du distributeur, le rémunère grassement, et demande son numéro de téléphone qu'il s'empresse de griffonner sur la carte de visite de sa compagnie. Charitablement, il gare la voiture et m'accompagne sur une cinquantaine de mètres, jusqu'à un croisement d'étroites ruelles piétonnes. De là, je n'ai qu'à garder le cap sur le fleuve et je trouverai ce que je cherche.

*

Désorientée trois pas plus loin, j'erre dans la fumée qui stagne à hauteur d'homme, serrée et mordante. Je l'associe à celle des bûchers funéraires, pour finir par comprendre sa nature composite. Il y a un peu de grillades mortuaires, un peu de pollution, un peu d'émanations des milliers de feux allumés partout, dans les gargotes, les chapelles, les huttes, les habitations, les campements improvisés. Les autels se dressent dans des endroits improbables, dans chaque espace non occupé, entre deux échoppes, sur le reste d'une maison démolie, dans la cavité d'un arbre mort, tous dédiés aux dieux qui ont peuplé mon enfance. Une figurine de Ganesh, en relief sur le fronton d'un temple modeste, me rappelle soudain que dans certaines parties de l'Inde on lui attribue le pouvoir de supprimer les obstacles. « Pourquoi a-t-il une hache, maman ? » La réponse de ma mère se veut assez proche du récit original : « Pour menacer la tristesse et la colère quand elles s'approchent de lui. » Plus tard, j'ai découvert que la hache servait à se défaire des attachements, et donc à supprimer l'agitation et les déceptions. Quoi qu'il en soit, ma mère m'a rendue plus cinglée que je ne l'étais à la naissance. Sans offrande à la main, j'y entre, pieds nus comme il se doit, laissant mes chaussures à l'extérieur. L'encens embaume avec une telle violence que je me mets à éternuer avant de m'asseoir par terre sur les talons. Ganesh ne me parle pas davantage que Dieu n'a parlé à Gaspard chez les Franciscains. Peut-être nous y prenons-nous mal. Peut-être cela ne vient-il pas du dehors mais du dedans, et qu'en définitive, il n'y a qu'à guetter l'arrivée d'un dieu au fond de soi. Le sang bat contre mes tempes à tout berzingue. J'essaye de me contenter sagement du miracle d'être vivante et même bien plus vivante que la majorité des vivants. En un sens, je suis une sur-vivante qui passe son temps à courir après sa sur-vie. Vas-y, lève-toi et trouve de quoi faire paraître le miracle de ta vie moins angoissant. Va chercher ta dope, pauvre enfant !

À la sortie, plus trace de mes chaussures. Je tournique sottement, je trépigne, je m'agace. Et puis, merde ! On ne me les rendra pas. Je continue mon chemin pieds nus, sans détonner grandement de la population. Chaussée ou pas, de nouveau je passe inaperçue, parfaitement ordinaire. Une vache s'arrête devant une boutique de téléphones mobiles d'où un homme émerge pour lui donner une galette de pain. Elle n'attend pas de l'avoir finie avant de se présenter à la porte d'à côté, d'où la main d'un autre homme lui tend une autre galette. Contente, elle fait sa tournée, je la suis. Soudain, l'odeur du hachisch, reconnaissable entre mille, me monte aux narines, à une intersection enguirlandée par des câbles électriques. Tout s'accélère en moi. Tout bouillonne. D'où cela vient-il ? En plein milieu, un singe accroupi par terre bouffe une tomate. Il l'épluche, crache la peau par terre, puis fait un geste comme s'il m'indiquait de tourner à droite. Es-tu sûr que c'est par là ? Il a une gueule bien friponne, le macaque, et un regard de pyromane. J'obtempère, la racaille locale ne peut pas se tromper. Cinquante mètres plus bas, au pied d'un gîte pouilleux anobli d'une fresque de Shiva, je tombe sur un groupe de Néozélandais plus jeunes et infiniment plus décontractés que moi. À peine discernables dans les vapeurs terreuses et acides, bleues et veloutées, de toute beauté, ils habitent une autre dimension depuis longtemps. Je salive abondamment. Ils me proposent un grand sachet en échange d'un billet sans préciser sa valeur. Pressée, je m'aligne sur les prix parisiens. Ils y ajoutent alors une poignée de joints déjà roulés et nous nous quittons en zombies pacifiques.

*

Au débouché d'une ruelle, le panorama du Gange en contrebas ferme la perspective. Illuminé de bougies flottantes, le fleuve semble vivre l'heure de l'agitation du soir que je découvre pleinement en descendant l'escalier du *ghât.* On y crie à tue-tête, on y coupe du bois, on y tape sur des tambourins, on s'y baigne comme on y fait sa lessive qui sèche à côté, étendue sur les berges en pierre. Pas de cadavres ici, donc pas beaucoup d'Occidentaux non plus. Je m'arrête, ne pense rien de ce que je vois. Le coucher du soleil ressemble à s'y méprendre à cette hypnotisante installation d'Olafur Eliasson, qui m'a fait revenir plusieurs week-ends de suite à Londres où je l'ai vue à la Tate Modern, en 2003. Il y a le même magnétisme, la même lueur sibylline qui veut peut-être dire « Venez mourir en moi » ou « Vivez éternellement » ou encore « Oubliez-vous ». Il est tout autant probable qu'elle ne veut rien dire du tout. Qu'il n'y a pas de message. Que ce fut conçu afin de produire une émotion, pas une promesse. Comment ma mère a-t-elle pu souhaiter un tel artéfact pour dernier décor ? Il y a peu de temps encore, je l'aurais imaginée en rire. De quoi déduire que, à l'approche de la mort, le kitsch ne se refuse pas, tant il distrait l'âme, tant il la dorlote.

Ne regarde pas ! Ne tourne pas la tête ! Passe ! Je passe. Sans avoir lorgné l'un des *ghâts* réservés aux crémations. S'ils pensent m'impressionner avec leur danse macabre, avec leur barbecue funéraire, alors ils se trompent. Leur parc d'attractions ne me fait ni frémir ni trémousser. Non que je ne sois curieuse de comprendre pourquoi on y vient du monde entier pour voir le phénomène le plus répandu qui soit… Y a-t-il un endroit au monde où on ne meurt pas ? Alors ! Ce qui me paraît donc de loin le plus intéressant, ce ne sont pas les morts, mais le spectacle des vivants qui regardent les morts. À l'occasion, je ne manquerai pas de m'arrêter. Je suis les berges vers le sud, ce qui devrait me permettre de rejoindre l'hôtel. Un vieux, bien amorti par la besogne, confectionne des galettes de bouse de vache avec un sérieux digne d'une fonction ministérielle. Puis un autre, et un autre encore, un peu plus loin. Ça fait une petite manufacture. Ensuite, une estampe admirable me stoppe net : un *sadhu* tout jeune se tient assis sur une marche. Il a la barbe noire et de longs cheveux noués en un chignon de la taille d'une deuxième tête. Ses hanches sont drapées d'une étoffe de coton couleur safran, très propre. Entre ses jambes croisées, une vache blonde blottit son museau et le dévisage avec un amour débordant, qui bavoche sur le monde. Voilà une image rassurante du voyage à envoyer à la famille. Je m'approche d'eux, l'homme m'ignore. Pourtant, il me plairait bien de m'asseoir à côté de sa bête pour fumer.

« Si je parlais votre langue, je vous demanderais à quoi vous sert une montre, mais parce que nous ne nous comprenons pas, je voudrais juste me poser près de vous. Êtes-vous d'accord ? »

Je m'adresse en français au saint homme, lui montre, en guise de bakchich, le grand joint offert par les Néozélandais. Il n'en veut pas, mais comprend que je souhaite me poser à leur côté. Sa vache sent bon le fumier et se laisse caresser. Je n'attends pas la permission de son propriétaire, m'adosse à sa panse rebondie, allume mon pétard. Nous ne sommes pas pressés. Le dieu niché dans l'herbe est puissant et muet comme n'importe quel autre. Il y a bien longtemps que je ne me suis pas anéantie avec une telle intensité. Ah, que Bénarès me fait rire d'un coup ! « Qu'y a-t-il de sacré dans tout cela, franchement ? » Le *sadhu* me répond sur-le-champ : « *All.* » Sans blague. Je sourcille. Je m'accroupis devant lui et je le prie de répéter. « *All, all…* » Alors là, je ne tiens plus ! Je m'agite dans tous les sens :

« Avez-vous compris la question ? Je vous demande ce qu'il y a de sacré dans tout cela et vous me dites que tout l'est. Dans votre mauvais anglais, mais vous l'avez tout de même dit. Sommes-nous d'accord là-dessus ? Tout est sacré ? Tout ?

— *All* », s'obstine-t-il.

Voilà qui est réglé ! Je le remercie, chamboulée et inexplicablement heureuse. Que tout soit sacré, me paraît être une très bonne chose. Qu'en faire ? Je n'en ai pas la moindre idée, mais je respire par tous les pores et déplace mes pieds nus quelques centimètres au-dessus des tas de détritus dans lesquels j'aurais été obligée de barboter si tout n'était pas sacré. La silhouette de l'hôtel me guide. Comme tout cela est bien huilé ! Alors même que l'usure, et la grande tristesse qui en dérive, frappent aussi cet endroit, et que l'exaltation qu'il suscite a quelque chose de désespéré, tout est tranquillement sacré.

*

« Ah, c'est formidable ! Formidable ! » Dès qu'il m'aperçoit pénétrant dans le hall, Adam bondit de son fauteuil, se rue sur moi et me serre dans ses bras. Tout le monde me cherche depuis trois heures. Je me défais de son étreinte, insensible à la panique causée par ma promenade : « Dis-moi, crois-tu que tout est sacré ? » Pris au dépourvu de mon sérieux, Adam cherche maladroitement à s'en désenlacer : « Ah, c'est un sujet à vraie discussion... » Non, ce n'était pas sujet à discussion. Sûrement pas. Soit tout est sacré, soit rien ne l'est, mais cela ne relève pas d'un débat. Embarrassé, il m'interrompt. Considérons que la quiétude des autres est sacrée, alors en premier lieu, il tient à prévenir mon père, Gaspard et Warski de ma réapparition, après quoi il sera à ma disposition. Quand il est déjà au téléphone, je lui montre du regard la terrasse où je pense m'installer. La quiétude, nous en trouverons, et grâce à moi. Je fais une halte dans la chambre pour me rincer le visage et prendre le papier à rouler.

Depuis le toit panoramique occupé par un restaurant désert, la vue englobe une large part de la ville en amont du fleuve, là où, tout à l'heure, je me suis reposée auprès de mon ascète à montre au poignet. Adam m'y rejoint aussitôt, incommodé par quelques taches de sang qu'il me jure avoir repérées dans l'ascenseur. Cela m'indiffère. Je suis déjà à l'œuvre, en train de donner le dernier coup de langue à la feuille imbibée de colle, avant de lui tendre le joint. Il se défend de l'allumer. À quoi bon s'user à mener des batailles pour la légalisation en Pologne, alors qu'on ne fume pas soi-même ? Adam s'explique sur son engagement en faveur de l'usage thérapeutique du cannabis, qui n'a toutefois rien à voir, tient-il à souligner, avec l'usage récréatif à propos duquel il n'a pas d'avis tranché. Au final, il ne refuse pas une bouffée, puis une deuxième.

« De toute manière, tu ne réussiras pas à me convaincre que vous n'avez rien essayé à l'époque, pendant vos stages là-bas, dans la forêt...

— Là-dessus, tu te trompes complètement. L'objectif était tout autre et même contraire. Grotowski essayait d'obtenir de nous un état similaire à celui que procurent les drogues, mais sans y recourir, uniquement par le biais d'exercices. La respiration, dont je t'ai parlé déjà, c'est tout ce qui venait vraiment de lui, le travail sur le corps. Et puisque tu me demandais si tout est sacré, il considérait que le corps l'est et que nous nous devions donc de le respecter. Quand elle apparaissait, la nudité avait une signification. Je ne dis pas qu'elle était totalement affranchie de tensions libidinales. Nous étions jeunes, beaux, en bonne santé, et nous nous baignions nus dans un étang… Mais cela n'avait rien de revendicatif, ni d'idéologique, et encore moins de licencieux.

— As-tu couché avec ma mère ? »

Adam marque une pause. Ah, il m'en veut pour cette grossièreté ! Il détourne le regard, saisit le bras de son fauteuil en rotin et se met enfin à me parler, de cette voix qui était la sienne autrefois, avant qu'il n'entreprenne une carrière de super-coach en développement personnel.

« Comment peux-tu me poser une question pareille ? Premièrement, je n'ai pas à y répondre parce que cela ne te regarde pas. Deuxièmement, tu n'as décidément rien compris de ce que je viens de dire. Raison pour laquelle nous avons décidé, ta mère et moi, de ne plus jamais parler de Brzezinka. Nous nous doutions bien que c'était une expérience incommunicable. »

Alors il n'en reste rien, si elle est incommunicable. Pourtant, il me plairait tellement qu'il me la communique, vu qu'elle pourrait expliquer, du moins partiellement, notre présence ici. Ma remarque l'agace, sans le défier. Il se contente d'affirmer : « Cette expérience est restée en nous et elle compte. » Mais de quelle manière ? Je m'impatiente. Les pupilles explosées, Adam parvient tant bien que mal à formuler l'adjectif « substantielle ». Ensuite il devient très loquace et, par-dessus tout, sincère :

« Ta mère n'a jamais été une femme avec laquelle on pouvait coucher. Cette réponse devrait suffire à ta question précédente. Mais l'essentiel, c'est ce que nous avons gardé de cette période, la loyauté. Wanda m'aurait ouvert sa porte à trois heures du matin si j'en avais eu besoin et sans poser de questions. Cela n'a pas de prix. Il y a des choses sacrées, en effet. Tout le serait ? Il est périodiquement à la mode de le croire. Souviens-toi du poème de Ginsberg… En tout cas, ma relation avec ta mère est de cet ordre-là, sacré. »

Le vent nous apporte une forte odeur de mort et d'épices. Le soleil se présente sous la forme d'une ligne orangée superposée à celle de l'horizon. Un serveur paré comme un maharaja apparaît avec de petites lampes à huile qu'il dépose sur les tables. Nous lui commandons deux jus de mangue. L'homme fait mine de ne pas sentir mon joint et ne se formalise pas plus de me voir balancer les jambes à travers l'accoudoir du fauteuil.

« Adam, si tout est sacré, cela aurait de quoi changer nos vies, n'est-ce pas ? J'ai rencontré un *sadhu*. Je lui ai posé la question en français. Je n'attendais pas de réponse, mais il m'a répondu en anglais et m'a dit que tout est sacré… Tout ! »

Adam se rapproche de moi avec ce quelque chose dans l'œil que j'appellerais un effort de concentration, me demande ce qu'il a dit exactement, mon *sadhu*. Je répète : *All.*

« Et cela veut dire quoi, *all* ?

— *All*, voyons… nous tous, et par extension toute chose, absolument tout ! On s'en fout de la grammaire ! Il a dit *all*, je te jure. »

Sous le regard dubitatif d'Adam, une note de désespoir se glisse dans mon plaidoyer et finit par me nouer la gorge. Après que nos jus de mangue nous ont été servis, Adam poursuit d'une voix qui ne se veut ni rassurante ni apaisante :

« Je ne me souviens plus du commencement de ce poème de Ginsberg… *Everything is holy. Everebody's holy… Everywhere is holy…* Wanda l'adore. Ton *sadhu* ne parlait pas un mot de français, mais en parlait-il davantage en anglais ? La question est là. Tu as entendu *all*, parce que tu as eu besoin de l'entendre. Et pourquoi as-tu eu besoin de l'entendre ? »

Je ne sais quoi répondre. Je ne suis même pas certaine de savoir ce que veut dire *sacré.* Pourtant, il est vrai, je me suis attachée à l'idée que tout le soit. En dernier recours, je propose à

Adam de retrouver mon bonhomme et vérifier s'il parle anglais ou non.

« Gabriela, cela n'a aucune importance de savoir s'il parle anglais ou pas, s'il croit que tout est sacré ou pas. Oublie ton *sadhu*… Cherche à savoir pourquoi tu veux que tout soit sacré. Cela signifie quoi pour toi ? Je sais très bien que tu me prends pour un con. D'accord, je raconte aux gens ce qu'ils ont besoin d'entendre. Mais pas à toi.

— Penses-tu que je pars en vrille ? »

Adam cafouille. Il n'a pas la main légère en ce qui concerne les prescriptions. Pourtant parfois il n'y a pas d'autre solution, même si c'est malheureux. Sa grimace laisse sous-entendre que j'en suis là, dans ce *parfois* qui exclut un autre choix que médicamenteux. Le miracle se produit alors : je renonce à la dope. D'un coup ! D'abord au fond de moi, dans un vertige de pouvoir sur moi-même, ensuite dans une longue formule déclamatoire par laquelle j'envoie Adam balader avec sa came légale qu'il me propose, qu'il insiste même que je gobe. Ma fière tartarinade ne paraît pas le surprendre. Il a les oreilles repues de mes professions de foi prononcées à moult reprises. Sauf que, celle-ci est la bonne, la définitive, la sacrée. Merde !

« Ces passages d'un extrême à l'autre réussissent rarement à long terme, Gabriela. Il s'agit de nous épargner ta grande crise, surtout dans des circonstances… tu as rendu Gaspard fou d'angoisse. Il culpabilisait, pensait que tu étais partie parce que vous vous étiez disputés. Alors, il faut prendre en compte plusieurs facteurs et arrêter plutôt ta fumette. Tiens, Edward rentre. »

*

Impressionnant d'allure, droit, avec sa veste suspendue dans le dos à un doigt et son panama incliné vers l'avant, mon père traverse la terrasse. À deux pas de la table à laquelle nous sommes assis, il lance à Adam qu'il lui doit un whisky. Quand j'appréhende son soupir désappointé, il pose simplement sa main sur mon épaule, tout attendri :

« Les femmes Bartel s'égarent, mais se retrouvent toujours. À force, je me demande si elles ne le font pas exprès, rien que pour le plaisir de nous voir courir. Mais à partir de demain, j'aimerais que nous nous en tenions à un minimum de discipline et que nous nous informions les uns les autres de nos vagabondages en solo. Enfin, je vous propose le petit déjeuner à sept heures, parce que nous allons commencer tôt. Bonne nuit. »

Nous tentons de le retenir, Adam et moi, à quoi nous serions sans doute parvenus s'il était possible de commander le whisky en question. La carte est sans alcools et entièrement végétarienne, pas de quoi convaincre mon père de rester dîner avec nous.

« Une autre fois. La chaleur m'a bien eu. Je vais me reposer et prendre un verre dans ma chambre. D'ailleurs, les deux bouteilles que j'ai achetées à l'aéroport sont à la disposition de tous, sachez-le. Ah, avez-vous remarqué les traces de sang par terre ? Et c'est un palace ! Nom d'un chien, ce pays est invivable. »

Il s'en va, impérial. Nous pouffons de rire.

Soudain, la voix de Warski résonne dans mon dos et me fait sursauter : « Êtes-vous blessée ? » Adam se lève de son fauteuil et émet une espèce de couinement, répétant qu'il aurait pu y penser. À quoi ? Pas de précision. Ils se mettent à m'examiner sous toutes les coutures, quand Warski se baisse, m'attrape par la cheville que je balance en gosse éternelle et me demande comment je peux ne pas avoir mal : « Vous avez des bouts de verre enfoncés dans le talon. » Je m'incline pour voir. Warski dit vrai, j'ai un pied en charpie, loqueteux au milieu, dentelé sur les bords, sanglant et noir de crasse sur toute sa surface.

« Vous avez des bouts de verre enfoncés partout et vous n'en êtes pas mort. Il en sera de même en ce qui me concerne. On m'a volé mes chaussures devant un temple… »

Warski me jette un tel regard de chien battu, qu'un instant je regrette d'avoir été désagréable avec lui. J'en présume que j'ai touché juste, qu'il vit avec ses bouts de verre, et que ça fait plus mal qu'un pied coupé. Adam se lamente. Ne faut-il pas recoudre ce pied ? Autant l'amputer ! Je me mets vaillamment debout tandis qu'ils tiennent concile, chacun attaché à sa vision des soins à adapter. Qu'y a-t-il de plus insupportable qu'un médecin ? Rien ! On atteint vite ses limites de résistance avec eux. Je me presse de descendre, entendant Adam dire qu'il a tout le nécessaire pour me réparer. Alors là, je me balance dans l'escalier. J'ajoute des taches à celles qui ont eu le temps de sécher et que personne n'a pensé à nettoyer, dents serrées de rage et non pas de douleur. Warski m'emboîte le pas, Adam crie de derrière à son adresse : « Je te laisse faire ! » Après quoi, il ajoute que nous nous retrouverons tous ensemble sur la terrasse pour dîner, une heure plus tard. J'en frémis et détale en claudiquant à pleine vitesse.

Dans le couloir, je tombe sur Gaspard, en sueur, imprégné d'une odeur de fumée et de friture, avec une esquisse d'exaspération sur les lèvres que je me presse de cacher sous ma paume :

« Ne t'énerve pas. J'ai rencontré un *sadhu* qui m'a dit que tout était sacré. »

Gaspard ôte ma main de sa bouche, plus échauffé que je ne l'ai jamais connu, et m'aboie dessus : « Alors pourquoi tu ne le crois pas ? ! » Mais si ! Je le crois ! Ciel, tout est sacré ! Tes territoires d'inépuisable bonté, tes heures de sommeil, ton calme de façade et ton sang bouillant, tes périphéries de reproches, ton centre grave, et aussi mes ascensions pour atteindre tes sourcils et la hauteur de ton âme. Et au-delà de cela, la lumière qui nous fait voir les figuiers pousser. Exactement comme dans ce poème de Ginsberg dont j'ignorais qu'il était le préféré de ma mère. Tout ! Mes foirades et les grandes mains de Warski y compris. Le voilà qui arrive vers nous et râle devant Gaspard : « Regarde son pied ! » Je pousse la porte de notre chambre, disparais. Ils discutaillent. J'ouvre le robinet de la douche et cache mes achats dans la pochette avec ma lingerie. Il y a un sacré bordel dans l'air ! Je le sens. Gaspard rentre. Avant d'aller me décrasser, je m'accroche à son cou pour affirmer le primordial, au cas où il me serait impossible de le faire ultérieurement :

« Je ne suis pas en guerre contre toi, je ne le serai jamais.

— Je sais. Mais pourquoi es-tu en guerre permanente contre toi-même, Gabriela ? »

Coupable, je hausse les épaules. Quelques minutes plus tard, propre et rhabillée, j'autorise Warski à me charcuter le talon à l'aide d'une pince à épiler qu'il prend un malin plaisir à tourner comme s'il retirait une tique de la peau d'un chien. Il fait la remarque que je me blesse souvent. Je la laisse sans écho. En revanche, quand il s'enquiert de mon insensibilité à la douleur, je lui réponds en polonais, face à Gaspard crispé de douleur à ma place, qu'il devrait plutôt réfléchir à la façon de nous tirer de Bénarès. Warski en devient blême, fixe Gaspard et l'informe que les coupures sont larges mais peu profondes. Après m'avoir mis un pansement, il repart, amicalement remercié. Je m'assois sur le tapis de la salle de bains, attendant que Gaspard termine de se doucher à son tour. Je veux lui annoncer la mort de Melchior. En fait, je ne lui dis rien, sinon il faudrait que je lui explique que ce n'est pas tant la mort de Melchior qui m'affecte, prévisible et déjà pleurée, que ce détail de figurer à la dernière place sur la liste qu'il avait établie avant de se jeter dans le vide. Nulle vanité personnelle. Je me fous bien de talonner un Jean, Paul ou Jacques qu'il aura foutraillé dans un parking souterrain. Seulement, cette place qu'il m'a dévolue indique que tout ce que j'ai vécu avec lui pendant des années n'a pas suffi à me promouvoir dans son classement ne serait-ce que de quelques points. Ni ces fois où j'ai menti pour lui, ni tous ces dealers périurbains que j'ai payés de ma poche de crainte qu'ils ne le défigurent, ni même cet avion qu'il a réussi à me faire prendre jusqu'à Tel Aviv où il m'a plantée, seule, emporté par l'amour furtif d'un réserviste de Tsahal. Mon ami m'a beaucoup appris sur les tromperies et la déloyauté. Je veux donc dire à Gaspard que la façon dont Warski circule en moi, comme un caillou de nostalgie dans le sang, ne relève ni de l'un ni de l'autre. Qu'il serait impardonnable d'en faire un drame, alors qu'il y a plusieurs réservoirs en chacun de nous, et qu'il est autrement plus important de veiller à ce qu'aucun ne soit vide. Ma mère sait si bien le faire. J'ai mis quarante ans pour comprendre, presque par hasard, qu'elle m'aime *en même temps.* C'est à ce point suffisant que sa disparition me remplit d'empathie sans bornes à l'égard de mon père et de Marta, à croire qu'ils en sont plus affectés et à plaindre que moi. Pourquoi, en définitive, je ne dis rien de cela à Gaspard ? Peut-être parce qu'il doit le savoir, sinon il m'aurait lâchée dix fois, comme tout esprit cartésien l'aurait fait. Peut-être parce que sa déraison est notre terrain d'entente par télépathie. Peut-être parce qu'il me presse, car nous sommes déjà en retard à notre dîner et qu'il serait malpoli, me dit-il, de tenir Adam et Warski affamés plus longtemps. Je n'ai pas faim.

*

Mal essuyé et cheveux mouillés, Warski sèche au vent, cigarette à la main et Ginsberg à la bouche. Qu'ils continuent ainsi, ils se rendront responsables de mon décollage supersonique du réel. C'en est trop ! Qui supporterait un dîner en compagnie de l'ex-amant de sa propre mère, récitant *Howl* sur le toit d'un hôtel à Bénarès ? Je m'allume une cigarette, moi aussi. Adam a déjà entamé les hors-d'œuvre et seconde Warski d'un mouvement métronomique de la tête : *The world is holy ! The soul is holy ! The skin is holy !* Sous mon regard affolé, Warski termine par un *and so on...* de dernier secours, causant une grande déception chez Adam qui passerait volontiers une heure à dodeliner de la tête au rythme des strophes anticonformistes.

« Vous voyez, l'histoire n'est pas tant de savoir si tout est sacré, mais ce qui l'est pour chacun d'entre nous. C'est peut-être ça, le plus difficile. J'ai fait un détour par ton *sadhu*, parce que j'ai voulu me rappeler ce poème de Ginsberg, et figure-toi que Konrad le connaît par cœur. »

Je dis à Warski qu'il paraît plus jeune. Il me demande : « Plus jeune que quoi ? » Plus jeune que quelqu'un susceptible de connaître les poèmes de Ginsberg par cœur. Il en rit, puis remercie Adam de ne pas lui avoir fait réciter les romantiques polonais. Nous nous esclaffons tous les trois de concert, face à Adam désorienté qui cherche à rétablir l'ambiance :

« Ah, c'est formidable de vous entendre rire ! Formidable ! Mais puisque tu voulais savoir en quoi consistaient nos actions à Brzezinka, nous n'avons qu'à en improviser une, très à propos. »

Gaspard aimerait savoir ce qu'il entend par *action*, et Warski quel est le rapport avec Ginsberg. Quant à moi, je cherche un joint dans mon paquet de cigarettes. Adam se lance dans un laïus au jus de mangue sur notre disposition à nous faire aveuglément confiance le temps de son *action*, à nous *découvrir*, au sens donné à ce terme par Grotowski, c'est-à-dire à nous dévoiler, à nous désarmer, à nous *dé-couvrir*. Nous louchons les uns sur les autres, moi sur Warski, Gaspard sur moi, Warski sur Gaspard, plus méfiants que les moustiques qui tournoient autour, sans que nous parvenions à en éliminer un seul. En professionnel rusé, Adam discerne notre malaise et se précipite avec la suite du mode d'emploi. L'exercice ne consiste pas à confesser en public nos défauts ou actes honteux. C'est même le contraire qui nous est demandé :

« Il y a dans *Crime et Châtiment*, souvenez-vous, le personnage de Marmeladov qui prostitue sa fille et le raconte à tout le monde chaque fois qu'il est ivre. C'est une forme particulière d'autothérapie qui évacue la tension et trouve l'aboutissement dans un plaisir narcissique, mais en réalité ne dévoile rien. En fait, le personnage de Dostoïevski aime se rabaisser, parce que cela le dispense de chercher une vérité plus profonde en lui-même. Grotowski voulait atteindre cette vérité-là. Ce qui, en chacun de nous, pulse de façon organique, ce qui fait de nous qui nous sommes. En nous découvrant, nous nous retrouvons. Pourquoi le faire en groupe ? Grotowski avait ses raisons, j'ai les miennes quand je travaille avec mes patients. Disons que j'emploie le groupe comme support thérapeutique. Mais il y a toute une littérature scientifique qui insiste sur l'importance de la mobilisation en groupe d'états émotionnels collectifs qui renvoient aux formations archaïques de l'inconscient, à des parties indifférenciées du psychisme. Dans quelle mesure Grotowski l'exploitait avec nous, je ne le saurai jamais. »

Il faut dire que personne ne s'attendait à un déroulement à ce point bizarre de la soirée. Intrigué, probablement au même degré que Warski ou moi-même, Gaspard pique un cure-dent dans une croquette de légumes grillés dont les épices lui font perler le front et lâche : « Alors, concrètement, cela consiste en quoi ? » Adam hausse les épaules et nous balaie du regard : « Simple. Ce que chacun d'entre nous considère comme sacré. » Warski mord à l'hameçon et tranche que nous avons certainement tous la même réponse. Ah bon ? Je m'offusque de sa thèse : « On dirait que vous êtes pressés… » Adam fait une grimace et lève l'index, comme s'il disait qu'en effet, l'exercice est moins évident qu'on ne le pense. J'allume un joint et m'aperçois qu'ils attendent mon feu vert. Je ne suis pas prête à le donner sans conditions : « Dans ce cas, Adam, c'est toi qui commences et nous partageons mon joint. » Immédiatement, Adam cause un malaise chez Warski, en s'écriant :

« Elle est comme sa mère ! Incroyable ! Avez-vous entendu ? Des accords préalables, des arrangements… Ce n'était pas comme ça que nous procédions à Brzezinka, mais je n'y vois pas d'inconvénients. Même si je t'invite à ralentir avec l'herbe. »

Warski nous surprend de nouveau en avouant n'avoir jamais fumé et s'y prend maladroitement. Sainte Vierge, il restera l'incarnation du mystère pour moi. Je lui demande d'aspirer encore une fois et de garder la fumée dans les poumons. Mais voilà que maintenant c'est lui qui marchande. D'accord, si je m'en arrête à ce joint. Adam se coalise loyalement. Je proteste ! À lui tout seul, avec ses poumons d'épaulard, Warski grille la moitié du joint. Il râle et lâche du lest : « Alors, deux. » Je renchéris : « Trois ! »

Il acquiesce. Jamais, pas une seule fois de toutes celles, innombrables, que nous passerons à négocier, il ne me cédera aussi facilement. Gaspard y est peut-être pour quelque chose, sifflant un blasé : « Ah ! là ! là !... nous n'allons pas nous mettre à pinailler. » Je passe le joint à Adam, qui ne manque pas son tour. On nous apporte les plats et les bouteilles d'eau gazeuse. Après la première gorgée, nous dévisageons tous l'instigateur de l'*action*. Adam passe le joint à Gaspard qui ne semble pas hostile, inhale, puis me chuchote à l'oreille en français qu'il faudra que je lui explique comment j'ai réussi à la trouver, cette herbe, parce qu'il n'aurait même pas su par où commencer dans une ville comme Bénarès. Je me tourne vers Adam qui émiette mécaniquement une galette de pain dans son assiette.

« Ne croyez pas que j'hésite. Pendant des années, j'ai considéré le lien qui m'unissait à mes patients comme sacré. Quand ils s'abandonnaient à moi, pendant mes années à l'hôpital, parce qu'ils ne savaient plus quoi faire d'eux, je me disais que ce que je faisais dépassait de loin un métier, qu'il y avait une vision du monde derrière... Dans un régime aussi pourri que l'a été le nôtre, cela m'obligeait à rester exigeant envers moi-même, mais en même temps je me drapais de pureté, d'intégrité, je me figeais dans une posture terrible...

— De toute-puissance, murmure Warski, hochant la tête en connaissance de cause.

— Évidemment ! Mais je ne l'ai compris qu'au moment où mon travail a changé de nature, quand j'ai basculé dans le privé. Je me suis replié un peu, ce qui est un mécanisme de défense banal. Et j'ai commencé à observer autrement votre famille, parce que je me suis rendu compte combien vous faisiez partie de mon histoire... Toi, ta mère, Edward, Marta, même Wladek qui a pourtant peur de moi. Je suis allé jusqu'à m'accuser de vivre une vie familiale par procuration. En réalité, ce n'était pas cela. Quand tu t'es retrouvée à l'hôpital pour la deuxième fois et que ta mère m'a demandé d'intervenir, j'étais paralysé de peur. Non parce que je te considérais comme ma fille de substitution et que je ne savais pas comment te sauver de toi-même, mais parce que dans le chaos qu'était la Pologne, mon besoin vital se résumait à vous voir fonctionner ensemble. Le monde autour dégringolait, vous étiez la seule structure stable dans ma vie d'alors. Et c'est toujours vrai. Malgré les distances, malgré vos occupations, vos personnalités, les maladies, et même malgré l'argent, vous tenez, vous vous adaptez, vous êtes toujours une famille. Regardez cet organisme incroyable, une famille, à la fois très primitif et très élaboré... On expérimente, mais je crois que l'humanité ne s'en affranchira jamais. Il y a une grande beauté, une grande profondeur à savoir une poignée de gens qui ne se sont pas choisis, capables de dévouement, de compromis constants, de bienveillance... Cela ne vous bouleverse pas ? Ah, moi, je trouve cela formidable ! Surtout parce que la majorité des familles est un enfer. En revanche, dans les rares cas où ça marche... Ah, il y a une inspiration divine ! »

Adam termine dans un silence élevé, monumental, que je fais exploser en actionnant mon briquet. Boom ! Remué sinon ému, Gaspard cesse de me caresser la nuque, immobilise sa main dans mes cheveux. Warski, comme soudain sorti du néant, me mire et grogne : « C'est le dernier ! Souvenez-vous de notre accord. » Je lui sais gré de cette intervention paternaliste qui me distrait de mon embarras et d'une étrange tristesse. Inspiration divine, tu parles. Que fait-on là, alors, à chercher une évadée de cette formidable architecture familiale ?

« Je t'en prie, Adam. C'en est fini de notre famille, tu le sais bien. »

Mais non ! Mais non ! Tous les trois, qu'ils s'écrient en chœur. Quels faux-jetons ! Quels baveux ! Je leur souris d'impuissance, pour m'éviter d'éclater en sanglots, ce qui n'échappe pas à Warski, assis en face de moi. Je lui dis que c'est son tour. « De joint ou de confession ? » Des deux. D'un signe de main, il me remercie pour le joint dont il ne veut plus, enchaîne immédiatement :

« Je ne vous dirai pas grand-chose... La vie est sacrée. »

Comment ça, la vie ? Quelle vie ? Je m'emporte un peu, par contrecoup au déballage d'Adam, lequel, au fond, m'ébranle. Gaspard me tempère. Warski déploie ses mains énormes, étonné que ce qu'il affirme ne me semble pas évident.

« Il y a des vies et des vies, n'est-ce pas ? Toutes se valent, d'après vous ? Mettons que vous avez deux enfants mourants devant vous et une seule dose de sérum. Quelle vie allez-vous choisir ?

— Je n'en choisirais aucune. Je tirerais au sort. »

Du sérieux de Warski, nous déduisons qu'il ne plaisante pas, qu'il ne nous provoque pas non plus. Il fume sa cigarette, secoue la cendre, observe notre trouble avec incompréhension. À peine remis de ses propres vertiges, Adam se trémousse de malaise. À le regarder de près, on dirait qu'il regrette de nous avoir embarqués dans son action. Il commence par qualifier d'extraordinaire l'aveu de Warski, mais avec une tonalité qui laisserait croire qu'il le taxerait volontiers d'extravagant, d'immoral, de dégueulasse. Refusant lui aussi mon joint, il se met à le questionner sur une enquête menée après le passage de l'ouragan Katrina dans un des hôpitaux de La Nouvelle-Orléans. Warski branche sur-le-champ : *Deadly Choices at Memorial* de Sheri Fink. Exactement ! Cela revient à la mémoire d'Adam. Couronnée d'un Pulitzer, l'enquête fait mousser Warski.

« J'étais bien content d'être en Californie, à l'époque, et non pas là-bas. J'aurais eu beaucoup de conflits avec mes collègues. »

Je le supplie d'être moins sibyllin, à défaut de savoir comment remédier à la fatalité qui le fait invariablement tomber dans le sordide, même quand il déclare que la vie est sacrée. Gaspard a entendu parler de la fameuse enquête sur le tri des patients qui ne pouvaient pas tous être évacués. Réfléchi et guerrier à la fois, Warski me fait soudain penser qu'il risque d'être redoutable dans certaines circonstances. Le temps donnera raison à mon intuition.

« C'est étrange… nous sommes là pour trouver Wanda qui a fait de moi le médecin que je suis. La médecine n'est pas une science exacte, c'était son credo. À la fac, j'étais obligé de la croire, maintenant je le sais d'expérience. C'est sûr, si vous laissez quelqu'un avec une hémorragie, il mourra. Mais les cas nets, évidents, sont en définitive rares, du moins dans ma spécialité. J'ai vu passer des gosses que je croyais tirés d'affaire, et inversement. J'ai été témoin de quelques guérisons inexplicables, alors que j'aurais parié sur les têtes de mes propres enfants qu'il n'y avait plus rien à faire. Il ne faut pas me demander d'appliquer le critère utilitaire dans l'arbitrage médical. Par principe, je refuse de le faire. Mais je n'ai jamais été à la place des médecins du *Memorial*... et je suis resté fidèle à ce que m'a appris Wanda. Les médecins ne maîtrisent jamais entièrement le cours d'une maladie. Il faut laisser une petite place aux miracles, au destin, à la force du caractère... elle nous le répétait à volonté. Et elle avait raison. Si je m'y étais toujours tenu, je me serais épargné beaucoup de frustrations.

— Alors, logiquement, vous devriez être contre l'euthanasie et contre l'avortement. »

Gaspard devance Adam qui transpire d'impatience pour sauter à la gorge de Warski, à en juger par son rictus constipé. Dans mon coin, j'atteins la félicité. Que ce torturé de Warski soit au fond un illuminé, un grand adepte de miracles, de surcroît inspiré par ma propre mère, me fait plus tourner la tête que les presque deux joints entiers que je réussis à fumer. À cette étape de l'histoire, j'acquiers la certitude que l'escampette de ma mère a déclenché une avalanche dont nous recevons à peine les toutes premières pierres sur la tête.

« Vous m'excuserez, Gaspard, mais je ne comprends même pas votre question. Je ne sais pas ce que cela veut dire, être contre ou pour l'euthanasie. Je signe des arrêts de soins, ce qui est une forme d'euthanasie, et c'est légal. J'aurais aimé ne pas avoir à les signer. De là à savoir si j'aurais préféré avoir le droit de piquer les gosses que je soigne... Une chose est d'avoir le droit de le faire, une autre est d'en avoir la capacité. Vous allez me dire que c'est hypocrite et lâche. Ça l'est en partie, parce que notre travail consiste aussi à soulager. Quant à l'avortement, il est interdit en Pologne. D'ailleurs, on ne s'adresse pas à moi pour ça, et c'est tant mieux.

— Êtes-vous croyant ? »

Gaspard fixe Warski, qui glousse d'un petit rire suite à sa question et, à ma surprise suprême, me prend le joint de la main pour le terminer en une seule flambée vive.

« On parle de ce qui est sacré pour chacun d'entre nous, et vous me demandez si je suis croyant. Non. Mais je ne crois pas non plus que la vie soit parfaitement maîtrisable ou que la raison nous guide parce que nous avons lu un certain nombre de livres. Lorsque vous prenez la vie de quelqu'un, ou lorsque vous n'arrivez pas à en sauver une, alors que c'est votre métier et l'une des raisons pour lesquelles vous vous levez chaque matin, vous éprouvez un sentiment de rupture avec tout, irréversible, impossible à apaiser… et c'est là que vous comprenez que, quelle qu'elle soit, la vie est sacrée. Qu'une fois le Rubicon franchi, vous ne reviendrez jamais vers la forme d'innocence qui était la vôtre. Et cela vous classe à part, en dehors. À vous, Gabriela ? »

À la nuit tombée, je ne sais pas tricher. Et encore moins quand elle est belle comme la nôtre, d'un bien nommé bleu outremer que je vois pour la première fois en plein air. Au-dessus de la surface du fleuve, il tire sur le violet, façon dernières toiles de Rothko. Peut-être sous l'effet de l'herbe, peut-être sous celui de l'*action* d'Adam, je me refugie dans ce bleu d'où je parle. Entraînés trop loin dans les confidences, nous ne nous regardons plus vraiment. La détresse de Warski résonne encore en moi, tout comme le lyrisme d'Adam que je n'ai pas le cœur de lui reprocher, vu que son monde s'écroule en même temps que le mien. Nos fragilités additionnées feront-elles émerger une force ? Je m'interroge, claire d'esprit et étrangement tranquille, quand je leur annonce que nous pouvons passer à l'étape suivante et nous mettre à raconter ce que nous faisons du sacré. Ce serait plus intéressant encore, n'est-ce pas ? Soudain, ils braquent sur moi leurs yeux luisants. À Warski, je reconnais avoir eu raison : à supposer que tout soit sacré, ce qui a déclenché *l'action*, la vie en fait partie. Je n'y ai pas pensé parce qu'elle n'a jamais eu rien de naturel pour moi, la vie. Je la fuis ou je lui cours après, autant dire que nous entretenons un rapport de forces.

« Vous tremblez tous les trois que je pique une crise. Si cela devait arriver un jour, Gaspard gardera la clé de ce qui était moi. Il aura alors besoin de votre aide. »

Agrippé aux accoudoirs de son fauteuil, Warski s'adresse directement à Gaspard, comme si j'étais déjà lobotomisée et incapable de comprendre.

« Rentrez. Prenez l'avion demain. Nous ne connaissons personne ici, nous n'avons pas vraiment accès aux médicaments. Je ne sais pas à quoi m'attendre de cet hôpital universitaire. Il serait intelligent d'anticiper, si vous le permettez. »

Ouatée par l'herbe, je fais un geste de ma main valide qui se veut apaisant et lance en sa direction un *slow up* relâché. Gaspard allume une cigarette. La remarque de Warski ne lui paraît pas exagérée. Je regrette de m'être laissée aller.

« Gabriela, il faudra que nous parlions de cette clé que tu me confies pour tes jours ailleurs… Sinon, je ne saurai quoi en faire. Adam, vous êtes le seul psychiatre que je connais…

— Alors, Adam t'expliquera tout demain. Maintenant vous m'excuserez. Je suis fatiguée par votre intelligence, donc je prends un café et m'en vais voir les crétins sur les *ghâts*. Cela ne vous intrigue pas, tous ces gens, parfois brillants comme ma mère, qui se précipitent ici sur un coup de tête ? Si vous êtes partants… de toute manière, c'est la seule attraction touristique de la ville. Le *ghât* de crémation le plus proche est à un quart d'heure à pied de l'hôtel. »

Quel débat je suscite, quel affolement ! Adam ne s'oppose pas fermement à ma proposition, mais nous rappelle qu'en Inde il faut abandonner les règles en vigueur chez nous, faute de quoi on se casse les dents, alors que nous avons intérêt, au contraire, à nous tenir bien accrochés à quelques points de repère. Lesquels ?

J'attends qu'il me les indique. Gaspard se soucie de mon pied meurtri et propose de remettre la visite à demain. Furax, Warski nous traite d'irresponsables. Je lui jette à la figure : « Ah, mais quel rabat-joie vous pouvez être ! » Il en fait abstraction, s'étire une phalange sans s'en cacher et se harponne du regard à Gaspard, comme s'il espérait ainsi le faire changer d'avis, l'attirer du côté de cette intelligence qui anticipe. En toute innocence, Gaspard lui répond que j'ai l'habitude des grandes promenades du soir. Adam nous avertit de laisser les choses de valeur à l'hôtel. Nous convenons de nous retrouver dix minutes plus tard devant la réception. Je m'accorde une minute pour observer Gaspard.

« Dans tout univers sacré, qu'y a-t-il de plus sacré que la beauté ? Regardez les mains de Gaspard, regardez ses mains *cinquecento*… »

Déjà debout, Adam et Warski marquent une pause muette, Gaspard s'offusque, gêné.

*

Pour rejoindre Manikarnika Ghât, nous décidons de délaisser les berges dont des pans entiers se fondent dans le noir, au profit de la ville, abusivement éclairée. Les ampoules colorées clignotent dans chaque échoppe, atelier, fenêtre. Les guirlandes illuminées scintillent et tremblent sous la brise noire. Des feux vifs jaillissent partout, miniatures comme la langue d'un chat, mais aussi immenses, ceux qui ouvrent leurs gueules aux fours à pain. Le petit peuple véreux s'affaire autour. C'est énigmatique et torve, un peu dans l'esthétique du gothique finissant, à la Bosch. Du reste, je ne me rends pas très bien compte. Je respire au rythme de ma crise de tachycardie. Un séisme de magnitude huit sur l'échelle de Richter qui me soulage de trop de sensations. Pourquoi je me sens plus vivante à deux doigts de crever ? Pourquoi j'aime cette angoisse plus que, décidément, je n'aime la flopée de miracles de premier ordre qui incrustent mon ingrate existence ? Pourquoi je nie avoir agi avec préméditation, alors qu'au moment où j'ai ramassé à Cracovie une plaquette entière d'une saloperie de neurostimulants, oubliée dans un tiroir de la cuisine, je savais où je voulais en venir. Mais où, justement ? À une partie inavouable de moi-même ? Quelques capsules à libération prolongée, jetées au fond de ma gorge après notre dîner sur la terrasse. Par vieux réflexe. Par défi. Hop ! Et voilà que mon cœur se transforme en sprinteur solitaire, prêt à déguerpir, à larguer mon corps, et à courir pour battre éternellement ailleurs.

Gaspard me montre une petite porte en bois, encastrée dans un immeuble habité, mais qui s'efface derrière un kilim de toiles d'araignée. Confiant et rassurant, il est à mille lieues d'imaginer la distance qui nous sépare. À mesure que mon cœur, enhardi par le dopage, m'assène des coups de plus en plus forts, je me remplis d'une colère sans bornes. Bordel ! Était-il vraiment nécessaire de m'expulser de mon équilibre provençal ? Au *ghât* où nous sommes sur le point d'arriver, le flux des passants s'intensifie. Soit il devient plus nerveux et agressif, soit je me heurte contre ma propre hargne, tout en essayant de ne pas claquer à chaque pas posé. Devant, Adam et Warski nous font signe de nous tenir près d'eux. Gaspard sabote les coutumes locales, m'étreint l'épaule et m'attire vers lui. Un cortège funèbre composé de six hommes qui portent un corps attaché à une échelle en bambou et enveloppé d'un tissu orange vif, manque de me bousculer. Ça sent sucré à leur passage. Par mégarde, je frôle une chienne famélique. Ah, Seigneur ! Une misère à quatre pattes, aux mamelles qui pendillent comme des ballons dégonflés, et qui me jette un regard si résigné, si triste, qu'à défaut de pouvoir lui donner à manger, je me précipite pour lui caresser la tête. Gaspard m'en détache de force : « Gabriela, s'il te plaît ! » L'air me gratte la gorge. On respire un poivre fraîchement moulu, ici. Un bougre trapu, particulièrement vilain, de cette laideur de la pauvreté extrême, archaïque, scorbutique, éradiquée chez nous depuis si longtemps qu'on en a oublié l'existence, se tient appuyé de dos contre une réserve de bois et allume sa cigarette brune à l'aide d'un os encore fumant. J'ai soudain la curieuse pensée qu'il pourrait s'agir du tibia de ma propre mère.

« Tu l'as vu, n'est-ce pas ? Il a allumé sa clope avec un os. »

Gaspard m'explique, comme à un enfant, que l'homme a utilisé un bâton sorti des cendres, et non pas un os. Croit-il lui-même ce qu'il avance ? Au point culminant de mon aventure cardiaque, je m'accroche à sa ceinture, puis m'arrête. J'en ai pour une seconde, c'est presque fini. Paniqué, Gaspard ordonne le retour. Trop tard. Tous les muscles en torsion, à commencer par le principal, je savoure l'instant de l'hésitation de mon corps : dans quel sens partir ? Soudain, ça se calme, ralentit, reprend le rythme recommandé des battements par minute.

« Quoi de surprenant, Gabriela ! Quand as-tu mangé pour la dernière fois ! J'ai vu que tu n'as rien touché au dîner. »

Gaspard s'emporte. Je souffle, l'éclat de l'immortalité embusqué dans l'œil. Mon cœur a tenu, mon système respiratoire a tenu, ma tête a tenu aussi. Pourquoi est-ce si bon ? Invincible, je considère le bazar alentour sans effroi.

*

Adam nous annonce alors que nous arrivons à la terrasse réservée aux incinérations. Je lui demande quand il y était la dernière fois. Il se préoccupe de ma blancheur et date son voyage de l'époque où l'on m'envoyait aux camps des scoutes socialistes. « L'aéroport le plus proche se trouvait à Bombay, ensuite il fallait prendre un train sur-fréquenté. » Je repère plusieurs Occidentaux. À quelques mètres de nous, un groupe d'Américains parle bruyamment du nihilisme dans le bouddhisme. Des femmes de l'âge de ma mère, dispersées en petits comités de trois ou quatre, contemplent le spectacle en silence. Ah, elles en sont toutes bouleversées, marquées à vie, inspirées. Globalement, le public se pâme d'émotions. Plus loin, gît le trognon de mon groupe de Néozélandais, tous défoncés au point de paraître estourbis. Je me détourne avec dégoût. Des hommes à la peau presque noire fendent à la hache de grosses bûches que d'autres se pressent de charger sur les épaules de porteurs. On se hâte. On ne rechigne pas à la tâche. Et hop, au suivant ! Quelle industrie ! L'odeur des beignets frits à l'huile sur des braséros improvisés s'ajoute à celle de la chair caramélisée.

Gaspard manque de piétiner un gamin abandonné à même la terre, au pied d'un étalage déserté avec des guirlandes de tagètes orange et jaunes dont les tiges coupées jonchent le sol. Il le dévisage un instant, le soulève, cherche à le poser à l'écart. Mais il n'y a aucun écart, aucune niche. Pas l'ombre d'une crèche. Le désarroi de Gaspard me désarçonne. Je ramasse un carton pas trop déformé : « Tu n'as qu'à mettre ton gamin dedans. » Il en tremble, fait un tour sur lui-même, ne trouve nulle part de meilleure solution. En équilibre précaire, j'appuie le carton contre mon genou, Gaspard y met le gosse, tout en bave et étonné, puis le dépose à l'endroit même où il l'a trouvé. Irrésolu à le laisser, il me regarde par à-coups affolés. Qu'espère-t-il que je fasse ? « En fait, tu veux une famille… »

Gaspard me demande de répéter.

« Je viens de dire que tu veux une famille, une vraie, une de substitution, peu importe, tu en veux une, et c'est pour ça que tu es là. »

Il proteste. Nous n'allons pas en discuter maintenant, ni partir en délaissant cet enfant comme un chiot dans un carton. Ciel, comment le lui expliquer ? Fatalement, pour quelque raison obscure et cruelle, tout est à sa place, l'enfant, nous, les pauvres, les riches, les vivants et les morts. Tout ! Du moins, c'est la seule façon d'envisager les choses, si on veut leur survivre.

« Tu peux déposer cent dollars dans son carton, ou le double, mais il faut le laisser, Gaspard. » À mon propos, il se contracte plus douloureusement que mon cœur après cinq joints de *ganja* fumés à la chaîne. Mais il dépasse sa crise, lui aussi. Conscient que l'argent offert à l'enfant fera apparaître sur-le-champ vingt cartons au contenu identique, Gaspard se résout enfin à me suivre, sa main sur ma nuque.

En contrebas, on brûle les corps. Depuis le fleuve, on porte des brancards avec les morts auparavant immergés, et on les pose à terre, près des leurs qui entonnent des chants, sorte de lamentation. La musique vient de plus loin, de là où des hommes s'affolent dans une chorégraphie rigoureuse, parfaitement coordonnée, chacun un chandelier à plusieurs niveaux à la main. J'imagine, peut-être à tort, que c'est un extra, en notre occidental et touristique honneur. Je les snobe, les enfoirés, en détache mon regard. Une veuve drapée d'un sari blanc en loques s'agrippe aux jambes d'un trépassé que l'on détache de la civière, tout raide et dégoulinant, avant de le monter sur le bûcher. Un jeune ramasse les attaches, puis part vers un autre cadavre, aux pieds duquel quelqu'un a déposé une cruche en terre cuite. Rituel ou oubli ? Je me glisse sous un bras de Gaspard pour qu'il ne repère pas une petite barque chargée de deux minuscules corps, dont un est balancé à l'eau sans plus de ménagements. Un troupeau de vaches occupe une bande de terre boueuse, appréciant visiblement sa fraîcheur. Si tout est sacré, il faut se rendre à l'évidence que, par endroits, le sacré empeste la merde, la sueur, et la graisse cramée. Je pleure à cause de la fumée. Qu'y a-t-il de si déplaisant dans notre monde aseptisé ? Le mensonge olfactif sur la vie, sur la mort, sur le sacré ? Et alors ! Faut-il toujours connaître la vérité ? Je fais descendre lentement ma main le long du dos de Gaspard, soudain rattrapée par le *genius loci*, convaincue que nous finirons en compost humain avant le lever du soleil. Gaspard colle, il suinte. Sa peau tombe en lambeaux. Sous ces climats, tout s'accélère, s'alterne, putréfie, tout se décompose. Adam intercepte mon regard : « Maintenant rentrons, veux-tu, Gabriela ? » Je l'envoie gentiment aux pelotes. C'est alors qu'une crème de petites crapules s'approche de nous, novice dans son art, mais hardie, crâneuse, racoleuse née.

« Bienvenue à Bénarès, ville dédiée à Shiva ! »

Warski lui file un billet, sauf qu'il se fait mal comprendre. Le poisseux insiste, comme encouragé :

« Nous pratiquons des crémations en plein air. Grâce à quoi les gens peuvent voir la vérité sur la vie... »

J'aboie un coup, lui dis de la fermer. C'est sans effet. Gaspard saisit le premier qu'il lui faudra peut-être garder la clé de ce qui était moi, se rigidifie dans un sursaut d'électrocuté, me siffle à l'oreille que je suis en train de lui arracher la peau. Ah bon ? En effet, le dos de sa chemise est moucheté de minuscules taches de sang. Je relâche ma main crispée, le prie de m'excuser et reviens à mon zélateur de la vérité sur la vie, qui gueule toujours, et à qui je m'apprête à envoyer une tarte. Adam se réveille, arrête mon bras en mouvement, maladroitement. Et paf ! Il ramasse la torgnole à la place de mon farceur qui ne se décourage pas. « Vous n'allez tout de même pas le laisser débiter ses conneries, non ? » Immobilisée dans l'étreinte de Gaspard, je m'enflamme face à Adam et Warski. Bande de guimauves ! Dégonflés ! Flanchards misérables !

« La vérité sur la vie ? Si ma mère était dans un de ces trous, ce serait la vérité sur sa vie ? Quand ça pue, c'est plus vrai, la vérité sur la vie ? »

Gaspard peine à me contenir, alors que je m'agite et me débats, loin de m'essouffler. Le foutoir autour, il ne m'impressionne pas ! De ce parc d'attractions, de ce tunnel de l'horreur, je vois le mécanisme grossier. Ça plaît, c'est organique. J'avais compris. Cent pour cent naturel et biodégradable. On m'a si bien dévoilé la vérité sur la vie que j'en suis frappée. Et je compte bien en faire payer la facture au petit hâbleur. Sans oublier la galerie. Les curieux d'*Ars moriendi* à l'indienne. Je m'échappe de Gaspard et fonce. En foudre ! En tonnerre ! La fripouille se débine à toute vapeur, fend la foule, trébuche. Warski abat sa patte sur mon épaule à m'enfoncer dans le sol. Mais c'est raté, mon golem, tralala ! Ma grande crise tant redoutée, ils en savourent le goût relevé. Ils en transpirent tous les trois, à me courser. Ce n'est pas ce qui me préoccupe. Ma proie se relève et rencontre alors mes griffes, ma rage, mon délire le plus sacré. De ma mère, il ne faut pas faire une attraction touristique ! Qu'il le sache ! Qu'il s'en souvienne, crapule ! Pour d'autres pauvres mères qui se seraient égarées par ici. Quand nous en venons aux mains, au milieu d'un attroupement, je ne suis plus moi, ni personne, ni rien, hormis une force que je ne contrôle pas. Je ne la crois pas de ce monde. Ah, non ! Le courant vient d'ailleurs. Je me sens câblée à l'au-delà. J'entre en combustion cosmique. Que j'en entende encore un me vendre la vérité sur la vie, et je lui arrache les yeux ! Je lui bouffe la rate ! Je mords notre escroc, tant et si fort que le poil de son avant-bras me reste entre les dents. Avant que Warski ne m'assomme d'un coup en pleine figure, j'ai encore le temps de brailler : « Fini, le spectacle ! Tout le monde rentre à la maison ! »

*

Je ressuscite dans le rickshaw et reprends le refrain. Non sans difficultés, car j'ai le nez obstrué par du sang, la mâchoire comme anesthésiée et le souffle perdu sous le poids de Gaspard qui m'écrase et répète mécaniquement : « Chut, chut, chut... on rentre. » On rentre ? Alors, non ! D'abord on fait le ménage, ensuite on rentre ! De tous ces marchands du temple, je compte toujours faire de la marmelade. Je m'en prends à Warski qui sécurise le passage et annule mon saut dans la rue, de la voiture en marche.

« Regardez-moi, Gabriela ! Regardez-moi, nous allons respirer ensemble. Je compte, vous respirez, d'accord ? »

Il s'en donne à cœur joie, quand soudain son téléphone sonne et que je m'aperçois de l'absence d'Adam. Étroite, encombrée, tout en fumée charbonnée, une rue défile. Warski parle en polonais de l'hôtel et du fait que nous allons nous en sortir. Je me remets à crier dans le cou de Gaspard, qu'il me lâche, que je suis libre de partir. T'entends ! En réponse, il me garrotte plus fort encore et ne desserre qu'à l'arrêt, à moitié étranglée. Pourtant, ma détermination à rebrousser chemin au pas de course demeure intacte. À Bénarès, qu'ils soient sûrs que je vais tout soigneusement nettoyer ! Puis, on fermera l'aéroport et ce sera terminé ! Perchée sur mon inspiration, je ne reconnais pas la réception où, en panique, je retente une nouvelle cavale. Cette fois, Warski prend les choses dans ses mains démesurées, me balance à travers son épaule comme un sac de ciment et remercie Gaspard de lui avoir tenu la porte de l'ascenseur.

La seconde partie du programme commence, plus mémorable et plus périlleuse que la précédente. En réalité, je la reconstitue à partir d'un résumé que m'en ferait Gaspard plus tard, trop accaparée par les événements pour les mémoriser en même temps. De mes bourrasques en cascade, de mes grivoiseries, du rebord de la terrasse que j'ai voulu franchir, pressée de me baigner dans le Gange, je garde quelques flashes surexposés. Pas une trace de la proposition de former un triptyque charnel le temps d'une nuit que je présente à Gaspard et Warski. Pas le moindre souvenir de leur refus. Pas non plus de ma réaction de furie contrariée qui expédie un cendrier de marbre à travers la chambre, mais au lieu d'atteindre Warski, pulvérise le miroir accroché à côté. Une lueur de l'intervention d'Adam me revient, son début, le moment où je remarque une seringue dans sa main et que j'en soulève une telle tornade que Gaspard et Warski sont forcés de me neutraliser à deux, en bon et en mauvais flics, le premier atténuant par la parole la violence physique du second.

*

J'émerge dans une réalité sans angles, sans aspérités, sans saillies ni sons aigus. Le bruit feutré d'un aspirateur et d'un bout du dialogue que l'on dirait tiré d'un film de Bergman me parvient de loin, puis se résorbe dans le drap sous lequel je disparais, recroquevillée en position fœtale. Au toucher d'une main dans mon dos, je me contracte comme une branche de mimosa.

Lentement, la voix de Gaspard se rapproche, clarifie : « Je suis là, si tu veux te lever. » Le dégoût de moi-même m'attaque alors à l'acide, j'en reçois une dose létale. Morte de honte, morveuse au-delà du supportable, je demande à Gaspard de me laisser. Il s'éloigne. J'attends un moment avant de sortir la tête. La chambre est de nouveau plongée dans la lumière d'une scène de résurrection des morts. Très à propos. Les distances qui me séparent des différents objets semblent fluides. Ainsi, essayant d'atteindre la salle de bains, je fais tomber une décoration florale posée sur une console contre laquelle je m'appuie. Les longues tiges des lys se cassent, le vase en bronze émet un hoquet mat, absorbé par la moquette. J'aurais juré que j'avais une marge. Gaspard se précipite sur moi avec ce qui était autrefois sa prévenance, et qui se manifeste désormais sous la forme d'un pragmatisme automatisé. Il me remet à la verticale, m'étreint, et confirme que c'est bien lui qui me tient dans ses bras. Je le sais. C'est même pour cette raison que je lui interdis de me suivre, de me regarder. « Gabriela, ne ferme pas la porte, s'il te plaît. » Je la pousse derrière moi, légèrement, pour éviter qu'elle claque.

Ah, les lendemains de fête ne sont pas beaux à voir. Avec précaution, je sors un coton de mon nez enflé dans un dégradé de bleu qui s'étend sur toute la surface de ma joue droite, jusqu'à mon œil, où il hésite entre le jaune moutarde et le violet aubergine. Warski, il vaut mieux l'avoir de son côté. Je fixe la douche, renonce. Cernée par la baignoire, je me sens plus à l'aise, laisse un jet d'eau continu battre contre ma peau. La somnolence me regagne. De mon projet de m'habiller je ne réalise qu'une timide ébauche : j'enfile le peignoir de l'hôtel. La climatisation réglée à fond me donne la chair de poule. Gaspard s'en aperçoit dès que je sors, m'installe dans une chaise longue sur la terrasse, dont je dirais qu'elle est bien plus grande que je n'en avais l'impression.

« Ce n'est pas la même terrasse, Gabriela. Nous avons changé de chambre, tu ne t'en souviens pas ? Tu as démoli la première, elle est en travaux… »

C'est alors qu'il se met à me raconter le dernier épisode de ma biographie, qu'il m'aide à me situer. Pour commencer, il est presque dix-huit heures, il faudra que je mange quelque chose avant que je ne me rendorme. Selon Adam, je dormirai encore. Il a aussi à me donner des comprimés de paracétamol contre la migraine qui devrait me ravager au réveil. Et de l'eau, beaucoup d'eau et de jus, autant que je puisse en avaler. Resterait-il ne serait-ce qu'un microscopique détail qu'ils n'auraient pas prévu ? Tout à fait sérieux, Gaspard confirme. Oui, mon rythme cardiaque. Anormal. À son retour de la ville où il est avec Warski, Adam passera vérifier ce qu'il en est. J'informe Gaspard, très formellement, que je ne souhaite voir personne. Et je souligne, *personne*.

« Es-tu certaine, Gabriela, que tu ne veux pas me voir ? Ou plutôt que tu ne veux pas que je te voie ? »

À la question de Gaspard, je lâche deux filets de larmes. Il essaye de stopper l'un, puis l'autre, à l'aide de son pouce, avant de se lever. Au téléphone, il commande un petit déjeuner anglais et des fruits. « Ne te rendors pas, attends. » Je prends la cigarette qu'il m'allume, en se rasseyant de biais sur la chaise longue. Si quelqu'un devait se terrer, ce ne serait pas moi, mais eux. De toute cette nuit infâme, ils sont responsables. L'idée de visiter des *ghâts* sonnait comme un désastre. À part Konrad, ni lui ni Adam ne l'ont compris à temps. Je me hisse sur le dossier. Warski serait donc devenu Konrad ? Depuis quand ? « Ah, Gabriela… » Gaspard soupire et s'en va ouvrir au service de chambre. Il revient chargé d'un plateau, me force à manger trois fourchettes d'œufs brouillés et la moitié d'un pamplemousse. « Tes comprimés ? » En bon chien de Pavlov, je gobe ce qu'il me donne dans la paume de sa main.

« Disons que nous nous sommes rapprochés ces dernières heures… Nous nous sommes parlé, d'homme ambivalent à homme ambivalent. Tu aurais pu le tuer avec ce cendrier.

— Je t'ai fait peur ? »

Il commence par l'affirmation de ne pas être en guerre contre moi, lui non plus, puis ajoute un charitable : « Encore moins maintenant. » Mais ! Et c'est là où les choses se corsent et nous échappent, dans ce *mais* qui scinde les destins : les accidents se produisent. Un brin remué, Gaspard émet une hypothèse audacieuse. En définitive, si Konrad Warski a tué un enfant dans un accident de voiture, tout peut arriver à chacun et à n'importe qui. Il se garde de dire qu'il risque infiniment moins que moi à cette loterie, tout en se plaçant dans la logique de la prévention. À cette vitesse du propos, je rame à assimiler : « Il a tué son enfant ? » Gaspard me regarde, l'index sur la lèvre supérieure où il le suspend dans des circonstances graves. Non, pas le sien. Je n'insiste pas, même si j'aimerais savoir depuis quand Warski porte sa tête de Christ. Quoi qu'il en soit, malgré l'ampleur de la révélation, la star ce n'est pas lui, c'est moi. Gaspard revient au fil perdu de la conversation. D'après Adam, nous avons derrière nous la première secousse, d'autres suivront.

« Ce n'est pas de toi, que j'ai peur. C'est de ton volcan en éruption. Si tu préfères, rentrons. J'ai pensé, moi aussi, que c'était une solution. Le souci est de savoir comment tu vas supporter le voyage et ce que nous allons faire à Lacoste, si jamais cette crise devait continuer. Nous pouvons aussi bien rester, le temps que tu récupères, te stabilises…

— Et où est-ce que je devrais récupérer ?

— Soit je vais chercher quelque chose à louer en ville, soit il nous reste l'option de prendre une sorte d'appartement de fonction, dans l'hôpital de Konrad. Spartiate, selon lui, mais propre, et il y a un grand jardin. Ils se contrefichent de savoir qui y vit à partir du moment où ils sont payés.

— Tu ne l'as donc pas vu, cet endroit ? »

Gaspard me répond, sans parvenir à contenir son sarcasme, qu'il a été pris ces derniers temps, mais que Warski y a passé une demi-journée et qu'Adam y est allé jeter un coup d'œil. Je me résous à l'idée qu'il n'y a pas d'autre option, du moins dans l'immédiat. Avec docilité, je hoche la tête, feignant mon adhésion au grand projet du sauvetage de l'intégrité corporelle de Warski et, accessoirement, de celle des biens mobiliers de l'hôtellerie indienne. Le soulagement de Gaspard me glace. On dirait qu'il vient de résoudre l'énigme de l'évaporation des trous noirs. Ouf ! Le voilà rassuré, vissé à l'espoir que tôt ou tard tout finira par rentrer dans l'ordre. Pourquoi je me méfie de sa récente complicité avec Warski, dont par ailleurs j'ai du mal à remplacer le nom par le prénom ?

*

Je sors d'une nuit confuse : ai-je rêvé, fait un cauchemar, somnolé, veillé, traversé la ville en somnambule, mené une discussion, ri ? Était-ce une bonne ou une mauvaise nuit ? Quand Gaspard s'éclipse dans le couloir pour saluer Adam qui nous presse gentiment en frappant, il me faut une longue minute devant la glace, avant de me reconnaître. En colère franche face au chef-d'œuvre de Warski, je renonce à y retoucher. Pas même une mèche de cheveux ! Je profite de l'absence de Gaspard, écourte ma douche et fourre la précieuse pochette avec ma lingerie dans mon sac. J'hésite à prendre mon passeport qu'il range avec le sien et garde sur lui. En une fulgurance d'idée affreuse, je décide de le laisser, écartant ainsi le risque d'éveiller ses soupçons. J'ajoute ma trousse de toilette et me crois équipée pour la conquête du subcontinent indien.

Les retrouvailles avec Adam dans le hall se révèlent un peu mollusques. Il me questionne évasivement sur mon état, rate une moquerie sur nos coquards respectifs, puis me demande de l'excuser d'avoir manqué de vigilance, de m'avoir laissée partir au lieu de me rattraper, ce qu'il aurait fait s'il n'avait pas fumé. Je m'étonne de l'absence de Warski, mais n'en pipe pas mot. À mon tour, je pose à Adam une question sur l'avancée des recherches. Il déploie ses mains en éventail, les agite en l'air, finalement ne dit rien. Nous sommes déjà parqués dans un rickshaw qui brimbale vers le nord de la ville. La brève gesticulation d'Adam fait virevolter les feuilles qu'il a laissées sur ses cuisses, avec par-dessus l'édition du jour du *Times of India*, ramassée à la réception. Il s'agit d'un document intitulé *Autoimmune Diseases and Severe Infections as Risk Factors for Mood Disorders*, publié l'année dernière dans la revue *JAMA Psychiatry*. Ça sent l'odeur d'une cure radicale, de breuvages médicinaux, de jets d'eau froide et, plus près de la peau, celle des neurones brûlés par les électrodes. Tout un programme de bien-être. Si je me fiais à ma pulsion première, je décamperais sur-le-champ, mais je me fais stratège et décide d'attendre un moment plus propice. Nous arrivons à destination dans le vacarme assourdissant du trafic qui n'a par ailleurs de trafic que le nom, tant les rues sont obstruées. D'immenses camions chargés de blocs de charbon dont une quantité tombe sur la route à chaque coup de volant un peu brusque de leurs chauffeurs, des tracteurs, du bétail, une foule de motocyclettes, font régner une chienlit sans nom au milieu d'affiches et de panneaux qui représentent la même tête au regard bonasse et aux joues joviales, ornées d'une barbe blanche. Adam m'informe qu'elle appartient au candidat à la présidence du pays, un ultranationaliste d'inspiration fasciste. « Donc un nazi-Krishna ? » Adam s'en excuse presque. Aux abords de l'université, le bonhomme ne semble pas susciter l'unanimité. Une échauffourée à poings nus, bâtons et drapeaux, soulève des tornades de poussière à ce point furieuses que notre conducteur réclame un supplément pour aller plus loin.

Adam le guide à travers de larges allées bordées de palmiers, lui demande de longer un imposant bâtiment en béton des années 60, puis de s'arrêter en face d'une grille ancienne de style colonial. L'hôpital de Warski fait partie du campus étendu, aéré, organisé sur le modèle anglo-saxon. Il nous y attend, tirant sur sa cigarette. À mon soulagement, Adam l'accapare avec ses feuilles imprimées, de sorte que nous expédions les salutations embarrassées. Devant nous, sur une vaste pelouse parsemée de lauriers-roses, de jeunes bananiers et de palmiers-chanvre, sèchent des draps et des serviettes. Au second plan, une bâtisse d'un étage, mais dotée de couloirs extérieurs sous arcades, de deux tours coiffées de pinacles qui gardent l'entrée principale, ainsi que de pavillons *chhâtri* plantés sur le toit, s'étale sur une longueur impressionnante. L'ensemble ne manque pas de panache. Hou ! hou ! Qu'on ne puisse qu'y guérir, ne souffre aucun doute. Une queue interminable de gens de tous âges, assis sur des bancs alignés le long de la galerie ou par terre, témoigne de la réputation du centre ayurvédique qu'Adam n'omet pas de me rappeler. Nous entrons par une porte à battants au-dessus de laquelle figure un panneau DEPARTMENT OF PANCHAKARMA. En bon pédagogue, Adam s'empresse de m'expliquer la signification du mot *pancha*, c'est-à-dire cinq, et *karma*, l'action, lesquels renvoient à la méthode de purification de l'organisme en trois étapes, préalables au traitement proprement dit. Je ne suis pas pressée de savoir en quoi *panchakarma* différerait d'une vulgaire désintoxication. Qu'on me réserve à plus tard le plaisir d'en cerner les subtilités, me redonne vigueur.

*

À l'intérieur, tout ressemble à un hôpital ordinaire d'il y a un demi-siècle, moins l'exhalation d'eau de Javel, ici remplacée par la puanteur de la transpiration. Les ventilateurs de plafond brassent un air vicié et, de temps à autre, font tomber des mouches par terre. Regard fixé sur mon visage bariolé d'ecchymoses, Warski me présente ses excuses. Certes, c'était la pire solution, reconnaît-il, affecté.

« Allons, je vous prie. Vous auriez pu porter plainte contre moi pour agression sexuelle et tentative de meurtre. »

Tout à fait sérieux, il m'annonce qu'il n'y manquera pas la prochaine fois, à moins que je me laisse une chance de m'en tirer, que je me soigne, puis termine sa prestation par un improbable : « Faites-le pour lui, si vous manquez de motivation de le faire pour vous. » Ciel, quel pacte ont-ils noué ? Je prends la peine de rappeler à Warski que dans ce genre d'affaire, on ne brille que quand on agit de son plein gré et dans son exclusif intérêt. Soudain susceptible et comme désappointé, tout hérissé, il me balance qu'il serait étonné d'apprendre que je me suis déplacée ici, guidée par mon *exclusif intérêt.* J'en pantelle ! Épaule contre épaule avec Adam, un bon pas devant nous, Gaspard se tourne brusquement, me jette un coup d'œil inquiet, louche sur Warski et, étrangement rassuré, revient à sa conversation.

Nous traversons une salle de malades, longue d'une trentaine de mètres, munie de fenêtres grillagées et remplie de lits en fer. S'y amassent des patients et leurs proches, les seconds affairés à nourrir les premiers dans un bazar indescriptible. Chacun s'agite avec une gamelle, un plateau en aluminium, un bidon en plastique, un bout de journal en guise de nappe. Avec plus ou moins de souplesse, nous naviguons dans le passage préservé du milieu. Un instant, je cède presque à l'imprudence de dire à Gaspard : « Stop. On se tire ! » Mais Gaspard semble tout conquis à la cause de mon prompt rétablissement par le biais du *panchakarma.* Avec Adam et Warski, il aborde le sujet d'un certain professeur Raghavan à qui il paraît souhaitable de me présenter, en profitant de l'occasion. Je saisis alors qu'à trois ils tiennent déjà leur affaire et ne sont pas prêts à la lâcher. Effrayée, je commence à mémoriser les sorties et à en repérer de nouvelles. Une fois dehors, nous nous retrouvons devant un patio assez spacieux, verdoyant, avec un petit bassin central. Des gens campent contre les murs et les colonnes, assis sur des toiles cirées ou sur des nattes étalées à même le sol. Tous paraissent las, à moins qu'ils ne soient juste étourdis par la chaleur. Warski remarque qu'il n'a rien organisé avec Raghavan et qu'il nous reste donc à tenter notre chance. Il nous indique une porte entrouverte, à l'opposé de la cour, comme enveloppée d'une aura de sainteté. On y patiente avec un espoir presque tangible et dans un silence pieux. Incrédule, je prononce : « Vous plaisantez ? » Ils en font abstraction et avancent.

*

Warski frappe et montre la tête dans le chambranle. Aussitôt s'en échappe un « *Welcome, my friend, welcome !* », tonné par une voix qu'on attribuerait à un haut gradé militaire plutôt qu'à une sommité en matière de purification de l'organisme. Nous découvrons alors le professeur Raghavan en pleine consultation, entouré de trois jeunes assistants, face à un pauvre bougre appuyé d'un bout de fesse contre un tabouret chancelant. « Un diabétique ! » Raghavan nous l'annonce comme s'il constatait qu'une calamité venait de se produire dans son service. Il a une moustache en crocs, des sourcils en ogives et la tête d'un ovale parfait, sauf que rattachée au tronc par son côté allongé. Et quelle stature ! Si le professeur décidait de purifier son propre organisme, tout le département de *panchakarma* ne pourrait en venir à bout en une année. Sans ménagement, il expédie le malade avec un tas de feuilles roses de grand format qu'il lui remet une par une dans une gesticulation fougueuse. Apeuré, l'homme les prend, les roule en un tube qu'il place sous une aisselle, puis se retire en s'inclinant jusqu'à la taille. Warski se lance alors avec un respect un rien caricatural : « Je vous ai parlé, professeur, d'amis qui seraient susceptibles de faire un séjour à l'hôpital. » Pragmatique, Raghavan ne s'étonne nullement que Warski puisse lui amener trois organismes à purifier d'un coup. C'est *pro forma* qu'il demande s'il est question de tous nous traiter. Ah, non ! Juste madame, le reste du monde sert d'encadrement. Raghavan semble se rendre compte alors de ma présence et m'offre la place laissée vacante par le diabétique. Je m'empresse de signaler que nous comptons sur une brève entrevue et ne voulons aucunement l'importuner, mais ma supplique reste lettre morte. En un geste brusque, Raghavan me saisit l'avant-bras, pose le dos de ma main sur la table et se met à me palper les veines :

« La fréquence des pulsations cardiaques révèle les maladies et leurs causes. Afin d'établir un diagnostic par le pouls, j'utilise trois doigts. L'index qui m'indique la tension artérielle, le fonctionnement du système nerveux et la qualité du sommeil. Le majeur qui m'informe de la digestion et de la circulation sanguine. Enfin, l'annulaire qui me donne des renseignements sur le système immunitaire. »

Le silence se fait pendant un bon moment, tandis que j'observe la scène, gênée et rougissante, priant d'en être absente. C'est toute une démonstration qui pousse les assistants à prendre des notes. Impressionnés comme s'ils assistaient à la trépanation de mon crâne, Adam et Gaspard retiennent leur souffle. Warski suit l'examen avec inquiétude, pour ne pas dire qu'il le surveille. Je lui jette un regard d'adieux, de mépris, de divorce ! Je lui plante deux couteaux dans le cœur et tourne bien les manches ! Enfin, Raghavan retire ses doigts, tamponne son front en un geste médiumnique et nous réserve une analyse éclairante :

« La médecine occidentale cherche à diminuer la souffrance des patients par l'usage des psychotropes, ce qui diminue l'éveil. L'Ayurveda, au contraire, tend à favoriser la santé mentale en renforçant le niveau d'éveil. Cela implique la pratique du yoga, de la méditation, l'usage des plantes, des changements dans le mode de vie et d'alimentation. Selon nos connaissances, les déséquilibres du *dosha vata*, c'est-à-dire du principe des vibrations et du rythme dont le siège est dans l'intestin, de même que celui du *dathu rasa*, le plasma sanguin en rapport avec le système lymphatique, sont à l'origine des maladies mentales… Alors, votre *panchakarma* consistera en lavements à base d'huiles et à la pratique de *shirodhara* qui réduit le bruit mental. »

Je suis tellement mal à l'aise qu'il ne me reste qu'à surjouer mon intérêt pour son art. « Vous permettez ? » Avant que Raghavan ne me donne son accord, je pose mon majeur sur son poignet potelé, en lui diagnostiquant sur place une petite indigestion. Le professeur, il en glousse d'émotion ! Qu'on ne lui dise pas que je n'ai pas de don ! Ha ! ha ! Il se marre. Et dans cette atmosphère détendue, dont je suis exclue car pas dupe pour deux sous, je lui demande s'il est sûr d'avoir entendu les pulsations de mon incarnation actuelle :

« N'y a-t-il aucun risque, cher professeur, que vous ayez écouté le désordre de mes vies antérieures ? »

Il faut voir la stupeur de l'assemblée. Six paires d'yeux braquées sur lui, Raghavan médite comment éviter une bourde. *In extremis*, Adam le tire d'embarras : « Formidable ! » Nous attendons la suite, mais il se limite à enchaîner en polonais à l'adresse de Warski : « C'est exactement ce dont tu m'as parlé ! L'importance du second cerveau dans l'intestin et du système glymphatique ! »

À mesure que les battements de mon cœur s'accélèrent, mon plan se précise : retrouver ma mère, la confier à mon père, et déguerpir sur-le-champ, loin, très loin des purificateurs hindous, des esculapes polonais, et même de Gaspard qui s'est vendu à la bonne cause. Loin des malades, loin des mortels. Adieu ! Warski conclut sobrement notre rendez-vous en remerciant Raghavan, déjà lancé dans la rédaction d'un mémento en anglais à mon sujet, et qui lui répond : « Revenez au plus vite. Je ferai des prescriptions détaillées. » Je me lève comme d'une chaise électrique qui n'a pas fonctionné. Dehors, Gaspard m'adresse un désespéré : « Alors ? » Adam et Warski tendent l'oreille. Je me demande ce que j'aurais répondu si je n'avais pas eu le projet d'une évasion immédiate. Que je ne confierais pas mes souliers à réparer à ce charlatan, mais qu'il a du charisme ? Et c'est ce que je dis. Warski s'en emporte :

« Avez-vous au moins noté qu'il ne s'est pas trompé ? Je ne lui ai jamais parlé de vous.

— Qu'a-t-il dit au juste ? Que les maladies mentales logent dans l'intestin ? »

Ah, il ne l'encaisse pas, Warski. Il se ronge les poings. Il lui aurait plu de faire de moi une bête de foire contente de son sort. Alors, c'est maintenant ou jamais. Zou ! Pourvu d'un sens animal pour décoder mes intentions, à moins qu'il ne s'agisse de la plus pure essence mystique, Warski ne tardera pas à se mettre sur la piste de mon idée affreuse. Il renifle. Il flaire l'embrouille à pleines narines. Je prie tout le monde de m'excuser et m'en vais me laver les mains. De mon corps karmique, de mon bruit mental et du reste de tralala, je m'occuperai toute seule, un peu plus tard. L'essentiel est ailleurs. L'essentiel est dans la flèche marquée en vert foncé sur le mur et qui indique le chemin vers les toilettes, où ils n'oseront pas me suivre. Je dévale par les couloirs, les passages, les cours intérieures, un labyrinthe de gémissements, de moiteurs, de verrues, de gangrènes, de fièvres diverses, jusqu'à une sortie qui donne à l'arrière du bâtiment, faisant face à un autre, plus élevé, récent, atrocement laid, frappé du panneau BHU TRAUMA CENTER. Va pour le Trauma Center. Je trace avec calme quand un message de Gaspard s'affiche sur mon téléphone : « Où es-tu ? » Prise de panique, je dérobe une pièce en coton léger d'un rose passé qui sèche sur une grille. Je m'en enveloppe et parcours les deux cents mètres de distance, en barbe-à-papa qui aurait fui une fête foraine. De là, j'appelle mon chauffeur de taxi de l'avant-veille, celui qui a filé Warski à Radisson. « *Crazy tourist ?* » Elle-même. Il peut me récupérer un quart d'heure plus tard. Un délai raisonnable compte tenu de la circulation asphyxiée à Bénarès, une éternité lorsqu'on cuit dehors à la vapeur, sous menace d'une cure forcée de *panchakarma.* Adam m'appelle. J'allume une cigarette. Gaspard me renvoie le même message, cette fois terminé par trois points d'interrogation. Enfin, un numéro polonais inconnu s'affiche, dont je me doute qu'il appartient à Warski. Il est encore temps de rembobiner, de répondre à un seul de ces appels, en disant que je me suis perdue. Je ne fais rien. J'attends. Ma voiture arrive avec une ponctualité suisse. Et de nouveau, dans mon déguisement, je suscite un grand enthousiasme chez mon chauffeur. Les soixante dollars en billets de vingt que je lui tends, l'affûtent comme une promesse de nirvâna. Il faut me déposer au plus vite dans un de ces ports de la ville d'où partent les bateaux pour Calcutta, pleins de riches Occidentaux. Hue ! Et que ça twiste !

*

Le port est à l'image de la ville et peut-être de tout le pays : encombré et bordélique. En pleine expansion aussi, avec une portion de quai en construction. Bientôt, les bateaux de croisière de plusieurs étages y feront halte, à la grande fierté de mon chauffeur. Je tais ma colère. En attendant, il faut se satisfaire d'une embarcation qui aurait plu à Charles Marlow, tas de ferraille rouillée comme droit sorti d'*Au cœur des ténèbres*. Sans passeport et sans bagage, je peine à l'intégrer. Il me faut minauder, négocier, payer le bakchich. Allons, le bonheur n'a pas de prix ! Dans deux semaines, je descendrai à Calcutta, marquant pas moins de vingt arrêts qui correspondent aux plus beaux sites éparpillés sur sept cents kilomètres. Je m'inscris dans le registre qu'on me fait signer sous le nom de Sophia Weiss, de nationalité allemande, domiciliée au 11, Goethe Strasse, à Leipzig. Aussitôt on me montre ma minuscule cabine en boiserie moisie, puis le pont panoramique d'où l'on peut admirer le paysage. Je m'y affale sur un banc en bois et roule le premier joint de la journée. Il est quinze heures passées.

Qu'attend-on pour partir ? « Vos concitoyens, madame. » Voilà que les bonnes nouvelles ne manquent pas. Tout un groupe de retraités allemands d'une mission protestante, ayant effectué leur réservation deux mois auparavant, débarque. Foudre ! Ah, il ne faut pas croire, l'Allemagne n'est pas que Porsche et Rammstein. L'Allemagne c'est aussi les fantômes du passé. Soudain, je me retrouve face à une réplique réactualisée de mes protégés de la Wehrmacht, de l'époque de mes camps de scoutes socialistes en RDA. Que déduire de la circonstance ? Je l'ignore autant que j'y vois un signe. Nous nous observons avec une méfiance polie, eux, arborant doctement les brassières de sauvetage obligatoires, moi, un joint allumé et les pieds nus appuyés contre la rambarde. Ils sont roses, propres et savonnés, ce qu'ils étaient déjà dans le temps. Bruyante mais en marche, la climatisation les attire dans les cabines, aussitôt après l'annonce du capitaine. Il nous prévient par mégaphone que nous allons naviguer sans GPS ni radar, de même que les réseaux de téléphonie mobile ne fonctionnent pas dans certaines zones. Si ce n'est pas un miracle ! Je m'empresse d'envoyer à mon père un message tenu dans une poétique de télégramme : « Je vais bien. Appellerai dès que je la retrouve. » Je lève la tête de l'écran et vois s'échouer à un mètre de moi une femme qui me ressemble en quelque chose, en air, en musique, en rythme cardiaque peut-être. Du même micro-calibre, coincée à jamais dans son jean d'adolescence comme dans une renonciation impossible à réviser. Ah, ma belle inconnue, c'est trop tard pour vieillir, n'est-ce pas ? Elle m'adresse un sourire, je lui réponds par un clin d'œil au beurre noir.

Les deux rives du Gange à Bénarès, l'une agitée, tributaire de grands rites de passage, l'autre ensommeillée sous le soleil blanc, s'effacent progressivement de notre champ de vision. Au bout d'une heure de navigation, nous n'entendons plus un bruit, pas un cri égaré de batelier, pas même l'écho des gémissements des brahmanes qui officient immergés dans l'eau jusqu'à la poitrine. Le paysage devient semi-désertique, avec, parsemés çà et là, d'immenses silos à céréales qui pourraient servir de décor à un film d'apocalypse. De longs roseaux sortent de la terre humide des berges et ploient leurs corps élancés sous le vent, imitant le mouvement des vagues. Mon téléphone ne capte plus. D'emblée, je regrette de ne pas avoir envoyé un mot à Gaspard. Quoi que je lui reproche, quoi que je trouve à redire sur sa façon d'exercer le pouvoir que je l'ai prié de prendre, il s'abandonne, il se dépense sans compter, il déraisonne en ma faveur, comme aucun esprit cartésien ne saurait le faire.

De la France, je m'en rends soudain compte, de ce beau pays qui vous ouvre grands ses bras sans envisager de les fermer un jour, il ne me reste que lui comme attache. Je me surprends de ce constat, et plus encore de l'indifférence qu'il m'inspire. En Gaspard se concentre ce que j'ai réussi à épargner de ma passion pour sa patrie, pour sa langue, pour ses paysages. Il en serait donc des pays comme de certains amants : à trop longtemps les convoiter, on se lasse de leur arrogance et on s'en détourne avec une facilité déconcertante, libératrice. Pourquoi m'a-t-il fallu vingt ans avant de le comprendre ? La réponse me vient si rapidement que j'en éprouve presque un regret : j'ai aimé l'effort d'intégration. J'ai aimé me camoufler. Car, je le comprends maintenant, je n'ai pas fondu mon âme dans celle de la France, trop serrée, trop prudente, trop fonctionnaire. Pas plus que je n'ai discipliné mon esprit à suivre celui de mes hôtes, implacable et spéculateur. Et moins encore, à me faire à cette façon, bien française, d'exprimer l'amour, avec ce côté « bourgeois-robe de chambre », tant moqué par Gombrowicz. Si Warski n'était pas apparu, je me serais toujours crue capable d'y respirer. En réalité, Gaspard y constitue ma seule réserve d'oxygène. Le reste relève de l'habitude, de la commodité, et des moyens financiers dont je dispose pour m'éviter une mise à l'épreuve des valeurs fondamentales de ma terre d'accueil. Fraternité et égalité, on n'aurait pas eu l'idée de les imprimer sur un document officiel, en Pologne. Il faut croire que le sang versé et celui qui est toujours en ébullition nous suffisent comme garantie de notre querelleuse solidarité. Avec ses grandes mains, Warski a tout remis à l'endroit : des mensonges sont redevenus des mensonges, comme des non-dits sont redevenus des non-dits, et ainsi de suite, sans oublier les illusions et la nostalgie incurable de ce qu'on fuit. Le fait est que l'exemplarité objective de mon assimilation n'a aucunement modifié ma syntaxe organique. Mais est-elle seulement modifiable ? Les hoquets et les crises cardiaques, on les a toujours dans sa langue d'origine. C'est la mesquine vengeance des pays où on naît et qu'on quitte. Au cours des semaines et des mois à venir, Warski et moi en discuterons à satiété. Jusqu'au soir où il en aura assez et me dira :

« Comme toujours, tu exagères, Gabriela. À croire que quelqu'un t'oblige à faire des choix. Nous sommes bien meilleurs polyglottes que ta mauvaise volonté ne veut l'admettre, capables de respecter les syntaxes de plusieurs langues et même langages… »

Pour l'heure, je divague, coupable d'avoir fait subir à Gaspard des éruptions de ma polonité inopinément déclenchées par un ancien amant de ma mère. Que nous ne cessions tous les trois de nous taper dessus, et ce depuis le jour de notre rencontre, n'a pas dû lui échapper. Il s'y est brillamment adapté, ce qui n'exclut pas le risque qu'il s'en lasse rapidement. Et pourquoi rentrerais-je en France, s'il n'y était plus pour moi ? Sans que je puisse trouver davantage de raisons de rentrer en Pologne. Mais il faut bien que je rentre quelque part. Que cette aventure se termine. L'invention de Sophia Weiss, difficile à justifier par quelque motif que ce soit, résonne comme une réponse immunitaire à la complexité épuisante de Gabriela Bartel. Je suis en vacances de moi-même. J'apprécie. Je savoure. Je me régale. Cela ne durera pas. D'ailleurs, je n'oublie pas d'avoir à régler quelques affaires de Gabriela Bartel. À l'approche de notre premier arrêt, à Patna, où un musée régional abrite des collections de sculptures et de peintures miniatures râjasthânis, une vieille dame ronde me propose un bonbon à la réglisse. *Danke, nein !* Je déteste la réglisse et n'ai strictement rien à cirer de l'art râjasthâni. Je mets pourtant pied à terre, munie d'une photo de ma mère imprimée sur une de ces affiches dont mon père a eu le temps de placarder la moitié de Bénarès.

Trop grande et bruyante, Patna n'est pas une ville où ma mère aurait voulu mourir, et elle n'y serait pas morte, même s'il lui avait fallu se faire violence pour survivre jusqu'à la prochaine étape. C'est une évidence. Je ne suis pas non plus dupe quant à ma motivation cachée d'en fouler le sol : au XIXe, les Britanniques ont fièrement érigé la bourgade en haut lieu de la production d'opium, comme m'en informe un dépliant. L'espoir qu'on y préserve clandestinement les traditions coloniales et le produit phare du comptoir me mobilise autant que celui d'y trouver ma mère. Même si, à ce sujet aussi je me leurre, et je le sais. De l'opium, je ne connaîtrai que la curiosité de l'ingurgiter. Incapable de déplier le poster avec la photo de ma mère, de le montrer à quiconque, de questionner des inconnus, je rêve de quitter le réel, pourtant très incertain. Ciel, qu'est-ce que je fais là, entourée des milliers d'habitants d'une cité laide et sans intérêt, sinon pour les sikhs dont c'est apparemment un lieu saint ? Furieuse, affligée, en train de crosser de mon pied de gosse ma frustration mature, je retourne au port. Mon sosie m'y cueille, ayant snobé la visite. Qu'est-ce encore que cette fille ? Un mirage ? Une projection ? Je monte sur le pont panoramique.

Les Allemands rentrent euphoriques, sacs en plastique pleins de souvenirs. Quelques-uns d'entre eux parlent au téléphone. Je rallume le mien. « Bonne chance, ma fille ! » Au message de mon père, je souris, puis fonds en larmes. Il y a mis autant de sincère bienveillance que de démission. Rien à répondre. Pas plus qu'à Warski qui s'est dépensé à me mitrailler d'une série de : « SVP. Appelez-moi ! » D'un message l'autre, Adam a multiplié les points d'interrogation et les points d'exclamation. Quant à Gaspard, dont je n'ai pas le courage de lire l'amertume jusqu'au bout de sa longue épître, il me crève le cœur comme mille crises de tachycardie. Ah, saloperie de misère ! Je suis en pénurie de mots, d'excuses, de promesses, de crédibilité. Banqueroute totale. « Accorde-moi une semaine. Ne déserte pas. C'est ma guerre contre moi, pas contre toi. J'ai l'habitude de gagner. » Je ne me relis pas, appuie sur « envoi ». Notre miracle résistera-t-il, ne résistera-t-il pas, à mon outrage ? Qu'il tienne encore, qu'il dicte à Gaspard une litanie de remords et de reproches, témoigne de sa robustesse. N'importe qui à sa place aurait déclaré forfait, surtout un esprit cartésien. Je jette le téléphone à l'eau dès que nous levons l'ancre.

Hard day ? Mon double à l'accent américain m'aborde, une Thermos collée contre la poitrine. Helen. Elle me tend la main. Sophia. Je la serre, au terme d'une présentation bosselée par un réflexe incompris de moi-même, un mensonge qui m'échappe dans un souffle. À moins que je ne m'en amuse plus que je ne suis prête à le reconnaître ? Je précise à l'attention d'Helen que j'ai souvent l'air dramatique, voire mélodramatique, mais que ma vie ne l'est pas. Vraiment ? Elle écarte une longue mèche de mes cheveux, rabattue sur le côté de mon visage accidenté par Warski, lève le sourcil. Fausse piste, chère amie. Je le lui signale et tais l'information qu'on ne me tabasse pas par amour, mais pour des raisons médicales. Par ailleurs à titre exceptionnel, ce à quoi Helen ne m'accorderait jamais crédit, vu mes multiples contusions. Elle se tourne de profil, plisse les yeux comme pour axer son regard sur la ligne de l'horizon, me vole une bouffée de ma cigarette. La nuit revient, vêtue du même bleu outremer qu'elle portait le premier soir. Étouffant de moiteur, nous échappons au moins à la gourmandise du soleil. Helen sent le géranium et la coriandre fraîchement coupée qui l'emporte sur le parfum d'un vieil herbier ramené par le vent depuis les terres. Les vétérans roupillent, tapis en fond de cale. Nous monopolisons le pont panoramique devant lequel défilent les berges noires, brodées par endroits de feux ou de grandes ampoules colorées.

Elle est venue de Vancouver deux ans plus tôt et n'est sortie du pays que cinq fois, par obligation de renouveler son visa. Je lui dis que je viens d'arriver et prévois de rentrer dans dix jours au plus tard. Le petit rire qu'Helen me réserve pour tout commentaire me désarçonne. Je croirais m'écouter rire. Et c'est cette impression qui formule ma question : « Qu'est-ce qui ne va pas, à Vancouver ? » J'aimerais qu'Helen m'explique, en toute connaissance de cause, pourquoi les filles comme elle et moi n'arrêtent pas de s'agiter ? Pensive, s'étirant doucement le cou dans un mouvement de tête qui n'a jamais été le mien, Helen me demande si mon intranquillité me rend malheureuse. Ma charmante amie, nous n'avancerons pas dans cette discussion sans allumer un joint. Je sors la pelote de hasch de mon sac. Helen prend charitablement les choses entre ses mains habiles et nous façonne la munition pour la nuit, tout en me proposant le contenu de sa Thermos. Je la dévisse et verse une petite quantité d'un liquide verdâtre dans le bouchon en inox, étonnée de découvrir ma compagne adepte de boissons macrobiotiques. Quelle dégueulasserie ! Par politesse et attrait pour le martyre, je termine la dose qui me remplit la bouche de l'amertume des amandes, puis laisse un arrière-goût huileux. Je grimace. Helen en pouffe de rire, là encore, en m'offrant une copie conforme de mes propres éclats de rire. « Tu découvres, n'est-ce pas ? » Je hausse les épaules en réponse : « Un milk-shake ? Helen, voyons… » Je n'irai tout de même pas lui dire que celui-ci me paraît juste particulièrement écœurant. Elle en prend, l'avale cul sec comme pour m'impressionner, en guerrière indomptable du bien-être. « On appelle cela *bhang*… » Sans se faire prier, Helen me parle de la grande spécialité de Bénarès, à base de lait ou de *lassi*, auquel on ajoute des feuilles de cannabis, obtenant à moindre coût une espèce de navette spatiale à la portée de tout un chacun. Légal, le commerce du *bhang*, proscrit toutefois l'utilisation des fleurs et de la résine, une lubie des autorités des plus facile à contourner pour quiconque, à l'exemple d'Helen, souhaiterait connaître un instant de paix profonde en traficotant un *bhang* autorisé. Miséricorde, Helen ! Serais-tu en train de me dire que le Gange connaîtra un prolongement dans le Mékong et que nous ferons un tour du monde ensemble ? Diablesse ! Curieusement, je ne me sens pas piégée. Prévenue, je n'aurais pas su refuser, alors il n'y a pas de quoi en faire un drame.

« Non, mon intranquillité ne me rend pas malheureuse, pas moi. En revanche, mes proches… »

Un joint collé aux lèvres, d'un calme qui confine à l'ataraxie, Helen semble satisfaite de ma réponse, bien que celle-ci ne fasse que lui ouvrir l'appétit, d'abord pour me rappeler que le terme *psychologie* nous renvoie à la *psukhé* qui signifie *âme*, aujourd'hui expulsée de son propre domaine au profit de *conscience* ou d'*inconscience,* ou encore de cet affreux mot *esprit*, puis passe par Aristote et Jung, et elle termine sa dissertation en constatant que ce déracinement du spirituel, jugé trop proche du religieux, n'a pu que nous rendre collectivement fous. Selon Helen, les agités de notre genre auraient la réaction la plus appropriée face au dérèglement général du monde. Du reste, ajoute-t-elle après un bref silence, et c'est même l'essentiel, ce n'est pas parce que nous avons un comportement agité que nous ne sommes pas apaisées au fond.

Ah là... je le suis, apaisée. La mixture de Bénarès me jette contre un airbag géant de l'Univers, extensible à l'infini. Je m'y prélasse, persuadée que même en gardant le silence, Helen comprendra ma reconnaissance et mon accord de principe à son propos. Deux pieds dans le romantisme, son analyse du problème ne manque pas de charme. Qu'est-ce que l'âme, je n'en ai pas vraiment l'idée, mais soudain je vois l'impasse qu'est devenue ma vie. Il n'y a pas à me soigner, à aucun moment. Il suffit de regarder de plus près, comme Helen, pour constater que mon âme va bien, fort bien même. Pourquoi personne ne l'a jamais remarqué, à commencer par moi-même ? Par conséquent, la seule cure efficace devrait avoir pour but d'étendre mon âme au lieu de m'empêcher de projeter des objets lourds. Ils s'y prennent du mauvais côté, mes sauveteurs, c'est tout. Soudain, Helen attire ma tête dans le creux de son cou et me chuchote à l'oreille :

« Personne ne peut rien t'apporter de ce qui n'est déjà en toi. Et toi non plus, tu ne peux pas demander ce qui n'est pas en toi, qu'il s'agisse d'un état ou d'une connaissance. Il faut que tu trouves le moyen de le savoir sans mes mots. »

Je décolle de son épaule, mi-amusée mi-émue, allume un joint pour me sortir d'embarras : est-elle folle, illuminée, ou empreinte d'une profonde sagesse ? Habile en tout cas. À ma question initiale, je n'ai pas perçu une ébauche d'explication : « Pourquoi avoir quitté Vancouver ? » À considérer son regard, on dirait qu'elle trouve ma question très bête ou sans la moindre importance.

« La raison est peut-être dans notre rencontre sur ce bateau, même si je l'ignorais en partant. J'ai fait simplement ce qui était indispensable à un moment. Es-tu sûre de savoir pourquoi tu es là ? Où quelque part ailleurs, quand tu y es ? »

Chut, Helen ! Motus ! J'en ai marre. Les étoiles nous frôlent, je romps les amarres, et tout ce ciel mieux illuminé qu'une salle de banquet me pose un défi de communicabilité. Mon double équivoque, plus chtarbé ou plus réfléchi, m'étreint dans ses maigres bras. Je lui sais gré d'avoir saisi que le moment est venu de nous taire. Nous nous allongeons sur le banc, tête contre tête, moi avec les pieds dans le sens de l'aval, elle de l'amont du fleuve. Explosion sur explosion, le firmament crache des myriades et des myriades de feux, de syllabes, de couleurs, sans arrêt, en flux tendu. Si on se fiait aux apparences, on parierait que rien ne survivra à cette agitation. Pourtant, je ferme les yeux avec confiance.

*

Plus acide qu'une orange pressée, le soleil infuse aux seniors allemands une envie de conquête. Ils forment une petite escouade compacte, résolue à en découdre avec le temple de la Mahabodhi et tout ce que l'Unesco a trouvé de valable dans les environs de Bodhgaya pour l'inscrire au patrimoine mondial. Je lève la tête à la recherche d'Helen et me déclenche un torticolis. Pas de sortie, en ce qui me concerne. Je m'y refuse, satisfaite d'outrager tout le monde avec ma dégaine de noceuse, à peine émergée de ses vapeurs. Les doigts d'Helen se rabattent sur mes paupières, en surprise qui se veut tendre. Fraîche et honnête, elle s'apprête à descendre avec le groupe. Je complimente sa tunique d'inspiration hippie, d'un blanc immaculé, imprimée de motif paisley bleu et vert, et lui demande de m'acheter le premier t-shirt trouvé, pourvu qu'il soit propre. Une annonce au mégaphone brouille sa réponse, dont je n'entends que la fin : « … tout est en toi, Gabriela. » Ses mains s'envolent de mon visage et avant que je n'aie le temps de me rendre compte qu'elle a utilisé mon vrai prénom, il n'y a plus personne. Je sursaute, regarde après le groupe qui quitte déjà la passerelle. Le vacarme à quai noie ma voix, alors que je l'appelle. Elle se tourne malgré tout, remue le bras dans un salut auquel je réponds mécaniquement, puis monte dans le bus qui assure la liaison jusqu'au site. Ils partent. Peu après, je descends dans ma cabine que je n'ai pas utilisée, me débarbouille, et découvre sur ma couchette la même tunique que celle portée par Helen, pliée en carré et entourée d'une cordelette argentée. Plus touchée qu'étonnée, je l'enfile, décidée à remercier ma bonne fée de son cadeau au prochain arrêt. La faim me fait remonter sur le pont.

Il n'y a qu'une seule autre halte programmée le jour même, à Nâlânda, jadis centre majeur de la pensée indienne. J'use le capitaine désœuvré avec un questionnaire fouillé au sujet du transport fluvial sur le Gange, les types de bateaux, les préférences des passagers étrangers, les arrêts proposés selon les opérateurs. Il m'offre aimablement un thé au lait, fort, sucré, brûlant, à croire que c'est une matinée de prodiges où mes souhaits se matérialisent sur-le-champ par quelque truchement du surnaturel. Il y a des bateaux bien plus modernes que le nôtre. Il y a des ferries. Il y a des embarcations de fortune sur lesquelles se hasardent parfois des Occidentaux, à leurs risques et périls. Autant dire que l'offre suffit à contenter une clientèle très variée. Je termine le masala chaï qui me fait office de premier repas depuis les œufs brouillés dont m'a gavée Gaspard, et continue mon enquête. Moustaches enduites de brillantine, pimpant dans son uniforme orné de gros boutons dorés, le capitane suinte de fierté à me fournir les renseignements. Que conseillerait-il à quelqu'un d'âgé et à la santé fragile ? Son radeau ! Sinon, un de ces nouveaux steamers qui partent deux fois par semaine depuis Bénarès. Je réfléchis. Avec plus ou moins de confort, ma mère a dû suivre le même trajet, s'arrêter aux mêmes endroits. Comme elle n'a tout de même pas pu envisager de finir sa vie sur un site classé par l'Unesco, je n'ai manqué qu'un monastère où Bouddha aurait atteint l'illumination, rien d'autre. Du reste, quelles que soient les commodités dont elle disposait, je ne vois pas qui supporterait cette croisière jusqu'à son terminus, à part les retraités teutons. J'ai intérêt à descendre à la prochaine étape.

Le retour du groupe interrompt ma sieste. Je guette Helen. Le bus ferme sa porte pneumatique. Avec la chaleur, la file des passagers ne s'attarde pas au port, tout le monde regagne directement le bateau. Je reluque les têtes. Bordel ! Nous sommes une petite trentaine à bord, facile à scruter. La passerelle se vide au profit du pont panoramique. On la remonte avant que je n'aie le temps d'alerter le moustachu en chef qu'il manque une personne. Sûrement pas, me dit-il. Mais si ! Une femme dans une blouse identique à la mienne, de ma taille et de nationalité canadienne. Il n'y a jamais eu aucune Canadienne à bord. J'enrage ! Je peste ! Je réclame qu'il me laisse descendre immédiatement ! Notre rafiot émet un fier avertissement en s'éloignant du quai et halète pour poursuivre sa promenade, tandis que je persiste à faire scandale. Jusqu'à Nâlânda, je ne fais que cela, scandale. Le jour s'allonge sans ombre sur la surface de l'eau. Un remorqueur trapu nous précède, indiquant le passage navigable entre les hauts-fonds. Des bancs de sable plus larges que des terrains de foot bordent les côtes sur lesquelles la végétation s'affirme davantage, avec une rangée de palmiers couronnés de panaches de feuilles. Quand, une heure plus tard, nous nous préparons de nouveau à accoster, l'incertitude l'emporte sur la colère et la gronderie. J'envisage l'hypothèse d'avoir rêvé Helen, bien que cela n'explique pas que je porte un vêtement que je ne possédais pas au moment d'embarquer. De loin plus probable, il me semble qu'elle a prévu de rester à Bodhgaya, de disparaître sans dire au revoir, à la façon de ma mère, de moi-même aussi. Enfantillages. Je profère une injure à l'adresse des adeptes de débandades, puis me calme. Si tout est en moi, elles y sont aussi, ma mère et Helen.

*

Aussi muséifié que Patna est abîmé dans le vacarme, Nâlânda ne se prête ni au repos ni au passage à trépas. Trop figé. Trop scolastique, avec ses vestiges d'une université bouddhiste qui a accueilli à son apogée, quinze siècles plus tôt, des milliers de moines. Quoique différente de moi, ma mère ne l'est pas au point de souhaiter passer ses derniers jours dans une architecture si rigoureuse, de surcroît en brique rouge. Sûrement pas. Je me goinfre d'une farineuse pâtisserie locale frite dans du beurre clarifié, façonnée grossièrement en boule et généreusement arrosée d'un sirop brunâtre. Prévoyante dans ce seul domaine, je cherche une échoppe où m'acheter des cigarettes. On me propose des cartes postales en forme de dépliant, des bouddhas en stuc et des éléphants en bois, des cochonneries à grignoter et à boire, des bijoux à quinze sous, de la pacotille au kilogramme. Les sollicitations ne cessent pas. Je ronchonne, grogne, accélère, et c'est à ce moment-là que je l'aperçois. Helen se faufile le long du mur d'une enceinte au bas duquel les marchands, alignés en rang d'oignons, regardent avec espoir les mollets des passants. Je l'appelle. Soit elle ne m'entend pas, soit elle fait semblant. Tout bien considéré, pourquoi m'obstiner à la retenir ? Parce que ! Et si en définitif c'était moi ? Un jeune se ramène avec des cartouches de cigarettes, je lui en arrache une, paie ce qu'il me demande et crie : « Helen ! » de toutes mes forces. Le peuple me regarde, les vendeurs, les batteurs de pavé, les galvaudeux, et les nôtres, les retraités du meilleur des mondes. Je presse le pas mais ne la vois plus. Ah, si ! Helen ! Et merde ! Un rickshaw me coupe la route, pour ne pas dire qu'il me roule dessus, on s'engueule, les chauffeurs et moi. Helen disparaît. Je me retrouve au milieu d'un miséreux carrefour, improvisé au croisement de deux rues qui glissent dans le soir, à hurler jusqu'à épuisement : « Gabriela ! Reviens, bordel ! Reviens ! »

Soudain, je me rends compte que je n'ai, réellement, ni téléphone ni passeport. Rien pour prouver que je suis moi. Comme c'est étrangement douloureux, comme c'est foudroyant. Je m'en effondre littéralement en plein milieu de leur bazar hindou, des roues, des chiens, des tourbillons de poussière. S'il m'était commode d'expliquer mon état par le résidu du breuvage d'Helen ou par une excusable crise de panique, je n'arriverais pas à relativiser l'impression que le réel s'effeuille et s'envole, en recto et en verso. Enfin, *impression* n'est pas le mot qui convient. De quelle manière prouverais-je à Gaspard que je suis moi, alors que je n'ai pas un avis arrêté sur ce sujet, en ce moment ? Le bateau ! Seigneur, le bateau ! Mon dernier cordon avec quelque chose de plus certain. Je me lève et me mets à rebrousser chemin, rendant furieux mon pied blessé à Bénarès. J'arrive au port avec une chaussette veinée de sang qui teinte aussi la bordure en tissu de ma basket. À l'instant même, mon bateau siffle un vaudevillesque *adieu.* Tas de rouille, va ! Ils viennent de me larguer, bande de branles ! Ah, c'est beau, l'aventure ! Quel dommage que, contrairement à ma mère, je ne l'ai pas dans le sang.

*

Et maintenant, quoi faire ? Je me parle, comme à chaque fois quand je suis seule et qu'il faut que je négocie avec mon intelligence, que je la hisse à la hauteur française, rationnelle, inatteignable. Tu ne passeras tout de même pas ta nuit ici, si ? Non, à moins qu'Helen ne se décide à réapparaître avec une idée pertinente pour organiser notre survie, ni trop cosaque ni trop mystique. À défaut d'Helen, que me reste-t-il ? Un joint. Je le surcharge, assise à même le sol pour le rouler. L'agitation du port ne faiblit pas à l'approche de la nuit, au contraire. On crie plus fort, à croire qu'on entend moins bien dans le noir. À travers ce brouhaha de voix d'hommes, aiguës, basses, vigoureuses, vulgaires, me parvient le couinement à peine audible d'un chien. Isolé et comme sorti de ma propre gorge. Un instant, je m'interroge si, en définitive, ce n'est pas moi qui couine. Je prête l'oreille, absorbe la fumée, observe toutes ces vies, tellement différentes de la mienne qu'on ne me croirait jamais, si j'avais à raconter sur une autre planète qu'il est possible de faire cohabiter, à l'échelle du globe, des individus à ce point dissemblables, habitant des époques séparées, des langues hermétiques, compréhensibles seulement par ceux qui les parlent, des mœurs indécodables d'une terre l'autre, des aspirations inconciliables, priant des dieux qui se font la guerre. Qu'avons-nous en commun, sinon la biologie ? Étrange que cela ne nous ait pas suffi à mieux nous entendre. Transplanté, un cœur européen battrait pourtant dans un corps asiatique. Transfusé, du sang africain circulerait aisément dans des artères blanches. Nos cerveaux humains ont une taille identique sous quelque latitude que ce soit. Et partout, qu'importe sa couleur, notre peau humaine flétrit au fil du temps, se dessèche, pèle et tombe, permettant aux chiens du monde entier de retrouver leurs maîtres. J'avance en cahotant dans la direction d'où semble émaner la doléance canine, de plus en plus faible, donc de plus en plus désespérée. Une chienne morte, tout juste, s'étale près d'un monticule de détritus, avec ses petits crevés de faim, sauf un, encore chaud. Je le prends dans ma main, dont il dépasse à peine la paume. Par chance, il ne s'agit pas d'un enfant. M'occuper d'un chiot, je sais très bien faire. Nous retournons dans les rues commerçantes où j'achète un bidon de lait de cinq litres, faute de conditionnement moins rabelaisien. Personne ne sait m'indiquer un endroit où me procurer un biberon, peut-être que mes interlocuteurs ne comprennent pas ce que je cherche, si bien que je me résous à arracher un bout de l'étoffe rose volée à Bénarès pour fabriquer une tétine. Le chiot saisit qu'il a intérêt à la sucer, une fois trempée dans du lait. J'élargis mes achats aux trois œufs qu'on me tend dans un sachet en plastique. Nous nous planquons de nouveau dans le port, face au fleuve, où j'en casse un, trempe mon doigt dans le jaune et l'introduit dans la minuscule gueule. Cette fois, il me faut du temps pour vaincre sa résistance. Je lui dis qu'il en a besoin et cela fonctionne. Mon chiot en engloutit un tiers et me pisse dessus. À l'occasion, je constate que c'est une femelle. Aussitôt, telle Eve de Mark Twain, je la baptise Nâlânda, ce qui m'oblige à la garder et à en prendre soin jusqu'à la fin de sa vie, ou de la mienne. De couleur chaude et à la mode, camel, elle deviendra un bâtard de taille moyenne au poil lisse, à en juger par le cadavre de sa mère. Nos besoins élémentaires ne diffèrent guère. Soudain, sans passeport ni téléphone, je me sens plus vivante et proche de chaque être vivant que je ne l'ai jamais été. Ma peur se calcine, il n'en reste que des cendres tièdes.

Une armada de barques de pêcheurs obstrue le port vidé d'embarcations plus distinctes. Je mets Nâlânda endormie dans mon sac, ramasse notre bidon de lait et m'avance vers les hommes qui campent accroupis sur les berges. Montrer la photo de ma mère ne me gêne plus. Aucun n'a rencontré Wanda Bartel, sans s'en sentir particulièrement désolé. Aucun sauf un, peut-être, qui me tire par la manche jusqu'à sa barquerolle bariolée en bleu-blanc-rouge et frappée du logo Pepsi Cola. Qu'ai-je à perdre ? Mon brave transporteur d'âge impossible à déterminer, y compris à partir de sa dentition dont la moitié brille dans le soir, tandis que l'autre absorbe bruyamment l'air comme un trou noir, répète en sifflotant un *daï* ou un *die*. Riche de mon expérience de Bénarès, je bride l'envie d'interpréter sa parole. Une poignée de dollars dont j'ignore le montant, indifférente à tout sauf à la possibilité de nous tirer de ce déplaisant endroit, lui fait hocher la tête de cette manière déroutante, typiquement indienne, de droite à gauche, puis de haut en bas et à l'envers, pouvant signifier tout et son contraire. Il insiste toutefois pour me faire embarquer. Je n'ai pas de solution alternative quoi qu'il puisse advenir de Nâlânda et de moi-même au terme de notre traversée fluviale.

Une fois installée sur la banquette tapissée de similicuir craquelé de partout, je relâche mes cheveux, sors ma chienne du sac et la love au creux de mon écharpe médicale dans un nid façonné de mes mèches. Que leur texture diffère de celle du poil de sa mère ne lui échappe pas, mais en un rien de temps, sa truffe cesse de remuer et s'abandonne avec confiance au sommeil profond. Où trouverais-je une telle gratification, une pareille consolation ? Il est toujours immédiat, cet effet d'apaisement qui se manifeste quand on fait ce qu'on croit juste, même s'il s'agit d'exploits minuscules. Mon Charon me sourit de toutes ses dents saines et pourries, en échange de quoi je lui offre une cigarette et m'en allume une.

Je me penche sur le flanc de la barque, plonge la main dans le Gange, un des plus beaux cimetières au monde, et sans nul doute le plus vivant. Serait-ce la raison pour laquelle ma mère a voulu y finir ? Sans boîte, sous les étoiles. Soudain, tout ici me semble contaminé par une fatalité qui frôle la crainte, incite à la passivité, mais aussi, qui libère une espèce de paix intérieure. Pourquoi perdre de l'énergie à contredire son destin, sachant qu'on ne peut y échapper ? N'arrive que ce qui doit arriver. Je me rince le visage avec l'eau du fleuve. Un instant après, une charogne enflée, d'un mouton ou d'une chèvre, dérive vers notre barque. L'homme la repousse à l'aide d'une pagaie et éteint le moteur. On entend les chiens aboyer de près. Nâlânda se réveille, pousse un couinement. Je ne sais pas si elle réclame de voir ses congénères ou boire sa dose du lait.

*

Empilés l'un sur l'autre, en brochette d'environ un mètre et demi enfoncée verticalement dans la terre, trois crânes nous mirent depuis les berges. Une meute de chiens campe autour, tandis que d'autres gambadent, mêlés aux jambes décharnées d'une poignée d'hommes affairés à tirer de l'eau un corps à moitié décomposé. Nus, fardés de blanc de la tête aux pieds à en irradier, ils nous ignorent avec superbe. D'emblée, j'imagine qu'ils récupèrent le macchabée pour finir proprement sa crémation. Un grand feu accentue la théâtralité de la scène, son aspect primitif et irréel jusqu'à la sidération. Je comprends alors que le Gange ne mène nulle part ailleurs qu'à l'origine des temps, au point d'avant la formulation de nos tabous et interdits civilisationnels. Il y a la Lune au-dessus de nos têtes, la nuit cousue à la surface de l'eau, et le mystère du feu. Pas de lois, pas de règles, pas de normes. *Aghori, aghori*, susurre mon guide, certain de produire un grand effet. J'acquiesce de la tête par gentillesse, feignant un saisissement. Il ne se laisse pas berner par mes simagrées et dans son anglais rudimentaire m'assène une série de mots que j'ai du mal à lier entre eux : « *body* », « *eat* », « *death* », « *shit* ». Face à mon impassibilité, sa main se soulève dans un geste qui simule une décapitation, puis une bombance. Ah, il s'agit donc de cela ! Des cannibales. Je tente par tous les moyens mimiques d'apprendre si les enfarinés se nourrissent de femmes aussi. Apparemment, c'est le cas. Et de chiens ? Je montre du doigt Nâlânda que je ne suis pas prête à abandonner en offrande, même pour sauver ma peau. Question de principe. Mon guide nie si vigoureusement qu'on aurait parié qu'il communique au sujet de végétariens les plus orthodoxes. En tous les cas, ils n'ont point goût pour la viande canine, ce qui me les rend définitivement sympathiques. Imperturbables dans leur besogne, ils enduisent le fruit de leur pêche de quelque marmelade et le mettent sur le feu. *No fear ?* Je dévisage mon bonhomme avec étonnement. Peur de quoi, de qui ? Sans déconner. De pacifiques cannibales *aghori* qui s'alimentent de cadavres ? Pas pour deux sous ! Il faut voir les nôtres, à La Défense, à Wall Street, à la City, dans la Silicon Valley, comme dans tous les salons artistiques et littéraires de Paris et de New York. Là, il y a de quoi trembler, prier, implorer la grâce de l'Esprit saint. Et sans même évoquer ces extrêmes, il suffit de jeter un coup d'œil sur Instagram, où nos plus belles femmes se dévorent mutuellement, suscitant un émerveillement généralisé. Je hoche les épaules, désolée d'avoir causé une déception à ce point fâcheuse : l'attraction me laisse de marbre. Nous nous attardons le temps de fumer une cigarette et de donner au chiot sa tétine trempée dans le lait, puis repartons dans les ténèbres. Sur la rive, le festin commence, précédé de farouches hurlements.

Éreintée comme je l'ai rarement été, je perds vite toute orientation spatio-temporelle. Glissons-nous toujours sur l'eau ou déjà dans l'au-delà ? Le soleil se lèvera-t-il ou la nuit demeurera-t-elle à jamais ? Allant de divertissement en divertissement, quelles surprises encore me réserve ma croisière ? Après les cannibales, rencontrerai-je des divinités aux mille bras ou des éléphants volants ? Mon transporteur arrête de nouveau le moteur face à un *ghât*, sourd à mes protestations. Sur la berge faiblement éclairée, des canots s'alignent comme des cosses éventrées, surveillés par leurs propriétaires qui parlotent autour d'une immense bouilloire suspendue au-dessus d'un brasier. Je demande à repartir, mais cette fois-ci aucune somme n'a le pouvoir de pousser notre barque plus loin, même d'un centimètre. Mon pied meurtri me tire à m'en faire grimacer, la faim me contracte l'estomac et me donne des nausées, tout mon corps me gratte. Avec Nâlânda dans les bras, je fais quelques pas dans l'eau presque à l'aveuglette, jusqu'à la terre ferme, où je m'écroule, sans force.

*

Le vrombissement d'un tracteur me réveille aux aurores, ensablée. J'ouvre l'œil, sursaute en ne retrouvant plus ma chienne, injurie le paradis qui se présente devant moi dans toute sa splendeur charmeuse. Nâlânda ? Elle se prélasse dans le sable, mordillant un bout de vieille corde. Le soleil fait scintiller la surface du fleuve. Mon regard surprend un pêcheur à l'épervier qui jette son filet à l'eau, dans la grâce infinie du geste. Sommes-nous toujours de ce monde ? L'air est limpide, luisant et parfumé de foin. Un temple d'un blanc cassé, à peine plus grand qu'une fourmilière, se dresse à ma droite. Plus loin, sur la berge surélevée, des enfants jouent au cricket. Et ça criaille, ça rigole, ça batifole ! Je me mets debout, soudain transpercée par la douleur qui sourd de mon pied, enflé au point de boursoufler ma basket. Les femmes accroupies sur le sable me remarquent, sans cesser d'écailler les poissons. Avant de leur montrer que j'ai soif, je déplie l'affiche avec la photo de ma mère. Elles sourient, bavassent entre elles, agitent les bras, toutes sveltes, élancées, aux grands yeux d'antilopes et à la chevelure d'un noir presque bleu. Quelle royale tribu, nom de tous les dieux ! Un achèvement idéal de la race humaine. Je comprends néanmoins qu'elles n'ont pas vu ma mère et que je ne la reverrai pas, moi non plus. Vouloir qu'elle soit là, à cet endroit précis, merveilleux, pastoral, ne suffira pas à la faire apparaître. Je bois dans une bouteille en plastique qu'elles me donnent, les remercie, prends Nâlânda et, résignée, pars à la recherche d'un téléphone. Sur le chemin qui contourne une modeste manufacture de briques, je ramasse une mangue laissée intacte par les singes. J'ai une pensée à l'attention de Warski qui nous a interdit de toucher aux fruits, et me mets à la peler avec les dents. Le jus coule le long de mon avant-bras que je rince dans le Gange.

Peintes à la chaux ou en vert pistache, les premières maisons ramassées en une petite colonie au milieu de laquelle trône un banyan géant, semblent vides. Elles sont basses, établies selon un plan rectangulaire, sans ornements futiles si ce n'est des pans de murs en claustras de béton qui aident à la ventilation. Fondu dans la végétation, le village vibre aux cris de singes au museau noir. Une petite vieille en sari rose surgit d'une habitation, alertée par les jappements d'un chien, trop paresseux pour aboyer franchement. J'esquisse un sourire. Elle me regarde comme si elle m'attendait depuis un moment, tout juste s'il ne faut pas m'excuser d'avoir tant de retard. Je m'incline à l'indienne, ensuite m'applique à mimer un appel téléphonique depuis un portable. Cela l'indiffère. Faisant tinter les bracelets qui s'accumulent autour de ses chevilles, elle enfile une paire de claquettes en caoutchouc restée sur le seuil, me fait signe de la suivre. Nous prenons une allée qui mène vers une maisonnette située à l'arrière, devant la porte de laquelle elle me plante. Je me contente d'enlever une chaussure, l'autre étant soudée par le sang à mon pied. *Hello ! Good morning !* Je me hasarde à l'intérieur, aveuglée par l'obscurité qui y règne. Pourquoi m'attends-je à y rencontrer un homme en possession d'un téléphone, comme si seul un homme pouvait en avoir un ? Et soudain, je la vois, sans la reconnaître au premier coup d'œil. Elle est allongée sur une natte, la tête appuyée contre une couverture pliée, parcourue de frissons et en difficulté respiratoire. Ma mère.

Somnolente, elle ne relève pas ma présence, jusqu'à ce que je m'allonge sur le flanc près d'elle, par terre, et croise son regard quand elle entrouvre les yeux. Elle me sourit, cherche à prendre ma main, que je lui donne sans effusion, comme lorsque nous allions dans les Tatras et que je l'aidais à grimper un sentier.

« Maman, j'ai emprunté ton manteau de fourrure à Cracovie, mais je te l'ai rendu. J'ai failli aussi te piquer Warski et finalement cela n'a pas marché. »

Lentement, ma mère me répond, faisant des pauses remplies de râles à peine audibles :

« Tant mieux, ma petite Rakshasha. Tu ne serais peut-être pas heureuse avec lui, il est très abîmé.

— Je suis très heureuse avec quelqu'un et je n'ai pas cherché à l'être avec lui. Je l'ai voulu par toquade et parce que j'étais en colère contre toi, mais tout m'a échappé… C'est sans importance maintenant. Tu n'as pas soif ? Tu as les lèvres gercées. Je n'ai rien à boire. J'ai acheté du lait pour ma chienne, il a tourné… Regarde. Elle s'appelle Nâlânda. »

Avec un sourire indulgent, ma mère prend le chiot, me demande d'ouvrir la porte de la pièce en enfilade, qui donne sur les ficus en surcroissance et, plus loin, en contrebas, sur le

Gange. Toute plate et triangulaire, la tête d'un serpent émerge du feuillage, me faisant reculer sous l'effet de la surprise. Quoi qu'il en soit, je ne saurais reconnaître les espèces venimeuses. « Ta protégée est déshydratée, Gabriela. » J'écoute. Ma mère apprécie beaucoup la vue, mais se méfie de la curiosité des singes qui n'osent pas s'aventurer à l'intérieur par l'entrée principale. Je passe sous silence qu'il y a plus méchant que les singes dans le coin. Il faut bien trouver une solution pour permettre à ma mère de profiter de la chambrette, agréablement fraîche, propre et vide, abstraction faite de trois sommiers entreposés l'un sur l'autre. Une moustiquaire ferait parfaitement l'affaire. À peine entrée, la lumière me fait découvrir un rideau qui sépare un cagibi au sol en ciment, murs carrelés à mi-hauteur, doté de toilettes à la turque et d'un tuyau servant de douche. L'état des lieux renforce ma foi en les miracles. Si ce n'est pas notre palais en marbre à Bénarès, ce n'est pas un mouroir non plus. Je retourne auprès de ma mère qui murmure ses recommandations censées sauver Nâlânda : retrouver notre hôtesse en sari rose et lui demander du lait de chèvre. À l'occasion, je pourrais apporter un masala chaï qui nous ferait du bien à toutes les deux. L'eau potable, au bon goût ferrugineux, se puise à la pompe. La clarté avec laquelle raisonne ma mère contraste à ce point avec son apparence physique, que j'en reste interdite, paralysée. Des ravages de son cancer, elle m'aurait donc tout épargné : le teint jaunâtre de sa peau, sa maigreur extrême, soulignée par une étrange enflure de tout son corps. Je me ressaisis, déguerpis dehors exécuter ses instructions.

Quand je reviens, chargée d'une casserole de thé bouillant et d'une vieille bouteille de Fanta remplie de lait que j'ai du mal à tenir sous mon bras endommagé, elles dorment toutes les deux, ma mère et ma chienne. Ah, ma petite Gabriela, tu vas grandir maintenant. Aussi silencieusement que possible, je dépose nos breuvages dans un coin de la pièce, sur un plateau en aluminium cabossé, puis m'éclipse dans la pièce d'eau. Je me douche à l'eau froide, sans enlever ma chaussure, puis me résous, dégoûtée, à remettre mon jean autrefois blanc, désormais semblable aux toiles les plus rageuses de Pollock. Ce n'est pas grave, je me le répète, ce n'est rien. Bientôt nous redeviendrons parfaitement propres, soignées, semblables à nous-mêmes.

« Pourquoi as-tu été en colère contre moi ? »

La voix de ma mère m'atteint au moment où je ramasse mes cheveux mouillés en un chignon douteux, singulièrement mal luné. Avec cet air de complaisance que je lui connais, destiné à me couper l'herbe sous le pied, à me contraindre à la franchise, à me faire *avouer* sans me faire courir le risque d'être jugée, ma mère me questionne, redressée sur sa couche. Je disperse mon malaise dans une agitation autour de la casserole, remplis les coupelles en métal de thé, donne son lait à Nâlânda qui se débrouille bravement à le laper, tête penchée sur un grand bouchon en plastique, à défaut d'une gamelle. Enfin, je m'assois, presque essoufflée.

« J'étais en colère contre toi parce que je n'ai pas la moindre idée de ce qu'on fout là, ni de ce qui t'a poussée à t'enfuir. Parce que j'ai toujours cru que tu avais une vie parfaitement ordonnée, que tu savais toujours ce qu'il fallait faire et que tu le faisais. Parce que j'avais besoin de ça. Pendant toutes ces années, je t'inventais telle que je voulais que tu sois, solide, fiable, rassurante, ce qui suffisait à me structurer… Je t'en veux, parce que tu m'as permis de croire que nous étions importants pour toi, plus importants que tout. Mais le pire, c'est que je ne peux plus me dire, « Ma mère ne l'aurait pas fait ». Je les ai largués tous à Bénarès, sans un mot, comme tu l'as fait. Et en définitive, je ne sais pas si j'ai eu raison ou tort, si toi, tu avais le droit ou pas de faire ce que tu as fait. Je ne sais plus rien… Sur le seuil, là, je peux fumer ? Cela te dérangerait ? »

Impassible, ses doigts tressés autour de son gobelet de thé, elle me demande de rester fumer près d'elle. La fumée de cigarette lui manque. Aussitôt que je m'en allume une, elle me réclame une bouffée. J'hésite une seconde, pas davantage. Et si c'était notre dernière ? Je remarque un Nicopatch collé sur l'avant-bras de ma mère, il s'agirait donc de retrouver le plaisir du geste. Malgré tout, elle tousse, puis marque un silence vibrant de l'effort à respirer.

« Vois-tu, j'ai toujours eu peur de devenir cette mère qui érige des murs, qui garde sous son aile jusqu'à étouffer… Mais il fallait aussi que je te protège, parce que c'est ce qu'on fait quand on est une mère. Et dans ce métier, crois-moi, on en fait toujours trop ou pas assez. Heureusement que nous ne sommes pas payées pour le travail effectué, parce que personne ne saurait établir un salaire adéquat. Seulement, à chaque fois que je te regarde, ma petite Rakshasha, j'ai la satisfaction de constater que j'ai été une très bonne mère et que je serai encore meilleure quand je ne serai plus là… Tu avanceras sans moi, tu te perdras comme tout le monde, et tu te retrouveras parce que tu en as les moyens. »

Je la fixe, sans prononcer un mot. Hors de question de lui dire qu'elle délire, qu'elle conjecture, qu'elle spécule et qu'elle le fait mal, parce que cela reviendrait à lui jeter à la figure qu'elle est une mauvaise mère, alors qu'elle ne l'est pas. Ma mère mérite que je lui mente, ou que je la ferme et fasse mine d'être à la hauteur de la rude tâche qu'est celle de vivre.

« Maman, sais-tu comment s'appelle le trou où nous avons échoué ? Sais-tu où on est ? Je dois téléphoner, mais j'ai perdu mon téléphone… »

Elle continue à me sourire, avec davantage d'indulgence et de tendresse, en me caressant la main. Nous sommes à une dizaine de kilomètres de Chhapra, donc à plus de deux cents au sud de Bénarès. L'endroit gagne en réputation sur les forums des voyages, plusieurs Occidentaux y ont passé l'arme à gauche. La semaine dernière ce fut un ingénieur américain, et avant lui, nombre de Britanniques, si bien que les enfants du village baragouinent l'anglais. Dans un rire qui lui échappe, réveillant de nouveau sa toux, elle ajoute qu'à la différence de la fameuse forêt des suicidés au Japon, ici il faut laisser une petite somme d'argent. Je m'étrangle. S'agirait-il d'un dernier *séjour organisé* ? Ma mère me dévisage, tapote le dos de ma main et conclut qu'*organisé* ou pas, son hébergement ne manque pas de charme, comparé à ce qu'elle aurait pu espérer des soins palliatifs à Cracovie ou d'une euthanasie à Zurich. Vlan ! Voilà qui est clair. Je me mords la langue, renonce à tout commentaire, serre ma mère contre moi et me lève. Elle poursuit, toujours avec le même calme. Les téléphones captent à deux kilomètres d'ici, je n'ai qu'à me servir du sien pour appeler mon père. Tiraillée à propos de quoi dire, quoi taire, je finis par l'informer qu'elle a mobilisé une force d'intervention internationale. En réponse, elle me lance un faussement amusé : « Voyez-moi ça. » Je hausse les sourcils, confirme sans qu'elle me le demande qu'Adam est là, de même que Warski, et qu'à ce moment même, ils doivent nous maudire. Alerte, elle remarque que la présence d'Adam et de *Konrad*, ne procure pas à la délégation le caractère international que je lui vante : « Un homme ? » Jusqu'à présent, j'ai toujours préféré les hommes et affirme ne pas envisager de changer d'orientation, bien qu'elle se démode.

« Alors dépêche-toi, je serais heureuse d'en apprendre plus. Au fait, ton père serait-il mis au courant de…

— Papa ne sait rien au sujet de Warski, et il ne saura jamais rien, à moins que tu n'en décides autrement.

— Fort bien. Ce serait parfaitement hors propos. Maintenant, va… N'oublie pas de te procurer du lait en poudre pour les bébés, ton chiot appréciera. Et qu'ils essaient d'obtenir des antibiotiques pédiatriques contre les infections cutanées, Konrad saura. »

*

Caniculaire, chargée de bourdonnements d'insectes qui voltigent par nuées près des bouquets d'aloès, la matinée a vidé les berges où je me suis réveillée. Depuis le coteau que je grimpe suivant les indications de la douairière en rose, j'embrasse du regard le village qui compte une trentaine d'habitations en son cœur, et plus loin, deux longues rangées de maisons récentes en parpaing, certaines connectées à l'universel par des antennes satellite, une manufacture de briques en pleine activité, une scierie à l'arrêt, des champs laissés en jachère et d'autres, semés de céréales dont l'effort pour survivre sous un soleil de plomb paraît presque tangible. Les canaux d'irrigation sont à sec, la terre couleur de rouille, aussi friable que des os léchés par les flammes. Personne à l'horizon, rien que l'étendue de la plaine sur la rive opposée et les bosquets touffus de notre côté. Au milieu de la colline, je repère un chemin qui rejoint une route bordée de pylônes en bois. Il me faut claudiquer encore un bon kilomètre avant d'arriver aux abords d'une sorte de cité de transit, construite à la va-vite en préfabriqués, mais apparemment très à la pointe dans le domaine de la communication mobile. Les échoppes avec des portables de tous âges et calibres pullulent, grouillent de monde, offrent des services multiples à en juger par les réclames barbouillées sur des vitres crasseuses : International Calls, Speed Internet, Cheap Phone. Je vérifie le réseau qui s'affiche accessible et soudain j'appréhende d'appeler mon père depuis le téléphone de ma mère dont le prénom surgira sur son écran, avec un effet difficile à prévoir. Allez !

Mon père décroche immédiatement, sans un mot. Avant qu'il ait le temps de demander si c'est bien elle, je me mets à crier : « C'est moi, papa ! » D'une voix cassée, il souffle : « Tu as fait vite. » Dès qu'il apprend que ma mère est en vie, il devient pratique, pressé, presque brusque, sourcilleux sur les détails de ma position exacte. Il exige que je donne le téléphone à quelqu'un dans la rue pour l'aider à me localiser. Je lui réponds qu'il n'y a pas de rue à l'endroit où je me trouve, mais rentre dans une boutique remplie de carcasses de vieux portables et laisse parler le vendeur au réceptionniste de notre hôtel à Bénarès. Ils parviennent à communiquer les coordonnées GPS de la bourgade à mon père, à qui je déroule ensuite une liste de nécessaire à apporter : de l'oxygène pour ma mère, des antibiotiques cutanés pour enfant, des sacs de couchage ou des couvertures, des pastilles de purification d'eau, des doses d'anti-venin contre les morsures du cobra indien, mes vêtements de rechange et une paire de sandales. Déjà renseigné, mon père m'avertit que la route prendra six à sept heures, auxquelles il faut ajouter le temps qu'exige la location d'un véhicule. « Elle va bien ? » Inutile de mentir : « Non. » « Veux-tu que je te passe Gaspard ? » Non ! Non ! Non ! Je veux juste qu'il sache que je l'attends. Je raccroche, éperdue, frémissante, enfiévrée, abrutie de joie, soudain propulsée au paroxysme de la gratitude, en pleine apothéose d'un esprit cartésien qui a défailli, abandonnant Gaspard au sentimentalisme bien de chez nous, bassement slave. Seigneur, il n'est pas reparti, il est toujours là ! D'un beau Français qui déraisonne, on ne peut qu'être fou.

Je rassemble ce qui me reste d'idées claires, traverse la route, entre dans une épicerie où je trouve du lait en poudre pour nourrissons, dont toutes les boîtes s'avèrent périmées depuis plusieurs mois. J'en achète une, des bonbons destinés aux mioches du village, et une pastèque. À la sortie, un bus scolaire au toit surchargé de collégiens en uniforme à l'anglaise soulève un furieux nuage de poussière. Son freinage brusque, forcé par le passage hasardeux d'une vache, fait projeter les écoliers en l'air comme du popcorn à la poêle. Ils dégringolent sur la chaussée un par un. Paf ! Paf ! Paf ! Dans ce pays, mourir vire en passe-temps ou en passion triste. On n'arrive pas à s'en empêcher. Dès qu'une occasion se présente, boom ! On meurt ! De stupeur, je fais tomber ma pastèque qui éclate au contact du bitume. Que me reste-t-il de mon savoir de secouriste acquis au cours d'années d'éducation dans une République socialiste, où la crainte d'une invasion impérialiste avait ses implications pratiques ? Je cours, pied en compote et bras en écharpe, convaincue d'être malgré tout capable de poser un garrot. Les badauds affluent de toutes parts. Pour un patelin de cette taille, un accident de route occasionne un divertissement inespéré. On parlemente, on débat, on rigole. Pas de quoi fouetter une vache : un sonné, un ou deux nez cassés, plusieurs bras et jambes à la peau arrachée, la belle affaire ! On ne dérange surtout pas un traumatisme crânien qui dégueule tranquillement dans son coin, livide et aussi bleu que la plus parfaite représentation de Krishna. J'ai beau répéter qu'il faut l'allonger et le conduire à l'hôpital, on fait le choix de ne pas me croire. J'arrête un gosse visiblement terrifié qui se traîne à quatre pattes sur le macadam, le fait asseoir. Il me dévisage hébété et éclate en larmes, m'obligeant à le sermonner avec fermeté : « *Boys don't cry !* » Soit son anglais laisse à désirer, soit il se contrefiche de mon injonction, reste qu'en une seconde je me retrouve avec ses bras accrochés à mon cou. Aucun moyen de m'en défaire, il se cramponne et hurle. Seigneur, on m'aura tout fait vivre ici ! Je lui frotte le dos, le rassure en français, lui disant que ça ira, que sa mère l'attend, de même que m'attend la mienne. Ses camarades se font passer un savon par le chauffeur, à croire qu'il serait légitime de reprocher aux enfants de ne pas savoir voler. D'un coin de l'œil, j'observe le garçon qui continue à vomir, je ne tiens plus en place, braille à tue-tête : « *Fucking God, lay him down !* » Le blasphème se révèle salutaire, on couche le gamin. Mieux, on se résout, à reculons, à l'embarquer sur un pick-up. Mécontente du bazar, la vache largue une bouse et continue paresseusement sa traversée. Une demi-heure plus tard, tout rentre dans l'ordre. On fait remonter les petits morveux sur le toit, aux plus récalcitrants on réserve une claque, enfin on appelle le *mien*, que j'accompagne par peur qu'il n'en ramasse une, lui aussi, du fait de retarder les autres. Le gamin se détache de moi à contrecœur, deux genoux râpés jusqu'à l'os. L'avenir d'une nation, il convient de le juger à l'aune de la capacité de sa jeunesse à prendre des risques et à surmonter les épreuves. À l'Inde, je prédis une hégémonie mondiale, un règne sans partage ! Le bus repart avec tous ses occupants remis à leur place. Aussitôt, je les entends chanter. En rebroussant chemin, près des derniers baraquements de la bourgade, j'ai le réflexe d'envoyer un message à mon père :

« Évitez d'approcher les bus scolaires sur la route. »

De retour au village, alors que je redoute de retrouver ma mère éprouvée par la chaleur de la mi-journée, un nouveau miracle appâte mon œil, le cajole, le mignote à sa suffisance. Toute pimpante, bien que vêtue d'un simple t-shirt blanc et d'un chino beige, pieds nus, embellis d'une pédicure parfaite de couleur corail, ma mère se tient assise sur une natte devant la maisonnette, dos appuyé contre le mur. À côté d'elle, la vieille en rose chantonne une mélopée. À deux, comme liées par un serment secret, elles équeutent une taupinière de haricots verts, haute d'un mètre. Jamais je n'ai vu ma mère à ce point radieuse en s'occupant de nourriture. D'ailleurs, quand l'ai-je vue la dernière fois préparer un repas ? De plus près, je remarque tout un ornement sur son front, fait d'un point rouge placé au milieu et de trois traits cendrés, étirés à l'horizontale. Je réprime un sourire qui risquerait de paraître sarcastique. La marque se nomme *tilak*, me dit-elle, irradiant de sérénité, puis m'invitant d'un geste à m'asseoir pour permettre à sa complice de m'en poser une. Embarrassée, je remercie démonstrativement, mais préfère que les fresques sur mon visage s'estompent plutôt qu'elles ne s'accumulent. Elles s'en battent la paupière, l'une et l'autre. Un front sans *tilak* est comme un cœur sans miséricorde, comme une fontaine sans eau, comme une fleur sans parfum ! D'accord, d'accord. Je renonce à toute résistance. À si peu de frais, qu'elle se fasse plaisir, ma mère. Au cours de l'application d'une pâtée blanchâtre sur ma figure, j'apprends qu'elle est fabriquée à partir de bouse de vache. On n'a pas les moyens, au village, d'en préparer à base de bois de santal. Maintenant, je suis prête à m'attaquer aux haricots, chaque paire de mains compte. Incrédule et chamboulée, je dévisage ma mère telle une vision sous champignon hallucinogène. M'a-t-elle fait traverser le globe dans le but de nettoyer des légumineuses, le front barbouillé de merde ? Nâlânda, qui roupille sur la bâche où s'entassent les gousses d'un vert chlorophylle, émet soudain un rot fort sonore du fin fond de son rêve. Désarmée, je me débarrasse de mon sac et apporte ma contribution au banquet du soir, maladroite à œuvrer d'une seule main.

« Prends le temps de sentir les choses, ma Rakshasha... Tout passe si vite qu'il est futile d'être pressé... Ils sont beaux, ces haricots, ne trouves-tu pas ? Le jour de mon arrivée, on m'a fait savourer les jeunes pousses de christophines qu'ils utilisent ici à la place des asperges. Quel magnifique cadeau...

— J'étais certaine, maman, que tu détestais faire la cuisine, que tu ne t'y intéressais pas.

— Les certitudes ont les os fragiles, il vaut mieux ne pas s'appuyer dessus. Moi aussi j'ai pensé avoir de l'aversion pour la cuisine. C'est si difficile de se connaître, une vie ne suffit pas. »

Toujours à fredonner sous son nez, notre hôtesse opine du chef, on dirait qu'elle s'apprête à se joindre à notre conversation en polonais. Curieux de notre congrès, des singes s'approchent, piquent un haricot ou deux, ne les trouvent pas à leur goût, repartent vexés, crachant par terre. Ma mère observe la scène, amusée, puis tourne son regard vers moi.

« Ma Rakshasha... J'aurais tant aimé te dire comment vivre, ce qui est bon et ce qui est mal, ce qui est moral et ce qui ne l'est pas... Mais, vois-tu, à la fin, je me retrouve avec une seule idée sûre, que les réponses à toutes les questions sont en chacun de nous. Et bien plus encore. C'est un art très exigeant, mais il faut apprendre à être profond avec soi-même, à ne jamais arrêter de se parler et à savoir se taire parfois avec les autres. Aux grands troubles, je ne connais pas de meilleur remède que le silence. »

En définitive, j'aurais de quoi me disculper de ne pas avoir mis les pieds à Cracovie au cours des deux dernières années, mais je m'en veux terriblement. J'aurais pu venir éplucher des pommes de terre avec elle, si c'est sa nouvelle passion, et je serais repartie avec une recette pour mijoter une bonne vie, aussi riche et silencieuse que la sienne. Cela indépendamment du fait que la façon dont elle pense la terminer me fait soupçonner ma mère de tout remettre en question, y compris notre famille. Et d'un coup, je ne suis plus tellement emballée par l'idée d'écouter le silence.

« Pourquoi ne m'as-tu pas demandé de t'accompagner ici ? »

La vieille me voit allumer une cigarette et me force à reculer devant ce que j'interprète comme une tentative réussie de m'admonester à grand renfort de gestes autoritaires. Elle se démantibule la figure, s'agite en vraie possédée. C'est alors que ma mère me traduit son attitude et me dit d'offrir à notre patronne de quoi fumer. Qu'est-ce que ce village d'amazones ? Je n'ai pas vu une seule Indienne avec une cigarette. Je les prie de m'excuser toutes les deux et fais tourner le paquet. La vieille se délecte, ma mère s'abstient, anhélant de nouveau comme un soufflet à double vent. Elle ne m'a pas proposé de venir, tout d'abord, parce que je ne l'aurais pas accepté, et ensuite, parce qu'il y a des circonstances de vie que l'on n'a pas le droit d'imposer aux autres, qui exigent de la distance. Je lui rétorque qu'elle s'est appuyée sur des certitudes aux os fragiles. La preuve : je suis là, nous tous.

« Tu as raison et tu as tort, ma petite Rakshasha… Il arrive qu'on s'écoute, sachant que, quoi qu'on décide de faire par la suite, on commettra des erreurs car elles sont inévitables. Si un monde sans conflits n'existe pas, c'est parce qu'il serait très ennuyeux à vivre et nous priverait de beaucoup d'intensités, de grandeurs et de chefs-d'œuvre. Sans ma débandade, tu n'aurais rien su, ni de ton courage ni de ton sens de l'abnégation. C'est bien que tu en sois consciente, c'est plus important que tout le reste. »

Dubitative, je m'apprête à lui dire que ce n'est pas le courage qui m'a guidée, mais bien la peur de voir mon monde s'écrouler. Au même moment des femmes apparaissent, de retour du marché où elles vendent des poissons chaque jour, comme m'en informe ma mère. Elles amènent de l'agitation, une odeur de lait caillé et une profusion de progéniture qui fait fuir même les singes. Ma mère finit par allumer une cigarette, ne la fume qu'à moitié avant qu'un toussotement ininterrompu imbibe son Kleenex d'une bave rosâtre, puis rouge écarlate. Elle a froid. Je ruisselle de sueur dans la fournaise du début d'après-midi. Toute remuée, la petite vieille parle dans sa langue à ma mère, lui montre la maison, lui tripote l'avant-bras. C'est le moment d'intervenir.

À m'en éreinter, je tire d'une main les sommiers empilés à l'arrière de la maisonnette, là où les serpents chargent leurs batteries solaires face au Gange, lequel semble s'être arrêté de couler, faute de chaleur. J'installe Nâlânda à l'intérieur, dans le coin le plus sombre, et ma mère dehors, sous le couvercle du soleil. À notre bonne âme en rose, j'emprunte un balai contre les singes et une machette, comme conçue pour découper les reptiles. Aussitôt, elle nous apporte un thé bouillant et des mangues en tranches. Je tuerais en échange d'un verre de Perrier rempli de glaçons. Pourquoi a-t-elle si froid, ma mère ? Où sont les hommes ? Les nôtres, et tous les autres aussi, ceux du village ?

Tête à l'ombre projetée par la porte restée ouverte, ma mère se plaît tant dans ce four, qu'elle sombre d'emblée dans le sommeil. En éclair, en farfadet, je fais un saut dans la pièce, emporte mon sachet d'herbe et jette un coup d'œil sur les livres éparpillés par terre. Il y a les *Lettres à Olga* de Havel, le *Livre de Job* dans la traduction de Milosz, Ginsberg en polonais, un roman policier de Krajewski, et un recueil de John Berryman, *77 Dream Songs.* Tous les exemplaires sont tamponnés de l'ex-libris de Warski sur la page de présentation. *La Pesanteur et la Grâce* comporte en plus une dédicace de la main de ma mère, à l'encre noire : « *Passionnément, W.* » Et paf ! En pleine figure ! Cela t'apprendra, ma petite Gabriela, à fouiller dans des livres qui ne t'appartiennent pas. Je m'effondre, mais fourre encore le nez dedans, feuillette Weil mains tremblantes, scrutant les passages soulignés au crayon. Qui en est à l'origine, ma mère ou Warski ? Toutes ces phrases cruelles sur la joie pure qui ne peut venir que du dehors, par surprise, et celles sur l'amour sans condescendance, la seule force capable de ranimer, *comme par une piqûre,* le *je* pas tout à fait mort, juste inanimé. Et encore celles qui affirment qu'il nous est impossible de fabriquer quelque chose qui soit meilleur que nous-même. Pourquoi à moi, a-t-elle servi toutes ses fadasseries introspectives ? Grattez en vous à en crever ! Inspirez ! Expirez ! Mesurez votre souffle ! La grâce ne naît jamais d'un effort, pas plus que d'une discipline. Elle se manifeste, ou pas.

Quand je réapparais auprès de ma mère, je retrouve Nâlânda étendue sous sa main inerte. Petite traîtresse. En gardienne, je me limite à un joint qui m'ouvre un troisième œil sur le caractère incongru de la scène, mais aussi sur sa douceur apparente que j'aimerais approfondir et faire couler dans mes souterrains les plus enfouis, m'en remplir. Ma mère ne cédera sur rien de ce qu'elle a prévu pour la fin de ses jours, et je doute que le retour à Cracovie, après une brève retraite spirituelle en Inde, soit au programme. Elle négociera d'autant moins volontiers que la grâce suprême lui a été accordée : nous nous rejoignons *dans ce pays*, d'une manière qui ne doit rien au hasard. Je me trompe ? Les semaines à venir, que nous passerons sans doute à Bénarès, devraient être gorgées de tout ce que nous ne donnons que trop rarement au quotidien et qui abolit la notion de l'épanouissement personnel. Pas d'affirmation de soi, pas d'assertivité, pas de foutaises psychologisantes. À la poubelle, ces pleutreries ! Il faudra se promener nu, gros mots à la bouche : amour et renoncement. Il faudra s'éventrer, chaque jour de nouveau. Il faudra donner, et donner encore, comme cela m'est apparu très nécessaire le soir où Gaspard m'a conduite en voiture depuis Aix. Et il faudra qu'il y en ait pour tout le monde.

Réveillée par la raillerie triomphale d'un singe qui a réussi à nous voler une tranche de mangue et se balance avec son butin sur une branche, ma mère me demande comment je vais. Bien, ma foi. Je vais bien. Je reconnais avoir énormément de chance dans la vie, au point que parfois je ne sais pas quoi en faire.

Je suis en surplus, en excédent. Les privilèges que les astres m'accordent, si abondants et à ce point immérités, me mettent mal à l'aise. Il se pourrait alors que, de temps en temps, je marche à contresens de mon destin moulé dans la beauté céleste, ce qui expliquerait mes contusions et dommages corporels. Je promets à ma mère d'être plus attentive à l'avenir, mieux disposée à collaborer avec le cosmos qui m'est favorable. Peu rassurée, ma mère veut savoir si j'aime toujours les contes et les légendes. Plus que jamais ! Du reste, dans ce domaine rien n'a changé : la presse ment, les légendes seules disent la vérité.

« Alors écoute… Il fut un temps où tous les hommes étaient dieux, et ils en abusaient avec tant d'insouciance et d'arrogance que Brahma décida de leur retirer leur pouvoir divin. Avec d'autres dieux, il se mit à réfléchir où le cacher pour que les hommes ne le retrouvent plus. Dans la terre ? Dans les profondeurs des océans ? Dans des montagnes ? Les dieux savaient que partout l'homme risquerait un jour de pénétrer et de le récupérer. Alors, ils décidèrent de cacher la divinité de l'homme là où il ne penserait jamais à la chercher : au plus profond de lui-même. Ne remue pas avec trop de vigueur, mais regarde en toi, tu seras étonnée… »

Nous tendons l'une vers l'autre, nos mains rampent, s'allongent sur le sol, je la tiens, elle me tient, du bout des doigts d'abord, et ensuite en torsade formée de nos avant-bras, telles deux englouties dans les sables mouvants. Ma mère s'enlise en souriant. Si le prix pour qu'elle garde son expression confiante est que je fasse semblant d'être en grande complicité avec le sacré en moi, d'y aspirer du moins, de savoir de quoi on parle en vrai, sinon d'une bouée qui nous aide à passer de la décomposition corporelle au souffle de l'Absolu sans trop de frayeur, je le ferai et m'appliquerai dans ma tâche. N'a-t-on pas cru en un tas d'âneries aussi édifiantes que les écoles et les encyclopédies, susceptibles de rendre les gens meilleurs et plus autonomes ? Mozart ne devait-il pas nous sauver de la barbarie ? Au risque que je la soupçonne de lire dans mes pensées, ma mère ajoute que le Christ ne dit pas autre chose : le royaume des cieux est à l'intérieur de nous. Entre les deux traditions, orientale et judéo-chrétienne, il y a des ponts et des passages. J'acquiesce, évitant d'évoquer le fait que c'est également l'avis d'une certaine Helen, accro au *bhang*, et que j'ai eu peur de retrouver à ma place, prétendant être moi, quand je suis partie téléphoner au patelin.

Ma mère se redresse sur un coude, détaille mes parties cassées, pourries et délabrées. Le spirituel n'entrave pas le rationnel. Ainsi, il vaut mieux ne pas compter sur une intervention divine pour sauver mon pied blessé. Intraitable, elle m'envoie chez la vieille chercher une bassine d'eau chaude avec, trempé dedans, un clou de girofle au pouvoir antibactérien. J'ose protester, la supplie de remettre l'opération à plus tard, tente de plaisanter.

« Gabriela, l'homme est un animal métaphysique, mais c'est un animal tout de même. Ton pied ne cicatrisera pas grâce à la méditation. Apporte-moi aussi ma trousse de médicaments. »

Avant de traverser le village, je corromps les gosses avec des bonbons, je les domestique en un clin d'œil, respectable et distancié, aussi éloigné que possible des minauderies parentales à la mode sous nos latitudes. Qu'un encrotté ne vienne pas me demander de jouer au ballon ou faire des photos. Une bagarre éclate aussitôt, formant une tornade de couleur ocre. Devant notre Mother India qui macère les haricots dans du lait de coco, je me plie en deux, chorégraphiant une révérence fort cérémonieuse, de celles qui sont appréciées par ici. Elle semble ne pas vouloir me livrer le renseignement quant aux autres hébergements disponibles, vu qu'il nous faudra passer la nuit ici. J'ai beau gesticuler, elle se mure dans une grimace d'incompréhension. Une bassine d'eau bouillante sous le bras, je sollicite ma mère pour qu'elle l'interroge, ce qui nous éviterait éventuellement de dormir à la belle étoile. Comment elles parviennent à se comprendre toutes les deux, demeure un mystère entier. Qu'importe. À bientôt dix-sept heures, la voiture de Bénarès ne tardera pas à arriver.

« Même s'il serait bon que nous repartions à l'aube, il faudra s'organiser, maman… Sauf si tu veux rentrer à Bénarès cette nuit. En ce cas, tu examineras mon pied demain.

— Il n'est pas question, ma Rakshasha, que je rentre à Bénarès. Je resterai ici jusqu'à ma mort. »

Hallucinée, je la dévisage, m'allume une cigarette, et tente de lui faire savoir, bien gentiment, que camper dans la bourgade pendant des semaines paraît impossible, de loin comme de près. Tout aussi poliment, ma mère répond qu'il ne s'agit pas de semaines, que le délai est plus court, et même scandaleusement bref :

« Je serai morte demain matin. Alors mets s'il te plaît ton pied avec la chaussure dans l'eau, elle a déjà refroidi. »

L'Esprit soit avec moi ! Que je comprenne ma mère, de quelque manière surnaturelle, parce que par les moyens plus conventionnels, le message ne passe pas : comment pense-t-elle s'y prendre pour mourir à l'heure souhaitée ? Et pourquoi dans une telle précipitation, après m'avoir enquiquinée avec son éloge de la lenteur ? Aux abois, elle aussi, mais loin de s'avouer vaincue, ma mère s'aperçoit de ma stupeur et me demande de souffler dans une bouteille vide.

« Crois-tu, Gabriela, que je permettrais que nous nous quittions ainsi ? Alors, vas-y ! »

Comme autrefois, nous allons enfermer nos démons et ensuite parlerons en adultes. Remettre en doute la panacée qu'elle avait cru trouver trente-cinq ans auparavant, et laquelle, à tant de reprises, avait stoppé net mes crises infantiles, prémonitoires de ma future incontinence d'humeurs noire ou volcanique, n'est pas une option envisageable. Sans sourciller, je me saisis d'une vieille chopine d'huile quelconque, oubliée sur le seuil, et qui me graisse les doigts. Sommes-nous sérieuses ? Absolument. Concentrée sur ma tâche, j'expulse mes démons et passe le récipient à ma mère qui y ajoute les siens, dans un souffle frémissant d'effort et de tendresse. Pas prête à se dégonfler, elle la bouchonne ensuite et m'ordonne de la jeter dans le Gange aussitôt mon nouveau pansement fait.

« Maintenant, viens près de moi. Il faut que je regarde cette plaie. Le bûcher devrait être prêt dès ce soir. Ce n'est pas un problème, il y a assez de bois dans le village. Figure-toi qu'une virgule comme moi en consomme quand même presque trois cents kilos… Je me suis renseignée à Bénarès. Ton père saura très bien tout organiser. D'ailleurs, il n'aura qu'à payer les locaux. Aussitôt que je serai morte, vous m'envelopperez dans un drap blanc et me poserez là-dessus. On vous l'expliquera. Un proche doit l'allumer. D'évidence, ton père. »

D'évidence, mon père, et accessoirement son mari, me semble très peu porté sur l'idée de mettre le feu sous le corps de sa défunte femme. Il ne le fera pas. Il ne le fera jamais. Le scénario reste donc à revoir. Je hoquette en parlant, non pas de douleur ni de dégoût, alors que mon talon dégouline de pus, mais de vision d'horreur et de cette phrase entendue quelque part à Bénarès, dans la bouche d'un guide autoproclamé, sur la libération de l'âme censée survenir au moment où le crâne explose, pris dans les flammes.

« En traversant le Gange, ne t'a-t-on pas fait voir des cannibales, les aghoris qui se nourrissent d'une pêche bien particulière ? »

Me prévenant que le spray qu'elle s'apprête à m'appliquer sur mon talon tailladé risque de m'être très désagréable, ma mère nuance et tempère. On imagine les hindous spirituels et superstitieux, pourtant ils ne sont pas moins pragmatiques que nous. Pourquoi se donneraient-ils la peine de braconner un cadavre si peu ragoûtant et maigre qu'elle, alors que plein de corps rondouillets se baladent dans le fleuve ? Je reconnais son argument pertinent. Ma mère continue donc à soliloquer : rien ne dure mais tout est éternel. Il faut partir quand on est encore capable de ravissements, quand la joie d'une vie accomplie prévaut sur son délabrement final. L'œil mouillé d'impuissance, j'abandonne la partie, sauf en ce qui concerne la programmation de l'événement, arbitrairement précipitée. Des trois jours demandés, je réussis à lui faire concéder un prolongement de vingt-quatre heures, accordées à son corps défendant. De toute façon, mon père ne la laissera pas s'évanouir pour toute une éternité, à peine l'aura-t-il retrouvée, ce qui me dédouane de palabres macabres. Qu'il s'en charge, lui, et nous ne manquerons pas de le soutenir.

« Tu dramatises. Et tu connais mal ton père.

— Figure-toi qu'à Cracovie, nous avons eu l'occasion d'approfondir notre connaissance, mon père et moi. Alors je te garantis, maman, qu'il ne sera pas d'accord.

— Rakshasha… Vois-tu, quand on vit avec quelqu'un plus de quarante ans, c'est soit qu'on ne peut pas faire autrement, soit qu'on a su dépasser les blessures d'ego, les oublier et aller à l'essentiel. Or, l'essentiel revient à accorder toute sa confiance à l'autre et ne pas le faire souffrir. Comment peux-tu penser que ton père accepte de me voir putréfier au prétexte de ne pas pouvoir se séparer de moi ? Rarement deux personnes parviennent à se comprendre comme nous nous comprenons, lui et moi, alors il se résignera, comme tu le feras. Maintenant raconte-moi qui est cet homme qui t'a accompagnée. »

C'est la grâce sans pesanteur, l'homme qui m'a accompagnée. J'ajoute en faveur de Gaspard qu'il est certainement le dernier exemplaire de Français vivant chaleureux et généralement de bonne humeur, disposé à lire nos poètes, tout en écorchant leurs noms, ce qui parfait son charme.

L'estomac noué, j'aborde ensuite le sujet de la bibliothèque de Warski, étalée par terre, et qu'il serait bon de dissimuler à la vue de mon père. Si mes parents se comprenaient à merveille, comme le chante ma mère, notre voyage serait tout différent, alors autant prévenir d'autres malentendus. Décontractée, ma mère me remercie, reconnaissant la pertinence de ma remarque. Je n'ai qu'à tout mettre dans mon sac, les livres n'étant pas volumineux. Un râle muqueux, produisant un son gluant et élastique, l'entraîne aussitôt dans une crise de toux aux allures épileptiques, furieuse, irréfrénable. Paniquée, je la serre d'un bras, de peur qu'elle ne se disloque, qu'elle se déglingue.

Nâlânda se sauve sur ses pattes caoutchouteuses, poussant une plainte justifiée. Par fibres, par portions récifales, les poumons de ma mère sourdent de sa bouche. Je saisis sur-le-champ son empressement à en finir, à mourir en un morceau. Au premier instant d'un apaisement passager, elle me fait signe de la tête de ne pas l'allonger, surtout pas. Je lui présente sa trousse qu'elle réclame, d'où elle sort une plaquette de médicaments, me demandant d'en dissoudre deux dans un peu d'eau. Et il faut faire vite, c'est-à-dire courir à la pompe, revenir, l'aider à avaler sa potion. En sauterelle estropiée, un bout de sparadrap collé au pied, je branle et hurle sur les marmots qui s'attroupent autour de moi, à me scruter et à douter de ma colère, jusqu'à ce que je me transforme en un dragon monstrueux et intraitable. Chierie ! De retour, j'ouvre les capsules molles au-dessus de la coupelle en inox, mélange le contenu à l'aide de mon doigt préalablement sucé pour garantir sa propreté. Ma mère gobe la mixture aux pouvoirs charlatanesques, qui diminue quasi instantanément son halètement et le mouvement spasmodique de son thorax. Elle apprécierait grandement si je lui trouvais un verre de soda quelconque, pourvu qu'il soit bien gazeux et très frais, remède sans égal contre les nausées. Rapidement, mon programme se précise : une fois la boisson pétillante dénichée, lui préparer son bain de bouche avec du bicarbonate de soude, enfin, lui administrer des larmes artificielles, son traitement chimique provoquant une sécheresse oculaire qui la gêne beaucoup. Il y a des t-shirts propres dans son sac. Que je les cherche dare-dare car nous avons besoin de nous changer. Je note et remarque seulement que nous sommes tachées de sang. Au même moment, j'entends ma mère chuchoter un mot d'excuse.

« Quand je me serai reposée, je finirai de m'occuper de ton pied. En attendant, prends mes chaussures, ta plaie est très infectée. »

Et elle n'en finit pas de se déranger les nerfs à cause de ma blessure quand je réapparais avec une bouteille de Pepsi, tout droit sortie d'un congélateur à la porte arrachée, placé tel un catafalque frigorifié au milieu de la pièce principale chez la vieille. Je passe outre. La pire épreuve approche, me rend insensible au reste. Un flacon de solution oculaire à la main, je me tortille de résipiscence, dépourvue du moindre don infirmier. Tenir la paupière de ma mère, je ne sais pas faire, pas plus que mettre des gouttes dans son œil ou dans un œil quelconque. Ma main tremble presque autant que les siennes, toute moite et inutile. Elle le fera plus tard, je n'ai pas à m'en vouloir. Ah que si, je m'en veux ! Et comment ! Je pâlis de honte.

« Le soleil n'est jamais un bon compagnon pour un cancéreux, mais j'aime tant le sentir… »

Je réponds à ma mère qu'elle a raison d'en profiter et, lorgnant de côté, je me déclare prête à presser le flacon de larmes artificielles. Elle m'en remercie et m'assure que le geste est d'une simplicité ultime, sans risque aucun. Quand il s'agit d'yeux, rien n'est simple ni sans risque, à mon humble avis. Au moment où je comprends avoir réussi l'opération, je pantèle de fierté et d'émotion. Enflé, le visage de ma mère se détend, les commissures de ses lèvres tombent d'un sommeil artificiel. Je me presse d'apporter ses vêtements propres, mais j'arrive trop tard. Sa tête penche d'un côté, bizarrement, comme libérée de son poids. A-t-elle froid ou chaud, faut-il la couvrir ? Au toucher, elle semble fiévreuse, alors que son souffle devient enfin profond et indicible. Je décide de ne plus la manier, tant que ça tient, sauf pour la nettoyer avec une serviette mouillée. Elle marmonne des mots inintelligibles, confuse et totalement droguée. Je lui étale une pointe de son baume à lèvres, cale ma chienne sur ses genoux, m'applique à effacer les traces de notre vécu le plus récent : les salissures, les flaques, les sprays, les emballages de pansements et de comprimés, les mouchoirs en papier noirs de sang. J'amasse tout dans un sac en plastique que je brûle sur les berges, puis confie la bouteille de nos démons à la surface huileuse du fleuve. Pas loin, les hommes, nautoniers de la Délivrance, goudronnent leurs barques à en saturer l'air d'une odeur qui me fait éternuer en cascade. Il me faut une douche et un pétard. Non, deux ou trois, dix, cent, mille, fumés à la chaîne !

*

Mon regard appareille le coucher de soleil, le convoque rose et persillé de nuages mauves, comme la plus mauvaise des peintures. Un transistor suspendu à un arbre, en contrebas de notre gloriette, déverse une sérénade hindoue, follement ondulée. À côté, drapées de leurs saris multicolores, les femmes du village récurent les casseroles avec du sable et les rincent dans le Gange. Les moustiques forment leurs légions. Sur la rive opposée, les buffles glissent en un fil, lents et nobles. Le tout compose une bambochade ravissante. Je m'agrippe à la machette, surveillant ma mère partie dans les vaps et Nâlânda qui inspecte les lieux, indécise où se poser. Soudain, les cris farouches et surexcités des enfants, jusque-là envahissants mais pacifiques, me font bondir de notre terrasse en terre battue, derrière la maisonnette. Accrochées à une ligne électrique tirée Dieu sait d'où et fixée sur les branches et les toits des maisons, des ampoules s'allument une par une, dans les entrées et ouvertures des fenêtres. Le bruit d'un moteur me parvient en dernier, quand je suis déjà sur le seuil, incrédule qu'il puisse s'agir de celui produit par la seule voiture que j'attends depuis des heures. Un énorme Land Rover aux vitres tintées manœuvre pourtant laborieusement au débouché du chemin qui m'a menée à la cité de la téléphonie mobile, ce matin. Ils sont là ! Je me lance à corps perdu, freine, fais un demi-tour brusque : les livres de Warski sont restés en évidence dans la pièce. Je les fourre dans mon sac, fuse de nouveau, rouvre la plaie sur mon talon, à peine séchée. Arrivée à la hauteur du banyan, je remarque un Indien qui sort du tout-terrain, côté premier passager. Ensuite se déversent Adam et mon père. Et Gaspard ? Affolée, je m'approche de la voiture, dont le klaxon me fusille soudain d'une série rageuse de coups. Gaspard ! Ah, c'est peut-être pour éviter de m'étrangler qu'il frappe le volant avec furie. Je contourne le capot, sans prêter attention aux questions d'Adam qui n'attend pas non plus que je lui réponde et rejoint mon père en courant. Gaspard m'observe à travers la vitre, arrête de s'acharner contre la matière qui lui résiste, le silence revient. Warski déverrouille la portière arrière et montre sa tête : « Est-elle consciente ? » Je lui dis que oui. Alors qu'il sort et commence à s'affairer autour du coffre, Gaspard m'accorde *in fine* une faveur, ouvrant de son côté. Oh, qu'il est léché, chic, officiel. Je n'ose pas m'avancer, me tiens à petite distance, hausse seulement les épaules. C'est lui qui entreprend, qui amorce nos retrouvailles : « Je vais te pucer comme une bête, je te jure, avec une balise GPS ! » Il me parle. Parfait. Rien à opposer contre la mesure annoncée, vu les circonstances. J'essaie tout au plus de l'avertir de ne pas salir sa chemise avec les excréments étalés sur mon front, mais il m'enferme dans ses bras et grommelle : « Qu'est-ce qu'on s'en fout de ma chemise, Gabriela ! » Le sentiment absurde d'avoir retrouvé mon abri me retient près de lui, tête plaquée contre son cœur qui syncope.

Sur la place du village où elle monte la garde, la vieille querelle mon père par l'intermédiaire de l'Indien venu de Bénarès. Pas de passage sans *tilak*, *namasté* et tout le saint-frusquin. Je me libère de l'étreinte de Gaspard, le range du côté ignare de l'humanité, entre Adam et Warski. Faute d'idée moins violente sur la manière de leur présenter la décision de ma mère, cherchant aussi à gagner un peu de temps pour lui permettre d'émerger et de soigner sa mise, j'improvise une micro-conférence :

« Inutile de vous bousculer alors qu'elle dort. Du reste, elle ne veut pas entendre parler de son retour à Bénarès ni, encore moins, à Cracovie. Le graffiti que je porte sur le front est un signe de bienvenue, il faut donc vous prêter à l'exercice. Toi y compris, papa. Elle appréciera, les locaux étaient accueillants avec elle. D'ailleurs, vous commencerez par une révérence à la reine de la tribu, en rose, et puis vous ferez tout ce qu'elle vous demande. Nous vous attendrons à la maison. »

Mon père s'étrangle, me canonne avec ses « Nom d'un chien, Gabriela ! ». J'en profite pour demander à l'Indien de traduire à notre régente que les quatre étrangers ici présents picolaient comme des trous la veille, et de ce fait méritent certainement une petite cérémonie de purification. Elle m'écoute avec attention, ce qui fait taire mon père. Perfide, je termine par une courbette servile et flagorneuse. Lorgnant par-dessus l'épaule, tandis que je claudique déjà vers la maison, je surprends notre bonne âme en train d'allumer des encens sous les quatre nez impurs, psalmodiant une formule.

Assise sur le seuil, Nâlânda m'alarme. Gorge serrée, je la prends dans ma main et aussitôt j'entends l'eau couler derrière le rideau, dans la pièce au fond.

« Gabriela ne rentre pas, je termine ma toilette. »

Je rassure ma mère qu'elle a au moins un quart d'heure à sa disposition, en plus de ma main secourable. Elle coupe le robinet et me prie de ne pas la faire rire, parce que cela réveille sa toux. Cependant, ma main lui servirait beaucoup, si elle voulait lui passer une chemise propre. Ensuite, je m'inquiète du temps dont elle a besoin pour la mettre et me brime à deux reprises, avant de demander comment me rendre utile. D'abord hermétique à toute initiative destinée à lui faciliter la vie, ma mère finit par céder et m'autorise à entrer, incapable de fermer les boutons. Ses crampes la handicapent, elle en souffre après chaque chimiothérapie, à ne plus pouvoir tenir une brosse à dents. « Regarde ! » Je regarde, me faisant aussitôt sermonner pour arrêter de regarder. Trop tard. J'ai vu ses doigts crispés, les veines tumescentes de son cou et de ses avant-bras, la blancheur de son sein reconstitué et la flétrissure de son vrai sein, celui qui m'a nourrie, enfermés l'un et l'autre, en jumeaux authentiques, dans un soutien-gorge en satin couleur crème qu'elle a agrafé de travers. Je jure néanmoins avoir été frappée de cécité momentanée, et discipline sa nouvelle coupe de cheveux, à la Françoise Hardy, qui atténue la maigreur de son visage.

« Mon poudrier, Gabriela, tu serais bien gentille… »

Naturellement, je suis bien gentille. D'un large pinceau, je caresse les billes de tons pastel, étale la pellicule invisible sur sa peau qui en devient comme éveillée, peu s'en faut sémillante, censée moquer la mort à l'œuvre, juste au-dessous. La cérémonie des adieux s'annonce toute en beauté et en délicatesse. Mon père regagne le seuil de la maison à l'instant où ma mère, appuyée sur une canne pliable, s'y est déjà figée dans une posture fort élégante de joueuse de golf blasée. Il la prend dans ses bras, à lui faire perdre l'équilibre, imprime un mouvement à peine perceptible. Voilà le théâtre que j'aime. En être issue rend ma vie définitivement plus acceptable, entièrement excusée, et même enviable. Je m'éclipse sur la pointe d'un pied, par la porte de derrière.

Dehors, je dévie. Au lieu de rejoindre immédiatement Gaspard, je passe remercier notre souveraine avec un paquet de cigarettes qu'elle cache dans les plis de son sari. Nous nous affirmons complices. Dûment marqué avec un point rouge au milieu du front, Gaspard m'aperçoit et s'approche, libéré de sa colère et oublieux des soucis du réel. Quelque chose dans son expression me dit qu'il a envie du même bonheur que moi, d'un moment en tête-à-tête, à l'écart de tout prochain. Dans un clin d'œil communicatif, nous visons la voiture et y filons en douce, sans oser nous toucher devant tout le village, très curieux des mœurs occidentales. Les mouflets nous filochent, talonnent, assiègent dès que Gaspard claque la portière du véhicule. Je me carapate à l'arrière, protégée des regards indiscrets grâce aux vitres fumées. Il suffit de rabattre un fauteuil pour accéder au sac avec mes vêtements de rechange, or je tiens en premier lieu à me défaire de mon jean devenu gluant. Je le déboutonne, Gaspard le tire par les ourlets des deux jambes et pousse un cri d'épouvante à la vue de mon pied. Je souris. Alors que j'avais peur de ne plus le revoir, les remontrances de Gaspard sur ma négligence et mes bravades infantiles me parviennent comme la plus charmante des sérénades. Gronde-moi encore ! Râle ! Mais de grâce, ne le fais pas à distance. Ses longues jambes mises à l'épreuve d'un exercice de souplesse, il atterrit à ma droite, soupire et se console en caressant machinalement mes cuisses.

« Tu remarqueras que je t'ai demandé de m'accorder une semaine et me suis restreinte à deux jours. Quoi qu'il en soit, je te demande pardon. »

Rien de rien ! Je n'ai rien compris à ce projet utopique qu'il rêve pour nous comme de la plus belle des cathédrales, vu que je le fuis à la moindre occasion. Du reste, j'ai pris trois jours et non pas deux. Il en est certain parce qu'il a vécu intensément chaque minute de mon absence. Trois, vraiment ? Gaspard me dévisage, incrédule, puis préoccupé.

« Tu es à bout, n'est-ce pas ? Et moi, je ne comprends plus ce qui se passe… Veux-tu qu'on rentre, ma migraine ? »

Rentrer ? Que dire. Je viens de rentrer, justement. Je suis chez moi et j'y suis très bien. Peut-être faut-il tomber *dans ce pays*, cul par-dessus tête, et soudain cette appartenance se révèle en un éclat d'une flagrance maxima, indiscutable. Et ne tombent que ceux qui ont une prédisposition naturelle à tomber, dans ce genre d'aventure comme dans d'autres.

« Nous ne nous en sortirons pas, si tu veux comprendre. Demain ma mère mourra, nous l'incinérerons ici, il y a beaucoup à faire. Viens.

— Qu'est-ce que tu racontes, Gabriela ? »

Je sais gré à Warski de frapper contre la vitre à ce moment, tout dingo, à gueuler : « Je vous cherche partout, Gabriela ! » Il faut expliquer à la reine que ma mère souhaite des pommes de terre à l'eau, ce qu'elle refuse de prendre en compte, alors qu'elle est en train de préparer notre dîner.

« Elle ne veut parler qu'avec vous ! Ce n'est pas tout… »

Brave, Gaspard adopte la seule attitude intelligente en la circonstance : il pouffe de rire, puis se marre franchement. Je le félicite, car quand il ne cherche pas à comprendre, il saisit la plus infime subtilité au vol. Les funérailles ne servent pas à se morfondre, sauf si on a gâché notre vie et celles de nos proches. En avant la musique !

*

Je descends de la voiture et clopine à ma vitesse maximale, décidée à régler l'épineuse question de la cuisson des féculents en un salut royal, suivi d'une cigarette fumée en cachette. Postée devant les fourneaux, avec une grappe d'auxiliaires qui exécutent ses ordres sous une ampoule à faible intensité, notre mère-providence me réserve un discours expressif dont je déduis qu'il conteste le goût de ma mère pour les pommes de terre à l'eau. Je regarde autour. Tout trempe dans des sauces, chaque marmite en déborde. À profusion, à en perdre la moindre envie. Je brode alors une histoire larmoyante, remonte à l'enfance de ma mère, à l'après-guerre en Europe, au froid, à la misère, et termine par l'attrait qu'exercent les saveurs de nos premières années à l'approche de la mort. Je mime tout avec application, même la neige qui tombe. La réussite de ma prestation s'avère totale : on réserve des patates à ma mère. Bras croisés, Warski hoche la tête en signe de respect à mon adresse, avant que Gaspard ne recopie la figure à l'identique.

Ainsi, nous passons à « *ce n'est pas tout* ». Warski me serait redevable si, avec la même verve, j'essayais de convaincre ma mère de le laisser lui poser une perfusion dont elle récuse l'utilité. Pourtant, elle souffre de dénutrition, causée directement par la dyspepsie, elle-même comptant parmi les effets secondaires de son immunothérapie, nécessaire et usuellement appliquée pour stopper les cellules tumorales. Sous le banyan où nous nous arrêtons, Warski déroule son plaidoyer avec éloquence, toutefois dans une langue que je ne pratique pas, ponctuée de termes qui m'impressionnent, ce à quoi ils semblent servir en premier lieu lorsqu'ils sont destinés à un profane : altération moléculaire, protéine PD-1, anticorps monoclonal anti-angiogénique et ainsi de suite dans la même poétique. La bonne attitude de Gaspard en fond à vue d'œil, il m'enroule de son bras et m'embrasse la tête, revenu à la gravité de la situation. De mon côté, je scrute le visage de Warski avec espoir : « Sauriez-vous faire un strudel ? » Hébété, il me demande pardon. Je réitère ma question, simple et sans piège. Soit on sait faire un strudel, soit on ne sait pas. Il lui faut néanmoins une confirmation supplémentaire : suis-je en train de lui demander s'il sait faire un gâteau aux pommes ? En effet. Comme tout un chacun, me répond-il, en nous proposant une cigarette. Justement, il s'agit d'un de ces savoirs utiles que je ne possède pas.

« Je vous prie d'oublier vos machins moléculaires, ce n'est plus d'actualité. En revanche, vous feriez un immense plaisir à ma mère avec un strudel. Croyez-vous qu'on puisse fabriquer ça ici ? De quoi auriez-vous besoin ? D'un four ? De farine ? Il nous le faut pour demain soir.

— Gabriela, c'est moi qui vous prie de revenir à la raison. Il est urgent d'apporter à votre mère beaucoup de liquide physiologique, de minéraux, puis nous parlerons… »

Je ne le laisse pas terminer. Quand on crache dans son mouchoir en papier les morceaux de ses propres poumons plus gros qu'une éponge, la seule urgence incontestable est celle de se faire plaisir, et de toutes les façons possibles. Du reste, en ce qui concerne les remèdes médicaux, ma mère sait sûrement mieux que moi ce qui lui est nécessaire ou pas. En conséquence, je n'y peux rien. En tornade que Warski riposte, voix tremblante de rage et d'impuissance :

« Vous accumulez les conneries ! Elle a des démangeaisons terribles parce que vous l'avez laissée au soleil, alors que c'est le pire à combiner avec son traitement ! Ce chiot qu'elle traîne a des puces, donc elle risque des infections ! Voulez-vous que je continue ? »

Gaspard lui demande de se calmer, posant ainsi à son insu le schéma de notre futur *modus vivendi* : je fanfaronne, force et provoque, Warski s'emporte et corrige, lui-même tempère, organise et civilise. Les années à venir confirmeront le potentiel phénoménal de cette disposition à nous faire toujours adopter la meilleure solution. Pour l'heure, ma prétendue incurie m'indiffère. Je n'ai qu'une seule obsession : donner aux vingt-quatre prochaines heures un caractère léger, voire réjoui, au possible naturel, quitte à ce que chacun en fasse une thérapie plus tard. Avec ménagement, j'informe Warski du rendez-vous donné par ma mère à la mort dont il n'est visiblement pas au courant : « Vous la connaissez aussi bien que moi, elle ne le déplacera pas. » Il se tait, blêmit, sort une nouvelle cigarette, et alors que je considère le sujet clos, il me saute à la gorge avec un autre reproche, par pure transposition :

« Arrêtez au moins de nous épater avec votre pied en charpie ! Venez, que je vous change le pansement et ensuite posez-vous sur vos fesses au moins une journée, sinon nous n'en verrons pas la fin !

— D'abord, faites-moi la liste des ingrédients d'un strudel. »

Blessé dans son orgueil professionnel, Warski vit à ce point mal sa dégradation au rôle de simple pâtissier qu'il s'en plaint à Gaspard, cherchant en sus son appui : « À quoi je sers, ici ? Mais parle à Gabriela, qu'attends-tu ! » Nous déboulons devant ma mère en frénésie de discussion savante sur la composition de la pâte feuilletée, après que Gaspard s'est porté volontaire pour la préparer. Cela tombe à merveille, ne semble en rien forcé et incite ma mère, pointée sur le seuil, à nous conseiller de ne pas nous compliquer la vie avec un gâteau. Je lui présente Gaspard qu'elle n'a même pas le temps de regarder, pressée par Adam qui veut lui faire une piqûre. Soudain, elle se retourne, passe Nâlânda à Gaspard, et lui sourit, comme débordée entre deux rendez-vous de première importance :

« Veuillez m'excuser de ce désordre, je suis partie un peu à l'aventure. C'est providentiel que vous soyez là, nous allons avoir besoin qu'on nous prête main-forte. Bienvenue ! »

À peine ai-je le temps de confirmer la crainte de Gaspard qu'il s'agit bien de notre troisième chien, que mon père l'expédie vider le coffre et me renvoie chez la patronne pour chercher un chaï au gingembre. Nous allumerons un grand feu sur la plage, en contrebas, d'une part parce que sa femme en a envie et, de l'autre, parce qu'il sera difficile de trouver un restaurant dans les environs. Il y a fort à faire, et à improviser aussi, alors qu'il nous manque même des serviettes en papier.

*

Warski mousse en silence, m'emboîte le pas avec son nécessaire de couture, résolu, pour ne pas dire acharné, à rafistoler mon pied à défaut de pouvoir sauver ma mère. Il traîne une tension en lui, un désaccord profond qui ride triplement son front. Même la drôlesse en rose s'en aperçoit, charlatanant dans son jargon au-dessus des casseroles quand nous attendons que l'eau bouille. Le capharnaüm extraordinaire d'odeurs et de matières, de crottes de souris et de moucherons crevés, de crasse hétérogène qui recouvre le moindre objet, ravive l'exaspération de Warski. Il craquelle, puis craque franchement : combien de temps allons-nous encore jouer cette comédie ? Je rectifie. La question n'est pas de savoir combien de temps, mais avec quelle conviction, quelle foi. Il me fait m'asseoir sur une imposante malle en osier, enlève le sparadrap collé en travers de ma plaie, tire un sac en jute rempli de quelques graines, pois chiches ou lentilles, et le façonne en tabouret. Après avoir enfilé une paire de gants en latex, il s'y installe, jambes écartées. Cette fois-ci, j'appréhende l'aventure dès que Warski m'annonce qu'il doit me poser deux points de suture. Par désœuvrement ou par frustration ? Mais après tout, qu'il se fasse plaisir lui aussi, qu'il se distraie. Je le remercie de l'anesthésie locale que je refuse. Il ne me facilite pas la vie, je n'ai donc aucune raison de lui faciliter la sienne. Cela ne le décourage pas du reste, tout au plus il me demande si j'en suis sûre. Et certaine ! Dire que je paie cher ma vantardise, c'est peu dire. La douleur remonte ma jambe en rampant, à m'en faire droper quelques rares mais bien rondes larmes. Warski s'en aperçoit seulement quand il en reçoit une sur le dos de la main, mais il ne s'en formalise pas, embesogné à tirer un fil.

« Il y a une espèce de férocité, en elle comme en vous, terrifiante. »

D'abord je crois avoir mal entendu, puis il est trop tard pour piquer une crise de colère. Peut-être a-t-il raison. Mais là n'est pas le vrai sujet. Warski vit son heure de révolte contre la mort en général, et celle de ma mère en particulier, de quelques jours ou semaines précipitée. Sans oublier le cérémonial, d'un exotisme en l'occurrence réellement farouche, et dont il commence décidément à craindre les contrecoups.

« Quand vous étiez prêt à venir ici seul avec elle, vous ne vous attendiez tout de même pas à une autre issue, non ? Souvenez-vous de ces corbillards qui couraient Cracovie, tirés par des chevaux coiffés de plumes d'autruche noires... J'ai longtemps pensé qu'il n'y a pas de manière plus élégante de tirer sa révérence. C'est toujours vrai... Sauf qu'elle ne s'apprête pas à mourir. Elle passe à autre chose. Avant d'en rire... rappelez-vous que c'est elle qui a fait de vous le médecin que vous êtes. Alors, vous pouvez y croire, ou ne pas y croire, quoi qu'il en soit, nous ferons ce qu'elle souhaite, simplement parce que c'est plus facile pour elle ainsi. Et en guise de remerciements, je vous dirais que tout cela devient bien plus tolérable, quand on y croit. Bon, vous avez besoin de beurre, de crème fraîche, et de quoi encore ? »

Warski se secoue de mon discours en silence. En averti, il souhaite en premier lieu voir le four, et après une brève inspection décrète qu'il ne convient absolument pas. Nous ne réussirons jamais un strudel avec du matériel aussi inadapté. Avant de me prendre par la main, grondant pour que je m'appuie franchement sur lui et ne pose surtout pas mon pied recousu par terre, il reluque les quatre coins empoussiérés. Soudain, il s'illumine et m'annonce que nous remplacerons le strudel par des pirojki à la russe. Seigneur, il est redoutable ! Quoi de plus simple et efficace, quand on veut séduire ma mère. Je m'attarde encore avec notre patronne à quémander une ou deux maisonnettes pareilles à celle qu'elle a louées à ma mère, mais n'obtiens pas de réponse claire. L'Indien venu de Bénarès reprend son travail et nous traduit qu'il y a une cabane, grande comme la moitié de la cuisine où nous nous tenons, privée de commodités. Warski l'attribue d'emblée à Adam.

« Il nous reste la plage et la voiture, vous pouvez choisir. »

Soufflée par ses capacités d'adaptation, j'attrape la bouilloire avec notre thé au gingembre, à deux doigts de perdre l'équilibre, et finis de nouveau en sac de ciment sur l'épaule de Warski qui me crie dessus qu'à mon rythme, nous ne serons pas arrivés avant l'aube. Mon père nous croise, remontant le village vers la voiture, et en rajoute une couche : « Nom d'un chien, Gabriela, ce n'est pas le moment de fôlatrer. Dépêchez-vous ! » Amusé, Warski riposte qu'on ne peut pas lui reprocher de se balader les mains dans les poches, puis dévale la pente douce en *tempo allegro*, jusqu'à la berge.

Nous y retrouvons ma mère, assise sur une épaisse branche couchée dans le sable, en compagnie de Gaspard, tout emmiellé par leur conversation, et qui s'écrit dès qu'il nous voit : « Porter Gabriela, c'est facile ! Viens maintenant, Hercule, on va descendre les matelas. » Son sens de l'organisation et sa sensibilité logistique m'épatent. Un grand feu darde le crépuscule, crépite comme un vieux poste de radio et incite les papillons de nuit à faire leur autodafé. Je m'assois à côté de ma mère qui félicite Warski de son beau travail en examinant le pansement de mon pied. À peine disparaît-il avec Gaspard, dans le bleu de la bande de broussailles qui nous sépare de la maisonnette, que ma mère se met à me caresser la main, émettant son avis : « Il est très charmant. » Sans un soupçon d'envie de la contester, j'aimerais savoir de qui elle parle.

« Mais de ton fiancé, voyons ! C'est lui qui a préparé le feu. »

Je me retiens de réviser son jugement, même si je l'étendrais volontiers à Warski, savourant cet instant inédit de voir ma mère ensorcelée par un homme qui apparaît dans ma vie. Un brin féroce, en effet, elle m'écarte les cheveux du visage et, sans lâcher ma main, pousse un léger soupir :

« Ma petite Rakshasha, quoi qu'il advienne de vous trois, promets-moi de ne faire aucun choix parce qu'il n'y a rien de pire en la matière. Cela se décidera tout seul. »

Plus empourprée d'embarras qu'une écolière, je la rassure que *cela* s'est déjà décidé. Elle hoche la tête en signe d'un doute qu'elle se refuse à verbaliser, et nous en restons là, opportunément interrompues par Adam, suivi de mon père.

Ils se pointent, chacun deux oreillers sous les bras, et des sacs en plastique transparent contenant des draps ou des couvertures. Que notre campement ne soit pas encore prêt exaspère mon père : « Ah, vos beaux gosses ! Bleu-bites, voilà tout ! » À trois, lui compris, ils partent dans un fou rire, ma mère et Adam l'accusant de jalousie, ce dont il se défend jusqu'à ce qu'une toux caverneuse n'emporte dans une dimension autre que la nôtre, la femme que nous ne saurons jamais enterrer. Mon père lâche son chargement. Adam se précipite sur elle, armé d'un misérable paquet de Kleenex, autant dire désarmé. Elle nous revient l'œil affolé, larmes sur les joues, essoufflée. Je lui verse un peu de thé dans un gobelet disposé avec quelques pièces de vaisselle en aluminium sur une natte gardée par Nâlânda. Adam arrête sur-le-champ mon ânerie samaritaine, les boissons chaudes étant à proscrire dans un cas comme celui de ma mère. Aussitôt je suis renvoyée en cuisine où je sautille, à la fois tendue et élastique, manipulant la canne pliable de ma mère avec une aisance expérimentée.

À mon retour, le bivouac est impeccablement agencé, les trois matelas disposés en « U » autour du feu, permettant à ma mère d'appuyer sa tête contre l'épaule de mon père et de caler son dos contre un amas de coussins. À l'aise, elle tient salon. Warski et Adam discutaillent. Gaspard écoute mes parents, avant de lâcher qu'il avait compris que, tôt ou tard, je transformerais notre maison en arche de Noé. Ils en plaisantent tous. Notre chienne dort. Une oasis. Une idylle. J'apparais dans une exubérance néronienne, bâtons d'encens fumant piqués dans mon chignon, suivie d'une kyrielle de sujettes de Sa Majesté en rose, toutes les bras chargés de plateaux avec plats parfumés à en éternuer. « Ah, c'est formidable ! », s'exclame Adam, sans même que je m'en agace. Warski se met à nous distribuer des lingettes désinfectantes et conseille d'éviter le poisson, sur ce ton d'apparence impassible dont il usera, bien plus tard, pour conseiller à notre fille de ne pas manger mes pigments en poudre. De bonne humeur, mon père ne perd pas le nord et prie Gaspard de bien vouloir récupérer une bouteille de whisky, oubliée dans la voiture. Dès que les femmes du village disparaissent, escortées par nos bravos et saluts travaillés, il s'enquiert, pragmatique :

« Je suppose que nos dames ne nous accompagneront pas… Alors messieurs, nous avons le choix entre boire au goulot ou dans du plastique. »

Warski tranche, gagnant l'approbation immédiate de Gaspard et d'Adam : « Dans du plastique, quand même pas. » Mon père lève donc la bouteille, boit une gorgée, puis la passe à Warski qui l'imite avant de se tourner vers Adam, lequel s'adresse à son tour à Gaspard. Ma mère le remercie de m'avoir accompagnée, à quoi il répond qu'il espère que sa présence ne la gêne pas, vu qu'ils ne se connaissent pas.

« Pour faire connaissance, vous êtes monté dans le train en marche. Demain je ne serai plus là, alors je suis d'autant plus ravie de vous compter parmi nous. »

Notre assemblée marque un silence. Son bref malaise dépassé, Gaspard se racle la gorge et nous assène une réplique sans appel :

« Notre maison vous sera toujours ouverte, passez quand vous voulez et ne vous sentez pas obligée de frapper. »

Ma mère dissimule son émotion, le remercie poliment, puis ajoute qu'elle ne manquera pas de s'infiltrer de temps en temps, jamais tôt le matin, compte tenu de mon irritabilité avant le premier café de la journée. Ils se paient ma tête, en grande complicité, entraînant dans la rigolade toute la compagnie. J'informe nos hommes que les haricots verts présentés sous une épaisse nappe de sauce blanche, ont été préparés par nos soins. Et alors que j'espère l'atmosphère mystique ainsi domestiquée, le petit climat eschatologique dissipé, Adam se ramène avec Grotowski et nous retombons dans l'au-delà, dans la marmelade du spiritualisme, dans la compote d'âmes.

Pour commencer, il trouve curieux que les mots polonais *swiatlo* et *swieto*, respectivement *lumière* et *jour sacré*, plus proches de l'anglais *hollyday* que de la signification de *fête* en français, n'ont pas de racine étymologique commune, alors que d'une part ils se ressemblent tellement, et que de l'autre, il est impossible d'imaginer un moment sacré sans une lumière spécifique, qui sort littéralement de l'ordinaire et nous transfère dans une aura surnaturelle.

« Tous ces feux que nous allumions à Brzezinka et même après, chez Wladek… t'en souviens-tu, Edward ? On fendait des bûches avec lui jusqu'à en avoir des ampoules aux mains. Vous voyez, le sacré a sa matérialité originelle, le feu. Sans feu, pas de foyer, pas de liturgie, quelle que soit… On ne peut pas vivre privé de feu, mais on ne peut pas le toucher non plus, ni vraiment le raconter… Déjà, je tombe dans la grandiloquence, alors que je cherche juste à vous dire que le moment que nous partageons relève exactement de ce que Grotowski entendait par *hollyday.* À Brzezinka, l'idée était de parler sans peur de nos peurs. Il n'y a pas de raison que nous gâchions notre rencontre ici, notre *hollyday*, en faisant semblant de n'avoir pas peur. Chacun d'entre nous a peur, n'est-ce pas ? Wanda nous a forcé la main, mais si c'était un pari, elle l'aurait gagné. »

Impatient de connaître le fin mot de l'histoire, mon père brusque Adam, multipliant les avertissements qu'il ne compte pas sur lui pour une séance de psychothérapie de groupe. Warski allume une cigarette, me rappelle ainsi que je n'ai pas fumé de toute la soirée et que par oubli il est possible de s'en passer. Impassible et fatiguée, ma mère câline Nâlânda d'un doigt. Ses pommes de terre à l'eau racornissent, embrunissent, s'altèrent. Cerclé par nos regards, Adam termine enfin :

« L'Orient considère autrement le *vide*... comme une potentialité cachée. Quelque chose peut exister, mais tant que cette chose n'existe pas, nous sommes face au *vide*. Reste que tout est possible. Imaginez que vous contemplez la surface parfaitement paisible d'un lac, soudain un poisson saute, voilà... »

Mon père se renfrogne :

« Voilà, quoi ? Contrairement à vous tous, apparemment, j'ai toujours considéré n'avoir qu'une seule vie et je ne l'ai pas passée à attendre qu'un poisson saute dans un lac pour m'encourager à survivre à ce qui me fait peur et même me terrifie. C'est parce que tout se termine définitivement un jour que j'ai eu le courage de demander à Wanda de devenir ma femme, et que quarante ans plus tard, j'ai le courage de l'entendre, quand elle dit que demain, elle ne sera plus là. Les choses sont faites ainsi. Mais ces niaiseries, ce papier d'emballage... Au nom de quoi, d'après vous, une église, une secte, ou je ne sais quelle philosophie exotique, devrait m'ôter ce moment quand il faudra que je me mesure à ma peur, seul, parce que c'est comme ça qu'on se fait homme. Et un homme, ça se fait dans la douleur et jusqu'au dernier jour. Voilà ! Alors, tu cesseras de me casser les pieds avec tes poissons volants. Merde ! »

Oh, Seigneur. Soudain gelés sous nos tropiques, nous arrêtons de respirer de concert. Fatalement pour mon père, ce quelque chose qui électrise l'air a incontestablement un rapport avec le sacré. Je me ratatine dans les bras de Gaspard, quand Warski par réflexe, lui aussi d'inspiration divine, ou par désespoir partagé, porte un toast à mon père :

« À la vôtre, Edward ! Et même si cela ne vous aidera en rien, il y aura beaucoup de *seul* autour de vous, à commencer par Gabriela. »

À deux, ils descendent la moitié de la bouteille au goulot, après quoi mon père nous demande de l'excuser, se lève avec précaution, et s'en va, lançant un énergique : « Je reviens ! »

Plus ennuyée qu'embarrassée, ma mère ramasse un coussin sous son bras pour remplacer l'appui de mon père, roule les yeux et nous dit qu'après avoir passé un demi-siècle avec lui, elle certifie la richesse de sa vie spirituelle :

« Croyez-moi, il est de ces marxistes réformés qui s'interrogent chaque jour : et si finalement Dieu n'existait pas ? »

Elle obtient son effet, nous pouffons de rire. L'atmosphère se décrispe au point de faire regretter à ma mère que nous ne puissions écouter de la musique. Mais si ! Gaspard disparaît, promettant de réapparaître aussitôt avec un miracle de technologie. Il réapparaît flanqué de mon père qui ouvre une deuxième bouteille et menace Gaspard : « Si vous lancez Ravi Shankar, je vous refuse ma fille ! Trouvez-nous du bon jazz. » Ils se mettent d'accord sur Etta James, après la requête formelle de ma mère d'éviter les tireuses de larmes et les pianos trop funéraires : « Pourquoi saboter une si agréable soirée… »

Je ne cesse de me demander quel degré de légèreté il nous faut atteindre. Sous peu, il s'avère comparable à celui de nos réunions de famille habituelles, faites de pitreries, de querelles plâtrées d'ironie et de promptes réconciliations. Même si le contexte reste inédit, vu que nous n'avons encore jamais eu à moquer une mort si proche qu'on la dirait accoudée à notre table, nous nous en sortons fort honorablement. Aussitôt ma mère mâche une patate pour nous faire plaisir, nous rassurer aussi, et nous lui retournons la politesse. Gaspard la divertit avec les histoires de notre jardin, après quoi elle l'interroge sur les expositions en cours à Paris, à croire qu'elle projette d'y passer le prochain week-end. En fait, il y en a une qui lui est en partie consacrée, ce que je lui signale sans insister, évoquant sa tournée artistique en Iran. À moitié enlisée dans une somnolence médicamenteuse, elle relève à peine mon propos. Persépolis était une tentative utopique de recoller le monde, l'Est et l'Ouest, l'Orient et l'Occident, il n'y avait donc aucune raison de refuser d'y participer. En adepte, Gaspard s'enthousiasme à explorer le sujet, preneur de tout renseignement et témoignage sur l'art de bâtir des utopies. De nouveau essoufflée, ma mère lui fournit la formule de base :

« Il faut avoir un tempérament christique et aucune crainte de paraître ridicule, idiot ou fou. »

Inquiet à cause de sa voix qui vibre, mon père la serre tout entière contre lui dans une posture de Pietà, adéquate aux circonstances. Puis il l'écoute, quand elle ajoute à l'adresse de Gaspard qu'il y a sans doute des époques et des contrées mieux disposées que d'autres à porter des projets utopiques. Un bout de naan collé aux doigts, Adam s'égare dans une remarque sur les expériences mystiques, dont on sait désormais qu'elles surviennent à la suite d'une extrême fatigue physique et nerveuse, d'une solitude prolongée, de privation sensorielle, ou encore au sortir d'une longue maladie, ce qui le mène à la conclusion que, autant pour une crise mystique que pour une utopie, il y a un point de rupture à dépasser. Les mystiques le franchissent en solitaire, les utopistes collectivement, à un moment de l'Histoire. Silencieux depuis un moment, Warski nous fait connaître ses interrogations :

« Dès qu'on a découvert que les grands mystiques souffraient d'épilepsie temporale, la messe était dite. Sauf que cette psychologisation n'explique pas pourquoi une expérience individuelle peut engager des millions de gens à travers les siècles. Chaque névrosé n'est pas un mystique non plus. Et que fais-tu de tous ces cas qu'on ne sait pas expliquer scientifiquement… ? »

Le *Times of India* de la veille à l'appui, il nous relate la dernière énigme mystique qui fait vibrer le pays en entier, communauté scientifique et militaires en tête. Voilà qu'on vient de trouver un *sadhu* de plus de quatre-vingts ans qui ne boit ni ne se nourrit depuis l'âge de huit ans, lorsqu'il a reçu la bénédiction d'une divinité. Les deux semaines d'expérimentation menée en isolement sous la surveillance de caméras, à l'Institut de Défense nationale, n'ont rien éclairé : « Jusqu'à preuve du contraire, il faut considérer que notre bonhomme fonctionne à l'énergie solaire. » Comme pour attester qu'il n'est pas de ceux-là, Warski termine son résumé en piochant franchement dans un plat d'épinards affligé de quelque sauce caustique dont on peut craindre qu'elle brûle la langue. La grimace de Warski fait peur. Malmené par les moustiques, mon père partage son irritation, mais tape un peu de travers :

« Nom d'un chien, nous parlons quand même du pays où le parti qui s'apprête à prendre le pouvoir conseille de boire de la pisse de vache comme panacée préservatrice et universelle ! Vous me pardonnerez mon esprit terre-à-terre, reste qu'à mon goût, c'est trop inspiré ! »

Il ne se permet pas d'aller plus loin, par peur de froisser ma mère, alors même qu'on s'aperçoit qu'elle dort, poussant un petit sifflement. Le signal de plier le campement est donné. Immobilisé par le corps de ma mère qu'il n'ose pas bouger pour ne pas la réveiller, mon père se laisse aider. Debout, Warski se dégourdit les jambes, impressionnant de force et de vigueur malgré tout l'alcool bu, puis s'accroupit devant mes parents et dit tranquillement :

« Edward, je vous rendrai votre femme là-haut. Vous m'aideriez grandement en allant préparer son lit. »

Il soulève ma mère qui paraît de la taille d'une enfant dans ses bras, tandis qu'Adam ramasse précipitamment les oreillers, les draps restés pliés et un pashmina acheté par mon père sur la route. À trois, ils forment un incongru cortège d'éternels amoureux, dévoués et prévenants, à leur façon solidaires dans l'épreuve, donc peu susceptibles. Jamais je ne réussirai à établir avec certitude si mon père devinait l'ancienne liaison de Warski avec ma mère, sans que cela me dérange vraiment. Entre un doute et un silence, un grand espace sera réservé au respect mutuel qu'ils se témoigneront tout au long des années à venir, un rien distant, très différent de la cordialité naturelle qui régentera la relation de mon père avec Gaspard.

« Veux-tu dormir avec nous, ici, ou dans la voiture ? »

Warski chuchote, en réponse à Gaspard, qu'il redescendra nous rejoindre.

À minuit passé, nous agençons un charmant camping Nirvâna, avec vue sur le Gange et feu crépitant. Harassée, je me rends compte, au retour de Warski, qu'il n'y a pas d'autre source d'eau pour se laver que le fleuve et me mords la langue, espérant que la douleur m'évitera d'éclater en larmes. Dans ce potage aux cadavres, je ne remettrai plus le pied et suggère à Gaspard et Warski de suivre mon exemple. Après une toute dernière gorgée de whisky, ils s'en contrefichent, Warski concluant en sus : « Vous avez raison, sauf que l'eau dans les robinets au village vient du Gange. » Depuis la berge, avec Nâlânda repue de jaune d'œuf, je les observe faire un plongeon dans le crématorium. Une rondelle de lune huile leurs corps quand ils émergent enfin, haletants d'effort et de joie, glorieux dans leur force de l'âge. Ils sèchent tournés vers le feu, Warski sur son matelas, faisant face au nôtre. Nous partageons les joints que je n'ai eu ni le temps ni l'envie de fumer dans la journée, embarqués dans la navigation astronomique par la voix de Gaspard qui nous explique l'architecture des sphères célestes. De ce riche firmament, je tombe en un instant tout bas, au fin fond d'un sommeil dur et noir que je n'ai jamais connu autrement qu'après une prise de somnifères.

*

Aux aurores, à ce moment où l'air frémit encore de fraîcheur et suscite l'agitation des insectes, ma paupière s'ouvre sur des cendres et une absence. Qu'y a-t-il à prendre, à ingurgiter, pour trouver la force de me mettre debout et de marcher jusqu'à la dernière minute de la journée qui nous attend ? Du côté de la manufacture de briques me parviennent les cris de Gaspard. Pas des appels au secours, rien de dramatique, au contraire. Comme revenu à l'âge des féeries et des enchantements premiers, celui de la découverte même de la félicité, il se dépense en expression de bonheur pur, effrayant dans sa pureté. Je me dirige vers ses hurlements, ensablée dans une forme d'étrange léthargie, courbaturée de partout, cannée. Arrivée à hauteur des dernières maisons, je le découvre en meneur d'une équipe de joueurs de cricket, tous mineurs et déchaussés, engagée dans un match contre une horde de semblables chiards dirigée par Warski. À petite distance, sous l'auvent de hauts bambous, mes parents et Adam se substituent au public d'un carré VIP. Assis dans des fauteuils pliables, modèle metteur en scène, ils s'amusent du spectacle. Photographié, l'ensemble donnerait une ravissante carte postale du monde postcolonial, où le scrupule d'équité nous fait acquérir auprès des autochtones des biens plus rares et précieux que ne le furent autrefois l'opium ou la cannelle : de l'insouciance, de l'optimisme, de la spontanéité, des trucs bêtes qu'on ne sait plus produire en Occident.

« Qui est-ce qui gagne ? »

Ma mère me jette un regard outragé. Mais qui donc, sinon Gaspard. En renfort de sa déclaration, Adam s'écrie : « Ah, formidable ! Bravo ! Bravo ! » L'équipe de Gaspard venant de marquer un point, je ne manque pas de saluer vigoureusement l'exploit de ma main valide, après avoir confié Nâlânda à ma mère. Armé d'une batte, Gaspard m'offre un éclair de sourire et poursuit sa course effrénée, prenant la compétition à cœur. Je m'appuie contre le dossier du fauteuil de ma mère et m'accorde un instant de contemplation qui déplace mon œil du torse nu de Gaspard vers le torse nu de Warski, et des épaules de ce dernier vers les jambes de Gaspard. Ô, Miséricordieux ! Pitié, que tout s'arrête net. Le temps, la lumière, ce cricket interminable de la vie et de la mort dont personne ne comprend les règles. Que tout se suspende ! Qu'on se fige ! Comment fera-t-on, demain matin, quand elle ne sera plus là, et nous, repartis vers d'où nous sommes venus ? Quelqu'un y aurait-il pensé ? La main de ma mère se pose sur la mienne, la tapote doucement :

« Tu as l'air perdue, Gabriela. Notre amie a préparé un bon café, voudrais-tu le chercher ? »

J'abandonne le spectacle et me rends en visite matinale chez notre matriarche déjà plongée dans la brume odorante qui émane de ses casseroles. Surpris dans un rayon de lumière, son visage se présente devant moi comme un charabia de rides qui ment sur son âge, peut-être moins avancé que je ne le crois. Elle me considère avec compréhension et m'offre un gobelet en émail d'un café à la turque, dans un geste d'altruisme bien ordonné. Seules, nous nous accordons une cigarette qu'elle me réclame d'ailleurs sans embarras. J'ai besoin de sucre, voire de chocolat, très noir de surcroît. La pénurie de biens élémentaires dans ce pays m'affecte au plus haut point, me chamboule, me met en rogne. Rudoyée et furax, j'apporte un pichet de café à notre belle société réunie autour de ma mère, après le match interrompu par le départ des marmots à l'école. Reconverti en entrepreneur de pompes funèbres, mon père se tient pieds nus, debout près de Gaspard, le recrutant sur-le-champ en qualité d'assistant. Il faut aller parler aux hommes, puis les surveiller. Ses radars internes en alerte, Gaspard détecte sans faute mon désarroi et se range de mon côté, réservant à mon père une réponse susceptible de me ménager :

« Parlons-en après le café, voulez-vous, Edward… Nous avons aussi quelques courses à faire dans la bourgade d'à côté. On y va après la douche ? Ce serait réglé. »

Il interroge Warski et moi du regard, mais se fait recadrer par ma mère qui a prévu dans le programme de sa dernière journée sur Terre d'imposer un contrôle médical à tous les mioches du village, sauf qu'elle n'y arrivera que si nous lui prêtons main-forte :

« Konrad, as-tu trouvé les antibiotiques que je t'ai demandés ? »

Pas à pas, en cahotant, un agenda monstrueusement rigoureux sort de nos palabres : la matinée sera réservée aux œuvres charitables destinées à la population locale, ainsi qu'à l'organisation des funérailles, l'après-midi aux achats et à nos activités dans la cuisine, prévoyant toutefois une marge de temps libre pour qui voudrait méditer, dormir ou faire une promenade. On m'accorde le privilège d'accéder en priorité à la douche, alors même que mon utilité sociale s'avère nulle et que personne n'attend de moi d'autres services que ceux qu'on espère d'un employé subalterne. Je ne sais ni soigner, ni cuisiner, ni ordonner un bûcher.

*

Dans un morceau de miroir accroché au-dessus de l'emplacement prévu pour un lavabo, jamais fixé, je me découvre des traits expressionnistes, comme expédiés avec fureur par Otto Dix. J'hésite à tremper mon pied, mais ne vois comment procéder autrement, et à peine essuyée, je ramasse une sévère réprimande de Warski qui braille depuis la pièce :

« Mais vous êtes pire qu'une enfant, enfin ! Vous savez que cette eau est une saloperie ! Je vous attends pour changer le pansement.

— Soyez gentil et fichez- moi la paix avec vos soins. J'ai vos livres dans mon sac. Vous n'avez qu'à piocher dedans. C'est le moment de les prendre, si on veut éviter un incident diplomatique. »

En sortant, je tombe nez à nez avec lui, filandreux et triste, soit comme moi, en déficit d'imagination concernant le point névralgique de la journée, soit en proie à ses propres tourments. Il fait un pas de côté, moi aussi, nous nous rentrons carrément dedans, tout juste s'il ne me marche pas dessus. Il marmonne ses excuses, puis greffe une phrase, presque inaudible, sur l'éventualité que je souffle à ma mère de changer d'avis, de se laisser emmener à Bénarès. Retoqué. À supposer qu'elle accepte de m'écouter, pas question de relancer le sujet. Au final, pour en venir où ? Gratter une semaine ? Deux ? Dans cet affreux hôpital universitaire, que nous mettrons une journée à rejoindre. D'après Warski, cet affreux hôpital rendrait tout cela moins dur :

« Je doute que vous puissiez supporter la vue du bûcher funéraire, tout comme votre père ou moi-même…

— Ah, c'est donc cela ! Mais vous vous trompez ! On s'en fout de vous, de moi, ou de mon père… Le plus difficile, quoi qu'il en soit, revient à ma mère, et elle a pris sa décision. Point. »

Warski me propose un comprimé de Xanax, et se justifie en disant que nous reprendrons plus tard le dossier de mes addictions. En pétard, je l'envoie sur les roses. Il n'y a pas de dossier, il n'y en a jamais eu, et il n'y en aura pas davantage plus tard ! En outre, le Xanax est à mes yeux une hérésie, j'ai marché toute ma vie au Lexomil.

« En revanche, si vous aviez du chocolat noir, j'aimerais bien.

— Vous êtes impossible à satisfaire ! »

Sur ce, il me traîne chez notre souveraine, où ma mère reçoit déjà dans un cabinet improvisé.

Une marmaille caracole à travers la cuisine, se mêle aux jambes de Warski, et de vrais microbes aussi, minuscules, accrochés au sari de leur mère, à qui parle la mienne, dans un anglais tout en lenteur et en lettres capitales. À l'instant où ma plaie disparaît sous un bandage d'une blancheur outrancière par rapport à la crasse environnante, la voie m'apparaît : prier. Face à l'affliction de Warski, face aux minutes qui filent, plus pressées qu'un croque-mort un jour de pluie, il n'y a rien d'autre à faire. Ah, ma petite Gabriela, c'est le moment de donner le meilleur de toi-même… Avant de retrouver la maîtresse des lieux près du catafalque réfrigéré, j'assiste à une séquence qui confirme l'urgence d'agir sur le plan spirituel. Prise de nouveau par une crampe, ma mère enlève trop brusquement son gant en latex et arrache l'ongle de son index, mais alors toute sa surface d'un seul coup. Je me raidis. Warski se crispe, ma mère s'en aperçoit :

« Arrêtez de vous torturer, tous les deux. C'était un faux, voyons. Les miens n'ont jamais vraiment repoussé après ma chimio. »

Soudain dépouillée de son enthousiasme, elle annonce ensuite à Warski qu'il terminera sans elle, puis s'en va s'allonger. Tel un petit nuage à la mécanique insaisissable, elle se déplace à travers le village plus en phénomène qu'en être humain. Il suffirait qu'un marmot éternue pour la pulvériser. Je ne tiens plus, plante Warski qui me demande de rester, et reprends les affaires en main.

Dès que je la rejoins, la reine en pourpre et en orange, d'or clinquante, fort endimanchée, me tire vers une courette où deux fours en argile attendent la pâte à pain. Je refuse ! Je ne bougerai pas un seul de mes cinq doigts disponibles tant qu'elle ne fera pas revenir ma foi d'hier. Déterminée, je la menace même de ne plus la fournir en cigarettes. Elle me fait asseoir par terre, enfume d'encens, ensuite me confie à tous ses saints dans une litanie dépassionnée, monotone, continue. D'humeur sacrificielle en cette matinée, je ferais n'importe quoi en échange d'un élan extatique capable de revigorer les miens. Car je ne me leurre pas, le marasme de Warski est de nature contagieuse et ne tardera pas à entraîner des contestations et des rebonds de dernière minute. Curieuse de voir la tête de Gaspard après la matinée passée à préparer le bûcher, j'anticipe sa défection, suivie de celles d'Adam et de mon père. Mais Sa Majesté ne semble pas sensible à mes lamentations au moment où sa pâte à pain commence à déborder des paniers en osier. Résignée, je me tais. Elle s'approche, triomphante. Au lieu de me faire prier, elle m'enduit la main d'un peu d'huile et me montre comment façonner une galette, qu'elle plaque ensuite avec vigueur contre les parois intérieures du four. Sorcière, va ! J'en suis à ma dixième quand tout me revient : la confiance, l'énergie, la tranquillité. Je manufacture sereinement, le temps circule sans avancer ni passer. La mort ? Ne serait-ce pas ce qui précède la vie ?

Au moment où je crois atteindre une forme de transe boulangère, Warski surgit dans la courette, porté par une terrifiante hargne humanitaire. Il me serait reconnaissant de faire comprendre à une des femmes le dosage d'un médicament, et à l'occasion transmettre quelques autres messages sanitaires. J'ignore jusqu'au nom de la langue qu'on pratique dans notre paradis, mais hoche la tête en signe d'accord. C'est tout simple du reste, il s'agit d'expliquer à sa souffrante qu'elle doit ingurgiter une capsule le matin et une le soir, pendant huit jours, évitant à tout prix d'interrompre le traitement. Sur un mur de la cuisine, je badigeonne huit soleils dont je coche un, et huit lunes en montrant très explicitement leur rapport avec le remède. Au suivant ! Je rends à Warski, impressionné, le reste de son crayon, à l'instant où mon père et Gaspard arrivent au village, traînant l'Indien de Bénarès derrière eux. Je cède volontiers à ce dernier le cas non résolu d'une hernie inguinale qui exige une intervention chirurgicale dont la mère de l'enfant concerné ne veut pas entendre parler. Frappé par un raptus atrabilaire, mon père ne se refuse pas le plaisir de nous tancer :

« Serait-ce si difficile de comprendre qu'elle n'en a pas les moyens ? Nom d'un chien, vous êtes parfois d'une arrogance effarante ! Dites-lui que l'hôpital ne coûte rien et qu'on va l'y conduire, tout de suite ou demain. »

Il ne nous accorde pas davantage d'attention, repart sur-le-champ pour rejoindre ma mère. Du fait que trente kilomètres nous séparent de l'hôpital le plus proche, et que l'état de l'enfant le permet, nous remettons le déplacement au lendemain. De charité, chacun a eu sa dose. À midi passé, il faut commencer à s'occuper de pirojki.

*

Dans la bourgade d'où j'ai téléphoné à mon père, Gaspard, Warski et moi, nous accordons une pause silencieuse. Je mange un cornet de glace dont nous finissons par acheter deux cartons à distribuer aux marmots du village. Scrupuleux, Warski inspecte plusieurs échoppes avant de tomber sur un fromage blanc qui pourrait faire l'affaire ou du moins ne gâcherait pas le repas funéraire en présence et honneur de ma mère. S'y ajoutent des sacs de farine blanche et des œufs que nous transportons en voiture, parlant de l'organisation du travail, ce qui nous évite les sujets autrement plus dérangeants. En définitive, Gaspard et moi ne les abordons pas, en tout cas pas directement, même lorsque, à notre retour, ma mère réunit Adam et Warski derrière la porte de sa maisonnette restée fermée pendant leur entretien.

Dépeuplée à cette heure-ci, la plage nous offre un semblant d'intimité. Gaspard s'allonge, pose la tête sur mes genoux. Ah, elle est bien lourde, sa pauvre tête, et bien grave…

« Ce sont des fanfaronnades typiquement polonaises… Tu vois bien que nous sommes toujours dans le pathos et dans l'extravagance, qu'on en fait toujours trop. »

Faisant fi de mon propos, Gaspard entame un soliloque. Sa mère est morte seule, quelques mois après avoir obtenu le divorce, à croire que la tranquillité ne lui a pas réussi. Il l'a découverte allongée par terre dans la cuisine de leur appartement, à Aix, pour en rester interdit pendant plusieurs heures avant de pouvoir appeler les services du 15.

« Je n'ai jamais pu comprendre ce qu'est un cadavre… C'était à la fois ma mère et pas ma mère. Je n'ai pas de souvenir de m'être interrogé sur autre chose. C'est encore elle ou rien du tout ? Tu vois… »

S'il était vrai que ce qui n'est pas clair ne peut être français, il faudrait en déduire que la mort ne peut être française. Et Gaspard le serait moins que je ne le pensais. Il me vole ma cigarette à peine allumée, et libère ainsi ma main que j'emploie à caresser sa tête fatiguée, sans réponse à sa question. Il ferme les yeux. Je ramasse ses cheveux, les fais filer entre mes doigts, recommence. Dans un mouvement lent et attentif, entiché de la matière à laquelle il se dévoue. Gaspard se lève de sa sieste méditative, m'embrasse et me dit qu'en effet, nous en faisons toujours trop, nous les Slaves, ce qui a son charme, son attrait.

Sur notre charme slave, je ne saurais me prononcer, mais il est certain qu'aussi bien nos adieux que nos obsèques sont pleins de panache et d'une grande convivialité. À l'appui de mon allégation, des hauteurs descend la silhouette olympique de Warski, à la fois en spleen et en spumosité, comme une eau de pluie qui déborde d'un réservoir.

Ma mère souhaite voir Gaspard, et lui-même me serait redevable si je voulais bien lui offrir une cigarette, vu qu'il a oublié les siennes dans la voiture où mon père fait un somme. Étonné de cette convocation, un brin craintif, Gaspard se secoue, se recoiffe, s'arrange, mettant le bas de sa chemise dans son pantalon, et finit par agacer Warski :

« Oh, tu es tout beau ! Vas-y ! Nous avons du travail et pas beaucoup de temps. Je t'attendrai dans la cuisine. »

J'en déduis que, conformément à mes prédictions, ma mère maintient son programme mortuaire, ce que Warski nous fera cher payer à tous. Pourtant, son brusque énervement a des racines bien plus entremêlées et profondes. Dès que nous restons seuls, il affiche de nouveau son profil de martyr, souffre et s'en délecte. Je lui demande, n'y croyant pas une seconde, s'il a accepté de le faire. Farouche, il gronde :

« Vous me le pardonnerez ou pas, mais non. Je n'ai pas pu.

— Je vous en prie… Je ne vous ferai pas reproche d'avoir refusé de tuer ma mère. Même s'il faut bien que quelqu'un le fasse, n'est-ce pas ? »

Warski me donne raison, ajoutant que, par chance, ma mère est très bien entourée. Cela sans une pointe d'ironie ni sarcasme. Déroutée, je n'ose l'interroger davantage, donc c'est lui qui me questionne : « Savez-vous ce que cela veut dire ? » Enfin, oui et non. J'imagine qu'Adam se chargera de l'injection, et que ma mère s'endormira sous la morphine, pour ne plus se réveiller. Mais ce que cela veut dire en outre, ou par rapport à lui, je ne sais pas. Je ne suis pas certaine non plus de vouloir le savoir, bien que Warski ne me laisse pas le temps d'en décider :

« Cela veut dire que je suis un lâche et un incapable. »

Ah, le voilà de retour avec son numéro à la Dostoïevski ! Non, je ne le rassurerai pas du contraire ni ne lui dirai qu'il n'est pas un salaud, mais un brave type malmené par la vie, cela en lui tripotant tendrement le bras. Qu'il se défasse seul de ses passions d'éternel coupable. En idiote, en abrutie de sa gueule sacrificielle autant que de sa masse corporelle, je dilue cependant, je mâche, et je crache un tout gentil conseil d'ami :

« N'en abusez pas. Un jour, quelqu'un vous prendra au sérieux et vous rendra très malheureux. »

Pris en flagrant délit de ce qui, en d'autres circonstances, pourrait passer pour une technique de séduction par apitoiement, Warski me jette un regard tellement surpris qu'il me fait croire un instant lui avoir révélé une vérité sur lui qu'il aurait ignorée. Je me ressaisis, et puisque je n'ai rien à ajouter, soutiens son regard comme un point final. Qui n'est pas coupable ? Qui n'a pas besoin d'être consolé ? Qu'il me le dise, ou se le dise à lui-même plutôt, et qu'on en finisse avec cette comédie qui est une impasse pour lui et une épreuve pour les autres. Warski glousse de ma plate baliverne :

« C'est curieux qu'au moment où il serait préférable que vous soyez droguée à ne plus tenir debout, vous tenez à rester sobre !

— Mais c'est vous qui êtes impossible à satisfaire ! Quand je m'exprime, vous me mettez knock-out, et quand je suis calme, vous en êtes préoccupé. Sauf que je suis la seule, dans ce bazar, à tenir sans me plaindre ni pleurnicher ! Ayez donc la gentillesse de reconnaître qu'il est inutile d'anticiper ce qui n'adviendra peut-être jamais.

— Peut-être », conclut Warski, en chien battu mais mordant.

*

À quel moment de l'après-midi nous prenons le contrôle des fourneaux de la reine, j'aurais du mal à l'établir. Les événements, aussi insignifiants qu'ineffaçables, s'interposent les uns entre les autres, se bousculent, tombent au même moment, puis se dispersent, tant et si bien que je ne sais pas les ordonner chronologiquement. Avec certitude, quittant Warski, je surprends ma mère et Gaspard en pleine séance d'enregistrement vidéo destiné à ma sœur, suite à la demande de cette dernière, transmise via mon père. Sans y penser, Gaspard nous offre ainsi les dernières images de la femme dont la présence ne sera jamais aussi sensible qu'après sa disparition. Elle porte une chemise en popeline de coton bleu ciel de mon père et son foulard en soie noué autour de la tête à la façon *rockabilly*, grâce à l'aimable concours de mon *fiancé*. Pourquoi l'appelle-t-elle ainsi ? Je ne m'attarde pas avec eux. Il fait moins chaud que la veille, je nourris donc Nâlânda devant la maison, condamnée à la rattraper à chaque fois qu'elle se sauve pour s'approcher d'un singe qui l'observe.

Plus tard ou peut-être avant, je croise Adam. Je le suis. Dans la cabane qu'il squatte, rudimentaire et embaumée d'une odeur de bois fraîchement coupé, nous nous asseyons par terre autour d'une casserole remplie de masala chaï, disposés tous les deux à discuter avec calme, sauf que nous n'y parvenons pas. À peine je le remercie pour son *geste* annoncé et joint, à regret, une phrase trop vite expédiée, qu'il éclate en larmes. Je n'aurais pas dû le lui dire ce : « Sois doux avec elle. » Probablement, j'ai voulu me protéger, et me dédouaner aussi, de quelque chose d'obscur. Comment Gaspard se retrouve-t-il soudain là, associé à cette scène, alors que je ne suis pas sûre qu'il y assistait réellement ? Peut-être parce que je l'entends prononcer distinctement et d'une voix désolée : « Ah ! là ! là ! Adam… » Quand exactement ? Aucune idée. Je le vois chez notre reine, agenouillé sur une toile cirée étendue à même le sol et qui nous sert de planche de travail. Nous y fabriquons nos pirojki à la chaîne, chacun attaché à une tâche spécifique, sous l'œil vigilant de Warski. Autour de nous, ça grouille de marmaille et de visiteurs curieux. Mon père n'est pas en reste, y met la tête lui aussi, moins par curiosité toutefois qu'à court de ses médicaments contre les remontées d'acide.

Warski lui fait boire un verre d'eau au bicarbonate et l'envoie faire des examens chez un ami à Cracovie.

*

Pendant mes pauses-cigarette, je me réfugie chez ma mère. Comme avant chaque départ en vacances, autrefois, quand nous les prenions encore en famille et préparions tout à la dernière minute, j'ai tant de questions à lui poser et de détails à régler qu'au final, confuse, je me tais. Elle me parle un peu de ses photos entassées dans la boîte à chapeau, de l'importance que nous restions proches, Marta et moi, et ne condamnions pas notre père à un veuvage éternel :

« S'il trouve quelqu'un, laissez-le vivre. Et si c'est une jeune femme, vous n'aurez qu'à vous dire qu'il sera moins sur votre tête. »

Non par fausse pudeur mais par réel effroi, je la prie d'arrêter de plaisanter. De fait, notre père nous épargnera la paillasserie d'une nouvelle madame Bartel, quel que soit son âge, sans toutefois pouvoir s'empêcher de minauder, deux ans plus tard, devant la voisine quadragénaire de ma sœur, à New York. D'après Marta, l'affaire n'ira jamais au-delà de quelques dîners en ville, ce qu'il conviendra de considérer comme un miracle en soi. Car en définitive, ces rendez-vous nous rempliront de joie et même de fierté, chacune secondant secrètement notre père. Ma sœur me confiera avoir eu peur qu'il ne prenne brutalement une veste, à l'instar de ce publicitaire à la retraite chez Philip Roth. Au final, son aisance matérielle, ses blandices est-européennes, fleurs et chauffeurs, baisemains et accent exotique, vaudront à notre père un succès insoupçonnable. Il suffit de voir de tous les côtés ce qui se dresse en obstacle ou en problème insurmontable, pour qu'il disparaisse ou du moins qu'il se dégonfle. Ma mère me le répète obstinément, à chacun de mes passages pour fumer. Elle y revient encore quand Gaspard et Warski frappent par pure convention à la porte restée grande ouverte, et annoncent que le plat-surprise de ce soir est prêt à être servi quand elle le souhaitera. Dès lors, tout se brouille encore davantage.

*

À mesure que l'heure du dernier repas en présence de ma mère approche, je m'éloigne d'*ici et maintenant*, puis le quitte littéralement. De la sorte, j'enregistre des séquences sporadiques, séparées, hasardeuses, de notre nuit. Comme la veille, ma mère tient à un dîner autour du feu. Nous lui servons ses pirojki, elle nous sert son discours d'adieux. Dans les deux cas, c'est un triomphe. Invités à se joindre à nous, nos hôtes, Mother India en tête, font un déplacement sur la berge et savourent ce que Gaspard, par politesse, ne qualifiera pas d'étouffe-chrétienne, alors qu'il n'en pense pas moins quand il dit poliment à Warski que le plat, n'étant pas trop fin, se laisse déguster avec le même plaisir que des gnocchi italiens. Susceptible et exagérément patriote, Warski lui répond : « Le climat polonais n'est pas adapté aux gens trop fins. »

Son humeur massacrante persiste tout au long de la soirée et trouve une expression ultime au moment où nous débarrassons les restes de la ripaille. Dès que nous nous retrouvons seuls un instant, il me serre subitement dans ses bras, secoue un peu et marmonne : « Vous êtes partie trop loin. Il faut revenir, Gabriela. Vous m'entendez ? » J'affirme avec lucidité l'entendre parfaitement. Et je ne mens pas. Par bribes et débris disparates, la construction de la soirée qui s'écroule au fond de moi retentit en échos : Adam qui dit, faisant allusion à Kolakowski, que leur génération n'a pas eu l'accès au luxe du désespoir, mon père qui raconte à Gaspard son service militaire obligatoire, plus abrutissant que réellement barbare, les rires de notre souveraine à qui personne ne traduit rien, sans que cela l'empêche d'avoir des réactions parfaitement appropriées face à nos échanges. Surtout, j'entends très bien la longue homélie de ma mère, alors que de ma posture résignée et veule on aurait pu présumer d'un manque d'intérêt frôlant l'affront. Reste que je ne la quitte pas du regard. Je la poursuis même, quand elle se lève à la fin du repas et s'en va, accompagnée de mon père, nous priant de la laisser seule pendant une heure, avant son rendez-vous avec Adam. Voilà que disparaît la femme, me dis-je alors, comme pour mieux le comprendre, qui m'a appris à m'essuyer les fesses, à me laver les mains, nouer les lacets, tenir une fourchette, qui a retiré, une par une, mes dents de lait, à l'aide d'un mouchoir en tissu car nous ne connaissions pas les Kleenex à l'époque, en Pologne, une femme qui m'a expliqué, en termes accessibles et acceptables, l'utilité d'un tampon hygiénique et d'un préservatif, la femme qui connaît par cœur et comme personne, Gaspard compris, l'emplacement de chaque grain de beauté sur mon corps, l'historique complet de mes maladies et leurs thérapeutiques, mes plis les plus intimes ; voilà que déménage de notre monde la femme qui m'a faite.

Fatiguée à la fin d'une journée animée, elle commence pourtant fort sa conférence, à croire qu'elle cherche à capter notre attention comme jadis celle de ses étudiants :

« Je vous dois un mot, parce que je fais de vous des criminels. »

Nous sommes hors la loi, compte tenu des législations de nos pays respectifs, polonaise et française, mais aussi américaine, où la prescription des doses létales aux patients incurables ne sera autorisée en Californie qu'une année plus tard, ce que Warski accueillera avec distance. Soucieuse de notre avenir et de nos casiers judiciaires vierges, ma mère règle le problème :

« C'est pourquoi, malgré votre déplacement et vos recherches acharnées, vous ne m'avez jamais retrouvée. Edward, tu auras la présence d'esprit de le signaler à notre consulat dès que possible. »

Mon père s'esclaffe, puis comprend qu'il n'y a pas de meilleure solution, se mouche bruyamment et lance, essoufflé :

« Nom d'un chien, Wanda ! » Aucun d'entre nous n'y a pensé, il faut le reconnaître. Alors qu'en souvenir de son concert à Varsovie, en 1985, auquel mes parents ont assisté, nous écoutons Leonard Cohen murmurer son désir de suivre Suzanne les yeux fermés, je contemple la main de mon père fermée sur le bras de ma mère, et je ne vois pas comment il va se résigner à le lâcher. Ma mère lui souffle une idée. Elle la soumet à nous tous, nous invitant à prendre soin de notre âme, en quoi il ne faut pas que nous voyions une illumination ridicule, mais le principe fondateur de notre civilisation dont la genèse remonte à la pratique de la *métanoïa* socratique : « Avec cela, vous pouvez être d'accord sans me soupçonner d'avoir perdu la tête, n'est-ce pas ? » Bien qu'elle daigne se justifier d'avoir poussé si loin le bouchon de son dada hindouiste, elle clarifie explicitement ce détail : son esprit se porte à merveille. Et le souci de l'âme signifie, ni plus ni moins, que la vérité n'est pas donnée une fois pour toutes. C'est avant tout une pratique quotidienne qui consiste à se sonder, à s'unifier, et à ne pas perdre de vue ce quelque chose de plus grand que nous-mêmes, mais vers quoi on trouve le chemin à travers nous-mêmes. En ce qui la concerne, elle évoque une forme de nostalgie non de la religion mais du sentiment religieux et aussi du rituel, lequel devrait éviter de recopier bêtement une coutume vidée de tout son sens. Une tombe rassure sur l'au-delà, matérialise l'insaisissable, ce qu'elle trouve insupportable. Pas de subterfuges. La spiritualité repose tout entière sur la confiance, et quand on a la confiance, on n'a pas besoin d'une tombe. Elle ne serait davantage présente au cimetière que dans son cabinet ou à la maison.

Sonnée, je ne commente pas, personne ne l'ouvre, ma mère paraissant parfaitement préparée à affronter notre opposition. Elle a la foi, nous avons peur. Inutilement, selon elle, qui saisit notre adhésion à son discours savant, autant que notre défiance à son immédiate mise en pratique :

« Je ne serai pas bien loin, si l'un d'entre vous me cherchait. Pour cette dernière soirée, j'exige de vous le courage, parce que je sais que vous en avez, étant donné que vous êtes là… Alors faites-en bon usage. N'ayez ni honte ni crainte d'être généreux, de vous montrer capables d'amour, d'amitié, de solidarité, de pardon et de compassion. Qu'avez-vous à perdre ? Ne vous inquiétez pas, les gens autour de vous continueront à se mépriser. Vous ne risquez pas de changer le monde, tout au plus vous ouvrirez une nouvelle dimension en vous. Je suis à ce moment de la vie où l'on se moque de paraître simple d'esprit, et je regrette seulement que cela vienne si tard. S'il y a quelque chose à apprendre en urgence, c'est d'être simple. Ne compliquons donc pas les choses inutilement, surtout qu'il ne vous reste plus beaucoup de whisky… Je pars avant que la vie n'ait eu le temps de me déplaire, ce qui est un rare privilège, le dernier. Tout m'a été donné. Ma rencontre avec Edward, notre mariage, notre famille, mon métier, les amis… J'ai aimé la loyauté d'Edward, son audace, les années que nous avons passées ensemble, j'ai fini même par aimer son argent. J'ai aimé voir nos filles grandir, j'ai aimé les voir s'éloigner, suivre leur chemin. J'ai aimé mon amitié avec Adam, passionnément. J'ai aimé la curiosité de Konrad et son intelligence. J'ai aimé l'élégance de Gaspard, sa présence parmi nous, les barbares en voyage… Il n'y a rien que je puisse aimer de plus, sinon ce chiot de ma fille. Tiens, Gabriela, je te le rends… Avant de perdre la voix, faute de parler, je vous interdis d'être tristes, désolés, et surtout de pleurer. C'est très mal vu ici, et risque de compromettre mon karma. Alors, je fume ma dernière cigarette avec vous et je m'en vais. Quelqu'un voudrait-il me l'allumer ? »

À la hauteur de la réputation qu'il s'est faite auprès de ma mère, Gaspard se précipite avec son briquet, puis me passe Nâlânda mécontente d'être dérangée. Un semblant d'animation gagne ensuite notre assemblée, chacun essayant d'être à propos, de faire montre sans tarder de cette générosité à laquelle nous ordonne d'obéir ma mère. Plus tard, à Bénarès, je découvrirai qu'elle a piqué des phrases entières de son allocution à Vaclav Havel et à Jan Patocka, chez qui elles sonnent moins sentencieuses. Nous aurions ainsi fait des milliers de kilomètres pour échouer sur une bande de terre sablonneuse avec des philosophes candides et des plats indigestes de chez nous. Cela en valait la peine, selon ma mère, et grandement.

Me recevant en audience privée à quelques minutes de sa mort, elle me le dit à sa façon, par l'évocation de ses autres maîtres à penser, Krishnamurti et Maharshi, persuadés quant à eux qu'il fait bon se libérer du connu. Elle s'en est remise à leur sagesse et ne s'est pas trompée, à en juger par notre dernière soirée dont l'ambiance aurait été impossible à créer à Cracovie. En outre, une attitude conformiste relève d'une forme d'auto-totalitarisme, ce qu'il me serait utile de retenir. Je le retiens. Et ce qui ne se fixe pas en moi m'est ensuite restitué grâce à Gaspard, reçu peu avant moi, de sorte que nous restons auprès de ma mère un moment ensemble, le temps qu'elle nous accorde sa pudique bénédiction :

« Vous avez une vie à vivre et il ne faut pas que vous en perdiez une minute. Quoi que je puisse dire, vous êtes seuls et serez seuls à décider comment la vivre. Mais si vous deviez la vivre ensemble, j'en serais heureuse. Au revoir, Gaspard. »

Comme moi la veille, il la rassure : nous la vivrons ensemble, notre vie. Par ailleurs, nous n'avions pas à en décider, ce dont il ne se plaint pas. Je hoche la tête pour signifier que moi non plus, quand Gaspard nous quitte, après avoir embrassé la main de ma mère. Lassée de discours, elle me prend au dépourvu avec une question à ce point incongrue, négligée jusque-là, nullement anticipée ni imaginée, que j'en suis stupéfaite bien plus que de la tant redoutée cérémonie : « Qu'avez-vous prévu pour demain ? » Je ne crois pas que quelqu'un aura eu l'audace d'une entreprise aussi ambitieuse que celle de prévoir le lendemain de sa mort. Sûrement pas. Je ne sais pas ce que nous allons faire, repartir au plus vite à Bénarès ou traîner. Ma mère me suggère un séjour dans un ashram, encore plus au sud, où une retraite de quelques jours au pied d'une montagne sacrée me donnerait l'énergie nécessaire à affronter le retour en Europe. Chaque lieu possédant une énergie propre, celle d'Arunachala est pure, dépourvue de la moindre arrière-pensée touristique ou commerciale, comme nulle part ailleurs dans ce pays. Je dis que je vais y réfléchir. Enlacées, nous chuchotons, nous conjurons, et nous nous exaltons un peu aussi. En pleine repentance, je siffle à ma mère mon intention de me remettre à la peinture, aux paysages provençaux, et tout entière à l'assurance de Gaspard. Elle m'adjure de reconnaître sa bonté, sa mansuétude, et de respecter cette disposition, naturelle chez lui, quoi qu'il puisse nous arriver : « Ce n'est pas parce qu'il est bon qu'il est bête. Ne sois pas de ceux qui confondent les deux. » Jamais je ne l'ai confondu ni ne le confondrai. Que ne jure-t-on pas, en pareil moment ? Portée par la gravité et la rhétorique de cette entrevue avec ma mère, je me promets de me libérer de Warski, de me purifier l'esprit et tout organe interne qu'il aurait affecté, à commencer par le cœur et l'estomac.

Je m'y tiens au moins quelques minutes, puis tombe sur lui, en sortant de la maisonnette, à la fois christique et infrangible, comme s'il s'était entièrement retiré dans la tristesse et avait laissé son corps de gladiateur seul dans l'arène se mesurer avec le désastre. Parce que nous ne l'éviterons pas, nous y courons, au contraire ! Il en est persuadé. Que je veuille assister à l'incinération lui paraît aberrant au dernier degré. Je le laisse pérorer à loisir, d'une part parce que préoccupé il est très attrayant, et de l'autre, parce que se tourmenter pour moi l'empêche de se soucier de lui, ce qui a l'air de le soulager. Et paf ! En un instant, je replonge dans sa connaissance intime du malheur, dans sa voix qui en est saturée, dans ses rides qui partent des ailes de son nez et dégringolent en deux traits jusqu'à la commissure de ses lèvres où elles disparaissent, absorbées par une irrésistible expression de chagrin. C'est tout un tableau de maître. Je sais gré à ma mère d'avoir renoncé à regarder derrière le paravent que nous avons déplié, lui et moi, voulant instinctivement cacher ce quelque chose qui n'existe pas à ce moment-là, sinon comme une potentialité non assumée. De ce fait, j'envoie Warski aux pelotes avec sa recommandation de me tenir à l'écart.

*

Les funérailles de ma mère relèvent d'une remarquable représentation de théâtre antique, avec ses longueurs, ses dithyrambes, son chœur, ses protagonistes, et ses redoutables réactions cathartiques. La ressemblance se révèle d'autant plus troublante que, dans les deux cas, la présence des femmes n'a rien d'évident et qu'il faut que je négocie la mienne avec notre reine qui en discute à son tour avec les hommes chargés de mener les opérations. Nous ne sommes pas hindous, ce qui n'empêche pas que nous pratiquions selon leur rite, lequel exclut les pleurnicheries et écarte d'emblée une créature aux nerfs de femmelette. Sincèrement, en serais-je une ? Non. En chorège, mon père exerce son pouvoir, filant un billet au chef de file des moines. Une fois l'affaire réglée, il lui reste à convaincre ma mère de lui permettre de l'assister jusqu'à son dernier souffle. Au début, elle ne veut pas en entendre parler, considère l'intervention d'Adam comme médicale et refuse d'être regardée dans son agonie. Tiraillée entre ses raisons et le désarroi de mon père, je tranche en faveur de ce dernier et plaide sa cause auprès de ma mère : « Vous avez tout partagé, ne l'écarte pas maintenant ! » Elle cède, après de bien pénibles palabres lors desquelles j'apprends en outre que, de génération en génération, les femmes Bartel ont subi des funérailles des plus originales. Ce n'est pas de tout repos, la mort dans cette famille. Il faut m'y résoudre et me croire heureuse que ma mère ne se soit pas prise de passion pour quelque tribu papoue ou, que sais-je, pour le vaudou haïtien. Enfin, mon père ferme la porte de la maisonnette. Avec une précaution excessive, à croire qu'un grincement des gonds ruinerait l'ambiance. Pourtant, je saisis dans un pincement douloureux mais éclair, que plus jamais je ne les reverrai tous les trois ensemble.

Inquiets de mon calme, Gaspard et Warski m'encadrent littéralement, prêts à bondir au moindre signe de mon désespoir ou coup de folie. Sauf qu'ils ne se manifestent pas, mes déboires. Sans doute parce que je ne les vis pas, ne les ressens pas, ni rien de bouleversant d'ailleurs. Une fatigue excitée, de celles qui étouffent le sommeil et embrouillent l'esprit, me fait m'interroger sur les questions que je n'ai pas le courage de poser à Warski : La mort par overdose de morphine est-elle parfaitement indolore ? Qu'est-ce qui meurt en premier, le cerveau ou le cœur, ou peut-être les deux en même temps ? À Bénarès, pendant la mousson, lors de ces soirées trempées de chaleur et de lumière éteinte, uniformément mate, il me présentera les certitudes de sa science à ce sujet, suivies de bien plus de doutes que je n'en aurais pu imaginer. Si je me souviens bien, sur les berges du Gange, vers trois heures du matin, je bafouille seulement un vague : « En combien de temps brûle un corps humain ? » Renseigné, Gaspard m'entoure de son bras et m'informe qu'il faut compter cinq heures. J'ignore si c'est une moyenne ou une estimation exacte qui tiendrait compte de la petite taille de ma mère. Quoi qu'il en soit, Warski s'en étire bruyamment les phalanges, puis me propose un calmant. De nouveau, je refuse. Nous nous passons de drogues, excepté de cigarettes que nous fumons en grande quantité, en attendant que ma mère meure.

Livide, tirant vers un gris punaise, le ciel se clarifie quand mon père sort de la maisonnette et invite à l'intérieur qui voudrait voir ma mère avant qu'on ne la porte sur le bûcher. D'abord, Gaspard et Warski s'abstiennent. Mais je me lève pour l'embrasser, alors ils m'imitent, m'emboîtent le pas, comme scellés par un pacte sacré. Il fait sombre dans la pièce, l'encens sature l'air. Je m'assois près d'Adam, muet et défait, peu disposé à distribuer les câlins thérapeutiques. À la mort de ma mère, je ne crois pas une seconde. Pas une seule ! Son cadavre allongé donne l'impression d'un manteau qu'elle aurait oublié, de quelque chose qui lui appartenait et qui, dans la précipitation, se serait égaré sans causer trop de chagrin à sa propriétaire. Sa moue dubitative, tel un monogramme brodé, demeure inchangée, semblant dire : « Je suis sortie me promener, n'en faites pas un drame. » Je lui dépose sur la joue un baiser *pro forma*. Gaspard me saisit par l'épaule au moment où notre souveraine franchit le seuil, chargée des sautoirs d'œillets et d'une pièce de tissu satiné. Il nous faut envelopper ma mère dedans, la parer de fleurs, puis la mettre sur la civière. Tout est si bien huilé. Pas de débats ni d'attente, cette fois-ci. Je me soumets au protocole, m'écarte pour permettre à Mother India de réciter ses charabias, survolant ma mère de bâtons d'encens, l'œil tourné vers le plafond en planches. Du village éclairé d'une simple guirlande d'ampoules jaunes et de quelques veilleuses allumées à l'entrée des maisons arrive une poignée de femmes. Elles attendent dehors, ajoutant, avec leurs silhouettes tellement étirées qu'on les dirait montées sur des échasses, un trait supplémentaire à la théâtralité de la scène. Soudain, Adam chuchote : « N'oublie pas son alliance, Edward. » Affolé, mon père cherche la main de ma mère sous le linceul orangé, lui retire l'anneau ainsi qu'une bague. Ce n'est pas une bague de fiançailles, mais un cadeau bien plus tardif et onéreux, que mon père lui a offert quand il a commencé à avoir les moyens de faire des cadeaux onéreux. Il essaie d'enfiler l'alliance à son doigt, mais n'y parvient que jusqu'à l'articulation, si bien qu'il me prend ma main, la déplie, y dépose l'alliance avec la bague et murmure : « Mets-les, sinon tu vas les perdre. » Le métal est déjà froid. Mon père m'embrasse sur le front, fait un signe à Gaspard qui agit à ma place et glisse les bijoux sur mon index, en forçant un peu. Oubliée dans un coin de la pièce, Nâlânda se met à couiner et reste inconsolable même dans mes bras, tandis qu'on soulève le corps de ma mère.

Ah, il faut voir ce cortège funèbre ! Les chevaux parés de plumes d'autruche ne manquent certes pas de panache, mais alors le manège fabuleux qui, autour de la civière sur laquelle repose ma mère, réunit son mari, son amant et son ami, remués, souffle coupé, avec Gaspard en élément d'équilibre et de décoration, sobre comme une colonne dorique au milieu de cet apparat d'émois, de soupirs et de larmes retenues ; tout cela n'a pas d'équivalent en termes de spectacle. De quelque côté qu'on la regarde, la séquence frôle une frasque et me contraint à contrôler mon envie d'en rire. Comment as-tu réussi une pareille distribution ? Et pourquoi ne m'as-tu rien légué de ton talent à concilier l'inconciliable ? J'aimerais savoir, moi aussi, susciter de si inattendues ententes, une alliance à ce point raffinée. Ma mère snobe mes moqueries, ne commente pas, mais ne s'offusque pas non plus, à proprement dit portée par l'émotion collective. Nous avançons vers les berges sur une distance de trois cents mètres à peu près, où, autour du bûcher intact, crépitent quelques menus feux allumés par les moines. Notre reine, en pourpre et en or, qui susurre des prières et entraîne ses majestueuses sujettes dans une lamentation mélodieuse, me retient quand je veux continuer à suivre le cortège. Nous, les femmes, n'irons pas plus loin. Je ne m'en formalise pas, jusqu'à ce qu'une confusion n'éclate au sujet d'une partie du rituel qui exige que les hommes endeuillés se rasent entièrement la tête. À l'idée qu'on tonde Gaspard, je ne tiens plus en place. Cela suffit l'exotisme ! De justesse, nous évitons que tout ne parte en pétard avant l'heure. Adam se porte volontaire, ce qui calme les esprits à l'exemple d'une offrande. Par miracle, il s'en sort sans égratignure, alors qu'on lui arrange le crâne à l'aide d'une sorte de sabre excessivement effilé. Je grimace autant que je me marre.

Du fait que ma mère ait été emportée par une mort subite, ce que tout le monde fait semblant de croire, elle ne bénéficie pas d'une baignade dans le Gange avant l'incinération. Les hommes, les nôtres y compris, tous les quatre qu'ils sont, doivent toutefois l'asperger d'eau du fleuve, effectuant des rondes autour du bûcher. Je n'en pense rien, je regarde. Soudain, mon père se laisse submerger par les secousses qui lui agitent les épaules, incapable, suivant mes prévisions, d'allumer le bois sous sa femme. Posté à côté, Warski le décharge, prend la torche de sa main et fait passer la flamme. L'architecture de l'ensemble s'embrase aussitôt, inspirant aux moines une série d'étirements, bras dirigés vers le ciel. Il est désormais rosâtre, le ciel, avec des taches de couleur abricot et, par-ci par-là, des traînées safranées, façon *tie and dye.* Quand je descends le regard, c'est pour surprendre Warski en train de tenir mon père par le bras, dans un geste tellement amical qu'on les jurerait, l'un et l'autre, frères d'armes. Après le départ des villageois et des ministres du culte, les premiers revenus à leurs occupations, les seconds à leur inaction salvatrice, nous nous asseyons autour du feu. Aussitôt, les hommes font tourner entre eux une bouteille de whisky et des phrases qui ne s'assemblent pas vraiment en conversation, mais pirouettent librement, puis s'évaporent sans suite : « C'est quand même un village pittoresque » ou « Il y a un peu de Gombrowicz dans cette aventure, ce qui a dû plaire à Wanda ». Puis, viennent se mêler des chuchotements « et ses cendres », « oui, ses cendres… ».

C'est vite dit. Les cendres, cela ne tombe pas du ciel. Cela apparaît à la fin de tout un processus lent et laborieux. Avant que ma mère ne prenne une consistance poudreuse, elle nous en met plein les yeux. D'abord, son linceul se fond en une couleur malpropre et coule avec sa peau, elle aussi liquide, sur les bûches. On a alors l'impression trompeuse que l'affaire ne prendra qu'une poignée de minutes, d'autant que la matière molle se consume, elle aussi, avec une relative rapidité. En réalité, le spectacle commence à peine. Il faut voir la résistance, proprement hallucinante, du moindre bout d'os face aux flammes. Mon œil que je suis la seule à remarquer le squelette de ma mère se cramponner aux branches, et avec une ténacité hargneuse. Ma mère rechigne ! Ma mère s'accroche ! À croire qu'elle vient de changer d'avis et, vu la brutalité du procédé, refuse de partir en fumée. Trop tard. Maintenant, lâche l'affaire, laisse-toi aller. Ton obstination ne sert à rien. L'anatomie de ta combustion, penses-tu qu'elle soit plaisante à voir ? Allez, flambe ! Quand son crâne explose enfin, nous soufflons tous : Gaspard, Adam, Warski, moi, ainsi que mon père à qui échappe comme un soupir de soulagement, ou peut-être d'affliction, voire les deux à la fois. Que l'âme se libère à ce moment-là, dans l'explosion de la boîte crânienne, qu'elle lève le camp et s'évade, pas moyen d'en douter. Les hindous ont raison. Tout d'un coup, ce qui reste du mort cesse de se défendre avec emphase, s'abandonne au feu, se pulvérise sans réticence. Accomplie et envolée de ses propres forces vers une nouvelle vie, la volonté de ma mère retombe sur nous dans une brise matinale, aussi tiède qu'un souffle. Mon père répond alors à une question d'Adam, que je n'ai pas bien entendue :

« Si ma femme avait souhaité finir dans une boîte, qu'elle soit en carton ou en marbre, nous ne serions pas là. »

Ouf ! Jusqu'à la dernière minute, j'ai peur qu'il s'entête à rentrer en Pologne avec une pincée de ma mère, passée en douce dans un mouchoir. Ce qui traîne, ce n'est pas elle. Nul ne l'ignore. Nous l'offrons au Gange, à moins que nous ne le délaissions tout simplement. Je ne sais plus trop.

Avec certitude, c'est moi qui propose de rentrer par bateau. Une fois à Bénarès, il ne nous restera qu'à nous séparer en toute amitié. Nous reviendrons sensés et réservés, puis chacun reprendra sa vie. Je ne l'ignore pas, au contraire. J'en défaille. En sourdine, je ne cesse de répéter : là où ira Gaspard, là où il sera, je serai moi aussi. Mais de deux ou de trois jours supplémentaires de la présence de Warski, je ne me laisserai pas dépouiller. Oh, que non ! Sales et somnolents, nous nous retrouvons parqués dans la voiture qui doit nous déposer au port, faisant un détour de trente kilomètres pour conduire l'enfant en souffrance et sa mère à l'hôpital. Je m'impatiente de voir le port, de sentir le vent, de me rouler enfin un joint. Qu'on puisse se ventiler et s'espacer. Que chacun se secoue de son côté et à son rythme. Le silence accumulé dans l'habitacle, comme lui ergonomique, confortable, sécurisant, et trompeur dans l'impression d'apaisement qu'il procure, ne m'est pas désagréable. Je me laisse aspirer. Au final, je ne dirai plus grand-chose dans les semaines à venir. Je ne me dépenserai pas en paroles, non. Alors qu'on débattra longuement du traitement de mon stress post-traumatique, alors qu'on cherchera à tout prix à me sauver de je ne sais quoi, dans *mon fonds* muet, je ne me sentirai pas si mal. Tout s'arrêtera, craintes et désirs compris. Seule résistera ma conviction de me tenir dans l'attitude la plus appropriée aux circonstances. Quand on ne sait pas quoi ou comment faire, il faut ne rien faire.

*

Mon père nous obtient des cabines sur un bateau affreusement moderne, sans rien du charme de l'épave qui m'a transportée à l'aller, et sur lequel aucune Helen ne voudrait jamais monter. La majeure partie des passagers appartient à la classe moyenne indienne, à ce point désireuse de s'approcher de l'Occident que, aussitôt, nous sommes assiégés sur le pont, alors qu'il ne manque pas de place. Réfugiée dans la cabine, je remarque que Warski n'a pas pris ses livres dans mon sac, pas un seul de toute la bibliothèque qu'il a prêtée à ma mère. Il m'y rejoint avant notre dîner pour changer mon pansement, et d'emblée tombe en panne :

« Gabriela, qu'est-ce que nous avons fait… Je n'arrive pas…

— Nous avons fait ce qu'elle a souhaité que nous fassions. Et Adam a fait plus que n'importe qui d'entre nous aurait été capable de faire. Il nous reste à nous taire et à nous persuader que nous n'avons rien fait, rien. »

Suivant mes instructions, Warski se tait, me laisse pleurer en paix, sans effusion, tandis qu'il se tient debout en face de moi et, par hébétement, tripote ses livres. Enfin, l'idée lui vient de les lâcher au profit d'un geste qu'il ne contrôle peut-être pas, qui lui échappe, et dont il cherche à s'excuser, comme s'il y avait de quoi. « Il ne faut pas que cela devienne… Pardonnez-moi. » Confus, il ôte ses mains de mon visage où il les a arrêtées un moment, recule d'un pas, penche la tête. Non ! Non ! Non ! Je ne lui pardonne pas ! Même s'il ne faut pas que cela devienne cela, c'est-à-dire du n'importe-quoi dégueulasse. Qu'avons-nous à cacher de honteux, après tout ? Et de qui ? De Gaspard ? De ma mère ? Ras le bol de tous ces qu'en-dira-t-on, de ces sévérités et rigorismes. Tartuferies ! Les dix minutes que Warski passe encore avec moi, à s'occuper de mon pied, plus muet qu'une carpe en gelée, m'épuisent par leur vertu. Gaspard n'en est pas dupe. Quand il frappe à la porte avec l'intention de me réprimander, car je traîne alors que mon père et Adam s'impatientent, déjà attablés, son infinie bonté l'arrête net sur le seuil. Là, il tient un propos surprenant : « Tout ce que vous avez à vous dire, vous devrez vous le dire, mais plus tard… Maintenant, nous sommes attendus. »

Notre repas manque de saveurs. Personne ne rit, personne ne se dispute, personne ne prononce le mot *sacré* ni ne propose d'improviser une *action* de Grotowski. Quelqu'un serait-il mort ? Leur chagrin m'exaspère. Enfin, merde ! La bénédiction apportée par ce souffle tiède du petit matin, l'auraient-ils donc déjà oubliée ? Croient-ils peut-être que c'est facile pour elle de nous voir tirer la tronche ? Je n'ose toutefois verbaliser mon énervement. Warski fume à la chaîne. Avec sa tête entièrement rasée, Adam paraît éreinté au-delà du tenable. Quant à mon père, on parierait que son énergie vitale s'épuise dans un combat intérieur contre l'envie de prendre une cuite radicale, à n'en plus tenir debout. Il résiste, mais nous quitte rapidement, au son d'un « bonne nuit » formel et irrévocable. Je me lève et le suis quelques pas sur le pont. Avec quelle intention ? Je ne me souviens plus. Il s'arrête, se tourne vers moi, et lâche aussi sec : « Ne t'avise pas de me consoler. » Je ramasse la claque, rebrousse chemin, et reprends ma place sans piper mot. Dents serrées. « *Montrez-vous capables d'amour, d'amitié, de solidarité...* » Tu parles ! Peu après, Adam se tire à son tour, après m'avoir prise dans ses bras, ce contre quoi je ne proteste pas. Froissé, un membre de l'équipage débarrasse notre table des plats quasi intacts, grogne, balance la tête et nous présente timidement une carte des desserts. Je m'acharne à prolonger la soirée, qu'importe la manière, lui demande de nous servir des glaces traditionnelles, parfumées au safran et à la pistache. Quel autre prétexte trouverait-on sinon, pour absoudre notre réunion à trois ? La décence de façade s'impose, même si elle n'empêche pas la lucidité avec laquelle chacun de nous doit ressentir cette étrange confusion qui nous enveloppe et nous amalgame. Gaspard s'enquiert de l'infection de mon pied et laisse Warski épiloguer sur mon incurie, fournissant ainsi à tous les deux une raison d'être à la même table au même moment. Pourquoi faut-il en chercher une ? Le miracle que je vois, ils peinent à le reconnaître. Pourtant jamais la plénitude ne s'est affichée devant mes yeux avec autant de netteté et de rondeur. Les antibiotiques agiront rapidement. Warski développe, recommande un repos total le temps que mon pied cicatrise, à quoi Gaspard acquiesce dix fois, tant parler de prescription l'arrange. Dans leur maladresse pincée, ils seraient disposés à rabâcher sur le sujet jusqu'à l'aube. Par chance, Nâlânda émet un bâillement fort sonore et sauve la situation. Je la confie à Warski qui lorgne sur mes genoux et sourit. Il la laisse se rendormir sur sa cuisse, nous nous taisons. Enfin. Je savoure. Se séparer demain ou après-demain ? C'est ce qui ferait de nous des ingrats, des perdants, des criminels. Le cadeau, il est là. Il faut le prendre.

*

Pourtant, le lendemain matin, il n'est question que de nos projets de retour. Je regagne le pont bien après que le petit déjeuner y a été servi, réveillée face à un mot griffonné de la main de Gaspard et posé sur son oreiller : « Je suis là-haut. » Confiante, je me presse de le rejoindre, de retrouver Warski aussi, sans plus me mentir sur ma capacité à me passer de l'un ou de l'autre. Au moment où je les aperçois, ondulants dans la chaleur de midi, ils pérorent avec mon père, assis dans un fauteuil, à l'ombre. Est-il plus prudent de me garder à Bénarès, une ou deux semaines, sous l'œil vigilant d'Adam et de Raghavan ou, au contraire, d'accélérer mon départ pour la France, tablant sur la stabilisation de mon humeur dans un environnement apprivoisé ? Et pourquoi ne passerions-nous pas, Gaspard et moi, un moment à Cracovie ? Mon père insiste, avec ma chienne dans ses mains. Warski se propose de me dénicher un bon psychiatre sur place, parmi ses collègues, en plus de la surveillance d'Adam. Sait-on jamais. Comme s'il voulait sauver l'honneur de la si bienveillante assemblée, Gaspard marmonne que tout d'abord, il conviendrait de me poser la question, mais se trouve vite dépassé par les avis experts. Nos regards se croisent un instant, le sien, embarrassé, et le mien, plombé par l'amertume, la fatigue, le poids de ma réputation. J'amorce un sourire malgré tout, puis saute par-dessus bord. Une, deux, trois… droit dans le Gange. Plaf ! Fini.

C'est un soulagement presque immédiat. Dès que la résonnance des masses d'eau qui m'engloutissent couvre les cris d'une famille indienne plantée sur le pont, je ressens une sorte d'épanouissement en accéléré. « Je n'envisage pas d'y rester, n'aie crainte. » À l'adresse de ma mère, je le redis plusieurs fois, alors que je me laisse entraîner vers le fond. Dans l'ordre des choses auxquelles je crois, il n'y a pas de place pour ma noyade. De cette fausse tentative de suicide résultera une toute nouvelle vie. Aucun doute ne me tracasse l'esprit à ce sujet, aucune inquiétude. Au Gange, suivant la sagesse de notre Mother India, il suffit de demander ce qu'on a dans le cœur pour que nos vœux soient exaucés. J'en tire des conclusions. À être éternellement considérée comme folle, autant s'en servir pour donner la direction souhaitée, la seule possible, à nos mouvements d'âme, à ceux de Gaspard, de Warski, et du mien. Il fallait bien que quelqu'un s'y mette. La confiance ? J'en déborde, même quand l'eau commence à provoquer dans mon organisme une réaction de défense et que je me débats dans les flots, à grands coups de bras et de jambes. Une main puissante contraint ma gymnastique. Avant de perdre conscience, je pense m'être prise dans les restes d'un cadavre mécontent de ma visite. Pas du tout !

Bientôt, j'ouvre l'œil sur Warski, le premier à s'être jeté à mon secours. Une, peut-être deux secondes avant Gaspard. Deux secondes décisives, car Warski me remonte à bord à l'aide d'une bouée de sauvetage, alors que de Gaspard nous n'avons pas de nouvelles. J'ai tout prévu, sauf cela. Alors, vraiment pas. À mesure que je gerbe de la flotte par seaux entiers, de la vase en quantité, du sable et même des bouts d'œillets pourris, je comprends qu'il manque à l'appel, sinon il serait là. Warski me tient dans une étreinte, presse mon estomac à intervalles réguliers et braille tel un forcené : « Encore, Gabriela, encore ! Crachez-moi ces immondices ! » Au lieu d'exécuter ses ordres, d'honorer son dévouement, son héroïsme, ses mains souillées de mon vomi, je me mets à hurler après Gaspard, affolée. « Il reviendra ! » Ah bon, et comment ? Que Warski me rassure comme il peut, c'est tout à son honneur, reste qu'il nage infiniment mieux qu'il ne ment. Il s'en rend compte à l'instant où je lui échappe pour sauter de nouveau par-dessus bord. Farouche, il me traite en brute redoutable, hurle, mais riche de notre expérience de Bénarès, au lieu de me frapper, il me serre contre lui à m'en étouffer. Cela n'a pas de sens. Pitié ! Quelle raison aurais-je de traîner sans Gaspard ? Avant qu'Adam ne m'assomme avec une saloperie de piqûre de neuroleptiques à effet sédatif immédiat, je souffle à Warski : « Ne vous risquez pas à me réveiller, s'il n'est pas retrouvé. » Assez ! Basta ! Ça suffit les mélodrames, d'après Warski qui se met à trembler de colère et s'assoit à même le sol, m'entraînant avec lui. D'un lointain qui ne cesse de se distendre, il susurre des adjurations mêlées d'injures, tantôt mendiant devant un dieu anonyme, tantôt le menaçant. Je tombe en syncope toute en délicatesse, finis avec ma tête calée contre sa poitrine. Et là, je ne sais où exactement, j'entends la respiration de Gaspard. Quelque part, il vit, halète, se bat.

*

Emporté par le courant, Gaspard se signale grâce à un pêcheur qui le tire d'affaire et alerte notre capitaine. Si le Gange n'est pas dieu-tout-puissant, qu'on me traite de folle. Mon père et Adam partent le récupérer dans une voiture que nous sommes obligés de louer au port le plus proche, où on nous fait descendre. Côte à côte, à sécher gentiment au soleil, Warski et moi les attendons. J'en garde un souvenir brouillé par les drogues, tortillé de remords, mais aussi imprégné de foi : désormais, tout ira dans la bonne direction, sans qu'on ait à faire quoi que ce soit. Voilà comment ça se passera : déclarée en pleine crise suicidaire, je serai certainement gardée pendant plusieurs semaines sous clé, métaphorique ou pas, soit à l'hôpital de Warski, soit dans une clinique privée de Bénarès. Je peux dès lors considérer mon objectif atteint. Car nous avons du temps, beaucoup de temps devant nous dans *ce pays*. Au retour de notre voiture, je m'étonne toutefois que Gaspard n'en sorte pas, bégaie à l'adresse de Warski : « Jurez-moi qu'il est à l'intérieur. » En réponse, il pousse un soupir, me porte jusqu'au tout-terrain, puis me dépose sur le siège arrière, près de Gaspard, trempé et douloureux. Je laisse tomber ma tête sur ses genoux. Il ne dit pas un mot, s'agrippe à moi comme je m'agrippe à lui, avec ce qui me reste d'énergie dans ma mollasserie neuroleptique. Au volant, Adam conduit avec une prudence mortelle. Nous mettons des heures à rejoindre Bénarès, y arrivons sous une apparence vaincue. Tristes et harassés. Mais est-ce seulement Bénarès, cet endroit où je me réveille ? C'est peu clair.

La pièce, aux murs très hauts, peints d'une couleur jaune canari un peu passé, se remplit et se vide d'un tas de gens, de mon père et d'Adam, mais aussi de Warski qui y fait irruption en blouse blanche. C'est ce qui m'induit en erreur et me fait penser que nous sommes à Cracovie. Puis, une femme en sari m'apporte de l'eau fraîche, tandis qu'une autre change ma perfusion et le linge de lit. Je comprends alors que nous sommes à l'hôpital universitaire de Bénarès. Avant de s'asseoir sur mon lit, Gaspard crie que je viens d'ouvrir les yeux. Il vacille. Je m'accroche au rebord du matelas, mais c'est son monde qui est stable. Face à ce qu'il diagnostique comme un épisode dépressif sévère, Adam ne lésine pas sur les moyens et se montre même plus que généreux : des antidépresseurs, des neuroleptiques, des somnifères et encore une petite poignée de pilules colorées à titre quasi prophylactique, au cas où… Au début, je m'y soumets sans ciller. Ai-je le choix ? C'est le prix à payer en échange du temps, de beaucoup de temps à passer dans *ce pays.* Mais quand on m'enlève la perfusion et que j'atterris dans un mur, après avoir essayé de faire quelques pas, je me révolte et souhaite revoir mon thérapeute. Enfin, merde !

Adam ne veut rien changer. Dans une économie de mots excessive, je tente de lui faire revoir sa position : « Je vais très bien. Arrête de me farcir de tes saloperies. Tu t'es fait plaisir, maintenant remballe ta camelote. » Il cherche à savoir ce que j'entends par « bien ». Enquiquineur, va ! Je lui sers une de ces phrases qu'aiment entendre les psys, sur ma réaction violente, mais isolée, aux derniers événements. Ai-je conscience que cette *réaction isolée* aurait pu coûter la vie à trois personnes, y compris moi ? Alors là, je me cabre. Quelle sotte hypothèse ! Quelle imagination ! Si nous courions le moindre risque, il ne serait pas là à me tartiner les oreilles de ses balivernes. D'ailleurs, je n'ai encore jamais eu autant envie de vivre. Cela ne se voit pas ? Déterminé à me rabattre de mon rêve bleu, il crache toute une conférence sur mon *état vrai*, et termine presque désespéré :

« Ma Gabriela, quand tu iras vraiment bien, comme tu le soutiens, tu sauras sans moi à quel point tu as joué avec ta vie et avec la vie des autres. »

Là-dessus, je m'effondre en moi, comme ça, d'un coup, je ne dis plus rien. Soudain, je me rends compte que Gaspard et Warski doivent penser la même chose. Le premier reste par pitié, le second pour des raisons professionnelles. Ah, que mon château de cartes en prend un méchant coup ! Tout dégringole et se casse la gueule, mon ingénieux plan en entier. Ce que j'ai voulu voir devenir un nouveau début, se transforme subitement en une fin sans fin, un infini humiliant.

Pendant une dizaine de jours, peut-être plus, Adam me force à poursuivre nos *échanges*. J'étouffe de sa sollicitude. À l'entendre, on dirait qu'il s'agit d'une thérapie où je vide mon sac, allongée sur un sofa, une boîte de Kleenex à portée de main. Je ne dis rien. À plusieurs reprises, Adam évoque ma mère, mes parents, Cracovie, prononce les mots : « ancrage », « sentiment d'appartenance », « sécurité ». Il s'inquiète de mon mutisme prolongé, et enfin, m'invite à exprimer ma colère. En réponse, je bâille à cause des médicaments et pars me recoucher. Ma colère, bonne blague. Fallait pas me farcir d'abrutisseurs en tout genre, il la verrait, ma colère. S'il y a une personne dont la présence me rassure, c'est mon père, qui vient me voir chaque jour. Depuis notre retour, il vit avec Adam dans notre palais de marbre sur le bord du Gange, heureux d'avoir trouvé du bon whisky en ville. Il ne se sépare plus de Nâlânda qui partage sa chambre et parade désormais avec son premier collier, une mince bande de tissu couleur vert bouteille.

« Si tu n'y vois pas d'inconvénient, je la vaccinerai ici et la prendrai avec moi, à Cracovie. Ce sera plus pratique dans l'immédiat. Vous viendrez la chercher quand vous pourrez. Elle devrait s'entendre avec le chat de ta mère. D'une certaine façon, ils sont tous les deux indiens… Mais peut-être préfères-tu la garder, alors je n'insiste pas. »

De son propos, je retiens deux informations. D'abord, il a envie de rentrer au plus vite. Ensuite, il voudrait le faire avec ma chienne sur ses genoux, non pas de bon cœur mais de cœur meurtri, qu'il pense soigner justement grâce à un chiot dont ma mère s'est prise d'affection. J'ai envie de chialer, me retiens, me dis que mon père saura très bien s'en occuper. Deux jours plus tard, il m'embrasse sur le front, montre le passeport de sa chienne, puis m'informe de leur rapide départ. J'ai surmonté tant d'épreuves que je surmonterai celle-là aussi, il en est certain, vu qu'il s'agit d'une simple remise en forme. De toute manière, il m'appellera chaque jour, s'évitant ainsi de se sentir inutile ici. « Tu excuseras ma maladresse, l'autre jour, sur le pont… j'étais en colère. » Je lui fais un clin d'œil, alors que j'aurais aimé lui demander contre qui, ou quoi. Il me le dira plusieurs mois plus tard : « Nom d'un chien, Gabriela, à qui peut-on en vouloir, sinon au bon Dieu, dans une situation pareille ! » Enfin, le moment vient où Gaspard les accompagne à l'aéroport : mon père, son nouvel animal, et Adam qui doit reprendre le travail, laissant à Raghavan et à Warski des instructions précises quant à mon traitement.

*

De fait, nous nous découvrons en qualité de voisins, Warski et nous. Mon sanatorium à moi, mon Berghof, se situe dans la partie de l'hôpital réservée au personnel, les thésards de passage, des scientifiques du monde entier. Censés le visiter le jour où je me suis enfuie chercher ma mère et compte tenu des événements qui ont suivi, nous finissons par l'intégrer sans visite préalable. La chambre d'une quarantaine de mètres carrés que nous occupons est dotée, sous un haut plafond défraîchi, d'un ventilateur à six pales, qu'au meilleur de ma forme je contemple tourner pendant des heures. Elle communique, par une vaste cuisine sommairement équipée, avec la chambre de Warski, identique à la nôtre. Nous disposons également d'un balcon commun qui longe tout l'étage et dessert d'autres appartements. De notre côté, il donne sur un couple de marronniers aux racines entremêlées dans une étreinte frénétique, et du côté de Warski s'ouvre sur une pelouse étendue, soignée, d'un vert juteux.

Après le départ de mon père et d'Adam, les journées de Gaspard se rallongent. Discrètement, il guette les retours de Warski. Tous les matins, ils font ensemble leur jogging, avant que Warski ne trouve la piscine couverte du campus à son goût et ne persuade Gaspard d'opter plutôt pour la natation, ce qui leur épargne d'absorber à pleins poumons la pollution fétide de la ville. Ensuite, l'un part travailler, tandis que l'autre s'aventure à la bibliothèque ou fait une rapide promenade en ville, veillant à ne pas me laisser sans surveillance plus de deux heures. Pour ma part, je tiens à coopérer, c'est-à-dire à me montrer passive. En réalité, je ne le suis pas. Je me découvre au fil des jours pourvue d'une nature très à l'aise avec le vide et le silence. Et j'en tire une grande force. Renoncer à la parole et à la moindre action mobilise d'extraordinaires ressources chez tout ressortissant de notre civilisation bavarde et agitée, capable de se prêter à l'exercice. À tort, Gaspard s'en désespère, il s'impatiente de me voir « guérie », me le répète, il souhaite « me retrouver ». Je m'attendris de ses yeux devenus tristes, de son index qui suit les contours de ma bouche chaque matin et chaque soir, comme pour l'inciter ainsi à récupérer le don de la parole qui me distingue des autres animaux. Trois semaines de soumission à ce rituel passent, avant que je ne me décide à un compromis : en cas d'absolue nécessité, j'écris un mot ou deux. La méthode révolutionne notre nouvelle vie. « Pardonne-moi » est le premier message que je lui présente sur une feuille libre. Il en est à ce point ému qu'on dirait qu'il vient de recevoir le mot d'amour le plus ardent jamais rédigé depuis *Les Crimes de l'amour*, équivalant à l'aveu : « Il faudrait que je cessasse de vivre pour cesser de vous aimer. » Après un moment, il se reprend et me demande : « Mais qu'y a-t-il à pardonner, mon utopie ? » Je noircirais plusieurs pages, s'il fallait que je lui réponde. Mais je suis à cette étape de mon apprentissage du silence où des connexions d'extrême subtilité commencent à opérer, face auxquelles la langue la plus riche paraît d'une pauvreté démoralisante. Je me limite à lui embrasser la main, ce qui le déstabilise complètement et le pousse au bord des larmes. Baudelaire ne ferait pas mieux. Quelle aurait été la réaction de Gaspard, si je lui avais embrassé les pieds pour effacer mon erreur de jugement ? Ce n'est pas par pitié qu'il reste, non. Au soir du même jour, j'entends depuis notre chambre Warski s'enthousiasmer dans la cuisine :

« Je t'avais dit qu'elle reprendrait du poil de la bête ! Peut-être qu'il n'y a rien à soigner, chez elle. En tout cas, pas de cette façon. Peut-être suffira-t-il qu'elle s'apprivoise enfin elle-même, et qu'on cesse de considérer comme une pathologie ce qui relève de sa personnalité et de son tempérament. Peut-être ta présence ici lui est-elle plus bénéfique que la chimie qu'on lui administre. Cela étant, je ne suis pas psychiatre… mais entre nous, j'ai du mal à concevoir qu'un médicament suffise à redonner le goût de vivre à quiconque. En revanche, ça fait tourner les pharmacies. »

Le lendemain, Gaspard revient de la ville avec trois blocs-notes en format poche. Il espère une logorrhée, un roman, un feuilleton. Il n'obtient pas même un haïku. Remplacer le verbiage par du gribouillage n'est pas dans mes projets.

Néanmoins, je ne refuse pas à Warski un « BRAVO ! », tout en majuscules, quand il nous annonce avoir prolongé son séjour d'un an en se greffant sur un programme de recherches sponsorisé par son ancienne faculté aux États-Unis. Je le dessine plus que je ne le calligraphie, de ma main droite, libérée de l'écharpe médicale depuis peu, et joins un sourire si large qu'il se déverse, me noie les yeux, éclabousse Warski. Ah, je me réjouis pleinement avec lui. Pourtant, je ne suis pas sotte, pas complètement idiote. Son contrat signifie que, plus tôt ou plus tard, il partagera cet appartement avec quelqu'un d'autre ou y vivra seul. Reste que, depuis un mois et demi de notre cohabitation, Warski a perdu de ses traits mystico-christiques, redressé la tête et arrêté de se tirer les phalanges. S'il ne jubile pas, il s'épanouit ou, plus exactement, s'abrutit de travail avec une grande satisfaction.

Il lui arrive de rentrer de l'hôpital dans la nuit et d'en repartir aux aurores, sans se plaindre, sinon de manquer de temps pour lire. Qu'ai-je à poser sur la balance ? Mon hologramme muet ? Jamais je n'ai réussi à susciter chez Warski une émotion comparable à celle qui le porte depuis qu'il sauve des petits leucémiques autochtones. Je le reconnais, l'estomac noué. Je me résigne. Et pour finir, je me délecte de l'amorce de sa renaissance. Je l'estime plus importante que mes vapeurs et transports, restés sans grand effet sur lui, sinon si bien enfoui que j'en doute.

Gaspard plaisante de mon griffonnage et félicite à son tour Warski : « Dis donc, veinard, tu as décroché un point d'exclamation ! » La scène est à marquer d'une pierre blanche, à tirer une photo pour la postérité. Nous plaisantons la toute première fois autour de notre table. Comme à chaque repas pris ensemble, Gaspard et Warski parlent ensuite gastronomie, littérature, films B des années 70 qu'ils gobent au fur et à mesure que Gaspard les télécharge illégalement. Aucun sujet qui fâche, aucun avis tranché. L'esprit général est voué à la pacification des passions, à l'apaisement, à la cicatrisation, même si le fil avec lequel Warski a recousu mon pied s'est résorbé sous ma peau, il y a longtemps. Ma condition de chien de compagnie dont on s'occupe avec beaucoup d'attention me satisfait pleinement. J'ignore vers quoi, quel état, quelle situation, quelle issue, le protocole imposé par Adam est supposé me conduire. Si je suis ce protocole jusqu'à présent, c'est parce qu'il me procure l'illusion absurde, mais ô combien rassurante, que nous resterons à jamais dans cet hôpital à partager un temps suspendu. L'annonce de Warski me réveille, me rend consciente des changements à introduire dans ma stratégie qui n'en est pas véritablement une.

*

Deux ou trois jours plus tard, quand je pense que la réponse adéquate m'a enfin trouvée et que je me prépare à la présenter à Warski, il se produit un accident dont les conséquences bousculent mon anecdotique agenda. Gaspard répond à son téléphone qui sonne, tout d'abord crachant avec énervement qu'il ne comprend pas le français de son interlocuteur, puis restant muet un moment, et avant de couper, criant franchement, debout sur le balcon, que les problèmes de santé de son père ne l'intéressent pas. Ah, c'est donc cela. Il ne manquait plus que cette misère-là. J'hésite une seconde quant à la façon d'aborder le sujet, mise sur la plus simple : je trace un point d'interrogation et le montre à Gaspard. Il hausse les épaules, me demande s'il nous reste des cigarettes, puis sort en acheter sans me laisser le temps de lui donner un paquet à peine entamé. Que fuit-il, je ne comprends pas. Soit son père est à l'article de la mort, soit accidenté, il n'y a pas à réfléchir, il faut qu'il aille le voir. C'est la saison, nos vieux succombent. C'est comme ça. De sa promenade, Gaspard s'infiltre directement dans ma sieste, murmure dans mon dos : « J'avais besoin de marcher. » Encore chaud du soleil, à peine sorti du four de la ville, il me serre dans ses bras telle une peluche de réconfort, passe un temps infini à laisser filer mes cheveux entre ses doigts, puis à me caresser le front, avant de pouffer de rire si fort, qu'il est obligé de s'asseoir. Ah, elle est bien bonne ! Ce salaud l'avait oublié dans le rayon « Jeunesse » de la libraire Goulard quand il avait six ou sept ans. En principe, son père s'était éclipsé du magasin au même prétexte, celui d'aller chercher des cigarettes, sauf qu'il n'était pas revenu à l'heure de la fermeture. Les vendeuses avaient été obligées d'appeler les flics, qui à leur tour avaient sollicité les services sociaux. Des faits divers et variés, du même genre familial, il pourrait m'en raconter à en perdre la voix. Grand bien lui fasse. Je doute cependant que, hormis un soulagement immédiat, ce récit du martyre d'un fils qui n'a jamais trouvé ni aimé un autre père serve à quoi que ce soit.

« Que se passe-t-il ? C'est ce que tu veux savoir ? » Tournée vers lui, je cligne les yeux pour approuver. Il ne se passe pas grand-chose, selon Gaspard. Son père vient de faire un AVC et, avec un cerveau détruit à plus de quatre-vingts pour cent, il gît dans un hôpital à Marrakech. À chacun son tour de crever seul, dans cette famille. Gaspard se lâche, puis se reprend et me demande de l'excuser de m'avoir chargée de ses problèmes. Je n'encaisse pas le coup. Il est fou, ma foi ! Parvenus à ce stade de communisme sentimental où il nous est désormais possible de dialoguer par des battements de cils, à une collectivisation si poussée que nous nous trompons régulièrement de brosse à dents, à une internationale charnelle à ce point radicale que je cesse de respirer plusieurs heures de suite pour ne pas le réveiller quand, amené par un réflexe ou un rêve, il s'effondre de tout son poids sur mon corps et n'en prend conscience qu'au matin, nous aurions donc des problèmes séparés ? Je ne le crois pas. Tout est tombé dans une même marmite : la nôtre. Ses problèmes n'existent pas à part de mes problèmes, nos problèmes sont communs, comme nos brosses à dents, nos cartes bancaires, nos nuits de sommeil ou d'amour, nos maladies, nos animaux, nos peurs, nos couleurs. Les principes de notre kolkhoze amoureux exigent d'être rappelés, sa réalité évoquée, et je ne recule pas devant le devoir :

« Désormais, tu as aussi une famille où on ne crève jamais seul… Va voir ton père. Les fruits peuvent-ils être bons si l'arbre est mauvais ? Que tu le veuilles ou pas, tu es bon. Alors, il ne peut pas être entièrement pourri. »

Des semaines de mutisme obstiné procurent à mon propos la puissance d'un sacrement. D'abord interdit, frappé de stupeur, Gaspard m'écoute longtemps après que j'ai terminé, pour finir par ramener ma tête vers son épaule. Là, dans ce confessionnal en creux d'os, il s'essouffle à me dire qu'il déteste parfois me donner raison, et plus encore d'être pris de court, alors qu'en définitive ma nouvelle voix a tout d'une voix de sagesse et de générosité. Sur ce, il décide de rester à Bénarès. Sa colère infantile le fait tourner en rond, entre la chambre et le balcon, des heures de suite. Je ne m'en inquiète pas, toute parée de ma force tranquille à laquelle je refuse une origine purement moléculaire, chimique. Au début de la soirée, alors que le soleil couchant fait fondre nos deux marronniers en un seul arbre démesuré et fier, Gaspard arrive enfin à la juste conclusion : il doit acheter son billet d'avion pour Marrakech. À peine l'annonce-t-il que déjà il s'excuse, se frappe la poitrine, jure que l'affaire ne lui prendra pas plus d'une semaine.

Au retour de Warski, nous tenons notre premier conseil de guerre et, face à l'adversité qui nous harcèle de toutes parts, nous nous engageons à ne pas nous tirer dans les pattes, à honorer toutes les injonctions que ma mère a empruntées à Vaclav Havel, à nous montrer capables de sentiments nobles et d'actes grandioses, ainsi qu'à prendre soin de nos âmes. Nous tiendrons nos engagements et, en un sens, les dépasserons même. En outre, je jure à Gaspard de ne pas « régresser » en son absence. Plus frivole, Warski lui promet de toujours venir à temps pour faire barrage à mes envies de baignade dans le Gange, ce qui nous met de si bonne humeur que nous nous autorisons un joint sur le balcon. Sans effet sur moi qui suis abrutie par les médicaments, il amène Gaspard et Warski à vider, en parlementant, le tiers d'une bouteille de gin dégotée en ville par mon sauveteur. Dans la nuit, je m'endors avec le sexe de Gaspard que je serre à faire circuler la sève en lui, en moi, tous deux rendus semblables à nos voisins les marronniers, indémêlables. Sur un même souffle, de nos racines incertaines, perdues dans la nuit des temps, jusqu'à notre couronne incrustée de premiers rayons du jour. Et même plus haut ! À la conquête de tout ce territoire au-dessus de nos cimes, dont l'étendue fait haleter et transpirer Gaspard à grosses gouttes. Le lendemain, je le confie à mon chauffeur de taxi attitré, et à Warski qui termine plus tôt sa corvée pour l'accompagner à l'aéroport. À son retour, je feins de dormir, tête enfoncée dans les plis des draps où les fragrances de Gaspard ne se sont pas évaporées encore.

*

Le protocole mis en place par Adam avant son départ vise une diminution progressive des médicaments au profit de méthodes préconisées par le rond professeur Raghavan : des filets d'huile sur le front, une variante tonique du massage *abhayanga* appelé *vishesh*, du yoga, des séances de respiration, des litres d'eau chaude à avaler chaque matin, et tout le tralala. Un arsenal de savoirs ancestraux, préservé aux risques et périls de ses praticiens pendant des décennies de présence britannique, quand on n'hésitait pas à couper des mains dans le but de donner sa prévalence à la médecine occidentale. De cette médecine, de la nôtre, je ne veux plus. Brutalement, du jour au lendemain, sans préavis et sans appel. Ce qui compromet la thérapeutique d'Adam, désoriente aussi Warski. Un matin, alors qu'il réclame ma main suivant un rituel désormais établi, pour y déposer ma dose d'étourdisseurs et de brûleurs de cervelle, je recule.

« Dès à présent, soit je suivrai la thérapie de Raghavan, soit je n'en suivrai aucune. Ayez la gentillesse de transmettre au professeur qu'il a carte blanche et que je suis prête à venir le voir à n'importe quel moment. »

Il s'en assoit, Warski, et reste coi. Aucun doute possible sur ce qui lui casse les pieds : moi et mon nouveau caprice. Pourtant, je parle. Il n'en revient pas vraiment, ce qui signifie que Gaspard n'a pas pipé mot de ma performance ou que Warski n'y a pas cru. L'effet produit ne diffère guère du précédent. Tout comme Gaspard, Warski me détaille, mi-impressionné mi-consterné. Déjà en retard à l'hôpital, il propose un café, histoire de me convaincre de remettre ma décision à plus tard. Poliment, silencieusement, je décline. Il ne me jettera tout de même pas une poignée de comprimés au fond de la gorge. La violence entre nous, c'est du passé. De son coup de poing qui m'a assommée, il a souffert probablement plus que moi, tant et si bien qu'il s'autorise tout au plus à me prendre les mains et à les secouer un peu, répétant qu'on n'interrompt pas un traitement aussi lourd à l'improviste. Ai-je pensé aux conséquences, aux effets secondaires ? Si j'étais capable de penser, j'y aurais très certainement pensé. Un des problèmes réside dans le fait que depuis deux mois je fais ce que je peux, et que penser n'entre plus dans mes compétences. Il n'est pas à exclure que je sois devenue tout naturellement débile, atone, portée par la contemplation ininterrompue de l'herbe qui pousse et du ventilateur qui tourne, mais en ce cas, il conviendrait de m'établir un certificat médical, ne pas s'attendre à avoir des conversations avec moi, et arrêter de s'acharner. Sinon, il reste à reconnaître que nous faisons fausse route. En parler tranquillement ce soir ou demain, suivant la suggestion soucieuse de Warski, n'y changera rien. Je vois ses scrupules à me laisser seule autant qu'à me forcer à gober ma ration du matin, grâce à laquelle, néanmoins, il sort et rentre rassuré, certain de me retrouver dans mon état d'hébétude habituelle. La clé de ma chambre que je fais glisser sur la table en preuve de mes bonnes intentions le désarçonne.

« Pourquoi voulez-vous tout saboter maintenant, Gabriela ? Le propre de votre état actuel consiste à ne voir aucun avenir devant vous ou de projeter sur cet avenir ce que vous ressentez à présent. Adam estime que cela changera, parce que la chimie de votre organisme changera avec le temps. Et comme ce n'est pas mon domaine, je fais ce qu'il me dit de faire. Vous enfermer me soulagerait, mais pas vous. Alors, avant que Raghavan ne prenne le relais, suivons le traitement d'Adam, vous voulez bien ? »

Non. Je ne veux pas. Pas du tout. L'instant où la guerre se décide en nous ne dépend de personne ni d'aucune circonstance particulière. On se la livre parce qu'il y a l'honneur à se battre et l'usure à se supporter en état de capitulation. Bien que plus tard Warski s'éreintera à m'expliquer que j'ai pu sentir *venir* ce moment uniquement grâce aux antidépresseurs, aux reconnexions des neurotransmetteurs et autres merveilles de sa science, je persiste à croire que l'impulsion a été purement morale. En tout cas, je le plante dans la cuisine avec une poignée de pilules, une clé, et une mauvaise conscience. Tellement mauvaise, qu'il me suit jusqu'à la porte de ma chambre où, en désespoir de cause, il s'excuse d'être peu présent, puis se propose de modifier son emploi de temps.

« Je n'ai pas besoin que vous me divertissiez, j'ai besoin que vous soyez de mon côté. »

Je le recadre, inconsciente de l'orage que je suis en train de provoquer. Foudres et fureur ! Warski tremble, rage, se désagrège ! Warski crie à l'injustice ! Warski réclame la reconnaissance des services rendus ! Il est difficile d'être davantage du côté de quelqu'un qu'il ne l'est du mien, ce qu'il espère avoir prouvé déjà, et continue à prouver chaque jour. Du reste, c'est le sens même de son veto : m'éviter un servage intenable, décourageant, suivi d'une rechute. Je résiste à sa tempête, imperturbable, ferme doucement la porte derrière moi et l'entends frapper sur-le-champ. Dans le chambranle, il me tend une demi-plaquette d'aspirine et annonce une visite à midi, à moins qu'il n'obtienne un rendez-vous avec Raghavan plus tôt. Bien. Je le remercie d'un hochement de tête et passe outre à son : « Appelez-moi immédiatement, s'il se passait quoi que ce soit. » Que veut-il qu'il se passe ? Je ne commente pas. D'ailleurs, il ne se passe rien dans un premier temps, et au moment où quelque phénomène fort désagréable commence à se manifester, d'une part j'ignore en quoi Warski serait plus futé que moi à le maîtriser, de l'autre, il semble trop tard pour l'appeler à l'aide. Prise d'une sensation prégnante de porter une casserole en fonte bien trop petite enfoncée sur mon crâne, je campe dans la salle de bains, en sueur, accrochée au lavabo comme à la foi qu'il suffit d'un peu de patience pour que la douleur se dissipe. À ce moment, j'ignore encore tout ce qu'on peut apprendre sur les espoirs déçus et sur la souffrance, en très peu de temps. Quand Warski revient, il me retrouve sur le tapis de bain en train de baver, au sens littéral autant que métaphorique du terme, et ne se prive pas de lancer, toutefois sans une note de triomphalisme : « Je vous l'avais dit ! »

*

Malgré moi, ma guerre devient la nôtre. Warski s'y engage au-delà d'une simple coalition, laquelle n'exigerait pas qu'il passe ses nuits à m'assister dans mes insomnies ou à éponger mes sudations d'une dépendance rompue. Au lieu d'y mettre un terme, l'intervention de Raghavan renforce notre front devenu de fait commun. Je m'en rends compte tardivement, empêtrée dans mes affres et en manque cruel de Gaspard qui traverse son enfer en solitaire, exception faite de notre correspondance et de ses échanges avec Warski. Il nous appelle depuis Marrakech à l'heure du dîner, de sorte que nous maintenons une forme de repas partagé par écrans interposés. Bordélique, le vieux Desroches laisse son fils avec des contrats d'assurances maladie dont aucun ne couvre les frais d'un transport médicalisé vers l'Europe, un *riad* en héritage à liquider, vu qu'il ne sera plus apte à l'habiter, et deux jeunes domestiques qui se disputent le mobilier à emporter. Je demande à Warski de préserver Gaspard : que rien ne filtre ni de ma misère ni de nos tribulations. Il s'y soumet, ébahi :

« Pourtant, il vous serait d'un appui essentiel, si vous en parliez franchement. Mais c'est comme vous voulez. »

Et c'est à cette occasion que je saisis son implication, son abnégation, son oubli de lui-même dans une affaire non seulement déplaisante, mais aussi incertaine, sur quelque plan que ce soit.

Notre relation, à cette époque, a un caractère résolument cellulaire. À force, Warski prend ma microscopique vie dans ses mains démesurées et ne la lâche plus. Il gère mes cinq milligrammes quotidiens d'antidépresseurs autorisés par Raghavan, mes solutions buvables, mes soins, mes massages, mon poids, compte le nombre de cuillères de bouillie de légumes que je gobe doctement, midi et soir, cuisine mes plats ayurvédiques, tient ma tête pendant mes crises émétiques dues à la détoxication, essuie mon visage, mes larmes, mes cheveux, et chaque matin répète :

« Le pire est derrière nous ! » Je traverse les couloirs de l'hôpital, escortée par son ombre. Parfois, bras croisés, appuyé de dos contre une poutre, il s'attarde dans la malodorante salle dédiée au yoga, quand je m'y attaque à *sirsasana*, une posture la tête en bas, censée me remettre les idées à l'endroit. La fois où il y pénètre et me retrouve dans la même position, sauf que suspendue au plafond par une bande de tissu, il exige une explication à Rhagavan et se fait expédier sans ménagement : « *Dear friend, you have your field, and I have mine !* »

*

De son travail, j'ignore tout jusqu'au premier jour de la mousson. Je suis alors supposée le rejoindre dans son service après ma séance de *pranayama*, suivant un plan qu'il dessine lui-même, pour qu'ensuite nous rentrions ensemble. Changée en l'espace d'une nuit, la lumière perd sa brillance. Le ciel teint d'un bleu de guède étouffant, rend nécessaire un éclairage artificiel tout au long de la journée, induit une atmosphère de tension. Tout le monde semble attendre que la membrane au-dessus de nos têtes cède enfin, que le déluge la perce et se déverse. Que cela devienne franc ! Que cette menace latente éclate ! Qu'on sache enfin sur quel pied danser ! Je me plais à l'idée de découvrir ce moment avec lui. À mesure que je suis ses flèches, dépasse des unités, traverse et longe des couloirs, la propreté se rapproche des normes occidentales, les équipements paraissent à peine sortis de leurs emballages, les insectes se font sporadiques, puis disparaissent complètement, de même que les odeurs et la poussière. D'un coup, le triomphe de la médecine techno-scientiste frappe et intimide. Je reconnais Warski grâce à sa taille. Dissimulé derrière un caftan jetable, en bonnet et chaussons de même matière bleu pâle, un brin rigide, il tripatouille les tuyaux qui entrent et sortent de tous les côtés d'un gamin couleur de ciel du jour. Séparés du reste du monde par une paroi et une espèce de sas en plexiglas transparent, ils ont l'air parfaitement irréels, détachés mais pas au sens brahmanique du terme. À la limite, entre deux sphères. Warski s'en retire, je me demande dans laquelle des deux il se sent plus à l'aise. Soudain, avant qu'un infirmier n'ait le réflexe de la stopper, une éplorée surgit de nulle part et paf ! Elle se met à cogner contre la vitre, et bien plus franchement contre Warski lorsqu'il traverse la chambre d'écluse de son étrange aquarium, puis s'écroule à ses pieds en lamentations. Alors, ça ! Terrifiant. Confus, Warski essaie de la faire se relever. Je me ratatine dans mon coin, jette encore un furtif coup d'œil sur la scène qui prend de l'ampleur, mobilise deux membres supplémentaires du personnel et probablement un proche de la femme, après quoi je me sauve. Bêtement ! Lâchement ! Dans un mouvement d'embarras et de malaise. Au cours de ma débandade, je fais tomber mon plan et m'égare Dieu sait où. À la sonnerie de mon téléphone, offert par Gaspard en remplacement du noyé dans le Gange et que je prétends perdu, je sursaute comme électrocutée : « Je me doutais que vous alliez vous perdre ! » À croire qu'il est génétiquement programmé pour me retrouver dans n'importe quelles circonstances, Warski me récupère dix minutes plus tard et, soucieux, demande si je vais bien. Bordel, de quel métal est-il fait ? Je lui retourne la question : « Et vous ? Vous allez bien ? » Nous nous dévisageons un long moment, entre gens qui vont bien, sans mot dire. Je n'ose, pas plus que je n'en ai envie, retirer ma main de la sienne quand il s'en empare avec un grand naturel et une forme d'innocence presque vexante. En chemin, coupant par une annexe qui abrite les urgences, il s'arrête brusquement :

« Vous ne voudriez pas sortir d'ici ? Si nous allions prendre un verre, avant la pluie… »

*

Dans le taxi que je préfère au rickshaw, il s'aperçoit de ma terreur à affronter le dehors, cette ville en délire chronique, ses vapeurs noires, son désordre, sa foule laide. Dix semaines de réclusion m'ont fait perdre mon ressort. Attentionné, Warski me remercie d'avoir accepté l'invitation et conclut que mon isolement volontaire ne devrait pas m'enfermer dans mes peurs :

« Croyez-moi, c'est une idée pernicieuse que celle de les nourrir, parce qu'elles finissent par nous dévorer. Le mal existe et, tôt ou tard, se manifeste toujours. Il y a des peurs légitimes, alors n'en fabriquez pas d'artificielles. »

Je le laisse noyer les siennes dans deux verres de whisky qu'il sirote lentement, assoiffé d'une soirée sortie du contexte habituel, de l'hôpital, de ses patients qui meurent, des mères qui le supplient de sauver leurs enfants, de son impuissance. Cela a l'air d'un échange de services, sauf que cela ne l'est point.

« Je ne vous demanderai pas pourquoi vous faites tout cela pour moi, mais je sais que ce n'est pas un dû. »

En Polonais, autrement dit en individu enfoncé à moitié dans l'Orient, qu'il le veuille ou non, avec son art de l'esquive et de l'allusion, Warski me répond :

« C'est très aimable de votre part. Sinon je me sentirais obligé de m'enquérir des raisons qui vous ont incitée à accepter ma demande, alors que vous avez eu peur de sortir et que je ne l'ai pas compris à temps. Pardonnez-moi, comme à tout un chacun, il m'arrive d'être con. »

À dessein d'entortiller davantage notre conversation, Warski ajoute après une gorgée qu'il existe *pourtant* des bases *purement* biologiques d'un « sens moral », qu'il définit en termes de capacité à adopter des comportements coûteux pour nous-mêmes, mais bénéfiques pour les autres. La Polonaise que je suis en déduit qu'en dehors de ces fondements *purement* biologiques, dont nous bénéficions, lui et moi, du fait d'appartenir à notre espèce, il y a d'autres explications à une attitude de dépassement de soi, et qu'elles s'appliquent à notre cas. Reste que nous ne les évoquerons pas, car les Polonais ne discutent jamais des évidences.

Moins con qu'avant notre arrivée au bar, Warski saisit avec justesse que j'ai toujours peur et prend de nouveau ma main au moment où nous nous levons. Mon chauffeur attitré nous attend sous un crachin tiède. Pas vraiment une pluie, plutôt un brumisateur. Transformée en toile pointilliste, la ville est en liesse. On parierait que même les trépassés s'en réjouissent, qu'il y a un bonheur supplémentaire à brûler en période de mousson. De ce miracle tant attendu et plutôt décevant à nos yeux d'Européens, Warski et moi tirons le meilleur, à savoir la joie de ceux qui savent reconnaître et apprécier. Mon idée de rentrer à pied le surprend pourtant : « Vous en êtes sûre ? Nous en avons pour une heure… » Imbécile, même si nous en avions pour trois heures, je ne te refuserais pas cette promenade après ta journée et celle qui t'attend demain, sachant que tu ne te permettrais jamais de me le demander, alors que c'est la seule chose dont tu as envie et que ça se voit de loin. Allez ! Je renvoie le taxi vide. En chemin, Warski marmonne, transporté, avoir oublié le plaisir qu'il y a à marcher sous la pluie. Pour ma part, j'ai oublié la beauté du mot *deszcz*, « pluie » en polonais, m'arrête comme foudroyée et le prie de répéter. Il s'exécute, puis s'écrie, perçant mon secret d'exilée : « C'est *deszcz* qui vous intéresse dans mon histoire ! *Deszcz* et rien d'autre, avouez-le ! » Nous tombons d'accord : dans aucune autre langue la pluie ne sonne aussi juste qu'en polonais. En comparaison *rain* résonne tel un massacre des innocents sous une avalanche de grenades, tandis que *pluie* laisse imaginer une soupe sans sel. Il y a certes des ratages impardonnables en polonais, mais la *deszcz*, nous l'avons réussie en maîtres. Notre *deszcz* tambourine, bat, chuinte, chante, siffle, se décline en polyphonie. Warski et moi nous en enivrons au point que je commets l'irréparable. À deux pas de l'hôpital ? Même pas ! Sur son seuil, je lui propose, en offrande ivre et hautement sacrificielle, de décorer les chambres de ses protégés : « *You know, usual shit for kids…* » Il cherche à préciser si nous parlons bien d'arcs-en-ciel, d'animaux ou de personnages de bandes dessinées, et à ma confirmation frôle le ravissement.

En train de comprendre dans quel cauchemar je me fourre, j'ajoute malgré moi un sourire en supplément. Deux Polonais heureux, c'est plus rare à voir qu'une panthère des neiges, mais alors deux Polonais heureux sous la pluie, c'est franchement suspect. C'est louche. J'en mesure le degré et en frémis. Avant d'aller me coucher, je tiens à savoir quelles sont les limites au comportement altruiste, à cette capacité cognitive issue de l'évolution à s'outrepasser au profit de ses semblables. Warski me trouble, affirmant qu'en principe il n'y en a pas, étant donné que certains n'hésitent pas à sacrifier leur vie pour les autres, y compris pour des inconnus.

*

Je ne suis pas de ces radicales, de celles qui s'offrent en entier. Enfin, je ne le crois pas, bien que Warski louange et embellisse à souhait mon élan dévotionnel. À ses enfants, je cède à peine une semaine de ma vie dédiée intégralement à son propre maintien. C'est la plus lumineuse semaine de mon premier séjour en Inde, à plus d'un titre. D'abord, je procure aux six années passées aux Beaux-Arts un sens nouveau et, par ricochet inattendu, je retrouve le goût et le besoin de travailler. La scène impliquant Warski et à laquelle j'ai assisté la veille y joue un rôle. Personne ne s'est jamais jeté à mes pieds, me suppliant de peindre un tableau. Depuis un temps, il ne m'est pas arrivé de faire quoi que ce soit d'utile, et le changement opéré par mes travaux de décoration m'apprend qu'il n'est pas forcément déplaisant de réconforter les moins bien lotis. Toutefois, je reste sans illusions. Le moteur principal, sinon le seul, de mon noble bénévolat n'a rien à voir avec l'empathie à l'égard des enfants souffreteux, mais tout avec une obsession de rendre le quotidien de Warski moins dégueulasse. Son patient de neuf ans enfermé dans l'aquarium meurt le surlendemain de notre escapade en ville, ce que Warski encaisse étonnamment bien et éminemment mal. Taiseux et atrocement efficace pendant les heures du service que je partage avec lui, attelée à une fresque d'éléphant géant, le soir il se coupe la main en cassant un verre à la maison, et soudain éclate :

« C'est pas croyable ! Il n'y a pas plus banal qu'une leucémie lymphoblastique ! J'en ai eu des tas à traiter ! »

Combien de perdus pour combien de sauvés ? Je tais ma question quand je lui colle son sparadrap, consciente que ce n'est pas le calcul qu'il serait prêt à faire dans l'immédiat, et demande à la place : « Que vous dirait ma mère ? » Pas surpris pour deux sous, il m'affirme y avoir pensé et vite trouvé la réponse. La ponction artérielle effectuée dans une autre clinique un mois plus tôt a été trop traumatique pour l'organisme. Je l'écoute sans vraiment le comprendre et réitère ma question. Cette fois, Warski prend le temps de réfléchir :

« Elle me dirait que je fais une crise de toute-puissance et elle aurait raison. »

*

Ce que nous ignorons à ce moment, c'est que la remarque probable de ma mère pourrait s'appliquer en entier à notre semaine de Polonais heureux sous la pluie, de la première à la dernière minute. Que dans notre toquade de philanthropie ciblée sur nous-mêmes en priorité, de bienveillance et de compassion, nous prenons nos vœux pieux pour des manifestations du réel. Que mon enthousiasme tout neuf amorce une phase psychotique, laquelle sera aussitôt suivie d'une dégringolade vertigineuse. Warski ne l'identifie pas car, d'une part il n'en a pas les moyens, et de l'autre, l'énergie que je génère en cette période alimente ses propres circuits et le fait planer dix centimètres au-dessus du sol. Pourtant, si c'était à refaire, nous l'aurions refait, tant ces quelques jours arrachés aux phénomènes que nous ne maîtrisons et ne saurons jamais maîtriser complètement, à la mort, aux maladies, aux cruautés du sort, dégoulinent d'une plénitude juteuse. Warski croit ferme en mon rétablissement, je ne doute pas de son retour parmi les vivants.

Sur cette base insidieuse nous bâtissons un époustouflant château de pluie où nous emménageons séance tenante. Je dessine avec facilité et panache. À condition que les commandes parviennent de mineurs, je les exécute toutes, même les plus putassières, à l'exemple de Blanche-Neige dans la version Walt Disney, ou des portraits de footballeurs célèbres dont j'ignore jusqu'à l'existence. Warski achète un parapluie et attend que ma main rejoigne la sienne quand il me sort au jardin ayurvédique de l'université. Je couvre un mur de son service d'une guirlande de singes bleus qui dansent, il ne refuse pas de leur fabriquer des museaux au pinceau, pour conclure avec fierté : « Ils ont beaucoup de caractère, nos singes, vous ne trouvez pas ? » Nous rafistolons les injustices fondamentales de notre monde avec la prétention de les éradiquer à jamais et bien en profondeur. L'idée du progrès nous gouverne à notre insu. Tout va dans le bon sens, nous en sommes certains, soudain oublieux soit de ce que tout a un sens, cancers pédiatriques et moustiques compris, soit de ce que rien n'en a. Il le reconnaîtra bientôt, non pour autant résolu à m'abandonner au sens douteux de ma maladie, à ses aléas, à sa perfidie.

*

Porté par notre vertueux élan humaniste et humanitaire, convaincu en sus de m'avoir inconditionnellement de son côté comme j'estime l'avoir du mien, Warski fait un pas de trop, ou trop rapidement. Je n'emboîte pas. Je bloque. Tout mon corps fait barrage. La peinture de mes fresques n'a pas eu le temps de sécher que je commence à ressentir une déloyale fatigue me gagner. J'adorerais continuer sur ma lancée, mais je n'y arrive pas. Les boutons sur lesquels j'appuie ne fonctionnent plus : lève-toi, lave-toi, dessine, mange ta bouillie, sors, fais tes exercices, sublime tes amours. Je me force, je me presse comme un vieil emballage, il en ressort peu et avec difficulté. Warski relève ce ralentissement, se montre indulgent, spécule sur un état passager. Savoir de quelle durée sera ce « passage » ne le préoccupe pas. Trois jours de suite, il part travailler seul, rentre me tenir compagnie pendant sa pause déjeuner, s'attarde à table le soir, enfin, faux-jeton ou scrupulard, il ajoute un élément inédit en m'embrassant sur le front avant que chacun ne regagne sa chambre. Sous la surprise, je me laisse faire une fois, ensuite j'esquive. Il renonce sans ciller, comme s'il s'était rendu compte de sa faute de goût. Le lendemain, il me présente Dhriti.

Pâteuse et flemmarde, je traînaille alors devant l'écran de mon ordinateur à regarder en boucle les photographies du ciel au-dessus de Marrakech que Gaspard m'envoie chaque nuit avec ses commentaires, dont j'apprends certains par cœur à force de les relire, puis une vidéo expédiée par mon père de Nâlânda et Mushika en train de se courser dans le salon à Cracovie. Soudain, la porte s'ouvre. Warski entre dans la cuisine, poussant devant lui une gamine de sept ou huit ans, squelettique, avec des sparadraps collés sur son avant-bras et des cernes violacés sous ses yeux énormes de lémurien. Je la fixe sans émotion, tout au plus consciente d'observer un de ces pauvres enfants comme on en trouve partout dans notre riche monde. Elle baisse les yeux. Warski la saisit doucement par l'épaule, s'accroupit à côté d'elle et se lance :

« Gabriela, vous permettez… Elle s'appelle Dhriti, et désormais elle déjeunera avec nous. »

D'abord, je pense qu'il cherche maladroitement à me faire plaisir, qu'il me trouve une nouvelle distraction, qu'il me l'emmène à défaut d'un chiot ou d'un petit singe. Je n'en veux pas. Je l'affiche clairement. Warski tient ferme face à ma façade en béton armé. Décidé, il ne cède pas d'un iota. Moi non plus ! Sans mot dire, je me lève et me retire dans ma chambre. Passé par le balcon, Warski y est déjà, furax à en dégager de la fumée par les narines. Il me prie de ne pas faire de scène, d'accepter sa présence, de ne pas m'en formaliser. Plantée seule dans la cuisine, la gamine s'y met à pleurnicher, comme pour apporter sur-le-champ la preuve qu'il n'y a pas à se formaliser. En panique, Warski hausse la voix :

« Écoutez Gabriela, c'est suffisamment difficile ! Elle a une anémie sévère, ne comprend pas un mot d'anglais, ne parle pas, et son père est rentré au village à trois cents bornes d'ici. Alors vous me feriez la faveur… »

Il s'interrompt pour courir vers la cuisine où la gamine se met à sangloter convulsivement, cramponnée à un pied de table. Je sens un début de migraine, toc toc toc. Métamorphosé en gerbade brunasse, le crachin d'il y a quelques jours se déverse désormais par citernes entières. Vacillante, je ferme la fenêtre du balcon, puis celle de la cuisine, à clé, avant de m'ensevelir sous trois draps, en position fœtale. De l'autre côté de la porte, la gosse émet une série de hoquets, tandis que l'odeur pestilentielle d'abats braisés s'introduit par tous les interstices. Assez ! Basta ! Je rallume mon téléphone, écris à Gaspard : « Je veux rentrer d'urgence ! » Un instant plus tard, Warski cogne à ma porte en criant :

« Gabriela, ne *me* faites pas ça !

— M'en fous ! Sauvez-la sans moi, vous savez si bien faire ! »

Il donne une tape résignée contre la porte et s'en éloigne. Gaspard m'appelle, la gosse chiale à s'en rompre, en spasmes de sanglots, l'odeur de la viande grillée me tord les tripes comme une serpillière, jusqu'à la nausée. Ashram ! Ashram ! Ashram ! Où se trouve-t-il, cet ashram dont m'a parlé ma mère ? Foutre le camp d'ici ! Déguerpir ! Replonger dans le silence, dans le vide. J'éteins le téléphone et entends Warski gueuler dans le sien :

« Calme-toi, Gaspard… Pardon ? Non, je t'assure, rien de grave. Elle fait une petite rechute. Je te rappelle tout à l'heure. »

Mensonge ! Elle ne fait pas une *petite rechute*, au contraire. Elle monte, elle enchâsse, elle ascensionne. Va au diable, avec tes diagnostics fantasques ! Et avec ta crise de toute-puissance ! Et avec tes minables baisers sur le front aussi ! Piètre médecin, piètre séducteur ! Je serre les poings à en avoir les mains mauves. Deux fronts atmosphériques entrent en collision en moi, deux masses d'air, deux climats. Je glisse d'un étage, me sauve sous le lit, m'enfouis la tête entre les genoux, ferme les yeux, attends la tornade. Ma mère m'enjoint de respirer : « Ma Rakshasha, inspire à dix, expire à dix, retiens à dix, autant de fois qu'il le faut pour éloigner l'ouragan. » Ferme-la, toi aussi ! Un conseil venu du néant, belle affaire ! Tout cela est de ta faute. Tout ! Si tu n'étais pas complètement folle, je ne le serais pas, moi non plus. Par chance, tu n'es plus rien à présent. Quelques photos dans une boîte à chapeau. Seule, je me tirerai de cet embarrassant cadeau que tu m'as fait : la vie. Qui sait quoi en faire ? Qui ? Putain de Dieu, merci ! Enfin, je les entends sortir, Warski et son lémurien.

J'ignore si ce premier jour, Dhriti a avalé sa portion salvatrice de rognons d'agneau que Warski ira ensuite chercher chaque matin dans le quartier musulman, sacrifiant quelques minutes de ses séances de natation. Au moment où je quitte mon terrier sous le lit, c'est le dernier de mes soucis. L'eau monte. Lentement mais sûrement. Huileuse et opaque, elle m'arrive aux chevilles, et couvre mes genoux quand j'atteins la cuisine où j'ai laissé mes cigarettes. Tout y est propre, rangé, aéré. À quoi bon ? Que je me noie dans une odeur d'abattoir ou dans celle d'un dégraissant pour vaisselle, cela revient peu ou prou au même. J'examine nos meubles, les armoires, un placard fixé au plafond dans l'entrée, j'évalue leurs hauteurs. Avec précaution, j'avance vers la salle de bains, mon dernier espoir de mourir dans la dignité, suivant la formule en vogue. Il est fort probable que ce soit une vue de l'esprit, un slogan publicitaire, c'est même certain, mais je préfère cette chimère à un étouffement dans mes propres eaux usées. Parce que cela ne pénètre pas du dehors, non. Je suis mon fléau. Je suis mon déluge. Je suis mon Gange qui déborde. Je suis ma crue. Je suis ma propre inondation. Il n'y a pas assez de Warski ici-bas pour me sauver de toutes mes catastrophes naturelles. Pourtant Warski fait irruption. Sec, désertique. Il attrape son calepin resté sur une étagère, se racle la gorge, se tourne vers moi, alors à la dérive dans mon aquarium à moi :

« Gabriela, elle ne nécessite aucun traitement lourd, vous comprenez… C'est essentiellement de la malnutrition. Sauf qu'il n'y a pas de service de restauration à l'usage des patients. Soit elle mange avec nous, soit elle ne mange pas du tout. Elle n'a personne ici. »

Je reste bouche bée, plongée jusqu'aux trous de nez dans la flotte. Va-t'en ! Va ! Répare, protège, soigne, ressuscite ! Suis ta voie. Sans moi. Des deux mains, je fais un geste de renoncement, de distance. Vainqueur, il fulmine pourtant :

« Il faut que vous régniez sans partage ! Il faut que vous ayez toujours le dernier mot, même quand vous ne parlez pas. Que vous décidiez de tout, feignant de ne rien maîtriser. Un air de déjà-vu… Mais votre mère était infiniment plus généreuse, malgré tout. »

Chierie ! Et dire que la pluie a été si belle. Je baisse les mains. Il claque la porte. Derrière lui, un grand silence retombe, comme des débris après une explosion. Soufflée, je peine à tenir debout. Ma petite Gabriela, tu vas t'occuper de ta dignité, maintenant. Allez ! La Gestapo alliée au KGB n'aurait fait un meilleur travail. J'éventre la salle de bains, je déplie chaque serviette, dévisse chaque récipient, renifle les tuyaux, et je trouve. Pas de quoi mourir, évidemment, il ne manquerait que cette comédie-là, mais de quoi bien dormir. Je ne les aurai pas volés, ces trois ou quatre jours de vacances. Loin des estropiés, loin des esculapes ! À l'extrême distance de moi-même, dont je ne souhaite pas avoir de nouvelles. Surtout pas ! Je croque les quelques misérables comprimés de somnifère, les réduis en poudre amère entre mes molaires, les fais passer avec une gorgée du gin de Warski, plus infect encore, pique au plus court vers le lit, porte de ma chambre fermée à double tour. Ciao !

*

Un temps indéfini plus tard, l'index et le majeur de Warski fourrés au fond de ma gorge, j'ouvre l'œil au-dessus de l'évier, dans la cuisine éclairée de mille feux. Et tout recommence. Avec détermination, Warski nous inscrit dans le mythe de l'éternel retour, instaure un rite. Sans se refuser d'innover, de perfectionner. Bras-dessus, bras-dessous, il me fait faire des rondes autour de la table, hurle la *Marche de la Première Brigade* du maréchal Pilsudski en la rythmant par des claques vigoureuses qu'il m'administre sur les deux joues. De temps en temps, il s'arrête pour me tirer une paupière ou l'autre, au son d'un nerveux : « Ne vous rendormez pas ! » Après un café si épais qu'on pourrait l'ingurgiter à l'aide d'une fourchette, nous nouons un dialogue essentiel, bien que sommaire :

« Pas un mot à Gaspard, et sentez-vous libre de l'emmener ici autant que vous voudrez. Je ne ferai pas de scènes. Je déjeunerai avec vous deux, rien de plus.

— Vous voulez vraiment qu'on en arrive là ?

— Remarquez qu'au final, le commerce est le type de relations humaines le moins décevant. »

Il reste incertain de savoir lequel de nous deux résiste mieux à cet échange. Immédiatement après avoir lancé ma pique, je la regrette, gravement atteinte par la comparaison, en ma défaveur, avec ma mère. Je m'en remets au bout de quelques jours, accordant volontiers la raison à Warski : je n'ai pas la générosité de ma mère, ni son intelligence ni son esprit. Dans le meilleur des cas, on pourrait me prendre pour une contrefaçon, par définition dépourvue des qualités de l'original. Il serait absurde d'en vouloir à Warski, de nouveau frappé d'une expression christique. Force est de reconnaître que son entreprise de charité ne démarre pas.

Le lémurien qu'il s'acharne à sauver s'obstine pour sa part à périr d'épuisement. Warski a beau se démener, à lui préparer sa viande, à la condimenter de dix épices différentes, la fillette refuse d'en avaler une seule bouchée. Il fait des tours de magie avec la fourchette, mais dès qu'il la rapproche de sa bouche, elle l'esquive, puis se réfugie sous la table ou fond en larmes, lorgnant de mon côté comme si elle y cherchait une inspiration. De fait, nous nous ressemblons beaucoup, toutes les deux maigres, muettes et récalcitrantes à l'idée de saisir une main tendue. À force de la regarder, trois jours de suite, je me prends de sympathie pour elle, plus effrayée par la vie que ne l'était Nâlânda quand je l'ai trouvée. Que te dire, petit lémurien ? Que certains n'ont jamais de souci d'appétit, qu'ils naissent voraces ? Puisque je l'accompagne dans son jeûne, elle décide de me faire confiance et d'accepter une banane, puis de m'imiter, en la mâchouillant lentement. Impressionné, Warski me remercie de cette avancée et se met à y croire, avec ce qu'il lui reste de forces. Le lendemain, dès midi, il s'affaire dans la cuisine à préparer des boulettes de viande. Bien que je doute qu'un enfant, même le plus affamé, soit capable de déjeuner gentiment face à deux étrangers qui se regardent tellement de travers qu'ils en louchent, je l'aide à dresser la table. Il fait entrer Dhriti, lui savonne les mains, l'assoit devant son assiette, et le scénario se répète à l'identique. Elle se renifle les doigts avec curiosité, avant de s'appliquer à gratter le rebord de la table d'un ongle étrangement blanc. Warski fait craquer ses phalanges, m'expédie un regard de supplicié. Ah, misère… Quoi de plus déplaisant que de quémander de la générosité à une commerçante sans générosité, n'est-ce pas ? En silence, je m'offre un petit triomphe. Puis, je me lève, attrape une toile cirée qu'un locataire précédent a dû oublier dans un placard et la déplie sur le balcon. Je jette nos couverts dans l'évier, apporte nos assiettes à l'extérieur, tandis qu'il m'observe bêtement.

« Vous lui faites peur avec vos fourchettes et couteaux. Elle ne sait pas s'en servir. Ce n'est tout de même pas difficile à comprendre avec votre expérience, si ? »

Interdit un moment, il se ranime enfin, prend le lémurien par la main et lui montre notre nouvelle table. Je lui demande de nous apporter des coussins sur lesquels poser nos fesses, et quand il revient avec, sa protégée se lèche déjà les doigts.

Ah, les étincelles dans les yeux de Warski ! Ah, le soulagement ! Ah, son espoir d'un retour à la normale, au dialogue !

« Pourquoi n'y ai-je pas pensé, Gabriela ?

— Quelle chance, que vous ayez au moins pensé à lui acheter des crayons de couleur et des cahiers à dessin. Sinon, elle s'ennuierait toute la journée à en perdre l'appétit. »

Je me lèche les babines du sang chaud de Warski et l'écoute d'une oreille balbutier qu'en effet, cela lui avait échappé aussi, qu'il ira chercher encore ce soir des crayons et des cahiers. Alors qu'il s'apprête à ajouter quelque chose, Dhriti avale de travers et il faut lui taper dans le dos. Le suspense se prolonge jusqu'au lendemain.

*

À l'heure du petit déjeuner, déridé, Warski reprend ses services de bon samaritain et m'accueille avec une imbuvable mixture concoctée selon la recette de Raghavan. Je la gobe si docilement qu'il s'enhardit au point de me proposer de les accompagner, Dhriti et lui, au laboratoire du jardin ayurvédique. Il doit y travailler, je pourrais y dessiner. Changer d'air au bout d'une semaine d'enfermement me ferait le plus grand bien. Je ne vois pas ce que je pourrais dessiner dans un laboratoire et m'étonne même que les visiteurs y soient acceptés, mais je hoche la tête en signe d'accord. Un consentement tactique, un tout premier point de mon plan d'évacuation. Que je me sois trompée sur toute la ligne semble évident : j'ai pris le bruit de mes neurones mal accordés pour la voix du destin, j'ai mis en danger les vies d'autrui, j'ai interprété les faits de façon complaisante à mon égard. J'ai failli sur tous les plans. Ce n'est pas pour autant que je suis prête à me tapir le restant de mes jours dans un hôpital indien. Parmi toutes les calamités qui émaillent mon parcours de ces deniers temps, une pépite de grâce scintille : Arunachala. Je m'y attache. Bah, je m'y cramponne. Le nom de la *montagne de feu*, sacrée, m'apparaît au cours d'une lecture de la biographie de Grotowski entamée dans l'unique but de retrouver l'endroit conseillé par ma mère où faire une retraite. Je l'identifie, et dès lors le confond avec un point de salut sur la carte du monde. Sans la moindre garantie de ne pas m'enfourner dans une autre chimère, je m'en sers, *a minima*, comme d'une direction à prendre, quitte à la modifier plus tard. Il serait admirablement fanfaron de sortir d'ici guidée par une seule envie d'errance, mais je n'en suis pas là. J'en suis même très loin. Peut-être à l'exact opposé, prenant en considération mon besoin de me rencontrer enfin. Un besoin tout récent, sorti à quatre pattes de ma dernière crise, de cette infortunée comparaison de Warski, de mes certitudes écroulées. Sauf une, neuve elle aussi, de devoir m'éloigner de tous, de sauter en moi et de m'en sortir par mes propres moyens. Pourquoi dans la province de Madras, à Arunachala, à des centaines de kilomètres d'ici dont je n'ai aucune idée de comment les franchir ? Parce que, conformément au propos de ma mère, on n'y va pas pour y trouver le bien-être. Le lieu paraît sobre sur les photographies, les conditions y sont spartiates, la discipline stricte, la durée du séjour limitée à un mois. Grotowski n'y est jamais allé de son vivant. Je considère sa dernière volonté d'y disperser ses cendres comme gage d'une énergie que seuls les hors-lieu hors-temps produisent. Tout un périple m'en sépare, il faut donc bien commencer par le commencement : vérifier si je panique ou pas, une fois dehors. À cet exercice, mieux vaut m'essayer aux côtés de Warski, malgré tout. Je le concède et à l'heure convenue me présente au rendez-vous, armée de mon carnet.

*

Il devrait exister un nombre de traités sur l'architecture des constellations humaines. Je n'en ai pas connaissance et découvre sur le tas d'étranges manœuvres auxquelles s'adonne notre espèce, mes semblables qui se rapprochent, se séparent, s'encouragent, s'aiment, se braquent, cherchent la sécurité ou la consolation, attendent tous le grand miracle de la Rencontre, savent ou pas quoi en faire, s'égarent, se retrouvent, parfois s'entre-tuent, parfois gravissent ensemble le ciel. Toutefois, la taxinomie humaine demeure cruellement simple : il y a ceux qui ont quelqu'un à tenir par la main, et ceux qui n'ont personne.

Dans le hall principal, main dans la main avec son lémurien, Warski se fait aborder par un collègue indien et manque mon arrivée. Dhriti, au contraire, me réserve un accueil aussi remarquable que déstabilisant. Seigneur ! À l'instant où son regard vagabond me repère, elle échappe à Warski et, en trois sauts essoufflés, s'agrippe à ma jambe comme à un piquet. Je me raidis. De peu, j'en perds mon précaire équilibre que la journée n'a pas encore réussi à anéantir complètement. Warski se tourne dans ma direction, mais au lieu de me secourir, de me débarrasser, il termine paresseusement sa conversation avec une expression d'amusement et de tendresse. Perfide ! Cernée et envahie, je me retrouve aussitôt avec l'enfant suspendue à mon cou. Passons encore son poids réel, anecdotique, mais la charge mentale, alors ! Je grimace d'exaspération. Warski daigne enfin venir vers moi, sauf que, guidée par quelque instinct défaillant, sa protégée refuse de changer de bras quand il lui tend les siens. Je n'en prédis rien de bon. Ah, non ! Comment espérer que cette enfant s'en sorte un jour, avec une nature qui la prédispose à choisir une rescapée d'aquarium plutôt qu'un superman ? Restreint dans sa charité à tenir le parapluie au-dessus de nos têtes, Warski hésite, que faire de sa main libre et, après quelques essais maladroits et infructueux, décide de la placer dans la logique du perfectionnement des commencements, c'est-à-dire droit sur ma nuque. Elle y répand une chaleur de serre, à s'en évanouir. Soudain, le doute m'accable : quel est le seul vœu que je formulerais, s'il devait s'accomplir avec certitude ? De toutes les configurations, laquelle ne me ferait pas regretter l'effort de vivre ? Laquelle me ferait l'oublier ? Laquelle serait la plus souhaitable aux autres, à ceux que j'aime ? De quoi décide-t-on ? Et comment s'abandonne-t-on à la fatalité ? Notre trajet jusqu'au laboratoire qui abrite en réalité une manufacture de remèdes ayurvédiques où les singes mènent grand train, me rassure néanmoins quant à ma capacité de rejoindre Arunachala. Seule.

*

Quand, le lendemain après-midi, libérée de la surveillance de Warski, je dévale l'escalier de secours pour rejoindre en catimini mon chauffeur de taxi et filer droit à la gare, j'ignore encore que j'arriverai à destination au terme d'un voyage entamé quatre ans plus tard. Ma fille supportera cette première longue séparation avec la même contrariété résignée avec laquelle j'ai découvert, à l'occasion de sa disparition, que ma mère se partageait entre plusieurs engagements affectifs, à supposer que ce soit le bon terme. Difficile, l'expérience ne me mènera pas au-delà du constat d'un détachement impossible à atteindre d'un monde dans lequel on aime quelque être de chair, *a fortiori* s'il s'agit de la nôtre. Pourtant, je ne la regretterai pas. Comme je ne regretterai aucune fatigue, aucune concession, aucune audace, aucune volonté, de celles qu'il faudra assumer après l'échec de ma dérobade à Arunachala. Non pas que tout cela se soit déroulé sans heurts. Ah, que non !

Ne trouvant pas ma voiture à l'endroit convenu, face à la sortie des urgences, je pivote sur mes talons, percute Warski, et j'accouche d'un hurlement cosaque. Merde ! Cigarette trempée au coin des lèvres, il hausse à peine les sourcils, lassé :

« Il ne viendra pas, votre chauffeur. C'est un service qui me coûte dix dollars par semaine et me garantit un semblant de tranquillité. Brave type, mais corruptible. Maintenant rentrons, Gabriela, voulez-vous ? »

Je démarre en trombe, en furie ! Pourquoi commanderais-je un taxi si j'étais prête à croupir ici ? Sauf qu'au stade d'acharnement auquel parvient Warski, parlementer a peu de chances de clarifier les faits, pourtant manifestes. Sans me retourner, je trace droit vers la grille du parvis, sous une lavasse démente. Dans mon dos trempé jusqu'à la moelle, Warski braille à tue-tête qu'il n'y a rien derrière, absolument rien que je ne connaisse déjà. Mon œil ! La paix intérieure doit bien disposer d'une adresse personnelle, il suffit de s'y rendre et de frapper fort à la porte.

« C'est ici, qu'il y a des solutions ! Vous entendez, ici ! Alors, nous rebrousserons chemin et ne bougerons pas de cet hôpital pendant un moment ! Vous n'allez tout de même pas passer votre vie à fuir ! Ni moi à vous courser ! »

Voilà qu'il me tire dessus à plaisanterie réelle. Je m'arrête dans ma cavale, ébahie de sa cocasserie, de son projet de sauvetage aussi efficace que ne l'était l'économie planifiée dans notre ancienne république populaire. Warski me tombe aussitôt dessus et me laisse à peine pousser mon piaulement : « Parce que vous ne fuyez pas, vous ? » Il ne s'en offusque aucunement, pas plus qu'il ne se défile. Dans mes yeux, dans ma bouche, dans mon cou, à la frontière de nos lèvres jointes, entre les dents, les siennes, les miennes, il me souffle que si, si, bien sûr, qu'il fuit lui aussi, et qu'il n'en peut plus. Les interstices de ses embrassements, Warski prend soin de les colmater avec un mélange de pluie et d'assurance mystique qu'il étale sur mon visage : « Gabriela, faites-moi confiance… Tout est en chemin, sans que vous ayez à courir dans le Madras. Cela viendra vers vous… Plus personne ne fuit. Stop. »

Nous y sommes, donc. Fatalement, c'est toujours un peu kitsch, ces moments où la sensation d'une grande vie nous remplit la poitrine, nous enflamme le ventre, nous fait respirer à coups précipités. Dans notre cas précis, s'ajoutent un contexte et un décor particuliers, des trombes d'eau qui dégringolent, la menace des firmaments, les curieux qui nous mirent de sous l'auvent de l'entrée principale, qui nous montrent du doigt.

« Warski, vous êtes dingue, ma foi ! Vous rendez-vous compte du best-seller ? La romance d'un médecin et d'une maniaco-dépressive sous la mousson en Inde… À combien on tire, là ? Un million ? Affreux !

— Pis ! Tenez-vous bien, cela se termine par un happy end ! Je vais vous montrer. »

Warski ment. Notre roman à l'eau de rose ne se termine pas par un happy end, du fait que nous ne cesserons d'y ajouter de nouvelles mièvreries, plus ou moins sirupeuses ou pétillantes selon la saison. Ainsi, plusieurs années de suite, nous vivrons un happy end qui tournera parfaitement rond. Un immense miracle ! Chaque jour sera le dernier, meilleur que le précédent, suivant la ligne directrice de tous les ouvrages dédiés au développement personnel. À la défense de Warski, il convient cependant de relever les incertitudes qui encadrent cet énième commencement de notre histoire.

*

Tout d'abord, je n'ai aucune envie de le suivre. Les premiers pas en direction de l'hôpital vers où il me tire par la main, comme il a pris l'habitude de tirer Dhriti, achoppent devant mon dégoût, ma saturation, mon rejet. J'irais avec Warski, main dans la main, partout et très loin, sauf là :

« Je n'y rentre plus ! Si je ne peux pas fuir toute ma vie, je ne peux pas la passer sous traitement non plus. Cela ne marche pas, votre truc. Vous ne voyez pas que cela ne fonctionne pas ?

— *Total bullshit !* Qu'est-ce qui ne fonctionne pas ? »

Clairement à l'avantage de Warski, la météorologie me contraint à un compromis, à une reculade jusqu'au hall d'entrée où je m'immobilise dans l'attente d'explications. Aurais-je manqué un bienfait de la méthode Raghavan sur moi ? Je ne le crois pas. Tout ruisselant, deux pieds au milieu d'une flaque d'eau qui rejoint lentement celle formée autour de moi, Warski ramasse ses cheveux en arrière, en un geste qui fournit un argument fort en faveur de l'idée que je reste, mais pas suffisant. À vue d'œil, il semblerait que la réussite de la purification de mon organisme compte parmi ces certitudes, ces évidences, dont Warski ne parle jamais. De nouveau, il hausse les sourcils, puis se résout à affirmer que contrairement à tout ce que j'ai connu et expérimenté pendant des années, cette fois-ci et pour la première fois, je laboure mon propre rétablissement à la sueur de mon front. La guérison n'aura pas lieu, s'y attendre serait extravagant. Nous le savons. De toute manière, à quoi pourrait-elle ressembler ? Reste à retrouver cette amplitude de moi-même qui ne me menace pas, sans faire de moi quelqu'un que je ne suis pas : un zombi. Nous y sommes presque, selon Warski. Ah bon ? Je ne sais pas. Et la fatigue d'être soi ? Qu'en fait-on, de cette pénibilité à se penser, à s'appréhender, à se sonder, à tenter de se conclure d'une façon ou d'une autre ou, *a minima*, à ne pas déborder en permanence ?

« Gabriela, ayez pitié de vous ! De moi ! Il n'y a que les imbéciles qui ne se questionnent pas. Tout cela vous paraît long et pénible, parce que ça l'est, et parce que ça vous coûte. C'est plus difficile que de se droguer, légalement ou pas. S'il faut reprendre à zéro, nous reprendrons à zéro, et autant de fois pour que la besogne devienne un geste d'entretien quotidien, d'hygiène. Que le mot vous plaise ou pas, je m'en fous. »

Lors de notre prochain rendez-vous, Raghavan soutiendra ferme le propos de Warski, appuyé sur un traité médical, le *Charaka Samhita*, datant de l'Antiquité védique : le mouvement de la vie et de l'intellect ne s'arrête jamais. De même que la bonne santé ou la maladie, leur origine, leurs symptômes et causes, n'ont ni commencement ni fin, tout en étant interdépendants. Je froncerai le front en commentaire. Raghavan le remarquera sur-le-champ et me dira qu'avant qu'elles ne s'installent durablement, nous éliminerons mes rides du lion, indicatrices de colère et d'obstination à obtenir à tout prix ce qu'on désire. Vexée, et plus encore sceptique, je ne saurai pas le remercier. Assis à mon côté, Warski se moquera de ma bouderie, n'échappant pourtant pas, lui non plus, à un diagnostic embarrassant du professeur : « Vos sillons nasaux, *dear friend*, trahissent des pensées conservatrices, une inclination à la destruction et à la mortification. Il faudra s'en occuper. » Alarmée, je m'en occuperai, érigeant ma lutte contre les inclinations naturelles de Warski en priorité absolue. Notre happy end durable, amorcé cet après-midi de mon retour forcé à l'hôpital, ne durerait pas si nous n'avions pas appris l'art du recommencement, et ne l'avions pas soumis aux exigences de la cause ultime : notre utopie.

Aussi heureuse qu'on puisse l'imaginer, je refuse qu'une fin ait lieu. Je le fais debout dans notre cuisine où Warski m'emmène par la main, dont il se défait brusquement pour dire :

« Maintenant, vous pouvez m'écrire un grand NIET sur votre post-it, sinon je reprends notre romance là où nous l'avons laissée en bas. »

Son souci de recueillir mon consentement serait moins gênant si j'avais envisagé de montrer de la résistance ou ne serait-ce que de me faire prier. Au fond, je m'impatiente de découvrir comment Warski va s'y prendre pour renouer avec ce qui nous a retenus sous le déluge. Pressé lui aussi, il ne m'impose aucun délai de réflexion intenable. Après avoir enlevé sa blouse qui s'égouttait sur le carrelage posé encore par les Britanniques, il jette sa main sur ma nuque, comme s'il jetait l'ancre de miséricorde, dernière ressource dans les naufrages. À défaut de lui offrir le goût d'une conquête difficile, je lui ouvre le port, donne mon pays en entier. *Prosze ! Please ! Czym chata bogata.* À la fortune du pot ! Warski l'annexe par parcelles, mes omoplates, mon ventre, mes reins, mes fesses, même le creux de mes genoux. Loin de songer à un soulèvement, je me plais en état vassal. À sentir dans mon dos Warski s'étendre en empire colonial, s'approprier la totalité de mon territoire, poser ses comptoirs, planter son drapeau. Et avec ça, il sème sa propagande ! Et il susurre ses aphrodisiaques en polonais, soutirés à nos meilleurs rimailleurs par petits vers et à nos prophètes par demi-versets. Et il me berce le matin, et il m'endort. Et puis, il me réveille, tout neuf, tout printanier :

« J'ai juste à ressusciter un petit Lazare et je reviens vers seize heures. *Keep sleeping.* »

*

Ailée moi aussi, cette matinée-là, je ne me rendors pas vraiment, traînaille dans ses draps, rêvasse, promène mon regard de droite à gauche, entre la pile de ses chemises rapportées du pressing et celle de ses livres, revues professionnelles, notes. Je ne fouille pas, j'inspecte en surface : des numéros du *Lancet* avec une série d'articles *The Power of Touch in Medicine*, dédiés aux fibres nerveuses CT impliquées dans le toucher affectif et l'effet de celui-ci sur la perception des douleurs aiguës ; un épais volume *The Use of Complementary and Alternative Medicine in Paediatric Oncology* ; un classeur plein à craquer de photocopies, marqué au feutre sur le dos « *Atezolizumab / Solid Tumours* ». Appuyé au mur, près de son ordinateur, un double portrait de jeunes hommes aux traits asiatiques comme plaqués sur les siens m'interroge avec un post-it fluo collé dessus : « *Bo/ First Anatomy Exam 27/06 Histology 05/07.* » À croire que j'imaginais la vie de Warski vidée de toute présence humaine, libre d'autres occupations que celle de me veiller, vierge de tout projet, je m'étonne moi-même de la surprise que j'éprouve à voir les preuves du contraire. Ses deux fils, les examens de Bo en première année de médecine, le choix des études de Peter, les voyages de Warski aux États-Unis, ses recherches, ses contrats, ses contraintes, ses cinquante-trois ans qui lui font peur à cause de la grande décennie qui nous sépare, s'ils ne me surclassent pas d'office dans la catégorie des adultes, ils m'en rapprochent de beaucoup. Le processus se déroule progressivement, non sans désarroi ou révoltes sporadiques de ma part. Dans l'ordre des apparitions, la peur que nos trois vies ne soient assimilables, pliables, portables, aménageables en une seule, se manifeste la première. D'évidence, il n'est pas question, il ne l'a jamais été, de me défaire de Gaspard. Mais face à la vie de Warski, étalée devant mes yeux, je me rends soudain compte que rien ne l'oblige à l'accepter dans la mienne.

*

Le risque que ce soit Gaspard qui décide de se séparer de moi gâche notre réveil au Radisson où Warski nous installe pour des vacances de vingt-quatre heures. Ce premier jour entièrement libre de l'esclavage hospitalier qu'il s'accorde en trois mois, nous soude dans un besoin de quitter le réel aussi bien que l'irréel, c'est-à-dire l'Inde. À moins d'une heure de l'université, seul le Radisson répond à des critères extérieurs au contexte géopolitique et même religieux, vu qu'on y sert de l'alcool, qu'il est impeccablement propre, moche sans excès, parfaitement insipide, tout en étant très confortable, avec une piscine pour Warski et des croissants pour moi. En gros, ce que l'Occident a de meilleur à offrir en certaines circonstances. Sur le seuil de notre chambre, nous comprenons cependant notre erreur. Warski se fige : « *You think, I've overdone it ?* » Il serait difficile de le nier. Nous y sommes allés trop fort. Ne pas avoir pensé que nous nous sentirions drôlement embarrassés, engoncés, voire un brin honteux de nous être retrouvés dans quelque chambre d'hôtel que ce soit, et *a fortiori* au Radisson, était peu futé. Je partage équitablement la faute et m'interdis de faire ma princesse. Warski tente de plaisanter, en disant qu'il savait que notre hôpital allait nous manquer. Il s'affale dans un fauteuil et, soudain, je saisis que c'est le moment de le découvrir à l'état pur : sans son travail, sans ses enfants, sans aucune obligation, sans une urgence à traiter, sans une pièce de théâtre à jouer en société. J'en frémis encore.

Warski est un homme capable de me faire pleurer de plaisir en résumant un article scientifique sur le système sensoriel, démonstration à l'appui, pour étayer les dernières thèses selon lesquelles le cerveau humain optimise le bienfait du toucher quand le geste est accompli sous un angle précis, à un rythme ni trop lent ni trop pressé, et à la température de trente-quatre degrés, prodigieusement identique à celle des extrémités de nos doigts. Warski est un mortel qui ne s'ignore pas, qui s'entretient, qui apprend des poèmes par cœur dans le but d'exercer sa mémoire et de contenir ainsi les effets du vieillissement. Warski est un corps droit tiré du traité de Vitruve, qui s'inscrit idéalement dans le cercle et dont les proportions me rendent tantôt contemplative tantôt fébrile : la longueur de ses bras tendus égale la hauteur, depuis les tétons jusqu'au sommet de la tête – un quart, depuis le coude jusqu'au bout de la main – un cinquième, depuis le coude jusqu'à l'angle de l'avant-bras – un huitième, depuis la plante du pied jusqu'en dessous du genou – un quart, d'en dessous le genou jusqu'au début des parties génitales – un quart également, et ainsi de suite, avec la naissance du membre viril au milieu. Enfin, Warski est un attentif et un curieux. Ni ma brusque sidération ni la suspension matinale de mes fonctions vitales ne lui échappent :

« Gabriela, vous me pardonnerez ma question, mais nous sommes à trois ou à quatre, ici ? J'ai l'impression que notre chambre s'est remplie dans la nuit… »

À quatre, ce qu'il finit par comprendre tout seul.

D'avis qu'il convient en priorité de s'occuper des vivants, Warski m'informe sur un ton posé avoir prévu d'appeler Gaspard, et loin d'appréhender leur conversation, me chapitre sur mes gamineries, sur ma prédisposition à me mettre toujours dans un état second, alors qu'il est plus profitable d'aborder le problème frontalement que de s'évanouir. Je tique. Le problème ? En fait, il n'y en a pas. Au contraire, il y a un intérêt commun, un horizon, un infini ! L'aurait-il compris ? Je ne ferai aucun choix, jamais. Warski me cloue à l'oreiller à l'aide d'une réplique altière.

« Si je comprends ? Non. Mais, je le reconnais, je m'y résigne, et je remercie ma bonne fortune qu'il s'agisse de Gaspard parce que, tout d'abord, je ne saurais traiter avec quelqu'un d'autre, et qu'ensuite, il s'y résout aussi. Sauf que ni lui, ni vous, ni moi, ne savons comment vivre cette situation, ce qui excuse le mot *problème.* Maintenant, faites-moi plaisir de manger votre croissant au lieu de vous accabler de votre infidélité, alors que depuis des semaines personne n'ignore ce qui se trame. »

Ah, leurs discussions en aparté ! Leurs conférences dans la cuisine ! Leur complicité sur le bateau ! Leur entente entre hommes ambigus dont je mesure seulement maintenant l'étendue et l'épaisseur. Leur suprême intelligence ! Leur infinie grandeur d'âme ! Leur conspiration, peut-être ? Pourquoi accepteraient-ils, après tout ? Irrité, Warski s'autorise un sarcasme, me demande si j'espérais un duel et répète que je suis impossible à satisfaire. Sur cela, nous nous engouffrons dans la salle de bains, lui pour nettoyer ses lentilles de contact, moi pour chercher un comprimé d'aspirine, de sorte que le miroir nous cadre un instant en cliché de couple établi, à l'aise dans son intimité. Une de ces prémonitions que j'apprendrai avec le temps à prendre en considération.

*

Toute la sainte journée qui suit, je cherche désespérément un dieu, un patron, un haut responsable à qui quémander les faveurs, à qui remettre des offrandes, promettre des sacrifices. Personne ! Pas un seul qui se manifeste. Nous regagnons les pénates de Raghavan en calèche locale, une qui pétarde et s'essouffle dans la folie du monde. À l'approche de Barnapul Masjid, une imposante mosquée située près de Victory Bridge, des hurlements précèdent l'apparition d'un groupe de barbus qui déguerpissent, pourchassés par d'autres barbus. Des végétariens tabassent les bouffeurs de bœuf, à coups de bâtons, de pierres, de crosses, de couteaux et de poings ! Sous l'œil bonasse du nouveau Premier ministre Modi, dont les affiches détrempées glissent le long des murs, les redoutables Brigades de sauvetage des vaches, affiliées à des fondamentalistes hindous, entendent imposer l'harmonie au pays égaré par trop de tolérance envers ses minorités. Je l'observe avec embarras. Warski me parle du « terrorisme safran », des lynchages dans le Gujarat, des conversions forcées à l'hindouisme et des lois qui interdisent celles au christianisme, au bouddhisme ou à l'islam, des agressions des *dalits*, ces intouchables chargés de ramasser les carcasses de bétail, de leurs manifestations qui agitent certaines provinces. Je regrette d'avoir entendu son résumé d'actualités. Je le récuse. Je ne ris pas en apprenant que Modi s'est servi de Ganesh, mon dieu préféré à tête d'éléphant, pour tenter de prouver que la chirurgie plastique existait en Inde déjà à l'époque du Mahabharata. À force, vers qui se tourner ? Une religion sans envers de décor rebutant n'est pas encore née, sauf que la lucidité ne m'avance en rien. Avec une affaire comme la nôtre, suffirait-il de compter sur les mystérieux arguments de Warski et l'incompréhensible largeur d'esprit de Gaspard ?

Contorsionnée par mes acrobaties sentimentales, j'hésite à rétablir les relations avec ma mère. Tout d'abord, elle s'est trompée. Je suis effroyablement heureuse avec Warski, à en avoir des scrupules. Nos disputes me font jubiler autant que nos ébats. J'aime quand il a raison et quand il prend le dessus, quand il me réprimande et quand il m'embrasse après, contrarié de m'avoir fait peur. Ensuite, s'il ne connaît pas la paix profonde du héros épargné par le sort, Warski n'est pas non plus un écorché qui se complaît dans ses malheurs. À notre retour à l'hôpital, il m'accompagne à ma séance de *pranayama*, disparaît dans le couloir qui mène vers son service, réapparaît une heure plus tard, ponctuel et détendu :

« Ne faites pas attendre Gaspard, il serait rassuré de vous entendre… Et de grâce, débrouillez-vous pour qu'il soit sûr d'être le mâle alpha dans ce manège. Il en a besoin. Je vais jeter un coup d'œil au laboratoire. »

Depuis son néant, ma mère aurait-elle su prédire une telle parade ? J'en pantèle, louche de côté, halète. Doux ciel ! À mille lieues d'oser demander à Warski de m'éclairer sur d'autres attentes de Gaspard, je jappe un petit coup : « Il n'y a pas de mâle alpha. Dans cette utopie, il n'y en aura jamais. » Warski roule des yeux, soupire, me prie de me dépêcher et de remettre mes élucubrations théoriques à un moment plus propice. J'en retiens un renseignement tacite sur une certaine tension qui risque d'accompagner ma conversation avec Gaspard. À croire qu'il cherche à le confirmer, il décroche aussitôt que j'appuie sur le bouton d'appel.

*

De retour en France depuis la veille, Gaspard s'affiche dans l'écran sur le fond du salon de Lacoste dont la baie vitrée laisse entrevoir nos figuiers. Stratégiquement, il s'agit d'un choix d'encadrement des plus mélodramatiques. J'ignore toutefois si c'est une tactique. Peut-être pas. Il a son regard de septembre, nostalgique et doux, en rien guerrier. Pourtant, l'été commence à peine, on entend des grillons en bande-son frénétique et on sent l'air vibrer des promesses d'opulence. Nos terres surabondent de merveilles de la nature, mon cœur se contracte. Qu'y a-t-il à dire ? Gaspard me tire de ma pâmoison pour, en définitive, m'y jeter de nouveau et avec une force terrifiante : « Tu as vu comment les figuiers ont poussé en notre absence ? » Roublard ! Comme s'il doutait d'avoir réussi à m'en mettre plein les yeux, de notre jardin, de notre prospérité provençale. Et il ne compte pas en rester là. Ah, non ! Il sort l'artillerie lourde, appelle Fiodor et Tonnerre, les encourage à chercher Gabriela, à renifler l'écran de son ordinateur, à pousser des gémissements plaintifs. Je me mets à chialer, mais ce n'est pas encore assez. On dirait que ce n'est pas grand-chose, un strict minimum, un Smic sentimental brut, auquel Gaspard envisage de prélever les taxes, me mettant face à l'évidence qu'il n'a pas de quoi vivre, qu'il crève de faim, que mes larmes ne suffisent pas à le nourrir :

« Tu pivoines toujours de moi ? »

Quel tortionnaire ! Je me tiens droite sur ma chaise, redresse même la tête de quelques centimètres, soudain rassurée qu'il me pose la question parce qu'il connaît la réponse, ce qui ne m'exonère pas de la cérémonie de l'investiture. Au contraire, conformément au propos de Warski, l'oreille de Gaspard attend mon serment d'allégeance.

« Toujours ! Je ne pivoine que de toi et cela ne changera pas. »

Seigneur, c'est dit. Une fois intronisé, nimbé, couronné, Gaspard s'accorde une cigarette et, après une pause silencieuse, revient sur quelques précisions organisationnelles que nous avons abordées et aussitôt délaissées, deux jours plus tôt : la date probable de son retour en Inde, une place qu'il a réservée à son père dans une maison médicalisée à Cagnes-sur-Mer où il doit se rendre, les dernières formalités à accomplir à Marrakech, son chantier en préparation, mon atelier qu'il s'entête à déménager en multipliant les allers-retours à Fontvert. Avec un peu de chance, nous nous reverrons dans deux semaines. Deux ? Je m'étrangle de ce délai ! Il en esquisse une petite moue moqueuse, façon de sonder mon impatience, de me géhenner encore. Arrête ! Reprends-toi, Gaspard ! Redeviens celui qui, à raison, ne craint pas la concurrence. Celui qui n'a pas besoin de me siffler parce qu'il sait que je reviens toujours, que je rampe. Retrouve ton assurance. Règne ! Rayonne ! Warski ne te prend rien, il t'apporte. Gaspard se fait à la fois grave et distrait, me répond qu'il a l'impression d'avoir failli, démissionné, d'autant plus honteusement, qu'au prétexte parfaitement valable et imprévu, comme tombé sur commande d'un ciel lâche à souhait :

« Quelles que soient mes excuses, c'est lui qui a fait le sale boulot et il l'a fait mieux que je n'aurais su le faire. En un sens, je m'étonne que tu m'imagines en position de négocier quoi que ce soit. Quand il a appelé tout à l'heure, je ne m'attendais pas à son mea-culpa, mon utopie… Et encore moins, qu'il implore ta grâce. Tu conviendras qu'il pouvait tout rafler, et ce dès le premier jour. Par chance, tu t'es éprise d'un honnête homme. Reste que c'est un sacré bordel, Gabriela.

— Sacré ! Tu as raison, il est sacré, notre bordel. Même si, par ailleurs, tu te trompes sur toute la ligne dans ton analyse. Il ne pouvait pas tout avoir, à aucun moment. »

Gaspard se gausse, s'esclaffe, se gondole théâtralement, tout juste s'il ne se tape pas sur la cuisse. Haha ! Nous n'allons tout de même pas prendre nos toquades pour une religion. Je m'étrangle de mon côté. Mais si ! C'est justement ce que nous allons faire ! À supposer qu'il y ait lieu de parler de chance, je n'en vois qu'une seule : nous n'en avons aucune autre, de religion. N'est-ce pas un miracle ?

Immédiatement après, un autre miracle se produit sous nos yeux, un miracle salutaire. Warski entre dans la cuisine, prend une décharge d'électricité suspendue dans l'air, s'excuse, sauf qu'au lieu de se retirer dans sa chambre, il s'arrête net et se déchaîne :

« Auriez-vous l'obligeance de m'expliquer pourquoi deux personnes qui ne peuvent pas vivre l'une sans l'autre, comme vous, éprouvent un tel plaisir à se torturer ? Vous aimez les tragédies, alors je vous en montrerai ! Il suffit de descendre deux étages… Mais ce que nous vivons n'en est pas une. Au moins, remettez vos discussions pour quand vous pourrez vous voir… D'ici là, il me semble que tout est clair. Personne ne veut de guerre, ni de morts, ni de blessés, ni de séparations, ni de divorces, ni de suicides, ni de thérapies, ni d'autres conneries. Pourquoi faut-il qu'on parle des évidences ? C'est gênant à la fin ! »

Interrompu par Gaspard qui lui prédit le prix Nobel de la paix, Warski conclut qu'il préférerait un verre de cognac et se laisse amadouer avec la promesse d'une très bonne bouteille sous deux semaines. En réalité, Gaspard ne l'apportera qu'un mois plus tard, retardé par le transfert du vieux Desroches. Je me garderai de l'interroger sur les raisons souterraines et irrévélées de ce report de nos retrouvailles.

*

Le mois qui me sépare du retour de Gaspard est un monticule de joies incultes et canailles. Sous le protectorat de

Warski, je me résigne à son décret d'une sortie, même brève, par jour. Qu'il gicle des flots noirs, qu'il sauce de lavasse, qu'il goutte ou qu'il brouillasse, il me traîne dehors, la plupart du temps au Nehru Park, parfois au Garden of Spiritual Wisdom, lequel m'inspire à son encontre les gestes licencieux. À Sant Ravidas Park, nous nous chamaillons au sujet des castes, vu que le lieu est dédié à un guru qui en combattait le système, étant en outre un grand mystique. J'y prends goût tant et si bien qu'au bout d'une semaine j'attends l'heure de notre promenade, puis réclame de nouvelles attractions, des surprises, des découvertes. Pris d'une passion commune pour l'errance, nous nous aventurons dans des temples de toute obédience, jusqu'au jour où un détour nous emmène au Kashi Raj Kali.

Derrière un fronton persuasif, gris de crasse et défiguré par des panneaux publicitaires, s'entortille un labyrinthe de salles de prières, d'autels, de statues, de passages et de cours intérieures, avec un café installé à l'arrière, sous les arcades, à l'abri de la mousson. Ancien temple de la famille royale de Bénarès et propriété de celle-ci, le lieu se fait qualifier de « confidentiel » par Raghavan, quand nous lui en parlons, et exerce sur nous une attraction fatale. Hypnotisés, nous y revenons plusieurs soirs de suite, y prenons un chaï, croisons des vieux singes, quelques touristes perdus, rentrons charmés et troublés, comme apprivoisés. Quel mystère nous y attire, quels souvenirs, quelle nostalgie ? Bizarrement, il y traîne un petit air de Cracovie, à en croire Warski qui ajoute en prime une précision : entre le quartier juif et la vieille ville. Quel faux-cul, ma foi ! Au passage suivant, je regarde autour, scrute notre café, je le recoupe, je le recolle, et je trouve. Café Camelot ! Comment oserait-il me dire que nous fréquentons la version hindoue du Camelot qu'il peut entrevoir depuis sa cuisine à Cracovie, et dont il était un habitué à l'époque de sa relation avec ma mère ? Les mêmes vieilles pierres, le même calme, le même soin apporté à la décoration, les mêmes terres cuites remplies de plantes, le même mélange sophistiqué de folklore local et de service à l'occidentale. Au sujet de cette évidence, j'éprouve un grand et impérial besoin de dire un mot : Merde ! Warski ramène ses cheveux en arrière dans une ultime tentative de me charmer, mais se rend à mi-chemin, les laisse retomber, pose ses armes :

« Ne faites pas de votre mère mon péché originel… »

Ah, c'est joliment tourné. Ça fait un peu Kieslowski. Comme personne n'y comprend rien, tout le monde se pâme d'admiration pensive. Pas moi ! De cette passion de Warski pour une même lignée de femmes, je m'étonne avec le sentiment d'affronter un phénomène aussi rare, inexplicable, et un brin louche, que les cercles de fées en Namibie. Que pourrait-il bien me dire, je n'en ai pas la moindre idée, mais il devrait se prononcer, se mettre au clair, au net, et au point. C'est l'heure d'un énième recommencement ou d'un nouveau happy end, quoi qu'il en soit, c'est l'heure. Warski le comprend, cogite, s'étire les phalanges :

« Il vous faut une déclaration, n'est-ce pas ? Dans tout ce bordel, vous tenez néanmoins à une déclaration, à quelque parole fondatrice, disons… J'ai pensé que vous en aviez peur et horreur. Mais en fait non. Vous avez besoin d'entendre ce que je n'aurais jamais pu dire à votre mère, d'avoir la certitude qu'il n'y a pas de confusion… Écoutez donc… »

Il se paramètre dans son fauteuil, comme s'il s'apprêtait à courir un marathon, je demeure raide dans le mien. Enfin, Warski se lance avec infiniment plus d'habileté que je ne l'aurais imaginé. De mémoire, il me récite un poème interminable de Lechon, que ma mère ne supportait pas, à l'instar de tous les néoromantiques. Il faut reconnaître que c'est rimé pour conquérir les chevrettes, les princesses, les mièvres et les folâtres, en aucun cas une femme de la trempe de ma mère. Je succombe sur place. Je ne pivoine pas. J'ondoie, et plus. Warski me souffle, me couche tel un chaume du blé polonais, me moissonne. Sûr de son effet, il termine presque en murmurant, ce qui rend chamaniques nos vapeurs de plusieurs consonnes accolées, infernales à prononcer et à entendre pour un étranger. Vierge Marie ! Il ne se refuse rien. À la dernière strophe, il arrime sa main à sa parole, trace le contour de mes lèvres, s'arrête. J'embrasse ses doigts. Voilà. Maintenant, nous faisons face à une évidence.

« C'était un coup bas… Vous avez versé dans la facilité.

— Tu sais, Gabriela, ce n'est pas un sport très règlementaire, l'amour. J'ai visé l'efficacité et j'ai l'impression de ne pas m'être planté. »

L'impression de Warski est juste. Le passage au tutoiement me fait signifier le caractère irrévocable de sa victoire et de ma capitulation hâtive. À l'avenir, nous repasserons au vouvoiement à chacune de nos querelles, quand j'abandonnerai de surcroît Konrad au profit de Warski, et quand il me conjurera alors de lui épargner mes mesures sanitaires de distanciation. Le soir de sa déclaration, je lui glisse un encens dans la main, qu'il offre doctement, suivant mon exemple, à Nandi, un taureau en marbre blanc, seigneur de la joie. Sans l'élire de manière réfléchie, Nandi rejoint mon modeste panthéon et rapidement croule sous mes demandes : une entente cordiale entre Gaspard et Konrad, du temps partagé, de la foi en notre utopie, sa réalisation, les examens réussis à Bo, une prompte guérison à Dhriti, un sommeil réparateur à Konrad, une mort douce au vieux Desroches, telle qu'il la souhaitera lui-même. Rien que les vœux d'une biquette domestiquée, des plus banals, des plus réalisables.

*

Intime d'une manière radicalement différente de celle qui fait de Gaspard mon deuxième moi, Konrad m'entaille jusqu'à l'enfance, montre le sommet de notre Atlantide, susurre : « Viens… » Nous nous réfugions en République populaire pendant quelques nuits, déterrons nos rêves d'antan, regardons leurs squelettes : un voyage en avion, un passeport, un concert des

Clash pour lui, des patins à roulettes de couleur bleu ciel et de vraies drogues pour moi, l'anonymat d'une métropole pour les deux. Il ne me demande pas si je suis heureuse dans mon exil, je sais qu'il l'est dans le sien. Sauf qu'il ne me parle pas de sa Californie, pas même de l'océan. Nulle part ailleurs, nous ne nous sentons aussi à l'aise que dans le pays qui nous faisait rêver de ce qui ne nous fait plus rêver. De derrière le mur, l'Occident paraissait moins vide, moins fatigué, plein de belles inventions et de facilités. Qu'en faire, en vrai, de tout ce temps qu'on nous épargne dans le meilleur des mondes ? De quoi le remplir, si les astres ne suivent pas, s'ils n'accordent pas la grâce d'un grand amour, d'une ambition dévorante ou d'une grave maladie ? Pourquoi vit-on ce rien résigné avec autant de complaisance ? Comme moi, il ne le sait pas. Qu'importe. Nous avons de la chance. En plus, il y a notre Atlantide retrouvée, en lui, en moi, cette époque innocente, tout juste décédée, qui nous aurait fait bien rire de nos questions actuelles, si indécentes. J'apprends qu'il allait chez les Dominicains, à ces messes de dix-sept heures auxquelles participait aussi Maria, et qu'il avait arrêté en 89 :

« J'ai communié pour des raisons politiques, et pour les mêmes raisons j'ai déserté l'Église quand elle est devenue un parti qui se présente aux élections. En principe, cela m'a grandement facilité la vie. Mon ex-femme est bouddhiste. En revanche, ne me demande pas ce que cela fait de mes fils... Je crois qu'en dehors du surf et du base-ball, ils ne pratiquent pas. C'est peut-être mieux. »

À en juger par le cantique de Noël qu'il entame après son verre de gin, Konrad aurait pu servir le Seigneur dans la catégorie pro. Mais il a découvert le punk rock et Dieu n'a pas longtemps tenu la concurrence. Il s'enorgueillit de son passage par un groupe que j'ai dû écouter au moins une fois dans la cave de l'avenue du Maréchal Koniev. En comparaison, sa conquête de l'Amérique semble peser peu. Du reste, je ne me laisse pas complètement impressionner, je lui ressors mon héroïque participation à une dizaine de fanzines anarchistes dont aucun n'a rapporté un seul zloty :

« J'ai voulu rejoindre Ted Kaczynski dans le Montana, quand j'avais quinze ans.

— Le poseur des bombes, un écolo-radical ? Il est rassurant d'apprendre que tu étais plus dangereuse à quinze ans qu'à présent. Autrement dit, cela ne s'aggrave pas. Nous allons nous en sortir. »

*

Intrigué de nous voir souvent ensemble, Raghavan partage l'avis de Konrad : à l'approche de la quarantaine, j'atteins un certain équilibre. La moyenne de mes journées hormonales, dopées aux endorphines, à la sérotonine, à l'ocytocine, dont la sécrétion à profusion par mon organisme doit beaucoup à la présence de Konrad, et de mes journées sèches, mécaniques, autorise un grand optimisme, tout en cautionnant les méthodes ayurvédiques et leur efficacité extrême quand elles sont appliquées à long terme. Mais de quelle durée parle-t-on ? Sur ce délicat détail, Raghavan reste évasif. Je passe mes matinées suspendues au plafond par les pattes. Je m'adonne à des acrobaties yogiques qui épatent Konrad. Je respire par un trou de nez, le droit, puis le gauche, puis les deux, imaginant mon diaphragme monter et descendre. Je dompte mes nausées dues à l'huile de noix de coco avec laquelle on s'entête à me masser. Je tais ma lassitude et mon angoisse de devoir consacrer la moitié de mon temps au maintien de ma précaire normalité. Soudain, à quelques jours de l'arrivée de Gaspard, celle-ci rompt, elle s'effondre.

Un après-midi, opaque mais sans pluie, Konrad me prend par la main et m'emmène voir Vishwanath Gali, un souk qui s'enroule en cercles autour d'un temple dédié à Shiva, à l'image du serpent qui entoure le cou de ce dieu destructeur. Des lumières, de l'or, de la soie, des épices, de l'artisanat, des splendeurs abordables et de la pacotille jetées pêle-mêle sur les étals, le tout accommodé à un flot humain continu. On s'y frotte les uns aux autres, on y étouffe, on y écarquille les yeux, on y prie et on y pisse en public, comme partout dans ce pays. Par endroits, je fais face, ailleurs, je trotte encastrée dans une côte de Konrad. On dirait que j'en sors, à peine formée, pas encore prête à admirer la Création. Il m'encourage, distribue les récompenses : une paire de boucles d'oreilles délicieusement kitsch, des raisins secs que je picore dans sa paume, des petits fruits confits dont nous ignorons le nom. Nous avançons au son des clochettes, d'abord éloigné et vague, puis net, quand apparaît devant nous un panneau AVÂHANA AKHARA, accroché au-dessus d'une niche où officie un couple en toge de couleur safran. Je mets un moment avant de saisir ce qui détonne, ne colle pas : ils sont Blancs, tous les deux. Lui, en dreadlocks, lourds et épais, qui valdinguent comme un tapis détricoté jusqu'à ses genoux, elle avec un chignon haut placé, identique au mien. Elle, c'est Helen. Ciel ! Je m'agrippe au bras de Konrad, plutôt amusé de ce tableau :

« Nous les avons déjà vus, Gaspard et moi, quand tu as pris le bateau et que nous te cherchions.

— C'est impossible ! »

Konrad jure que si, que Gaspard a trouvé un air de ressemblance entre la fille et moi, qu'ils en avaient discuté. Je ne l'écoute plus. Je m'affranchis de sa curatelle, me précipite devant l'estrade qu'occupent Helen et son compagnon, m'écroule de rage, en larmes, en reproches ! Je ne l'épargne pas, Helen. Ah, ça non ! Désemparée par sa dégaine hindoue, son expression tellement figée qu'on la dirait moulée dans le plâtre, je m'agenouille et chuchote ce qui me pèse sur le cœur, sur l'estomac, sur le système nerveux :

« Salope de putain de sale menteuse, j'ai failli me noyer dix fois à cause de toi ! Sur le bateau, tu étais en vacances de ton service religieux ? Ou tu recrutais ? Dis-moi qui je suis, Helen ! Dis-le-moi ! Ouvre ta petite gueule de garce, sinon je fais un scandale ! Tu es moi ? Non… Tu n'existes pas vraiment, n'est-ce pas ? Tu n'as pas de sang, pas de chair, pas de thérapies ni de cures ni de bilans de santé à faire… Tu es mon idée affreuse… Alors, je vais te tuer, Helen. Entends-tu ? Je vais te supprimer. Demain ta place sera vide ! »

La main de Konrad se contracte sur mon épaule, plus impitoyable qu'une pince en acier. Ce qu'il bourdonne dans mon dos ne m'intéresse pas. Je mire Helen, impavide avec son féroce sourire de béatitude qui lévite autour d'elle, démultiplié. Ce rictus philosophal, j'aimerais le lui arracher, le jeter à terre, le piétiner ! Je ne l'atteindrais pas autrement, or, au fond, je le désire pour moi. Il y a dans l'abandon d'Helen, dans sa désaffection, dans sa distance d'avec notre monde, une promesse de repos et une forme de raillerie qui frôlent le sublime. Comment peut-on ne rien foutre de toute la sainte journée, ne rien produire, ne rien vendre, ne rien vouloir, ne pas émettre un commentaire, ne pas prendre une position en faveur ou contre, ne rien critiquer, ni rien chercher à accomplir d'autre que balancer lentement le poids de son propre corps de la fesse droite vers la fesse gauche ? Voilà l'impensable. Konrad m'en dira plus tard son mépris, maladroitement maquillé en éloge de mes efforts :

« Pourquoi lui reconnais-tu je ne sais quelle force suprême, alors que tu en as infiniment plus chaque matin que tu te lèves, prends ton traitement, dessines, m'encourages à descendre ces putains de deux étages et à faire mon travail, quand tu me laisses croire que tu es fière de moi, que tu attends mon retour, que tu sais parfaitement où on va, à trois, parce que tu as la bravoure d'aimer en double ? »

Avec adresse, il évitera de revenir sur la question de qui parle-t-on, en parlant d'elle et de moi. Il aurait fallu alors qu'il concède ma supposée solidité. À ses yeux, Helen est une adepte d'une confrérie ascétique, implantée dans la région, peu ou prou sérieuse, ouverte aux étrangers et pourvue d'un site Internet. Aux miens, elle est une manifestation physique de ma défectuosité, dotée d'un don d'ubiquité et de déstabilisation. Il intégrera cela petit à petit, et me dira, en route vers l'aéroport où nous chercherons Gaspard :

« Si Helen est ton idée affreuse, tu peux la dépasser. Mais il serait peut-être plus souhaitable que tu envisages de cohabiter avec elle, sans rien lui céder. »

D'évidence, il ne me dira pas comment faire, je le découvrirai seule.

Le soir de notre rencontre avec Helen au souk, il me ramasse plus qu'il ne me relève de mes genoux, écarte avec fermeté un joint qu'elle me tend, m'escorte jusqu'à notre salle de bains, me douche, me force à le regarder dans les yeux et à accorder ma respiration au rythme de la sienne. Nous passons la nuit là-dessus. Ce qui nous reste à partager avant le retour de Gaspard se concentre dans ce souffle, dans l'obstination de Konrad à me faire regagner une berge du réel. Il s'arrange pour passer les après-midi avec Dhriti et moi, penché sur ses dossiers et articles. J'aime à l'infini l'observer travailler, sachant qu'il répand alors un grand calme autour de lui, lequel finit par retomber sur moi. Il en sera ainsi longtemps. Peut-être en sera-t-il ainsi toujours. Je remplis mes carnets de ses muscles intercostaux, épineux, rotateurs, élévateurs, médiaux et latéraux, longs et courts. J'examine l'inclinaison naturelle de sa tête, fais des études de sa nuque, de ses épaules, de ses mains, peu de portraits. À la faveur de la lampe de la cuisine, la fois où, harassé, il s'endort dessous, le buste affalé sur la table, bras écartés, je le saisis dans une lumière caravagesque, littéralement mis en scène. On dirait un modèle métrique à partir duquel rebâtir le monde dans des proportions idéales. Il se réveille avec une empreinte de livre sur sa joue, au bruit du crayon sur le papier et de mes formules de nécromancie. Et voilà qu'il proteste :

« Nous n'allons pas rebâtir le monde à partir de ma carcasse, *milosci moja*… Nous le rebâtissons déjà à partir de ton nombril. »

À mon tour, je m'offusque, entendant dans sa réplique un reproche sur mon égocentrisme. Il soupire, m'informe que selon tous les traités d'anatomie le centre du corps se situe au nombril et que, du fait, à cinquante-trois ans, il se retrouve avec le nombril d'une femme pour seule indication de direction à prendre. Ah, mais ce n'est pas bien ! Il ne faut pas m'accabler avec des responsabilités pareilles. Comme s'il ignorait que je suis une boussole folle, une comète mal coiffée. Il hausse les épaules, lance qu'il est lassant de discuter de lapalissades.

*

Nous partons pour l'aéroport dans une voiture que Konrad emprunte à l'un de ses collègues et peine à garer au parking, faute de places libres. En retard, l'avion de Gaspard se pose au moment où nous atteignons le hall des arrivées. J'y vois un signe de la clémence céleste. Le détour par Kashi Raj Kali, auquel j'ai contraint Konrad pour remettre des offrandes à Nandi, fut un temps gagné. Les cieux et leur population sont de notre côté, il ne peut en être autrement. Tout concorde, tout rime. Gaspard apparaît dans la porte pneumatique avec sa tête de sénateur romain et ses jambes de Freddie Mercury, à croire qu'il résume à lui tout seul le meilleur de la civilisation européenne des deux derniers millénaires. Regarde-moi ! Regarde comment je pivoine de toi ! Dans un poignant geste de doute, il fourre sa main inoccupée dans la poche de son chino, avant de me repérer du regard, à un pas de lui. De toutes nos retrouvailles dans des aéroports que les années à venir ne nous épargneront pas, cette première édition demeure la plus spasmodique. Incontrôlables, nous nous attirons les foudres d'une patrouille antiterroriste qui fait de l'excès de zèle, empiète sur les compétences de la police des mœurs, et précipite Konrad à notre secours : « *They are French… Have pity !* » Du fait, il ne salue même pas Gaspard, le débarrasse de son sac et nous convoie dehors, mine pieuse et coupable, affichée en bouclier à destination du public. Nous dévalons le hall, prenons la sortie vers le parking, piquant la curiosité de Gaspard : « Pourquoi ne cherchons-nous pas un taxi ? » Konrad ralentit enfin, répond qu'il conduit. S'ensuit une séquence, inattendue et inespérée, de brève mais franche accolade que Gaspard impose à Konrad, et qu'il conclut par un fier : « *Well done !* » Exclue de ce mémorable moment de fraternité, je reste à l'écart dans l'expectative d'un éclaircissement. Gaspard ne tarde pas à me le fournir, m'informant que Konrad vient de conduire pour la première fois depuis son accident. Ils ont passé des heures à en discuter, pendant que je planais sous ma perfusion, sans qu'une solution se dessine. Pourquoi se présente-t-elle aujourd'hui ? Quoi qu'il en soit, je m'en émeus vivement, l'embrasse avec entrain, et provoque une crispation aiguë chez Gaspard. Ah, Seigneur ! Je comprends sur-le-champ que ce n'est pas en un jour que nous allons bâtir notre utopie. En théorie, la chose se présente mieux que le marxisme-léninisme, mais pareillement, dès qu'on passe à la pratique, tout se gâte très vite. Dérouté, Gaspard lâche : « Dis donc, vous ne plaisantez pas ! » De son côté, Konrad mise sur une nonchalance décontractée et lui propose d'en parler tranquillement plus tard. Coincée entre les deux, je la joue dans un esprit de non-violence autant que de marche forcée, prends l'un et l'autre par le bras, ignorant impérialement leurs moqueries. Comment disait-il déjà, le guru de ma mère, ce moche Grotowski ? *Désarmez-vous. Désarmez-vous. Désarmez-vous…* Mon mantra trouvé, je maraboute sur la banquette arrière, tout au long du trajet, sporadiquement gagnée par des craintes terribles. Comme à cet instant où Konrad nous propose de rentrer, nous changer et aller dîner en ville, à quoi Gaspard répond, en toute bonne conscience :

« Parfait. Je pars du principe qu'il vaut mieux avoir des discussions à haut risque dans un lieu public, cela discipline et évite de se taper trop vite sur la gueule. »

*

Le passage par notre modeste logement pacifie Gaspard, disperse ses intentions belliqueuses grâce aux dessins de Dhriti.

Quelques globules rouges de plus, et voilà qu'on l'a vue s'exprimer dans la veine de Basquiat, déborder avec furie sur les murs de la cuisine, les couvrir de ses badigeonnages, réservant charitablement ses monstres carrés à la Keith Haring aux seules portes des placards. Ah, c'est merveilleux ! Frais, drôle, inspiré ! Gaspard s'enthousiasme et écoute avec intérêt Konrad lui brosser le portrait de sa protégée. En gage de leurs rapports civilisés, il lui remet une bouteille de cognac qu'ils entament symboliquement avant notre sortie. L'alcool ingurgité au bar du restaurant où nous emmène Konrad prolonge leur conversation triviale, leur arrondit les ongles, ramollit les principes. Enfin, à la question de Gaspard sur les résultats de ma thérapie et le temps qu'il lui faudra encore consacrer, Konrad répond posément :

« Gabriela te le présenterait dans une version très dramatique, alors je préfère que tu aies des renseignements exacts… Nous nous passons de médicaments, ce qui est un miracle. Rien à signaler en ce qui concerne ses analyses. Raghavan s'en félicite, sous réserve que l'essentiel de son traitement soit conservé à long terme, pour ne pas dire à vie. Elle dort, elle mange, elle parle, elle travaille, elle fume peu… et comme tu peux remarquer, notre femme a les traits reposés. »

« Quand pourrais-je rentrer avec notre femme à la maison, d'après toi ? »

En rien perturbé, Konrad évoque une période de quatre à six semaines, en se référant à Raghavan qui estime, quant à lui, que la phase de stabilisation nécessite une surveillance particulière. La stabilisation ? Je bride l'envie de me joindre à leur savant échange, l'écoute comme si son sujet concernait quelqu'un d'autre, me demande à quoi peut donc ressembler cette femme dont on se réjouit qu'elle dorme, mange et parle ? Soudain, à tort ou à raison, le soupçon d'une entente implicite entre Gaspard et Konrad m'effleure l'esprit. Pourquoi, sinon, aurais-je cette impression qu'ils partagent les charges et les risques d'une mission titanesque qui les dépasse au point de les rapprocher dans un objectif commun, celui de l'accomplir ? La deuxième partie de la soirée ne me donnera pas entièrement tort.

Pour l'heure, Konrad nous autorise à ouvrir une parenthèse enchantée dans mon austère programme de santé, jusqu'au lendemain matin, quand il faudra la refermer. Un duo de joueurs de sitar apporte un accent local, discret et accommodable aux goûts de la clientèle internationale aisée qui remplit la salle. Je note que Konrad a quand même pris la précaution de trouver un endroit où il est littéralement impossible de se taper sur la figure. Tout y respire une certaine idée de l'Occident, ses standards, ses us et coutumes. Du reste, je suis vêtue d'une robe apportée par Gaspard, à la demande expresse de Konrad, persuadé que remettre mes vêtements d'autrefois facilitera mon retour en Europe. J'en retiens qu'un jour il faudra rentrer, ce qu'il m'arrive fréquemment d'oublier. Figé, le sang des steaks finis depuis un moment par Gaspard et Konrad, me rappelle, lui aussi, la vraie raison de notre réunion autour de cette table. En avant ! Quel sens donnerais-je à mon plongeon dans le Gange si je renonçais à notre fabuleuse utopie :

« Votre femme aimerait un martini et une cigarette. »

Favorables, ils décident qu'en effet nous serions mieux sous l'auvent du bar de la piscine. Que ce soit mieux n'est pas certain, vu que nous sommes les seuls clients, libres de nous taper dessus et même de nous entretuer.

Dès que Konrad, après avoir passé la commande, nous retrouve dans les bras l'un de l'autre, Gaspard et moi, je saisis qu'il nous sera donné de vivre quelque chose d'aussi bouleversant que la chute du Mur en 89. Coulant et détendu, il s'approche, nous embrasse sur le front, d'abord moi, ensuite Gaspard, puis recule sagement d'un pas. Quoi qu'on présume de la réaction de Gaspard, c'est un sacré coup de pioche :

« Vous n'êtes pas sérieux… Vous ne croyez tout de même pas que nous allons être plus intelligents que la situation… »

Que si ! Konrad le croit, au contraire, et l'exprime très clairement :

« C'est nous qui avons créé la situation, ce qui veut dire que nous sommes plus intelligents qu'elle. »

Ah, c'est futé, c'est habile, mais c'est faux. Nous n'avons rien créé, surtout pas ce que nous vivons ensemble et que nous avons eu tout au plus la sagesse de reconnaître et d'accepter. La situation, son architecture, sa portée, son inspiration, viennent d'en haut, sans que le moment ne se prête à remettre le sujet sur le tapis. En arrachant son gin tonic au serveur, Gaspard riposte poliment : « Si tu voulais que je te suce, il fallait t'y prendre autrement… » Loin de s'en formaliser, Konrad affirme avec légèreté que personne ne sucera personne, ce qui me paraît de trop : « Parle pour toi ! » Gaspard me mire, non pas avec un reproche, mais avec un rien d'attendrissement et passe, en une phrase, sans crier gare, au cœur des négociations très techniques :

« Konrad, comment imagines-tu la chose ? Les jours pairs c'est moi, les jours impairs c'est toi ? Vous m'accorderez tous les deux, qu'en dépit de la meilleure volonté du monde, la logistique de votre entreprise la rend absurde. De quelle manière voulez-vous qu'on s'organise ? Surtout, bientôt, à dix mille kilomètres de distance. »

Présentée de cette manière, l'affaire décourage, inutile de le contester. Soudain indécis, ne sachant à qui apporter son soutien, Konrad se défile lâchement, me dévisage comme s'il espérait lui aussi une précision au sujet de l'hypothétique répartition entre les jours pairs et impairs, me cède la parole. Que je m'explique, que je dévoile les applications concrètes de ma chimère. Traître ! Petite nature ! Et dire que j'ai compté sur son élan mystique. Alors que le problème est amplement exagéré, ce que je ne tarde pas à pointer :

« Si le domicile conjugal garantissait la solidité des couples, vous ne seriez pas à présent divorcés, l'un et l'autre, n'est-ce pas ? En tout cas, cela n'a pas l'air d'être moins compliqué à deux qu'à trois. Nous avons un mois, voire six semaines, pour résoudre les questions de logistique. Avec autant de bonne volonté que vous m'assurez avoir, nous ne risquons pas un échec. »

Silence. Konrad nous allume trois cigarettes et, en aparté, me jette un regard paniqué. Au serveur venu ramasser nos verres, nous commandons la même chose, ce qui donne de l'espoir. Personne ne part. Pourtant Gaspard se contente de hausser les épaules, pas franchement hostile à mon propos, mais à vue d'œil, très sceptique. À l'instant où j'entends des os craquer, Konrad termine de tirer ses phalanges et lance, plus désespéré que notre Mickiewicz quand il organisait ses légions pour libérer les peuples opprimés :

« Gabriela a raison. En un mois nous saurons ce qui est tenable et faisable, et ce qui ne l'est pas. Nous n'avons qu'à essayer, c'est-à-dire à vivre aussi normalement que possible, et déciderons de la suite après. »

Tout le monde veut en finir ! Tous les trois que nous sommes ! Mais Gaspard ne se laisse pas désamorcer, résiste, se cramponne aux remparts de l'orthodoxie amoureuse avec une force redoutable :

« C'est votre romantisme polonais ? Avouez qu'il y a plus poétique qu'une période d'essai comme dans une usine. Donne-moi une seule raison d'essayer, Konrad, une seule ! Je te défie ! »

Ce n'est pas une, mais dix qu'il reçoit à la figure, un décalogue complet. Hou ! Dans un fier emportement, Konrad lui ressort une discussion qu'ils auraient eue et au cours de laquelle Gaspard se serait dit prêt à tout, si cela pouvait m'aider à vivre. Bien trouvé ! Ces déclarations précipitées, ce n'est pas plus honorable qu'une période d'essai. Konrad ne pense pas en rester là, creuse, ne recule pas devant la ruse : « Tu es un homme de parole, alors je pourrais terminer là-dessus… Elle est heureuse, regarde. » Sauf qu'il n'a pas envie de se priver du plaisir de ratatiner Gaspard. D'un coup, messianique en diable, il trace la voie, regard suspendu dans le vide : « Pourquoi ne vivrait-on pas ce que nous vivons déjà plutôt que rien ? » Et il continue dans la même veine : nous avons failli nous noyer, mon sevrage a été une épreuve atroce, notre séparation forcée n'a pas sonné le glas de notre relation, au contraire, ni la mort ni l'Inde n'ont eu raison de nous. En conclusion, il faudrait bien en faire quelque chose, de ces miracles à la chaîne. Et au suivant, hop ! Gaspard n'a pas le temps de respirer que Konrad lui assène une paire de soufflets dialectiques de bas étage, écœurante de sentimentalité mais radicale :

« Qu'elle se laisserait couper en petits morceaux pour toi n'est pas une raison ? Et qu'elle te le demande tout simplement, non plus ? »

Konrad braille tellement que nous n'entendons même pas Gaspard acquiescer. Je lui demande de répéter. En soldat qui se rend, il lève ses deux bras en l'air, articule clairement son accord, puis prend ce ton d'ingénieur des Ponts et Chaussées pour lâcher : « Alors concrètement, qui dort avec qui, cette nuit ? » Seigneur. On la tient, notre utopie ! Ce n'est pas une sinécure. Ah, que non… Konrad pousse un soupir, demande une vodka sans glaçons au serveur et me serre contre lui. J'attire Gaspard qui se défend un peu et râle qu'il nous faut un minimum de règles, à commencer par celle que nous n'allons pas coucher tous les trois ensemble. Évidemment. Enfin…

*

Les jours suivants, dans une émotion tout à la fois quiète et frémissante, nous nous défaisons du schéma conjugal traditionnel avec beaucoup de facilité. Doté d'un instinct de propriété plus développé que Konrad, épisodiquement, Gaspard se révolte. Nous l'écoutons alors, Konrad et moi, exiger une nouvelle règle. La plus étonnante veut que je lui réserve le privilège exclusif de jouir du vocabulaire amoureux français, offrant à Konrad le meilleur, et le pire, de ce que nous proposent en la matière l'anglais ou le polonais. D'évidence, il s'agit d'une mesure punitive qui me vise personnellement, après que j'ai appris à Gaspard que Konrad m'a conquise grâce au renfort d'un poète néoromantique polonais, décédé il y a plus d'un demi-siècle. Gaspard en a viré blême : « J'aurais dû m'en douter ! En plus, je parie que Warski baise comme un uhlan… Ah ! là ! là ! Gabriela… » Oui ? Je tais que, d'une part, c'est loin d'être déplaisant, et que de l'autre, chaque uhlan cache une âme de poète. Toute vérité n'est pas bonne à dire. S'il y a une règle à suivre en toute circonstance, et en particulier dans une occurrence utopique, c'est bien celle-là. Ma miséricorde n'incite pourtant pas Gaspard à la clémence, je dirais même qu'elle le rend mesquin et capricieux, comme dans la nuit où, peinant à s'endormir, il s'occupe à me malmener :

« Promets-moi que tu ne lui diras jamais aucun mot d'amour en français ! Ni aucune cochonceté en français. D'ailleurs, surtout pas une cochonceté ! Vous allez baiser tristement, en polonais ou en anglais ! Nous en reparlerons quand tu en auras marre de *pussy* et de *kitty* ! Et je peux te dire que cela ne tardera pas… Même avec tous vos poètes mystiques ! Je suis sûr que vous n'avez jamais rien trouvé de plus élaboré que *chatte*, pas vrai ? Pas de trou mignon, pas d'écrin rose, pas de détroit de plaisir, pas de grotte feutrée, pas de creux d'amour ni d'antre d'amour, pas de patio d'ardeur, pas de hiatus ravissant, pas de fente humide et douce, pas d'abîme vertigineux… Pas non plus de bienheureux pertuis de Ronsard. Pas de petit bois touffu de Voltaire. Pas de con d'Irène. Ni de con large comme un estuaire, d'Apollinaire. Ha ! Je sens votre misère de loin… »

Basta ! Trop c'est trop ! Main sur le cœur, je lui fais la promesse exigée, sans cependant appréhender la privation ou l'ennui. Au grand dam de Ronsard, le sobre et restreint lexique érotique polonais me transporte rien que par sa sonorité. Ah, cet aveu de Konrad : « Je suis obsédé par tes fesses. » De prime abord, rien de plus trivial. Sauf le mot *fesses* en polonais. *Pupa*. Seigneur ! Si notre *pupa* ne vaut pas le con d'Apollinaire, alors nous ne sommes pas faits pour nous entendre. Gaspard glousse :

« Comment dis-tu ? *Poupa* ? Que c'est mou, que c'est flasque ! Toi, qui adorais le *cul* français… Te souviens-tu d'avoir affirmé que c'est le mot le plus imagé du français, qu'il donne littéralement à voir la chose, et tout de suite envie de la toucher ? Moi, je m'en souviens parfaitement ! La lettre “C” te rendait dingue ! Tu m'as dit qu'elle dessinait à elle seule le profil d'un cul parfait. Et maintenant, obnubilée par *poupa*… Alors Konrad, tu dois en être réellement folle… »

Toujours j'aimerai le *cul* français, imbécile ! Autrement plus utile que la déclaration universelle des droits de l'homme et, en définitif, le meilleur de ce que la France a donné au monde. Avec ses arts et ses pâtisseries, cela s'entend. Sans oublier ton propre cul, tes jambes, la ligne de tes sourcils, ton cœur intelligent. Quant à Konrad, ne parlons pas des évidences. Et que ce soit la règle, une fois pour toutes ! Après cela, Gaspard tempère ses foucades de prérogatives et d'interdits, prenant avec philosophie mes passages entre notre chambre et celle de Konrad. Les tensions des premiers jours se tassent, dissipées dans des heures d'une vie remplie et gourmande.

*

Il a beau grommeler, Gaspard se rapproche de Konrad, le libère de quelques corvées et n'en a pas l'air trop malheureux. Ensemble, ils partent chaque matin à la piscine universitaire, tandis que je continue à faire mes classes dans le yoga. Ensuite, au prétexte d'aller chercher la viande pour Dhriti, il fait un long détour par le marché, revient chargé de légumes innommables et, à peine le seuil franchi, se jette dans des préparations culinaires. Nous déjeunons mieux que jamais, gardant Dhriti une heure de plus grâce au temps épargné devant les fourneaux. Sa présence exclut la moindre dissension, nous force à l'unanimité et à une distance salutaire d'avec nos nombrilistes préoccupations sentimentales. Même si son état s'améliore, elle ne satisfait pas aux normes, aux taux et pourcentages qui encourageraient notre attitude délibérément allègre à son égard. Le théâtre s'arrête le soir où Konrad nous prévient que nous ne la verrons pas pendant deux jours à cause de la biopsie de la moelle osseuse qu'elle doit subir de sa propre main. Nous nous raidissons, Gaspard et moi. Ce que cela veut dire concrètement, nous ne l'osons pas demander. Indifférent à notre peureuse réserve, Konrad nous détaille l'examen, son objectif, sa durée, son déroulement, ses suites douloureuses. Cette irruption du réel, dans sa forme à la fois la plus répandue et la plus perfide qu'est une maladie, me contraint à reconnaître les limites de mon bricolage spirituel. Vers quel dieu se tourner, je n'en ai pas la moindre idée, pourtant certaine qu'il nous en faut au moins un de notre côté. Je le trouve. Sauf qu'à force de me cogner la tête contre le sol devant l'autel dédié à Dhavantari, responsable à l'étage supérieur de nos guérisons, mon mécanisme du trucage se casse. À supposer que cette espèce de rite ridicule auquel je me prête s'apparente à une prière, je suis seule à en ressentir les bénéfices. Je soulage mon inconfort moral, pas la douleur de Dhriti. Au moins, c'est clair. De son côté, Gaspard fonce en taxi dans un centre commercial pour en revenir à temps avant l'intervention, un gigantesque ours en peluche sous le bras. Konrad nous accorde un quart d'heure avec Dhriti, nous priant de revenir dans la soirée : « Elle me détestera pendant quelque temps, vous serez donc fort utiles. » Pourquoi fait-il ce métier, je n'ai jamais réussi à le comprendre. En tout cas, à en juger par la joie de Dhriti, le triomphe du matérialisme sur la spiritualité ne souffre aucun doute. Son nouveau compagnon en fourrure synthétique remplace avantageusement mille dieux.

*

Mauve et sonnée par les sédatifs, Dhriti s'en sort mieux de sa biopsie que moi de ma crise spirituelle. Je la laisse aux bons soins de Gaspard dont elle refuse de lâcher le pouce et se rendort en le serrant entre les allumettes qui lui servent de doigts. Du couloir, j'entends Gaspard se mettre à lui raconter des balivernes invraisemblables en français, librement inspirées de Perrault, et je ne résiste pas à la tentation de le choper en flagrant délit de tendresse désintéressée. C'est toujours terrible à voir. Cela me sidère autant que la première fois, quand je l'ai vu veiller Tonnerre percuté par une voiture. Seigneur !

En retard à mon rendez-vous avec Raghavan, je ne perds plus de temps, j'exige du concret, moi aussi : Est-ce que je vais bien ? Silencieux, Raghavan prend mon pouls comme s'il jouait du sitar, opine « *good, good, very good* », et me demande de revenir dans deux jours. Sûrement pas ! Soit tout va *very good*, soit rien ne va et n'ira pas davantage dans deux jours ou dans deux mois. Après tout, il s'agit peut-être d'une maladie plus imaginaire qu'inguérissable ? Quoi qu'il en soit, aucun protocole, thérapie ou cure, ne risque de la stopper. Je n'y crois plus. Plus en rien, au fait. Au tout sacré, vous y croyez, professeur ? Mais qu'y a-t-il de sacré dans une biopsie de la moelle osseuse chez un enfant ? Et c'est là où les choses se corsent, car le fait que rien ne soit sacré n'arrange pas notre monde non plus. C'est par où, la sortie ? Raghavan retient ma main sous sa patoche, dodeline de la tête, pousse un soliloque :

« La maladie survient quand on commet des erreurs dans son alimentation, quand on comprend mal l'univers, et quand il y a une dysharmonie patente entre le corps, l'âme et l'esprit.

— Me ferez-vous une ordonnance pour mieux comprendre l'univers ? »

Non pas que je fasse rire le professeur qui me renvoie vers les *Upanishad* et m'en prescrit une lecture quotidienne, en sus de mes soins habituels. En ce qui concerne le déséquilibre persistant entre mon âme et le reste de mon organisme, nous le nivellerons à coups de méditations dont il me laisse la liberté de choisir une variante. Parce qu'il y en a ? Prévenant et nullement choqué par mon ignorance, Raghavan me conseille la méditation transcendantale : « *The Westerners like it very much !* » On ne peut rêver d'une meilleure recommandation. La méditation transcendantale me fait immédiatement penser à une boîte de nuit à Bali ou aux jet-skis de Goa, à ces expressions les plus abouties du vide occidental. J'arrache cependant le numéro d'un certain Greg, collé dans le hall d'entrée sous une affichette proposant ses services comme guide de méditation, formé à l'université de Maharishi Mahesh Yogi, mieux connu en tant que guru des Beatles. S'il tuait vraiment, le ridicule nous sauverait d'une certaine manière, mais en réalité le ridicule nous rend plus décomplexés dans notre crétinerie, increvables bouffons que nous sommes tous.

*

Pris de court, Gaspard et Konrad restent vigilants, décident comme un seul homme de m'accompagner à mon premier rendez-vous censé pallier la discordance entre mes parties palpables et vaporeuses. Nous nous trimbalons une heure dans des bouchons jusqu'à Junction Station où Greg nous attend devant sa laide maison entourée d'un beau jardin. Sans grande surprise, il se présente sous l'aspect d'un Occidental de la génération de mes parents, accoutré d'un sarouel et d'un t-shirt à l'effigie de Platon, ses cheveux blancs tirés en arrière à l'aide d'un élastique. Britannique installé en Inde depuis une quarantaine d'années, il ne se réclame d'aucune religion ni sensibilité spirituelle précise, insiste sur le caractère laïque de sa pratique, certes dérivée de la tradition védique, mais parfaitement compatible avec le christianisme, ce qui est autant son avis que celui de Joseph Ratzinger. Un moment de malaise s'ensuit, vu que du pape, on s'en bat la paupière, autrement plus soucieux de ne pas remplacer une paroisse à laquelle nous n'appartenons pas par une secte. Greg saisit instinctivement notre appréhension, nous invite à l'intérieur et, sourire tranquille aux lèvres, nous dit que nous n'avons pas à nous méfier les uns des autres, alors que nous sommes réunis pour célébrer la vie et non pas une messe noire.

Sur ses gardes, Konrad lui demande ce qu'est la vie. Penché sur une table basse avec une théière et une bouilloire électrique, Greg répond sans réfléchir ou hésiter, que la vie est une bénédiction. Rien de moins. À voir l'expression de Konrad, je sens qu'il a gagné un nouvel adepte. Lentement, Greg développe, en nous servant du thé devant la porte entrebâillée du jardin :

« La vie est composée de plusieurs couches d'émotions, d'intelligences, de sons et de silences en vous. La méditation de pleine conscience vous enseigne qu'il est très difficile d'accéder à certains registres de vous-même. La méditation transcendantale vous dit le contraire, qu'il s'agit d'un mouvement naturel... Votre esprit n'est pas masochiste, il tend à l'apaisement. Je ne voudrais pas trop en parler, parce que nous allons essayer d'apprendre à nous détacher des mots, des significations. Mais vous avez l'air effrayé... »

Visé par la remarque, Gaspard s'en défend, affirmant qu'il se sent tout au plus perdu. Dégoulinant de bienveillance, Greg tente de l'assurer et obtient le résultat :

« En principe, ce que vous attendez de moi, c'est d'aider votre conscient à descendre au fond de vous et d'absorber, séance après séance, ce qui est inconscient. En d'autres termes, d'incorporer dans votre comportement et votre façon de voir le monde davantage de ce silence le plus pur qui sommeille en vous. *That's all.* »

Ouverts d'esprit et même ventilés, je nous crois à cet instant tellement démunis face à nous-mêmes, tellement soucieux de notre aventure qui n'en est pas une, tellement désireux de franchir la bonne porte, celle du paradis terrestre, qu'en définitive preneurs de n'importe quelle méthode qui nous en rapprocherait. En revanche, j'échoue à saisir à quel point nous sommes désarmés, au sens grotowskien du mot, c'est-à-dire hostiles à l'idée de nous faire du mal et incompétents pour l'éviter. Greg fait fortune, nous restons. Sur une console près de l'entrée, je dépose un bouquet de sept fleurs, et une corbeille de fruits, qu'il nous a demandé d'apporter. De jour en jour, nous prolongeons un peu nos réunions, dépassant les vingt minutes réglementaires réservées à l'exercice. Parfois nous venons ensemble, parfois chacun s'arrange un tête-à-tête avec Greg, sans oser reconnaître qu'il nous sert de confident, thérapeute, conseiller matrimonial et médiateur. Avec Konrad, je débats sur le paradoxe de l'œuf et de la poule, convaincue que Greg aurait pu m'éviter l'infecte cure de Raghavan, tandis qu'il soutient le contraire :

« Tu n'aurais pas tenu une minute de méditation, si tu n'avais pas passé quatre mois à t'y préparer. Il n'y a pas de raccourcis, Gabriela. »

Quatre mois ? Je m'étrangle. Konrad m'apprend alors que nous sommes au tout début du mois de juillet et que Gaspard aimerait que nous rentrions sous quinze jours. Paniquée, je mendie et obtiens auprès de Greg des sessions quotidiennes.

*

Je n'y vais pas graduellement, je dégringole, plombée par mes remords souterrains et colériques. Pas de raccourcis, en effet. S'il faut méditer, méditons, pour peu que je cesse d'éviter ma mère. Cela me pèse. Peut-être inutilement, car qui sait ce qu'il en est, de ma mère. À Greg, j'annonce solennellement : « Ma mère est morte, en Inde, il y a peu. » Il ne me dit pas en être désolé, et à la place s'excuse d'avoir la pensée à laquelle le prédispose son corps. Je note seulement qu'il est de ces septuagénaires qui battent les quadras au squash. Exercer son mental, c'est exercer son corps, et vice versa. En champion de méditation transcendantale, il me met knock-out d'entrée de jeu : « Qu'entends-tu par le fait qu'elle est morte ? » Pff… Je m'en tiens aux faits. Ma mère a arrêté de respirer, nous avons brûlé son corps, puis jeté ses cendres dans le fleuve. Point. Selon Greg, ce point est prétentieux et ne me ressemble pas :

« Il y a, vois-tu, une science des correspondances secrètes entre la manière dont le sujet humain est constitué, et la manière dont le grand cosmos est constitué. Mais il y a également des réponses qui attendent d'être recueillies. Prends un verre d'eau, s'il te plaît, et mets-y un morceau de sucre. »

Il m'envoie d'un mouvement de tête vers la véranda adaptée aux besoins de son art, où je trouve le nécessaire pour préparer un thé. Puis, nous observons en silence le sucre se diluer et, quand il n'en reste qu'un résidu au fond du verre, Greg me demande de boire. Je prends une gorgée et réponds à sa question : Comment est l'eau ? Sucrée. Curieuse de savoir où il veut en venir avec sa démonstration, je refais l'exercice à sa demande et réaffirme le goût sucré de l'eau.

« Voudrais-tu à présent sortir le morceau de sucre de ton verre et me le donner ? »

Je souris, pose le verre entre nous et rejoins la ligne de son regard, à nouveau fixé sur la couronne des arbres. Vieux renard ! Tout cela pour me prouver l'aporie de mon *point*, l'infirmité du mot *fin*, son insuffisance.

« Ainsi Gabriela, tu ne perçois pas l'être et pourtant il est là. Cette essence, c'est par elle que tout est animé, elle est la seule réalité... Qu'on l'appelle *âtman*, ou pure conscience, ou souffle vital, ou le principe à partir duquel tout s'organise, n'a aucune importance à mes yeux. Est-ce une religion ? Je ne sais pas. »

Moi non plus, et ce n'est pas ce qui me préoccupe en premier. Je me rends compte que je n'aurais pas snobé ma mère depuis un certain temps, par ailleurs précis et datant de ma première nuit avec Konrad, si je n'avais pas considéré sa présence évidente. De fait, je me demande, non pas si elle me voit, ni si elle nous voit, mais comment elle nous voit. Je n'en parle pas à Greg. Ce jour-là, nous dépassons le temps de notre rendez-vous dans sa véranda, un temps pendant lequel j'enregistre seulement des sensations que je qualifie de physiques, en en parlant plus tard à Gaspard, mais qui sont autres encore, sans que je sache en décrire la nature.

De sortie en ville pour consulter un confrère à Heritage Hospital, Konrad me récupère en voiture, conduit de son œil gauche et m'interroge de son œil droit.

« Dis-moi d'abord… As-tu parlé avec ma mère, au village ?

— Gabriela, tu t'en doutes bien. En réalité, tu voudrais savoir si j'ai parlé avec ta mère de Gaspard, de nous, de… Bien sûr. Et elle n'a rien dit que je ne sache déjà et que tu ne saches, toi aussi. Je m'étonne que tu aies besoin de l'entendre. »

De ce que nous savons, je préférerais qu'il me parle dans notre café, au Kashi Raj Kali. Devant un thé au lait apporté par un serveur qui nous reconnaît désormais, Konrad fait des faux bonds, esquive, très réfractaire à l'idée de remettre les évidences sur la table. Allez ! On commence vite à frissonner avec ce temps frisquet, cette météorologie à l'envers, comme tout dans ce pays.

« Elle m'a dit que la seule obligation que nous avions n'était pas envers elle, mais envers Gaspard. Que rien au monde ne peut justifier qu'on bousille une bonté pareille. Tu as voulu l'entendre, tu l'as entendu, et maintenant ? »

Rien, je soupire. Es-tu déçue ? Contrariée ? Inquiète ? Je t'évitais ces dernières semaines, alors qu'en définitive un des deux hommes que j'aime n'est plus du tout le même que celui que tu as aimé, à une époque. Je l'ai reçu en héritage, un peu usé, de seconde main, voire de troisième, bien après qu'il eut perdu le duvet de l'innocence. Il se pourrait que ce soit toi qui en aies enlevé la première couche. Regarde pourtant, il est comme neuf à présent, entièrement restauré, avec ce quelque chose de résolu et de courageux dans le regard, et qu'il n'a pas acquis au détriment de Gaspard. As-tu remarqué à quel point le monde que j'habite diffère du tien ? Nous n'avons pas une morale contre nous, tout au plus nos propres appréhensions, pas le manque de passeports ou les frontières, mais les distances, pas l'absence d'alternatives, mais leur trop grand nombre. Cela fait de moi, ta fille, quelqu'un qui, en principe, a une vie plus vaste que celle que tu as eue, alors qu'en réalité, elle me semble plus chaotique et frustrante. Quand je la vis, ma vie, je n'en vis pas plein d'autres. Pour autant, les restrictions que tu as connues ne me font pas rêver, du tout. Rappelle-toi que nous venons de là où il est courant de croire que personne n'est jamais à l'abri du meilleur. Je ne veux pas d'une vie confinée. Je veux d'une vie dirigée, et je me contrefous de savoir que la route est tordue. Seule la destination compte, et elle est bonne. Avec toute certitude, parce qu'elle s'est présentée à nous trois. Konrad réclame un mot de ma part :

« Maintenant ? Nous devons nous dépêcher. Gaspard nous attend avec un dîner.

— Gabriela, vous allez rentrer. Il a besoin de ça. Donne-lui du temps. Ensuite, je me débrouillerai pour prendre deux ou trois semaines en septembre, sinon tu viendras ici. »

Le management, la comptabilité, l'administration... autant de domaines dans lesquels je n'excelle pas. Combien de jours sous la pluie nous reste-t-il ? Une dizaine, environ. Konrad laisse des billets sur la table, ramasse nos affaires, ma main, et me prévient qu'il passera les deux prochaines nuits à réviser l'histologie avec Bo, avant ses examens.

*

Quand il ferme la porte de sa chambre derrière lui, nous rions encore, Gaspard et moi, du dernier canular impliquant le nouveau gouvernement de Modi, et qu'il vient de nous raconter, très au fait de la politique indienne grâce à ses collègues. Je me lève pour faire la vaisselle que Gaspard essuie. La dernière cuillère rangée, nous partageons une cigarette sur la terrasse, moi face aux contours noirâtres du couple de marronniers, lui joint à mon dos, tête pendue au-dessus de mon épaule. Six ans plus tard, cela reste toujours l'unique confessionnal qu'il fréquente. Sans prétention aucune, par périodes, je suis le seul dieu que Gaspard écoute. En échange, il m'autorise à l'idolâtrer, à chialer mes cantiques dans son oreiller, à m'accrocher à ses longues jambes comme Marie-Madeleine à la Croix. L'un pour l'autre nous demeurons la religion vraie, éclairée et primitive à la fois, ce qui ne nous épargne ni les différends sur la doctrine ni la redéfinition perpétuelle du dogme. L'entendre, ce soir froid, ressasser ses douleurs de propriétaire partiellement spolié de ses biens, me retourne l'estomac. J'ai horreur de le voir se jeter du haut du piédestal sur lequel je le remets à chaque fois. Ciel, ce jeu de Sisyphe entre nous ! Il a compris déjà à Cracovie, me dit-il, n'avoir aucune chance d'accéder à une part de moi, alors même qu'il la sentait fondamentale, et qu'il fallait que je la réintègre : ma partie polonaise.

« Sais-tu quand les Polonais aiment le plus la Pologne ? Quand ils vivent en exil.

— L'un n'exclut pas l'autre. J'observe comment ça fonctionne entre vous… Konrad prononce un mot en polonais, et tu plonges. »

Il énumère, dans la même tonalité plaintive, ce qu'il a perdu, convaincu qu'il ne le récupérera jamais. Comment peut-on perdre quelque chose que l'on n'a pas possédé, Gaspard peine à me l'expliquer. Konrad réclamerait-il une entrée sur mon territoire français ? Ils peuvent en discuter, à croire qu'il y a intérêt à prolonger ces querelles féodales. Aurait-il au moins noté que nous tenons notre configuration triangulaire depuis un mois, moins un jour, sans que quiconque ait appuyé sur le bouton du feu nucléaire ? Gaspard s'en étonne, comme de tout ce qu'il vit :

« Il se passe des choses curieuses, ici. Tu couches sous mon nez avec un homme dont je dirais qu'il est cet ami que j'ai toujours rêvé d'avoir. Chaque matin, je me réveille avec une gueule de bois, puis je le croise dans la cuisine, et je me demande pourquoi je lui en veux, en réalité…

— Nous ne survivrons pas si tu persistes à penser en termes de territoire, d'accès, de partages. En vérité, nous sommes un. Tes frontières n'ont aucun sens. Il n'y en a plus. Tu le sentirais si tu t'écoutais chez Greg.

— Tu as raison, il n'est pas de problème qu'une absence de solutions ne finisse par résoudre. Nous sommes peut-être un, mais dans une semaine nous serons deux à prendre l'avion, et je doute qu'on puisse éviter un mélodrame de plus, grâce à la méditation. »

Je remets Gaspard sur son piédestal, saisissant au vol que ce n'est pas lui qui risque de vivre un mélodrame et qu'il s'inquiète de manière parfaitement altruiste. Ensuite, je prends mes précautions. Le lendemain, avant que nous ne fêtions sobrement notre mois utopique, je cours chez Greg dans l'espoir d'arrêter le temps.

*

À quoi je m'attends exactement, il me serait bien difficile de le préciser. *Grosso modo*, à un miracle, indéfini dans sa forme mais qui provoquerait, soit le rallongement de la semaine qu'il nous reste à partager, soit le rétrécissement de la planète, soit quelque phénomène d'envergure comparable. Le miracle se produit, tellement intime et enfoui en moi, qu'il me faut trimer dur pour le faire comprendre à Gaspard et Konrad : il ne s'agit pas d'une rechute. Au lieu de dissiper leurs craintes, il semblerait que, dans un premier temps, Greg les ait renforcées. À peine arrivée chez lui, je bazarde ma cavalerie : « Au fait, ça fonctionne à trois entre nous. » Oh, il s'en tamponne. En revanche, la confiance que je lui accorde l'attendrit au point qu'il se met à me frotter amicalement le bras, affirmant deux fois de suite : « *Let it be, Gabriela… Just let it be.* » Ma foi, j'aimerais tant. Voudrait-il m'expliquer comment faire ? Gaspard et moi avons nos billets de retour, Konrad reste. La philosophie des Beatles, c'est très mignon, sauf qu'à part un tube mièvre, il n'y a rien à en tirer.

À ma surprise, Greg le confirme, hilare face à mon soupçon qu'il serait d'un sectarisme post-hippie. Il y avait, « à son époque », comme il qualifie les années 70, ce slogan insupportable de bêtise : *Ici et maintenant !* Devenu, par un truchement hédoniste, un appel à *profiter*, de soi, de l'autre, de la vie, il a contribué au fléau de l'individualisme proprement dévastateur, bradant toute la profondeur du concept dont il se réclamait : *hic et nunc*. Je note doctement. De son origine épicurienne, on a volontiers amputé la référence à la mort, laquelle faisait pourtant sens. Les Grecs se savaient mortels, me rappelle Greg, c'est-à-dire assignés à un avenir inéluctable, lequel structurait leur présent. S'il n'y avait qu'*ici et maintenant*, je ne saurais pas qui je suis et n'aurais aucune raison de venir le voir, pas plus qu'il ne trouverait de motif valable à me recevoir. À la lecture des *Upanishad*, conseillée par Raghavan, Greg ajoute celle de saint Augustin dont il me propose une mise en bouche appétissante pour accompagner notre thé :

« Avec lui, je dirais qu'il y a trois temps, le présent des choses passées, le présent des choses présentes et le présent des choses futures… Votre retour en France, si tu me permets, te prive d'un assouvissement immédiat. Mais il pourrait t'offrir, et à Konrad aussi, une confirmation, que justement vous n'êtes pas, l'un pour l'autre, un assouvissement immédiat. Au final, il ne s'agit que d'une autre forme d'être ensemble, et ce serait dommage que tu la condamnes. Si vous respirez ensemble *ici et maintenant*, vous saurez le faire partout et de tout temps. »

De nouveau amusé, il me prie de prendre son propos avec la grande précaution qu'impose son célibat de longue date. Au contraire, je le prends très à cœur, parce que je n'ai rien de mieux. Plus les allocutions de Greg sonnent d'intelligence à l'état pur, plus elles sont brillantes, plus vite elles glissent entre mes doigts, m'obligeant à m'y cramponner de toutes mes forces. Si je ne sors pas de chez lui plombée de sa sagesse spéculative et probablement impossible à incarner, c'est parce qu'il veille à ce que je m'aère soigneusement l'âme et l'esprit. Vingt minutes, quarante, une heure, deux, rarement davantage, un temps que j'ai le pouvoir d'abolir. Je le fais chaque fois, puis, silencieuse, quitte la maison de Greg, cette maison semblable à une rivière qui ne coule pas. À ma dernière visite, je cède cependant devant la panique d'un oisillon contraint de voler de ses propres ailes pour la première fois : « J'ai besoin d'une religion, Greg. Comprends-tu ? » Il me demande de réfléchir à tous mes besoins que j'ai enterrés sous celui d'une religion et me conduit à la porte, flanqué de grands mystiques indiens : « Une vraie religion consiste à chercher par soi-même s'il existe une chose au-delà du temps, point à écouter ceux qui disent l'avoir trouvée. Amen, et bon retour en Europe. »

*

Les jours qui précèdent notre départ se déroulent tel un poème de Ginsberg. Tout y est sacré au carré et au triple. Nos déjeuners avec Dhriti qui remarche, nos promenades au jardin ayurvédique, nos palabres autour de la table, nos chamailleries, nos cigarettes fumées en cachette… tout gagne un arrière-goût cérémonieux. Chacun y va de sa magnanimité, plaçant vite Gaspard en maître incontestable de la discipline. Entre la poire et le fromage, il nous annonce avoir promis à Dhriti de l'emmener à Fun City puis, en regardant avec insistance Konrad, termine par un cadeau onéreux : « Vous n'avez qu'à disparaître deux jours de votre côté, ce qui nous laisserait une journée à passer ensemble, avant notre départ. » Surpris, Konrad se mordille la lèvre, cherche d'abord à savoir ce qu'est ce Fun City. Une version indienne d'un parc d'attractions pour enfants. Ah oui… Il remercie alors Gaspard à sa façon : « Si tu insistes… En effet, cela pourrait être très bien. »

Konrad loue une voiture et nous conduit à une trentaine de kilomètres en aval du Gange, jusqu'à Tree of Life, un complexe hôtelier de luxe appelé ainsi en honneur d'un banyan multiséculaire qui pousse à proximité. Dans les faubourgs de Bénarès, j'exige un arrêt qui l'étonne. J'achète trois cartons entiers de lampions flottants et annonce vouloir me séparer définitivement de mes mirages. Plus de pilules, plus de substances ! De l'herbe pure pour égayer les parenthèses enchantées, rien d'autre. En échange, je récolte un baiser sur le front, suivi d'un murmure : « Si tu savais comme j'attendais qu'elle sorte de ta bouche, cette petite phrase… » Le soir, nous descendons sur la berge et lançons une armada de lumières orange sur l'eau, plus une, réservée à ma mère.

Dans la chambre décorée d'un grand panneau qui représente un paon, symbole de la renaissance en Inde, j'ose demander à Konrad s'il en a parlé à Gaspard. De quoi ? Voyons, de quoi d'autre sinon de sa relation avec ma mère. Il s'en offusque :

« *Milosci moja…* Il n'a jamais été question que j'en parle à Gaspard. D'une part, cela ne le concerne pas, de l'autre, cela implique une femme dont je n'ai pas à raconter la vie privée. Sommes-nous d'accord là-dessus ? »

Au point même que nous étendons notre accord à Marta et Adam, sans évoquer mon père car cela relève de l'évidence. Une fois les formalités accomplies, j'espère un sursaut de vitalité et de canaillerie chez Konrad, mais il me laisse prendre mon bain, et quand je regagne la chambre, je le retrouve en capitulard endormi, de surcroît ronfleur. Je le dessine jusqu'à deux heures du matin marquées par son brusque réveil. Il censure tout, menace de confisquer mon carnet, me gronde comme un canard enragé :

« Quelle horreur ! Je t'interdis de me dessiner en vieux chnoque ramolli ! Ce n'est pas fair-play, Gabriela ! »

Je lui demande aimablement de légitimer sa parole, de me montrer qu'il n'est pas un vieux chnoque ramolli. En résultat, nous arrivons avec un tel retard au petit déjeuner, qu'on nous propose des omelettes préparées pour midi. Après une batterie d'expressos de premiers secours, tout en rougeurs et frottis, nous nous traînons à la rencontre de l'attraction locale.

Au bout d'une allée acidulée, bordée d'un atlas botanique complet, sous un ciel rosâtre à peine mouillé, nous découvrons une campagne arriérée. Des buffles, des champs, des chaumières, de la paille coupée, et au milieu de ce tableau : un état indépendant, un royaume, une utopie incarnée ! Jamais je n'ai rien vu d'aussi sage de son vivant, que ce banyan dont nous faisons la connaissance, intimidés comme deux bouseux devant un monarque. Courbette après courbette, louange après louange, soupir après soupir, nous nous rapprochons, désireux de le toucher. Accueillant sans emphase, il tend ses ramures, nous permet de nous asseoir sur ses pieds arthrosés. Mon estomac se noue en pelote à l'idée que Gaspard manque ce spectacle. Au même moment, Konrad marmonne que la prochaine fois nous devrions y revenir à trois : « Il faut que Gaspard le voie… » Et soudain, une paix rondelette, un délice, un beignet fond dans mon pipeline, se diffuse dans tous mes conduits. Sirupeuse de bonheur, je ferme les paupières et je n'ai rien à me dire. Tout est en ordre. Tout est sacré. Silence, on respire.

*

Nous reverrons notre banyan quelques mois plus tard, lors d'une cérémonie très particulière et hautement mystique. Dans l'avion dans lequel je monte sans agents abrutissants, exception faite d'un joint fumé à l'aéroport, je me rappelle que je n'ai pas rendu à mon père l'alliance et la bague de fiançailles de ma mère. Au-dessus de la mer d'Arabie, je réveille Gaspard, enfiévré et frissonnant sous les deux couvertures que je lui ai mises sur les épaules :

« Konrad les a enlevées et rendues à ton père avant qu'il ne reparte. L'avantage d'un ménage à trois, c'est qu'on peut espérer qu'il y en a toujours au moins un qui a le cerveau allumé. »

L'état de Gaspard me détourne de mes rêveries, accélère l'effacement de mes plus précieux enregistrements, celui de la langue de Konrad en promenade sur mon ventre, d'une lumière au-dessus du Gange, persillée de fines traînées dorées, de la tiédeur de Drithi, accrochée à mon cou toute la matinée de notre départ. Comme tombé en disgrâce, Gaspard, au contraire, développe une réaction morbide à notre séjour en Inde. Lors de notre escale à Dubaï, je note à peine le lent et immobile passage d'Helen, ostentatoirement enceinte, saisie sur le tapis roulant lancé dans la direction opposée à la nôtre. Qu'est-ce encore que cette comédie, je ne veux pas le savoir. Préoccupée par Gaspard, verdâtre et moite, j'alarme Konrad qui me soumet au téléphone à une série de questions et lâche vite son diagnostic : nous voyageons avec une gastro-entérite en guise de supplément de bagages. Un mois plus tard, nous découvrirons que ce n'est pas le seul excédent que nous rapportons d'Inde à notre insu, mais à l'instant même, je mobilise mes efforts pour rejoindre Lacoste. Une force inédite me gouverne, me dicte une stratégie redoutable d'efficacité, me guide d'un terminal l'autre, de la sortie d'un aéroport à la sortie d'une gare, entre deux taxis, avec Gaspard livide sous mon bras et nos bagages dans une main. Quand l'air chargé de résine nous étourdit, je comprends que nous sommes arrivés enfin à la maison. Et que c'est encore un recommencement, encore un premier jour.

*

Sur la France aperçue de mon œil détoxifié, je prends peu de notes. C'est affreusement touristique, par endroits faussement festif, par endroits vraiment sale, très correctement organisé dans l'ensemble, malgré l'atmosphère de repos bien mérité et de droits de tous à tout. J'en profite, nous assigne à résidence dans notre domaine d'où je sors tous les deux jours à vélo pour aller chercher nos vivres au village. Nous ne sommes pas obligés de participer à quoi que ce soit, et c'est une liberté qui me réjouit. De la presse que je propose de lui apporter, Gaspard souhaite uniquement les magazines de décoration d'intérieur. Quand je me prépare à franchir le seuil, il me répète de faire attention à moi. Que pense-t-il qu'il puisse m'arriver ici, je n'en ai aucune idée. En définitive, c'est peut-être cela, le problème. Du fait qu'en apparence rien ne nous menace, il me semble utile de m'inquiéter, car c'est un rien des plus perfides, qui draine et pousse à chercher un sens. Or du sens, il n'y en a pas beaucoup. *Man lebt.* S'en plaindre serait toutefois excessif. Après tout, on ne nous demande que de payer nos impôts, et de temps en temps, de choisir quelqu'un qui répondrait aux questions des journalistes. Cela laisse une marge très confortable à des activités variées. Je me dévoue aux soins de Gaspard, à la cuisine, à l'aménagement de mon atelier, au jardinage. Je m'étudie beaucoup. Je m'analyse dans mes emplois. Au terme des deux semaines nécessaires à la remise sur pied de Gaspard, je me constate vieillie, presque adulte.

Éradiquée, mon adolescence laisse place aux grandes peurs : pour Gaspard, pour Konrad, pour eux deux. Ciel, si jamais quelque chose ! Mais quoi ? Il n'en reste pas moins que je redis à Gaspard, quand il se sent de force d'aller en voiture récupérer nos chiens, la formule dont il a usé étant malade : « Fais attention à toi. » Amaigri et un brin décoloré, il roule des yeux, m'embrasse et me répète à trois reprises : « Dors, tu as l'air éreintée. » Vierge Marie. Que se passe-t-il avec nous ? D'où vient cette fatigue ? De quelle mécompréhension de l'univers ? De quelle dysharmonie ? À moins que la vie ne soit une succession de deuils de ses propres formes qui s'épuisent, renaissent transfigurées, exigent une réadaptation permanente et un appétit de l'inconnu. Où va-t-on, cet été si différent du précédent ? À une retenue sans espoirs ni appréhensions de nos débuts, à notre *pas à pas* pauvre en promesses, puis, à cette explosion des humeurs au printemps, se substituent une simplicité de manières et de loquaces moments de silence. Non pas que nous n'ayons pas grand-chose à nous dire, mais il plane une espèce d'attente pesante, dont nous évitons d'évoquer l'ascendant sur nous. Gaspard s'échine le tempérament à me rassurer constamment : « Tout ira bien, Gabriela. » Alors, tout ne va pas déjà bien ? Je dors trop, je le sais. Mes roupillons interminables, mes méridiennes qui s'étirent jusqu'au soir, mes sommes coupables de cinq minutes, debout devant le chevalet, alors que je remets à jour mon projet de peindre Gaspard, prennent une allure prodromique. Nous n'en parlons pas, vu que, par ailleurs, j'affiche un moral épatant et un humour résolu.

*

Dès mon retour, je m'attelle à trier les dessins ramenés d'Inde. Marta en reçoit une version numérisée, attachée au premier mail que je lui envoie après cinq mois. Chapitrée par notre père, elle se montre compréhensive et discrète, m'épargne autant les questions sur ma thérapie, que celles sur notre mère. Comment expliquerais-je à ma sœur la beauté dérangeante qui s'est dégagée de sa cérémonie funéraire ? Cette pornographie de la mort que notre mère n'a pas su éviter et dont je ne parviens pas à être dégoûtée, de même que des mille façons par lesquelles se manifeste la violence *dans ce pays*, en Inde. Que dirais-je à Marta sur notre décision de déclarer notre mère disparue, en lui procurant ainsi une forme de vie parallèle pour l'éternité ? J'épanche avec peine la soif de ma sœur d'en apprendre davantage sur mon modèle. Konrad Warski ? Ni plus ni moins qu'un membre de la famille, compte tenu de sa participation à notre expédition. Qui d'autre, sinon ? Petite combinarde, elle feint l'indifférence dans un premier temps, mais revient à la charge plus tard :

« Il me fait penser à un fauve qui se tient tranquille au pied du lit. Mais qu'est-ce que ça doit être quand il décide d'agiter la queue ! »

Je rougis et me demande quelle serait la réaction de ma sœur, si je lui disais qu'il s'agit de l'ex-amant de notre mère. Très vite, je réprime le caprice de la déstabiliser, et surtout, je respecte mon accord avec Konrad. Du reste, j'ai besoin des compétences de Marta dans les affaires.

La grossesse rend ma sœur mélancolique. Cela tombe mal, car je n'ai pas quatre mois à attendre pour organiser la vente de mes dessins, à supposer que l'arrivée de l'enfant la sorte de sa torpeur. Quand je l'appelle enfin, j'ai l'impression de me retrouver face au portrait vivant de Jeanne Hébuterne par Modigliani, celui de 1919. Appuyée d'une main contre l'accoudoir de son fauteuil *Big Tulip*, vêtue d'une robe beige clair à bretelles dont une lui glisse de l'épaule, Marta pense au ralenti, réagit au ralenti et fait de l'argent au ralenti. Mais quelle idée, ma brave, de t'engouffrer dans cette triste aventure de maternité solitaire ? Mon cœur se serre, rien qu'à la vue de son laisser-aller vestimentaire qui ne lui ressemble pas. Ma petite sœur part en vrille, sans que je sache comment stopper le processus. Je l'incite à boucler illico ses bagages et à venir nous voir. Elle me remercie poliment et m'informe que ses déplacements en avion devront attendre. Dépassée par sa misère, je me propose héroïquement de la rejoindre :

« Je te sortirai de cette ville maudite ! Nous louerons une maison à la campagne. Tu n'as qu'à commencer à regarder des annonces. Trouve aussi une voiture. Gaspard nous conduira. »

Là encore, j'essuie un ajournement dû à la bienfaisance de notre père qui s'est aperçu de sa petite forme et n'a pas tardé à réserver une maison dans le Vermont. Ah, si nous nous y retrouvions tous à la fin du mois d'août ! Je l'accorde à Marta, ce serait formidable, même si je considère avoir assez contribué à l'unité de la famille. Impossible cependant de lui refuser quoi que ce soit. D'autant qu'elle encense mes dessins.

Elle m'en réclame plus, des nus, rien que des nus, suivant une arithmétique commerciale somme toute élémentaire : une quinzaine de mes académies masculines en petit format valent le prix d'une armoire de maître et il ne manque ni de galeries ni d'amateurs qui en achèteraient en quantité. Pourquoi n'en ferais-je pas de Gaspard ? En plus osé. Comment l'interpréter, je ne sais pas exactement. Serait-elle en train de me suggérer de virer vers l'explicite, vers l'écarté, vers l'ouvert, vers le dressé, aller du voluptueux vers l'obscène, de l'amoureux vers l'orgiaque ? Interrompue par un livreur qui lui apporte son repas macrobiotique, Marta revient devant l'écran de l'ordinateur avec un plateau, picore paresseusement dans un bol de céréales et me conseille de dépouiller mes modèles non seulement de leurs habits, mais de tout ce qui les entoure, du moindre décor et même de mon regard :

« Ton Konrad affalé sur la table… c'est très bien, Gabriela, très Renaissance… mais si tu le privais de ce support, tu obtiendrais un homme à l'anatomie impressionnante mais sans défense, appuyé contre le vide. En vrai, sa force tout entière est dans ton regard. À défaut de ta foi en lui, aussi robuste soit-il, son corps paraîtrait fragile comme celui d'un enfant. Enlève ton admiration, enlève ton désir, enlève les meubles, les draps… débarrasse-toi de ces ridicules artifices et montre-moi le tragique… le temps, la peur, la sienne, celle de nous tous. Mort à Venise ou mort à Bénarès, cela revient au même. On se décompose. Et alors… rien de plus stérile qu'une bonne santé, n'est-ce pas ? C'était la citation préférée de maman, te souviens-tu ? Il n'y a que l'amour. Tout le monde court après l'amour, cela se vend tellement bien que je doute que l'amour soit lui-même aimable… On parierait qu'il y a une tricherie. Pourquoi veux-tu le rendre immortel sinon, ce nouveau membre de notre famille ? Du reste, je trouve Gaspard bien plus beau. Évidemment, je prendrai les deux. Les nus masculins, c'est vraiment de l'argent facile. Lance-toi dans de grands formats, pense à l'encre peut-être… En août vous viendriez ensemble, j'entends à trois ? »

La plus sotte de la famille, c'est moi. D'une naïveté ! D'un rose poudré sur le cœur, d'un vieux rose partout ailleurs, perlé de rêveries, de prières et de conneries, alors qu'autour, partout, le progrès triomphe de l'hypocrisie et des scrupules. On se balance la vérité à l'échelle du globe ! On se libère des formes ! On se contrefout des chorégraphies normées, on se gratte avec acharnement jusqu'à l'originalité ! La perspicacité de ma sœur me contrarie pourtant davantage que la jonglerie de ma mère et la pudibonderie de notre trio. Parce que je n'imagine pas comment je demanderais à Konrad de venir avec nous, sachant qu'il faudrait s'en justifier devant mon père. D'un autre côté, je préférerais périr de la peste noire plutôt que de ne pas l'inviter. Seigneur, par quels protocoles absurdes nos vies seront-elles balisées, à quelles étiquettes et finasseries subordonnées ? Je réponds à Marta que l'emploi du temps de Konrad décidera de notre déplacement à deux ou à trois. Elle ne s'en formalise pas, réitère ses recommandations professionnelles, à croire que j'ai l'esprit assez spacieux pour contenir une telle complexité.

*

« Déshabille-toi ! » Débordé, Gaspard fait d'abord la sourde oreille à mon injonction, puis daigne formuler la question : « Me déshabiller, à quelles fins ? » Pécuniaires. Alors là, il éructe son exaspération par les narines, me rembarre, affirme n'avoir pas une minute à perdre nu sur un canapé dans un but lucratif. Et c'est reparti pour un petit tour de négociations ! Je ne me décourage pas si vite : qui a planté les carottes et les petits pois sous un ciel inhabité ? Qui ne manque pas une occasion de complimenter nos paysages ? Qui lui montre les ombres les plus maniérées dans la forêt et les reflets bleuâtres sur les feuilles de vigne ? Qui pense à commander ses fromages à pâte molle et ses chaussettes en fil d'Écosse ? Ingrat ! Allons-nous faire les comptes ? Gaspard en rit vertement :

« Gabriela, je n'aurai pas le temps d'enlever mes vêtements, que tu te rendormiras… Tes dessins te coûtent. Comme tout, depuis notre retour. »

Il ajoute de l'édulcorant, jurant qu'il n'y a pas un soupçon de reproche dans son propos, seulement de l'inquiétude. Pourquoi le crois-je libre de craintes, seul maître à bord, alors qu'en réalité c'est moi qui distribue les cartes ? Je viens de passer quatre mois dans un hôpital. La moitié de la cuisine est remplie de mes potions. Quand bien même ce serait un traitement à vie, combiné à mes acrobaties quasi spatiales, à mes séances de méditation, à mes encens, à mon autel hindou, il n'en fait pas un drame, au contraire, il s'adapte et en profite. Mais de grâce, que je comprenne qu'il tremble lorsqu'il me voit très différente de celle que j'étais les dernières semaines en Inde, tantôt irritable, tantôt étourdie, et entre les deux, foudroyée par une fièvre créatrice qui a l'air d'un délire.

« Je t'ai suivie dans la mystique utopie qui nous relie au cosmos, une union océanique, un souffle… Je ne te suivrai pas, les bras croisés, dans ton atonie. Si je disparais dans le travail, toi, tu disparais tout court. »

Beau joueur ! Pas de meilleur atout lors d'une tractation que celui de la peur pour l'autre. Assoupie, je tente de conclure sans finesse, en position défavorable : en échange de ses séances de pose sardanapalesques qu'est-ce qui lui ferait plaisir ? Que je fasse de la musculation ? Voyons, Gabriela ! Ce sarcasme, franchement… Une prise de sang que Konrad exige, mais qui rassurerait grandement tout le monde. Je comprends que « tout le monde » désigne Gaspard et, par dépit, j'accepte. Là, il se montre sans vergogne, démerdard de première, profiteur ! Un permis de démolition attend d'être rempli de sa main au plus vite, nous commencerons donc dans quelques jours. Ah, non ! Tout de suite, sinon je retire mes engagements. Il gronde. Diplomate au possible, je ne conteste plus sa pulsion stakhanoviste, propose de me planquer dans son bureau et de le croquer au travail. Nu ? À mon affirmation, Gaspard baie de confusion comme si je l'incitais à se livrer à une débauche avec des inconnues. Pourquoi j'insiste sur les nus ? Je réfléchis une seconde avant de lui répondre. Raisons mercantiles mises à part, rien d'autre ne m'intéresse.

Ma chaise installée dans son dos, je redécouvre qu'il est gaucher et s'appuie de tout son poids sur le coude droit pour rendre sa main gauche disponible. Oh, la splendeur ! Incurvée, sa colonne vertébrale suffirait à plusieurs études, plus solide que les racines d'un banyan antédiluvien. Que cerne mon regard, sinon l'horizon de ma propre vie, le présent des choses présentes et le présent des choses futures, ma principale attache au monde, mon beau cimetière ? Du royaume terrestre rien n'a plus d'importance à mes yeux que le dos incliné de Gaspard, le trafic d'air qui imprime le mouvement à peine perceptible de ses côtes, la ligne de sa cuisse, dont l'ombre projetée par le bureau occulte une partie pour retrouver un prolongement naturel plus bas, à mi-mollet, et se conclure par la plante du pied, courbée elle aussi. Seigneur, c'est avec lui que je m'achèverai ! La lumière de la lampe, concentrée en un faisceau tintoresque, corse ma prémonition. En relief fulgurant dans un noir d'encre qui dévore l'intérieur, Gaspard triomphe, irradie, charpente mon histoire, mes balivernes nécessaires sur « même pas la mort ! » Fatalement lucide, je sais que c'est seulement à travers les récits que rien ne meurt jamais. Alors, je n'arrêterai jamais ma narration.

Avec moi, Gaspard s'étonne du résultat de mon travail. Nulle tragédie qui pourrait séduire Marta. Suivant ses conseils, absents de la nouvelle mouture de mes académies, les objets, les supports et le décorum entier, érigent la nudité de Gaspard en expression de vulnérabilité. Assis sur une chaise invisible, devant un ordinateur tout aussi inapparent, il a l'air contraint, comme bloqué dans son élan. Mais cette fragilité ne vient pas de son corps, non. Elle résulte de l'adaptation de celui-ci aux inventions censées le servir. L'histoire de l'art ressentira douloureusement l'évolution des catégories sociales au cours des derniers siècles : un cavalier des plus chétifs se présentera toujours mieux sur un tableau qu'un clerc bien bâti.

Je congratule néanmoins Marta de son flair, avant qu'elle ne réponde par des louanges et des lauriers à la première livraison de mes crayons. Je les expédie par DHL Express depuis Avignon où Gaspard m'emmène volontiers, impatient de me faire exécuter ma part du contrat. Ah, c'est bon ! Nous faisons un crochet par un laboratoire juste à temps, avant la fermeture annuelle d'août. Gaspard souffle de soulagement, je me traîne en souffrance à la Poste. Sur une feuille libre que je joins à l'envoi, j'écris à Marta : « J'apporterai la suite à la fin du mois. » Quand enfin j'en parle à Gaspard, quand enfin je trouve opportun de l'informer de notre départ pour les États-Unis, il me freine net : « Cela me semble impossible, mon utopie. D'abord, tu n'es pas en forme, il faut donc attendre tes résultats. Ensuite, ton cadeau arrive demain. » Mon cadeau ?

*

Petipa est une jument lusitanienne de neuf ans. Depuis son entrée dans la famille, elle a désamorcé bien des conflits tout en en provoquant quelques-uns aussi. Ses débuts marquent durablement Gaspard. Dès sa sortie du van, un rien sonnée par le transport mais point intimidée, elle lui fait comprendre que sa peine commence seulement. Sourire aguicheur, elle lui adresse un hennissement langoureux et le gratifie d'un brusque coup de langue sur le visage. Ses pulsions nymphomanes persistent un temps, se manifestent exclusivement à l'égard de Gaspard, et ne relèvent pas d'un caractère violent. Du tout. En harceleuse à la fois compulsive et tendre, elle aime surprendre Gaspard, tantôt en lui pinçant les fesses avec délicatesse, tantôt en le couvrant de baisers furtifs et pressés de vraie folâtre qui le paralysent d'effroi : « C'est donc ça, un cheval avec de l'humour ? Alors nous ne rions pas des mêmes choses ! » L'atmosphère se relâche d'un cran. Les folies de Petipa ouvrent une période de grâce. Plus tard, Gaspard soutiendra que j'avais déjà mon regard perplexe, qu'il ne qualifie jamais de perdu mais qu'il ne se refuse pas à considérer comme maternel, quand il cherche à me mettre en colère. Bref. J'aurais transféré sur Petipa une disposition inédite, sinon un besoin enfoui, bah ! un instinct, celui de prendre soin de quelque chose de vivant, dont Gaspard avait par ailleurs bénéficié malade, ce qu'il me ressort à la moindre occasion : « Maintenant je rêve d'attraper une grosse grippe deux fois par an, rien que pour te voir à mon chevet. C'était tellement mignon. »

Limée par l'Inde, adoucie au possible par les plantes amères que je continue à gober doctement, semblable à un mollusque assoupi, fadasse, je ravis mon entourage, malgré l'inquiétude qu'inspire ma fatigue. L'obligation de m'occuper de Petipa me ranime. Gaspard me trouve moult qualités nouvelles. Je les conteste, tout en profitant de l'enthousiasme qu'elles éveillent chez lui. Il m'aide à installer un box dans l'étable, des abreuvoirs automatiques, et à refaire la clôture du pré. Le quotidien a un goût d'objectif atteint. Peut-être parce que nous ne l'avons jamais défini, tandis qu'il est soudain apparu. S'attendre à plus de la part de la vie relèverait du vampirisme.

J'entame mes journées par le plus valorisant des labeurs humains, chaussée de bottes en caoutchouc et affublée d'une vieille salopette aux jambes coupées. Et c'est ainsi que je les termine. À l'aube, Petipa apprécie mes coups de brosse, ne se défend pas quand je lui démêle les crins, d'abord avec les doigts, ensuite avec son peigne, faisant attention à ne pas tirer sur le couard, ce qui la rend vache. Au coucher du soleil, elle attend, condescendante, que je nettoie sa litière. L'odeur du crottin me revigore. J'appelle Konrad plusieurs fois par jour, parfois pour dire une phrase sans attendre sa réponse. Pris par la bibliographie d'un article qu'on lui a commandé, il se passionne néanmoins pour notre *telenovela* hippique et prend plaisir à taquiner Gaspard, persistant à dire à propos de la robe de Petipa qu'elle est de couleur *crème*. Avide de compliments d'avoir trouvé un cheval ibérique à la coloration *palomito*, rare et recherchée par les snobinards, Gaspard s'en offusque, répond à la provocation, s'engage dans des débats sur des traditions équestres qui le dépassent de loin et finit en grand défenseur de ma jument. Gracile bien que médioligne, Petipa peut en outre compter sur l'envoûtement de mon père, premier et exclusif conseiller de Gaspard lors de l'acquisition. Sans lui, elle ne nous aurait pas honorés de sa présence ni inspiré à Konrad un aveu de confiance : « Nous n'avons pas pataugé dans le Gange pour rien. Je t'avais dit que tout viendrait… » Tout, sauf les résultats de mes analyses que nous avons oubliés et qu'il réclame à Gaspard avec fermeté.

*

Comme le plein emploi en République populaire de Pologne, nous frôlons le plein bonheur dans notre contrée reculée, quand un miracle nous frappe. Paf ! Rien ne nous y a préparés. Sans la moindre volonté de m'émanciper, je gagne rapidement en autonomie grâce à Petipa, et m'aventure en dehors de notre propriété, partout là où je n'avais plus la force d'aller à vélo. Chaque matin, je descends à cheval au village, prends mon café au bistro, achète notre baguette, puis remonte la route au pas de promenade, considérant avec le mépris qu'ils méritent les cyclistes en caleçons fluo. L'horreur ! Un cycliste latexé, ça gâche le paysage comme cent éoliennes. J'achèterais la route pour entraver leur passage, mais ne boude pas la mission dont je me suis investie de ré-enchanter la campagne française, et crois ferme que si chacun allait chercher son pain à cheval, le pays entier s'en sortirait grandi. En un sens, Petipa me réconcilie avec la France. Quand elle m'emmène entre les vastes nappes des vignobles, brodées de sentiers en caillasse, sans fioritures, arides, il m'arrive de revivre ce même abrutissement exalté que j'ai ressenti le jour de ma découverte de Paris, il y a un quart de siècle. Que c'est beau ! Le soir, Petipa préfère la bordure de la forêt, s'arrête devant le mont Ventoux dessiné au loin, plus flou qu'une estampe japonaise, et estime notre journée suffisamment heureuse pour rentrer dormir. Notre promenade du soir s'installe vite en rituel. Nous y tenons, ma jument et moi. Alors, entendre Gaspard me dire à l'heure de notre sortie qu'il faut que nous nous parlions, m'exaspère et me met d'emblée de mauvaise humeur. J'ignore à ce moment qu'il vient de recevoir un miracle en pleine figure et qu'il en déraille.

Quelque chose de terriblement solennel pourrit l'atmosphère dans son bureau où il me prie d'entrer. Gaspard a beau se tenir pieds nus, vêtu de son t-shirt fétiche de l'exposition *Utopia Matters : From Brotherhoods to Bauhaus* qu'il a vue à Venise, il est d'une componction de vieux notable de province. Depuis l'écran, Konrad n'a pas non plus l'air très cartésien et me propose de m'asseoir. Bientôt la lumière va s'éteindre dans la forêt, mon refus ne manque donc pas de fermeté. Konrad insiste. Gaspard m'enfonce carrément dans un fauteuil, sourit béatement et annonce :

« Nous allons avoir un enfant. »

C'est tout ? Rassurée, je pousse un soupir de soulagement, vu que je ne me sens pas concernée et ne comprends pas de qui il parle. Du reste, ce n'est pas ce qui risquerait de me rendre en retard à mon rendez-vous avec Petipa. Ils auront l'amabilité de transmettre mes encouragements aux heureux parents, je me barre en artiste. D'autant que les nouvelles bottes d'équitation me serrent un peu les mollets et que j'ai peur de ne plus pouvoir les enlever, ce que je signale séance tenante. Gaspard gémit et roule des yeux : « Gabriela, s'il te plaît... » Eh non, cela ne me plaît pas ! S'il faut choisir et payer une école pour Dhriti, comme nous avons prévu de le faire, je veux bien qu'on s'en occupe dans les jours à venir. Si, en revanche, ils l'ont achetée ou adoptée, c'est leur affaire. Chacun ses lubies, ses dadas, son enfant ou sa jument. Il ne faut pas compter sur moi en ce qui concerne les visites de musées et, moins encore, d'un Disneyland. Je ne l'ai pas volé, ce calme qui me va bien. Je l'assume ! Et je compte le préserver ! À l'autre bout du monde, Konrad se passe la main sur le visage, puis la place devant sa bouche, et finalement n'y tient plus :

« *Milosci moja*, tu t'emportes à tort. Personne ne parle de Dhriti, à part toi. »

Leur exposé synchronisé à la perfection, au même moment Gaspard agite des feuilles de grand format, puis m'adresse un sourire balourd, se surpasse en niaiserie avec une trouvaille dont il semble pourtant fier :

« Nous avons voyagé avec un clandestin... Tiens, les résultats de tes analyses, Gabriela. »

Je daigne les regarder, même y jeter un coup d'œil, tellement je bouillonne :

« Un clandestin ! Du n'importe quoi ! Demande à Konrad, comment ça se passe ! Chaque jour les gens se réveillent après une opération avec une paire de ciseaux oubliée dans le ventre ! Des gants ! Du coton ! Des cure-dents ! Des chewing-gums ! Les oreillettes de leur chirurgien, qui sait ! Alors, franchement, une prise de sang… Je ne serais pas étonnée d'apprendre qu'il ne s'agit même pas de moi… Avec tout le bazar des grandes vacances, tu parles ! Quelque part, une malheureuse pleure pour rien. Il faut lui rendre son courrier, ses résultats, sa grossesse, et lui souhaiter bonne chance. Demain matin, j'appellerai le laboratoire. Allez, fini. »

Konrad se fait rottweiler, montre une mâchoire grande ouverte à nous faire reculer de l'écran : « Gabriela, personne n'a oublié de ciseaux ou d'écouteurs. »

Qu'en sait-il, depuis son tiers-monde ? Derrière la fenêtre, je surprends les derniers rayons du soleil qui filent en douce, et comprends que, pour ce soir, c'est perdu. Nous ne sortirons plus, Petipa et moi, sinon juste dans le pré. À en croire Konrad qui continue à aboyer de son côté, c'est perdu tout court et jusqu'à nouvel ordre. Je m'en étrangle.

« Ayez la bonté de m'expliquer, Warski, vous qui êtes un grand médecin ! Enfin ! C'est quand même peu banal ! C'est fantasque ! »

Konrad me demande avec une politesse assassine s'il faut qu'il m'explique comment on fait les enfants, et voilà que ça repart en grabuge. Point rassuré sur sa chaise, Gaspard allume mécaniquement une cigarette, l'éteint aussitôt, et répète : « Chut, chut… calmons-nous. » Mais c'est seulement à l'instant où je m'apprête à m'emparer de son paquet que je saisis leur projet. Il le serre dans sa main, m'adresse un regard de supplicié et attend le secours de Konrad. Ah non, ils ne m'embarqueront pas dans ce délire ! Je n'ai ni la vocation ni les qualifications ! Ce n'est pas une option ! En aucun cas ! Alors qu'on veuille bien me donner une cigarette, à défaut de quoi je suspends cette conversation avec effet immédiat, merde ! Il me faut affronter l'expression de Gaspard, tordue comme si je décimais une maternelle à la mitrailleuse, au moment où je tire la première bouffée d'une Marlboro que je lui arrache. Konrad ne s'égare pas dans des tergiversations sur mon tabagisme. Il affirme avec force qu'en ce qui concerne les options à envisager, il n'y en a qu'une seule, selon lui. Considérant certainement qu'elle relève d'une évidence, il ne se rabaisse pas à l'annoncer. Sauf que jamais notre utopie n'a été pensée en modèle familial ! Et elle ne fonctionnera pas en modèle familial ! Plus coriace que je ne l'ai cru, Gaspard fait déjà son père de famille et me recadre, voix levée :

« L'utopie c'est nous, Gabriela. Et elle fonctionnera très bien en modèle familial, au contraire. Moi non plus, je ne pense pas qu'il y ait d'autre option à prendre en compte. Vraiment pas. »

Ah, oui ? Si l'utopie c'est nous, alors je suis comprise dedans, or personne ne m'a demandé mon avis. Je le réclame ! Je le revendique ! Je rappelle à l'assistance être toutefois la mieux placée pour décider de l'issue de ce malentendu dont nous débattons inutilement. On me retoque sans ménagement. Lui aurais-je demandé son avis quand j'ai élargi notre utopie à Konrad ? Je lorgne Gaspard qui éructe son ressentiment, tout en m'assurant qu'il ne souhaite pas revoir ou contester l'architecture de l'ensemble. Cela ne l'empêche pas d'usurper un statut de victime, à qui le droit d'enquiquiner les autres revient du fait qu'on l'a malmené un peu par le passé. Je saisis la balle au vol. Au risque de faire exploser notre édifice, de tout envoyer valser, je divise pour mieux régner :

« D'abord, cet enfant a un père, n'est-ce pas ? L'un d'entre vous, qu'importe lequel, aura son mot à dire, faut-il encore qu'il se manifeste…

— Cet enfant a deux pères, *milosci moja.* Les deux sont unanimes et soucieux de te faire entendre leurs arguments. Les deux renoncent à un test de paternité. Les deux envisagent avec le plus grand sérieux de prendre leurs responsabilités. Du moins, aujourd'hui, les choses se présentent ainsi. Plus tard, l'un d'entre nous, qu'importe lequel, comme tu as eu la délicatesse de le remarquer, sera un peu plus père que l'autre. C'est tout. Nous verrons cela en temps et en heure. »

Vile conjuration ! Machination insensée ! Tyrannie ! Prodigieux dans sa persévérance, Gaspard m'arrache la deuxième cigarette que j'ai sortie de son paquet, la casse et la jette dans le cendrier :

« La tyrannie, tiens ! J'ai voulu qu'il y ait des règles, tu n'en voulais pas. Tout allait se mettre en ordre grâce au souffle océanique… Ne sens-tu pas, Gabriela, le souffle souffler ? »

Il écume, je pantelle. Une fois n'est pas coutume, Konrad nous catéchise d'un ton pénétré, appelle au calme et à la bienveillance. Il ramasse mon sarcasme en retour, déterminée que je suis à les faire sortir de leur égarement, à les revoir intelligents de mon vivant :

« Tu diras donc à notre enfant qu'il a deux pères et ensuite, nous réviserons au fur et à mesure ? Je résume correctement ? En effet, on ne peut naître sous de meilleurs auspices… Quand, en sus, on a une mère contrainte et défavorable, on croit vite avoir remporté le ticket gagnant ! »

J'aurais moi-même pleuré de ma réplique qui défait Konrad et déplaît à Gaspard au point qu'il me laisse tirer sur une cigarette, tout au plus en levant les yeux au ciel. Ah, voilà ! Quoi qu'on dise, nous parlons de l'inconvénient d'être né, lequel s'avère dans certains cas plus grand que dans certains autres. Ayons au moins la décence d'admettre que nous nous apprêtons à condamner à vivre quelqu'un de parfaitement innocent. Et de vivre comment, dans quelles conditions d'affabulation et d'improvisation permanentes, lesquelles ne sauraient remplacer un cadre stable. Le problème est là. Ce n'est pas parce que je refuse le poste que je ne vois pas les questions qui se posent à la base. Lequel des deux oserait prétendre le contraire ? Après une minute de silence, Gaspard ose, nullement gêné :

« De quel Gange il sort, cet enfant le saura quand il nous le demandera. Il y a plus important à régler, Gabriela.

— Gaspard dit juste, *milosci moja*… Si nous sommes en train de nous demander ce que nous dirons à notre enfant, il faut considérer que nous n'avons plus de problème. Aucun. »

Je n'ai le temps ni de tomber dans les vapes ni de hurler qu'ils déforment à dessein mon propos et m'imputent un accord impossible, quand un bruit de verre cassé interrompt notre guerre.

*

L'écho d'un éclat retentit, roule en onde, nous atteint, poursuit son chemin, qui sait, jusqu'au grenier peut-être. Une petite mélodie du malheur. Un bruit qui sonne comme une infraction, un braquage en train de mal tourner. Gaspard s'excuse auprès de Konrad, me met en demeure : « Ne bouge pas d'ici. » Et comment, que je bougerai d'ici ! Doublement motivée, d'une part à me soulager de la pression, de l'autre à périr d'un coup de couteau plutôt que d'un lent poison familial. En secret, je me dis que c'est encore une chance. Postée plus près de la porte, je devance Gaspard, bondis dans le couloir, m'y empare d'un vase en bronze et, insensible à ses objections, avance résolument vers le salon. Pitié, qu'on me laisse faire ! Qu'on me fiche la paix, rien que le temps de massacrer un imprudent dont on ne notera même pas la disparition. On ne le regrettera pas, ce pendard à qui je fracasserai le crâne ! Gaspard me saisit par le bras à l'entrée du salon et manque de justesse de prendre un coup en pleine figure. Seulement, nous nous figeons à la vue de la forme blanche qui vague dans l'obscurité, plus assimilable à un fantôme qu'à un voleur. Je passe mon vase de défense à Gaspard, par ailleurs armé d'un extincteur, et tâte le mur. Que la lumière soit ! Et que ne nous donne-t-elle pas à voir ? Quel spectacle ? À peine dérangée, Petipa hennit de joie, plantée entre le canapé et la table basse d'où elle s'ingénie à siffler les pommes disposées dans une corbeille. Gaspard se défait de son chargement, se prend la tête dans les mains, me conjure de monter à l'étage : « Ne discute pas, Gabriela, s'il te plaît. Au pire, j'appellerai les pompiers. » Il est fou, ma foi ! Mais quelle idée, les pompiers ! Petipa se sert une pomme sur la table et louche vers moi, moins avec l'intention de demander ma permission qu'avec le reproche d'avoir oublié notre promenade du soir. Je lui caresse la tête, la prends en main et essaie de regagner la terrasse, sans trop de dommages. Avec sa queue, elle balaie de ses précieuses babioles la console disposée près de la porte-fenêtre, jette un coup d'œil amusé à Gaspard et s'en va. Je le réconforte, sur le point de sortir moi aussi : « Comparé aux dégâts que causent les enfants, c'est peu de chose. Des clous ! »

Dehors, je monte Petipa qui n'apprécie pas la manœuvre, comme soudain effarouchée de la pagaille qu'elle vient de semer. Pieds nus sur les graviers, Gaspard marche dans notre direction, furibond sous sa croûte de civilité. À un mètre de distance, toute sa carapace se désagrège et, chair à vif, le fait hurler tel un forcené, frappé au dernier degré :

« Descends de ce cheval, Gabriela ! Descends, sinon je te jure que demain je le ferai abattre ! Je te le jure ! »

Sainte Vierge, je n'ai encore jamais vu une mère défendre son petit avec autant de détermination. Impressionnée, je m'apprête à obtempérer en signe de respect et lui tends les rênes. Petipa prend peur, pousse un cri et se cabre à l'extrême, à la verticale, m'obligeant à me dresser sur la selle pour éviter de me faire éjecter. J'ignore comment tout ce truc est attaché à l'intérieur, mais quand elle retombe sur ses quatre jambes, avec moi sur son dos, je sens mon estomac cogner contre la paroi intérieure de mon crâne, puis reglisser à sa place et rebondir de nouveau. Flip flop ! Ouf… ! Nous marquons un petit cercle, histoire de dédramatiser et de conclure la manœuvre avec élégance. En repentance, Petipa s'arrête ensuite devant Gaspard, incline la tête, minaude sans effet. Tout en soufflements et en souffrance, Gaspard tremblote de colère autant que de soulagement, ne comprend pas ce que j'attends de lui quand je lui passe les rênes.

« Quoi ? Tu veux un enfant et tu ne sais pas tenir un cheval ? »

Ah, c'est douloureux, bordel. Hou ! Hou ! J'aimerais tant avoir pitié de lui, mais je n'en ai pas. Peut-être parce qu'il tient bon le choc, avale sa fierté, se montre volontaire à l'instant où il me demande de lui apprendre comment faire. Je lui dis d'aller mettre ses chaussures, il répond qu'il n'en a pas besoin, emmène ma jument à la sortie de la propriété. Sur la route, je bride Petipa, donne le filet à Gaspard :

« Maintenant tu peux relâcher un peu les rênes. Sais-tu au moins si tu veux tourner à droite ou à gauche ? »

Ambitieux, il m'annonce vouloir rejoindre le rond-point qui donne accès à la route de Ménerbes. Et en avant la musique ! Qu'il déguste ! Qu'il en bave des chambrières ! Comme si je ne savais pas qu'il rentrera les pieds écorchés et qu'il soigne sa mise en scène, lui aussi. Seule Petipa semble saine d'esprit, à profiter du présent des choses présentes, des pommes de pin en éclosion, des branches qui lui frôlent les oreilles, de l'épaule de Gaspard qu'elle renifle de temps à autre. Enfin, il trouve un bon rythme, prend de l'assurance. Je lorgne ses pieds nus et renonce à poursuivre son martyre : « Nous pouvons faire demi-tour. » Gaspard ralentit, me regarde par à-coups dans cette louche lumière des lampadaires publics, jaunâtre comme une teinture capillaire mal entretenue, me dit que non. Nous ne pouvons pas faire demi-tour. Et si je décide de le faire seule, il n'y aura pas de retour possible. Jamais. Pour personne. Et il poursuit sur sa lancée dissuasive, il me jette une peau de banane, impatient de me voir tomber en syncope et me réveiller autre :

« J'ai besoin que mon monde demeure cohérent, Gabriela. Soit tout est sacré, soit rien ne l'est. En réalité, j'ignore ce qu'il en est et n'en souffre pas. Nous avons choisi de croire que tout l'est, parce que cela te rassurait d'une part et, de l'autre, rendait acceptables un tas de situations invivables. Enlève la ficelle du *tout est sacré* et nous dégringolerons dans un lieu commun. Le miracle tient à ta dinguerie. Quand tu te montres soudain peureuse, raisonnable, pratique, peut-être même prévoyante, cela perd tout son charme, tout son goût… J'étais parfaitement heureux avec une illuminée, j'aimerais le rester. Ne me demande pas d'accepter de vivre avec une pétasse de la plus commune espèce. »

En pétasse ordinaire, je ramasse la claque sans sourciller, dans une indifférence feinte, pénible à maintenir. La rapidité avec laquelle s'est formulé le jugement de Gaspard m'impressionne. Il n'a pas forcément tort, et pas non plus entièrement raison. On crève des incohérences, des débandades et des déceptions qu'elles provoquent, comme de projets de vie raisonnables et d'approches pratiques. Vivre n'a rien de pragmatique, j'en conviens. S'il s'agissait uniquement de ma peur ou de mon confort, je mériterais d'être traînée dans le noir sur la route de Ménerbes, nimbée d'une auréole de pétasse ultra. Hélas ! Ne lui arrive-t-il pas de regarder là où il ne faut pas, c'est-à-dire partout, autour de lui, et de s'étonner de l'état déplorable des choses ? Par ces temps, que voit-on de sacré ? Il faut y croire, et de toutes ses forces ! C'est pourquoi une utopie est un régime par excellence réservé aux majeurs consentants. L'imposer aux mineurs ou aux dubitatifs serait non seulement abusif, mais aussi contre-productif. Car ils se débrouilleraient vite pour faire des trous par lesquels tout ce en quoi on ne croit pas pénétrerait, puis se déverserait. Ainsi périssent les utopies, ensevelies sous les crottes du quotidien, sous les éruptions du concret et du palpable, étouffées par les cris des enfants, ces grands curieux de l'ordinaire, ses explorateurs.

Au rond-point, Gaspard fait un tour puis, au lieu de s'engager sur la route du retour, en entame un autre en pérorant. Cela fait tour de force, ou tour de manège, et finit par m'excéder. En plus, pour l'écouter parler avec calme et raison :

« Avant de déplorer l'état général des choses, je veille à ce que mes propres affaires ne me fassent pas trop honte. Je n'ai jamais eu la prétention de sauver le monde, Gabriela. Si j'arrivais à sauver mon monde, je serais déjà très fier de moi. Sais-tu ce qui ne cesse de me travailler… je me demande de quel droit tu refuses à quelqu'un de naître dans une utopie aussi aboutie que la nôtre ? »

Preuve qu'ils sont parfois là quand on a besoin d'eux, trois gendarmes dans une fourgonnette de service ralentissent à notre passage, nous saluent, me demandent si je me sens en sécurité. Je déclare avec conviction de toujours me sentir en sécurité en présence de Gaspard, essayant de dévier leur regard de ses pieds nus. Seigneur, je mens pour lui aux forces de l'ordre. Mais de quelle sécurité parle-t-on, alors qu'il cherche à faire de moi une mère. Si ce n'est pas une vacherie ! Cependant, je souris, je papillonne des cils, alors qu'on tance Gaspard au sujet de gilets jaunes que nous ne portons pas. Au même moment, Petipa, oubliée au cours de notre discussion, se signale par un hennissement en pleine plate-bande des fleurs qui enjolivent le rond-point. Impossible de nier les faits, nous devons reconnaître que le cheval nous appartient et qu'il vandalise le bien communal sous notre nez. Avant que je n'aie le temps de la prendre en main, Gaspard balance précipitamment que nous attendons un enfant. Il entend en retour : « Vous comptez l'attendre au rond-point ? » Graciés *in extremis*, nous rentrons sans payer d'amende, affublés de gilets fluo généreusement offerts par l'État pour notre nouvelle vie de famille.

*

Elle ne commence pas de sitôt, cette vie, et pas non plus dans l'enthousiasme. Après une nuit entière serrée dans mes bottes cavalières que Gaspard parvient seulement à me retirer au petit matin, je me cogne contre le mobilier à l'étage et décide, au rez-de-chaussée, de démonter mon autel portatif, disposé dans un coin du salon. Ganesh, Shiva, Mère Teresa, saint Augustin, emballés l'un après l'autre dans des vieux journaux. Je les mets dans un carton, puis le carton dans le garage. Adieu, les plaisantins ! Que plus un seul, bande de vauriens, n'espère un encens allumé en son honneur dans cette maison ! J'hésite un instant à épargner Nandi en marbre blanc, offert par Konrad, mais la générosité mal placée dont il a fait preuve à mon encontre me reste en travers de la gorge. On peut tout pardonner à un dieu qui n'écoute pas, rien à celui qui entend ce qui lui fait plaisir et foudroie de cadeaux embarrassants pour lesquels il s'attend de surcroît à être remercié. À Gaspard, je demande le strict nécessaire : trois jours à Fontvert, sans voir personne. Il se glace mais propose de m'y conduire, tout en relevant qu'il ne saura s'occuper seul de Petipa. Ciel, je ne m'en libérerai plus de ma laisse ! Subtil, Gaspard anticipe mon emportement et prend ses précautions : « Note que ce n'est pas ma faute. Tu as voulu un cheval. » Ah, c'est bon ! J'avais compris. Embastillée, je le suis à ma propre demande, bien avant l'arrivée de l'héritier qui se chargera juste de murer les fenêtres de mon pénitencier. Nous négocions pacifiquement. Je donne ma parole de ne pas intervenir de manière irréversible sur le cours des choses et, sur les trois jours libres réclamés, je réussis à arracher vingt-quatre heures, qui angoissent Gaspard. Après avoir prodigué une toilette complète à Petipa, j'accepte qu'il m'accompagne en voiture à l'arrêt de bus, pas plus loin, et m'en vais à Fontvert sous ses suppliques de l'appeler si je change d'avis et veux rentrer plus tôt.

*

Je ne le veux pas. Bien que le caractère forcé et parfaitement artificiel de ma liberté ne m'échappe pas, j'ai à régler certaines affaires en solitaire. Dans le bus déjà, sous mes pattes d'oie et mes seins enflés, je me retrouve enfant, celle-là même à qui on n'a jamais cessé d'inculquer des convictions utopistes par rapport aux circonstances : tu pourras voyager, apprendre des langues, choisir un métier par passion, en vivre, décider de tes relations et de la composition de ton assiette, exprimer tes opinions sans risquer la censure et les persécutions, rire de tout et de chacun, faire confiance aux autres. Quarante ans plus tard, que donne tout cela ? De prime abord, une sacrée veinarde en laquelle je me reconnais avec toute la gratitude requise. Quelqu'un qui a compris assez tôt, en regardant à la télé Rostropovitch jouer devant le mur de Berlin en dentelle, que les promesses faites avec une foi insensée se réalisent pour la plupart. Pourtant, en profondeur, un courant d'insatisfaction, d'inassouvissement et de frustration me draine. L'inévitable contrecoup d'une éducation à ce point prométhéenne et mégalomane ? Les ai-je exploitées comme il le fallait, ces opportunités qui m'ont été offertes, ces perspectives, cet horizon dégagé ?

Je rentre à Fontvert enivrée par l'idée d'offrir une cérémonie funéraire en fanfare à toutes les versions alternatives de ma vie que je n'ai pas vécues, aux libertés à côté desquelles je suis passée, et celles dont j'ai abusé, à mes démons enterrés dans des bouteilles, à mes bottes d'équitation, à la reproduction d'une miniature moyenâgeuse découverte dans un des treize volumes de l'encyclopédie de mes parents, et qui a décidé à ma place de faire de moi un peintre. Certes, un peintre inégal par sa propre faute, par sa paresse, sa dispersion, mais un peintre quand même. Zou ! Un saut plus tard, à l'épicerie et au bureau de tabac, je pousse d'un pied la porte d'entrée derrière moi, range quatre parfums différents de glaces artisanales dans le congélateur, me sers un verre de chablis et m'allume une cigarette. La fête commence ! Je sens tout de suite qu'elle risque de ne pas prendre. Je monte au grenier vidé de mon atelier, dégote un peu d'herbe planquée derrière une poutre, et descends en larmes dans la cuisine. Je chiale de je ne sais quoi, d'une déviation hormonale, d'une nostalgie floue, d'une certitude ferme que Gaspard a raison, comme de mon incapacité à m'inventer sans lui et Konrad. À deux doigts de les appeler, je me dompte à l'aide d'un pot de glace à la pistache. Les effets ne durent pas. Inutile de sucrer, je m'avoue inapte à poursuivre en dehors de notre utopie. Qu'est-ce que je fais dans cette maison inhabitée ? Dans ce musée de l'Indépendance, d'où je n'ai jamais tiré une joie en quoi que ce soit comparable à celle de me savoir aimée ? Dans cette triste chimère d'une émancipation à laquelle je ne donne pas un sou de crédit, tant il est vrai que ma vassalité me paraît noble, parce qu'elle me désarme et me contraint à accorder ma confiance ? Eh bien, je me roule un petit joint. Consciente que c'est le dernier avant longtemps, parce que soudain résignée, sans trop de peine et sans plus d'hésitations, à offrir à une pauvre âme en formation un asile dans notre utopie. Seigneur, fasse que nous restions dingues et unis dans notre dinguerie jusqu'au dernier jour.

Il faut croire que j'ai été entendue ce soir de ma fête ratée de l'Indépendance, ce qui me rend obligée encore des années plus tard, et embarrassée aussi, parce que je ne me suis adressée à personne en particulier. Qui remercier ? En réalité, n'avais-je pas fait un appel à nous-mêmes ou, du moins, à la partie la plus sensible et déterminée de nous ? Rassérénée par ma décision, mais point distraite, j'entame à ce moment un cahier où je consigne depuis mes réflexions sur l'art de bâtir des utopies, nourries de l'expérience de mes parents, de phrases sorties de leur contexte, de citations autrement inutiles et agrémentées de moult exemples pratiques. D'abord, je note avec empressement tout ce qui m'est resté en mémoire des dernières sentences de ma mère. Par exemple : « Ne jamais s'appuyer sur les certitudes. » Au cours de l'été, je compléterai cette partie par de courts extraits de Patocka, Havel, Kolakowski, et surtout Milosz, *a minima* très pratiques à l'occasion de funérailles, et qui me rendront un grand service au quotidien, dans le domaine pédagogique. Les fois où ma fille refusera de parler à l'un ou à l'autre de ses pères, en représailles de leur absence, je lancerai, confiante du résultat :

« Apprends à penser contre toi-même. Je suis certaine qu'en secret, tu as très envie de lui raconter tes aventures. »

À notre trio parental, je réserve beaucoup d'injonctions contestables qui ont cependant fait leurs preuves par le passé, du genre : « Toujours mentir à son enfant en disant qu'il grandira dans un monde meilleur que le nôtre. » Le pire, dans l'affaire, c'est que le meilleur arrive plus souvent qu'on ne le souhaiterait. Gaspard me l'accorde, en particulier pour ces premiers mois de notre utopie familiale, quand des failles organisationnelles nous condamneront à des séparations absurdes :

« J'adorerais qu'on nous confisque les passeports, qu'on nous enferme comme dans ta République populaire, qu'on suspende le trafic aérien dans le monde entier ! »

Konrad le recadrera toujours, tantôt par esprit de contradiction, tantôt par compassion sincère, vu qu'il partagera les mêmes peines : « Tu oublies le plaisir des retrouvailles. » Dans mon cahier, je souligne les bénéfices qu'il y a à minimiser les problèmes.

Avant d'appeler Gaspard pour qu'il vienne me chercher, je résume en petites lettres, à mon usage exclusif, la remarque de ma mère concernant sa fonction : « Tu feras un travail non rémunéré. Qu'importe, un salaire adéquat serait impossible à calculer. À vérifier : le taux des mères démissionnaires et infanticides, le traitement prophylactique plus les aspects juridiques. » Il me plairait alors que ma mère se manifeste de quelque manière théâtrale, en refermant mon cahier de sa main invisible ou en emportant la cigarette que je fume à la fenêtre, mais rien de tel ne se produit. Déçue, je gribouille à toute vitesse : « La pizza congelée émerveille à court terme, ensuite l'enfant perce la duperie. » Là enfin, elle daigne m'envoyer les cendres de ma cigarette dans l'œil. Reconnais tes torts ! Au lieu de flotter, rends-toi utile. Raconte-moi comment tu as réussi à ne pas me noyer ? Et ne me dis pas que tu n'en as jamais eu envie, l'heure des vapeurs est passée. Impatiente de me rincer le visage, je lui propose de s'installer à la maison, sans attendre sa réponse. Trop peu présente à Fontvert, je ne saurai pas vraiment ce qu'il en est. Il me semble toutefois que ma mère est autant sollicitée après sa mort que de son vivant, voire davantage.

Dans tous les cas, à cause des cendres dans mon œil, j'ouvre en larmes à Gaspard, ce qu'il mésinterprète, s'en affole et manque de s'évanouir. J'en déduis qu'une grossesse se passe moins bien chez les hommes que chez les femmes, qu'ils n'ont pas les nerfs assez solides pour prendre la chose à la légère. À peine rassuré, Gaspard retombe dans ses fumerolles d'affects exaltés : « Un petit uhlan, tu t'imagines ! » En route vers Lacoste, il lui paraît enfin opportun de me prévenir de l'arrivée de Konrad. Ne fallait-il pas me le dire en premier ?

*

L'avion de Konrad doit atterrir à Nice dans l'après-midi du 14 août, qui tombe un jeudi. Les quelques jours qui nous en séparent grillent tous les feux rouges et foncent à tombeau ouvert entre travaux divers, courses, tâches fastidieuses et impératifs inatteignables. J'entreprends de transformer l'armoire trouvée dans le garage en allusion aux joies passées, de la décorer à l'indienne et de la mettre dans la chambre de Konrad. Sur les deux portes de couleur bleu canard j'étale un paon blanc au gosier doré et à la queue vert Empire. L'effet séduit, mais mon meuble ne sèche pas à temps. Plus j'observe Gaspard, en ce temps, plus il m'émeut, après que son affectivité a cédé devant une mélancolie songeuse qu'il cherche à cacher, comme moi mes crises de gloutonnerie. Dans la voiture que nous prenons tôt, en prévision de l'asphyxie sur les routes, je suce mon pouce, tellement j'ai faim.

Nous nous arrêtons à Cagnes-sur-Mer où, tête tournée vers la fenêtre de sa chambre, François Desroches a l'air d'attendre une grâce imprécise. Les présentations protocolaires dont se charge Gaspard le laissent indifférent. En revanche, quand un instant plus tard je pose ma main sur la sienne, répétant bêtement mon prénom, il la saisit avec une vigueur insoupçonnable et la retient, tandis que le côté gauche, effondré de son visage, glisse d'un cran supplémentaire vers le bas. Avec ce qui reste de vous en vous, regardez votre fils, regardez-le avec fierté, et dites-vous que vous n'avez pas foiré sur toute la ligne. Comme s'il pouvait me comprendre, j'ajoute à voix haute que nous reviendrons le voir, puis rejoins Gaspard, pressé de repartir après avoir signé des documents concernant les soins de son père. Ils se ressemblent au point qu'on croirait Gaspard fuir sa propre vieillesse, sa sénilité.

De notre visite, Gaspard emporte un fond de colère qui le tient jusqu'à l'entrée de Nice. Il débite à flux tendu la litanie habituelle des fautes non expiées du vieux Desroches, puis, sans sommation, pousse un petit soupir de soulagement : « Quelle chance que Konrad ait réussi à se libérer. » Plus par politesse que par curiosité, je lui demande s'il lui aura manqué, et palpite à sa réponse :

« Je ne suis pas amoureux de Konrad, mon utopie... Je l'aime, mais je pense que cela s'étend quelque part entre *philia* et *agapé*, alors non, il ne m'a pas manqué. »

Et s'il n'y pensait pas ? Ciel ! Où *cela* pourrait-il s'étendre encore, sur quels latifundia et terrains vagues ? Et sous quel tapis de l'inconscient Gaspard a-t-il balayé le petit dernier, *Éros* ? Parce que je sens que, quand il n'y pense pas, il doit y penser un peu. Étrangement à propos, Radio Classique nous inonde au même moment de la 5ᵉ de Mahler, ses spasmes des violons, sa harpe saturnienne, son *adagietto* à s'évanouir d'extase. Allons, me dis-je. Que *cela* les emparadise ! Que *cela* les emporte au loin, en beau voyage d'exploration céleste, et me les ramène sains et saufs de leur odyssée. Qu'ils s'aiment ! Oui, qu'ils s'aiment profondément. Pour tout commentaire, j'embrasse la main de Gaspard, la tapote deux ou trois fois, avec douceur et indulgence, ensuite je me remets à fantasmer sur les tartelettes à la framboise, les paris-brest, les macarons au café et les glaces à l'italienne.

Konrad m'appelle à l'instant où Gaspard gare la voiture sur le parking de l'aéroport. Épaissie par mes rêveries pâtissières, empâtée sous les couches d'un assoupissement de gestation, je vole à sa rencontre, soudain plus légère que de la mousseline, une fée. Il me vise à travers ses lunettes de soleil, les bras grands ouverts. Ah, c'est un bel accident routier que nous avons quand nous nous écrasons l'un contre l'autre dans le hall de l'aéroport de Nice. Un exemplum en matière de retrouvailles. Très dans le style grand humanitaire, tunisien blanc et paire de rangers en toile, Konrad arbore en outre une énergie impressionnante, malgré ses traits tirés. J'en suis enniaisée jusqu'au cou, soulagée jusqu'aux larmes, tiède et collante, prête à fondre dans son étreinte. Gaspard nous retrouve, tout entier en joies attendues, et en joies inavouables aussi, celles qu'il renonce à cacher plus longtemps, en nous serrant franchement tous les deux contre lui. Bien accueilli, il s'aventure avec une proposition de passer une nuit à Nice et de reprendre la route, moins encombrée, le lendemain matin. Il vend vite sa marchandise. En médecin de famille, Konrad nous prescrit une vue sur la mer, une promenade iodée, un dîner composé de sirènes et de monstres marins :

« Eh bien, chers enfants, écoutez le vieux docteur Warski... Ce soir nous ouvrirons une parenthèse enchantée comme à Bénarès, et à partir de demain, nous prendrons les choses très au sérieux. »

À cet instant, je le crois encore. Rapidement, il me fera comprendre que la parenthèse s'ouvre plus largement devant eux que devant moi et que, s'il m'autorise à afficher un certain mépris à l'endroit du sérieux, il ne me dispense pas d'en faire preuve. Je fêterai son arrivée à l'eau.

Putassière, au bon sens du terme, de ce sex-appeal des années Giscard qui donnent à regretter une certaine légèreté, la ville nous amuse et nous charme. Gaspard nous dépose dans le centre, puis nous quitte pour aller chercher un hôtel. Occupé à me caresser la nuque, Konrad me parle de l'épidémie de dingue qui ravage l'Inde et qui a failli le retenir. De mon côté, je lui parle d'une envie de tableau qui m'est venue de façon factieuse le lendemain de la Grande Nouvelle, dont *de facto* nous ne parlons pas. Le sujet, suspendu entre nous depuis la sortie de l'aéroport, exige que l'on s'assoie. Près du Casino Barrière, par où il est convenu avec Gaspard que nous traînaillions en l'attendant, une terrasse à l'ombre avec quelques chaises miraculeusement libres se prête aux confessions. Comment je me sens ? Comment je me porte ? Comment je me nourris ? À l'instant où je sors un paquet de cigarettes de mon sac, Konrad interrompt son questionnaire et me demande des explications. Des preuves, pas des sornettes. Aussitôt, c'est un franc conflit idéologique qui nous oppose :

« Ta religion de la santé ! À quoi sert la santé dans un monde malade, dis-le-moi… Regarde autour… Ils sont en vacances, le pays en entier. Pas de mal à cela… à part qu'ils sont en vacances depuis des décennies… Tu te doutes bien que cela ne pourra pas durer. Forcément, il arrivera une complication, une sucrerie de première… Peut-être pas une guerre franche, pas ici… Mais une confiture semblable à la nôtre dans le passé, un marasme inguérissable, des états d'urgence, une profusion d'actes isolés d'une sauvagerie indescriptible. Tu verras, un jour, toute cette belle promenade volera en éclats et, dans leur gâtisme, ils ne bougeront pas… Ma cigarette ? Considère-la comme une marge de scepticisme que je m'accorde. Tu veux ton enfant en bonne santé… moi, je le veux crédule et confiant, docilement disposé à gober n'importe laquelle de nos salades utopistes, parce que je n'ai rien de mieux à lui proposer. Et quand on doit produire autant de fiction que moi en ce moment, on a envie de fumer de temps en temps. »

Konrad se secoue en silence de mon soliloque, sonné à moitié ou juste en surface. Au fond, il se mobilise, fait parader sa grande armée de muscles, m'entoure de son bras puissant, censé me rassurer. Puis, son cerveau, plus fort encore que tout le reste, lui souffle une réplique à la hauteur de l'attaque, vu que je renonce à fumer le temps nécessaire, exception faite de quelques rares parenthèses enchantées que je m'octroie moi-même et dont je n'informe pas le Comité central. Il n'est pas médecin des Français, et ne sait donc pas de quoi ils souffrent, à supposer qu'ils souffrent vraiment. Ils n'en ont pas l'air, du moins pas plus que le reste de la planète, selon Konrad. S'il y avait du vrai dans mon propos, cela resterait tout de même le récit d'un amour déçu :

« Je ne me suis jamais attaché aux États-Unis au même point que toi à la France, ce qui me fait épargner beaucoup d'énergie. »

Quant à l'essentiel, qu'il lui soit permis de me signaler que nos parents ont eu infiniment plus de raisons que nous de se faire du souci. Sa mère, la mienne, auraient-elles pensé, ventres remplis de nos ébauches, qu'un jour nous serions assis dans un chic café de Nice, en train de déplorer la dégringolade française, réelle ou fictive ? Mon don à tout grossir, à exagérer ! Alors qu'il ne voit pas ce qui pourrait nous faire plier l'échine ou nous abrutir.

« Ma religion de la santé ? Je ne comprends pas toujours Bo et Peter. Trente ans nous séparent. Quand je pense que j'aurai un demi-siècle de plus que mon plus jeune enfant, je tremble, *milosci moja*... Avec un peu de chance, je le verrai passer son bac et finir ses études, dans un monde qui ne sera plus le mien depuis longtemps. Tu as peut-être raison d'être sceptique, mais je te demande de garder ce privilège pour toi. Ne fais pas de ton scepticisme ton premier legs, Gabriela. Pas plus que de ton tabagisme, parce que j'estime que cet enfant risque de préférer vivre en bonne santé, même si cela te chiffonne. D'ailleurs, pourquoi lui enlèverais-tu le plaisir de choisir tout seul avec quoi s'empoisonner, si tant est qu'il en ait le goût ou la prédisposition ? »

Dans la foule qui englue la ville de sa masse en sueur, insouciante, grasse, nous sommes deux déserteurs, repérables de loin. Pensif et compassé, Konrad me confisque mon paquet, puis ma main. Vent debout contre le temps qui passe et lui ensemence l'esprit d'une lucidité qui sur-le-champ m'effraie, je la serre, sa main, comme si j'avais enfin compris quelque chose à l'arithmétique, saisi sa violence, sa logique impitoyable. Il se fait tard pour tout le monde.

Fondu dans un rayon de lumière, Gaspard nous éblouit soudain, flamboyant, élancé, enthousiaste sur toute sa longueur :

« Ah, les Polonais... Vous ne pouvez vous épanouir qu'en broyant du noir ! Une guerre aurait-elle éclaté en mon absence ? »

J'aurais plutôt dit que nous avons, dans un sens, capitulé sans nous rendre. Et qu'il fallait que Gaspard reste en dehors de ce tableau vermeerien d'un ventre rond et d'un crâne, qu'il vive son illusion d'une nouvelle puissance. Tacitement, Konrad et moi évacuons par la porte de service le memento mori venu s'asseoir à notre table, faisant la place aux débordements de sa vivacité, à son allant. Il nous a dégoté deux chambres au Hyatt, attend nos louanges. Pour éviter une fausse note et justifier nos têtes de suppliciés, je me lance dans une plainte sur les plaisirs perdus : le cheval, l'herbe, la cigarette. En complice, Konrad roule théâtralement des yeux. Gaspard marche dans la combine, m'embrasse et trouve la parade à tous mes maux : « Autant dire, mon utopie, que tu conserves l'essentiel… la peinture, les pâtisseries et le sexe. » Dans la propagande du succès, Gaspard s'avère de loin plus efficace que ne l'était le Premier secrétaire du Parti, Edward Gierek, quand il nous promettait de bâtir un deuxième Japon en terre socialiste.

Au mot *sexe*, Konrad se ranime et joint la commande d'un double expresso à celle d'un Perrier demandé par Gaspard. D'allusion en allusion, un sentier inexploité se dégage devant nous, occasionne quelques propos licencieux en guise de sondage d'ambiance et d'état d'esprit général, ravive notre curiosité tartufe. Pendant le dîner au Vieux Port nous l'abandonnons, timides et tendres, égarés sur les routes goudronnées de nos grands rires, de nos peurs, de nos palabres rituelles. Par quelle inspiration nous le retrouvons, je ne saurais le dire. Sur le balcon d'une de nos chambres, dont l'attribution se dresse en un pensum déplaisant, Gaspard prend la tangente : « J'en ai voulu deux par attachement aux convenances, mais… » Avec son allergie à parler des évidences, Konrad lui adresse un sourire coopérateur en réponse, et nous passons dans l'inénarrable : un patchwork de peaux blanches de différentes teintes et textures, une utopie charnelle qui se satisfait pleinement d'une seule chambre et même d'un seul lit. Aux aurores, Gaspard pousse l'audace au point de s'endormir entre les bras de Konrad et mes reins, dans une dispersion dionysienne. Peu après, j'entends Konrad taire ses protestations, alors qu'il le traîne pour aller nager dans la mer : « Chut, tu vas réveiller Gabriela... »

*

Je m'étonne de Gaspard, comme de mon culte de sa retenue et de ses interdits, lesquels tombent sous mes yeux. Je le vois tâtonner, rabattre le faux plafond de ses certitudes et, dans un premier temps, je prends peur. Parce que c'est charmant, mais aussi troublant et risqué, étant donné ma condition. Je crois la parenthèse de nos retrouvailles fermée et, candidement, j'imagine qu'il en est de même pour nous tous. Pas tout à fait. Un après-midi, je surprends Gaspard sortir de la piscine, passer par le salon en s'égouttant, avant de m'effleurer la joue d'un doigt, d'embrasser Konrad à pleine bouche dans l'escalier, puis de disparaître à l'étage. Comme si rien ne s'était passé, ses empreintes trempées s'évaporent en un clignement de paupière. À l'instant où Konrad croise mon regard, j'ai droit à une glose saillante : « Tu es la dernière personne que je soupçonnerais de pouvoir en être choquée... »

Ainsi, quand le lendemain, depuis le grand salon, je vois Gaspard nager près de Konrad, émerger derrière lui, déjà appuyé de ses deux bras contre le rebord de la piscine, le prendre de court avec ses avances sans que Konrad résiste excessivement, je trouve que le mieux à faire est d'aller chercher du papier et du fusain. Ils ne sont pas pressés. Je jette une esquisse, puis une autre, d'un double portrait de profil dont je réaliserai une série. Gaspard rayonne de beauté. S'il ne m'évite pas, il semble insaisissable, y compris pour lui-même. Enniaisée par ma sauce maternelle, je le vis mal, en chiale dans les coins de l'atelier. Reconnaître à l'autre les largesses et les libertés qu'on lui réclame et qu'on s'octroie sans attendre sa réponse n'a rien d'évident. De son côté, Konrad ignore le problème avec superbe, à croire qu'il n'en fait pas partie : « Je ne te rassurerai pas, parce qu'il n'y a aucune raison que tu t'inquiètes de ses égarements, et tu le sais mieux que moi. » Sur pourquoi prête-t-il son corps aux expérimentations de Gaspard, je n'entends pas un mot d'explication et ne le demande pas. Ma jalousie me fait honte. Elle m'afflige, car nous sommes par ailleurs plus soudés que jamais.

De fait, la surprenante romance déclinée au masculin n'empêche en rien une harmonie de se mettre en place. À l'encontre des risques encourus à cause de notre isolement, le cadre nous discipline. Après les heures fraîches réservées au travail sur son article, Konrad réveille Gaspard chaque matin, ensemble ils font plusieurs longueurs dans la piscine, préparent le petit déjeuner, me tirent du lit. Nous grignotons sur la terrasse, ensuite chacun s'occupe de son côté : moi dans l'atelier, Gaspard dans son bureau, Konrad dans la pièce qu'il a choisie pour écrire, sombre et claustrale, à l'arrière de la maison. Je n'en pousse jamais la porte, par plaisir de l'attendre, puis de le voir débarquer vers quatorze heures, encore embué de sa savante matière, distrait, jusqu'à ce qu'il m'embrasse la nuque, annonçant en même temps : « Je suis idiot de passer tout ce temps devant l'écran, alors que tu es là, dans ta robe. » Tout aussi idiot le lendemain, voire davantage parce qu'il lui arrive de s'attarder, il refait quotidiennement son numéro. Attiré par nos voix, Gaspard pointe la tête dans le chambranle, demande si nous préférons du melon ou de l'avocat en entrée, donne le signal d'un tardif et frugal déjeuner. Suivi d'une sieste, que parfois je fais accompagnée, parfois seule, le repas débouche sur un après-midi paresseux, à discutailler ou à lire, dans l'herbe qui n'a pas eu le temps de brûler plutôt que sur les chaises longues. Ni presse ni radio. Nous touillons des idées pas de ce monde. L'essentiel concerne l'Inde, les *koan*, ces irraisonnables énigmes zen, pour lesquelles Gaspard affirme un intérêt grandissant à mesure qu'il délaisse l'exploration de sa sexualité, la médecine du futur, dont Konrad nous parle avec pédagogie : « Le virage techno-scientiste est une impasse ! » Dans la soirée, il me chaperonne pendant le toilettage de Petipa, prend à sa charge le nettoyage des sabots. Le temps de son séjour, je réussis à préserver le rituel des promenades en bordure de la forêt, bien qu'il évolue. Désormais nous sortons en caravane : hommes, chiens, jument et moi, laissant au bout d'une petite poignée de kilomètres Konrad et Petipa prolonger le plaisir au trot. Loin de nous peser, la monotonie relative de ces jours de fin d'été nous apporte une infinie félicité.

*

Le tableau qui dort en moi ne trouve aucune articulation avant que je ne le remarque sous mes yeux, vivant, étalé. En sortant de la maison, j'aperçois Gaspard à demi allongé sur l'herbe, face à Konrad accoudé sur un bras, jambes écartées, la droite pliée, la gauche étendue, dans une exacte citation des poses d'Eugène Manet et de Ferdinand Leenhoff, lors du fameux pique-nique en pleine nature. Il manque la traînée, celle qui, en son temps, choqua le public, et la baigneuse à l'arrière-plan. Sans la moindre intention obscène ou tapageuse, tout au plus saisie du pressentiment qu'ici comme ailleurs je n'échapperai pas à de coquets sarcasmes, voire à une franche opprobre pour ma double allégeance, qui plus est lestée d'un innocent dont on me signalera consciencieusement le droit à un pédigrée en règle, je m'avance vers eux, décidée à compléter le triangle renversé qu'ils forment et à en donner une traduction en peinture. Seigneur ! Je le veux ce tableau, et dans les dimensions de l'original. Immense ! Je mesure sur-le-champ le culot qu'il faut à m'essayer aux figures de grandeur nature, à me projeter dans la suite des cent cinquante variations comptabilisées du *Déjeuner sur l'herbe* fabriquées par Picasso et tant d'autres, plus récentes, qui en font une affiche des luttes des sexes ou des races, des idéologies des plus alarmistes aux plus farfelues, de revendications absurdes et de revanches stupides. Je ne désenchante pas. Priés de rester immobiles, Gaspard et Konrad ne prêtent pas attention à mes manœuvres qui servent d'excuse à leur majestueux farniente. À la mine de plomb, je conclus une jetée d'esquisses convaincantes. La suite se révèle semée d'obstacles.

À table, en train de séduire Konrad avec ses fleurs de courgettes poêlées, un brin enivré de sa performance culinaire, Gaspard se montre d'emblée dubitatif devant mon projet. On parvient vite au constat que je n'arriverai même pas à mettre une toile de cette taille sur châssis, sans oublier les heures de travail à monter et descendre un escabeau. Son gigantisme semble compromettre mon ouvrage. Du moins, le moment est mal choisi. Visé en qualité de médecin de famille, Konrad prend le relais, lève les yeux au ciel : « Ralentis, Gabriela… » Je suggère avec insistance qu'ils se mobilisent pour étendre ma toile plutôt que me scier les ailes. Gaspard s'emporte un peu, boit une gorgée de vin, puis propose de revenir sur le sujet après ma première visite médicale. Mais qu'est-ce encore que ce Kinder Surprise ? Je mousse. Et grogne, dès l'instant où Konrad ajoute que j'aurais pu m'en douter. De quoi ? En expert, Gaspard évoque une routine, un parcours de suivi, une randonnée obstétrique, tout ce qui est de plus ordinaire. D'une minute à l'autre, d'un sujet qui me tient à cœur nous passons à un sujet qui me retourne l'estomac. Et je pèse mes mots, alors que nous terminons de dîner en grande ébullition. De notre belle harmonie, il ne traîne plus une note de parfum dans l'air. Pas un soupçon ! Le lendemain, je dois me présenter au cabinet de notre voisin, le docteur Larroque, pour un rendez-vous d'espionnage, d'écoute et de veille contre lequel je me révolte avec passion et conviction. Parce que ce n'est quand même pas tolérable, cette manière de tripoter de tous les côtés ce qui respire en secret !

*

Tapissé de toile de Jouy dont le ton rose aggrave mes nausées, le cabinet de Larroque fermera définitivement, comme son propriétaire m'en informe en hurlant, à cause de sa surdité consécutive à un burlesque accident de chasse. Nous ferions bien de chercher un autre généraliste, ce qu'il me conseille sur un ton à la fois mégalo et confidentiel, laissant entendre que nous n'en trouverons pas un de disponible. Il m'expédie les bras chargés de paperasses, de formulaires, de chinoiseries imprimées en couleur, avec au sommet de la taupière une ordonnance extravagante : une déclaration de grossesse. À quand le ministère des fœtus ? L'histoire empeste Gogol à pleines narines. Miséricordieux, mais qu'est-ce qu'une grossesse ? Une république séparatiste ? Une zone d'aménagement différé ? Je traverse la route et j'en fais, moi, une déclaration de guerre ! Je la cloue à l'aide d'un couteau à la porte de la cuisine, en Sioux doublée de scoute. Hou ! L'œil avisé, Gaspard me mire et marmonne des trivialités sur la lourdeur de l'administration française. Pas si vite. C'est bien plus odieux ! Une dégueulasserie flicarde ! Une atteinte totalitaire à la métaphysique pure ! Rien de moins ! Konrad objecte : « La métaphysique peut-être, mais pas que… » D'ailleurs, il prévoit de repartir après mon échographie. Je retiens le mot. Aussitôt, les images se collent dessus, technologiques, insensibles, des caméras de télésurveillance. Jamais je ne laisserai faire ! Orwell appliqué ? Merci ! Nous en avons goûté par le passé, et en ce qui me concerne, je ne souhaite pas en reprendre :

« À la limite, je disculperais la docilité de Gaspard. Il ne sait pas grand-chose des plaisanteries de l'Histoire… Mais vous ? Warski, comment pouvez-vous cautionner qu'on espionne les enfants dans le ventre de leurs mères ? Et pour en tirer quoi, au juste, quels renseignements ? À moins qu'il ne s'agisse de photos de famille ! Sinon, quand est-ce que la mère de Rubens a fait son échographie ? Ou celle de Mozart ? Alors, merde ! »

Warski en perd toute contenance, toute retenue, braille des horreurs en cascade, débite des défauts de fabrication aux noms imprononçables et des trisomies numérotées jusqu'à vingt et une. Il ne se ménage pas, obtient un résultat à la hauteur de son effort. Je monte à l'étage, trempée de larmes charnues, et laisse volontiers Gaspard l'invectiver à sa guise : « Grosse brute, arrête de la terrifier ! » Du reste, je n'ai pas peur. Depuis la mezzanine, je brandis mon poing indigné vers les cieux, en les prenant à témoin :

« Que ce soit un dragon à trois têtes cornues, ou une chèvre croisée d'un griffon boiteux, j'assumerai ! Pas vous ? Parce que moi, je n'ai rien contre les défectueux ou les ralentis ! De toute manière, avec ma part de partition, il ne sera pas aux normes… Je m'en contrefous par avance et pour l'éternité ! Bienvenue aux animaux fantastiques ! Vive la diversité ! »

Ah, bordel ! Je claque la porte avec une telle fureur que la peinture du plafond s'en détache et tombe en plaquettes grandes comme une main.

Sur-le-champ, je regrette l'idylle de nos déjeuners sur l'herbe. Un battement de cils. Et comment vais-je faire pour obtenir de nouveau cet effet de confiance et de paix ? Tout le contraire des tensions qui convulsent le paysage sur la toile du maître, je m'en rends compte, avec sa corbeille de fruits renversée, ses chiffons froissés, son bazar suggestif en bas du côté gauche. Je décide de supprimer le superflu narratif chez moi. Pas de feuillage ni de joliesses. Quelques abricots, symbole de la Trinité dans la Bible, des citrons, allégorie depuis Pline l'Ancien de la fidélité en amour, une fleur d'artichaut en figuration à la fois de l'extravagance et de la fragilité de la nature humaine, que je vois glissée dans la main de Gaspard. Plus que de simples ornements, une nature morte en guise de palladium de notre longévité. Je m'éloigne d'une scène de genre et me colle de près à un portrait de famille. Saisie dans sa chaleur étouffante et sa précarité, sa superbe et sa résistance, son unité utopique, envers et malgré tout. Je déroule le panorama sous mes paupières, je l'analyse, je le complète d'un fond bleu outremer d'importation indienne, celui d'au-dessus du Gange, qui fait croire que nous ne sommes ni seuls ni condamnés. Oh ! J'y respire. Et s'il fallait me justifier de nous avoir dénudés tous les trois, dans la mouture définitive du tableau qui verra le jour deux ans plus tard, de m'avoir placée au centre, ventre bombé en globe, je hausserais les épaules. Faudrait-il dire davantage sur le plaisir de peindre la chair que n'en disent les pieuses images ? Qui aurait manqué le prétexte à montrer un téton, que l'on prétendait alors virginal, ou les côtes émaciées, supposées du Fils ? Chacun y est allé de sa petite musique, de sa petite affaire à régler, de son monde à sauver. Gaspard ne saurait mieux dire. Les musées regorgent de preuves. Tant de hanches, d'épaules, de poitrines, de cuisses, de clavicules, insignifiantes et parfaitement périssables, chéries par courtes ou longues périodes, clandestinement immortalisées : des putains sous les madones, des truands sous les martyrs, des greluchons sous les empereurs. En comparaison, je suis sans prétention. Tout au plus, sensible aux références.

Les raisons du succès de ma toile me surprendront alors grandement. Moi, qui n'ai jamais visé à « déconstruire » quoi que ce soit, et sûrement pas la famille nucléaire, vu qu'elle se déconstruit toute seule et que, de mon côté, j'ai assez à faire pour maintenir la mienne en monolithe, je me verrai attribuer des ambitions que je n'ai pas eues, comme « *faire éclater la norme genrée des pratiques sexuelles* ». On prendra mon portrait de famille pour une œuvre subversive, annonciatrice des mœurs à venir, en quelque sorte, prophétiquement normative. On me félicitera d'avoir capté l'air de l'époque et réussi à « *faire sauter le verrou de la monogamie* ». On reconnaîtra en moi une de ces voix « *rares et salutaires* » qui se sont superbement moquées de « *la fétichisation du couple hétéro-normé* ». Et ainsi de suite du même tonneau, avec plus ou moins de place réservée à l'examen de la composition, de la lumière, de la technique. Gaspard ragera à cette lecture, m'en fera un procès terrible, à croire que j'y ai réellement trempé, dans ce fier programme. Aimablement, je lui rappellerai chaque fois combien ce tableau l'a ravi quand il l'a découvert fini, à quel point il l'a trouvé *juste* non pas dans l'expression de l'esprit de l'époque, mais de notre esprit à une certaine époque. Cajolé, pateliné, caressé dans le sens du poil et derrière les oreilles, il me blanchira *in fine*, disant que les grandes renommées, même les plus solides, sont toujours faites de circonstances et jamais les produits purs de l'acte : « C'est de Valéry, mon utopie. »

*

À l'instant où Warski se met à frapper avec précaution contre la porte derrière laquelle je sanglote dans les intervalles d'un songe tout dédié à mon tableau, je le chasse en russe : *Pachol ! Von !* Qu'il ne minimise pas ma peine ni mon outrage. Qu'il fasse son mea-culpa, qu'il quémande mon pardon. Il témoigne dûment de son repentir, le temps que, oie blanche, je lui ouvre et le laisse entrer. Une fois rassuré d'avoir toujours accès à ma nuque, il change de refrain : « Il faudra faire tous ces examens de routine, *milosci moja...* » Et paf ! Il me dit clairement ce que je ne veux pas entendre, bien que son « de routine » serve d'aspartam pour adoucir son propos. Sauf que c'est encore pire qu'il soit désormais « de routine » de contrôler des humains à peine entamés ! On commence sous un échographe et on termine, quatre-vingts ans plus tard, sous une sonde gastrique ! déglingués et impotents, entre les quatre murs d'une chambre d'hôpital, d'où on a eu à peine le temps de sortir depuis la naissance. Toute la vie à trembler de peur d'avoir à gémir. Seigneur, non !

Comme en station devant une idole, je fixe les pieds de Warski, l'œil cinglé de dépit. De toutes ces choses sottes qui font l'amour, la plus sotte est d'attendre de l'autre qu'il rende le monde moins hostile, moins offensif, moins inquisiteur. J'en veux à Warski de m'avoir inspiré de pareilles chimères, alors qu'en réalité il collabore étroitement avec le réel, suit ses oukases, écoute ses raisons, se couvre et pense nous couvrir. Protège-moi plutôt des performances de ta science, de ses atteintes, de ses appétits ! De tout ce que tu sais, je ne veux rien savoir. Rien ! Ni du dehors dans sa globalité. De l'extérieur devenu un formulaire.

Nous étions souverains, beaux et soudés, à l'abri dans notre jardin. Nous étions un tableau de maître. Nous voilà en administrés craintifs et scrupuleux ! Réinsérés de force dans le grand courant du progrès, de la science, et bientôt de l'instruction, du dressage, des écoles publiques, des fiertés contemporaines. Il en sortira un gentil citoyen, calibré comme il se doit. Un nouveau dossier tout propre, dans le format convenu, prêt à remplir. Un fichier informatique, droit tiré de mon ventre.

« Warski, pourquoi vous ne me mentez pas ? Pourquoi vous ne jurez pas que cet enfant évitera le parcours des autres mortels ?

— Parce que je ne serais pas crédible, Gabriela. Mais je t'ai apporté un petit dieu… Tu pourras lui demander l'impossible, même le retour à l'âge de pierre. Viens, je te montrerai. »

Ah, je ne viens pas comme ça, en dinde de farce parfaitement consentante. Non. Curieuse de son petit dieu, j'exige qu'il m'explique d'abord à quoi sert d'écrire un article sur les dérives du techno-scientisme, le grand désarroi de la médecine occidentale, son oubli de l'homme et tout le tremblement, pour, à la première occasion venue, mettre son propre enfant sous le microscope. Emporté de nouveau, Warski retombe aussitôt dans des soupirs à cœur fendre : je lui ferais particulièrement plaisir d'arrêter d'exagérer d'une part, et de l'autre, de lui prêter une position qu'il n'a pas tenue, parce que jamais, au grand jamais, il ne s'est opposé aux avancées de la médecine. Le plaisir que je tire à tout grossir, à tout confondre ! L'utilisation abusive du monitoring ne souffre aucun doute, en conséquence de quoi il a eu raison de le pointer, sauf qu'on ne peut pas parler d'un abus dans notre cas. Il y a du bon à vivre notre époque, que je veuille le croire ou pas. Quoi qu'il en soit, il me remercie d'avoir remarqué qu'il n'est pas dans cette affaire uniquement un médecin. Là, il s'assoit d'une fesse sur le rebord de la fenêtre grande ouverte, paré de sa plus belle expression christique, et me demande pourquoi, à mon avis, il voudrait du mal à ce qui fait le sens de sa vie. Eh bien… je me tais sur l'essentiel, mais ne cède pas sans contrepartie. En échange de mon accord à faire les examens nécessaires, il concède de poser avec Gaspard pour les esquisses du tableau. Au final, je ne suis pas mécontente. Mon « d'une pierre deux coups » m'épargne de longues négociations, bien que Gaspard souhaite savoir jusqu'où je pense pousser mes délires érotico-fouriéristes. Pas plus loin que dans le jardin. Nous y passons des heures prodigieuses, eux à rêvasser et à parler bas, moi à les dessiner.

*

Le petit dieu de Konrad a tout d'un dieu commode, à commencer par sa taille, un mètre sur un mètre trente, qui correspond à la planche dûment estampillée par les douanes et entourée d'un ruban autocollant : « Fragile ». Konrad l'a traîné depuis Bénarès, en plus de son bagage, justement convaincu que le présent en vaut la peine. Sorti de son emballage, il nous séduit séance tenante par son mystère, sa mine sibylline. D'emblée, nous le regardons avec respect, à croire que nous craignons ses pouvoirs secrets. Je me méfie un peu :

« Il n'est pas méchant du moins, ou mauvais blagueur ? »

Aucun moyen de le savoir, il faut tester. L'antiquaire qui l'a vendu à Konrad n'a rien pu lui dire de plus, sauf qu'il s'agit d'un diagramme du Rājasthān, datant du début du XIXe, et qui représente une divinité masculine. Couvert d'écritures sacrées, son corps guerrier inspire la confiance, à condition de l'avoir de son côté. Fiodor et Tonnerre le reniflent comme s'il était de leur espèce, glapissent, puis se couchent docilement dans un coin du salon et l'observent en silence. D'après Konrad, il suffirait de lui attribuer un nom, et nous aurions à notre disposition un dieu domestique, attaché à la famille, plus ou moins un équivalent des Pénates. Une idée des plus ingénieuses, vu qu'il nous en faut un, capable de miracles, indulgent et dévoué. Avec une pincée d'humour obligatoire, j'insiste là-dessus. Je m'endors, laisse Gaspard et Konrad débattre du sujet autour d'une bouteille. Le lendemain, ils me présentent avec pompe Kogaga, notre gobelin indien, dont le nom vient de la contraction des premières lettres de nos trois prénoms : Konrad, Gaspard, Gabriela. Je trouve que ça fait bananier et bouffon. Bof…

Cependant, à la veille de l'épieuse et vile auscultation, je ne pinaille pas. Ah, non ! Tout entière réfractaire et sur la défensive, je m'en remets à sa charité, à son gouvernement :

« Vénérable Kogaga, trempez mes nerfs dans du fer. Insufflez-moi la ruse et la souplesse. Faites que je sache m'empêcher de m'en prendre à ceux qui me veulent du bien. Dotez-moi d'instinct adéquat, aussi éloigné que possible du bon sens et des goûts du public. Ouvrez mon troisième œil, qu'il voie juste en moi et dans le monde. Préservez l'héritier des bruits des pleutres, des publicités, des certitudes démontrées et des spectacles de désolation. Formez-le imperméable aux grandes peurs de son temps, dotez-le d'un cœur généreux et d'un esprit intranquille. Que son corps serve les besoins de son âme et que son âme soit aussi brave que raffinée. Qu'il ait l'oreille pour entendre le dieu et l'animal en lui. Qu'il ne désespère jamais ni ne doute de nous, tous les trois que nous sommes. Amen. »

Qu'est-ce que je peux de plus ? Cela étant, il vaut mieux savoir ce qu'on veut et formuler avec précision ses requêtes. Les réclamations n'aboutissent pas. Sinon, il serait calomnieux de traiter Kogaga de saboteur, de le rendre responsable du caractère effervescent de notre fille, de ses trémulations ou de sa dévorante curiosité, tant il est vrai que nos dieux sont à notre image et qu'en l'occurrence, mon exaltation a décidément fini par affecter le nôtre. Pour le reste, dès son entrée au service de notre utopie, Kogaga s'est montré redoutable de professionnalisme, et depuis, sa disposition à nous épauler ne faiblit pas. J'ai beau le défier, infaillible et multifonctionnel, il ne se laisse pas devancer.

Il arrive que je me sente confuse ou hésitante, et qu'il décide de façon autonome de l'issue d'une situation. Il en sera ainsi la fois où Gaspard m'accompagnera à mon deuxième examen et lâchera une rondouillette larme de bonheur à l'annonce de notre médecin : « Vous n'avez pas d'inquiétudes à vous faire. Votre fille se porte à merveille. » Incrédule, il répétera : « Une fille, vraiment ? » J'aurai droit à un mot d'excuse, car contrairement à Gaspard, je ne souhaitais pas connaître le sexe de l'enfant. Le saisissement de Gaspard m'ôtera toute envie de rouspéter. Je lui donnerai le Kleenex qu'il me demandera, sans autre mot de commentaire, et nous rentrerons à la maison dans un effort partagé de produire des badineries à la chaîne, destinées à effacer son émotion et à taire le seul sujet alors inabordable : sa paternité. Doux ciel. Gaspard sera comme du papier de soie sous sa fausse jovialité, délicieux, inexplicable. Tout délicat. Pourquoi cela le prend-il à cet âge-là, à quarante-six ans ? Je n'oserai pas lui poser la question. Il me semblera qu'il ne le sait peut-être pas encore. En tout cas, c'est ce que je déduirai de ses brusqueries à l'encontre du vieux Desroches, à qui il ne se refusera pas de jeter : « Si tu avais été un père, tu serais bientôt grand-père. » Endommagé par ses moisissures cérébrales, François Desroches ne bronchera pas, paré de cette grimace qui rend son fils toujours aussi provocateur, et laquelle, il est vrai, lui donne l'air de se moquer des procès qu'on lui fait et du reste également. Je lui apporterai néanmoins mon soutien : quelqu'un s'est-il intéressé de savoir quel malheur l'avait poussé à boire autant ? Enfin, je dirai à Gaspard : « Tu dépasses les bornes, il ne peut pas se défendre ! » Et il me répondra, en enfant et en père consciencieux qu'il deviendra par la suite : « Parce que tu crois qu'à six ou sept ans je pouvais me défendre ? »

Pendant cet automne, je le surprendrai à plusieurs reprises en arrêt dans son bureau, absorbé par ses brouillards devant l'écran de son ordinateur en veille, et devenu d'un coup très présent, débourré et opérationnel, à tendre sa main vers moi, en m'incitant à rester : « Ah, vous êtes là… » Le vouvoiement me prendra au dépourvu, le temps que je comprenne que Gaspard me compte désormais en double, puis me désarçonnera.

Un bouleversement terrible, quoique souterrain, retenu. Non moins ne me chamboulera sa lutte pour trouver un degré d'implication convenable, alors qu'il les a tous dépassés le premier soir, avant même notre promenade avec Petipa. Alors, je fondrai. Au détour d'Aix, dans la voiture, le dossier avec les photos d'espionnage de la loupiote déposé sur le siège derrière, j'éprouverai le désir qu'il y ait là-dedans ses protéines à lui, ses acides aminés, son phénotype en entier copié-collé, parce que l'essentiel, tout son souffle, y est. Je le regarderai par à-coups rapides, concentré sur la route pour anticiper chaque nid-de-poule, comme si le coffre était rempli d'œufs et qu'il fallait les acheminer intacts à la maison, en me disant qu'il devrait un jour se reconnaître en elle. Qu'il serait heureux qu'il vive une autre enfance que la sienne. Que rien ne lui réussirait mieux que de se prendre dans ses propres bras, en y serrant notre fille. Je m'interdirai de formuler ce soupir muet à la première personne, mais n'en penserai pas moins, au dixième sous-sol de moi-même. Une jonglerie abjecte, certes. Qu'importe que ce soit ma seule trahison envers Konrad, ma seule déloyauté, ou que lui et Gaspard n'en sauront jamais rien. Personne. J'en serai tellement peu fière que même Kogaga ne connaîtra pas toute la vérité. Essayant de dissimuler mon favoritisme, je me limiterai à le prier de « faire au mieux ».

Quand, deux ans plus tard, en 2017, Peter Warski appellera sa demi-sœur *Little Girl of Pompeii*, ignorant qu'il vole le titre d'un poème de Primo Levi, je l'écouterai avec un plaisir coupable m'expliquer qu'il lui trouve quelque chose de « *very ancient and classical* », avant de préciser que c'est de même nature que chez Gaspard. J'en frémirai, j'en frémis toujours. Il sera le premier à repérer une ressemblance. D'année en année, ce quelque chose *d'ancien et de classique*, et surtout de trivialement chromosomiquc, s'affirmera sous forme d'une ligne des sourcils tirée à travers le visage de notre fille, comme une signature indélébile de Gaspard. Puis, ses jambes de flamant rose signaleront à Konrad l'urgence d'avoir une discussion de première importance : « Il s'avère que ce n'est pas moi le patron, mais je crois que nous devons à quelqu'un une explication. » De cette mise à jour, toute récente, notre fille déduira que Gaspard est *son père*, et adressera à Konrad un mot de conclusion qui nous mouillera l'œil à tous les trois : « *So, you are like my soul dad…* » Chaque jour je remercie Kogaga de nous avoir guidés, sans heurts ni fracas, jusqu'à un tel sommet de diplomatie filiative. Qui s'en serait douté ?

*

Il ne faut pas croire. Kogaga ne produit pas de miracles sur commande. Parfois, il prend son temps. Parfois, il réussit une prouesse extraordinaire, tandis que distraite, je l'attribue à la conjoncture générale ou à une circonstance particulière. Parfois encore, il brouille les pistes tant et si bien que je rame misérablement à en comprendre les phénomènes. Par exemple : le jour de ma première échographie à Aix, redoutée, débattue, caniculaire de surcroît, j'ai la tête ailleurs que dans le présent des choses présentes, dans le tripatouillage des innocents. Au cabinet, je note à peine que l'héritier répond aux exigences de l'anthropométrie appliquée à la levure humaine. J'enregistre mécaniquement qu'il fera perdurer notre espèce dans une certaine tradition morphologique, dépourvu de défectuosités manifestes. Je nous félicite de l'accomplissement, sans plus. Symbiotiques dans leur joie, les deux pères de mon enfant, au contraire, s'enivrent de la nouvelle au point de proposer un détour par Cassis où la fêter dignement au coucher du soleil. Allons-y ! Il faut croire qu'il y a une raison de se réjouir des calamités à venir, des déconvenues inévitables. Autrement, je demande poliment que l'on m'explique comment éviter que cette prometteuse mélasse génétique qui m'alourdit le ventre ne se transforme en petit vieillard craintif dès son apparition sur cette terre sans rêves. Regardez ! Que la France est-elle devenue ? Je suis sincèrement désolée que les choses en soient arrivées là. Je suis peinée. Il n'est toutefois pas de mon ressort d'y remédier et, au fond, je crois qu'il n'y a plus rien à faire, que c'est trop tard. Fuir ! Décamper !

Tout au long de notre parcours, de la voiture au cabinet, depuis les kiosques et les abribus, la tête d'un enfant sourit fièrement à côté d'un slogan : « Quand je serai grand, je serai commercial ! » Ah, de bien larges affiches. Joliment colorées, généreusement réparties dans le centre de la ville et près du parking, à ne plus douter du sérieux de la menace. J'en suis gavée jusqu'à l'écœurement, jusqu'à la strangulation. Ai-je compris l'affaire ? Il faudra que je me prive de la cigarette plusieurs mois de suite pour accoucher d'une gélatine destinée au commerce ? Ah, j'en vois tout de suite l'intérêt. Jamais ! Aussi indigne que je sois dans ma qualité de mère, il n'est pas question que je laisse l'héritier respirer cet air marchand, capitulard, profane. Il ne manquerait plus que l'on apprenne à épargner. Et puis quoi encore ? Penser à ses vieux jours, à sa retraite, cotiser ? Plutôt le vendre à des marabouts ou à des sacrificateurs vaudous que d'en faire un concessionnaire de voitures ! J'en ai la gorge nouée. De ce qui adviendra de l'héritier, j'ai une très nette idée : il voyagera avec tous les enfants heureux sur les toits des bus, ou je démissionne d'entrée de jeu. Il jouera au cricket pieds nus. Il bouffera des glaces décongelées et s'en léchera les doigts. Il saura monter son cheval avant de savoir lire, parce que c'est comme ça, merde ! Et qu'on m'empêche de l'envoyer en colonie de scouts. À l'île de Gotland et en plein hiver ! Attendez que je vous produise une guimauve dévertébrée ! Que ce soit une catégorie de citoyens favorisée en cette morne partie du monde, souscrite à toutes les assurances anti-grandeur, vaccinée trois fois contre la vaillance et le moindre élan des passions, je n'en ai plus rien à battre. Aimer la France, mon enfant, on te l'apprendra à l'étranger. C'est le plus sûr moyen que tu l'aimes longtemps.

À Cassis, attablé face à la mer, Gaspard sort son agenda. De toute cette féerie d'augures funestes, il n'a rien vu, n'a pas remarqué une seule des affiches, n'a pas relevé non plus la quantité de mômes à tête de comptable que nous avons croisés. On en voit un, on se dit que c'est accidentel, et puis un autre, et encore un, alors au suivant on ne peut plus se mentir : une armée de petits facturiers, d'ordonnateurs, d'économes ! Alors avec son enthousiasme et son agenda, Gaspard me tape sur les nerfs. Il enjoint à Konrad d'être de retour à Lacoste dès début mars, et même plus tôt s'il pouvait seulement se libérer. Je casse mon cure-dent, l'envoie dans le cendrier : pourquoi à cette date-là ? Les deux me regardent, l'expression offusquée.

« Le grand débarquement, mon utopie ! Ton médecin nous a dit aux alentours du 20 mars prochain… Tu as la tête ailleurs. »

Ah, c'est bon ! Peut-être bien que j'ai la tête ailleurs, mais alors à l'endroit même où il faut l'avoir. L'héritier ne débarquera pas en France, point ! Pas de discussion, pas de négociation !

« Le grand débarquement aura lieu à Bénarès. Nous nous y retrouverons donc en mars, ou avant. Il faudra louer une maison avec des arbres sous les fenêtres. La première chose que verra cet enfant ne sera pas une chambre d'hôpital, croyez-moi. »

Un moment de silence, aussitôt suivi d'une explosion : Quelle idée ! Même pas une idée, un caprice, une fantaisie, un hoquet hormonal ! Gabriela, notre Amour, notre Étoile polaire, notre Divinité maternelle, tu dérailles, tu extravagues ! À la fin, Gaspard en glousse, tant ma contestation lui semble désinvolte et inepte. Il la croit éphémère, du moins, il l'espère. Je ne pipe pas un mot au sujet de mes observations, d'une, ne souhaitant pas froisser ses sentiments patriotiques, et de deux, misant tout sur ma méthode indienne : mutisme, calme, et distance. D'abord craque Konrad. En toute humilité, à peine teintée d'inquiétude, me demande *pourquoi*… Je n'ai pas à y réfléchir. Pour la question essentielle, celle de l'énergie, de sa qualité propre à chaque endroit sur Terre, de sa façon à infléchir et à inspirer nos vies. Que cela nous plaise ou pas, et cela ne me déplaît absolument pas, cet enfant est d'ores et déjà fait de cette énergie, peut-être même n'existerait-il pas sans elle. Il convient d'en déduire qu'elle est bonne et, avant tout, qu'elle est la sienne. Point.

Là, ça fait de nouveau séquence d'un de ces films polonais intellos et pincés dont les protagonistes ne savent pas de quoi ils parlent, à un point que cela en devient profond. Je ne recule pas devant l'argument que mes dépressions périodiques auraient été moins fréquentes si j'étais née ailleurs qu'à Wroclaw, ville humide et brumeuse, d'un onirisme danois, et dont le fantôme pèse sur mes épaules. Nous sommes faits de lieux, au même titre que de nostalgies et d'atomes. Je tais, évidemment, le volet le plus insensé de mon manège : pourvoir l'héritier d'une admiration abrutie et exagérée, comme la nôtre autrefois en République populaire pour l'Europe. C'est à ce dessein qu'il faut l'en tenir raisonnablement à l'écart, tout en le laissant profiter amplement des sauvageries asiatiques, formidables à former le caractère. Je laisse échapper quelques allusions, quelques images. Le reste se fait tout seul. Dans la voiture, nous convenons que Gaspard m'accompagnera à Bénarès avant les fêtes de fin d'année. Il rentrera ensuite seul à Lacoste, y terminera les travaux de la maison, avancera avec ses chantiers, puis nous rejoindra en Inde tout début mars. À Kogaga, je réserve une corbeille d'abricots et trois encens. Je bave d'une paix insondable.

*

Désireux de se débarrasser de l'administratif et des officialités, Gaspard propose d'appeler dans la foulée mon père : « Il faut profiter de la présence de Konrad. » Seigneur ! Pour durer, cela ne dure pas davantage qu'une paire de bas, la paix. Comment le lui dire, à mon père ? Je me décrédibilise de nouveau sur tous les fronts, avec cette annonce. Ma puérilité ! Mes cigarettes ! Mes pétards ! Mes thérapies ! Mes suicides à la chaîne ! Mes fringues hors de prix ! Et maintenant, ma polyandrie ! Sans oublier ses conséquences. Qu'a-t-il fait, mon pauvre père, pour mériter un pareil bouquet ? J'appréhende en écolière qui aurait démérité, en rejeton incorrigible, tout juste bonne à se faire déshériter. De peur, je projette de renifler le terrain, de téléphoner d'abord à Maria, alors que Gaspard m'informe qu'il vient de laisser un message à Edward Bartel :

« Il n'a pas décroché. Je lui ai dit alors qu'il y avait un petit uhlan dans le tiroir et que nous allions avoir besoin de tes bottes cavalières d'enfance. »

Ah, il n'a pas pu s'empêcher de pousser son cocorico. C'est futé, Cracovie risque de sonner à la minute ! Après une brève réflexion, vraiment éclair, je renonce à apostropher Gaspard à cause de son réel don, plus français que tout le reste en lui, de s'attribuer les victoires et de présenter des cafouillages en succès, car ce don, je l'adore. Sur cela, mon père nous rappelle, et j'ai à peine le temps de lever les yeux au ciel que je l'entends déjà tonitruer dans le téléphone de Gaspard, rappelant que d'habitude, il a les surprises en horreur, mais qu'alors, nom d'un chien ! celle-là est une incroyable réussite. Tandis que Gaspard fait basculer l'appel sur son ordinateur, je me hâte de chercher Konrad : « C'est le grand oral, viens ! » Je me trompe à moitié. Nous apparaissons dans le bureau de Gaspard au moment où Edward Bartel s'abandonne à un monologue ému.

Sur le fond de sa bibliothèque, le col de sa chemise déboutonné, la tête appuyée contre la paume de sa main, il philosophe, comme ça, comme s'il me dictait quelques *imponderabilia* à ajouter dans mon cahier utopique.

« Il y a des jours étranges... Vous vous réveillez le matin avec de légères brûlures d'estomac, n'avez pas trop l'envie de faire quoi que ce soit, vous le faites à reculons ou par automatisme, et puis, vous vous retrouvez dans la soirée avec un million de zlotys en plus. Ce n'est pas d'optimisme que je vous parle, c'est de la confiance dans le monde qu'il faut avoir pour arriver à quoi que ce soit. Une confiance relative, mais constante. »

Souriant, Gaspard fait son premier de la classe, gendre rêvé, affirme qu'il a toujours eu en lui cette espèce de confiance dans le monde. Pris dans son élan, il m'embrasse. Tout affaité, mon père reprend, avec Nâlânda sur ses genoux :

« Je sais, je sais… une belle qualité, croyez-moi. Je devrais vous féliciter tous les deux, mais je me félicite d'abord moi-même parce que j'ai cru en vous, dès le début. Disons, que je ne m'attendais pas à une pareille arabesque. »

Le malaise, qu'il sème. Miséricorde. Reste que pour le remettre de son erreur, il n'y a plus d'homme. Je me sens bien esseulée, jacente, unique damnable à devoir lui expliquer les tenants de l'*arabesque* : « En fait, nous sommes trois… » Mon père nous brosse du regard et refuse de comprendre. Il bloque sur des données périmées. Il s'agrippe au garde-fou de toutes ses forces :

« Je vois bien. Vous êtes venu en vacances, Konrad ? Je compte vous revoir à Bénarès en mars, si vous y êtes toujours. Ce sera l'anniversaire de la mort de ma femme, alors… »

De mieux en mieux. À fond dans le déni et dans l'interprétation accommodante du réel, semblant prouver que, quand on est de gauche, on l'est en toute circonstance. Enfin, je ne tiens plus, je monte à l'assaut de ses affligeantes défenses : « Je suis en train de te dire, que le petit uhlan dans le tiroir a deux pères… » Voilà ! Enfin.

Les hommes se redressent sur leur chaise, tous les trois, des deux côtés de l'écran. Gaspard fait moins son fier, Konrad s'apprête à s'étirer une phalange, tandis que mon père découvre qu'un million de zlotys peut parfois avoir une couleur bizarre. Aussitôt, il se ressaisit, pousse un soupir condescendant :

« Pourquoi cela ne m'étonne pas, venant de toi, ma fille… Et le deuxième dans le coup, si j'ose dire, c'est donc vous, Konrad ? Alors, bienvenue. C'est toujours pratique d'avoir un médecin dans la famille. »

En termes d'accueil et d'hospitalité, les Polonais savent de loin mieux faire, ce qui n'échappe pas à Konrad, sans le froisser.

Il se tient comme en consultation, compétent, poli, et débite un chapelet d'arguments censés rassurer Edward Bartel, pour finir par déclarer sur le même ton qu'il emploie quand il balade les mères de ses patients :

« Nous nous occuperons très bien de Gabriela et du petit uhlan, ne vous inquiétez pas. Quant à Bénarès, nous y serons en mars tous les trois, ou déjà tous les quatre…

— Déjà ? ! Eh bien, messieurs, nous n'avons pas beaucoup de temps devant nous ! J'aurai à vous parler, mais d'abord j'ai un mot à dire à Gabriela. »

Il nous prie d'excuser sa manière expéditive, il doit se lever aux aurores, s'il ne veut pas manquer son avion pour New York. Gaspard fayote, l'invite chez nous à son retour des États-Unis, bien que la maison soit en travaux, et trouve le moyen de le retenir, photos de mon examen sous la main. Amadoué à dessein, mon père lui fait les yeux d'un absolu nicodème, oublie son sommeil, remonte dans ses glorieuses annales à l'année de ma fermentation utérine, nous sert une anecdote :

« Savez-vous comment ça se passait à mon époque ? Je faisais toc-toc contre le ventre de ma femme et Gabriela me répondait toc-toc… Et puis un jour elle a fait une cabriole. »

Regardez-moi ces nigauds à s'émerveiller de mes cabrioles prénatales et de mystères désormais sondables ! Regardez-les s'empafer de leurs contribution et bravoure, parce que, au fond, cette inattendue communion qui se déroule sous mon nez crie la grande fierté virile. C'est bien connu, le plus dur dans la maternité revient aux hommes. Konrad trouve drôle d'ajouter que je fais toujours des cabrioles, à quoi mon père réagit, un brin embarrassé :

« C'est pourquoi j'ai besoin de lui parler… » Vieux renard ! Pour m'enguirlander, il ne perd jamais le nord.

Compassée au possible, j'attends gentiment mon blâme quand il m'assène une sollicitude affable : il ne faut pas que je me sente gênée si nous avons besoin de quoi que ce soit, sachant que Gaspard n'oserait jamais en parler et encore moins demander. Je le remercie de sa proposition. Tout d'un coup assombri comme je l'ai rarement connu, il prend la précaution politicarde d'affirmer qu'il n'envisage pas de se mêler de nos histoires, après quoi, il s'en mêle. Quoi qu'on puisse dire de la libération sexuelle, les femmes n'en sont pas les premières bénéficiaires, il en a une idée nette :

« Vous devez suivre les nouvelles règles que vous avez en large partie réclamées, alors que les anciennes vous obligent toujours. Comprends-tu, ma fille ? De votre histoire, tu seras souvent la seule à devoir t'expliquer. Je crains que rien ne soit épargné à votre trio, alors ne compte pas sur moi pour alourdir davantage la facture. En revanche, je tiens à clarifier certaines choses. À propos, as-tu trouvé une pension à ta jument ? Tu ne vas pas la laisser un an dans un pré à compter les mouches ! Eh oui, c'est comme ça chez les adultes ! »

Légèrement en pétard, il ne parvient pas à se retenir de me demander si je ne me doute vraiment pas duquel des deux cela pourrait être, ensuite s'excuse et me répète que j'ai toujours ma chambre à Cracovie. Bonté et charité.

*

Je sors de notre entretien comme si je rentrais d'une traversée dantesque, et grimpe éreintée à l'étage, m'écroule, puis apprends à mon réveil que Gaspard s'est porté volontaire pour reconnaître l'héritier, laissant à Konrad la liberté d'obtenir une sorte de tutelle qui lui garantirait quelque droit, et surtout serait d'une protection supplémentaire à tous les quatre. Perplexe, mon père aurait répondu : « Et dire qu'on accuse ma génération d'avoir semé la pagaille ! » Au final, l'initiative lui a semblé fort louable, vu qu'elle pourrait faire de son second petit-enfant à naître un citoyen américain, à l'exemple d'un de ses pères. En conséquence, il a encouragé Konrad à profiter de ses avocats. Je ne m'y oppose pas, ne m'y opposerai jamais, je m'en contrefiche, tant j'exclus que nous vivions un jour aux États-Unis et que notre fille en acquière la nationalité. En revanche, j'en saisis la dimension pratique. Elle prendra le dessus trois ans plus tard quand Konrad instaurera la très sacrée tradition de ses exclusives vacances d'automne avec ses trois enfants, passées à faire du surf en Californie ou au Mexique. Nous peinerons à lui procurer toutes les licences et consentements exigés, puis précipiterons les démarches administratives. De ces deux semaines partagées avec son *soul dad* et ses demi-frères, notre fille rentrera chaque fois plus fière d'appartenir à une tribu de cétacés mâles, chaque fois plus attachée à Peter, chaque fois en complicité quasi mystique avec Konrad, dont l'essentiel m'échappe, l'eau n'ayant jamais été mon élément. Rien que pour faciliter leurs sacrements nautiques, nous dépenserons une fortune en frais de justice et au final aurons gain de cause en 2018, l'année après que trois Californiens ont obtenu un livret de famille où ils figurent inscrits en tant que pères d'une fillette prénommée Piper. Par le biais de nos avocats, nous entrerons même en contact avec l'un des trois, Vince, médecin comme Konrad, ce qui constituera une affinité supplémentaire pour recevoir de sa part des mots d'encouragement fort militants et les contacts utiles, voire *nécessaires*, auprès de l'American Psychological Association's Committee on Consensual Non-Monogamy et du Chosen Family Law Center de Harvard. Cette alliance de passage affolera Gaspard qui se refusera catégoriquement à tout activisme en faveur des minorités sexuelles :

« Tu me pardonneras, mais je ne considère pas en faire partie. Gabriela, ne comprends-tu donc pas que leur utopie n'a rien à voir avec la nôtre ? Je ne suis et ne serai pas dans la revendication. J'aimerais juste qu'on nous laisse vivre… »

Je ne commenterai pas ses crises d'épouse chabrolienne, ni ne lui rappellerai sa toquade pour Konrad ou ses soupirs, plus tardifs et maladroitement refoulés, devant nos nouveaux voisins qui achèteront la maison du docteur Larroque. *De facto*, personne ne nous empêchera de vivre et, à dire vrai, exception faite de quelques incidents mineurs, quelques refroidissements, quelques évitements courtois, j'aurai moins à me justifier que mon père ne me l'avait prédit et que je l'avais appréhendé moi-même.

*

Avant le retour de Konrad à Bénarès, prise de panique par la perspective d'une séparation de trois mois, je fais pourtant une scène terrible avec les larmes en cascade et tout le tremblement de spectres : de notre triade, l'héritier se sortira perturbé ou racaille. Avec mes chromosomes timbrés, il nous égorgera dans notre sommeil, sinon, pis encore, les services de l'État nous le confisqueront à cause de notre inconduite. On le montrera du doigt, et nous, tous les trois que nous sommes, au juge. Cette folle aventure se terminera au bagne, aux confins de la Guyane française, là où même les virus ne survivent pas. Nous périrons sans laisser de trace, l'un après l'autre ou tous ensemble, comme si nous n'avions jamais existé. Gaspard soupire : « Ça y est, elle recommence ! » Konrad m'offre charitablement un résumé de la conjoncture à venir :

« *Milosci moja*, je sais que je te déçois, mais dans dix ans nous ne choquerons personne et surtout pas notre propre enfant. Il sera de cette minorité à avoir une mère et un père biologiques qui se connaissent. Il ira à l'école avec ses camarades issus de la GPA, de la PMA, de la semence de pères décédés ou d'utérus artificiels, fabriqués sur commande, achetés sur Internet, adoptés par correspondance, et tout ce qu'on aura découvert d'ici là… On le sommera de réfléchir sur son sexe, son genre, et ses préférences sexuelles. Je ne te dis pas que cela m'enchante, je te dis qu'il est impossible de stopper la vague. Et qu'elle nous noiera dans la masse. Par ailleurs, depuis quand crains-tu le qu'en-dira-t-on ? »

Épaulé, Gaspard propose une fausse solution à un vrai problème :

« À terme, nous aurons quand même besoin d'un programme de regroupement familial, ne pensez-vous pas ? Lacoste me semble un endroit prédestiné. »

Un brin remué à deux jours de son départ, Konrad reconnaît un grand charme à notre lisière du monde, remercie Gaspard de son intention, et nous porte l'estocade à la fin. Même si son contrat à Bénarès se termine dans quelques mois, en mai prochain, une fois libéré, il ne sera pas davantage en mesure de travailler en France. Quelqu'un l'aurait ignoré ? Non. Donnons donc le temps au temps. Soyons longanimes, réceptifs, souples. C'est tout. Je m'attends toutefois à une déclaration improbable, défiant le réel et ses contraintes. Qu'elle ne tombe pas, qu'aucune réponse satisfaisante ne se profile dans l'immédiat, que l'infini des options envisageables ne nous évite pas l'infamie d'un éloignement compté en milliers de kilomètres, me fusille.

Dans la nuit, je me réveille à côté de Konrad, rallumé lui aussi et qui contemple le plafond. Vu ma présence, je devrais m'en vexer, mais je le laisse me servir une chiffonnade de promesses qu'il ne tiendra pas, concernant les arrangements prochains, une maison que nous habiterons tous ensemble, un lieu qui s'offrira à nous avec la même évidence que Lacoste : « Si cela n'était qu'une ridicule difficulté pratique, je comprendrais tes états d'âme... » Je savoure sa salade, j'aime mieux quand il me ment. Soudain, comme s'il voulait me mettre sur une piste, il me chuchote dans la nuque tout un roman dingue de sa visite de la maison d'Helena Modrzejewska, notre Sarah Bernhardt polonaise, à Anaheim, à moins d'une heure de Los Angeles. Elle y a vécu quelque temps, à partir de 1876, au sein d'une authentique commune d'artistes-pionniers, dont son jeune amant et notre prix Nobel de littérature, Henryk Sienkiewicz, fut un des piliers. Je pense qu'il me promène, fronce les sourcils. Mais pas du tout. D'un grand sérieux, Konrad me confirme que nous ne sommes pas les premiers Polonais à nous lancer dans un projet utopique d'envergure. Des défricheurs intrépides nous ont précédés, tous décidés à abolir l'ordinaire, à se mettre au régime d'amour et d'art, accompagné de légumes produits sans pesticides. Je trépigne : Ont-ils réussi ? Non, pas plus de quelques années. Konrad trouve pourtant un argument à notre avantage : « Contrairement à nous, ils ne se sont pas baignés dans le Gange, *milosci moja…* » Il me laisse ainsi pour trois mois. Par chance, le lendemain de son départ, je trouve sa chemise bleu ciel qu'il a oubliée dans son bureau.

*

Lente et chiffe, j'aborde l'automne accoutrée de sa chemise qui fait robe sur moi, et par-dessus laquelle j'enfile un cardigan pendant mes siestes dehors. Les journées coulent comme du bon miel, à la fin, c'en est même un peu écœurant. Les seules traces de malheur appartiennent à la sécheresse : sur des kilomètres, l'herbe se déroule tel un paillasson en brosse. Nos figuiers vieillissent sans grandir, chaque feuille ridée dès sa prime jeunesse. Souvent absent, Gaspard me renifle au retour sous prétexte de m'embrasser, puis compte ses cigarettes qu'il planque avec les fromages dans le cellier derrière la cuisine. Seul un enfant unique choisirait une cachette à ce point flagrante. Il me fait fondre. Du reste, je sens la térébenthine et l'huile de lin dont l'odeur trempe même Tonnerre et Fiodor. Les essais à pastels gras de ma version du *Déjeuner sur l'herbe* me prennent des matinées entières et une partie de la soirée, avant que le soleil ne s'écoule complètement derrière les franges des cèdres. Je prépare déjà la toile que Gaspard et Konrad m'ont aidée à étendre, et qui m'intimide par sa taille. Par quel bout la mordre ? Enfermée dans l'atelier, je ressasse cette affaire de Modrzejewska et de sa colonie californienne, je me demande ce qui rend fragiles certaines conspirations contre le convenu. J'allume des encens devant Kogaga, désormais mis sous verre et encadré. Ensuite, sur un coup de tête, j'appelle Adam.

À jour de notre si peu catholique disposition ainsi que du déroutant miracle qu'elle a engendré, il me devance avec ses questions, avant que je ne lui adresse les miennes : ma forme, mon état d'esprit et mon état d'âme, mon nouveau métier de mère... ? Je me cuirasse en vitesse, me désavoue en qualité mentionnée. Pourquoi ne demande-t-il pas à Gaspard, qui est cette mère exemplaire que je ne deviendrai jamais ? Il faut le voir au réveil, comment il balade sa main autour de mon nombril, comment il poulotte, comment il dulcifie :

« Avant d'aller bâtir une nouvelle Rome, ton brave père te préparera le fameux chocolat chaud des petits uhlans qui rend l'esprit clair, le cœur vaillant, et fait grandir d'un centimètre à chaque gorgée ! »

Complètement loukoum. Enniaisé jusqu'au cou. Autant dire qu'il est à propos, adéquat aux circonstances, tandis que de mon côté, impuissante, je constate simplement ma mue : mon jean ne ferme plus. Adieu l'adolescence. Adieu à tout jamais ! Mais qui suis-je, alors ? Physique, cette conversion ne fait pas de moi une mère, à peine une soufflée. C'est tout. D'ailleurs, serait-ce une conversion ? Depuis le départ de Konrad, je ne note plus grand-chose dans mon cahier utopique. Je me tourmente par poussées silencieuses et par bouffées bourdonnantes. Je bile dans les coins de l'atelier : et si c'était déjà fini et que nous ne le savions pas, comme ces gens qui ne se rendent pas compte qu'ils sont morts et continuent de vivre sans s'en formaliser ? Et si le bonheur était déjà derrière nous ? Et si mon tableau, mon *Déjeuner*, allait nous rappeler ce que nous avons vécu de beau et que nous ne revivrons plus, sous aucune autre forme ? Pourquoi l'utopie de Grotowski a-t-elle capoté ?

Interrompu dans son monologue sur la puériculture, Adam a du mal à revenir à la culture tout court, me fixe depuis l'écran, se passe la main sur ses cheveux qui ont repoussé dans une teinte impitoyablement senior, d'un blanc de retraités suisses, vigoureux et fier. Il en est des utopies artistiques comme des pays, des régimes politiques ou des couples, dès qu'on cesse d'y croire, on signe leur arrêt de mort. Il tient à encadrer son constat :

« Gabriela, tu ne me feras pas réciter l'histoire de la Pologne, mais rappelle-toi que nous avons ressuscité après avoir été rayés de la carte pendant plus d'un siècle… En toute affaire humaine, il faut de cet élan, de cet enthousiasme. »

Dans *Yoga Vasistha*, une synthèse philosophico-mystique entre le yoga, les *Upanishad* et le bouddhisme, je trouverai la même assertion que chez notre Mickiewicz, bien polonais et romantique, sur l'invincibilité de la volonté humaine. Sans volonté imprégnée d'une forme de foi, de quelque aspiration tellement élevée qu'on parvient rarement à mettre des mots dessus, les empires tombent en poussière, il n'y a qu'à regarder chez notre voisin à l'Est. Que je lui pardonne maintenant une incise personnelle, mais quarante ans de pratique en psychiatrie en plus de nos liens, qu'il souligne familiaux, l'autorisent à penser que je m'inquiète outre mesure de ce qui semble fonctionner, pour mieux me soustraire à ce qui souffre de mon inattention, de ma négligence :

« Lors de ses apparitions publiques ou dans ses interviews, le Dalaï Lama a pour habitude de corriger son âge, en ajoutant toujours une année… C'est celle que nous ne comptons pas en Occident, celle qui précède notre naissance. Pourquoi crains-tu à ce point quelqu'un que tu ne connais pas et qui dépend entièrement de toi, Gabriela ? D'après Konrad, il s'agit d'un bébé en parfaite santé. J'ai reçu ses photos par Gaspard. Tu me ferais très plaisir de me donner de ses nouvelles. Cela t'obligerait à en prendre. »

Elle prenait souvent de mes nouvelles, ma mère ? Comment se fait-il alors qu'elle n'a pas entendu ma profonde réticence au projet de naître ? Ciel, ce sont de sacrés championnats de ganachisme et d'effusions mystiques. Une olympiade de tendresses. Je suis à la traîne, à la dernière position, impossible à tenir. J'avais compris. On me disqualifie, faute d'instinct assorti à mon état. Tellement mauvaise, que de peu pendable. Mon sursis ne durera pas indéfiniment. Je presse à terminer la conversation, puis ne donne des nouvelles de personne pendant un mois.

*

Le lendemain, je me réveille avant Gaspard, sors du lit et m'en vais, chaussée de bottes en caoutchouc. Comme une porteuse de ragotons, j'entre dans la brumasse matinière de la forêt, chargée des reliques d'un rêve beau à pleurer, que je ne sais ni interpréter ni préserver dans son intégralité. Il m'en reste une brève séquence que l'on dirait tirée d'un film de Tarkovski : bordure sablonneuse d'un océan froissé à la surface, brillanté par la lumière qui émane de partout, et le long de laquelle un enfant court à en perdre le souffle, olympien dans sa joie inatteignable. Qui est-ce ? Une projection ou un souvenir ? Un de ses pères, peut-être ? Il faut bien enraciner ce rêve quelque part, parmi d'autres arbres, revenir le contempler. Je fais un grand tour, siffle nos chiens, et rentre à l'heure du chocolat chaud. À Gaspard, debout devant les fourneaux avec une casserole en cuivre et un fouet, j'annonce que désormais je marcherai chaque matin. Il cherche à s'inviter à mes promenades, mais se confronte à un ajournement : mes pieds ont besoin d'un peu de temps avant de trouver un nouveau chemin qui serait adapté à nous deux, à l'enfant, et à nos chiens. Ah, dans ce cas, il accepte de patienter.

À peine l'entends-je démarrer la voiture, que j'entreprends d'écrire à notre rejeton. Rien de solennel, à l'instar de la lettre que m'a laissée ma mère. Je synthétise, point par point et en français, ce qui pourra lui être utile, au fur et à mesure que cela se présente. Je jette sur le papier, parfois je rature. Quand, quelques semaines plus tard, assis tous les trois sur la terrasse de notre maison à Bénarès, nous déciderons, suivant mon initiative, de prénommer notre fille India, je prendrai soin de transférer mes notes dans un cahier neuf, à couverture en cuir orangé, et à l'occasion, je les classerai plus ou moins selon les thèmes, regroupés sous le titre : *Cahier d'India*. Pour l'heure, en cette fin octobre, je commence par un menu fretin, mais qui m'est resté collé au fond de la gorge après ma conversation avec Adam : la santé ! Saloperie de propagande. Qu'on fasse taire les tam-tams, on les a assez entendus. S'il y a un dieu dont il faut se méfier, c'est celui-là, pourtant le dernier à être vénéré à grande échelle dans notre partie du monde :

> « Mon enfant, veille à ne jamais cesser de vivre dans le but de préserver ta santé. Qu'elle serve tes objectifs, sans en devenir le principal ou l'unique. La bonne santé est l'apanage des philistins et des footballeurs, la plus vulgaire des fiertés humaines. Un cœur intelligent et généreux vaut mille cœurs d'athlète, alors si pour en former un il est parfois nécessaire de risquer sa santé, tu ne devras pas hésiter. Tâche de ne pas en déduire que la maladie, le mal-être ou la faiblesse, tant physique que morale, seraient un signe de génie : chaque souffreteux ne laisse pas derrière lui un monument de la littérature. La plupart du temps, il ne laisse que de pénibles souvenirs. La souffrance n'élève pas. »

Petit à petit, sans en parler à Gaspard, alors à bras-le-corps avec l'oblicité tombante de ses vieilles certitudes et la perfide verticalité de ses nouveaux doutes, je gagne en calme à chaque entrée, à chaque phrase couchée. Plus le monde me semble inhabitable en l'état, plus je me sens tenue de trouver quelques motifs de l'apprécier, de les consigner, et d'éviter de rajouter un petit râleur au marasme ambiant. À ma grande surprise, j'en trouve une quantité et des plus valables, à commencer par celui qu'on peut toujours s'exiler dans une utopie et laisser le réel aux plus démunis, ceux sans foi ni imagination. Et soudain, ça me cogne : Gaspard ! Konrad ! Comment me plaindre à l'excès d'un monde dans lequel de tels hommes existent et m'accordent leurs faveurs ? Ah, qu'elle est polonaise, ma cécité. Au retour de Gaspard à la maison, nous renouons une fois encore avec le rituel de nos bains et, cette fois-ci, nous y tenons jusqu'à notre départ pour Bénarès. Ses autres demandes, très pastel et fleur bleue, m'alertent sur ses turbulences. Et qu'en fais-je ? Eh bien, je l'attrape en chute libre, comme il m'a rattrapée à tant de reprises.

*

J'aurais dû commencer à me méfier le jour où il a obligé Konrad de l'aider à mettre à l'abri toutes nos affaires, mobilier et œuvres d'art, pour aussitôt après son départ introduire des hommes armés de pioches à la maison et, *grosso modo*, la démolir. Je saisis néanmoins que Gaspard cherche l'harmonie dans la demeure. Avec insistance, il me demande :

« Le bureau de Konrad devrait-il rester au rez-de-chaussée ? Et la chambre du petit uhlan entre la nôtre et la vôtre ? Et la tienne, alors ? »

Je n'y comprends rien. Reste que d'une chambre à moi, je n'en veux absolument pas. Pour quoi y faire ? En dehors de ma vie avec eux deux et celle que je mène en solitaire dans mon atelier, je n'ai aucun besoin qui nécessiterait un espace particulier. Je m'épanouis en collectivité. Par conséquent, le flottement de Gaspard m'attendrit. Seigneur, s'il savait à quel point il est appétissant quand il est paumé. Enfin, lorsqu'il décide du réaménagement de l'étage, je me dis que nous voyons le bout du tunnel, qu'il s'apaise. Et c'est à ce moment-là qu'il trébuche. Sur un petit caillou, même pas un caillou, un bouchon de liège, un bouton de nacre. Et voilà comment cela arrive :

Honorablement bombée, je roupille dans le jardin passé au sépia de l'automne, quand quelqu'un sonne au portail. Personne ne sonne jamais au portail et, à part les voleurs ou les flics, je n'ai pas idée de qui cela pourrait être. Tonnerre et Fiodor frôlent l'hystérie. Je m'aventure, embrumée de sommeil, et freine à mi-allée, impressionnée tant et si fort par nos visiteurs que je me refais en vitesse un chignon. Deux hommes avec un moule à tarte couvert d'aluminium se tiennent devant la grille, tout ce qui est de plus canonique dans la variante bon chic bon genre gay : barbes soigneusement taillées, bottines en cuir souple, jeans bruts et cachemires sur les épaules sculptées à la sueur du front dans une salle de sport ultraselect. Dès qu'ils m'aperçoivent, ils fondent simultanément dans un sourire spontané, franc, fraternel, meilleur. Si je parlais l'anglais, ils commenceraient à croire en leur bonne étoile. Parce que la maison du docteur Larroque, ils l'ont achetée sans visite préalable et la trouvent *amazing* ! George et Jeffrey, Jef sera parfait... nos nouveaux voisins. Ah, *bienvenue, bienvenue... Prosze, welcome !* Je les conduis à l'intérieur, escortée par les jappements *gay-friendly* de nos chiens. En chemin, je cogite : Qu'est-ce que tu me fais, Melchior ? Qu'est-ce que cette blague, cette coalition ? Tu étais dans un genre tellement plus poétique et tu m'envoies deux orthodoxes. Deux bétons à vue d'œil, deux réacs, bien que parfaitement taillés et *handsome* comme il se doit. Je lève les yeux au ciel. Gaspard sort sur le seuil, les cheveux saupoudrés de ciment et les gants de manutention coincés dans la poche arrière de son vieux pantalon cargo. Un temps d'éclair, j'hésite sur qui s'évanouira le premier, lequel des trois. Ils se reluquent. Et d'un coup, tout se crispe sous le vernis. Plus rien ! Pas un soupçon. Après les présentations, Jef se lance, en me passant sa tarte aux abricots devant la cuisine :

« L'ancien propriétaire nous a dit que vous êtes architecte. Notre visite n'est pas seulement de courtoisie... »

Je me mets à préparer un plateau avec notre service à thé le plus sophistiqué, en grès gris rehaussé d'une glaçure argentée, pour qu'ils se sentent comme chez eux. De son côté, Gaspard demande de lui laisser le temps de se débarbouiller, indique l'entrée du salon, désormais délimitée par une bâche en plastique. Ils sont priés de nous excuser du désordre, la maison est en travaux car nous attendons un bébé et cetera, il se pavane de nos exploits. Justement. Un bébé, ils en attendent un, eux aussi : *So exciting !* J'ai le réflexe conditionné de loucher vers les ventres de l'un et de l'autre, tandis que Gaspard tonne, un poil trop démonstratif : *Fantastic !* Et il renchérit, pousse la provocation :

« Cela ne vous empêche pas de prendre un verre, n'est-ce pas ? »

Ils acceptent volontiers le reste d'une bouteille de sauternes sortie du frigo et détaillent leur projet parental en cours de réalisation outre-Atlantique, là où, ce qu'autrefois Chateaubriand appelait « saintes entrailles », appartenant dans leur cas à une mère porteuse d'origine portoricaine, abrite leur désir le plus cher : « *A baby girl…* » Ils aimeraient s'établir avec l'enfant ici. Sous sa pellicule de politesse, Gaspard écume, développe un eczéma, suffoque. Hou, doucement ! De peur qu'il ne largue une énormité, je m'enquiers des accents de nos hôtes, sensiblement différents : George vient de Dublin, Jeffrey de Seattle, la ville qu'ils habitent ensemble depuis une dizaine d'années. Un Irlandais ? *Yep !* Voyons, c'est comme de la famille ! Nous sommes nés sous le même ciel ! Ma foi, il n'est pas donné à tout le monde et à n'importe qui de partager une névrose catholico-météorologique. Sans oublier l'alcool, l'occupant étranger, la violence, les vagues d'exils, la famine, les littérateurs nobelisés et le rock'n'roll. Nous pactisons séance tenante. Entre victimes des nuages de l'Histoire ! Entre patriotes-cosmopolites ! Entre bouffeurs de patates ! On croirait qu'on fête nos retrouvailles, tellement on se sent proches d'un coup, George et moi. De fait, Gaspard daigne écouter leurs suppliques : aussi *amazing* qu'elle soit, la maison de Larroque exige un sévère traitement de réaménagement, d'agrandissement et d'embellissement, accepterait-il de s'en charger ? Il les baladera pendant une semaine avant de donner son accord, dont il se méfie comme s'il vendait son âme. Le soir même, après leur départ, il perd contenance, se démonte : faiblesses, errements, tares et travers. Tout y passe !

D'abord, il réapparaît franchement furax, après avoir raccompagné George et Jef au portail : « Dis donc, on trouve toujours plus utopiste que soi ! J'aimerais savoir s'il y a des réductions quand on commande des jumeaux... des promotions avant Noël ? »

Il se soulage à sa guise, allume même une cigarette devant moi, ce qu'il se refusait par solidarité depuis des semaines. Serions-nous les mieux placés pour juger de la morale des autres, attribuer les médailles et les blâmes ? Sans oublier l'ennui inhérent à une pareille distraction. Allons, allons, Gabriela ! Ma remarque le met en pétard. Il s'effarouche à en bégayer. Si cela m'avait échappé, nos situations n'ont strictement rien à voir. J'ai beau tenter de parlementer, quoi que je dise, il en conclut notre nette supériorité : nous obéissons à un mystérieux pouvoir thaumaturgique, peut-être bien un caprice, mais sûrement pas le nôtre, un caprice des hautes sphères. Nous accueillons une faveur. Eux ? Ils corrompent et pervertissent, armés d'un argument des plus redoutables et des plus sordides : l'amour. Et de cette prétention, de cette arrogance, de cette escroquerie, de cette outrance, il en a assez, plein les bottes ! Je me replie sur le canapé, l'observe faire les cent pas devant la cheminée éteinte où il jette son mégot. Soyons chrétiens, que cela nous coûte-t-il ? Au contraire. L'effort que je demande à Gaspard de faire, l'accable. En dernier recours, soucieuse de préserver les relations de voisinage *a minima* correctes, j'évoque ma sœur : « En quoi la course solitaire de Marta serait-elle moins outrancière, alors ? » Coincé, Gaspard reconnaît qu'il ne considère pas qu'elle le soit, en effet. Boom ! Un instant de silence vif et triste nous mordille les joues comme la première gelée de l'année. Je frissonne, point de colère ou d'offense. Je frissonne de vérité. Je frissonne des faits, énoncés par Gaspard sans une once de triomphalisme :

« Mon utopie, crois-tu que Marta aurait retenu votre père depuis bientôt trois mois si elle se sentait mieux seule ? La fiction d'une reproduction sans hommes, tu mords dedans ? Je ne dis pas, tu t'en doutes bien, que la présence d'un père suffise au bonheur… mais vois-tu, je suis assez content de connaître le mien et de pouvoir lui dire qu'il m'a pourri une bonne partie de ma vie. D'ailleurs, il continue parce que je ne sais pas à quoi ressemble un bon père… ni comment on en devient un. »

Tourné de dos, accroupi, en train d'allumer un feu qui s'installe insonore et pâle, il se flagelle à loisir, dans le plus bel exemple d'auto-accusation depuis les procès de Moscou : son roucoulant intermezzo avec Konrad, qu'il me prie d'excuser et qu'il ne sait expliquer, le trouble toujours. Nous n'en avons jamais parlé, ce dont il me remercie en définitive, car ce n'est pas très clair pour lui. En revanche, de grâce, que je ne doute pas du caractère isolé de l'incident :

« Je ne suis pas bisexuel, Gabriela, je suis perdu… »

Son aveu produit sur moi un drôle d'effet. À l'instant où le vent fait claquer la porte-fenêtre, Gaspard se lève d'un bond pour la fermer, vérifie si les radiateurs marchent, m'apporte un plaid, me mignote comme à l'accoutumée. Et pendant ce temps, je souffle à notre fille en formation : « Ton père est seulement fatigué, mais c'est le meilleur au monde. N'en doute pas. »

Pauvre enfant. Il ne manquerait plus qu'elle le prenne au sérieux. De nouveau je remplis son cahier, lui écris régulièrement, ne lui parle jamais. Et soudain, sans la barricade des pages, sans l'intermédiaire de mon crayon, elle se présente parfaitement digne et prête, reliée à notre monde, bien que roulée en boule dans sa sauce. Ah, ma petite Gabriela, tu apprendras maintenant à gérer ton royaume ! À les rassurer tous, à les faire tenir ensemble, à leur répéter qu'ils sont parfaits dans leurs rôles, et parfaits tout court, qu'ils aient confiance en eux, donc en nous. À l'occasion, je découvre follement aimer ma mission, à m'en enivrer, à m'en abrutir. J'apaise. J'absous. J'exalte, s'il faut. De ma petite trousse remplie d'ambitions autres, je me sépare sur-le-champ, vierge du moindre regret. Qu'y a-t-il dedans ? La peinture. Les dessins. Le temps pour soi. L'équitation. Belle affaire ! Sans eux, je n'ai goût à rien, pas même à mes hystéries pâtissières. Sous l'œil bienveillant de Kogaga, j'ouvre grands les bras, les tends vers Gaspard qui s'arrête, me fixe de son regard de faux errant, et en un pas, fond au pied du canapé. Peu pratique, techniquement très exigeante, l'étreinte de face prend une curieuse expression, d'un éréthisme sentimental d'autant plus spasmodique que contenu. Gaspard, *light of my life*… Viens, viens plus près encore, pose ta belle tête là, contre celle de ton enfant, et ne crains plus :

« Tu peux prétendre l'être ou te sentir perdu… mais la lumière ne se perd pas, Gaspard. Parfois elle se dissipe, vacille, décroît, sans jamais se perdre. Que tu saches, ou pas, tout de toi, n'y change rien, pas plus qu'au fait que je n'ai jamais eu à m'en inquiéter. Quand je te dis que tu es lumière, il faut que tu me croies. Je préférerai toujours trôler avec toi que camper sur la pierre froide d'un monde sûr de la direction à prendre. »

Se produit alors une synchronicité fort prodigieuse, sous la forme d'un ballet burlesque : notre fille décide de faire sa première cabriole et envoie à son père un coup de pied en plein nez. Je la congratule d'être à ce point à propos, ce qui l'incite à refaire son numéro dans l'autre sens. Qu'elle ait un tempérament gombrowiczien me rassure grandement. Gaspard en sort tout guéri, ferme et précis. Avec une grande émotion, il fait son toc-toc réglementaire contre mon ventre, reçoit une vague réponse, et dès lors, se gratte moins dans ses soubassements. Les semaines qui nous séparent de notre départ pour Bénarès connaissent des avancées spectaculaires sur le plan utopique, comme matériel.

*

Nous nous marions deux fois par jour, le matin et le soir. Je n'ai pas l'impression que c'est trop, je pense même que c'est le strict minimum et qu'à un régime moins soutenu, cela a peu de chances de durer. Au lever du soleil, nous nous enfonçons dans le bleu givré de la forêt, lequel, au bout d'une demi-heure de marche s'intensifie pour, vers le sentier botanique où nous faisons demi-tour, s'afficher résolument en vert de Hooker, avec la partie supérieure du ciel réservée au parme, et la partie basse, à cette couleur-licorne répertoriée par la Société des chrysanthémistes en 1905 sous l'appellation de *bleu plumbago*. Nous rentrons monochromes à la maison. D'un même ton de silence, d'une même longueur de souffle. En passant devant chez George et Jef, je laisse Gaspard faire une fière démonstration de notre force fusionnelle, de notre accord parfait, ma main dans la sienne, au pas ralenti. À la tombée de la nuit, nous communions dans la baignoire avec des invités d'honneur triés sur le volet : mademoiselle de Maupin, Capitaine Fracasse, les Trois Mousquetaires, susceptibles, à raison, de susciter l'admiration de notre fille et de forger son jeune caractère. Ses réactions sont parfois si vives, si enthousiastes, qu'elles forcent Gaspard à interrompre la lecture, à déposer le livre sur le tabouret et à me faire jurer que, quoi qu'il arrive, qu'elle soit polonaise à moitié ou à cent pour cent, je continuerai à lui parler en français en son absence, à Bénarès. Je le jure. En cette période, il ne me viendrait pas à l'esprit de lui refuser une fantaisie. Je sais que nous vivons une plénitude dans une coquille d'œuf, que dehors, le monde respire au rythme de ses grandes préoccupations et de quelques espoirs saisonniers, telle une belle récolte d'huîtres à l'approche des fêtes, que peu nombreux sont ceux qui s'arrêtent devant un ciel d'un bleu rare. Nous finirions vite déshydratés, drainés jusqu'à ce qu'il ne reste de nous que du bon sens, sans un vocabulaire superflu, sans nos bains solennels, sans nos fièvres lyriques, sans le bordel apocalyptique précipité par les recherches architecturales de Gaspard *in situ* : s'inspirant de la dinguerie de l'écurie de Lvov, il décide de remplacer un mur de mon atelier par une paroi en verre trempé pour me permettre de voir Petipa pendant mes heures de travail. Sa réalisation montrera plus tard toute son ingéniosité insoupçonnable, offrant à notre fille une opportunité utopique de grandir entre des pots de peinture et des sabots de cheval.

*

De cette suprême harmonie, je tire des lucres extraordinaires. Sans attendre d'être frappée à mon tour par un cancer, j'emboîte les pas de ma mère et pars à la conquête de plaisirs ordinaires. Qui sait à côté de quoi je passe, quand je passe à côté des fourneaux... Trois jours d'affilée, je mijote une confiture de figues, trouve à mon activité un charme légèrement barbant, en rien comparable à la grâce qui s'est emparée de ma mère appliquée à équeuter ses haricots chez Mother India. Je n'ai pas la tête à ma marmelade. En définitive, il s'agit peut-être d'une faveur accordée aux seuls mourants qui n'ont rien à se reprocher ni à craindre. Cela viendra un jour, j'y aurai droit moi aussi. Pour l'heure, mes casseroles ne me libèrent pas de la frustration de nous savoir éparpillés, comme interdits de proximité. Indomptables, les distances nous phagocytent. Les avions ! Les avions ! Un leurre de plus. Marta me manque une toute première fois de ma vie, de façon tactile. Je l'aimerais contre moi, je l'aimerais à notre table, devant une tasse de thé, des raisins secs, rien de plus. La senteur de sapin, sinon, la senteur de nos vacances, de nos fêtes, de la famille, de l'origine. Nous sommes des provinciaux. Il m'arrive de penser que tout nous est tombé dessus trop rapidement : les passeports, les libertés, l'argent.

Je m'arrange avec George qui doit faire une escale de quelques jours à New York avant d'aller rejoindre Jef à Seattle, et accepte volontiers de se traîner avec ma confiture de figues : un concentré d'harmonie, un message chiffré, un miracle empoté. Marta comprendra. À défaut, mon père ne manquera pas de se charger de l'herméneutique de mon œuvre. Un enfant et une confiture, personne ne m'aurait jamais soupçonnée d'y parvenir, même par accident. Marta devrait en déduire qu'elle aussi sera à la hauteur de son utopie, dont le bonheur promis certes m'échappe. Il deviendra plus obscur encore, le jour où je verrai Gaspard bercer India dans ses bras, Konrad la nourrir, attendre son rot, essuyer sa bave. L'essentiel est que ma sœur y trouve son compte.

Je l'appelle, à quelques jours de son admission à l'hôpital programmée pour la deuxième semaine de décembre. Vert sauge, emplâtrée de quelque pâte de beauté, elle me consacre le temps que sa mixture cosmétique ne se fige et l'empêche de parler. Nous nous mettons vite d'accord sur mes prochaines livraisons de dessins, forcément espacées, discutons des détails de ma version du *Déjeuner* que j'envisage d'intituler *Les Utopistes*, et c'est alors qu'au dernier moment, de dessous sa presque croûte, elle ose seulement siffler :

« Je me suis surévaluée. Quelque part, j'ai juste envie de rentrer à la maison… »

Et paf ! Que veut-elle que je réponde à son découragement ? Quand on se laisse aller à des envies de *la maison*, il faut savoir suer collectivement. Je me garde de le dire à Marta, mais n'en pense pas moins. *La maison ?* Ce sont des mains qui se touchent, des haleines qui se mélangent, des odeurs que l'on dégage, supporte, respire, espère à jamais tout près. C'est un petit troupeau abrité face à l'immensité, à l'infini. On l'a ou on ne l'a pas. Mais personne n'est une maison pour soi. Parce qu'on ne se suffit pas ! Parce qu'on n'arrive pas à s'embrasser tout seul dans la nuque, pas plus qu'à se frotter le dos dans un geste de consolation. Et sans cela, on crève, à petit ou à grand feu, souvent en pleine santé, mais de façon irrémédiable. Point. À Marta, avant qu'elle ne file se rincer le visage, je soumets la solution qui s'impose : « Rentre à la maison, alors ! Rentre en Europe ! » Elle lève les yeux au ciel, claque le clapet de son ordinateur. Nous ne reviendrons pas sur le sujet, jusqu'à ce qu'elle m'annonce, trois ans plus tard, en 2018, qu'elle cherche une maison à acheter à Bâle ou à Zurich. Elle passera à l'acte en l'espace de deux mois, sans s'épancher ni demander un conseil. Cuirassée, héroïque à ses heures domestiques quand elle s'occupe seule de sa fille, éraflée par ce qui n'a pas réussi à la tuer, elle attendra notre retour de l'Inde, annoncé comme définitif. Dès 2019, nous nous souhaiterons à chaque Noël : « Que jamais plus qu'une frontière ne nous sépare ! » Et celle qui nous séparera alors, la franco-suisse, nous pourrons la traverser au besoin même sous des mitraillettes.

En même temps que le pot de confiture miraculeuse, George reçoit un compte rendu de mes oppositions : à y regarder de près, ne vaudrait-il pas mieux que tout le monde se calme, qu'on cesse les extravagances, toute cette reproduction artificielle, cette fabrication rageuse de nos larves humaines à partir de plateformes de cryobiologie ? Je ne cesse d'appréhender qu'en plus de la vampiriser, de l'éprouver sur le plan logistique, l'enfant de Marta ne lui ressemblera pas, et à personne de la famille. Il considérera avec étonnement nos pommettes hautes, nos modestes volumes européens, malléables, faciles à caser et à transporter, se distinguera de nos humeurs galiciennes par son équilibre, récusera nos manières. Non seulement nous ne pourrions pas lui en faire des reproches, mais il nous faudra lui reconnaître son droit à nous contester dans toutes nos orientations. Toujours, c'est cet enfant qui sera le plus à plaindre. Avec une région brumeuse en son être. Et j'en veux aussi à George de contribuer à brouiller les énergies mystérieuses, à entuber la mystique ! En train de racler le fond de la casserole qui m'a servi à mijoter ma confiture, il s'en défend, n'en démord pas : les enfants les plus chanceux ne naissent-ils pas tous d'un désir de même nature ? Son assertion me reste en travers de la gorge, vu que notre enfant ne résulte d'aucun désir. Du moins, et avec certitude, pas en ce qui me concerne. Après de longues semaines de réflexion, je trouve qu'au contraire, c'est le suprême du formidable. Que c'est vertigineusement merveilleux de n'avoir rien désiré et, de jour en jour, s'ennoblir à hauteur de ce surprenant présent, de ce saugrenu miracle. Parfois, il m'arrive de me dérouler sous les paupières nos ébats indiens, séquence après séquence, ce qui m'en reste en mémoire, pour déterminer l'étreinte responsable de l'apparition de notre fille.

Sans jamais privilégier l'une ou l'autre, je me répète avec assurance qu'il y aura forcément en elle de la passion et de la tendresse, des morsures et des susurrements, du sucre et du tabac, des langues de feu. J'ignore à quoi peut s'attendre George, ce qu'il en sait de la mère-convoyeuse de fonds, selon quels critères ils l'ont choisie : beauté, santé, intelligence, tarifs ? « *Please, stop Gabriela !* » Des discours culpabilisateurs, il en a par-dessus les oreilles ! Même le pape se permet de l'ouvrir, alors qu'il ferait mieux de s'occuper de son bordel, au sens premier du terme, *bloody shit* ! L'instant s'épaissit d'un nouvel aveu de George : il est catholique, et pratiquant de surcroît. Je toussote à son invitation de me joindre à lui pour aller à l'église du village. Ah, cela m'est impossible. Je rechigne par défiance à l'encontre de ce dieu qui se prétend unique et qui, débordé, saligote parfois tragiquement les existences. George s'explique :

« Je crois en Dieu, Gabriela. Je crois que la volonté de Dieu est que nous accomplissions le bien. Par conséquent, je crois qu'un homme peut commettre un péché quand sciemment il s'oppose à la volonté de Dieu, quand délibérément il fait le mal. Je n'invente rien, c'est comme ça… Mais en quoi serait-ce mal qu'un homme aime un autre homme ? Qu'il veuille fonder une famille avec lui, élever un enfant ? »

Oh, Jésus, j'en ai les papilles gâtées, de sa liqueur. D'accord. Je lui reconnais un pourcentage de raison tordue. Un brin remontée, un brin moutarde, je le prends par la main et l'emmène dans mon atelier où il a essayé de se faire inviter sans succès jusque-là.

*

Face au gigantisme de mes *Utopistes*, dont l'ébauche donne amplement à deviner la vision de l'ensemble, il manque de se signer, puis s'assoit sur le tabouret et serine son admiration par onomatopées. Je lui accorde qu'on rejoint l'homérique, qu'on frôle l'étourdissement. Admiratif de mon art, George s'intéresse pourtant en particulier au deuxième personnage masculin.

Je lui brosse brièvement le portrait de Konrad, présente notre ressort trilatéral et intercontinental, résume notre vie par écrans interposés. Cela le bouleverse trop, le fait fondre littéralement : « *So moving...* » Dare-dare, il occupe ses mains à écrémer mes académies, en met deux de côté, indiscutablement les meilleures, m'en demande le prix. Au total, il m'en achètera cinq, avant d'oser demander si je fais des portraits sur commande. Notre commerce prendra une tournure tout à fait extraordinaire, car il m'orientera au fil des années vers une carrière de portraitiste à renommée très lucrative. Volontiers, j'accepte ce jour de peindre George avec Jef et leur fille, qu'ils prénommeront Lilly. Une réinterprétation de *La Vierge de Lorette* de Raphaël verra ainsi le jour, représentant George à la place de la Madone et Jef en Joseph, père nourricier selon la tradition chrétienne. Pour ma part, je ne m'intéresse pas à leurs occupations professionnelles, dont je note seulement qu'elles relèvent de l'immatériel. Ils fabriquent des bizarreries incorporelles, des avatars, des répliques parfaitement virtuelles des êtres, en sont grassement rémunérés.

Quand Jef quittera George, six ans plus tard, il continuera à verser une pension à Lilly, sans que ce geste soit dicté par la nécessité. La vraie bagarre les opposera au sujet de leur portrait raphaélique, autant à cause de sa valeur affective que de sa valeur marchande qui grimpera au firmament, suivant la loi du miracle qui en attire un autre. Entre-temps, nous passerons beaucoup de temps ensemble, les étés gracieux, les dîners prolongés, les poussées dentaires de nos filles, le baptême de Lilly à l'église du village, de sorte que leurs tracas et esclandres m'attristeront profondément, finiront même par me démoraliser. N'ont-ils pas acheté cette maison plantée entre la pinède et la forêt dans l'intention d'y passer leur retraite ? Si les courants dévastateurs opèrent même ici, si même ici la terre craquelle sous les tables de cuisine, où trouver un peu de repos ? Le bonheur n'est qu'un fragile armistice, un bref point d'arrêt, histoire de reprendre son souffle pour encaisser la prochaine torgnole. Il vaut mieux s'en apercevoir quand on le vit. Je reviendrai souvent à cette première soirée passée avec George dans mon atelier. Nous y scellons une alliance au-delà de nos dissemblances et oppositions, comme le font les gens insoucieux, sûrs de leur réussite et de sa pérennité, ceux qui peuvent se permettre de passer outre aux principes et autres vanités amidonnées.

*

Un crochet par-ci, un crochet par-là, à droite, à gauche, chez le vieux Desroches, chez Petipa dans sa pension, chez Saint-Sauveur, enfin au Louvre, chez *Mademoiselle Rivière* que je tiens à présenter à ma fille ; la route vers l'aéroport s'avère tortueuse et pleurarde. La séparation d'avec nos animaux et les toiles de mes maîtres, m'afflige plus que de raison. Henri Saint-Sauveur se veut pourtant cet esprit lucide, comme le prétendent souvent les alcooliques, à considérer que les difficultés me stimulent : « Plus c'est compliqué dans votre vie, mieux vous travaillez ! » Je le laisse philosopher. Imbibé de spiritueux, il tient la forme, mais m'annonce la fermeture définitive de la galerie, au premier du mois d'août. Se suicide-t-il en toute conscience ou ignore-t-il que les hommes de son tonneau périssent d'une retraite paisible ? Nos adieux sont tellement simples que je doute de le revoir un jour, et m'en chagrine beaucoup.

Dans un café à Roissy, je ressasse. Je songe. Je m'abrite de tant de tristesses superficielles et de tant d'autres, bien profondes, sous le bras de Gaspard. En plein échange avec Konrad, il lève la tête de son téléphone, me propose un autre Perrier. Merci, non. Tout au plus, je joins ma main à la sienne, celle qu'il balade sur mon ventre bombé. Je m'apaise. Et c'est à ce moment-là, que son passé réapparaît devant Gaspard, dans une peinture de genre atrocement réaliste. D'abord, je perçois son reflet dans l'œil de Gaspard : une grande figure, étirée à l'extrême et de surcroît montée sur des talons de dix centimètres, en tailleur-pantalon serré au plus près de ses parties publicitaires, rageuse d'un sex-appeal boursier, chic et carissime. Ah, j'admire avec ferveur. En ai-je le choix ? Rien en elle ne supporterait un refus d'admiration. Elle tire une valise-cabine à roulettes, ou plutôt lui ordonne de rouler harmonieusement derrière elle, prenant garde de ne pas entrer en collision avec ses fins mollets de bombasse *nec plus ultra*. À mi-chemin entre embarras et courtoisie, Gaspard ébauche un mouvement qui doit le conduire à se lever de sa chaise, sauf qu'il n'a pas le temps de l'accomplir. Tout se déroule très vite ! En trois enjambées prodigieuses d'équilibre et d'habileté, la furie rejoint notre table, y freine dans un nuage de poussière dorée, mire la main de Gaspard posée sur mon ventre, et hop ! Elle balance ! Le contenu entier du verre de Gaspard, droit sur sa figure. Sans mot dire. En maîtresse de son art, elle se met en marche arrière, et redémarre en trombe. Vroum ! Et puis, pas grand-chose. À peine si on discerne le mouvement pendulaire de sa longue queue-de-cheval blond platine. Les spectateurs, tous que nous sommes, en restent le souffle coupé. Bravo ! Il faut le reconnaître, ce fut un numéro de haute voltige. Ouf, je respire un petit coup. Quelle chance, tout de même, que nous sirotions de l'eau, il n'y aura pas de traces sur la chemise de Gaspard. Je lui tends le paquet de mouchoirs en papier qu'il me demande :

« Je t'aurais présenté Marie-Paule, mais elle vient justement de partir. »

Elle n'est pas passée inaperçue, Marie-Paule. Nous nous en souviendrons, n'est-ce pas, ma fille ? Allons, c'est fini. N'en parlons plus. Mais non… Soudain, Gaspard cède au besoin de me détailler sa vie d'homme marié, me fait même reproche de n'avoir jamais demandé les raisons de son divorce. Ah ! Je ne me vois pas lui répondre qu'il me paraît infiniment plus curieux de savoir pourquoi il l'a épousée, Marie-Paule, alors j'acquiesce d'une tête résignée. À notre fille, je répète de dormir tranquillement, de laisser son père parler, sans prendre à cœur ce qu'il raconte. Marie est dotée d'une volonté de fer en toute affaire qu'elle entreprend, ne tolère qu'à un prix extrêmement élevé l'improvisation et le renoncement. Gaspard me le raconte sur un ton neutre, à croire qu'il décrit un personnage de fiction. Muette, j'imagine une sorte d'existence régie par des plans quinquennaux, des normes à atteindre, un standard à maintenir. Je ne me trompe pas de beaucoup. Gaspard a décidé de se libérer de son totalitarisme quand, après avoir soigneusement meublé leur bel appartement, Marie lui a réclamé de le remplir d'enfants ravissants qui iraient avec le motif de leur papier peint Cole and Son. En fait, moins brillante que je ne l'avais imaginée, elle l'a épuisé un rien trop tôt, à un pas du but final, quand il ne saurait plus rêver secrètement de la chute de ce régime, parce que leurs enfants l'en auraient rendu esclave à jamais. Lui était-il infidèle ? Ma question déboussole Gaspard, tant il est vrai que je n'ai aucun goût pour ce genre d'investigation, et qu'il n'en a donc pas l'habitude. Oui, les deux dernières années. Ah, tout de même. Je hausse les sourcils, en un sens impressionnée. Il n'y avait pas de moyen plus efficace de la pousser au divorce, la concurrence lui insupportait. À l'annonce qui nous invite à embarquer, Gaspard ramasse nos magazines, les sacs des boutiques *duty-free* avec les alcools, notre bagage à main :

« En fait, je mérite ce verre non pas pour notre fin, mais pour notre début. Je doute qu'elle l'ait compris elle-même. Marie était ce trophée dont je ne savais quoi faire à la longue et encore moins comment le lui dire. Très vite, bien avant de nous marier, j'ai su que nous ne devrions jamais vivre ensemble. Sa valeur objective me sécurisait… À y réfléchir, je ne l'ai pas très bien connue, elle ne m'intéressait pas vraiment. Tu vois, j'aurais juré qu'elle était incapable de faire une scène en public. »

Les excès de gentillesse ne peuvent mener qu'à des malentendus, à des scènes. Y aurait-il quelque chose qu'il sait et n'ose me dire ? Ah ! là ! là ! Gabriela ! Plein de choses. Dans un rire d'exaspération, Gaspard se range derrière un couple de vioques, somme toute pas si obsolète, elle, tête chargée de torsades de cheveux gris maintenus avec une élégante barrette à pic en corne, lui pourvu d'une prothèse dentaire d'une blancheur déclarée comme une guerre contre le naturel, et dont il nous aveugle, en tournant la tête. Seigneur ! De quelque côté qu'on la regarde, la vieillesse n'a rien d'attirant, qu'elle soit maquillée et sereine n'y change rien. À parier qu'il lit dans mes pensées, Gaspard me murmure à l'oreille qu'avec mon tempérament, j'empaferai nos vieux jours, sans qu'il soit possible de prévoir de quelle manière. Il en est sûr. Je trouverai un détour, probablement périlleux, de notre crépuscule à nous. Brusquement assombri, il ajoute que la routine le fait parfois rêver. Je marque un arrêt. L'impression qu'il m'adresse un avertissement sur ce dernier point, actera une tournure maritale qu'il souhaite à notre trio. Je n'aurai ni le cœur ni le courage de lui refuser une forme approximative de normalité, et surtout pas le véritable sacrement qu'il réussira à nous faire accomplir.

*

Bombay. Mes dieux ! Pendant une escale de deux nuits à laquelle tient Konrad qui nous y rejoint en guise de vacances de Noël, nous évoquons à la venvole l'idée de nous installer ensemble à l'été. Où ? Comment ? Pas plus cette fois-ci que les précédentes, nous ne le savons, même si Konrad multiplie les allusions :

« Bientôt nous allons peut-être recevoir une bonne nouvelle… Alors, il n'y aura plus de séparations. »

Réunis, nous vivrons quelque part, stop. Certainement pas à Bombay. Aucun critère de ceux qui nous feraient élire un lieu de résidence n'y est respecté : notre idéal exclut les mégapoles et les agglomérations, vise une grande proximité avec la nature, la mer ou l'océan pour Konrad, les chemins de randonnée pour moi, et pour Gaspard, des trésors du terroir. Pourtant, sans le crier, je me ravis de cette ville-moloch en rien semblable à nos capitales embourgeoisées. Son architecture inspire des remarques désobligeantes à Gaspard, qui finit par reconnaître un certain charme au grandiloquent héritage britannique. Secrètement, je l'adore, cet héritage, avec sa prétention, sa surcharge, sa patine, sa déglingue. De son côté, Konrad a beau maugréer contre la chaleur et la pollution qui s'y apparente à du gazage, je prends plaisir à m'évanouir à Bombay. Quand je tombe dans les pommes au Crawford Market, il me ramasse et me porte précipitamment jusqu'à la sortie. Pourtant, l'air n'y circule pas davantage. En vrai, il ne circule nulle part dans cette ville, pas plus dans les grandes artères que dans les quartiers populaires. L'énergie, en revanche ! Fauve. Bigarrée. Beuglarde. Bourrue. Cordiale. Inspirée. Les habitants semblent tous branchés à quelque système cosmique de recharge de batterie. Pourquoi pas nous ?

Notre fille en tirera de larges profits, les trois années que nous y vivrons, jusqu'à ce que surviennent ses premières crises d'asthme, en 2019. Konrad décidera alors de démissionner de son poste dans un grand centre hospitalier de la ville, me laissant le soin d'expliquer à India que sa jeune vie amicale s'épanouira ailleurs, qu'il y a des enfants en Europe. Affublée d'un polo avec le logo de son école, The Cathedral & John Connon School, elle me demandera, ma candide, de quelle couleur on porte les uniformes en France. À l'information qu'on n'en porte pas dans son pays, tout partira en drame. En triple crise d'asthme, de colère, et de larmes. Car une école sans uniforme, ce sont des salades, *lies ! untruths ! pierdoly !* La preuve en est que Peter en portait, de même que Bo. Elle me le criera dans toutes les langues qui seront siennes, y compris celles que je ne parle pas, apprises de ses camarades d'origine non anglophone, majoritairement autochtones, sinon chinois, israéliens, italiens, que sais-je encore. L'essentiel, c'est non ! *Capice ? No ! No ! No ! And no !* Avec une force de protestation proprement paralysante, elle refusera de participer à une pareille tricherie et nous fera un chantage auquel je céderai sans effort de dialogue : une vraie école en uniforme ou rien du tout ! Alors, rien du tout, ma fille, et compte tenu du piètre état de l'enseignement en France, nous ne le regretterons pas.

« Pardon ? » Affolé par le spectre de la déscolarisation autant que par mon incurie, Gaspard cherchera une solution là où elle se trouve en apparence, c'est-à-dire de l'autre côté de la frontière helvétique, en nous poussant à choisir une école privée d'une grande rigueur vestimentaire. Ainsi lui échappera l'essentiel du problème : un profond trauma de déracinement que vivra son enfant. Il tardera à comprendre qu'aucun uniforme dans aucune école privée de Zurich ou de Bâle ne remplacera jamais ce savant mélange d'excellence, d'enthousiasme, de cordialité et d'anarchie orientale, auquel India adhérera spontanément à Bombay. Que nous ne réussirons pas si vite, ni elle, ni lui, ni Konrad, ni moi-même, à nous arracher de *ce pays*, quand bien même l'air est plus pur ailleurs.

*

Dès notre atterrissage à Bombay, je ne cesse de frôler Konrad, de le caresser, de le tripoter, de l'embrasser. C'est mon enivrement qui provoque la discussion au sujet de notre domicile. Il n'y a pas de mots, pas de palliatifs, pas de substituts à ce que ressent ma main quand elle rencontre sa peau après plus de deux mois d'éloignement. Insatiable, je le touche encore et encore. De toute la surface de mon avant-bras que je passe le long du sien, du doigt que je descends de son front jusqu'à la pomme d'Adam et remonte à nouveau, en passant par le nez ou changeant de trajet, comme si je rédigeais un guide du routard à travers son corps : « Longez la cage thoracique, des côtes sternales aux côtes flottantes, posez la tête au milieu, de sorte à garder votre oreille à l'écoute du dialecte local, vous en savourerez la monotonie apaisante. Ressourcé, empruntez l'un des deux itinéraires alternatifs, soit en vous dirigeant vers les omoplates, soit en poursuivant la descente vers les ligaments du bassin, où nous vous conseillons de vous agenouiller. » Il se laisse explorer, n'oppose aucune résistance, ronronne. La maison, celle que j'aimerai toujours habiter, se situe dans l'espace entre ses épaules et les épaules de Gaspard, dans la chaleur moite qu'ils dégagent, les fois où, serrés dans une profusion de membres, semblables aux reliefs sculptés des temples de Khajurâho, nous nous endormons à trois. À Bénarès, nous en ferons un rituel, mettant à profit les dimensions exagérées des lits de la villa louée par Konrad.

Blanche, un brin décrépie, entourée d'un jardin ivre, d'une bande de verdure garnie et d'un mur croulant, notre demeure à Bénarès respire la désinvolture. Située à proximité du parc Ravidash, elle nous procure l'agréable sentiment d'être à l'écart des saloperies irrespirables et des vapeurs morbides. Il n'en est rien. Nous absorbons des particules meurtrières à longueur de journée. À l'intérieur, des purificateurs d'air disposés dans chaque pièce nous préservent *a priori* des bronchites aiguës et autres crevasses pulmonaires. Quand je reste trop longtemps dehors, Konrad me persécute avec une ferveur religieuse. Pourtant, au lieu de passer le réveillon au restaurant du Ramada Plaza où, quelques mois plus tôt, nous étions convenus de notre période d'essai, nous l'improvisons finalement sur la terrasse, avec l'aide du personnel attaché à notre villa et, en un sens, loué avec elle. La faim de l'intime nous gouverne. Pas de célébrations en réunion, pas de mondanités pimpantes, pas d'ambages. Tantôt surexcité, tantôt craintif, Gaspard prépare en outre une surprise pour la soirée, dont il nous parle à demi-mot à Bombay, il n'a donc pas la tête aux futilités. À la fin du repas agrémenté de récits détaillés de la transformation de la maison et de l'arrivée à Lacoste de George et Jef, il s'éclipse. Tout fleur bleue. Tout fragile. Hoquetant. Il revient aussitôt, une boîte enrubannée de chez un bijoutier à la main. Je proteste. Ne nous sommes-nous pas mis d'accord sur l'idée de ne pas nous offrir de cadeaux de Noël ? D'un coup rassuré, imperturbable, il nous invite à ouvrir le carton :

« Ce n'est pas un cadeau, Gabriela, c'est une demande. »

On déballe, que faire d'autre ? Et boom ! Nous nous retrouvons à dévisager trois alliances posées sur la table dans leurs écrins séparés, entre les assiettes à dessert et les flûtes à champagne. Je pouffe de rire. Je me marre malgré moi, bien que d'un rire indulgent, corruptible en assentiment depuis notre discussion à Roissy. Hilare elle aussi, India folâtre dans mon ventre, fait ses pirouettes de petite bâtarde pressée de changer de statut. Avec une cigarette non allumée entre les doigts, Konrad se pare d'une aura mystique, remarquable de perspicacité quant au sérieux que Gaspard accorde à sa déclaration. Il lui serre l'épaule, murmure un remerciement déconcerté. Le moment est peut-être mal choisi, néanmoins il serait bon de clarifier un point : « Nous trois, et plus personne à l'avenir, vous en convenez ? » Je me gratte la tête, certaine de la parfaite architecture de notre utopie comme de sa probable abrasion, laquelle risquerait éventuellement de conduire l'un d'entre nous à aller se rafraîchir ailleurs. Pas d'extension, c'est sûr. Pas non plus de cures de jouvence alternatives qui durent. Et que chacun fasse preuve de la plus grande discrétion en cas d'incident isolé. La punition de l'infidèle consistera à se morfondre solitairement, sans confession donc sans absolution.

Nous consacrons au reste des questions morales et pragmatiques à peine quelques minutes, tant nos engagements nous semblent évidents, ne différant guère de la devise des Trois Mousquetaires : « Un pour tous et tous pour un ! »

Notre hantise, c'est la cérémonie. À quoi devrait-elle ressembler ? Et qui accepterait d'y officier, quel *sadhu*, quel sorcier, quel thaumaturge intrépide ? Gaspard fait la moue : « En avons-nous vraiment besoin ? Je ne sais pas, mais Greg me paraît parfait… » Il se lève, nous embrasse avec une gaucherie croustillante de tendresse et de pudeur. En vérité, je prends ce théâtre très à cœur, et après ma première réaction rieuse, je serre Gaspard dans une étreinte un rien hystérique, comme si elle se voulait ultime ou, au contraire, matrice de toutes les autres, celles à venir. Le lendemain matin, un jour ordinaire selon le calendrier hindou, nous réglons les formalités avec Greg qui nous ouvre et, pas plus étonné de notre visite à l'improviste que de mon état, nous propose un thé glacé. Rapidement, il interrompt Gaspard qui rame laborieusement à formuler notre demande, embourbé dans les interminables digressions :

« Si vous aviez fermé la porte à toutes les erreurs, la vérité serait restée dehors. Or, elle est là, elle est en vous. Venez demain à l'aube. La lumière est belle quand elle monte du Gange et s'attarde sur la cime des palissandres. »

Nous l'écoutons, dormons d'un sommeil léger. Debout avant que le réveil sonne, Konrad et Gaspard insistent pour se laver à l'eau froide et partir à jeun, après m'avoir forcée à avaler une banane. Étrange protocole qui conduit toutefois Konrad à lancer une injonction triviale, sans doute formulée au sein de tous les couples ordinaires en un moment pareil : « N'oublie pas les alliances ! » Gaspard le rassure et nous nous engouffrons à l'arrière du taxi.

*

Greg nous reçoit sur la terrasse, en silence. N'osant pas le rompre, nous obtenons sitôt une espèce de solennité difficile à squatter sans en frémir. Suspendus dans une contemplation hébétée du ciel, regards rivés sur l'Infini, nous l'entendons nous souhaiter de nous désirer toujours ardemment, d'y veiller, de ne jamais renoncer aux ardeurs et à la séduction, parce que cela revient à ne plus se respecter :

« Maintenez le feu en vous, c'est de l'éros que naît le pouvoir créateur. Vous en aurez besoin pour vous compléter, guider votre enfant, composer avec le monde. »

Surprise par son bref discours, je plisse les yeux sous les chatoiements d'un soleil en pleine ascension, prodigieusement synchronisé avec notre élévation nuptiale. Les lèvres de Gaspard tremblotent un peu quand il prend ma main. Après tous nos sacrements dans la forêt ou pendant nos bains, je la lui donne avec calme, verse une larme à l'instant où il arrête de glisser l'alliance sur mon doigt pour permettre à Konrad de me l'enfiler jusqu'au bout. Nous répétons le geste à deux reprises, suivant le même *modus operandi*. Comme plongés dans une cathédrale de lumière orange qui s'écroule des hauteurs célestes, nous nous tenons ensuite enlacés, à chuchoter des charabias amoureux à la carte. De ce que Konrad murmure à Gaspard, je m'émeus vivement. Si notre drôle de mariage nous rapproche de la mort à l'image d'un vrai, d'un réglementaire, par le renoncement à toutes les autres vies autant que par l'assignation à transmettre à notre tour ce qui nous a été transmis, j'y fais face, soulagée. À ma hargne, à mes idées affreuses, à mon thermostat nerveux déréglé, je tourne le dos sans le moindre regret.

Greg radote encore ses sentences sur le présent du temps présent, puis accepte notre invitation à un petit déjeuner. Nous le prenons au café du temple Kashi Raj Kali où, par précaution et par courtoisie, je remets des tas d'offrandes à Nandi. Plus tard, dans l'après-midi, Konrad et moi emmenons Gaspard à l'hôtel Tree of Life, voler ce qui est possible de la sagesse au Roi-banyan. Plus superstitieuse que jamais, je frotte obsessionnellement l'alliance sur mon annulaire gauche en répétant un mantra que je martèle ensuite chaque jour, parce qu'il fait ses preuves : « Donner plus que l'on ne prend, suivre les lois de la nature, faire bloc. » Amusé de mon nouveau tic, Gaspard me demande quand je vais m'habituer à la porter. J'ai l'impression de la porter depuis l'éternité, et pour un temps équivalent.

*

Rien d'étonnant alors que le départ de Gaspard me précipite sur le chemin du retour chez Greg :

« Crois-tu qu'il soit possible de revivre, incarnation après incarnation, la même vie ? Je ne voudrais vivre rien d'autre après ma mort que ce que je vis à présent, avec eux, avec elle… Tu comprends ? Que je renaisse, d'accord. Mais à condition que je les retrouve tous les trois, sinon ce n'est pas la peine de me casser les pieds… »

Doucement. *Slow up*, Gabriela. D'abord, j'ai cette vie-là à vivre, celle que j'aime tant. Un miracle en soi. Une bénédiction, vu la quantité d'insatisfaits, de dépités de tout bord, de tartinés d'amertume. Il serait donc heureux que je consacre l'attention qu'elle mérite à ma vie actuelle, et que je rencontre une de ses connaissances prénommée Bhanu. Rien de plus facile. Elle officie dans une des maternités privées de la ville en qualité de sage-femme et, par ailleurs, dispense des cours de hatha yoga adaptés à mon état. Voilà que les pitreries reprennent.

Il n'y a pas de force sur cette Terre qui saurait s'opposer à un projet de ma nouvelle mentorine. Sur comment faire sortir India de son provisoire abri, Bhanu a une idée très précise, non réformable, mise en pratique à moult reprises et approuvée. Du reste, le fait qu'elle exclue Gaspard et Konrad de notre commerce maternel ne me scandalise pas. Sans expérience en la matière, sans repères ni références, hormis la géhenne de Marta, que l'on a atrocement tyrannisée, écharpée, recousue par endroits, malmenée de tous les côtés, je me fie à ce que je vois : une femme au gabarit de Konrad et d'une fermeté plus grande encore, autant révoltée contre les maux que contre les mâles, convaincue que les dieux nous veulent du bien, à nous les femelles, et que la douleur relève d'une mauvaise volonté. Avec un peu d'entêtement et de maîtrise de soi, on l'outrepasse. Allez ! Au travail ! Suivant la méthode de Bhanu, j'inhale avec foi par la narine gauche, retiens l'air, l'exhale par la narine droite, après m'être purifiée la cavité crânienne, du moins en théorie. Parfois, ses indications me troublent ou m'enquiquinent : « À l'ouest du nombril, *darling !* » Seigneur, où est-ce ? Sous sa magistrature, je traverse les hémisphères de mon ventre, à droite à gauche, j'enjambe l'équateur dix fois, sourire aux lèvres. Et encore, elle tonne pour que j'allonge de deux épaisseurs de doigt mon inspiration d'*akasha* : « *Deeper, my darling ! Deeper !* » Il arrive qu'elle braille à en effrayer India.

La plupart du temps recroquevillée, sourde à mes propositions de collaboration, ma fille se révolte occasionnellement contre toute cette gymnastique respiratoire, à coups de pied assenés avec une vigueur hussarde. Alors là, j'en ai marre ! La sororité, tu parles. Par moments, j'ai l'impression de les avoir, l'une et l'autre, plus à subir qu'à compter dessus. S'en plaindre ? À qui ? J'entreprends de dire un mot à India, de lui faire miroiter des merveilles au bout du tunnel :

« Il y a des couleurs, de ce côté... C'est quelque chose comme les émotions de la lumière. Parfois, leurs mariages ou même leurs mésalliances se montrent tellement réussis que ton cœur s'en enivre... Tant que tu restes dedans, tu ne sais rien non plus du plaisir qu'il y a à caresser les animaux, ni de la satisfaction quand on gagne leur confiance. Surtout, tes pères s'impatientent de faire ta connaissance, parce que tu as la chance d'en avoir deux. Si tu devais affronter le monde, je comprendrais tes réticences. Mais tu grandiras dans une utopie... En plus, nous t'apprendrons à en bâtir d'autres, à marcher pour aller où tu voudras. Alors, un peu de discipline et d'application, s'il te plaît ! Quoi qu'il en soit, il faudra sortir. Et je préfère t'épargner le récit de ce qui se passe avec les enfants qui résistent, tu demanderas à ta cousine... »

À terme, je réussirai à convaincre India qu'il est dans notre intérêt commun d'écouter Bhanu, de respirer, et de ne pas se laisser intimider. Aussi désolant ou ennuyeux que puisse paraître le monde, il vaut mieux le prendre d'assaut dès le premier instant, poussant de fiers hurlements, plutôt que de l'aborder avec le crâne serré par des forceps. Hou ! La réception de ma harangue dépassera de loin mes attentes les plus insensées : le jour venu, India fichera littéralement le camp. Pieds en premier ! C'est dire son âme de uhlan, sa vaillance. Par chance, les fenêtres de la chambre seront fermées, à défaut de quoi il nous aurait fallu chercher la chiarde dans les rhododendrons, au rez-de-chaussée, sinon courir après les singes qui l'auraient emportée dans la broussaille à coup sûr. Je m'enorgueillirai de la savoir à ce point brave scoute. Je pleurerai de gloriole, à la voir totalement désarmée et héroïque face à nous tous – Gaspard, Konrad, Bhanu – démesurés, bruyants, avec nos étranges odeurs. Elle triomphera de ses peurs, de notre vulnérabilité, passera de main en main et, à la fin du parcours, en rien perturbée, oreille posée contre mon cœur, elle me reconnaîtra dans un petit soupir de soulagement, inaudible pour le reste de l'audience. Même Konrad finira par s'incliner devant le savoir-faire de Bhanu, après des semaines de moqueries proférées avec une arrogance assumée.

*

Au début, il se méfie d'elle comme d'un virus exotique et s'essouffle à me désinfecter l'esprit de son influence :

« En quoi Bhanu serait-elle plus compétente que moi ? Gabriela, je n'ai pas encore vu quelqu'un contrôler une douleur intense par la respiration ! Et bien que tu puisses en avoir les capacités, je préfère me préparer à l'éventualité qu'au final ça ne marche pas. »

Regardez-le, le grand altruiste ! Désormais, après ses heures de service, il s'en va accoucher des bonnes femmes. Interrogé sur le sujet, il m'informe charitablement avoir besoin de réviser ses basiques. Plus j'insiste sur le fait que nous nous débrouillerons seules, plus il s'entraîne, d'une part conspire avec Gaspard au téléphone, de l'autre s'engueule avec Adam, l'envoie au diable deux fois par jour avec « ses fables hippies à deux balles sur les accouchements indolores ». Clairement, l'affaire lui échappe. Très crispé et mandarin, il ramène en cachette un tas de gadgets stérilisés à la maison qu'il planque dans une armoire à l'étage, se tire les phalanges, cherche à me raisonner : « *Milosci moja*, crois-moi, on n'a pas inventé la péridurale pour rien. » Petit à petit, je saisis qu'il me considère comme *un cas clinique*, autant que sa femme. Nos discussions dans la cuisine, conçue à l'usage d'une famille indienne de plusieurs générations, autant dire une cantine, tournent à vide. Il a son ethos qu'il déploie en bouclier, j'ai mon ventre que j'agite devant son nez. Il sait parce qu'il a appris. Je sais parce que je ressens, respire, et prie. Son devoir est de soulager, le mien d'insuffler à India le goût de l'effort et de la conquête. Rapidement, nous nous querellons si fort que je passe au vouvoiement :

« Expliquez-moi, Warski, pourquoi pendant des siècles on y arrivait avec une bassine d'eau et une bougie, alors que maintenant il faut un vaisseau spatial ? Comme si je n'avais pas remarqué que vous traficotez des mallettes médicales, des bouteilles d'oxygène, et que sais-je encore ! À croire que vous vous préparez à livrer une bataille contre votre propre fille, alors qu'elle saura très bien quoi faire et moi aussi ! »

En train de mâchouiller une feuille de menthe fraîche, dont un bouquet épais fuse d'un pot mis à l'abri du soleil, il s'immobilise, mâchoire contractée dans un rictus d'exaspération. Que je veuille bien noter le nombre de femmes mortes en couches, quand même ! Et que je l'éclaire sur les prérogatives qui m'autoriseraient à écarter toute assistance médicale au profit du rayonnement cosmique. N'a-t-il pas le droit, voire une obligation, de prendre les précautions nécessaires ? Quand je chiale déjà théâtralement, cramponnée à ma chaise, il arrête de maugréer, crache la menthe à la poubelle, et se précipite pour me serrer dans ses bras. Alors là, j'en rajoute sans vergogne. En spasmes et suffocations surjoués avec connaissance, je le manœuvre à souhait : il est le meilleur père, amant, mari, médecin, je n'en doute pas une seconde. Pourtant, son attitude serait d'autant plus appréciable s'il se fiait à nos compétences naturelles, à India et à moi. L'article qu'il a signé dans une revue tellement spécialisée qu'on la dirait hostile aux simples mortels, ne mettait-il pas en exergue l'urgence à inclure certaines pratiques et méthodes des médecines alternatives dans la médecine occidentale ? Ne m'a-t-il pas parlé des dernières découvertes sur le pouvoir thérapeutique de la prière ? Les croyants ne vivent-ils pas en moyenne huit ans de plus que les incrédules, les cartésiens, et autres profanes ? Alors ! Dans ce domaine, dès qu'on triche, là-haut on s'en aperçoit immédiatement. Voilà pourquoi parfois ça foire. Soit on croit, soit on ne croit pas. Entre deux larmes, je le prie encore de m'excuser d'avoir utilisé un gros mot, alors que nous nous sommes promis de nous maîtriser eu égard à notre fille. Et avec ça, je le tiens.

Soucieux d'arrêter ma pleurnicherie, Konrad se démène pour me prouver qu'il n'est pas d'un rationalisme morbide. Que lui reste-t-il à faire, en effet ? Les circonstances, ainsi que l'état pitoyable du monde, exigent une collaboration étroite, une grande solidarité, et une confiance à toute épreuve. Les attentats contre *Charlie Hebdo* nous pétrifient, poussent même mon père à nous proposer un asile en Pologne : « Quoi qu'on en dise, nos extrémistes ne tirent pas sur les gens. » Pour sa part, Konrad me soumet ses livres, apportés l'année dernière à Bénarès dans la valise de ma mère. La science aurait-elle trouvé des vitamines plus efficaces contre les totalitarismes, ceux d'hier et tous ceux qui fermentent, sans oublier notre propre dogmatisme ? Faisons chacun un pas vers l'autre. De bon gré, il reconnaît un trait d'arrogance à sa démarche d'accoucheur suréquipé. Je décide de montrer patte blanche et, au lieu d'écouter Mozart, recommandé aux femmes enceintes au même titre que l'acide folique, je me mets à lire ses exemplaires de Weil et de Patocka. Trente pages le matin, trente pages le soir. Puis, nous relisons ensemble Milosz en anglais, emprunté à la bibliothèque universitaire. Un beau moment. Poussières et enthousiasme à en perdre la tête, avant que Konrad ne ramène à nouveau sa fraise :

« *Milosci moja*, aussi mystique que soit sa conception de l'homme, rappelle-toi que ce type-là n'a jamais douté du progrès scientifique. En un sens, son postulat est le mien. Ce qu'il voulait pour la modernité dans son ensemble, je le voudrais pour la médecine, une troisième voie qui n'oublierait ni l'homme ni sa spiritualité... Si on cherche sérieusement à immuniser India contre toute sorte de conneries fondamentalistes, il faut qu'elle soit capable de comprendre la nuance. Tu y veilleras avec soin, j'en suis sûr. »

Soudain, à travers sa louferie inspirée, je vois la mienne. Seigneur ! Admirables nous sommes dans notre complicité de vétérans, prêts à déjouer les manœuvres les plus tordues de l'Histoire pour former une âme alerte. Mais, nous entend-elle vraiment ? Comprend-elle nos intentions ? Konrad me rassure que oui. Et avec une telle foi, que je me terre bien profond sous son bras, honteuse d'en avoir douté. Là, à l'abri illusoire des menaces qui planent, je note dans le cahier d'India à couverture orange :

> « Il en est des dieux comme des chevaux : ceux qui n'ont pas d'humour, ceux qui ne savent pas rire, qui ne rient pas, et qui de surcroît empêchent les autres de le faire, ne valent rien. Tu les éviteras, ainsi que leurs zélotes. Réserve-leur tout ton mépris, tire-leur la langue. Confie-toi aux dieux capables de légèreté et de grandes joies animales, car c'est le plus difficile à obtenir dans la vie. Ne néglige surtout pas ceux qui disposent d'assez d'esprit pour permettre de douter de leur existence. De préférence, tourne-toi vers les plus anciens, passés de mode, chassés des temples. Jeunes et populaires, ils sont souvent barbants ou cruels, voire les deux. La sagesse leur vient avec l'âge, pas avant trois millénaires (à l'exception de séquoias, banyans et oliviers). Si aucun ne te paraîtra digne de confiance, adopte un chien et prends-en soin, ou rends visite à un vieux, une fois par semaine. Un dieu ne t'apportera pas davantage. En toute circonstance, Kogaga te restera dévoué, alors tu prêteras attention à être gentille avec lui. C'est un ami de la famille, dont le pouvoir ou le rang n'ont aucune importance. »

Ainsi, je me fais surprendre par le retour de Gaspard. *Mea culpa ! Mea maxima culpa !* De Gautier ou de Dumas, notre fille n'a pas vu une seule ligne, pendant son absence. Pourtant, je l'ai juré.

*

Amaigri et charmeur, Gaspard se gausse d'abord de ma circonférence, puis de ma lenteur. Il nous apporte des alcools et diverses fournitures de puériculture d'une élaboration très poussée. Alors que je parade dans les chiffons domestiques, certaine que nous fêterons nos retrouvailles dans le jardin, Konrad nous chasse en ville, pressé de nous faire renouer avec les mondanités. Déjà en route, je pressens qu'il nous réserve une bonbonnière, quelque miracle extrême. Au Shree Shivay, où il nous attable pour un dîner, le mystère se dévoile enfin et nous bluffe : après sa série d'articles publiée dans *Health Affairs* au sujet de ce qu'il appelle « la médecine haute couture », Springer lui a fait une proposition éditoriale. Il doit rendre son manuscrit dans un an. Gloire ! Sa petite annonce fort bien placée me fait un immense effet. Hormonale à l'excès, je me mets à chialer doucement de joie, de son succès, et par-dessus tout, de ce que signifie cette signature : sa présence à la maison. Point vexé qu'il lui vole la vedette, Gaspard le félicite avec entrain. Dans la nuit, emmiellé, un peu paf, il m'enlace et chuchote :

« Mon utopie, une année… Nous sommes venus à Bénarès, il y a exactement un an. Je vouvoyais Konrad, ta mère était en vie, et toi, paumée. C'est tellement vertigineux, que je ne voudrais pas savoir où nous en serons dans un an, pas même dans un mois. J'aime m'attendre au meilleur, sentir qu'il viendra… »

Ce que nous ignorons, Gaspard aussi bien que moi, c'est à quel point il est perturbant de vivre un bonheur ininterrompu à long terme. Quand je le verrai bercer India dans ses bras, à peine deux semaines plus tard, je me dirai que, sans doute, je viens d'épuiser mon quota d'enchantements dans la vie, que la suite sera rude. Pourtant, les ravissements se produiront à la chaîne, en particulier après notre installation à Lacoste. Sortis l'un après l'autre du chapeau du quotidien, ils me surprendront par leur fréquence autant que par la banalité des situations qu'ils concerneront : la minuscule main d'India cherchant à saisir l'index de Konrad, dans la tentative d'un colibri d'étreindre une branche de baobab ; les nœuds des premiers fruits jamais donnés par nos figuiers ; notre fierté à l'annonce de Konrad d'avoir fini le travail sur son livre ; le répertoire complet des sensations qui s'imprimeront sur le visage de notre fille pour marquer ses découvertes fondamentales, allant de l'aspect mouillé de la pluie au pouvoir du langage humain, lequel l'étonnera elle-même, quand, dans une ivresse de rires, elle expulsera le mot *daddy* droit à la figure de Konrad, à le faire frémir, ce géant. De la grâce à en revendre. Des minauderies du sort. Des clins d'œil du ciel dégagé. Nous affronterons une telle offensive de merveilleux que les désagréments, les emmerdes, la fatigue, nous feront doucement rire. Le pire ne viendra pas, pis si : à force, je deviendrai une espèce d'optimiste, de personne *positive*, presque équilibrée et agréable à vivre. L'horreur ! Devant Gaspard, pris de vertige à penser à l'année de notre vie étendue entre deux voyages à Bénarès, je m'avoue captive et obligée. Qu'ils continuent à me disputer, à m'agacer, à me vouloir du bien, à m'épuiser ! Seigneur ! On ne m'a pas fait de plus beau cadeau. Jamais. Le Gange, ne faudrait-il pas lui faire des offrandes ? Gaspard me l'accorde, et aussitôt ajourne la cérémonie.

*

Comment s'arrange-t-il avec son orgueil, je ne saurais le dire. Quoi qu'il en soit, à l'approche de la naissance d'India, Gaspard reconnaît à Konrad une forme de *leadership* du fait de ses compétences professionnelles et de son expérience. Il se couche et il l'écoute, le chef. Ainsi, il suffit que Konrad déclare qu'il est plus urgent que je discute avec Raghavan, plutôt que de lancer des lampions sur le fleuve, Gaspard l'approuve et se propose de venir avec nous. Me voilà encadrée ! La méditation avec George, l'art de la maïeutique appliquée avec Bhanu, et maintenant les causeries avec l'autre maboul ! Excédée, je pense bien me révolter. Puis, je ne fais rien. En vérité, cette visite tombe à pic. Qui, sinon ce vieux louf, peut me venir en aide pour contenir l'élan médico-paternaliste de Konrad ? Le jour où il nous a reçus en janvier, moi bombée, suspendue au bras de Konrad, souriant et cavalier quant à lui, il s'en est réjoui au point de m'attendrir. Il fallait l'entendre brailler à tout l'hôpital, un doigt pointé vers mon ventre : « *That's the power of Ayurveda !* » Un type bien, somme toute, cet œuf d'autruche. Surtout, Konrad n'ose trop le contredire, vu qu'il a besoin de lui pour ses recherches.

Rapidement, je cède sur une série de massages aux pochons de riz et d'herbes, susceptibles de nous faire le plus grand bien à India et à moi, puis, je concède l'utilité des bains de vapeurs aromatiques. Pas en échange de rien. Mon intrigue consiste à faire de Raghavan cette force qui dissuaderait Konrad de participer à mes manœuvres avec Bhanu, et cela jusqu'au bout. Qu'il reste derrière la porte, à la place des hommes. Et si les choses tournent mal, si la maîtrise nous échappe, à nous les bonnes femmes, il pourra entrer. Sinon, je n'ai besoin ni de public ni de supporters. Dur en affaires, Raghavan se gratte le crâne, puis marche dans ma combine en contrepartie de quelques séances de yoga nidra. Avant de lui serrer la main, je lui donne mon poignet :

« Mon pouls ne vous dirait-il pas si elle va traîner mes casseroles, mes idées affreuses ? Il paraît que c'est héréditaire… »

Il scrute ma cicatrice, celle d'après ma première tentative à Cracovie, celle qui a précipité la rupture entre ma mère et Konrad, et conclut après un long moment de silence par le constat que l'âme de ma fille est remplie d'une grande énergie. Mais cela veut dire quoi ? Est-elle cinglée, oui ou non ? Quelle idée ! Pas du tout ! Raghavan s'offusque, comme s'il s'agissait de son enfant. « *Very smart ! Strong character !* » Je soupire de soulagement, m'en abrutis jusqu'à négliger la fin de son diagnostic, selon lequel elle serait au même titre pressée et précoce. À Gaspard et Konrad, doctement assis dans le patio à m'attendre, j'annonce avec un sens de l'effet certain, tête haute et verbe paresseux, qu'il n'y a rien d'autre à faire que faire ce que j'ai dit : remercier le Gange.

Le savoir de Konrad, c'est-à-dire son pouvoir sur nous, mais aussi son fardeau dans la mesure où l'ignorance préserve de ce que l'esprit éclairé conçoit et craint, n'aidera pas à résoudre les mystères d'India. Hélas ! Il contribuera certes au bonheur de toute la famille, grâce à sa monétisation, car le livre de Konrad rencontrera le succès, apportera de l'argent, ouvrira mille portes. Son titre, conçu par toute une équipe de vampires en marketing, fera une nette référence au slogan électoral d'Obama, en travestissant le verbe *Can* en *CAM*, abréviation en anglais de « Médecine Complémentaire et Alternative » : *Yes, we CAM ! Complementary and Alternative Medecine : what the public wants and how it may be delivered.* Hou ! Hou ! À sa lecture, biaisée par l'intimité avec l'auteur, j'en apprendrai plus sur Konrad, ses engagements et son idéalisme professionnel que sur les transformations souhaitables de la médecine occidentale, devenue folle et inhumaine dans sa course effrénée à la performance. Notre amitié avec Dhriti servira d'exemple parmi d'autres : soignée en Californie, elle se serait vite retrouvée sous les anxiolytiques, ingénieusement remplacés en Inde par quelques câlins et promenades en notre compagnie. Plus surprenant, Konrad y avouera qu'aux États-Unis, il n'aurait jamais osé la prendre par la main, la faire asseoir sur ses genoux ou la serrer dans ses bras, et il soulignera de ne pas être le seul pédiatre à avoir peur de se voir un jour accuser d'attouchements sur mineur. J'en frissonnerai, et m'en voudrai aussi à mort pour ma sécheresse de cœur à l'époque. Au contraire, les passages sur les nouveaux traitements *in utero*, développés avec le recours à l'intelligence artificielle, nous vaudront une dispute en règle. Pourquoi m'a-t-il obligée à passer tous ces examens, sachant que les résultats des tests génétiques souffrent de ce qu'il qualifiera d'« incertitudes inhérentes à leur interprétation », menant dans certains cas à des IVG. Merde ! À mes attrapades grossières de profane, il ripostera à faire trembler les vitres : « Gabriela, il s'agissait de savoir, pas d'agir ! Que me reproches-tu au juste ? Ne me pousse pas à te rappeler qui n'a pas voulu d'elle, au début ! »

Ce que je lui reprocherai, c'est tout ce qu'il ne saura expliquer ni en prévoir l'évolution. Quelques mois après son inscription à la John Cannon School, dans la section des tout petits, mais vraiment pas plus grands que des microbes, Gaspard surprendra India en train d'épeler un journal resté sur la table basse, langue tirée en renfort. Laborieusement, sans en comprendre un traître mot, elle finira la phrase, avant de hausser ses épaules en réponse à sa question : « Qui t'a appris à lire ? » Nous l'ignorons toujours, même si le lendemain je chercherai à élucider le phénomène auprès de sa maîtresse, une mademoiselle anglaise bien sous tout rapport. Progressivement, notre fille dévorera une biographie de Bacon que je lirai alors, les ouvrages scientifiques de Konrad, et enverra Gaspard se promener avec ses éditions de contes agrémentées de jolis dessins. Perplexes, nous préférerons en rire, enregistrerons même une vidéo destinée à mon père, dans laquelle elle s'adonne à la lecture passionnée des pages économiques du *Times of India.* Je comprendrai qu'elle souffre de cette activité plus qu'elle n'en tire du plaisir, le jour où elle refusera de venir avec moi au marché aux oiseaux, prétextant un emploi du temps chargé : « *I have to read that...* » Mais pourquoi, mon enfant ? Quelle urgence y a-t-il à lire, colonne après colonne et page après page, *The Oxford Advanced American Dictionary*, quand on a quatre ans et qu'on persiste à mettre sa chaussure droite sur son pied gauche, des fois qu'on y arriverait toute seule ? Elle fondra en larmes avec un tel désespoir, un tel effroi, que j'aurai peur qu'elle ne se liquéfie avant que je n'aie le temps de la calmer.

*

Au grand étonnement de Gaspard et Konrad, et à leur soulagement plus grand encore, je ne suis et ne deviendrai pas, une de ces mères à la mode qui brisent le tabou de l'aversion pour leurs propres enfants. Je m'engueulerai même atrocement avec Marta qui fourguera Victoria à la crèche, dès ses six mois, et l'y délaissera toute une sainte journée :

« Pourquoi l'as-tu voulue ? Pourquoi nous as-tu bassinés, des mois et des années durant, avec ton désir d'enfant, tes *in vitro* ratés, tes pleurs, si au final, tu n'as pas le temps de t'occuper de ta gosse ? Tu ne te souviens plus comment tu chialais, quand maman était de service à l'hôpital et nous larguait chez les grands-parents ? »

Marta me jettera à la figure, et sur un ton fort sarcastique, mes deux « maris », mon travail à l'atelier, ma situation privilégiée, à la croire enfoncée dans la misère. Pauvre bécasse ! Greluche ! Langoustine ! Je la traiterai de tous les noms de mollusques, tant et si bien que nous ne nous parlerons plus pendant des semaines. La médiation de notre père finira par porter ses fruits, nous nous réconcilierons sans que je demande à ma sœur de m'excuser. D'abord de quoi ? D'avoir eu raison ? En quel honneur je permettrais à une nounou ou autre assistante maternelle de me voler les moments les plus riches de ma vie, ceux qui me feront grandir à la hauteur de notre fille, et à elle, de faire face à notre monde ? Comment pourrais-je la regarder dans les yeux, après l'avoir confiée aux bons soins des professionnels de la petite enfance, par envie de respirer ou de peindre un tableau ? Que penserait-elle de moi si je ne la tenais pas par la main le temps qu'il faut, le temps qu'elle oublie d'où elle vient, et ne se fasse à notre brutalité terrestre ? Après tout, c'était dans mon contrat, non ?

*

Arrivé à Bénarès avec Adam et une cuillère en argent, quelques jours après la naissance d'India, mon père me fera plier l'échine à une vision nettement moins odieuse d'ici-bas. Dégueulasse, notre monde ? Fou, violent, injuste, critiquement bête et suicidaire ? Bien sûr. Nous n'apprenons pas davantage de nos guerres que de nos cancers, de nos terreurs passées que de nos malheurs actuels. Mais quand les uns tirent sur des journalistes et des Juifs au nom d'une religion, et que les autres les excusent, il y a, il y aura toujours, ceux qui continuent à faire de belles choses et à charrier le bon Dieu, quel qu'il soit :

« Je suis tombé follement amoureux de ta mère, l'année de la sortie de *Meditations* de Coltrane, en 1965, qui était aussi celle du début de la guerre au Vietnam. Tu es née l'année où Peterson nous a subjugués avec *Children of the Fire*, en 1974. On ne parlait alors que des attentats de l'IRA et de l'expulsion de Soljenitsyne. Marta a vu le jour en 1977, en même temps que *Lush Life* de Lewis. C'était aussi la crise des euromissiles et, par ailleurs, Vaclav Havel signait la Charte 77 de défense des droits de l'Homme. Alors, que préfères-tu retenir, Gabriela ? Que ta fille est née l'année où des lâches ont assassiné des gens innocents à Paris, ou l'année qui a inspiré à Kamasi Washington de nous donner *The Epic* ? C'est un grand album, un saxophoniste prodigieux, une réalisation magistrale… Et vous pouvez me croire, je ne casserai pas ma pipe avant d'avoir emmené mes petites-filles au carnaval de La Nouvelle-Orléans ! »

La mousson tarde cette année et nous en profiterons, assis à l'ombre des acacias, où India dormira dans un hamac tendu entre deux branches. Je ne demanderai qu'à croire mon père, qu'à avoir foi aussi en mes semblables, issus d'autres clans que le mien. Transporté de joies multiples, Adam nous fera écouter *The Epic*, une odyssée afro-symphoniste aux envolées lyriques qui mêlera jazz, funk et gospel aux cris des singes perchés sur les arbres, à épier les restes de nos repas dans le jardin. Formidable ! Formidable ! Il manquera de réveiller l'enfant, rien qu'en poussant ses vivats enthousiastes au-dessus de sa petite personne emmaillotée avec soin et savoir-faire. Mon père ne sera pas en reste :

« J'avoue que c'est épatant, ce que vous avez fait. Wanda en aurait dit autant. Avez-vous remarqué, elle boude comme une vraie Bartel… »

Les hommes discuteront ensuite de voyage à organiser jusqu'au village de Mother India, pour s'y recueillir. Au final, nous opterons en faveur de deux cérémonies : l'une à Bénarès, à laquelle nous participerons tous ensemble, et l'autre chez Mother India, en comité restreint, limité à mon père, Adam, et Konrad. Au fil des années, nous travestirons cet hommage à ma mère en une grande fête familiale, joyeuse sinon délirante, parce que d'une part, elle-même n'aurait jamais permis qu'on se morfonde de sa prétendue mort, et que de l'autre, sa disparition physique coïncide avec l'apparition de ses deux petites-filles. Une fois, Bo et Peter se joindront à nous, en route vers un paradis des surfeurs, le Sri Lanka. Puis, Marta viendra avec un homme, suscitant de vifs espoirs chez mon père, surtout qu'il s'agira d'un trompettiste de jazz. Le Gange nous adoptera, s'imposera en élément clé de notre mythologie familiale. Bien plus qu'un repère géographique et spirituel, un dieu vivant, généreux, farceur à l'excès.

*

Réticent à ma proposition de louer une barque pour déposer des offrandes sur le Gange, Konrad se laisse amadouer après l'intervention de Raghavan qui le rassure sur la solidité de mes nerfs. Nous descendons au Dasashwamedh Ghât, avec peine en ce qui me concerne, car India pèse son poids et le souffle me manque à la porter par une chaleur moite. La soirée bouillonne d'activité. À cette agitation habituelle du lieu, j'oppose une silencieuse obsécration et de muettes couronnes d'œillets. Pensif, Gaspard examine les énigmes des cieux, regard suspendu dans les étoiles qui s'allument l'une après l'autre. Respectueuse de sa récollection, je m'adresse alors à Konrad, en murmurant bien bas ma demande, tellement sa nature triviale me fait honte :

« Quelque chose me démange dans le bas du dos… Aurais-tu l'obligeance de me gratter, s'il te plaît ? Surtout, ne sois pas tendre, c'est déjà très désagréable. Gratte de toutes tes forces. »

Konrad écarquille les yeux au risque de les faire tomber dans la flotte. Séance tenante, il ranime Gaspard d'une tape vigoureuse contre l'épaule. Debout ! Alerte maximum !

« *Milosci moja*, chez les femmes sur le point d'accoucher, cela ne s'appelle pas des démangeaisons, mais des contractions… Respire, tout se passera bien. »

Pff ! D'abord, *tout* ne peut que bien se passer, ensuite, je ne crois pas un mot de ce qu'il raconte. Toujours à semer la panique avec ses diagnostics. Liée à India par une alliance secrète, je sais qu'elle ne se pointera pas dans la nuit, avertie que seule la lumière de l'aube, orangée et violine, d'une saturation si forte qu'on la dirait synthétique, convient comme décor à un événement de première importance. Va le leur expliquer, aux deux philistins ! Survolté, Konrad ordonne un accostage d'urgence, contamine Gaspard qui frétille désormais dans tous les sens sur notre barquerolle, tout juste s'il ne la renverse pas. Du calme ! Nous avons du temps devant nous. Un accord c'est un accord, et notre fille respectera les termes du nôtre, je n'en doute pas une seconde. C'en est trop pour Konrad :

« Ah, oui ? Pourquoi alors notre fille ne t'a-t-elle pas prévenue qu'elle envisage de venir bien avant l'heure, si vous n'avez pas de secrets entre vous ? »

Mais cela change quoi, trois jours de plus ou de moins, dans une affaire jouée d'avance ? L'essentiel n'est pas le jour, mais l'heure, celle du lever du soleil. Point ! Il soupire théâtralement, m'embrasse, puis ajoute qu'il serait plus prudent d'envisager qu'India ne sache pas lire l'heure, au même titre qu'elle se trompe dans le calendrier. Précipité pour aller chercher Bhanu, dès qu'on a posé le pied sur la terre ferme, Gaspard me crie depuis le rickshaw qui démarre en trombe : « Si j'étais en retard, dis à India que… » Le bruit du moteur m'empêche d'entendre la fin, alors que Konrad m'embarque dans un taxi. Nous l'abandonnons en route, sur un carrefour strangulé par le trafic au point d'atteindre l'immobilité cadavérique. Le trajet qui nous sépare de la maison, il n'y a pas non plus dix façons supportables de le parcourir. Il faut vocaliser, et à pleins poumons ! Main dans la main, nous entamons un chant de uhlans, celui qui glorifie la victoire de Wawer et menace les Ruskovs de notre offensive polonaise :

Pourvu que le bon Dieu nous donne la santé,
On s'encanaillera à Moscou tout l'été ! Olé ola ! Olé ola !

Sur le seuil de la villa, nous attaquons fièrement le dernier couplet, dirigé quant à lui contre les Prussiens, sans que je trouve la force de monter à l'étage. Konrad m'y porte. À l'instant où je termine ma douche, le baryton de Bhanu résonne dans toute la maison, jusque sous les combles. Qu'allons-nous faire toute la nuit, jouer au bridge ? Nous nous querellons. Il suffit d'un piaulement plaintif qui m'échappe, et voilà que Konrad revient à la charge avec son arsenal médical planqué aux quatre coins de la baraque. Où est-elle, la grande gueule ? Affamée, vu que Gaspard a interrompu son dîner, Bhanu s'empiffre dans la cuisine. Je n'ai plus les moyens d'y descendre. Du grabuge traîne dans l'air. Les portes claquent. Tout juste si on ne se course pas dans le couloir. Une utopie, tu parles ! C'est chacun pour sa pomme. Des antalgiques. Des seringues. Des tuyaux. Des conseils. Des avertissements. Gabriela, il est encore temps de changer d'avis. Gabriela, respire. Gabriela marche. Gabriela allonge-toi. Gabriela, pousse. Plus experts qu'eux, en matière d'accouchement, il n'y a que des évêques polonais. Attendez que je me laisse faire ! Ni l'un ni l'autre n'ont eu l'idée de se préparer, ne serait-ce que de changer de chemise. Mais ils fanfaronnent !

« Et comment pensez-vous vous présenter à notre fille ? En sueur ? Froissés ? Moi, j'ai une excuse, pas vous ! »

Je les monte l'un contre l'autre, ferme la porte à clé et n'ouvre qu'à la seule Bhanu, quand elle se décide enfin à me rejoindre avec son assiette. Puis, *tout* va très vite.

À peine ai-je le temps de fumer ma deuxième cigarette, qu'un cri guerrier de cent scouts lâchés en pleine nature perce le plafond. Bravo, ma fille ! Crie, crie fort ! C'est une digne manière de commencer sa vie. Mieux vaut gueuler que pleurnicher, quand on est une fille, minuscule et toute bleue. De l'autre côté du seuil, c'est la bousculade ! La porte cède. Aussitôt, j'entends Gaspard hoqueter d'émoi :

« Gabriela, regarde-la… Nous avons fait mille fois mieux que Vélasquez… Elle est plus belle que l'infante ! Plus belle que l'Enfant à la grenade de Botticelli ! La plus belle ! »

Honnêtement, il exagère. À l'instant, India accuse plutôt des traits communs avec ces figures désarticulées des tableaux de Bahman Mohassess que j'ai montrés l'autre jour à Melchior, au musée d'Art moderne de la Ville de Paris. Une pure essence de vie serrée en un poing. Avec une précaution extrême, Gaspard la passe à Konrad, qui lui souhaite la bienvenue, le lui répète, ajoutant *My Sweetie*, avant de se taire sous le coup des larmes qui lui montent aux yeux. Je ne peux détacher le regard de ses grandes mains barbouillées de sang, qui ont caressé, soigné et aimé trois générations des femmes de la même lignée, et de tellement d'amours différentes. Tout est sacré ! Absolument tout. Les miracles pleuvent sur ceux qui savent les voir.

*

Un an plus tard, le jour où je lirai dans *Le Monde* que le pape a canonisé Mère Teresa, à qui je brûle parfois un cierge, compte tenu de son implication dans notre utopie, nous attendrons, inquiets, un coursier à Lacoste. Nos billets pour Bombay imprimés et nos bagages bouclés, il ne nous manquera que les exemplaires du livre de Konrad dont il aura besoin sur place, en Inde. Au dernier moment, le livreur sonnera au portail. Avec India dans ses bras, toujours curieuse de nos visiteurs, Gaspard courra lui ouvrir. Au retour, il la fera asseoir sur la table de la cuisine, à côté du colis : « C'est encore un miracle qu'il soit arrivé à temps ! » Impatient, Konrad plantera le couteau dans les plis du carton, tirera sur toute la longueur, et en sortira un exemplaire, suscitant un débordement de joie chez son enfant. Doigt pointé vers le livre qu'elle n'arrivera pas à atteindre, India bafouillera le mot *miracle* par syllabes détachées. Ému et quelque peu mélancolique, Konrad rectifiera en anglais :

« *Hey, my Birdie*, le vrai miracle n'est pas celui-ci, tu sais… »

C'est Gaspard qui ouvrira le livre à la première page et marquera une pause silencieuse, avant de serrer India contre lui :

« Viens, ma coccinelle, *papa* va te lire ce que *daddy* a écrit… Ici, tu vois, ton *daddy* a placé une dédicace : *À India, ma toute petite fille, le grand miracle du Gange.* »

Elle nous balayera du regard tous les trois, comme si on attendait d'elle qu'elle approuve un décret du conseil de famille, et lancera avec une grande conviction :

« Miracle ! Miracle ! Miracle ! »

FIN

Cet ouvrage a été imprimé
par CPI Firmin-Didot au Mesnil-sur-l'Estrée
pour le compte des Éditions Grasset
en janvier 2023

Mise en pages
PCA 44400 Rezé

PAPIER À BASE DE
FIBRES CERTIFIÉES

Grasset s'engage pour
l'environnement en réduisant
l'empreinte carbone de ses livres.
Celle de cet exemplaire est de :
1,8 kg éq. CO_2
Rendez-vous sur
www.grasset-durable.fr

N° d'édition : 22718 – N° d'impression : 172367
Dépôt légal : février 2023
Imprimé en France